춘향전·춘향가

한국
고전
문학
전집

032

춘향전·춘향가

심경호 옮김

문학동네

머리말

1978년 가을 무렵 고전문학 중간고사 때 『춘향전』의 일부를 원문으로 읽고 거기에 나오는 한자어를 전부 한자로 적으라는 단일 문제가 나왔다. 국어국문학 전공을 선택한 데 남다른 자부심이 있었던 나는 상당히 고무되었으나 100점 만점에 80점 정도를 맞는 데 그쳤다. 학과의 18명 정원 가운데 열 명 안팎이 수강한 과목의 그 시험에서 뒷날 울산대학교 교수가 된 성 아무개가 90여 점을 맞아 일등을 했다. 그때 두 가지를 깨달았다. 어떤 분야에서든 나보다 뛰어난 사람이 있다는 것, 그리고 전혀 다른 맥락이지만, 우리 고전문학이 무척 어렵다는 것.

수년 뒤 외국에 나갈 기회가 있었는데 어느 외국 교수가 내게 묻기를, 한국인들은 한국 고전문학 가운데 최고봉이라는 『춘향전』을 제대로 읽을 수 있느냐고 했다. 순간 할말을 잃었다. 저 중간고사 때의 일이 생각나면서 그간 우리 고전 『춘향전』을 어떻게 읽어왔는지 진지하게 되돌아보게 되었다. 이 역주본 간행은 그때 계획되었다.

『춘향전』은 구성이 치밀하여, 그 미학에 녹아나지 않을 수 없다. 이도

령을 떠나보내며 춘향이 날지니 수지니도 쉬어 넘는 동선령 고개에서
라도 임이 부르시면 신 벗어 들고 나는 아니 쉬어가겠노라고 넋두리하는
가사를 들으면서 눈물을 찔끔 흘린다. 춘향은 그 상실감을 곱씹는 것에
그치지 않고 변학도가 터무니없이 들씌운 제서유위율의 죄목으로 곤장
을 맞으며 십장가를 부른다. 이 대목에 이르면 논평할 말을 잊는다.

『춘향전』의 여러 이본 가운데서도 원형이 잘 보존된 『열녀춘향수절
가』를 보라. 수많은 물품의 이름과 까탈스러운 전고, 걸핏하면 잘못 인
용하는 한시 어구, 어설픈 듯하면서 묘하게 맛깔나는 창작 한시, 똑 떼
어다가 탁자를 두드리며 따로 불러도 좋을 사설, 치레, 가요, 축사 등 민
중이 일상에서 접했을 여러 서술 양식을 구석구석에 배치해두었다. 의
미상 관계없는 어휘를 슬쩍 끼워넣어, 리듬만 맞으면 그만이지라는 식
으로 넉살좋게 늘어놓는 언어유희는 또 어떤가.

『열녀춘향수절가』와 『춘향가』는 주제 면에서도 모순을 안고 있다. 춘
향으로 대표되는 저항적인 민중과 변학도로 대표되는 무능한 관원 사
이의 대결, 그 모순을 해결해줄 유일한 방법으로 요청되는 암행어사 이
도령의 개입, 그들의 삼각관계는 간단히 설명하기 어렵다. 더구나 작품
초반에 춘향의 신분을 두고 기생 어머니를 둔 기생이면서 기생이 아닌
신분이라며 요설에 가까울 정도로 변설을 늘어놓는다. 신분 차이로 춘
향이 수령 아들의 정실이 될 수 없다는 사실을 분명히 말해놓고도 결말
에서는 그 문제를 가볍게 처리했다. 이 판소리의, 이 소설의 집단창작
자들은 꽁무니를 뺐다. 실상은 신분의 질곡을 벗어날 수 없다는 울분을
간접적으로 투영했다. 그렇기에 『열녀춘향수절가』의 화려한 결말을 상
상하며 쓸쓸한 생각에 젖는다. 그것이 이 고전소설이 이룩한 리얼리즘
의 진수라고 생각한다.

『열녀춘향수절가』를 비롯한 『춘향가』의 매력은 그 주제를 부각시키
는 '말'에 있다. 물 흐르듯 흘러가는 『열녀춘향수절가』의 '말'에 주목한

적이 있었던가? 아니, 웅얼웅얼 소리 내어 따라 읽어본 적이 있었던가? 그 말, 그 웅얼거림은 지금 구독자 수가 많은 블로거나 유튜버의 말과도 같다. 소리 내어 읽으면서 혼의 떨림을 경험하는 사람에게는 까탈스러운 전고나 케케묵은 한문 표현은 아무 문제가 되지 않는다. 물 흐르듯 흘러나가는 언어유희에 넋이 나가고 혼이 나가지 않을 수 없다.

『춘향전』의 '말'에 관해 명료하게 언급한 분으로 김태준 선생님이 있다. 2004년 10월 선생님께서 옥고(「춘향전의 민중적 크로노토프와 윤리적 보편성의 문제」)를 발표하실 때 외람되게도 토론자로 지정된 적이 있다. 그리고 한겨레 신문에 '고전 읽기' 코너에 칼럼을 기고하면서 선생님의 논설을 확장해 내 의견을 피력하기도 했다. "향단아 밀어라." 『열녀춘향수절가』는 언어의 보고다. 새로 역주한 이 책을 보고 집단창작자들은 "문자 속이 기특하다"고 인정해줄까? 나는 시방 두렵기만 하다.

2022년 12월
회기동 작은 마당 집에서

춘향가 _207

【 일러두기 】

춘향전

1. 원제목은 '열여춘향슈절가'다. 일본 동경대학 오구라문고 소장 목판본을 저본으로 삼았다.
2. 본래 상하 2권으로 분책되어 있고, 원문 하권 첫머리에는 상권과 달리 "춘향전 하권이라"로 제목을 붙였다. 표기법을 고려해 전체 제목을 '열녀춘향수절가'로 붙인다.
3. 본래 장절이 나뉘어 있지 않지만, 독자의 이해를 돕고자 장을 나누고 임의로 소제목을 달았다. 이때 『수산광한루기』를 참고했지만, 분장의 방식만 참고하고 분제分題는 채택하지 않았다.
4. 상하권에서 이야기가 바뀌는 곳에 묵개자를 사용했다. 즉, 상권 첫머리 "슉종", 이도령 부친이 임기 만료로 귀경하게 되어 이도령이 춘향과 이별하게 되는 단락의 첫머리 "잇찌", 하권에서 춘향이 이도령을 보내고 고초를 겪는 이야기가 시작되는 단락의 첫머리 "잇찌", 서울에서 이도령이 불철주야 공부하여 과거에 급제하면서 이야기가 전환되는 단락의 첫머리 "잇찌", 어사또 이도령이 출두하기 직전의 상황을 서술하는 단락의 첫머리 "잇찌"의 다섯 군데에 묵개자를 사용했다.
5. 중간에 유사한 구절을 나열해 음악적 리듬이 바뀌는 부분에는 반흑반백환(◗ 또는 ◖)을 사용했는데, 저본에 나온 그대로 표시했다.
6. 저본에서는 같은 글자의 중복을 표시하고자 '〃'와 'ㄷ' 등의 부호를 혼용했는데, 이 교감본에서는 혼란을 피하기 위해 '〃'으로 통일한다. 원문에 구두점을 사용했기에 동일 글자 표시는 사실상 의미가 없을 듯하지만, 원문 대조를 편하게 하고자 동일 글자 표시를 했다.
7. 교감본에서는 가능한 한 저본 그대로의 표기법을 사용하되 현대어에 맞춰 어절을 나누고 문장부호를 적절히 붙였다. 그리고 필요한 경우에 한하여 교감주를 달았다.
8. 참고한 주석서는 다음과 같다.
   김동욱·김태준·설성경, 『춘향전 비교연구』, 삼영사, 1979.
   김현룡, 『열여춘향슈절가』, 아세아문화사, 1996.

설성경, 『춘향전』, 고려대학교 민족문화연구소, 1998.

성기수, 『(원문 영인 및 주석) 춘향전』, 글솟대, 2005(초), 2008(재).

이가원, 『춘향전』, 정음사, 1972.

이가원, 『(개고) 춘향전』, 정음사, 1986.

조경남 원작, 설성경 역주, 『춘향전 남원 고사』, 서울대학교 출판문화원, 2016.

조윤제, 『춘향전』, 을유문화사, 1957.
9. 한국어 어휘 정의에 이용한 자료는 다음과 같다.
국립국어연구원, 『표준국어대사전』, 두산동아, 1997.

박재연, 『중조대사전』 1~9, 선문대학교출판부, 2002.

박재연, 『(필사본) 고어대사전』, 학고방, 2010.

한국고전번역원, 고전번역서 각주 정보. (http://db.itkc.or.kr/kakjw/)

춘향가

1. 유진한의 만화본 『춘향가』에 대한 교감과 주석은 『국역 만화집』(유진한 지음, 송하준 옮김, 학자원, 2013) 197~223쪽에서 면밀하게 이루어졌다. 여기서는 그 교감과 역주를 토대로 몇몇 주석을 보완하거나 첨가하고, 전체를 한시의 맥락에 따라 다시 번역했다. 기존 번역본을 참조한 경우에 송하준(2013)으로 표시했다.

2. 본래 장절이 나뉘어 있지 않지만, 독자의 이해를 돕고자 장을 나누고 임의로 소제목을 달았다. 이때 『수산광한루기』를 참고했지만, 분장의 방식만 참고하고 분제分題는 채택하지 않았다.

3. 원문에서는 의미를 고려하여 구두점을 사용해 읽기에 편하도록 했다.

춘
향
전

퇴기 월매의 딸 춘향

숙종대왕 즉위 초, 군주의 덕이 드넓으니 성스러운 아드님과 손자분이 왕위를 대대로 이으셨다.[1] 요임금과 순임금[2]의 상고시대가 돌아온 듯 신선들이 마시는 약이 넘쳐나고 신선 세계를 밝히는 촛불이 휘황하듯[3] 태평 시절을 노래하고, 하나라 우임금과 은나라 탕임금[4] 시절에 버금갈 정도로 의관 제도가 정비되고 문물이 발달했다.[5] 군주를 보필하는

[1] 성스러운 아드님과~대대로 이으셨다: 당나라 한유(韓愈)가 지은 「평회서비平淮西碑」의 첫 머리에서 당나라 황실을 칭송하여, "하늘은, 당나라가 하늘의 덕을 닮아서 성스러운 아드님과 신령한 손자분이 대대로 이어서 천년만년에 이르도록 공경하고 계신하기를 게을리하지 않는다고 하여, 하늘이 덮고 있는 전 지역을 완전히 맡겼다(天以唐, 克肖其德, 聖子神孫, 繼繼承承, 於千萬年, 敬戒不怠, 全付所覆)"라고 했다. 이 표현을 빌려와 나라의 복을 축원한 말이다.
[2] 요임금과 순임금: 상고의 성스러운 시대를 상징한다.
[3] 신선들이 마시는~촛불이 휘황하듯: 원문은 '금고옥촉(金膏玉燭)'이다. 당나라 왕발(王勃)의 「익주부자묘비益州夫子廟碑」에서 나온 말로, 상고시대의 풍요롭고 아름다운 모습을 나타낸다.
[4] 하나라 우(禹)임금과 은나라 탕(湯)임금: 우는 하나라를 열었고, 탕은 은나라를 열었다. 완전한 태평을 이루지는 못했지만 요순 이후 세상의 안정을 이룬 성군들이다.
[5] 의관 제도가~문물이 발달했다: 본래 의관은 사대부나 벼슬아치의 예복(禮服)을 뜻하는 경우가 많은데, 국가 제도와 관련시킨 예도 있다. 『구당서舊唐書』 권71 「위징열전魏徵列傳」에 보면, 당나라 태종(太宗)은 위징(魏徵)이 죽고 나서 "구리로 거울을 만들면 의관을 바르게 할 수

신하들은 나라의 주춧돌이라 할 만한 문신들이었고,[6] 용양위 등 오위[7]의 군사 조직에서 중임을 맡은 신하들은 나라의 방패와 창 역할을 하는 장수들이었다.[8] 조정에서 덕으로 교화하는 정치는 시골 구석구석까지 퍼졌으니, 사해에 엉긴 태평한 기운이 가까운 곳에서부터 먼 곳에 이르기까지 어리어 있었다. 충신은 조정에 가득하고 효자와 열녀는 집집마다 있었으니 아름답고도 아름다웠다. 하늘의 비는 제때에 내리고 바람은 조화로워[9] 백성들은 밥을 배불리 먹고 배를 두드리며,[10] 아이들은 시대를 찬양하는 격양가[11]를 곳곳에서 불렀다.

있고, 옛 역사로 거울을 만들면 흥망성쇠를 알 수 있고, 현인으로 거울을 만들면 득실을 잘 알 수 있다(以銅爲鏡, 可正衣冠. 以古爲鏡, 可知興替. 以人爲鏡, 可明得失)"라고 탄식했다는 삼감(三鑑) 고사가 있다. 『구당서』는 '鑑' 자를 피하여 '鏡' 자로 써두었다.

6) 보필하는 신하들은~ 할 만한 문신들이었고: 『서경書經』 「익직益稷」에서 우(禹)가 순(舜)에게 "당신의 마음이 그치는 바에 기미를 생각하고 편안히 할 것을 생각하시며, 보필하는 신하가 곧으면, 행동하는 대로 크게 응하여 뜻을 기다릴 것입니다(安汝止, 惟幾惟康, 其弼直, 惟動, 丕應徯志)"라고 했다는 구절에 대해, 공영달(孔穎達)이 『정의正義』에서 "보필하는 신하는 반드시 정직한 사람을 써야 한다(其輔弼之臣 , 必用正直之人)"라고 풀이했다. 보필하는 신하는 문신을 말한다.

7) 오위(五衛): 조선시대 군사 조직은 중위(中衛)인 의흥위(義興衛), 좌위(左衛)인 용양위(龍驤衛), 우위(右衛)인 호분위(虎賁衛), 전위(前衛)인 충좌위(忠佐衛), 후위(後衛)인 충무위(忠武衛)를 말한다. 임진왜란 이후에는 훈련도감(訓鍊都監), 총융청(摠戎廳), 수어청(守禦廳), 어영청(御營廳), 금위영(禁衛營)의 다섯 군문(軍門)으로 개편했다. 여기서는 군사 조직을 총칭하는 말로 용양위와 호분위를 언급했다.

8) 방패와 창~ 하는 장수들이었다: 『시경詩經』 「주남周南 토저兎罝」에 "씩씩한 무사여, 공후의 간성이로다(赳赳武夫, 公侯干城)"라고 했고, 『자치통감資治通鑑』 권1 「주기周紀 1」 안왕(安王) 25년의 조항에 '간성지장'이란 표현이 나온다. 즉 춘추시대 노나라의 자사(子思)가 위(衛)나라 임금에게 구변(苟變)을 오백 승(乘) 군대의 장수로 천거하자, 위나라 임금은 구변이 관리로 있을 때 남의 달걀 두 개를 먹은 사실을 들어 쓰지 않겠다고 했다. 자사는 "맹수의 발톱 같고 어금니 같은 날랜 용사를 뽑으면서 달걀 두 개 때문에 방패 같고 성 같은 든든한 장수를 버리시니, 이것은 이웃나라에 알려져서는 안 될 일입니다(今君處戰國之世, 選爪牙之士, 而以二卵棄干城之將, 此不可使聞於鄰國也)"라고 했다.

9) 비는 제때에~ 바람은 조화로워: 오대(五代)의 후진(後晉) 유구(劉昫)가 보충한 『구당서』 「예의지禮儀志 1」은 『육도六鞱』를 인용하여 "무왕이 주를 정벌했을 때, 눈이 한 장 남짓의 길이였다. (…) 이윽고 은나라를 이기자 바람은 조화롭고 비는 제때에 내렸다(武王伐紂, 雪深丈餘. (…) 旣而克殷, 風調雨順)"라고 했다.

이때 전라도 남원부[12]에 월매月梅라는 기생이 있었다. 호남·영남·충청의 삼남에 이름난 기생이었는데, 은퇴하여 기생 명부에서 빠져나와 성가[13] 양반과 살면서 세월을 보냈다. 월매는 나이 사십이 넘었지만 혈육이라고는 한 점 없었으므로 이것이 한이 되어 탄식하면서 수심에 젖는 일이 많아 병이 나고 말았다.

하루는 월매가 크게 깨달아 옛사람 가운데 같은 처지인 이들을 생각해 가군[14]을 내실로 들어오시라 청하고는 공손하게 말했다.

"들어보세요. 저는 전생에 무슨 은혜를 끼쳤나 모르겠지만 당신과 이 생에서 부부가 된 덕에 창기로 생활하던 행실을 다 버리고 예절도 숭상하고 여성으로서 해야 하는 일[15]에도 힘써왔습니다. 그런데 죄가 많아

10) 밥을 배불리~배를 두드리며: 『장자』 「마제馬蹄」에 "옛날 혁서씨(赫胥氏) 시대에는 백성이 집에 있을 때는 무슨 일을 해야 할지 따지지 않았고 길을 갈 때는 어디로 가야 할지를 헤아리지 않았다. 음식을 입안 가득 넣고 즐거워했으며 배를 두드리며 놀았다(含哺而熙. 鼓腹而遊)"라고 했다. 요임금 때 어느 노인이 지었다는 「격양가擊壤歌」의 뜻과도 연관된다.

11) 격양가(擊壤歌): 「강구요康衢謠」와 「강구연월가康衢煙月歌」를 한데 말한 것이다. 요임금 시대에 백성이 번화한 거리(康衢)에서 태평 시대를 노래했으니 "우리 백성을 세우는 데 너의 지극함이 아닌 게 없도다. 부지불식간에 임금의 법칙을 따른다네(立我烝民, 莫匪爾極. 不識不知, 順帝之則)"라고 했다. 『십팔사략十八史略』 권1에 나온다. 『열자列子』 「중니仲尼」에서는 "요임금이 십오 년 동안 정치를 하고서 천하가 제대로 다스려졌는지, 민심의 향배가 어떠한지 알아보고자 미복(微服) 차림으로 강구에 나가서 돌아다니다가 어떤 아이가 성세(盛世)를 칭송하는 노래를 부르는 것을 들었다"라고 했다. 이 아이가 불렀다는 노래가 강구요다. 한편 『논형論衡』 「예증藝增」에서는, 당시 한 노인이 땅을 구르며 노래를 불러 "해 뜨면 나가서 일하고 해 지면 들어가서 쉬도다. 우물 파서 물을 마시고 밭 갈아서 밥을 먹으니, 임금의 힘이 나에게 무슨 상관이 있으랴(日出而作, 日入而息. 鑿井而飲, 耕田而食. 帝力何有於我哉?)"했다고 한다. 이 노래를 격양가라 한다.

12) 남원부(南原府): 『신증동국여지승람新增東國輿地勝覽』에 따르면 본래 백제의 고룡군(古龍郡)인데, 신라 경덕왕이 남원(南原)으로 고쳤다. 고려 태조는 남원부(南原府)로 삼았다. 조선 태종 때 부(府)와 도(都)를 부호(府護), 도호(都護)로 고치면서 진(鎭)을 두었다. 지금의 전라북도 남원시다.

13) 성가(成哥): '가(哥)'는 스스로의 씨(氏)를 낮춰 부르는 말.

14) 가군(家君): 본래 다른 사람에게 자기 남편을 가리키는 말인데, 『열녀춘향수절가』에서는 2인칭으로도 사용했다.

15) 여성으로서 해야 하는 일: 원문의 '여공(女功)'은 음식 준비, 바느질, 길쌈 등을 가리킨다.

그런지 혈육 한 점도 없는데다 육친[16]에 드는 사람마저 없습니다. 우리 신세로 말하면 선조의 산소에 향 살라 제사지내는 일은 누가 할 것이고, 우리 죽고 나서 장례식은 누가 맡아 처리해줄 것인가요. 명산에 있는 큰 사찰에 불공이라도 드려 아들이든 딸이든 낳기만 하면 평생의 한을 풀 것입니다. 당신 뜻은 어떠하신가요?"

성참판[17]이 말했다.

"일생의 신세를 생각하면 자네 말이 당연하지만, 산천에 빌어 자식을 낳을 수만 있다면 이 세상에 자식 없는 이가 어째서 있단 말이오?"

월매가 대답했다.

"천하의 대성인 공자님도 부모가 니구산[18]에 빌어서 낳았고, 정나라 자산[19]도 부모가 우경산右刑山에 빌어서 낳았죠. 우리 동방의 강산을 예로 든다면 명산과 대천이 없을 리 있겠습니까? 경상도 웅천 주천의朱天儀는 늙도록 자녀가 없어서 제일 높은 봉우리에 빌어 나중에 명나라 천자가 되는 자식을 낳아 명나라 천지가 밝아지기도 했지요.[20] 우리도 정성

---

16) 육친(六親): 부모·형제·처자를 말한다.
17) 참판: 육조(六曹)의 차관. 종2품.
18) 니구산(尼丘山): 공자가 태어난 중국 산동(山東) 곡부(曲阜)의 산 이름. 공자의 부친인 숙량흘(叔梁紇)과 모친인 안징재(安徵在)가 이 산에서 기도해 공자를 낳았다는 기록이 『사기』 「권47 공자세가孔子世家」에 나온다. 그래서 공자의 이름을 구(丘)라 하고, 자(字)를 중니(仲尼)로 했다고 한다.
19) 자산(子産): 공손교(公孫僑, ?~기원전 522)로, 자(字)가 자산이다. 동리에 살아서 흔히 동리자산(東里子産)이라고 부른다. 진(晉)·초(楚) 사이에 낀 정(鄭)나라를 위해 안으로는 예법으로 강족(强族)을 억제하고, 밖으로는 강국과 외교를 잘하여 수십 년 동안 정나라를 무사히 다스렸다. 자산의 무덤이 신정(新鄭)과 장갈(長葛)의 경계인 경산(陘山)에 있다. 그곳에서 그의 부모가 기도한 결과 자산이 태어난 것으로 와전된 듯하다.
20) 경상도 웅천(熊川)~밝아지기도 했지요: 경상도 웅천에 천자봉(天子峰)이 있다. 웅천은 경상도 창원군(昌原郡) 웅천면(熊川面)으로, 지금의 경상남도 창원시 진해구에 속한다. 옛날 함경도에서 살던 이(李)씨 성의 사람이 선대의 묘를 쓸 명당을 찾아서 이 천자봉에 이르러, 남쪽 만장대(萬丈帶)가 끝나는 모란봉 아래 바다에 면한 굴 두 개 가운데 바른편 굴에 부친 유골을 묻으려 했으나, 그 하인이 자기 아버지 유골을 바른편 굴에 묻고 이씨 부친의 유골은 왼편에 묻었다. 하인이던 주(朱)씨 문중에서는 명나라의 시조 주원장이 나고, 이씨 문중에서는 조선의 시

18

이나 드려봅시다. 공든 탑이 무너지거나 땅에 심은 나무가 꺾일 리 있겠습니까?"

이날부터 월매는 깨끗이 목욕을 하고 마음을 가다듬고서 명산의 경승지를 찾아갔다. 오작교를 훌쩍 지나 좌우 산천을 둘러보니 남원 서북쪽에 있는 교룡산[21]은 서북방을 막고 있고, 동쪽으로는 장림[22] 수풀 깊은 곳에 선원사[23]가 은은히 보이고, 남쪽으로는 지리산이 웅장한데, 그 가운데 요천수[24]는 띠같이 긴 강을 이루어 푸른 물줄기가 동남쪽으로 둘러나가 있었다. 바로 세상 바깥에 별도로 하늘과 땅이 마련해둔 지역[25]이라 할 수 있었다.

푸른 숲을 헤치고 풀덤불이며 나뭇가지를 끌어당기며 올라가 산수를 밟아 들어가니 그곳이 바로 지리산이었다. 반야봉[26]에 올라서서 사방을 둘러보니 아래의 명산과 대천이 한눈에 들어왔다.

반야봉의 상봉에 단壇을 만들어 제물을 차려놓고 단 아래 엎드려서 온 정성을 다해 빌었다. 산신령의 덕인지, 이때가 오월 오일 갑자의 시각[27]이었다. 월매는 이날 꿈을 꾸었다. 상서로운 기운이 서리면서 오색

조 이성계가 났다고 전한다. 하인이던 주씨 문중의 사람이 주원장의 아버지 주세진(朱世珍)이었다는 전설이 있었던 듯하다.
21) 교룡산(蛟龍山): 『신증동국여지승람』 권39에 따르면 남원부 서쪽 7리에 있다. 북쪽에는 밀덕봉(密德峰)과 복덕봉(福德峰)이 하늘을 버티고 우뚝 솟아 있다.
22) 장림(長林): 동림(東林). 남원에 있는 숲으로 십여 리에 이르며, 남원부 민속 제례가 행해지던 곳이라 한다.
23) 선원사(禪院寺): 『신증동국여지승람』 권39에 따르면 남원 동쪽 80리의 백공산에 있다. 신라 49대 헌강왕(憲康王) 원년(875)에 도선국사(道詵國師)가 창건했다고 한다.
24) 요천수(蓼川水): 남원 근교 강. 요천이란 이름은 내 주변에 여뀌꽃(蓼花)이 만발하면 그 모습이 아름다웠기 때문이라고 한다.
25) 세상 바깥에~마련해둔 지역: 원문은 '별류건곤(別有乾坤)'이다. 이백(李白)의 「산중문답山中間答」에 "복사꽃 물에 떠서 아득히 흘러가니, 이곳은 별천지요 인간 세상 아니로세(桃花流水杳然去, 別有天地非人間)"라는 시구가 있는데, '별유천지(別有天地)'가 곧 별유건곤이다.
26) 반야봉(般若鋒): 지리산에서 천왕봉(天王峯)과 함께 최고봉을 이룬다.
27) 오월 오일 갑자의 시각: '갑자'는 간지 가운데 처음을 임의로 부쳤다고 할 수 있다.

이 영롱하더니, 선녀 한 분이 청학을 타고 오는데, 머리에는 화관을 썼고 몸에는 고운 옷을 걸쳤다. 달 모양의 패옥 소리가 쟁쟁한 가운데 선녀가 손에 계수나무 꽃가지를 들고 당(堂)에 올랐다. 그리고 두 손을 앞으로 모아 들고 길게 읍례하고는 공손한 뜻을 보이며 말했다.

"저는 낙포의 딸[28]이었는데 반도[29]를 진상하고자 백옥경[30]에 나아갔다가 광한전[31]에서 적송자[32]를 만나 정회를 풀면서 시간을 보내다가 미처 정회를 다 풀지도 못했는데, 진상해야 할 제때를 못 맞추고 늦었다는 죄목으로 옥황상제께서 크게 노하시어 인간세계로 내쫓으셨습니다. 갈 바를 알지 못하다가, 두류산[33] 신령께서 부인 댁을 가리켜 이에 왔으니 어여삐 여기소서."

낙포 선녀는 이렇게 말하더니 월매의 품으로 달려들었다.

학의 높은 울음소리는 그의 목이 긴 까닭이라.[34] 학의 울음에 놀라 깨

---

28) 낙포(洛浦)의 딸: 낙포는 중국 호남성(湖南省) 보정현(保靖縣) 남쪽 낙수(洛水) 가를 말한다. 낙포의 딸이란 곧 복희씨(伏羲氏)의 딸 복비(宓妃)로, 낙수에 익사해 수신(水神)이 되었다 한다. 삼국시대 위(魏)나라 조식(曹植)의 「낙신부洛神賦」는 복비를 묘사해 "연꽃이 푸른 물결 위로 솟구친 듯 선명도 하다(灼若芙蕖出綠波)"라고 했다.

29) 반도(蟠桃): 선경(仙境)에 있다는 큰 복숭아. 장수를 빌 때 쓰는 말이기도 하다.

30) 백옥경(白玉京): 원문은 '옥경(玉京)'인데, 백옥경(白玉京)을 말한다. 도가(道家)에서 말하는 원시천존(元始天尊)이 산다는 도읍이다. 원시천존이 곧 옥황상제다.

31) 광한전(廣寒殿): 광한부(廣寒府). 달 속에 있다고 하는 선궁(仙宮). 당나라 명황(明皇) 즉 현종(玄宗)이 신천사(申天師) 및 홍도객(鴻都客)과 함께 8월 보름날 밤 달 속에 노닐다가 큰 궁부(宮府) 하나를 보았는데, 방(榜)에 '광한청허지부(廣寒淸虛之府)'라고 쓰여 있었다 한다. 『고금사문유취古今事文類聚』 전집(前集) 권11 「천시부天時部」에 나온다.

32) 적송자(赤松子): 『신선전神仙傳』에 따르면 신농씨(神農氏) 때 우사(雨師)가 되었는데 수정(水晶)을 복용하며 불속에 들어가 자신을 태울 수 있고, 곤륜산(崑崙山) 위에 이르러 항상 서왕모(西王母)의 석실(石室)에 머물렀다 한다. 또 바람과 비를 따라 오르내렸는데, 염제(炎帝)의 작은 딸이 그를 추종해 신선술을 배워 함께 떠나갔다 한다.

33) 두류산(頭流山): 지리산(智異山)의 또다른 이름.

34) 학의 높은~긴 까닭이라: 『시경』 「소아小雅 학명鶴鳴」에 대한 『시경집전詩經集傳』의 풀이에 "학은 새의 이름으로, 목이 길고(長頸) 몸이 좋긋하며 (竦身) 다리가 길며(高脚) 정수리는 붉고(頂赤) 몸은 희고 정강이와 꼬리는 검으니(頸尾黑), 그 울음소리가 높고 통랑하다(其鳴高亮)"라고 했다. 『태평광기太平廣記』에는 '학이 잘 우는 것' '소나무가 푸른 것' '길가 버들이 매끈하게 자라지 못하는 것' 등 세 가지로 엮인 소화가 실려 있고, 『오잡조五雜俎』에는 '산이 높

니 실로 남가일몽南柯一夢이었다. 황홀한 정신을 진정하여 가군에게 꿈 이
야기를 하고, 하늘의 도움으로 남자가 태어나길 기다렸다. 과연 그달부
터 태기가 있어 열 달이 찼다. 하루는 향기가 방안에 가득하고 오색구름
이 빛나서 혼미한 가운데 아기를 낳으니, 한 알의 구슬 같은 딸이었다.
날이 가고 달이 가는 오랫동안 월매가 그토록 바라던 아들은 아니었지
만 그만한 대로 소원을 이룬 셈이었다. 그러니 아이를 사랑하는 정경을
어찌 다 말할 수 있겠는가? 이름을 춘향이라 부르면서, 장중보옥처럼
길러냈다. 춘향은 효행이 더할 나위 없었고, 다른 짐승을 해치지 않는다
는 기린[35]처럼 어질고 착했다. 칠팔 세가 되자 글 읽기에 마음을 붙여
예모와 정절 닦는 것을 일삼으니, 춘향의 효행을 남원읍에서 칭송하지
않는 이가 없었다.

은 것' '학이 잘 우는 것' '길가 버들이 잘 자라지 못하는 것' 등으로 만들어진 소화가 있는데,
한국 설화 「글 잘하는 사위」에 보면 작은 사위가 "학이 소리 높이 우는 것은 목이 긴 까닭이다
(鶴之高聲長頸故)"라고 하자, 큰 사위가 "학이 소리 높이 우는 것이 목이 긴 까닭이라면, 개구리
(혹은 매미)가 잘 우는 것도 목이 긴 까닭인가?(鶴之高聲長頸故. 蛙(혹은 蟬)之善鳴亦長頸故)"라
고 반박했다는 말이 있다.
35) 기린(麒麟): 하늘이 부여한 어진 성품을 타고난 것을 비유한 말이다. 『시경』 「주남周南 인
지지麟之趾」의 주석에, 기린은 발로 산 풀을 밟지 않고 산 벌레를 밟지 않는다고 하며, 뿔 끝에
살이 붙어 있어서 사물을 다치게 하지 않는다고 했다. 한편 기린은 남의 훌륭한 자제를 칭찬하
는 말이기도 하다. 『진서陳書』 권26 「서릉열전徐陵列傳」에 보면 서릉의 나이 서너 살이 되었을
때 집안사람이 데리고 가서 보였더니 보지공(寶誌公) 상인(上人)이 손으로 정수리를 어루만지
며 "천상의 석기린(石麒麟)이다"라고 했다 한다.

남원 부사 아들 이도령의 봄나들이

이때 삼청동[1]에 이한림[2]이라는 양반이 있었다. 그는 당시의 명가요,
충신의 후손이었다.

하루는 전하께서 충신과 효자의 사적을 기록한『충효록忠孝錄』을 올리
게 하여, 그 책을 보시고 충성스럽고 효성스러운 사람을 골라 지방관에
임명하셨다. 이때 이한림을 과천[3] 현감에서 금산[4] 군수로 이배[5]하셨다
가 다시 남원 부사[6]에 제수하시니, 이한림이 그 은혜에 감사하며 예를

---

1) 삼청동(三淸洞): 현 서울시 종로구 삼청동에 해당한다.
2) 한림(翰林): 예문관(藝文館) 관직. 정9품. 춘추관 기사관을 겸하므로 선임을 신중히 하여 영
예가 높았다.
3) 과천(果川): 조선시대 과천현. 현재의 과천시·안양시·의왕시 대부분과 서울특별시 동작구·
서초구 등을 관할했다.
4) 금산(錦山): 전라우도 금산현. 현재의 전라북도 금산이다.
5) 이배(移拜): 한 관직에 임명했다가 그 관리가 부임하기 전에 다시 심의해 다른 관직으로 바
꿔주는 것을 말한다. 오늘날의 전근(轉勤)과는 다르다.
6) 부사(府使): 대도호부사(大都護府使)와 도호부사(都護府使)의 총칭. 종3품.

갖춘[7] 후 임금을 하직하고 행장을 차렸다. 남원부에 도착하여 민정을 잘 살피니, 사방에 일이 없었다. 고을에 딸린 방곡[8]의 백성들은 더디 부임하셨다고 오히려 서운해하며 그 덕을 칭송할 정도였다. 거리에서는 태평세월을 노래하는 동요가 들리거늘 시절이 평화롭고 곡식이 잘 익었으며 백성이 효도하니, 옛날 중국의 요순시절이 다시 온 듯했다.

때가 어느 때냐 하면, 놀기 좋은 화창한 봄날이었다. 명매기[9] 같은 새들은 지저귀며 화답하면서 쌍쌍이 날아들어 온갖 춘정을 앞다투었다. 남산에 꽃이 피니 북산도 붉어지고,[10] 천 실 만 실 가닥을 이룬 듯한 수양버들 가지에서 꾀꼬리는 벗을 불렀다. 나무와 나무는 숲을 이루고 두견새와 접동새는 낮게 날았다. 일 년 중 가장 아름다운 계절이었다.

이때 사또 자제 이도령이 나이는 열여섯이요, 풍채는 당나라 시인 두목지[11] 같고, 도량은 푸른 바다같이 드넓고 지혜는 뛰어나며, 문장은 이태백과 비길 만하고 글씨는 왕희지에 견줄 만했다. 하루는 방자[12]를 불러 물었다.

"이 고을에 경치 좋은 곳이 어디냐? 시흥詩興과 춘흥春興이 도도하게 일

7) 은혜에 감사하며 예를 갖춘: 원문은 사은숙배(謝恩肅拜)다. 내직에 있던 관원이 외직인 지방 수령에 임명되면, 전출하기 전에 국왕을 알현해 감사의 뜻을 표시하면서 예식에 따라 절하는 것을 말한다. 국왕을 알현하지 않고 궁내의 승정원 뜰 등에서 정해진 예식을 치르기도 했다.
8) 방곡(坊曲): 마을. 지방행정 구역의 한 단위.
9) 명매기: 칼새과에 딸린 철새로, 제비와 비슷하다.
10) 남산에 꽃이~북산도 붉어지고: 백거이(白居易)의 「도광선사에게 부치다寄韜光禪師」의 함련과 경련에서 "동쪽 시냇물이 흐르자 서쪽 시냇물도 흐르고, 남산에 구름이 일어나니 북산에도 구름이 일어난다. 앞쪽 대에서 꽃이 피어나자 뒤쪽 대에서도 꽃이 보이고, 상계에서 종소리가 나자 하계에도 들린다(東澗水流西澗水, 南山雲起北山雲, 前臺花發後臺見, 上界鐘聲下界聞)"라고 한 것을 참고한 듯하다.
11) 두목지(杜牧之): 만당(晚唐) 시인 두목(杜牧, 803~853)으로, 자가 목지이며 호는 번천거사(樊川居士)다. 두보(杜甫)와 구분하여 소두(小杜)라고도 한다. 풍채가 좋아 양주(揚州) 회남절도사(淮南節度使) 우승유(牛僧孺)의 막료로 있을 때 수레를 타고 거리에 나가면 기생들이 얼굴을 보려고 던진 귤이 수레에 가득했다고 한다.
12) 방자(房子): 시골 관청의 남노(男奴). '幇子'로도 표기한다.

어나는구나. 경치가 빼어나게 좋은 곳을 말하여라."

방자가 대답했다.

"글공부하시는 도련님이 경치 좋은 곳을 찾다니 부질없습니다요."

이도령이 말했다.

"그거 무식한 말이다. 옛날부터 문장 하는 사람과 재주 있는 사람에게
도 빼어난 강산을 구경하는 것이 음풍농월吟風弄月과 글 짓는 공부에 근본
이 되어왔다. 신선이라 해도 두루 돌아다니며 견문을 넓히는데, 무엇 때
문에 안 된다고 하는 것이냐? 사마장경13)이 남쪽으로 장강양자강과 회수
에 떴다가 장강을 거슬러올라갈 때 사나운 물결과 거센 파도가 일어나고
음풍이 성내어 부르짖었는데, 예로부터 가르치길 천지간의 변화치고 놀
랍고 즐겁고 고운 것 중 글 아닌 게 없다고 했다.14) 시중천자 이태백15)은
채석강16)에서 놀았고, 적벽강 가을달 아래서는 소동파가 놀았으며,17) 심

---

13) 사마장경(司馬長卿, 기원전 179~기원전 117): 사마상여(司馬相如). 전한(前漢)의 촉 땅 성
도(成都) 사람. 장경은 그의 자. 사부(辭賦)에 능하여 무제(武帝)의 비호를 받았다. 그러나 여기
서는 사마천(司馬遷)의 오기다. 사마천의 『사기』 「태사공자서太史公自序」에 "나는 용문에서 태
어나 열 살에 고문에 통하고, 스무 살에 남쪽으로 장강과 회수에 노닐어 회계산(會稽山)에 올라
가서 우왕(禹王)의 묘소인 우혈을 탐색했으며, 순(舜)임금이 묻힌 구의산(九疑山)을 찾고 원수
(沅水)와 상수(湘水)에 배를 띄웠다(遷生龍門, 年十歲則通古文, 二十而南游江淮, 上會稽, 探禹穴, 窺
九疑, 浮於沅湘)"라고 여행 편력을 밝혔다.
14) 사나운 물결과~없다고 했다: 원문은 "광낭성파(狂浪盛波)으 음풍(陰風)이 노호(怒號)하야,
예로부터 가르치니 천지간 만물지변(萬物之變)이 놀랍고 질겁고도 고흔 거시 글 안인 게 업난
이라"다. 송나라 마존(馬存)의 「자장의 유람에 대하여 개방식에게 준 글子長游贈盖邦式」에 "사
마천은 평생 노닐러 다니기를 좋아하여 (…) 남으로 회수에 뜨고 양자강을 거슬러올라가 미친
듯한 물결과 놀란 파도 그리고 부르짖는 듯한 바람이 휘몰아치는 것을 보았으므로, 그 문장이
분방하고 광대하다(子長平生喜游 (…) 南浮長淮, 泝大江, 見狂瀾驚波, 陰風怒號, 逆走而橫擊, 故其文
奔放而浩漫)"라고 했다.
15) 시중천자(詩中天子) 이태백(李太白): 이백을 으뜸이 되는 시인이라고 칭송한 말이다.
16) 채석강(采石江): 이백이 배를 타고 술을 마시다가 강 위에 비친 달그림자를 잡으려다 빠져
죽었다는 강.
17) 적벽강(赤壁江) 가을달~소동파(蘇東坡)가 놀았으며: 소동파는 북송의 문인 소식(蘇軾,
1036~1101)으로 호가 동파다. 소동파는 46세 때인 임술년(1082) 7월 16일 밤에 황주(黃州) 적
벽강에서 뱃놀이하고 「적벽부赤壁賦」를 짓고, 그해 10월 15일 밤에 다시 적벽에서 뱃놀이하고
「후적벽부後赤壁賦」를 지었다. 소동파의 「적벽부」에 "임술년 가을 7월 16일에 나는 손님과 더

양강에서는 달 밝은 밤에 백낙천이 놀았고,[18] 보은 속리산 운장대[19]에
서는 세조대왕 노니셨으니, 아니 놀지는 못하리라."

이에 방자는 이도령의 뜻을 받들어 사방의 경치를 하나하나 설명
했다.

"서울로 말할 것 같으면 자하문[20] 밖으로 내달아 칠성암[21], 청련암[22],
세검정[23]입니다. 평양의 연광정[24]·대동루[25]·모란봉[26], 양양의 낙산대[27],
보은의 속리산 운장대, 안의의 수승대[28], 진주의 촉석루[29], 밀양의 영남

불어 적벽 아래에서 놀았다(壬戌之秋, 七月旣望, 蘇子與客, 泛舟游於赤壁之下)"라고 했다.
18) 심양강(潯陽江)에서는 달~백낙천(白樂天)이 놀았고: 백낙천은 중당(中唐)의 시인 백거이
로, 자가 낙천이다. 이백, 두보, 한유와 더불어 '이두한백(李杜韓白)'으로 병칭된다. 심양강은 구
강군(九江郡) 북쪽 장강 일대를 말한다. 백낙천은 45세 때 구강군 사마(司馬)로 좌천된 이듬해
심양강에서 상인의 아내가 비파 타는 소리를 듣고 「비파행琵琶行」을 지어 "심양강 머리에서
밤에 객을 전송하니, 단풍잎 갈대꽃에 쓸쓸한 가을이여(潯陽江頭夜送客, 楓葉荻花秋瑟瑟)"라고
했다.
19) 보은(報恩) 속리산(俗離山) 운장대(雲壯臺): 원문은 '보은 송이 운장디'다. 운장대는 충청북
도 보은군에 있는 속리산 봉우리다. 세조가 속리산에서 요양할 때 꿈에 귀공자가 나타나 영봉
에 올라가 기도하면 신상에 광명이 있으리라 했으므로, 그 상태로 정상에 올라가보니 책이 있
어 그 자리에서 책을 다 읽었다는 이야기가 있다. 또 세조가 즉위한 후 문신들과 이곳에서 시
문을 즐겼다는 이야기도 있다. 세조의 등람 이후 문장대(文藏臺)라 부르게 되었다고 한다.
20) 자하문(紫霞門): 원문은 '자문(紫門)'. 서울 사소문(四小門) 중 북문(北門)으로, 창의문(彰義
門)을 말한다.
21) 칠성암(七星庵): 자하문 밑 칠성 우물 위에 있는 칠성당. 별이 인간의 길흉화복과 수명을
지배한다는 도교의 칠성 신앙에서 유래한다.
22) 청련암(靑蓮庵): 세검정(洗劍亭) 문밖에 있다.
23) 세검정(洗劍亭): 현 서울시 종로구 신영동에 있는 자하문 밖 육각 정자. 광해군 폐위 문제
를 의논하고 칼을 씻은 자리라 해서 '세검'이라는 이름이 붙었다고 한다.
24) 연광정(練光亭): 평양에 있는 정자로 북한의 국보다. '연광'은 비단 빛이라는 뜻이다.
25) 대동루(大同樓): 대동문루(大同門樓)의 약칭. '대동'은 유교에서 상정하는 이상사회 상태를
의미한다.
26) 모란봉(牡丹峰): 본래 금수산(錦繡山)인데, 산의 생김새가 모란꽃처럼 생겼다 하여 모란봉
이라고 부르게 되었다.
27) 낙산대(洛山臺): 낙산사(洛山寺). 관동팔경(關東八景)의 하나.
28) 수승대(搜勝臺): 지금의 경상남도 거창군 위천면 황산리 금원산(金猿山)에 있다. 삼국시대
때 백제에서 신라로 가는 사신을 전별하던 곳으로 처음에는 돌아오지 못할 것을 근심했다고
해서 수송대(愁送臺)라 했다고 한다. 조선 중종 때 신권(愼權)이 은거하면서 구연서당(龜淵書堂)
을 건립했는데, 대의 모양이 거북과 같다 하여 암구대(岩龜臺)라 하고 경내를 구연동(龜淵洞)이

루³⁰⁾는 어떠한지 모르겠으나, 전라도를 일컫는다면 태인의 피향정³¹⁾, 무주의 한풍루³²⁾, 전주의 한벽루³³⁾도 좋지요. 그런데 남원 경치에 대해 들어보십시오. 동문 밖에 나가면 장림 선원사³⁴⁾가 좋고요, 서문 밖에 나가면 관왕묘³⁵⁾에서 천고의 영웅 근엄한 위풍이 어제오늘의 일 같고요, 남문 밖에 나가면 광한루³⁶⁾·오작교·영주각³⁷⁾이 좋습니다. 북문 밖에 나가면 푸른 하늘에 금부용을 깎아 세운 듯³⁸⁾ 교룡산³⁹⁾이 기이한 벽처럼 우뚝 서 있는데, 기이한 바위산이 둥실 떠 있는 교룡산성⁴⁰⁾도 좋습니

라 했다. 그후 이황(李滉)이 안의현(安義縣) 삼동(三洞)에 유람차 왔다가 그 내력을 듣고 이름이 아름답지 못하니 음이 같은 수승대(搜勝臺)로 고칠 것을 권하는 시를 신권에게 보냈다. 신권은 그 시를 암구대에 새겼다.

29) 촉석루(矗石樓): 진주성을 쌓을 때 동서남북에 만든 누대 네 채 중 남쪽에 세운 '남장대'를 말한다. 촉석루 오른편 아래에는 논개(論介)가 왜장을 껴안은 채 강물에 뛰어들었다는 바위인 의암(義巖)이 있다.

30) 영남루(嶺南樓): 경상남도 밀양시 내일동의 밀양 강가 절벽 위에 위치한 누.

31) 피향정(披香亭): 전라북도 정읍시 태인면 태창리에 있는 정자.

32) 한풍루(寒風樓): 전라도 무주(茂朱) 객사(客舍) 앞에 있던 누. 전주의 한벽당(寒碧堂)과 남원의 광한루(廣寒樓)와 더불어 '삼한(三寒)'의 하나로 꼽는다.

33) 한벽루(寒碧樓): 한벽당(寒碧堂). 전라북도 전주시 완산구 교동에 있는 누정. 조선 개국공신이며 집현전 직제학(直提學)을 지낸 최담(崔霮)이 낙향하고서 지은 별장이다.

34) 선원사(禪院寺): 원문은 '쳔은사'로 되어 있다. 혹 천은사(泉隱寺)인지 알 수 없다. 천은사는 전라남도 구례군 광의면 방광리에 있는 조계종 소속 사찰이다.

35) 관왕묘(關王廟): 전라북도 남원시 왕정동에 있는, 관우(關羽)의 조각상을 모신 사당. 관우 신앙은 임란 때 명나라 장수들에 의해 '군신(軍神)'으로 도입되었지만, 이후 향리와 무인 등에 의해 재물신과 지방 수호신으로 수용되었다.

36) 광한루(廣寒樓): 전라도 남원 남문 밖에 있는 누. 지금의 전라북도 남원시 천거동 75번지에 있다. 광한(廣寒)은 달에 있다는 궁궐로, 달을 뜻하는 말이 되었다. 본래 황희(黃喜)가 남원에 유배되었을 때 지은 누정으로, 처음에는 광통루(廣通樓)라 불렸다가 1434년(세종 16) 남원부사 민공(閔恭)이 고쳐 짓고 1444년(세종 26) 전라도 관찰사 정인지(鄭麟趾)가 부근의 경치가 월궁의 '광한청허부(廣寒淸虛府)'와 같다고 해서 광한루로 이름을 바꾸었다.

37) 영주각(瀛洲閣): 광한루 앞쪽 개울을 넓혀서 만든 은하수 안에 봉래산이 있고, 그 옆에 영주산(瀛洲山)이 있으며, 영주산에 누각이 있다.

38) 푸른 하늘에~세운 듯: 원문은 '청쳔삭출금부용(青天削出金芙蓉)'이다. 이백의 시 「여산오로봉을 바라보며望廬山五老峰」에 "여산 동남쪽 오로봉은, 푸른 하늘에 금부용을 깎아 세운 듯하네(廬山東南五老峯, 青天削出金芙蓉)"라고 한 구절을 차용한 것이다.

39) 교룡산(蛟龍山): 전라북도 남원시 대산면 옥률리에 있는 산.

40) 교룡산성(蛟龍山城): 전라북도 남원시 산곡동, 남원 서쪽 7리 밖에 있는 산성. 입지나 형식

다. 말씀하시는 곳으로 모시겠습니다."

이도령이 말했다.

"방자야, 네 말을 들어보니 광한루와 오작교가 절경인 모양이구나. 그리로 구경 가자."

이도령이 사또 앞에 가서 공손히 말씀드렸다.

"오늘 날씨가 화창하니 잠깐 나가서 풍월을 읊을 때 시의 운목[41]도 생각할 겸 성이나 한 바퀴 돌아보고 오겠습니다."

사또는 크게 기뻐하며 허락했다.

"남방 고을의 풍물을 구경하고 돌아오되 시제詩題를 잘 생각해라."

"아버님 말씀대로 하겠습니다."

물러나와 방자에게 말했다.

"방자야, 나귀 등에 안장을 지워라."

방자가 분부 듣고 나귀 등에 안장을 지웠다. 붉은 실로 짠 자주색 굴레, 산호 장식의 좋은 채찍, 옥과 금으로 덧댄 멋진 안장, 아름다운 언치, 황금 재갈에[42] 청색 홍색 수실로 꾸민 고운 굴레며 주락상모[43]를 냉큼 달아 층층으로 만든 다래[44], 은엽을 깐 등자[45], 호랑이 가죽 안장을 갖

으로 보아 삼국시대 백제의 축성으로 추정된다.

41) 운목(韻目): 한시를 지으려 운자를 선정할 때 기준이 되는 평수운(平水韻)의 106운목을 말한다.

42) 붉은 실로~황금 재갈에: 당나라 잠삼(岑參, 715~770)이 절도사(節度使) 위장군(衛將軍)의 붉은 표마(驃馬)를 기리며 읊은 「위절도적표마가衛節度赤驃馬歌」에 "그대 집의 붉은 표마는 그림으로 그릴 수 없구나, 한순간 회오리바람 일자 온통 복사꽃 빛깔일세. 붉은색 가슴 끈과 자줏빛 재갈, 산호 채찍, 옥안장과 비단 언치, 황금 굴레를 지웠네(君家赤驃馬畵不得, 一團旋風桃花色. 紅纓紫鞡珊瑚鞭, 玉鞍金韃黃金勒)"라고 했다. 표마는 흰 털이 섞인 황색의 날랜 말이다. '복사꽃 빛깔'은 이 표마의 아름다운 모습을 비유적으로 표현한 것이다. 조선 후기 윤두서(尹斗緒)의 그림 〈적표마도赤驃馬圖〉는 잠삼의 이 시를 화제(畵題)로 삼았다.

43) 주락상모(珠絡象毛): 국왕이 타는 말이나 높은 벼슬아치가 탄던 말의 머리를 꾸미던 치레. 갈기를 모숨모숨 땋아 붉은 줄을 드리우고 그 끝에 즐비하게 붉은 털을 묶어서 늘였다.

44) 다래: 말다래. 말 탄 사람의 옷에 진흙이 튀지 않도록 가죽 같은 것으로 만들어 안장 양쪽에 달아 늘어뜨리는 물건. 장니(障泥).

추었다. 앞걸이와 뒷걸이[46]는 염불하는 법사가 목에 염주 걸듯 줄방울이 늘어져 있었다. 방자가 말했다. "나귀 대령했습니다."

도련님의 외관과 의상은 이랬다. 옥같이 흰 얼굴에 신선 같은 풍채요, 고운 얼굴에 전반[47] 같은 채머리[48]를 곱게 빗어 밀기름[49]에 잠재우고 궁초댕기[50]에 석황[51]을 물려 맵시 있게 잡아 땋고, 성천 수주[52] 접동베,[53] 가는 흰 모시 상침바지,[54] 극상세목 겹버선[55]에 남색 갑사비단 대님[56]을 치고, 육사단[57] 겹배자에 밀화[58] 단추를 달아 입었다. 그리고 통행전[59]을 무릎 아래 넌지시 매고, 영초단[60] 허리띠와 모초단[61] 도리낭[62]을 걸치고, 당팔사[63]로 갖가지 매듭을 고리처럼 만들어 넌지시 매

---

45) 은엽(銀葉)을 깐 등자(鐙子): 은엽으로 만든 등자. 은엽은 분향할 때 불 위에 까는 운모(雲母)의 얇은 조각. 등자는 말을 탈 때 두 발로 디디는 제구다.
46) 앞걸이와 뒷걸이: 원문은 '견후(前後) 거리'다. 안장에 매는 끈으로, 가슴걸이 앙(鞅)과 껑그리끈 주(紂)가 있다.
47) 전반(剪板): 종이를 도련할 때 쓰는 좁은 나무판. 땋아 늘인 머리채가 숱이 많고 치렁치렁함을 비유한다.
48) 채머리: 가늘고 길게 딴 머리.
49) 밀기름: 밀랍(蜜蠟) 기름. 혹은 밀과 참기름을 섞어 끓인 것을 말한다.
50) 궁초(宮綃)댕기: 둥근 무늬비단을 땋은 머리끝에 드리운 장식.
51) 석황(石黃): 등황색(橙黃色) 석웅황(石雄黃)으로 만든 댕기 장식.
52) 성천 수주(成川水紬): 평안도 성천에서 나는 수화주(水禾紬).
53) 접동베: 두 겹으로 지은 웃옷. 겹 배자(褙子). 혹은 베의 명칭이라고도 한다.
54) 상침바지: 실밥이 겉으로 드러나게 박음질한 바지.
55) 극상세목(極上細木) 겹(裌)버선: 최상품 무명으로 만든 겹버선. 세목은 무명을 말한다.
56) 남색 갑사비단 대님: 원문의 '납갑사(藍甲紗)'는 남색(藍色) 갑사비단(甲紗緋緞)이다. 대님(帶袵)은 바지 끝을 여미며 발목에 매는 끈이다.
57) 육사단(六紗緞): 생사(生紗)와 누인 명주실을 섞어 짠 옷감.
58) 밀화(蜜花): 호박(琥珀)의 일종.
59) 통행전(筒行纏): 아래에 귀가 없고 통이 넓은 행전. 행전은 바짓부리를 간단히 하기 위해 종아리에 두르는 것이다.
60) 영초단(英綃緞): 중국산 비단의 일종.
61) 모초단(毛綃緞): 중국산 비단의 일종. 날은 가늘고 실은 굵은 깁.
62) 도리낭(桃李囊): 알꼴 모양 주머니.
63) 당팔사(唐八絲): 중국에서 만든, 여덟 가락으로 꼬인 매우 가는 노끈.

고는 쌍문초[64] 진솔 동정과 중치막[65]에 도포를 받쳐 입고, 검은 비단 띠를 가슴 위로 눌러맸다. 이도령은 육분 당혜[66]를 끌면서 "나귀를 붙들어라!" 하고는 등자 딛고 선뜻 올라 옷 뒤쪽을 걷어싸고 나왔다. 통인通引 하나가 뒤따라 삼문三門 밖으로 나올 때 금가루 뿌린 호당선[67]으로 햇빛을 가리고, 성남으로 뻗은 관도[68]의 넓은 길로 기운차게 나갔다. 그 모습은 두목지가 양주에 취하여 다니면 여인들이 과실을 던지던 때 그의 풍채[69]라고나 할까, 연주자가 거문고 줄을 일부러 잘못 튕겨 주랑이 돌아보길 바라던 때 그의 풍류라고나 할까.[70]

봉성의 꽃향기 가득한 자줏빛 대로에서
이를 본 사람들은 사랑하지 않는 이가 없도다.[71]

64) 쌍문초(雙紋綃): 중국산 비단의 일종.
65) 중치막(中致莫): 사인(士人) 계급이 착용하던 직령포(直領袍). 소창의나 창옷처럼 양 겨드랑이 밑에 무가 없이 터져 있어, 아랫부분은 앞이 두 자락이고 뒤는 한 자락이어서 전부 세 자락이다. 소창의는 소매가 좁고 길이가 조금 짧은 데 비해 중치막은 소매가 넓고 길이가 길었다.
66) 육분 당혜(唐鞋): 당혜는 울이 썩 깊고 코가 작은 가죽신의 한 가지. 앞코와 뒤에 당초문(唐草紋)을 새긴 마른 신이다. '육분'은 미상.
67) 호당선(胡唐扇): 금가루를 뿌린 종이로 만든 호식(胡式), 당식(唐式) 부채.
68) 성남으로 뻗은 관도: 원문은 '관도성남(官道城南)'이다. 당나라 왕발(王勃)이 "성남으로 뻗은 관도에서 뽕잎을 따는 것이, 어찌 강가에서 연꽃을 따는 것만 하겠는가?(官道城南把桑葉, 何如江上採蓮花)"라고 한 표현에서 따온 것이다.
69) 양주에 취하여~그의 풍채: 두목은 30대 초반에 양주(揚州) 회남절도사(淮南節度使) 우승유(牛僧孺)의 막료로 있으면서 총명과 미모를 겸비한 기녀들과 염문을 뿌려 '양주몽(揚州夢)'이라는 성어가 있다. 두목은 양주에서 몰래 기루를 출입하며 풍류를 즐겼는데 나중에 낙양에 와서 당시를 술회하며 시 「견회遣懷」를 지어 "십 년 만에 한 번 양주의 꿈을 깨고 나니, 청루에서 박정하단 이름만 실컷 얻었네(十年一覺揚州夢, 贏得靑樓薄倖名)"라고 했다.
70) 연주자가 거문고~풍류라고나 할까: 주랑(周郎)은 적벽대전에서 조조에게 대승을 거둔 오나라의 명장 주유(周瑜)를 가리킨다. 그가 음악을 잘 알았으므로 연회 때마다 악인(樂人)이 혹 잘못 연주하면 반드시 머리를 돌려 바라보았다고 한다. 당나라 이단(李端)의 시 「청쟁聽箏」에 "금속의 기러기발로 아쟁을 울리니, 옥방 앞에서 흰 손이 연주하네. 주랑이 돌아보게 하려고, 이따금 줄을 부러 잘못 튕기네(鳴箏金粟柱, 素手玉房前, 欲得周郎顧, 時時誤拂弦)"라고 했다. 『설부說郛』 권77 하 「경아선쟁兒善箏」에 나온다.
71) 봉성의 꽃향기~이가 없도다: 앞서 나온 당나라 잠삼의 「위절도적표마가衛節度赤驃馬歌」의

이도령이 광한루에 얼른 올라 사방을 돌아보니 경치가 대단히 좋았다.

"적성[72]에 아침나절 늦은 안개 끼어 있고 신록의 나무들에 봄이 저물고 꽃나무와 버드나무에는 동풍이 건듯 부누나.[73] 자색 전각과 단청 누대는 분분하게 빛나고, 옥구슬 치장한 방과 비단 장식한 궁전은 영롱하여라."[74] 이것이 임고대[75]를 일러 묘사한 시구라면, "옥 같은 누헌과 수려한 건물은 어이 그리 아스라한가"[76]는 광한루를 두고 하는 말이라고 할 만했다.

악양루[77]와 고소대[78]에서 바라보이는 동남쪽 오 땅 초 땅의 강물[79]

중간 부분에 "봉성의 꽃향기 가득한 자줏빛 대로에서, 이를 본 사람들은 사랑하지 않는 이가 없도다. 채찍 들어 급히 몰자 흰 땀이 흐르고, 그림자를 희롱하며 힘차게 나아가매 푸른 말발굽이 부서지는 듯해라(香街紫陌鳳城內, 滿城見者誰不愛. 揚鞭驟急白汗流, 弄影行驕碧蹄碎)"라고 했다.

72) 적성(赤城): 당나라 왕발의 가행(歌行) 「임고대臨高臺」 편에 나오는 시어로, 중국 절강성(浙江省) 천태현(天台縣)에 있는 붉은 산이다. 신선들이 거처한다는 선경(仙景)이기도 하다. 현재의 전라북도 순창군에 적성원(赤城院)이 있어 당시 행정구역상 남원 서쪽에 있었던 것에 빗대었다.

73) 적성에 아침나절~건듯 부누나: 왕발의 「임고대」 편에서 "동쪽으로 장락관까지 뻗어 있고, 서쪽은 미앙궁을 가리키누나. 적성에는 아침해가 비쳐, 푸른 나무들이 봄바람에 흔들리네(東彌長樂觀, 西指未央宮. 赤城映朝日, 綠樹搖春風)"라고 한 시어와 시상을 따왔다.

74) 자색 전각과~궁전은 영롱하여라: 왕발의 가행시 「임고대」에 "높은 누대는 사방을 바라보면 경색이 같아, 제향의 아름다운 기운이 울울창창하여라. 자색 전각과 단청 누대는 분분하게 빛나고, 옥구슬 치장한 방과 비단 장식한 궁전은 영롱하여라(高臺四望同, 佳氣鬱葱葱. 紫閣丹樓紛照耀, 璧房錦殿相玲瓏)"고 했다.

75) 임고대(臨高臺): 본래 '높은 대에 올라' 정도의 뜻인데, 『열녀춘향수절가』에서는 누대의 이름처럼 사용했다. 임고대는 한나라 때 징소리에 맞춰 부르던 악부 요가(鐃歌) 18곡의 하나다. 왕발은 옛 악부의 음조를 빌려서, 높은 대에 올라 과거 번성했던 시절의 영화를 상상하며 인간사의 허망을 노래했다.

76) 옥 같은~그리 아스라한가: 왕발의 「임고대」에 "옥 같은 누헌과 기려한 건물은 어이 그리 아스라한가, 난새 노래와 봉황 조각 피리는 맑고도 애절하다(瑤軒綺構何崔嵬, 鸞歌鳳吹清且哀)"라고 했다.

77) 악양루(岳陽樓): 중국 호남성 악양시(岳陽市)에 있다. 황학루(黃鶴樓), 등왕각(滕王閣)과 함께 중국 강남(江南) 3대 명루(名樓)로 꼽히는 3층 누각이다.

78) 고소대(姑蘇臺): 중국 강소성(江蘇省) 오현(吳縣) 서남쪽에 있는 누대. 춘추시대 오왕(吳王) 부차(夫差)가 서시(西施)를 위해 고소대를 세우고는 날마다 이곳에서 노닐며 정사를 돌보지 않았다. 오자서(伍子胥)가 간했는데도 듣지 않자, 오자서는 "이제 곧 고소대에 사슴이 노니는 것

은 동정호[80]로 흘러가고, 연자루[81] 서북쪽으로는 팽택[82]이 뚜렷하게 시야에 들어왔다고 했는데, 광한루에 올라보니 그런 광활한 느낌이 들었다. 또 한 곳을 바라보니, 흰색 홍색의 꽃들이 흐드러진 곳에 앵무와 공작이 날아들었다. 산천 경관을 둘러보았더니, 멋들어지게 구부러진 반송과 떡갈나무같이 무성한 잎은 춘풍을 아주 못 이기어 흐늘흐늘하고, 폭포처럼 물 흐름이 기세 좋은 시냇가의 꽃들은 빵긋빵긋하고, 장송은 휘휘 늘어져 울창했다. 녹음과 꽃다운 잡초가 봄꽃보다 나을 때로구나.[83] 계수나무, 자단,[84] 모란, 벽도[85]에 취한 듯한 산빛은 긴 강이 마을을 에워싸고 흐르는 곳에[86] 풍덩실 잠기어 있었다.

을 보게 될 것이다(今見麋鹿遊姑蘇之臺)"라고 경고했으며, 과연 얼마 지나지 않아 월나라에 망했다. 『사기』 권118 「회남형산열전淮南衡山列傳」에 나온다.

79) 동남쪽 오 땅 초 땅의 강물: 오초는 양자강(揚子江) 동쪽, 즉 강소성 지방 및 양자강 하류인 호남(湖南)·호북성(湖北省) 지방을 가리킨다. 두보의 시 「등악양루登岳陽樓」에 "오초는 동남으로 갈라졌고, 건곤은 밤낮으로 떠 있구나(吳楚東南坼, 乾坤日夜浮)"라고 한 것을 차용했다.

80) 동정호(洞庭湖): 중국 호남성 호수로, 양자강 남쪽 유역에 있다. 오호(五湖)의 하나다.

81) 연자루(燕子樓): 중국 강소성 동산현(銅山縣) 서북에 있다. 당나라 정원(貞元) 연간(785~805)에 상서(尙書) 장음(張愔)이 애첩 관반반(關盼盼)을 위해 지은 누각이다. 백거이의 「연자루시서燕子樓詩序」에 그 일화가 나온다. 한편 전라도 순천부(順天府) 남쪽 옥천(玉川) 위에 있던 누각도 이름이 연자루다. 태수(太守) 손억(孫億)이 관기(官妓) 호호(好好)를 사랑했는데 나중에 관찰사가 되어 다시 그곳에 가보니, 호호는 이미 늙어버렸더라는 고사가 유명하다.

82) 팽택(彭澤): 중국 강소성 호구현(湖口縣)에 있는 호수. 단 여기서는 '팽성(彭城)'을 '팽택'으로 오기한 듯하다. 팽성은 강소성 동산현(銅山縣)의 지명이다. 항우(項羽)가 말을 조련한 희마대(戱馬臺) 등 유적이 많으며, 항우가 한고조 유방(劉邦)을 크게 이긴 곳이며, 항우의 사당이 있다.

83) 녹음과 꽃다운~나을 때로구나: 북송 왕안석(王安石)이 강소성 강녕(江寧)의 반산(半山) 부근 초여름 광경을 노래한 시 「초하즉사初夏卽事」에서 "돌다리 가 초가집에 물길 굽어 있어, 잔잔하게 흐르는 물이 연못 기슭 둘을 지나가네. 맑은 날 따스한 바람은 보리 기운 실어보내고, 녹음과 향기로운 잡초가 봄꽃보다 나을 때로구나(石梁茅屋有灣碕, 流水濺濺度兩陂. 晴日暖風生麥氣, 綠陰芳草勝花時)"라고 했다. 판소리 단가에서도 이 마지막 구절을 사용했다.

84) 자단(紫壇): 콩과의 상록 활엽 교목. 껍질은 자줏빛이며 부드러운 잔털이 있다. 재목은 붉은빛을 띠고 아름다워서 건축·가구 따위의 재료로 쓰인다.

85) 벽도(碧桃): 벽도화. 복숭아나무의 한 가지로, 천엽(千葉)의 흰 꽃이 핀다. 일반적으로 선경에 있다는 복숭아나무라는 뜻으로 사용한다.

86) 긴 강이~흐르는 곳에: 장강요천의. '장강요천(長江繞村)의'를 잘못 표기한 듯하다.

또다른 곳을 바라보니, 어떤 한 여인이, 마치 봄 새가 춘정에 못 이겨 울듯이, 온갖 춘정을 이기지 못하고 있었다. 두견화를 질끈 꺾어 머리에 꽂아도 보고, 함박꽃^{작약, 芍藥}도 질끈 꺾어 입에 함뿍 물어보며, 흰 손이 드러나도록 비단 적삼을 반만 걷고, 청산에 흐르는 시내의 맑은 물에 손도 씻고 발도 씻고, 물 마시고 양치⁸⁷⁾도 하며, 조약돌을 덥석 쥐어 버들가지에 앉은 꾀꼬리를 희롱하고 있었다. "꾀꼬리를 탄환으로 때려 깨워 일으킨다"⁸⁸⁾라는 옛 시구가 이를 두고 한 말이 아니었을까. 버들잎도 죽 훑어서 물에 훌훌 띄워보고, 백설 같은 흰 나비인 듯도 하고, 수벌과 암나비가 꽃술 물고 너울너울 춤을 추는 것도 같았다. 이때 황금 빛깔의 꾀꼬리는 숲으로 날아들었다.

광한루의 진경도 좋지만 오작교가 더욱 좋았다. 남원은 정말로 호남의 제일가는 성이라 할 만했다. 오작교가 분명하다면 견우와 직녀는 어디 있었을까? 이런 경승지에 풍월이 없을 수 있겠는가? 이도령은 글 두 귀⁸⁹⁾를 지었다.

높고 밝은 배 같은 오작교요
넓고 찬 광한전의 옥계 누대로다.

묻나니 하늘 위의 직녀는 누구인가

---

87) 양치: 원문은 '양슈(養漱)'다. 본래 '양치질'은 양지, 즉 버드나무 가지로 이를 청소하는 것을 말한다.
88) 꾀꼬리를 탄환으로~깨워 일으킨다: 악부시(樂府詩) 근대곡사(近代曲辭)의 하나인 「이주원 伊州怨」에 "꾀꼬리를 탄환으로 때려 깨워 일으켜, 나뭇가지 위에서 울게 하지 말라. 꾀꼬리가 울 때 첩의 꿈이 깨어, 요서에 가지 못하나니(打起黃鶯兒, 莫敎枝上啼. 啼時驚妾夢, 不得到遼西)"가 있다. 이 시의 작가에 대해서는 배도(裴度)라고도 하고, 여항(餘杭) 사람 김창서(金昌緖)의 「춘원春怨」이라고도 한다.
89) 귀(句): 보통 말하는 두 구. 하나의 연(聯)을 근대 이전에는 구(句)라고 말했다. 여기서 말하는 '두 구'는 '두 개의 연'이다. 출구(出句)와 대구(對句)로 구성하는 것이 일반적이다.

다만 응당 오늘은 내가 견우로구나.

　　이때 내아[90]에서 간단한 술상이 나왔다. 이도령은 술 한 잔을 마신 후 통인과 방자에게 술상을 물려주고, 취흥이 도도하여 담배를 피워 입에 물고 이리저리 거닐며 빼어난 경치를 바라보면서 흥겨워했다. 충청도 고마[91] 수영[92] 관할의 보련암[93]이 경치를 자랑해도 이곳 경치를 당할 수 있을까. 붉을 단丹, 푸를 청靑, 흰 백白, 붉은 홍紅, 고만고만하게 색색으로 물들어 있다. 버드나무가 장막을 이룬 곳에서는 노란 꾀꼬리가 짝을 부르는 소리가 이도령의 춘흥을 돋우었다. 노랑 벌, 흰나비와 왕나비도 향기를 찾는 거동이었다. 날아가고 날아오니 봄 성안이요, 영주산[94] ·방장산·봉래산이 시야에 들어왔다. 물은 본디 은하수요, 경치는 홀연 백옥경이라. 백옥경이 분명하다면 월궁항아가 어찌 없었겠는가?

90) 내아(內衙): 외아(外衙), 즉 정당(政堂)에 대비되는 말로, 수령의 가족이 거처하던 안채다. 내당(內堂), 내사(內舍), 내옥(內屋)이라고도 한다.
91) 고마(姑麻): 곰뫼. 웅산(熊山). 충청남도 공주 북쪽 2리에 있다.
92) 수영(水營): 충청도 수영은 보령에 있었다. 즉 보령충청수영성(保寧忠淸水營城)이라고 한다.
93) 보련암(寶蓮庵): 충청북도 천룡산(天龍山) 보련사(寶蓮寺).

향단아, 밀어라

　때는 춘삼월이라 일렀지만, 실은 오월 단옷날이었다. 한 해 가운데 제일 좋은 시절이었다. 월매 딸 춘향이도 시서와 음률에 능통했으니 천중절[1]을 몰랐겠는가. 춘향이 그네[2]를 뛰려고 향단이를 앞세워 광한루 부근으로 내려왔다.

　춘향은 난초같이 고운 머리를 두 귀 누를 듯하게 곱게 땋아 금봉채[3]를 가지런히 꽂았는데, 비단치마를 두른 허리는 완전히 다 피지 않은 버들이 가지를 힘없이 드리운 듯했다. 아름답고 고운 태도로 아장아장 걸어서 한들한들 가만가만 나와서 긴 수풀 속으로 들어가니, 녹음이 우거

---

1) 천중절(天中節): 음력 5월 5일 단오일. 수릿날이라고도 한다.
2) 그네: 추천(秋千) 혹은 추천(鞦韆)이라 한다. 장유(張有)의 「복고편復古編」에 "한 무제 때 후궁들의 놀이로, 본래는 천추(千秋)라고 했는데, 천추는 장수를 비는 말이다. 말이 뒤집혀 추천(秋千)이 되었다"고 했다. 그네의 어원은 '근'으로서 끈(繩) 놀이를 뜻하는데, 『춘향전』에는 '근듸'로 나와 있다. 『고려사』, 「최충헌전崔忠獻傳」에는 단오에 문무 4품 이상이 추천을 했다고 되어 있다. 조선시대 양반층은 그네를 멀리했으나, 민간에서는 성행했다. 『열양세시기洌陽歲時記』에 의하면 단오에 남녀가 그네를 뛰는 것은 평안도가 가장 활발하다고 했다.
3) 금봉채(金鳳釵): 금으로 봉황을 새겨서 만든 비녀.

지고 방초가 무성하며 금잔디가 좌르륵 깔린 곳에 황금 같은 꾀꼬리는 짝을 지어 오고갔다. 춘향은 무성한 버드나무에 일백 자 길이로 높이 맨 그네를 뛰려 하면서 무늬 있는 수화주 초록 장옷[4]과 남방사[5] 홑단치마를 훨훨 벗어 걸어두었다. 그리고 자주영초[6]로 장식한 수당혜[7]를 훨훨 벗어 던져두고, 백방사[8]로 만든 진솔 속곳[9]을 턱밑으로 훌쩍 추어올리고, 백옥 같은 가녀린 손으로 연숙마[10] 그넷줄을 넌짓 들어 두 손에 갈라 잡고, 백릉버선 신은 두 발로 살짝 올라서서 발을 굴렀다. 가는 버들 같이 연약하고 고운 몸을 단정히 노니는데, 뒤쪽 단장의 옥비녀와 은죽절[11]도 맵시 있고, 앞치레로 볼 것 같으면 밀화장도·옥장도[12]·광원사[13] 겹저고리·색동 고름이 모양 난다.

"향단아, 밀어라!"

한 번 힘을 주고 두 번 굴러 힘을 주자, 발밑에서 가느다란 티끌이 바람 따라 펄펄 날렸다. 앞뒤로 점점 멀어져갈수록, 머리 위 나뭇잎은 몸을 따라 흔들거렸다. 춘향이의 그네가 앞뒤로 오고갈 때 그 모습을 멀리서 보니, 녹음 속에 붉은 치맛자락이 바람결 따라 내비쳤다. 높디높은 하늘 흰구름 속에 번갯불이 비치는 듯하고, 앞에서 바라보면 보이던 것

---

4) 장옷: 장의(長衣). 두루마기와 비슷하되, 보통 초록 바탕에 흰색 끝동을 달았다. 조선 전기에 남자들이 겉옷(袍)으로 입었고, 조선 후기에는 여자들이 쓰개로 사용했다. 여인들이 쓰개로 사용한 장옷은 주로 초록 무명이나 명주로 만들어졌고 안은 흰색으로 했다.
5) 남방사(藍紡絲): 남방사주(藍紡絲紬). 남색 명주실로 짠 비단.
6) 자주영초(紫朱英綃): 자주색 영초단(英綃緞).
7) 수당혜(繡唐鞋): 당초(唐草) 무늬를 수놓은 가죽신.
8) 백방사(白紡絲): 백방사주(白紡絲紬). 흰 누에고치만으로 실을 켜서 짠 명주.
9) 진솔 속곳: 새 속곳. 아직 한 번도 빤 적 없는 새 바지.
10) 연숙마(練熟麻): 잿물에 담갔다가 솥에 찐 삼 껍질.
11) 은죽절(銀竹節): 은으로 만든 죽절비녀. 죽절은 대나무 형상의 머리장식이다.
12) 장도: 장도칼. 노리개로 차고 다니는 것을 패도(佩刀), 주머니 속에 지닌 것을 낭도(囊刀)라 한다. 최남선은 『고사통故事通』에서 남녀의 옷고름에 장도를 차는 것은 몽고 풍습이 들어와서 유행한 것이라 했다.
13) 광원사(光原絲): 광월사(光月紗)라고도 한다. 달 같은 둥근 무늬가 놓인 비단을 말한다.

이 어느새 뒤에 있었다.[14] 앞으로 어른어른하는 모습은 복사꽃 한 점이 떨어질 때 날쌘 제비가 그 한 점을 차려고 쫓아가듯 하고, 뒤로 번뜻하는 모습은 광풍에 놀란 나비가 짝을 잃고 날아가다가 몸을 뒤치는 듯했다. 무산선녀[15]가 구름 타고 양대 위에 내리는 듯, 나뭇잎도 입에 물어 보고 꽃도 질근 꺾어 머리에 슬근슬근 갖다 문지르기도 한다. "얘 향단아! 그네 바람이 독해서 정신이 어질어질하다. 그넷줄 붙들어라."

향단은 그네를 붙들려고 무수히 앞으로 나갔다 뒤로 물러났다 했다. 한참 이렇게 노는데, 시냇가 반석 위에 옥비녀가 떨어져 쟁그랑 소리가 났다.

"비녀, 비녀!" 하는 소리가 마치 산호로 만든 비녀를 가지고 옥으로 만든 소반을 깨뜨리는 듯, 그 태도와 형용은 이 세상 사람이 아니었다.

제비가 석 달 봄 내내 이리저리 날자, 이도령은 마음이 울적하고 정신이 아찔하여 별생각이 다 나서 혼잣말로 잠꼬대하듯 중얼거렸다.

"오호에 편주를 타고 범소백을 쫓았으니 미인 서시가 올 리 없고,[16]

14) 앞에서 바라보면~뒤에 있었다: 원래는 공자의 덕이 높은 것을 비유한 말이었으나, 여기서는 그네가 오가는 모습을 형용했다. 『논어』 「자한子罕」에서 안연(顔淵)이 공자의 도를 감탄하여 "쳐다볼수록 더욱 높고 뚫을수록 더욱 견고하며 바라보면 앞에 있는 듯하다가 홀연히 뒤에 있다(仰之彌高, 鑽之彌堅, 瞻之在前, 忽然在後)"라고 한 데서 온 말이다.
15) 무산선녀(巫山仙女): 무산은 지금의 중국 사천성(四川省) 기주부(夔州府) 무산현(巫山縣) 동쪽에 있다. 이 선녀 이야기는 전국시대 초나라 시인 송옥(宋玉)의 「고당부高堂賦」에 나오는 무산지몽(巫山之夢) 고사에서 나왔다. 초나라 양왕(襄王)이 고당(高唐)에서 놀다가 낮잠을 자는데 꿈에 한 부인이 나와서, "저는 무산 여자로서 고당의 나그네가 되었는데, 임금님이 여기 계시다는 소문을 듣고 왔으니, 침석(枕席)을 같이해주십시오"라고 했다. 그녀는 양왕과 하룻밤을 같이 지내고 아침에 떠나면서 "저는 무산 양지 쪽 높은 언덕에 사는데, 매일 아침이면 구름이 되고 저녁에는 비가 됩니다"라고 했다. 과연 그 말과 같아 그곳에 사당을 지어 이름을 조운(朝雲)이라 했다고 한다.
16) 오호(五湖)에 편주를~올 리 없고: 오호는 중국 태호(太湖) 근방에 있는 다섯 호수다. 춘추시대 월나라 대부 범려(范蠡)는 구천(句踐)을 도와 오나라를 멸망시키고 패자(霸者)가 되게 하고 나서, 구천은 환난은 함께할 수 있지만 안락은 함께할 수 없다고 여겨 서시(西施)를 데리고 배를 타고 오호(五湖)로 나갔다고 한다. 『사기』 권41 「월왕구천세가越王句踐世家」에 나온다.

해하 성 달밤에 옥장[17] 안에서 슬픈 노래로 패왕과 이별하던 우미인도 올 리 없다.[18] 단봉궐 하직하고 백룡퇴로 떠나간 연후에[19] 오로지 청총[20]만 남았으니 왕소군도 올 리 없다. 장신궁 굳게 닫고 백두음[21]을 읊었으니 반첩여도 올 리 없다.[22] 소양궁에서 성제의 시중을 들고 돌아

---

17) 옥장(玉帳): 옥같이 견고한 장막. 장군의 군막, 막부(幕府)를 뜻한다.

18) 해하(垓下) 성~올 리 없다: 항우가 서초패왕(西楚霸王)이 되어 천하를 호령했으나, 해하에서 한군(漢軍)에 겹겹으로 포위되어 곤경에 처하자, 밤중에 일어나 장막에서 우미인(虞美人)과 술을 마시며 "힘은 산을 뽑을 만하고 기개는 세상을 덮었건만, 시운이 이롭지 못해 오추마가 가지 않는구나. 오추마가 가지 않음은 어쩔 수 없거니와, 우여 우여 너를 어찌한단 말이냐?(力拔山兮氣蓋世, 時不利兮騅不逝. 騅不逝兮可奈何? 虞兮虞兮奈若何)"라고 노래하고는 오강(烏江)에 이르러 근거지인 강동(江東)으로 건너가 재기하려 하지 않고 자결해 생을 마감했다. 『사기』권7 『항우본기項羽本紀』에 자세히 나와 있다.

19) 단봉궐(丹鳳闕) 하직하고~떠나간 연후에: 단봉궐은 상서로운 운기(雲氣)인 단봉이 깔린 도성이나 대궐을 말한다. 전한(前漢) 원제(元帝)의 비(妃)인 왕소군(王昭君)은 궁녀로 있을 때 미모가 뛰어났지만 황제의 총애를 입지 못하다가, 궁중 화가의 농간 때문에 흉노의 선우(單于)에게 시집가게 되었는데, 단봉궐을 하직하고 흉노 땅인 백룡퇴(白龍堆)로 갈 적에 비파를 뜯었다. 한나라 사람들이 이를 불쌍히 여겨 마상성(馬上聲)이란 노래를 지었다고 한다. 『한서』권94 「흉노전匈奴傳」에 나온다. 당나라 동방규(東方虯)의 「소군원昭君怨」에 "눈물 훔치며 단봉을 하직하고, 슬픔 머금고 백룡을 향했네(拭淚辭丹鳳, 含悲向白龍)"라고 했다.

20) 청총: 한(漢)나라 왕소군의 무덤을 말한다. 지금 중국 내몽고자치구(內蒙古自治區) 호화호특시(呼和浩特市) 남쪽에 있는데, 그 지역에는 백초(白草)가 많거늘 왕소군의 무덤만 푸르기에 청총으로 불렀다고 한다. 두보의 시 「영회고적詠懷古迹」에 "자줏빛 누대를 한번 떠나 삭막으로 가더니, 황혼에 청총만 외롭게 남았구나(一去紫臺連朔漠, 獨留靑塚向黃昏)"라고 했다.

21) 백두음(白頭吟): 악부(樂府) 상화가사(相和歌辭)의 하나이다. 『서경잡기西京雜記』에 "사마상여가 무릉(茂陵) 사람의 딸을 첩으로 삼으려 하므로, 아내인 탁문군(卓文君)이 이 노래를 지어 결별의 뜻을 보이자 사마상여가 그만두었다 한다"라고 했다. 당나라 이백 등의 작품이 있어, 남편에게 버림받은 여인이 남편에 대한 서운함과 이별의 슬픔을 토로한 내용이다. 아래에서 보듯, 반첩여가 읊은 것은 「백두음」이 아니라 「원가행怨歌行」이다.

22) 장신궁(長信宮) 굳게~올 리 없다: 한(漢)나라 성제(成帝, 재위 기원전 32년~기원전 7년)의 궁녀 반첩여가 시가에 능하여 총애를 받다가 조비연(趙飛燕)의 참소를 받고 장신궁에서 지냈는데, 자신을 부채에 비유하여 원가행을 지어 "제나라 흰 비단을 새로 마름질하니, 희고 깨끗하기가 눈서리 같아, 재단하여 합환선을 만들매, 둥그런 모습이 밝은 달을 닮았구나. 임의 품속 드나들며, 산들바람 일으켰다만, 늘 두려웠지 가을 되어, 서늘한 바람에 더위 물러가면, 상자 속에 버려져, 은정이 중도에 끊어지지 않을까 했지(新裂齊紈素, 皎潔如霜雪. 裁爲合歡扇, 團圓似明月. 出入君懷袖, 動搖微風發. 常恐秋節至, 涼風奪炎熱. 棄捐篋笥中, 恩情中道絶)"라고 했다. 『한서』권97하 「외척전外戚傳 반첩여班婕妤」에 나온다.

온 뒤로 서인으로 강등되었으니 조비연도 올 리 없다.[23] 낙포의 선녀[24]
란 말인가, 무산의 선녀란 말인가."

이도령은 혼이 중천으로 날아가버려 온몸이 축 늘어졌다. 정말로 아
직 장가들기 전에 사람들이 그러하듯 그런 식이었다.

23) 소양궁(昭陽宮)에서 성제의~올 리 없다: 소양궁은 한나라 성제(成帝)의 후비(后妃)인 조
비연이 거주하던 궁전이다. 조비연은 가무(歌舞)에 능하여 성제의 총애를 받아 황후가 되었고,
애제(哀帝, 재위 기원전 6년~기원전 1년) 때 황태후가 되었으나, 한나라 평제(平帝, 재위 기원
전 1년~5년)가 즉위하자 황태후에서 폐위되어 효성황후(孝成皇后)가 되었으며, 한 달 후 서인
으로 강등되자 자살했다. 『한서』권97 「외척전」에 나온다.
24) 낙포(洛浦)의 선녀: 앞에서는 '낙포의 딸'이라고 표현했다.

이도령과 춘향, 춘향과 이도령

"통인아!"

"예!"

"저 건너 기생집에서 오락가락 희뜩희뜩 얼른얼른 하는 게 무엇인지 자세히 보고 오너라."

통인이 살펴보고 말했다.

"다른 무엇이 아니오라, 이 고을 기생이던 월매란 사람의 딸 춘향이란 계집아이입니다."

도련님이 엉겁결에 말했다.

"아주 좋다. 훌륭하다."

통인이 말했다.

"저애 어미는 기생이지만 춘향이는 도도하여 기생 구실은 마다합니다. 꽃이나 풀잎을 보면서 시도 생각하고, 여성으로서 할 일에 재질도 있고 문장력까지 온전히 지녀서, 여염집 처자와 다름없습니다."

도령이 허허 웃고 방자를 불러 분부했다.

"기생의 딸이라 하니, 급히 가서 불러오라."

방자가 대답했다.

"흰 눈 같은 살결에 꽃 같은 얼굴이 남방에 유명하여, 방첨사,[1] 병사,[2] 부사,[3] 군수, 현감 등 관장님네는 말할 것도 없고, 엄지손가락이 두 뼘 갸웃 되는[4] 양반 외입쟁이들도 무수히 보려 했습니다. 장강[5]과 같은 미색을 갖추고 임사와 태사[6]와 같은 덕행을 지녔으며, 이백과 두보의 문필을 발휘하고 태사의 온화하고 양순한 마음과 순임금의 두 비[7]가 지닌 정절을 품었으니, 지금의 천하절색이요, 만고의 여중군자입니다. 황공한 말씀입니다만, 함부로 불러오기 어렵습니다."

이도령은 크게 웃었다.

"방자야, 너는 물건이란 제각기 주인이 있음[8]을 모르느냐? 형산[9]의 백옥과 여수[10]의 황금은 임자가 각각 있느니라. 잔말 말고 불러오라."

---

1) 방첨사(防僉使): 병마방어사(兵馬防禦使)와 첨절제사(僉節制使)·동첨절제사(同僉節制使). 병마방어사는 종2품 고관인데, 전라도에는 두지 않았다. 전라도에는 첨절제사 종3품이 4인, 동첨절제사 종4품이 19인이었다.
2) 병사(兵使): 병마절도사(兵馬節度使). 정2품직.
3) 부사(府使): 대도호부사(大都護府使), 정3품직과 도호부사(都護府使) 종3품직.
4) 두 뼘 갸웃 되는: 두 뼘은 양(兩)을, 갸웃은 반(半)을 나타내어 양반을 비꼰 말이다.
5) 장강(莊姜): 위나라 장공(莊公)의 정비(正妃). 『시경』「위풍衛風 석인碩人」에 장강의 미모를 묘사하여 "목은 굼벵이 같다(領如蝤蠐)"라고 했다. 후덕했으나 아들을 낳지 못했다.
6) 임사와 태사: 주(周)나라 문왕(文王)의 어머니인 태임(太任)과 문왕의 후비인 태사(太姒)를 합칭하는 말이다. 모두 성덕(聖德)을 지닌 왕후들이었다.
7) 순임금의 두 비: 원문의 '이비(二妃)'는 요임금의 두 딸로 순임금의 비가 되었던 아황(娥皇)과 여영(女英)을 가리킨다.
8) 물건이란 제각기 주인이 있음: 소식의 「전적벽부」에 "천지간의 물건은 각기 주인이 있는 법이라서, 우리의 소유가 아니라면 털끝만큼이라도 취할 수가 없다(天地之間, 物各有主, 苟非吾之所有, 雖一毫而莫取)"라는 말이 나온다.
9) 형산(荊山): 중국 호북성 남장현(南漳縣) 서쪽에 있다. 혹은 봉양부(鳳陽府) 현치(縣治) 서남쪽에 있다고도 한다. 춘추시대 초나라 변화(卞和)가 형산에서 박옥(璞玉)을 얻어 여왕(厲王)에게 바쳤다가 왼쪽 발을 잘리고, 무왕(武王)에게 바쳤다가 다시 오른쪽 발을 잘리고서 세번째로 문왕(文王)에게 바쳐 진가(眞價)를 인정받았던 고사가 『한비자韓非子』「화씨和氏」에 전한다.
10) 여수(麗水): 중국 절강성(浙江省) 운포(雲甫)에 있다고도 하고 운남성(雲南省) 지역이라고도 하는데, 금 생산지다. 『한비자』「칠술七術」에 보면 형주(荊州) 남쪽 지방 여수(麗水)에서 황금

방자가 이도령의 분부를 듣고 춘향을 불러오려고 건너갔다. 맵시 있는 방자는 빠르고 날래게, 서왕모의 요지 잔치[11] 때 초청 편지를 전달한 파랑새[12]와도 같이 이리저리 건너갔다.

"여봐라, 춘향아."

자신을 부르는 소리에 춘향이 깜짝 놀랐다.

"무슨 소리를 그따위로 질러 사람의 정신을 놀라게 하느냐?"

"이애야, 말 말아라. 일났다."

"일이라니 무슨 일?"

"사또 자제 도련님이 광한루에 오셨다가 너 노는 모양 보고 불러 오라는 영을 내리셨다."

춘향이 화를 냈다.

"네가 미친 자식이다. 도련님이 어찌 나를 알아서 부른단 말이냐? 이 자식, 네가 내 말을 종달새 삼씨 까듯 했나보다."

"아니야. 내가 네 말을 할 리 없으니, 네가 그르지 내가 그르냐. 너 그른 내력을 들어보아라. 계집아이 행실로 그네를 탈 양이면 네 집 후원 담장 안에 줄을 매고, 남이 알까 모를까 은근히 매어 그네 타는 게 도리상 당연하다. 광한루가 멀지 않은데다가, 지금 이곳을 따지자면 '녹음과

이 나는데 사람들이 몰래 금을 캔다고 했다.

11) 서왕모의 요지(瑤池) 잔치: 서왕모는 귀산(龜山) 곤륜(崑崙)의 낭풍원(閬風苑)에 거처하는 신선이다. 『사기』「대원열전大宛列傳」에서는 "안식(安息) 땅에 사는 나이 많은 어르신이 전해 들은 바로는 조지(條枝) 땅에 약수(弱水)가 있어 서왕모가 산다고 하는데, 아직 본 적은 없다"라고 했다. 또 『사기』「대원열전」에 따르면 서왕모가 산다는 곤륜산 정상에 요지라는 연못이 있다고 한다. 『열자』「주목왕周穆王」에 보면 주 목왕이 서왕모의 손님 노릇을 한 적이 있어서 요지에서 술잔을 주고받았다고 한다.

12) 파랑새: 청조(靑鳥). 『한무고사漢武故事』에 보면 "7월 7일에 파랑새가 궁전 앞에 날아와 앉았는데 동방삭(東方朔)이 이는 서왕모가 오려는 것이라고 말했다. 잠시 후에 서왕모가 도착했는데 파랑새 세 마리가 서왕모를 곁에서 모시고 있었다(七月七日, 忽有靑鳥, 飛集殿前。東方朔曰: "此西王母欲來." 有頃, 王母至, 三靑鳥夾侍王母傍)"라고 했다. 후대에는 심부름꾼을 파랑새라고 부르게 되었다.

꽃다운 잡초가 봄꽃보다 나을 때'로, 꽃다운 잡초는 한창 푸르다. 앞내 버들은 초록 장막을 두르고, 뒷내 버들은 버들 장막 둘러서, 가지 하나 늘어지고 또 가지 하나 펑퍼져서 미친바람을 이기지 못하여 흐늘흐늘 춤추고 있지. 그렇거늘 광한루 사람들이 구경 나온 곳에 그네를 매고 네가 그네를 굴러서, 오이씨같이 갸름한 두 발로 흰구름 사이에서 노닐 때 붉은 치맛자락은 풀풀 날리고, 백방사 속곳[13] 가랑이가 동남풍에 펄렁펄렁하고, 박속[14] 같은 네 살결이 흰구름 사이에 희뜩희뜩하니, 도련님이 보시고 너를 부르시는 걸, 내가 무슨 말을 한단 말이냐. 잔말 말고 건너가자."

춘향이 대답했다.

"네 말이 당연하다. 하지만 오늘은 단오일이다. 어디 나뿐이냐? 다른 집 처자들도 여기서 함께 그네를 뛰었다. 그뿐 아니라 혹시 내 말을 할지라도 내가 지금 기생 현역으로 있는 것도 아니니, '부르면 곧 간다'는 식으로 여염 사람을 부를 리도 없고, 부른대도 갈 리가 없다. 당초에 네가 말을 잘못 들은 모양이다."

뜻밖에 은근히 볶인 방자가 광한루로 다시 돌아와 도련님께 여쭈었다. 이도령은 그 말을 듣고 "기특한 사람이로구나! 말인즉 바른말이다. 다시 가서 말하되 이리이리하여라"라고 방자에게 일러주었다. 방자가 전갈을 받들고 춘향에게 갔으나 그사이에 춘향은 제집으로 돌아간 뒤였다. 방자는 그 집을 찾아갔다. 모녀가 마주앉아 한창 점심을 들고 있었다. 춘향이 집안으로 들어오려는 방자에게 말했다.

"너 왜 또 오느냐?"

---

13) 속곳: 전통 복식에서 속옷 가운데 가장 속에 입는 옷. 속속곳이나 바지가 더러워지는 것을 막고 자주 빨 수 있도록 작게 만들었는데, 홑으로 된 긴 천에 허리띠를 달아 차도록 되어 있다.
14) 박속: 박 안의 씨가 박혀 있는 하얀 부분. '박속같이 흰 살갗'이라는 표현이 관용구로 사용되었다.

"미안하구나. 도련님이 다시 전갈하시더라. '내가 너를 기생으로 아는 게 아니라, 들으니 네가 글을 잘한다기에 청하는 것이다. 여염집에 있는 처녀를 불러 보는 것이 소문에 괴이하게 들릴지 모르지만, 혐의적은 일로 생각하지 말고 잠깐 다녀가라' 하셨다."

춘향의 도량이 넉넉해서 두 사람 연분이 맺어지려고 그랬던지, 춘향이 생각해보다가 홀연 갈 마음이 일어났다. 다만 모친의 뜻을 몰라 춘향은 묵묵히 한참 말을 하지 않고 앉아 있었다. 그때 춘향 모가 썩 나앉으며 정신없게 말을 했다.

"꿈이라 하는 것이 전혀 허사가 아닌 모양이다. 간밤에 꿈을 꾸었는데, 난데없는 청룡 한 마리가 벽도 우거진 연못에 잠겨 있는 게 보이기에 무슨 좋은 일이 있을까 했더니 우연한 일이 아니다. 또 들으니 사또 자제 도련님 이름이 '몽용'[15]이라 하니, 꿈 몽 자, 용 용 자 신통하게 맞추었다. 그러나저러나 양반이 부르시는데 안 갈 수가 있느냐? 잠깐 다녀와라."

춘향이 그제야 못 이기는 척 겨우 자리에서 일어났다.

춘향이 광한루로 건너갈 때 대명전[16] 대들보의 명매기걸음으로, 양지 마당에 씨암탉걸음으로, 백모래밭에 금자라 걸음으로, 달 같은 자태와 꽃 같은 용모와 고운 태도의 조신한 걸음걸이로 건너갔다. 월나라 서시가 토성에서 걸음 연습하던 때의 걸음[17]으로 흐늘거리며 건너오는

---

15) 몽용: 이하 '몽룡'으로 통일.
16) 대명전(大明殿): 개성(開城)에 있었던 궁궐. 고려 인종(仁宗) 때 순천관(順天館)을 고친 것이다.
17) 월나라 서시가~때의 걸음: 춘추시대 월왕(越王) 구천(句踐)은 오왕 부차에게 회계산(會稽山)에서 패하고서 쓸개를 씹으며(嘗膽) 복수할 것을 꾀하다가 저라산(苧羅山)에서 땔나무를 팔던 여인이었던 서시(西施)를 부차에게 바쳤다. 『오월춘추吳越春秋』에 보면 "비단옷으로 장식하고, 용모와 걸음걸이를 가르쳤으며 토성에서 연습을 하고 도회지 거리에 임하게 했다. 삼 년을 배우고 체득하자, 오나라에 바쳤다(其飾以羅縠, 教以容步, 習於土城, 臨於都巷, 三年學服而獻於吳)"라고 했다. 부차는 서시의 미모에 혹하여 고소대(姑蘇臺)를 짓고 날마다 유희(遊嬉)에 빠져 정사를 돌보지 않았으며 이것을 간하는 충신 오자서(伍子胥)를 죽였다. 결국 오나라는 월나라에 멸망을 당했다.

춘향이었다.

　이도령은 난간에 절반쯤 비껴 서서 눈을 크게 뜨고 바라보니, 춘향이 이쪽으로 건너와 차츰 광한루에 가까워졌다. 이도령이 좋아라 하며 자세히 살펴보니, 요염한 자태와 나긋나긋한 태도와 아름다운 용모는 세상에 견줄 만한 이가 없었다. 얼굴은 아담하니 맑은 강에서 노는 학이 눈 위에 비치는 달빛에 어우러진 것 같았다. 붉은 입술이 반쯤 열려 있어 흰 치아가 별 같기도 하고 구슬 같기도 했다. 연지 빛깔 품은 듯한 자하상[18]의 고운 빛은 안개가 석양에 비치는 듯하고, 푸른 치마는 영롱하여 무늬가 은하수 물결 같았다. 금련보[19]를 조신하게 옮겨 천연히 광한루 다락에 올라 부끄러워하는 듯이 서 있는 춘향이었다. 이도령은 통인을 불렀다.

　"앉으라고 일러라."

　춘향은 태도를 곱게 하고 용모를 단정히 하고 앉았다. 세세히 살펴보니, 흰 바위에 푸른 파도가 치고 단비 내린 뒤에 목욕하고 앉은 제비가 사람을 보고 놀란 듯한 모습이었다. 별로 단장한 것도 없이 자연 그대로의 모습이 온 나라에 제일가는 미색이었다. 옥 같은 얼굴을 마주하니 구름 사이 명월과 같고, 붉은 입술을 반쯤 여니 물속 연꽃 같았다. 신선의 일은 알 수 없지만, 삼신산의 영주산에서 놀던 선녀가 남원에 귀양 와서 사는 듯하니, 월궁에 모여 놀던 선녀가 벗을 잃은 것이라 해도 좋았다.

　"네 얼굴, 네 태도는 정녕 이 세상 사람이 아니로다!"

　춘향이 잠깐 고개를 들어 이도령을 살펴보니 이 세상 호걸이요, 진정 세간의 기남자였다. 앞이마가 높은 것을 보니 소년의 나이에 공명을 이

---

18) 자하상(紫霞裳): 자줏빛 안개의 채색 무늬가 있는 치마. 신선들이 입는다고 전한다.
19) 금련보(金蓮步): 원문은 '연보(蓮步)'다. 제나라 폐제(廢帝) 동혼후(東昏侯)가 금 연꽃을 만들어 땅에 깔아놓고 애첩 반비(潘妃)로 하여금 걸어가게 하고는 사뿐대는 걸음걸이를 보고 걸음마다 연꽃이 피어난다고 했다. 『남사南史』「제기齊紀 하下 폐제동혼후廢帝東昏侯」에 나온다.

룰 것이요, 이마와 턱과 코와 좌우 광대[19]가 조화를 이룬 것을 보니 국은에 보답하는 충신[21]이 될 모습이었다. 춘향은 마음속으로 흠모하여 머리를 숙이고 무릎을 모으고는 단정히 앉아 있을 따름이었다.

이도령이 입을 열었다.

"성현도 '성이 같으면 아내로 취하지 않는다'[22]고 했네. 네 성은 무엇이며 나이는 몇 살인가?"

"성은 성가이고, 나이는 열여섯입니다."

이도령이 들떠서 말했다.

"허허, 그 말 반갑구나. 네 나이 들어보니 나와 동갑 이팔이요, 성자를 들어보니 하늘이 정해준 인연이 분명하구나. 다른 성의 사람들끼리 결합하는 좋은 연분을 지켜 평생 즐거움을 같이해보자. 너의 부모 모두 살아 계시냐?"

"편모슬하입니다."

"형제는 어떻게 되느냐?"

"올해 예순인 모친에, 무남독녀인 저 하나입니다."

"너도 남의 집 귀한 딸이로구나. 하늘이 정한 연분으로 우리 둘이 만났으니 만년 동안 즐거움을 함께 이뤄보자."

춘향이 여덟 팔 자로 난 고운 눈썹[23]을 찡그리며 붉은 입술을 반쯤

---

20) 이마와 턱과~좌우 광대: 원문은 '오악(五嶽)'. 본래 오악은 동악(東嶽) 태산(泰山), 남악(南嶽) 형산(衡山), 서악(西嶽) 화산(華山), 북악(北嶽) 항산(恒山), 중악(中嶽) 숭산(嵩山)을 가리키는데, 관상학에서 얼굴의 다섯 부위에 대응시킨 것이다.

21) 국은에 보답하는 충신: 원문은 '보국충신(輔國忠臣)'이다. 그런데 보국은 정1품 보국숭록대부(輔國崇祿大夫)의 품계를 의식한 표현이라고 볼 수 있다.

22) 성이 같으면~취하지 않는다: 『예기』 「곡례曲禮 상」에 "아내를 취하되 동성을 취하지 않는다. 그러므로 첩을 살 때 그 성을 모르면 점을 친다(取妻, 不取同姓. 故買妾, 不知其姓則卜之)"라고 했다.

23) 여덟 팔~고운 눈썹: 원문은 '팔자청산(八字靑山)'이다. 미인이 검푸른색 산 모양으로 그린 고운 눈썹을 말한다.

열어 가는 목청을 겨우 열고 옥구슬 같은 목소리로 말했다.

"'충신은 두 임금을 섬기지 아니하고 열녀는 지아비를 바꾸지 않는다'[24] 하는데, 도련님은 귀공자이시고 소녀는 한미한 출신입니다. 한번 정을 붙인 후에 그대로 버리신다면, 일편단심을 지켜 빈방에 홀로 누워 한스럽게 울게 될 것입니다. 이런 신세를 제가 아니면 또 누가 알겠습니까? 그런 분부는 다시 하지 마소서."

이도령은 말했다.

"네 말을 들어보니, 참으로 기특하구나! 우리 둘이 인연을 맺을 때 금석같이 굳은 맹약을 맺어야겠구나. 네 집이 어디쯤이냐?"

춘향이 대답했다.

"방자를 불러 물으셔요."

이도령이 웃으며 말했다.

"내 너더러 묻는 말이 허황하구나! 방자야!"

"예!"

"춘향의 집이 어딘지 네가 일러라."

방자가 손을 넌지시 들어 춘향의 집을 가리켰다.

"저기 저 건너 동산의 숲은 울울하고 연못의 물은 청청한 곳에 물고기 노닐고 맑은 바람 일어나는 가운데 선계의 화초 같은 기이하고 아름다운 화초가 흐드러지게 피어 있습니다. 나무에마다 앉은 새는 호사를 자랑하고, 바위 위 굽은 소나무에는 청풍이 건듯 불자 늙은 용이 꿈틀거리는 듯하고요. 집 앞 버드나무는 실을 드리운 듯한 희미한 양류 가지요, 들쭉날쭉한 측백과 전나무가 늘어서 있습니다. 그 가운데 은행나무

---

24) 충신은 두~바꾸지 않는다: 사마천의 『사기』 「전단전田單傳」에 보면 왕촉(王蠋)이 말하길, "충신은 두 임금을 섬기지 않고 열녀는 남편을 바꾸지 않는다고 했으니, 나라가 이미 망했으므로 나는 살면서 의롭지 못할 바에야 정말로 삶아져서 죽는 것만 못하다(忠臣不事二君, 烈女不更二夫. 國旣破亡, 吾與其生無義, 固不如烹)"라고 했다.

는 음과 양을 맞춰 마주서 있지요. 초가 문전에는 오동, 대추나무, 깊은 산중의 물푸레나무, 포도, 다래, 으름덩굴이 휘휘친친 감긴 채 담장 밖에 우뚝 솟아 있지요. 솔숲 사이에 지은 정자와 대나무숲 사이로 은은히 보이는 것이 바로 춘향의 집입니다."

이도령이 말했다.

"단장 안 정원이 정결하고 소나무와 대나무가 울창하다니, 여자의 절개와 행실이 어떤지 알 만하구나."

춘향이 일어나며 수줍게 말했다.

"시속 인심이 고약하므로, 그만 놀고 가겠어요."

그 말을 듣고 이도령이 말했다.

"기특하다. 그럴 듯한 일이다. 오늘밤 퇴령[25] 후에 너의 집에 갈 것이니, 부디 괄시나 말아라."

"몰라요."

"네가 모르면 쓰겠느냐? 잘 가거라. 오늘밤 상봉하자."

춘향은 누각을 내려가 저쪽으로 건너갔다. 춘향 모가 마중을 나와 물었다.

"이제 다녀오느냐? 그래 도련님이 무어라 하시더냐?"

"뭐라 하기는요. 조금 앉아 있다가 가겠다 하고는 일어나니, 오늘밤 우리집에 오겠다고 하셨어요."

"그래 어찌 대답했느냐?"

"모른다 했지요."

"잘했다."

---

25) 퇴령(退令): 지방관아에서 이속(吏屬)과 사령(使令)들에게 퇴근을 허락하는 것을 말한다.

춘향이 코 딱 댄 코

　이때 이도령은 춘향을 보내고 아련한 그리움에 마음 둘 데가 없어 책
방으로 돌아왔으나 만사에 뜻이 없고 오직 춘향 생각뿐이었다. 그 말소
리 귀에 쟁쟁하고 그 고운 태도 눈에 삼삼하여 해 지기만을 기다렸다가
방자를 불렀다.
　"해가 어느 때나 되었느냐?"
　"동쪽에서 이제 아가리가 트나이다."
　이도령은 크게 노했다.
　"이놈, 괘씸한 놈, 서쪽으로 지는 해가 동쪽으로 도로 가랴? 다시금 살
펴보라."
　이윽고 방자가 여쭈었다.
　"'해가 함지에 떨어진다'[1]는 옛말 그대로 해는 함지에 떨어져 황혼이

---

1) 해가 함지(咸池)에 떨어진다: 함지는 천원지방설(天圓地方說)에서 해가 져서 목욕한다고 하
는 못이다. 유안(劉安)의 『회남자淮南子』 「천문훈天文訓」에 "해는 양곡에서 떠올라 함지에서
목욕한다(日出於暘谷, 浴於咸池)"라고 했다.

되고, '달은 동쪽 산마루에서 나온다'[2]는 옛말 그대로 달은 동쪽 산마루에서 솟아났습니다."

이도령은 저녁 밥맛은 잃고 이리 뒹굴 저리 뒹굴 할 뿐이었다. 이도령은 '퇴령을 기다려야지' 생각하면서 서책을 보려고 했다.

책상을 앞에 놓고 서책을 읽어가는데, 『중용』, 『대학』, 『논어』, 『맹자』, 『시전』, 『서전』, 『주역』[3], 『고문진보』[4], 『통감절요』[5], 『사략』[6], 이백, 두시, 『천자문』까지 내어놓고 글을 읽어내려갔다.

『시경』을 읽었다.

"관관 우는 징경이는 황하 모래톱에서 노닐도다. 정숙한 여인은 군자의 좋은 짝이로다.'[7] 아서라, 이 글 못 읽겠구나."

『대학』을 읽었다.

---

2) 달은 동쪽 산마루에서 나온다: 석(釋) 영이(永頤)의 시 「추관秋館」에 "초승달은 동쪽 산마루에서 나오고, 푸른 구름은 먼 천궁에서 흩어진다(微月出東嶺 , 碧雲散遐穹)"라고 했다.
3) 『중용』, 『대학』~『서전』, 『주역』 : 유가 경전인 사서삼경을 열거한 것이다. 사서(四書)의 순서는 '논맹용학(論孟庸學)'으로 부르는 예가 많은데, 여기서는 그러한 순서를 따르지 않았다. 『시경』을 『시전』, 『서경』을 『서전』으로 표현한 것을 보면 교재는 명나라 영락제(永樂帝)가 칙명으로 편찬하게 하고, 조선 세종이 수입한 이른바 '대전본(大全本)'을 사용한 사실을 알 수 있다. 즉 『시전』은 『시경집전대전詩經集傳大全』의 준말이고, 『서전』은 『서경집전대전書經集傳大全』의 준말이다. 조선에서는 세종 이후 근세에 이르기까지 대부분의 유학자가 유가 경전을 이 대전본에 의거해 읽어왔다.
4) 『고문진보古文眞寶』: 본래 송나라 말기 황견(黃堅)이 편찬한 시문선집을 기본으로 하되 여러 판본이 있어왔다. 고려 말 전녹생(田祿生)이 『고문진보』를 산증(刪增)하여 처음으로 합포(合浦)에서 간행했으나, 1420년(세종 2) 『선본대자제유전해善本大字諸儒箋解』가 옥천(沃川)에서 간행되었다. 1452년(문종 2)에는 『상설고문진보대전詳說古文眞寶大全』이 경오자 동활자로 간행되었다. 이후 이 책은 복간을 거듭했고 언해본, 현토본도 나왔다. 당시 널리 읽힌 책도 이 판본 계통이었다.
5) 『통감절요通鑑節要』: 송나라 휘종(徽宗) 때 강지(江贄)가 사마광(司馬光)이 지은 방대한 『자치통감自治通鑑』을 간추려 엮은 역사서다.
6) 『사략史略』: 원명은 『고금역대古今歷代 십팔사략十八史略』이다. 남송 말에서 원나라 초에 걸쳐 활약했던 증선지(曾先之)가 편찬한 중국 역사서다. '십팔사략'이라고도 한다.
7) 관관 우는~좋은 짝이로다: 원문은 "관〃 저구(關關雎鳩) 짓하지주(在河之洲)로다 요조숙여(窈窕淑女)난 군자호귀(君子好逑)로다"이다. 『시경』첫머리인 「주남周南 관저關雎」의 첫 4구다. 관관은 암수가 서로를 부르는 소리, 저구는 새 이름이다.

"대학의 도는 밝은 덕을 밝히는 데 있고 백성을 새롭게 하는 데 있으며[8], 춘향에게 있도다. 이 글도 못 읽겠구나."

『주역』을 읽었다.

"원은 형코 정코'[9] 춘향이 코 딱 댄 코 좋고 하니라. 이 글도 못 읽겠구나."

「등왕각」[10]을 읽었다.

"남창은 고군이요, 홍도는 신부로다.'[11] 옳다. 이 글은 읽을 만하구나."

『맹자』를 읽었다.

"맹자께서 양혜왕을 만날 때, 왕이 말하였다. 노인께서 천리를 마다 않고 오시니[12], 춘향을 보려고 오셨습니까?"

『사략』을 읽을 때였다.

---

8) 대학의 도는~하는 데 있으며: 『대학』의 처음에 "대학의 도는 밝은 덕을 밝히는 데 있으며, 백성을 새롭게 하는 데 있으며, 지선에 그치는 데 있다(大學之道, 在明明德, 在親民, 在止於至善)"라는 이른바 삼강령(三綱領)이 나오는데, 여기서는 첫 두 개의 강령만을 현토해 읽은 것이다.

9) 원(元)은 형(亨)코 정(貞)코: 『주역』「건괘乾卦 괘사卦辭」에 "건(乾)은 원(元)과 형(亨)과 이(利)와 정(貞)이다"라고 했는데, 주자는 "원형이정은 천도(天道)의 떳떳한 원리로 사람이 이것을 받아 인의예지의 본성으로 삼은 것이다"라고 했다. 원형이정은 천도(天道)의 네 가지 덕이다. 원(元)은 봄이니 만물의 시초로 인(仁)이 되고, 형(亨)은 여름이니 만물이 자라 예(禮)가 되며, 이(利)는 가을이니 만물이 이루어져 의(義)가 되고, 정(貞)은 겨울이니 만물을 거두어 지(智)가 된다. 그런데 여기서는 원, 형, 정만을 들었고, 더구나 '원(元)은'이라고 현토했으니 오기다. 본래는 "원(元)코, 형(亨)코, 이(利)코, 정(貞)이니라"가 옳다.

10) 「등왕각」: 「등왕각서滕王閣序」. 『고문진보』 제2권에 나오는 왕발의 글. 본래 「가을날 홍주 등왕각에 올라 지은 글秋日登洪州滕王閣序」인데 줄여서 「등왕각서」라고 하며, 여기서는 더 줄여 「등왕각」이라고 불렀다. 등왕각은 중국 강서성(江西省) 신건현(新建縣) 서쪽 남창(南昌)에 있는 유명한 누각이다.

11) 남창은 고군(故郡)이요, 홍도는 신부(新婦)로다: 본래 「등왕각서」에 "남창이라는 곳은 옛 고을이고 홍도라는 곳은 새 고을이다"라는 뜻으로 '新府'로 되어 있으나, 음이 같은 '新婦'로 바꾸어 읽은 것이다. 「등왕각서」의 첫 부분은 "남창이라는 옛 고을이 새로 큰 도읍지의 고장이 되었네. 별자리로는 익과 진에 해당하고, 땅은 서쪽 형산에 접하고 북쪽으로 여산에 접하네. 세 강이 옷깃처럼 두르고 다섯 호수가 띠처럼 둘러 있으며, 형만을 누르고 구얼을 끌어당기는 위치로다(南昌故郡, 洪都新府. 星分翼軫, 地接衡廬. 襟三江而帶五湖, 控蠻荊而引甌越)" 운운이다. '남창은 고군이라, 홍도는 신부로다'라는 현토는 관습에 따른 것이고 실제 의미와는 맞지 않는다.

12) 맹자께서 양혜왕을~마다않고 오시니: 『맹자』「양혜왕梁惠王 상」 제1장의 맨 처음 부분이다.

"태고라. 천황씨는 쑥떡으로[13] 왕천하하여 섭제[14]에서 시대를 일으키니 무위하여 교화를 행했다고 하거늘, 형제 열두 사람[15]이 각각 일만 팔천 세를 누렸다."[16]

방자가 입을 열었다.

"도련님, 천황씨가 목덕[17]으로 왕 노릇 했다는 말은 들었어도 쑥떡으로 왕 노릇 했다는 말은 오늘 처음 듣습니다."

"이 자식, 너는 모른다. 천황씨는 일만 팔천 살을 살았던 양반이라서 이가 단단하여 목덕목떡을 잘 드셨지만, 시속의 선비들이 어찌 목덕을 먹겠느냐. 공자님께서 후생을 생각하셔서 명륜당[18]에서 현몽하시고, '시속 선비들은 이가 튼튼하지 못하여 목덕을 못 먹으므로 물씬물씬한 쑥떡으로 대신하라' 하셔서 삼백육십 주[19] 향교에 통문[20]하고 쑥떡으로 고쳤느니라."

방자가 듣다못해 말했다.

"도련님, 하느님이 들으시면 깜짝 놀라실 말도 듣겠습니다."

---

13) 쑥떡으로: '목덕(木德)으로'를 일부러 달리 발음한 것이다.
14) 섭제(攝提): 28수의 하나인 항수(亢宿)에 딸린 별자리 이름. 대각(大角) 곁에 세 개씩 있어서 대각을 보좌한다. 대각은 봄철 대표적 별자리인 목동자리 알파별, 즉 악트루수(Arcturus)다. 절기를 세우고 조짐을 헤아리는 것을 주관한다. 고갑자(古甲子)의 인(寅)에 해당한다.
15) 형제 열두 사람: 십이지를 상징한다.
16) 태고라. 천황씨는~팔천 세를 누렸다: '무위이화(無爲而化)'는 인위적으로 공들이지 않아도 일이 스스로 잘 이루어졌다는 뜻이다. 『십팔사략』의 첫머리에서 "가장 옛날에 천황씨는 목덕(木德)으로서 임금 노릇을 하여 태세(太歲)로 섭제에서 일으키니, 힘을 쓰지 않아도 백성이 화하여 형제 12인이 각각 1만 8천 살을 살았다(太古. 天皇氏以木德王, 歲起攝提, 無爲而化, 兄弟十二人, 各一萬八千歲)"라고 했다.
17) 목덕(木德): 오덕(五德)의 첫째. 여기서는 '목떡' 즉 '나무 떡'으로 패러디한 것이다. 오행설에서 목(木)은 육성(育成)의 덕을 맡다 하여 방위는 동쪽이고, 계절은 봄이다.
18) 명륜당(明倫堂): 조선시대 중앙교육기관인 성균관에서 선비들이 경(經)을 강론하는 집을 말한다. '명륜'은 인륜을 밝힌다는 뜻이다.
19) 삼백육십 주: 조선시대에는 8도에 모두 361주, 즉 361고을이 있었다.
20) 통문(通文): 서원, 향교, 문중 등에 어떤 일을 알리거나 추진하고자 여기에 참여한 여러 사람의 이름을 적어 작성한 문서다.

이도령이 다시 「적벽부」[21]를 들여놓고 읽어나갔다.

"'임술년 가을 칠월 열엿새에 소씨가 여러 객과 더불어 배를 띄워 적벽 아래에서 노닐었으니, 청풍은 서서히 불고 물결은 일지 않더라.' 아서라, 이 글도 못 읽겠구나."

『천자문』을 읽기 시작할 때였다.

"하늘 천, 따 지."

방자가 듣고 말했다.

"도련님, 점잖으신 분이 무슨 까닭으로 『천자문』을 읽으십니까?"

"『천자문』이라 하는 글이 칠서의 본문이다.[22] 양나라 급사중 주홍사[23]가 하룻밤에 이 글을 짓고 머리가 하얗게 셌기에 책 이름을 백수문이라 하는데, 낱낱이 새겨 보면 피똥 쌀 만큼 힘든 일이 많아서 그렇다."

"소인도 천자 속은 압니다요."

"네가 알더란 말이냐?"

"알다 뿐이겠습니까?"

"안다 하니 읽어봐라."

"예, 한번 들어보십시오. 높디높은 하늘 천, 깊디깊은 땅 지, 휘휘친친 감을 현, 불타겠다 누를 황."

"예 이놈, 상놈은 틀림없구나. 이놈, 어디서 장타령 하는 놈의 말을 들었구나. 내가 읽을 테니 들어봐라.

---

21) 「적벽부赤壁賦」: 소식이 임술년인 1082년 가을 7월 16일과 같은 해 10월 보름, 두 차례에 걸쳐 황주(黃州) 적벽 아래 강에서 객들과 함께 뱃놀이하며 풍류를 만끽하고 각각 「전적벽부」와 「후적벽부」를 지었다. 여기서는 「전적벽부」를 말한다.
22) 『천자문』이라 하는~칠서의 본문이다: 유가 경전인 사서삼경을 통틀어 이르는 말. 『천자문』은 글자를 배우는 소학(小學)의 교재이지 칠서의 본문이 아니다. 이도령이 천자문 풀이를 하려고 구실을 댄 것이다.
23) 급사중(給事中) 주홍사(周興嗣): 주홍사(469~537)는 중국 위진남북조시대 양(梁)나라 무제 때 문인. 박학다재하고 문사(文思)에 민첩하여, 무제의 명으로 하룻밤 만에 사언고시(四言古詩) 250구의 「천자문」을 지었다고 한다.

하늘이 자시에 열려 하늘을 낳으니[24] 태극[25]이 광대하다, 하늘 천天

땅이 축시에 열리니[26] 오행 팔괘[27]로 땅 지地

삼십삼천[28] 공부공[29] 인심지시, 가물 현[30]

이십팔수[31], 금목수화토의 정색,[32] 누를 황黃

우주 일월 거듭 빛나니 옥우가 쟁영하다,[33] 집 우宇

대대로 국도는 흥망성쇠하여[34] 옛날부터 지금에 이르니[35] 집 주宙

---

24) 하늘이 자시에~하늘을 낳으니: 원문은 '천기자시싱천(天開子時生天)'이다. 북송 때 소옹(邵雍)의 『황극경세서皇極經世書』에 "하늘은 자시에 열리고, 땅은 축시에 열렸으며, 사람은 인시에 태어났다(天開於子, 地關於丑, 人生於寅)"라고 했다.

25) 태극(太極): 우주를 구성하는 음양이원기(陰陽二元氣)의 근본. 음양이 나뉘기 전의 혼란한 상태.

26) 땅이 축시에 열리니: 위 주석에 나온 소옹의 『황극경세서』에 근거한다.

27) 오행(五行) 팔괘(八卦): 오행은 만물을 낳는 오원소(五元素). 수(水), 화(火), 목(木), 금(金), 토(土). 팔괘는 여덟 종류의 괘. 건괘(乾卦), 곤괘(坤卦), 감괘(坎卦), 이괘(離卦), 간괘(艮卦), 진괘(震卦), 손괘(巽卦), 태괘(兌卦)를 말한다.

28) 삼십삼천(三十三千): 불교에서 말하는 수미산(須彌山, Sumeru) 꼭대기 네 봉우리에 각각 있는 팔천(八天)과 중앙에서 이것을 통치하는 제석천(帝釋天, Indra)을 합한 말. 욕계(欲界) 육천(六天)의 둘째 하늘. '도리천'이라고도 하는데, '도리'는 33의 음사(音寫)다. 제석천왕은 사천왕과 삼십이천을 통솔하면서 불법과 불법에 귀의하는 이들을 보호하고 아수라의 군대를 정벌한다고 한다. 부처가 어머니 마야부인을 위해 석 달 동안 올라가 설법하고 내려오셨다는 이야기가 전해내려오기도 하는 하늘이다. 33이란 숫자는 이미 『베다吠陀, Veda』에서 천(天)·공(空)·지(地)의 3계에 33신(神)이 있다는 설을 수용한 것으로 보인다.

29) 공부공(空復空): 불가(佛家)에서 쓰는 말로, 비고 또 빈다는 말.

30) 인심지시(人心之是), 가물 현(玄): '인심은 길이를 알 수 없어 곧 현(玄)이다'라는 뜻인 듯하다.

31) 이십팔수(二十八宿): 원문은 '이십팔숙'인데, '숙'은 '수'의 속음이다. 고대 천문학에서 하늘을 사궁(四宮) 사신(四神)으로 나누고 다시 궁(宮)마다 일곱 성수(星宿)로 나눈 것이다.

32) 금목수화토(金木水火土)의 정색(正色): 정색은 섞인 것이 없는 순수한 빛으로, 청(靑)·적(赤)·황(黃)·백(白)·흑(黑)의 오색(五色)을 말한다.

33) 옥우(玉宇)가 쟁영(崢嶸)하다: 옥우는 천제가 거처하는 곳으로, 옥황상제의 집을 말한다. '쟁영'은 우람한 모습. 쟁영(崢嶸)은 가파른 모양.

34) 대대로 국도는 흥망성쇠하여: 해마다 국도가 흥하고 성하고 쇠퇴함을 말한다. 증선지의 『십팔사략』에 "연년 대대의 도읍지는 고찰할 길이 없다(年代國都不可考)"라고 했다.

35) 옛날부터 지금에 이르니: 원문은 '왕고니금(往古來今)'이다. 방현령(房玄齡)의 『관자管子』 주(注)에 "옛날부터 지금에 이르는 것을 주라 한다(古往今來曰宙)"라고 했다.

우임금 홍수 다스리고[36] 기자[37]가 추론하여 홍범구주,[38] 넓을 홍洪

삼황오제[39] 돌아가신 후 난신적자[40], 거칠 황荒

동방이[41] 밝아지려 하여 높디높은 하늘가에 해가 붉게[42] 번듯 솟아날 일日

억조창생[43]이 격양가 부르니, 강구연월의 달 월月

한심한 초승달이 때때로 불어나 삼오일 밤보름밤에 찰 영盈

세상만사 생각하면 달빛과 같은지라 십오야 밝은 달이 기망16일부터 기울 측仄

이십팔수와 하도낙서[44]가 펼쳐 보인 대법, 일월성신 별 진辰

---

36) 우임금 홍수 다스리고: 원문은 '우치홍수(禹治洪水)'다. 우임금은 처음에 요순 이제(二帝)를 섬기다 9년 동안 홍수를 잘 다스린 공로로 순(舜)을 계승했다.

37) 기자(箕子): 이름은 서여(胥餘). 은나라 태사(太師). 주왕(紂王)의 숙부로 주왕을 자주 간하다가 잡혀 종이 되었다. 은나라가 망하자 조선에 도망하여 기자조선을 창업했다고 한다.

38) 홍범구주(洪範九疇): 우임금이 치수(治水)할 때 하늘이 낙수(洛水)의 신귀(神龜) 등에 새겨 알려주었다는 무늬를 보고 기자가 홍범구주(洪範九疇)를 만들었다고 한다. 곧 홍범구주는 낙수에서 나왔다는 천하를 다스리는 아홉 가지 대법(大法)이다. 본래 우왕이 하늘의 계시로 얻은 것으로, 대대로 전하여 기자에 이르러 기자가 무왕(武王)의 물음에 대답한 후 비로소 세상에 알려지게 되었다고 한다. 『서경』에 홍범구주가 있으며, 기자가 전한 것이라 하여 기주(箕疇)라고도 한다. 구주는 오행(五行)·오사(五事)·팔정(八政)·오기(五紀)·황극(皇極)·삼덕(三德)·계의(稽疑)·서징(庶徵)·오복(五福)·육극(六極)을 가리킨다.

39) 삼황오제(三皇五帝): 중국 태고 때 황제들. 여러 가지 설이 있으나 삼왕은 복희(伏羲)·신농(神農)·헌원(軒轅)을 가리키며, 오제는 소호(少昊)·전욱(顓頊)·제곡(帝嚳)·요(堯)·순(舜)이다. 모두 고대 신화 속 인물이다.

40) 난신적자(亂臣賊子): 나라를 어지럽게 하고 군부(君父)를 죽이는 악인.

41) 이: 저본 목판본에 본래 누락되어 있었는데, 나중에 '방' 자 오른쪽 아래에 '니'를 추가로 새겨넣었다.

42) 높디높은 하늘가에 해가 붉게: 원문의 '고고(杲杲)'는 『서경』「위풍衛風 백혜伯兮」에 "비가 올까 비가 올까 했는데, 드높이 해가 솟았네(其雨其雨, 杲杲出日)"라고 했다.

43) 억조창생(億兆蒼生): 수많은 백성.

44) 하도낙서(河圖洛書): 하도와 낙서. 하도는 복희씨(伏羲氏) 때 황하(黃河)에서 길이 팔 척이 넘는 용마(龍馬)가 등에 지고 나왔다는 그림으로, 주역 팔괘의 근원이 되었다. 낙서는 하우씨(夏禹氏)가 9년 동안 홍수를 다스릴 때 낙수(洛水)에서 나온 신령스러운 거북이의 등에 써 있었다는 글로, 『서경』 홍범구조(洪範九疇)의 기원이 되었다.

가련하다 오늘밤은 창기 집에 머무네,[45] 원앙을 수놓은 베개와 이불로 잘 숙宿

절대가인 좋은 풍류, 봄이고 가을이고 벌리나니, 벌릴 열列

은은한 달빛 아래 한밤중 만단정회를 베풀 장張

오늘 찬바람이 소슬하게 불어오니 침실에 들어라, 찰 한寒

베개가 높거든 내 팔을 베도록 이만큼 오너라, 올 래來

에후리쳐[46] 질끈 안고 품에 들이니, 눈 오고 찬바람 불어도 더울 서暑

침실이 덥거든 음풍을 취하여 이리저리 갈 왕往

춥지도 덥지도 않으니 어느 때냐, 오동에서 잎이 떨어지는 가을 추秋

백발이 장차 무성하니 소년의 풍도를 거둘 수收

나뭇잎 지고 찬바람 부는 시절, 찬바람 치고 백설이 강산에 가득한 겨울 동冬

자나깨나 잊지 못할 우리 사랑, 규중 깊은 곳에 감출 장藏

부용이 지난밤 가는 비에 광채 돌고 윤기 있어 태깔이 나는구나, 불윤潤

곱디고운 태도, 평생을 보고도 남을 여餘

백년 기약 굳은 맹세, 만경창파같이 이룰 성成

이리저리 노닐 적에 세월 가는 줄 모르네, 해 세歲

조강지처는 내쫓을 수 없는 법,[47] 아내 박대 못 하는 법이니『대전통

---

45) 가련하다 오늘밤은~집에 머무네: 왕발의 「임고대臨高臺」에 "은안장과 수놓은 듯한 수레로 거리는 번화한데, 가련하다 오늘밤은 창기 집에 머무네(銀鞍繡轂盛繁華, 可憐今夜宿娼家)"라고 했다.

46) 에후리쳐: '후다닥'을 뜻하는 방언인 듯하다. 판소리 〈흥보가〉에도 "펄펄 수양버들에 앉은 꾀꼬리 제 이름을 제 불러 복희씨 맺은 그물을 에후리쳐 드러매고 제비를 후리러 나간다"라는 표현이 있다.

47) 조강지처는 내쫓을 수 없는 법: 조강(糟糠)은 술지게미와 겨를 말한 것으로, 아주 가난한 살림을 말한다. 조강지처는 가난한 생활을 함께한 아내라는 뜻이다. 후한 광무제(光武帝)의 과부인 누이 호양공주(湖陽公主)의 배필로 송홍(宋弘)을 점찍어두고 민간에 떠도는 말을 인용하

편』[48] 법 가운데 율(律)

군자의 좋은 짝이 바로 이 아니냐. 춘향 입에 내 입을 한데다 대고 쪽쪽 빠니 법 가운데 여(呂) 자가 이 아니냐.[49]

애고애고, 보고 지고."

이렇게 이도령은 소리질렀다. 마침 사또가 저녁식사를 마치고 식곤증이 나서 평상에 누워 잠들어 있다가 '애고애고, 보고 지고' 소리에 깜짝 놀라 깼다.

"이리 오너라."

"예!"

"책방에서 누가 생침을 맞느냐. 아픈 다리를 주물렀느냐? 알아보아 보고해라."

통인이 책방에 들어가 이도령에게 말했다.

"도련님 웬 목통입니까? 고함소리에 사또께서 놀라셔서 몰래 살피라 하시니 어찌하면 되겠습니까?"

딱한 일이로다. 남의 집 늙은이는 이롱증[50]도 있으리라만, 귀 너무 밝

<hr>

여 "귀하게 되면 친구도 바꿀 수 있고, 부유해지면 아내도 바꿀 수 있는 것이 인정이 아니겠는가!(貴易交, 富易妻, 人情乎)"라고 설득했으나, 송홍은 "빈천한 시절에 사귄 친구는 잊어선 안 되고, 고난을 함께한 아내는 내쳐선 안 된다(貧賤之交不可忘, 糟糠之妻不下堂)"라고 대답했다. 광무제는 장막 뒤에 있는 공주를 돌아보면서 "일이 글렀다(事不諧矣)"라고 했다 한다. 『후한서』 권56 「송홍열전宋弘列傳」에 나온다.

48) 『대전통편』: 정조는 즉위 후 『경국대전』·『속대전』의 법과 『국조오례의國朝五禮儀』·『속오례의』의 예(禮)를 통합한 『대명회전大明會典』 같은 회전의 편찬을 기획했으나, 법전에 국한하여 법전을 모으기로 결정해서, 1781년(정조 5)부터 찬집청(纂輯廳)이 편찬 작업을 시작했다. 1785년에 편찬을 끝내고 왕의 교지로 새 법전을 '대전통편'이라고 명명했다. 모두 6권 5책이다. 각 조문 밑에 속대전 조문을 삽입하고 다시 아래에 그 이후의 수교(受敎)를 수집 정리하여 증보했다. 이(吏)·호(戶)·예(禮)·병(兵)·형(刑)·공(工)으로 되어 있다.

49) 법 가운데~이 아니냐: 『신자전新字典』 권1에 '呂'를 '법'이라고 풀이했다. 즉 율(律)과 여(呂)를 모두 '법'이라고 풀이해왔기에 법중 율, 법중 여라 한 것이다.

50) 이롱증(耳聾症): 귀가 안 들리는 증세. 수(隋)나라 상서(尙書) 장손평(長孫平)이 "어리석지

은 것도 예삿일이 아니로구나. 그러한다 하지만 귀 밝은 것을 탓할 리가 무어 있을까!

이도령은 크게 놀라 말했다.

"이대로 말씀드려라. 내가 『논어』를 읽다가 '아아, 내가 늙은 지 오래되었구나! 아마도 꿈속에서 주공을 뵙지 못할 것이다'[51]라는 대문[52]을 보다가, 나도 주공을 뵈면 어떠할까 해서 흥에 겨워 소리가 높아졌습니다, 라는 식으로 말씀드려라."

통인[53]이 내헌[54]에 들어가 사또에게 그대로 말씀드리자, 사또는 자기 아들에게 성인도 이겨보려 하는 성질이 있음을 알고 크게 기꺼워했다.

"이리 오너라! 책방에 가서 목 낭청[55]에게 가만히 오시라고 해라."

낭청이 들어오는데, 이 양반이 어찌나 고리타분하게 생겼던지, 속에 먼지 거름이 많은지, 근심이 잔뜩 있어 보였다.

"사또, 그새 심심하신가요?"

않고 귀먹지 않으면 집안 어른 노릇을 할 수 없다(不癡不聾, 未堪作大家翁)"라고 한 데서 나온 말이다.
51) 아아, 내가~못할 것이다: 『열녀춘향수절가』 원문은 "차회(嗟乎)라, 외도(쇠)의구의(吾衰也久矣)라 공불근주공이(恐不見周公矣)"다. 『논어』 「술이述而」에 "심하여라, 내가 쇠한 것이! 오래되었도다, 내가 꿈속에서 다시 주공을 뵙지 못하는 것이!(甚矣, 吾衰也! 久矣, 吾不復夢見周公)라고 탄식한 공자의 말이 나오는데, 문자 그대로 외우지 않고 뜻만 가져다 쓴 것이다.
52) 대문(大文): 본문. 옛날 경서는 본래 원문과 그것에 대한 주석을 함께 편찬한 것이 있었는데, 원문은 큰 글자로 적거나 인쇄하고 주석은 작은 글자로 두 줄을 적거나 인쇄했다. 대문이라 하면 경서의 원문을 말한다.
53) 통인(通引): 조선시대 지방관청에 소속된 이속을 말한다. 수령 가까이에서 호소(呼召)·사환(使喚)에 응했다. 중앙에 배속되어 이러한 일을 한 자들을 청지기(廳直)라 했다.
54) 내헌(內軒): 지방 수령과 가족이 거처하던 곳. 집무처인 동헌(東軒)과 구별되는 공간이다.
55) 목 낭청(睦郎廳): 목씨 성의 낭청. 낭청은 관아의 6품 당하관. 이는 뒤에 회계생원(會計生員)으로 나오는 인물을 가리키는 듯하다. 초시에 합격하고 나서 수령 곁에서 회계나 시문 작성을 도와주던 사람인 듯하다. 목씨는 본관이 사천(泗川)인데, 숙종 연간에 남인으로서 크게 활약한 가문이다. 여기 목 낭청도 남인으로서 몰락한 인물일 가능성이 있다. 『열녀춘향수절가』에서 기원하여 '목낭청조(睦郎廳調)'라고 하면, 분명하지 않은 태도나 어름어름하면서 얼버무리는 말씨를 가리키는 말이 되었다. '목 낭청'은 '이래도 응, 저래도 응' 하는 사람을 조롱해 일컫는 말이 되었다.

"아, 괜찮네. 할말이 있네. 우리는 피차 오랜 벗으로 같은 문하에서 학업을 했거니와, 어릴 때 글 읽기처럼 싫은 것이 없지 않았는가? 그렇지만 우리 아이가 시흥이 도도한 것을 보니 어찌 아니 즐겁겠소?"

목 낭청 이 양반은 영문을 아는지 모르는지 하여간 대답했다.

"아이 때 글 읽기처럼 싫은 게 어디 있겠습니까?"

"읽기가 싫으면 잠도 오고 꾀가 무수하게 나지. 우리 아이는 글 읽기를 시작하면 밤낮을 가리지 않고 읽고 쓰고 한단 말이지."

"예, 그러하옵니다."

"배운 게 없어도 서예 솜씨가 월등하네."

"그렇지요."

"점 하나만 찍어도 '높은 봉우리에서 바위가 떨어진 것'[56] 같고, 한 일一을 그어놓으면 '천리에 진을 뻗은 구름'[57]이요, 갓머리宀는 베고 자르는 그림[58] 그대로다. 필법을 논하자면 '파도가 무너지고 번개가 달림'[59]이요, 내리그어 치는 획은 '늙은 소나무가 절벽에 거꾸로 매달린

---

56) 높은 봉우리에서~떨어진 것: 위부인(衛夫人, 272~349)의 「필진도筆陣圖」에 "丶는 높은 봉우리에서 바위가 떨어지듯 쓴다(丶如高峯墜石)"라고 했다. 「필진도」는 곧 필법을 해설한 것인데, 진(晉)나라 왕희지의 작품이라고도 하고 왕희지의 스승인 위부인의 작품이라고도 한다. 왕희지가 일찍이 필진도 후미에 다시 필법을 해설한 글을 쓴 것도 있으며, 손과정(孫過庭)은 『서보書譜』에서 「필진도」가 바로 왕희지의 제작일 가능성이 크다고 보았다.
57) 천리에 진을 뻗은 구름: 「필진도」에 "一은 천리에 진을 뻗은 구름같이 쓴다(一如千里陣雲)"라고 했다.
58) 베고 자르는 그림: 원문은 '작두첨(斫圖斬)'인데 '참작도(斬斫圖)'의 오기인 듯하다. 「필진도」에 "이상의 일곱 조목의 필진은 참작도에 출입하며, 붓을 잡는 방법은 일곱 가지가 있다(右七條筆陣, 出入斬斫圖. 執筆有七種)"고 했다. 참작도는 글씨 쓰는 것을 전쟁 때 진을 치는 것에 비유하고 획 그리는 것을 칼로 베고 자르는 것에 비유한 그림이다. 왕희지의 「제필진도후題筆陣圖後」에 "종이는 진이요, 붓은 칼과 창이요, 먹은 투구와 갑옷이요, 벼루는 해자요, 뜻은 장군이요, 요령은 부장이다(夫紙者陣也, 筆者刀劒也, 墨者鍪甲也, 水硯者城池也, 心意者將軍也, 本領者副將也)"라고 했다.
59) 파도가 무너지고 번개가 달림: 원문은 '풍낭뇌션'이지만, '붕낭뇌분(崩浪雷奔)'의 오기다. 「필진도」에 "丶은 파도가 무너지고 번개가 달리는 듯 쓴다(丶如崩浪雷奔)"라고 했다.

듯'[60]하오. 창 과戈로 말할 것 같으면 마른 등넝쿨같이 뻗어가고, 도리깨 채는 데는 성낸 쇠뇌 끝과 같고[61], 기운이 부족하면 발길로 툭 차 올려도 획은 획대로 되네."

"글씨를 가만히 보면 획은 획대로 되옵니다."

"글쎄, 들어보게. 저 아이가 아홉 살이었을 때 한양 집 뜰에 늙은 매화가 있어서 매화나무를 두고 글을 지으라 했더니, 잠깐 동안 지었는데도 필력이 뱀과 용 날아 솟구치는 듯[62] 굳건하니 한 번 본 것은 곧바로 기억한다네. 의정부[63]의 당당한 명사가 될 것이요, 눈을 남쪽으로 돌리고 북쪽을 돌아보며 춘추 한 수를 읊겠지[64] 그려."

"앞으로 정승을 할 것입니다."

사또가 감격했다.

"정승이야 어찌 바라겠느냐마는 내 생전에 급제는 쉽게 할 테지. 급제만 쉽게 하면 출육[65]이야 애쓰지 않고도 쉽게 진출하지 않겠는가?"

"아니요. 그리 말씀하실 게 아닙니다. 정승을 못 하면 장승[66]이라도

60) 늙은 소나무가~매달린 듯: 원문은 '노송도괘절벽(老松倒掛絶壁)'이다. 「필진도」에서 "亅는 만년 된 마른 등나무같이 쓰라(亅如萬歲枯藤)"라고 했는데, 구양순(歐陽詢, 557~641)의 「팔결八訣」에서는 "丿은 굳센 솔이 부러지듯, 벼랑에서 돌이 굴러떨어지듯 쓰라(丿如勁松倒折, 落掛石崖)"라고 했다. 이 둘을 혼동한 듯하다.

61) 성낸 쇠뇌 끝과 같고: 원문의 '손우'는 '쇠뇌'로, 쇠뇌는 쇠로 된 발사 장치가 달린 활을 말한다. 구양순의 「팔결」에 "㇆는 만 근 되는 쇠뇌를 쏘는 것같이 쓴다(㇆如萬鈞之弩發)"라고 했다.

62) 뱀과 용~솟구치는 듯: 기세 좋음을 뜻하는 용사비등(龍蛇飛騰)이란 표현을 차용한 말이다. 본래는 글씨체를 가리키지만 여기서는 굳건한 필력을 가리킨다.

63) 정부: 원문은 '묘당(廟堂)'으로, 의정부를 뜻한다. 의정부란 조선시대 행정부 최고 기관이다. 1400년(정종 2)에 설치되고 나서 영의정·좌의정·우의정의 삼정승이 국가정책을 결정했다. 그 아래에 육조(六曹)를 두어 국가행정을 집행하도록 했다. 넓게 조정을 가리키기도 한다.

64) 눈을 남쪽으로~수를 읊겠지: 이가원 선생은 조선시대 과부(科賦)의 2구로 보아 "눈을 남으로 달리고 또한 북을 돌아다보며 『춘추』의 한 수를 부(賦)하도다"라고 풀이했다.

65) 출육(出六): 육품 관직으로 진출하는 것을 말한다. 정7품 이하의 참하관(參下官)에서 참상관(參上官)으로 오르는 것을 말한다. 승륙(陞六)이라고도 한다.

66) 장승: 이수(里數)를 표시하고 위쪽에 사람 얼굴을 새겨 십 리나 오 리마다 세운 푯말. 표목(標木).

되겠지요."

사또가 목소리를 높였다.

"자네, 누구 얘긴 줄 알고 대답을 그리하는가?"

"대답은 했습니다만 누구 일인지는 모르겠습니다."

함부로 말하지 않겠다고 했지만, 그게 또 다 거짓말이었다.

방자야, 등롱의 불 밝혀라

이때 이도령은 사또가 퇴령 놓기만을 기다리고 있었다.

"방자야."

"예."

"퇴령 놓았는지 보고 와라."

"아직 안 놓았습니다."

잠시 후 "하인은 물러가라" 하는 퇴령 소리가 길게 났다.

"좋다, 좋다. 옳구나, 옳구나. 방자야, 등롱[1]의 불 밝혀라."

이도령은 통인[2] 하나의 뒤를 따라 춘향의 집으로 건너가는 동안 소리를 죽여가며 가만가만 걸었다.

---

1) 등롱(燈籠): 처마밑이나 기둥 외부에 거는 등 기구. 형태나 재료에 따라 양각등, 사방등, 유리등, 청사홍사등롱 등이 있다. 등롱과 형태상 유사한 것으로 초롱(燭籠)이 있는데, 손으로 들고 다니며 사용하는 것을 말한다. 여기에서는 초롱이란 뜻으로 등롱이란 말을 사용했다.
2) 통인: 방자 이외에 길안내를 맡은 사람이다.

"방자야, 상방3)에 불 비친다. 등롱을 옆으로 꺼라!"

일행이 삼문4) 밖으로 훌쩍 나섰다. 좁은 길이 사이사이 꺾여 나 있는데, 달빛이 영롱하고 꽃 덤불 사이에 푸른 버드나무들이 어우러져 있었다. 낮에 닭끼리 싸움을 붙인 소년들은 밤에 청루로 들어갔다.

"지체 말고 어서 가자."

어느덧 춘향의 집이 가까워졌다.

어여쁘구나. 오늘밤 적적한데 좋은 절기의 훌륭한 물색이 이것이 아니겠는가! 우습구나. 지난날 한번 들어갔던 무릉도원의 길을 뱃사공이 다시 찾지 못했다니.

일행이 춘향의 집 앞에 도착했을 때 인적은 없고 밤은 깊었는데 삼경이라 달빛이 환했다. 연못에서는 물고기가 이따금 튀어오르고, 입이 대접만한 금붕어5)는 임을 보고 반기는 듯하며, 달 아래 두루미도 흥에 겨워 짝을 부르는 듯했다.

이때 춘향이는 칠현금6) 비껴 안고 〈남풍시〉7)를 연주하다가 잠자리

3) 상방(上房): 관아의 우두머리가 기거하던 방. 여기서는 사또가 머무는 방을 말한다.
4) 삼문(三門): 대궐이나 관아의 앞에 있는 문으로, 정문(正門)·동협문(東夾門)·서협문(西夾門)으로 이루어져 있었다.
5) 금붕어: 10세기 무렵 중국에서 최초로 사육하기 시작했고 외국으로 퍼져나간 것은 1502년에 일본으로, 1611년에 유럽으로 나갔다. 조선에도 일본에 전래되기 직전 수입된 듯하다.
6) 칠현금(七絃琴): 본래 중국 현학기다. 우리나라 거문고의 기원이다. 『삼국사기』 「잡지雜志 악樂」에 "진(晉)나라에서 칠현금(七絃琴)을 고구려에 보냈는데, 고구려 사람들이 그것이 악기인 줄은 알았으나 그 성음(聲音)과 연주 방법을 몰랐다. 왕산악이 원래 모양을 유지하면서 제도를 조금 고쳐서 100여 곡을 만들어 연주했다. 이때 현학(玄鶴)이 와서 춤을 추었으므로 현학금(玄鶴琴)이라 했는데, 나중에는 현금(玄琴)이라 했다"고 한다. 『동사강목東史綱目』은 경문왕(景文王) 6년(866) 조에 이 기록을 실었다.
7) 〈남풍시南風詩〉: 순임금이 처음으로 오현금(五絃琴)을 만들어 타면서 노래한 곡이다. "남풍의 훈훈함이여, 우리 백성의 노여움을 풀 만하도다. 남풍이 제때에 불어옴이여, 우리 백성의 재물이 풍부하리로다(南風之薰兮, 可以解吾民之慍兮; 南風之時兮, 可以阜吾民之財兮)"라는 가사가 나온다. 『공자가어孔子家語』 권8 「관송冠頌」.

에서 졸고 있었다. 방자는 안으로 들어가되 개가 짖을까 염려하여 소리를 죽여가며 가만가만 춘향의 방 영창8) 밑으로 조심스럽게 살짝 들어갔다.

"춘향아, 잠들었냐?"

춘향이 깜짝 놀랐다.

"네가 어째서 왔느냐?"

"도련님 와 계시다."

춘향은 이 말을 듣고 가슴이 울렁울렁하고 속이 답답해졌다. 춘향이 부끄럼을 이기지 못하여 문을 열고 나와 건넌방에 가서 모친을 깨웠다.

"어머니, 무슨 잠을 이렇게 깊이 주무셔요?"

춘향 모가 잠에서 깨어 얼떨결에 물었다.

"아가, 무엇을 달라고 부르느냐?"

"누가 무얼 달란데요?"

"그러면 어째서 불렀느냐?"

춘향이 엉겁결에 말했다.

"도련님이 방자 뫼시고 오셨어요."

춘향 모가 문을 열고 방자를 불러 물었다.

"누가 왔냐?"

방자가 대답했다.

"사또 자제 도련님이 와 계시오."

춘향 모는 말했다.

"향단아!"

"예."

"집 뒤 초당에 자리와 등촉을 잘 살펴 갖추어라."

---

8) 영창(映窓): 방을 밝게 하려고 방과 마루 사이에 낸 두 쪽의 미닫이. 영창문(映窓門).

춘향 모가 향단에게 단단히 이르고 자리에서 일어섰다. 세상 사람이 모두 춘향 모를 칭송하는 데는 과연 그 이유가 있었다. 예로부터 사람은 외탁[9]을 많이 하기에 춘향 같은 딸을 낳은 것이다.

춘향 모는 반백이 넘었는데 소탈한 모습이며 다정한 거동이 기품 있고 특출하며, 살결이 윤택하여 복이 많아 보였다. 춘향 모가 조신하고 점잖게 발막신[10]을 끌며 나왔다.

이때 이도령은 천천히 거닐며 뒤돌아보기도 하고 흘겨보기도 하며 무료히 서 있었다. 방자가 말했다.

"저기 오는 게 춘향 모입니다요."

춘향 모가 나오더니 두 손을 맞잡아 예를 표하고는 우뚝 서서 말했다.

"그사이 도련님 문안이 어떠시오?"

이도령이 웃음기 띤 얼굴로 말했다.

"춘향의 모친이라지. 평안한가?"

"예, 겨우 지냅니다. 오실 줄 진정 몰라 영접이 부족합니다."

"그럴 리가 있나?"

춘향 모가 앞장서서 이도령을 인도하여 대문 중문 다 지나고 후원으로 돌아들어갔다. 별채로 있는 해묵은 초당에는 이미 등촉을 밝혀두었다. 버들가지가 늘어져 불빛을 가린 모양은 구슬발이 갈고랑이에 걸린 듯했다. 오른쪽에 심긴 벽오동은 맑은 이슬이 뚝뚝 떨어져 잠든 학을 놀래켜 꿈을 깨게 만들 듯하고, 왼쪽에 서 있는 반송은 미친바람이 건듯 불면 늙은 용이 꿈틀거리는 듯했다. 창 앞에 심은 파초는 햇살이 막 펴

---

9) 외탁(外託): 용모와 재질 등이 외가 쪽을 닮음을 말한다.
10) 발막신: 코끝이 둥글넓적한 가죽신. 마른신의 일종. 뒤축과 코에 꿰맨 솔기가 없고 경분(輕粉)칠이 되어 있다. 평상시 상류계급 노인들이 신었으며, 백관들도 태사혜(太史鞋)와 더불어 이 신을 많이 신었다.

져 따스한 기운이 감돌면 그 속잎이 봉의 꼬리 모양으로 되어[11] 빼어나
고, 연못 가운데 흑구슬 같은 어린 연꽃은 물 밖에 겨우 떠 있고 옥 이슬
은 비껴 있었다. 입이 대접 같은 금붕어는 물고기에서 용으로 변하려는
지[12] 때때로 물결쳐서 출렁출렁 굼실굼실 노는 모습이 마치 조롱을 하
는 듯했다. 새로 난 연잎은 물건을 받을 듯이 벌어지고, 우뚝하게 솟은
세 봉우리 석가산[13]은 층층이 쌓여 있었다. 계단 아래 학과 두루미는
사람을 보고 놀라서 두 날갯죽지를 떡 펼치고 긴 다리로 징검징검 걸으
면서 끼룩 뚜르륵 소리를 냈다. 계수나무 꽃 아래서는 삽살개가 짖었다.
그 가운데 반가운 것은 못 가운데 쌍오리로, 손님 오신다고 두둥실 떠서
기다리는 모양이었다.

이도령이 처마에 다다르니, 춘향이 그제야 모친이 시킨 대로 비단 바
른 창을 반쯤 열고 나왔다. 그 모습을 살펴보니 뚜렷이 큰 바퀴같이 밝
은 달이 구름 밖에 솟아난 듯 황홀하여 이루 헤아리기 어려울 정도였다.
부끄러이 당에 내려와 천연스레 서 있는 춘향의 모습은 보는 이의 간장
을 다 녹였다. 이도령은 웃음기 담은 얼굴로 춘향에게 물었다.

"고단하지 않느냐, 밥은 잘 먹었느냐?"

춘향은 부끄러워 대답하지 못하고 묵묵히 서 있을 뿐이었다. 춘향 모
가 먼저 당에 올라 이도령을 윗자리로 모시고서 차를 들어 권하고 담뱃
불을 붙여 올렸다. 이도령은 담배를 받아 물고 가만히 앉아 있었다. 이

---

11) 햇살이 막~모양으로 되어: 원문은 '일난초(日暖初) 봉미장(鳳尾長)'이다. '일난초'는 아침
햇살이 퍼져 따뜻한 기운이 감도는 것을 말하고, '봉미장'은 파초의 속잎이 봉의 꼬리같이 긴
것을 말한다. 남송 때 육유(陸游)의 시 「희우喜雨」에 "파초에서 심이 뽑혀 나오자 봉의 꼬리처
럼 길구나(芭蕉抽心鳳尾長)"라고 했다.
12) 물고기에서 용으로 변하려는지: 본래 아주 곤궁하던 사람이 부귀를 누리게 되거나 보잘것
없던 사람이 큰 인물이 됨을 이르는 말이다. 중국의 『삼진기三秦記』에 "하진(河津)은 용문(龍
門)이라고도 한다. 복숭아꽃 물결같이 일면 고기가 뛰어오르는데 이곳을 넘는 고기는 용이 된
다(河津一名龍門, 桃花浪起, 魚躍而相至, 若過者爲龍)"라고 했다.
13) 석가산(石假山): 정원 따위에 돌을 모아 쌓아서 조그마하게 만든 산.

도령이 춘향의 집에 올 때는 춘향에게 뜻이 있어 온 것이지, 춘향 집의 세간 기물을 구경하러 온 게 아니었다. 이도령에게는 이번 자리가 이성과의 첫번째 만남이었다. 밖에서는 무슨 할말이라도 있는 듯했지만 막상 들어가 앉고 보니 이도령은 할말이 별로 없었다. 공연히 숨이 차서 기침이 나는 증세도 있고 몸이 오슬오슬 춥고 떨리는 증세도 나타나면서, 아무리 생각해봐도 할말이 없었다.

방 한가운데를 둘러보며 벽 위를 살펴보니 상당한 기물들이 눈에 들어왔다. 용장과 봉장[14], 잡화 서랍장이 여기저기 놓여 있고, 그림도 붙어 있었다. 서방 없는 춘향이요, 학문하는 계집아이가 세간과 그림이 왜 있을까마는, 춘향 모가 유명한 명기라 딸에게 주려고 장만한 것이었다. 조선의 유명한 명필들을 붙여두었는데, 그 사이에 다른 명화들은 다 내던져두고 〈월선도〉란 그림만 붙여두었다. 〈월선도〉의 제목은 이러했다.

상제가 높이 앉아 부절을 맞춰보며 뭇 신하의 조회를 받는 그림[15],
청련거사 이태백[16]이 황학루[17]에 꿇어앉아 『황정경』[18] 읽는 그림,

---

14) 용장(龍欌)과 봉장(鳳欌): 용장은 용의 모양을 새겨 꾸민 옷장. 봉장은 봉의 모양을 새겨 꾸민 옷장.
15) 상제가 높이~받는 그림: 상제가 옥좌에 높이 앉아 여러 외직의 신하가 가져온 부절(符節)을 맞춰보면서 뭇 신하의 조회를 받는 그림을 말하는 듯하다. 강절(絳節)이란 한(漢)나라 사자(使者)가 갖는 적색 부절로, 나뭇조각 따위에 글을 쓰고 도장 같은 것을 찍고서 두 쪽으로 쪼개어 한 조각은 상대자에게 주고 다른 한 조각은 자기가 보관했다가 후일에 서로 맞추어 증거로 삼은 것을 말한다. 두보의 시 「옥대관玉臺觀」에 "상제가 높은 곳에 거처하여 조정에서 붉은 부절을 내린다(上帝高居絳節朝)"라는 구절이 있다.
16) 청련거사(靑蓮居士) 이태백: 이백이 촉(蜀) 지방의 청련산(靑蓮山) 아래 살았으므로 청련거사라고 자호했다고 한다.
17) 황학루(黃鶴樓): 원문은 '황학전(黃鶴殿)'이지만 황학루를 뜻한다. 황학루는 본디 중국 호북성 무창현(武昌縣)의 황학산(黃鶴山) 위에 있는 누각 이름으로, 당나라 최호(崔顥)가 시 「등황학루登黃鶴樓」를 지었는데, 이 시가 이백으로부터 격찬을 받음으로써 그의 명성과 이 시가 세상에 널리 알려졌다.
18) 『황정경黃庭經』: 위진(魏晉)시대 도가들이 양생(養生)과 수련의 원리를 가르치고 기술하는 데 사용했던 서적. '황정'은 인간의 성(性)과 명(命)의 근본을 가리키는 것으로, 뇌(上黃庭)·심

백옥루 지은 후에 이장길[19]을 불러와 상량문 짓게 하는 그림,

칠월 칠석 오작교에서 견우직녀 만나는 그림,

광한전 달 밝은 밤에 약을 찧는 항아의 그림.

층층이 붙여둔 그림의 광채가 찬란해 정신이 산란해졌다.

또다른 곳을 바라보니, 부춘산 엄자릉[20]이 간의대부 벼슬을 마다하고 백구를 벗삼고 학과 원숭이를 이웃으로 삼아 양가죽 옷을 드러나게 차려입고 가을의 동강 칠리탄에 낚싯줄을 던지고 앉아 있는 경치가 또렷하게 그려져 있었다. 바야흐로 이를 선경이라 할 만했다. 군자의 좋은 짝이 놀 데가 바로 이곳일 듯했다.

춘향이 일편단심으로 한 남편만 섬기려고 글 한 수를 지어 책상 위에 붙여두었다.

운치를 띤 것은 봄바람의 대나무요

향을 불사른 것은 밤에 읽는 책 때문이로네.

장(中黃庭)·비장(下黃庭) 등을 말한다. 이백은「월로 돌아가는 하지장을 보내며送賀客客歸越」라는 시에서 "경호의 흐르는 물에 맑은 물결 일렁이니, 사명 광객 가는 배에 뛰어난 흥취 진진하리. 산음의 도사와 만일 서로 만나게 되면, 응당 황정경 써주고 흰 거위와 바꾸겠지(鏡湖流水漾清波, 狂客歸舟逸興多. 山陰道士如相見, 應寫黃庭換白鵝)"라고 했다. 진(晉)나라 때 왕희지는 산음(山陰)의 도사(道士)에게『도덕경』을 써서 주고 거위와 바꾼 적이 있는데, 이백은『도덕경』이라 하지 않고『황정경』이라 했다.『진서晉書 권80』「왕희지열전王羲之列傳」참조.
19) 이장길(李長吉): 당나라 천재 시인 이하(李賀, 약 790~817). 원문은 '자기'로 되어 있어 이해하기 어렵다. 이하가 27세에 죽을 때 천상에서 붉은 옷 입은 사람이 용을 타고 내려와 "상제가 백옥루(白玉樓)는 문인이 죽어서 간다는 천상의 누각인데, 이것을 완성하고 그대를 불러다가 기문을 지으라고 명했다"라고 하며 그를 데려갔다는 말이, 이상은(李商隱)이 지은「이장길소전李長吉小傳」에 나온다.
20) 부춘산(富春山) 엄자릉(嚴子陵): 엄자릉은 후한 광무제 때 고사(高士)인 엄광(嚴光)이다. 자릉은 그의 자(字)다. 엄광은 광무제와 어린 시절의 벗인데, 광무제가 즉위하여 간의대부(諫議大夫)에 제수했으나 사양하고 부춘산에 은거하여 칠리탄(七里灘)에서 낚시질하면서 세상에 나오지 않았다고 한다.『고문진보 후집』권6「엄선생사당기嚴先生祠堂記」참조.

"기특하다. 이 글의 뜻은 목란의 절개[21]로구나."

이도령의 칭찬에 춘향 모가 말했다.

"귀중하신 도련님이 변변찮은 집에 와주시니 황공하고 감격스러울 따름입니다."

그 말 한마디에 이도령의 말문이 열렸다.

"그럴 리가 왜 있겠느냐. 우연히 광한루에서 춘향을 잠깐 보고 연연해하며 날을 보냈는데, 꽃을 탐하는 벌과 나비처럼 취한 마음이었다네. 오늘밤에 춘향의 모를 보러 왔소만, 자네 딸 춘향과 인생 백년 헤어지지 말자는 언약을 맺고자 하니, 자네 마음은 어떠한가?"

춘향 모는 이렇게 대답했다.

"말씀은 황송하오나, 제 말씀 들어보세요. 자하골[22] 성참판 영감이 잠시 외직에 보임되어 남원에 계실 때 솔개를 매로 여기시듯 절 보시고 수청을 들라 하시기에, 관장의 명령을 어길 수 없어 그분을 모셨지요. 그런데 불과 석 달 만에 한양으로 올라가신 후로 뜻밖에 잉태하여 낳은 것이 저것이라, 그런 사연을 성참판께 고목[23]으로 적어 아뢰었더니 '젖줄 떨어지면 데려가련다' 하셨지요. 하지만 그 양반이 불행히도 세상을

---

21) 목란(木蘭)의 절개: 목란은 『초사』에서 고결과 절개를 상징했다. 즉 『초사』「이소離騷」에 "아침엔 목란의 떨어진 이슬을 마시고, 저녁엔 가을 국화의 떨어진 꽃잎을 먹는도다. 진실로 내 마음 성실하고 정결히 하여 도를 지킨다면 늘 굶주려 얼굴이 누렇게 뜬들 또한 무엇이 해로우랴?(朝飲木蘭之墜露兮, 夕餐秋菊之落英. 苟余情其信姱以練要兮, 長顑頷亦何傷)"라고 했다. 그런데 악부(樂府)의 「목란시木蘭詩」에서는 목란이 여성의 절개를 가리킨다. 목란은 이 서사시의 주인공 이름으로, 전쟁터에 나가게 된 아버지를 대신해 남장하고 전쟁터에 나가 12년 동안을 종군하면서 전공(戰功)을 세웠다.
22) 자하골(紫霞谷): 서울시 자하문(紫霞門) 밖 자하동(紫霞洞)을 말한다. 자하골이란 지명은 서울시 광진구 광장동 광나루 서쪽에 있던 마을에서도 찾아볼 수 있다. 별천지를 이루던 마을을 가리키는 말이다.
23) 고목(告目): 본래 각사(各司)의 서리나 지방관아의 향리가 상관에게 공적인 일을 알리거나 문안할 때 올리는 간단한 양식이다. 여기서는 신분 낮은 사람이 상전에게 올리는 간단한 서식의 편지라는 뜻으로 사용했다.

버리셔서 저것을 올려보내지 못하고 길러내었어요. 어려서 잔병이 그리 많았으나, 일곱 살에 『소학』[24]을 읽혀 몸을 닦고 집안을 화평하게 하며 마음을 조화롭고 순순하게 갖는 일[25]을 낱낱이 가르치니, 씨가 있는 자식이라 만사를 달통하고 삼강행실을 두루 익히니, 누구도 저것을 내 딸이라 할 수 없을 정도였지요. 가세가 부족하여 재상가에는 시집을 보낼 수 없고 선비나 서민은 마음에 차지 않아 혼인이 늦어져서 밤낮으로 걱정했습니다. 도련님께서는 돌연 춘향과 인생 백년을 기약하겠다고 하시지만, 그런 말씀은 하지 마시고 잠시 놀다 가시기나 하세요."

이 말은 참말이 아니었다. 이도령이 춘향을 얻겠다고 하자, 춘향 모는 앞으로의 일을 모르기에 뒤를 눌러 한 말이었다.

이도령은 기가 막혀 말했다.

"호사다마로구나. 춘향도 혼인 전이요, 나도 장가 전이라네. 피차 언약이 이렇거늘, 혼례의 정식 절차인 육례[26]는 하지 못할망정 양반의 자식이 한 입으로 두말할 리가 있겠나?"

춘향 모가 대답했다.

"또 제 말 들어보셔요, 도련님. 옛 책에서 '신하를 아는 자는 임금만한 이 없고 아들을 아는 자는 아비만한 이 없다'[27]고 했으니, 딸을 아는 자

24) 『소학小學』: 아동에게 유학을 가르치기 위한 수신서(修身書). 송나라 주자(朱子)가 엮은 것이라고 쓰여 있으나 제자 유자징(劉子澄)이 주자의 지시에 따라 편찬한 것이다. 1187년(남송 순희 14)에 완성되었으며 내편 4권, 외편 2권, 전 6권이다. 목차는 「입교立敎」 「명륜明倫」 「경신敬身」 「계고稽古」 「가언嘉言」 「선행善行」으로 이루어져 있으며, 일상생활의 예의범절, 수양을 위한 격언, 충신·효자의 사적 등을 모아놓았다. 명나라 진선(陳選)의 『소학집주小學集註』 6권이 조선에 수용되어 널리 읽혔다.
25) 몸을 닦고~갖는 일: 원문의 '수신제가(修身齊家)'는 『대학』의 팔조목(八條目)에 나오는 덕목이다. '화순(和順)'은 부녀에게 요구된 '돈목(敦睦)' 즉 친척과의 화목, '승순구고(承順舅姑)' 즉 시부모의 말을 고분고분 들음을 말하는 듯하다.
26) 육례(六禮): 혼인에 있어서의 대례. 납채(納采), 문명(問名), 납길(納吉), 납폐(納幣), 청기(請期), 친영(親迎) 등 여섯 절차를 말한다.
27) 신하를 아는~이 없다: 『관자管子』 「대광大匡」에 "포숙이 말했다. '선인이 말하길, 아들을 아는 이는 아비만한 사람이 없고 신하를 아는 이는 군주만한 이가 없다고 했습니다. 지금 군주

는 어미만한 이 없지 않겠습니까? 제 딸 마음은 제가 알지요. 어려서부터 지극히 정성 들여 키워왔기에 딸이 행여 신세를 그르치지는 않을까 마음이 편치 않았습니다. 한 남편만을 섬기기로 마음먹어 평소 행실에서 철석같이 굳은 뜻을 지녀, 푸른 소나무와 녹빛 대나무, 전나무가 사철의 변화와 다투어 본래의 푸른빛을 잃지 않듯이 해왔습니다. 설령 푸른 바다가 뽕나무밭으로 변하더라도 제 딸의 마음이 변할 리 있겠습니까? 금은보화가 산같이 쌓여 있을지라도 받지 않을 것입니다. 백옥 같은 제 딸 마음에 청풍인들 미치겠습니까? 그저 옛날 절개 지킨 분들의 큰 뜻을 본받고자 할 뿐이지요. 하지만 도련님이 욕심을 부려 인연을 맺었다가, 도련님이 장가들기 전에 부모 몰래 깊은 사랑을 금석같이 맺었다가, 소문이 나서 뜻을 버리시면 옥구슬 같은 제 딸 신세는, 문채 좋은 대모[28]와 진주와 고운 구슬로 만든 노리개의 구멍 부분이 깨져나간 것 같다고 한들, 맑은 물에 노닐던 원앙새가 짝 하나를 잃은 것 같다고 한들, 그것이 어찌 제 딸의 경우를 제대로 비유한다 하겠습니까? 도련님의 속마음이 말과 같다면 깊이 헤아려 행해주시기 바랄 뿐입니다."

이도령은 더욱 답답해졌다.

"그건 두 번 다시 염려 마오. 내 마음을 스스로 헤아리니 특별히 간절한 굳은 마음이 가슴속에 가득하오. 신분상 분수와 의리는 서로 다를망정 춘향과 내가 평생 기약을 맺을 때 예물로 기러기를 안고 가서 납폐하지[29] 않는다 해도 넓고 푸른 물결처럼 깊은 마음에 춘향의 사정을 모를 리야 있겠소?"

는 신하가 못났음을 알기 때문에 저로 하여금 공자 소백의 사부가 되도록 한 것입니다(鮑叔 : '先人有言曰 , 知子莫若父 , 知臣莫若君 , 今君知臣不肖也 , 是以使賤臣傅小白也')"라는 대목이 있다.
28) 대모(玳瑁): 바다거북과에 속하는 거북의 일종인데, 등딱지 즉 귀갑(龜甲)도 대모 또는 대모갑(玳瑁甲)이라고 한다. 고급 장식품에 쓰였다.
29) 기러기를 안고 가서 납폐하지: 원문의 '전안(奠雁)'은 혼례 때 신랑이 신부집에 가서 예물로 기러기를 드리고 신부를 데려오는 것을 말한다.

이도령이 이렇듯 설득했다. 청실과 홍실로 꾸미고 육례를 갖춰 만난다 해도 이보다 더 뾰족한 수가 있을 것 같지 않았다.

"내 춘향을 첫 장가로 맞은 부인처럼 여길 터이니 시부모를 모셔야 한다고 염려 말고, 내가 아직 정식 혼례를 치르기 이전이라고 염려 마오. 대장부가 한번 먹은 마음으로 박대하는 행실을 하겠는가? 허락만 해주오."

춘향 모가 이 말을 듣고 한참을 가만히 앉아 있었다. 꿈에서 조짐이 있었던지라 하늘이 낸 연분인 줄 짐작하고 춘향 모가 흔쾌히 허락했다.

"봉이 나매 황이 나고,[30] 장군이 나매 용마 나며, 남원의 춘향이 나매 오얏꽃이 봄바람에 활짝 피어났듯이[31] 정녕 꽃답구나! 향단아, 술 소반을 준비했느냐?"

"예."

향단은 술상을 차려 냈다. 안주 등을 보니 음식 꾀새도 정결했다. 대양판[32] 갈비찜, 소양판[33] 제육찜[34], 펄펄 뛰는 숭어 찜, 포도동 나는 메추리 탕에, 동래와 울산의 대전복[35]을 대모장도[36]처럼 잘 드는 칼로 맹상군[37]의 눈썹같이 어슷비슷 썰어놓았다. 염통산적, 양볶이, '봄 꿩이

---

30) 봉(鳳)이 나매 황(凰)이 나고: '봉황'의 봉은 암컷, 황은 수컷이다. 『춘추좌씨전』 장공(莊公) 22년 조에 보면, 의씨(懿氏)가 경중(敬仲)을 사위로 삼고자 했는데, 아내가 점을 쳐보고는 말하기를, "길하다. 이것을 일러 봉과 황이 날면서 서로 화답하는 울음소리가 낭랑하다(鳳凰于飛, 和鳴鏘鏘)는 것이다"라고 한 말이 있다.
31) 오얏꽃이 봄바람에 활짝 피어났듯이: 봄날의 화사한 광경을 말하여 인생의 정점을 비유한 것이다. 백거이의 「장한가長恨歌」에서 "봄바람에 복사꽃 오얏꽃 피는 밤이요, 가을비에 오동잎 떨어지는 때로다(春風桃李花開夜, 秋雨梧桐葉落時)"라고 했는데, 그 출구(出句)의 시상과 통한다.
32) 대양판(大胖板): 소의 밥통 고기.
33) 소양판(小胖板): 돼지 밥통 고기.
34) 제육(猪肉)찜: 돼지고기찜.
35) 대전복(大全鰒): 크기가 큰 전복. 경상남도 울산(蔚山)과 동래(東萊)에서 큰 전복이 난다.
36) 대모장도(玳帽粧刀): 대모갑으로 칼집을 만든 장도칼.

제 울음에 죽는다'[38]의 산꿩 다리, 적벽대접,[39] 분원사기에 냉면도 비벼 놓고, 생밤, 찐밤, 잣송이며, 호도, 대추, 석류, 유자, 준시,[40] 앵두, 탕기 크기의 토종 배 청실리를 볼품 있게 차려 냈다.

술병 차린 것을 볼 것 같으면 이러했다.

티끌 없는 백옥병과 벽해수의 산호병과 오동잎 떨어지는 금정의 오동병[41]과 목 긴 황새병, 자라병, 중국 그림을 그려넣은 병, 금으로 장식한 병, 소상강 동정호 대나무로 만든 죽절병[42]을 갖추었고, 거기에다 품질 좋은 은으로 만든 주전자, 구리 주전자, 금으로 장식한 주전자 등을 차례로 놓아서 빠진 것 하나 없이 자리를 차지했다.

술 이름을 말한다면 이러했다.

---

37) 맹상군(孟嘗君): 전국시대 제(齊)나라 전문(田文)의 시호다. 맹상군의 눈썹은 전고(典故)를 알 수 없다. 잘생긴 공자의 눈썹이란 뜻으로 사용했을 수 있다.
38) 봄 꿩이 제 울음에 죽는다: 원문은 '춘치자명(春雉自鳴)'. 우리나라 속담으로, 남이 모르는 죄를 스스로 드러내어 남이 알게 한다는 뜻을 나타낸다. 『여유당전서』「이담속찬耳談續纂」「동언東諺」참고.
39) 적벽대접(赤壁大楪): 경기도 장단군 적벽 지방의 특산물인 대접.
40) 준시(蹲柿): 꼬챙이에 꿰지 않고 그냥 말린 감.
41) 오동잎 떨어지는 금정의 오동병: 원문은 '엽락금정(葉落金井) 오동병(梧桐瓶)'이다. 오동잎과 관련된 '엽락금정'의 관용구를 이용한 표현이다. 금정은 우물 난간을 아로새겨 꾸민 것을 말한다. 당나라 장적(張籍)의 「초비원楚妃怨」에 "오동잎이 황금정의 우물에 질 때, 가로지른 녹로에 단 두레박줄 당기누나(梧桐葉下黃金井, 橫架轆轤牽素綆)"라고 했고, 이백의 시 「사인의 아우 대경이 강남으로 가기에 주어서 이별하다贈別舍人弟臺卿之江南」에 "오동잎이 금정에 떨어지니, 잎 하나 은상에 날리누나(梧桐落金井, 一葉飛銀床)"라고 했다.
42) 소상강 동정호~만든 죽절병: 원문은 '소상(瀟湘) 동정(洞庭) 죽절병(竹節瓶)'이다. 죽절 즉 대나무 마디로 만든 병, 혹은 대나무 마디 모양의 병을 수식하기 위해 반죽(斑竹)의 산지인 소상을 끌어오고 소상과 짝을 이루는 동정을 병치한 표현이다. 소상은 중국 호남 영릉현(零陵縣) 북쪽에 있는 지명. 순임금의 두 비 아황과 여영이 떨어뜨린 피눈물로 얼룩이 지게 되었다고 하는 반죽의 산지로 유명하다. 그것을 소상반죽(瀟湘斑竹)이라고 한다.

이적선 포도주[43]와 안기생 자하주[44]와 산림처사 송엽주[45]와 과하
주[46], 방문주[47], 천일주[48], 백일주[49], 금로주, 팔팔 뛰는 화주,[50] 약주, 그
가운데 향기로운 연엽주[51]를 골라내어 동그란 알 모양 주전자에 가득
부어서 청동화로 백탄 불로 냄비 냉수 끓는 가운데 동그란 알주전자에
부어 차지도 덥지도 않게 데워내어 금잔, 옥잔, 앵무배[52]를 그 가운데

43) 이적선(李謫仙) 포도주: 이적선은 당나라 이백의 별칭. 적선은 '인간 세상으로 귀양 온 신
선'이라는 뜻으로 하지장(賀知章)이 이백의 시 「촉도난蜀道難」을 읽고 찬탄하며 부른 데서 연
유한다. 이백은 포도주와 연관이 깊다고 간주된다. 이백의 「양양가襄陽歌」에 "멀리 바라보니
한수는 오리 머리처럼 푸르러, 흡사 포도주가 막 발효한 빛깔과도 같네(遙看漢水鴨頭綠, 恰似葡
萄初醱醅)"라고 했고, 역시 이백의 「대주對酒」에 "포도주를 황금 술잔에 따라 마실 때, 십오 세
미인은 작은 준마를 타고 달려왔네(蒲萄酒金叵羅, 吳姬十五細馬駄)"라고 했다.
44) 안기생(安期生) 자하주(紫霞酒): 안기생은 고대의 전설적인 신선이다. 본래 낭야(琅琊) 부향
(阜鄕) 사람이라고도 한다. 유향(劉向)의 『열선전列仙傳』에 "안기(安期) 선생은 낭야 부향 사람
으로 동해 가에서 약을 팔았는데, 당시 사람들은 천세옹이라 했다. 진시황이 동해로 놀러갔다
가 그를 청해 보고 사흘 밤낮을 그와 더불어 얘기하고 그에게 금과 옥을 주었다. 그는 모두 놓
고 가면서 편지를 남겼는데, 그 편지에 몇 년 후에 봉래산에서 나를 찾으라고 했다(安期先生者,
賣藥於東海邊人, 皆言千歲翁. 秦始皇東遊請見, 與語三日三夜, 賜金璧, 皆置去, 留書爲報, 曰: 後數年, 求
我於蓬萊山)"라고 했다. 자하주는 이슬을 받아 만든 술로, 신선이 먹는 술이다. 『포박자抱朴子』
「거혹袪惑」에 보면, 옛날 항만도(項曼都)라는 사람이 선인(仙人)에게 한 번 얻어 마시고는 몇
개월 동안 배가 고프지 않았다고 한다. 유하주(流霞酒)라고도 한다.
45) 산림처사(山林處士) 송엽주(松葉酒): 산림처사는 벼슬에 나가지 않고 지조를 지키면서 향촌
에서 학문을 힘쓰고 덕을 닦는 사람이다. 송엽주는 솔잎으로 담근 술인데, 소나무가 지조와 절
개를 상징하므로 산림처사와 연계시켰다. 『본초本草』에 의하면 솔잎으로 만든 술은 질병을 고
치는 데 효험이 있다고 한다.
46) 과하주(過夏酒): 소주와 약주를 섞어 빚어 여름을 경과한 술.
47) 방문주(方文酒): 비방(秘方)에 따라 특별한 약재를 넣어 만든 술.
48) 천일주(千日酒): 특별한 재료로 빚어 담근 후 천 일 만에 먹는 술. 또한 한 번 마시면 천 일
동안 취한다는 좋은 술이다. 중산(中山) 사람인 적희(狄希)가 천일주(千日酒)를 잘 만들었는데,
유현석(劉玄石)이 그 술을 한 번 마시고는 천 일 동안 취했다가 무덤 속에서 술이 깨어 일어났
다는 '일취천일성(一醉千日醒)'의 이야기가 장화(張華)의 『박물지博物志』 권10 「잡설 하雜說下」
와 『수신기搜神記』 권19에 나온다.
49) 백일주(百日酒): 특별한 재료로 빚은 지 백 일이 지난 술.
50) 화주(火酒): 소주를 말한다.
51) 연엽주(蓮葉酒): 쌀과 누룩을 연잎에 싸서 빚은 술.
52) 앵무배(鸚鵡杯): 앵무라(鸚鵡螺)라는 자개로 만든 잔. 앵무잔(鸚鵡盞), 만든 술잔인데, 전하
여 일반 술잔의 뜻으로도 쓰인다. 이백의 「양양가襄陽歌」 "가마우지 새긴 구기에 앵무배로,
백 년이라 삼만 육천 일에, 하루에 삼백 잔씩 마셔야 하리(鸕鷀杓鸚鵡杯, 百年三萬六千日, 一日須

띄웠다. 백옥경의 연화 피는 꽃으로 태을선녀[53]가 배를 띄우듯, 대광보국숭록대부[54] 영의정이 파초선[55]을 띄우듯 두둥실 띄워놓고 권주가[56] 한 곡조에 한 잔 한 잔, 또 한 잔[57]이었다.

이도령이 말했다.

"오늘밤에 하는 절차 보니, 관아의 주방이 아니던데. 어찌 그렇게 갖추었는가?"

춘향 모가 말했다.

"제 딸 춘향 곱게 길러 정숙한 숙녀로 군자의 좋은 짝에 선택되어 금슬이 좋아 벗이 되고 평생 즐거움을 함께 누릴 때[58] 사랑채에서 노는 손님들은 영웅호걸이요, 문장이 뛰어난 분들이거나 죽마고우 벗님네들입니다. 밤낮으로 즐기시며 내당의 하인 불러 밥상과 술상 재촉할 텐데, 미리 보고 배우지 않고서 어찌 바로 준비할 수 있겠습니까? '안사람이

傾三百杯)"라고 했다.
53) 태을선녀(太乙仙女): 태을이라는 별에서 사는 선녀. 여기서 태을선인은 태을진인(太乙眞人)을 연상시키고, 연엽주(蓮葉酒)는 연엽주(蓮葉舟)를 연상시킨다. 태을진인이 연엽주를 타고 갔다는 말이 있어, 북송의 저명한 화가 이공린(李公麟)이 큰 연잎 위에 누운 채로 책을 펴서 읽고 있는 태을진인의 모습을 그린 〈태을진인연엽도太乙眞人蓮葉圖〉가 유명하다. 이 그림에 송나라 한구(韓駒)가 「제태을진인연엽도題太乙眞人蓮葉圖」를 적어 "태을진인 연잎의 배를 타고, 두건 벗은 맨머리 내놓아 바람이 차네(太乙眞人蓮葉舟, 脫巾露髮寒颼颼)"라고 했다. 한구의 시는 고문진보 전집(前集)에 실려 있어 조선 후기 식자층 사이에 널리 알려져 있었다.
54) 대광보국숭록대부(大匡輔國崇綠大夫): 원문은 '대광보국(大匡輔國)'이다. 정1품으로, 의정부 삼정승이 이 품계를 지닌다.
55) 파초선: 삼정승이 외출할 때 낮을 가리던 파초잎 모양의 큰 부채. 여기서는 부채가 아니라 파초선(芭蕉船)을 연상한 것이다.
56) 권주가(勸酒歌): 술 권하는 노래. 조선시대 십이가사에도 권주가가 들어 있다.
57) 한 잔 한 잔, 또 한 잔: 이백의 「산중대작山中對酌」에서 인용했다. 이 시는 「산중에서 은둔자와 대작하면서山中與幽人對酌」라는 제목으로도 알려져 있다. "두 사람 대작하면 산에 꽃이 피고, 한 잔 한 잔, 또 한 잔. 나는 취해 자려 하니 그대는 잠시 가소, 내일 뜻 있으면 거문고 안고 다시 오구려(兩人對酌山花開, 一杯一杯又一杯. 我醉欲眠君且去, 明朝有意抱琴來)"이다.
58) 정숙한 숙녀로~누릴 때: 원문의 '요조숙녀(窈窕淑女) 군자호구(君子好逑)'라든가 '금슬우지(琴瑟友之)'는 『시경』 「주남周南 관저關雎」에서 따왔다. 즉 「관저」의 제1장에 "관관 우는 징경이가, 황하 가에 있구나. 요조숙녀는 군자의 좋은 짝이로다(關關雎鳩, 在河之洲. 窈窕淑女, 君子好逑)"라고 하고, 제3장에 "요조숙녀를 거문고와 비파로 벗삼네(窈窕淑女, 琴瑟友之)"라고 했다.

민첩하지 못하면 남편의 낯을 깎는 것'이니, 제 생전에 힘써 가르쳐 아무쪼록 본받아 행하게 하려고 돈이 생기면 사 모으고 손으로 만들어 눈에 익히며 손에도 익히려고 잠시라도 놀지 않고 시킨 덕분이니, 부족하다 마시고 구미대로 잡수시지요."

말을 마친 춘향 모가 앵무배에 술을 가득 부어 이도령에게 드렸다.

이도령은 잔을 받아 손에 들고 탄식하며 말했다.

"내 마음대로 한다면 육례를 행할 테지만, 그렇게는 못하고 개구멍서방으로 들고 보니[59] 참으로 원통하구나. 그러나 춘향아 우리 둘이 대례술로 알고 마시자."

이도령이 술 한 잔 부어 들고 말했다.

"내 말 들어라. 첫째 잔은 인사주요, 둘째 잔은 합환주[60]니, 다른 술이 아니라 이 술을 근본으로 삼으리라. '위대한 순임금을 아황과 여영[61]이 귀하게 귀하게 만난 연분이 귀중하'고 했다. 월하노인[62]이 맺어준 우리 연분, 삼생가약을 맺은 연분, 천년만년이라도 변치 않을 연분. 대대로 삼태육경[63]을 하며 자손이 많이 번성하여 자손, 증손, 고손이며 무릎 위에 앉혀놓고 죄암죄암[64] 달강달강[65], 백 살까지 상수[67]를 누리다가

---

59) 개구멍서방(書房)으로 들고 보니: 개구멍으로 들어온 서방이고 보니. 혼례를 치르지 못하고 남몰래 드나들면서 여성과 정을 통하는 사람을 개구멍서방이라고 한다.

60) 합환주(合歡酒): 혼례를 치를 때, 신랑과 신부가 함께 마시던 술.

61) 아황(娥皇)과 여영(如英): 우(虞)나라 순임금의 처 아황과 여영이다. 『서경』「요전堯典」에, 요임금이 두 딸을 통해 순을 알고자 "혼례를 준비하여 두 딸을 규수(嬀水)의 북쪽에 하가(下嫁)시켰다(釐降二女于嬀汭, 嬪于虞)"라고 했다. 나중에 죽어서 상비(湘妃)가 되었다.

62) 월하노인(月下老人): 부부의 인연을 맺어준다는 전설상의 노인으로, 당나라 두릉(杜陵)의 위고(韋固)가 달밤에 어떤 노인을 만나 장래의 아내에 대한 예언을 들었다는 데서 유래했다. 『속유괴록續幽怪錄』에 나온다.

63) 삼태육경(三台六卿): 삼태는 의정부의 삼정승, 육경은 육조의 여섯 판서를 말한다.

64) 죄암죄암: 젖먹이에게 죄암질을 하라는 뜻으로 내는 소리. 젖먹이가 두 손을 쥐었다 폈다 하는 동작을 죄암죄암이라고 하며, 줄여서 쥠쥠이라고도 한다.

65) 달강달강: 아이 어르는 소리. 육아 노동과 관련한 민요의 하나로, '자장가(아이 재우는 소리)'와 구별된다.

한날한시 마주 누워 선후 없이 죽게 되면 천하에 제일가는 연분이 아니겠는가."

이도령이 술잔 들어 마신 후에 말했다.

"향단아, 술 부어 너의 마나님께 드려라."

"장모, 경삿술이니 한잔 마시오."

춘향 모가 술잔을 들고서 한편으로는 슬프기도 하고 한편으로는 기쁘기도 하여 이렇게 말했다.

"오늘이 우리 딸의 백년고락을 맡기는 날이라 무슨 슬픔이 있겠습니까. 하지만 저것을 아비 없이 서럽게 길러냈기에, 이런 때를 당하고 보니 영감 생각이 간절하여 슬프기 짝이 없습니다."

이도령이 말했다.

"이미 지나간 일이니, 더는 생각하지 말고 술이나 마시오."

춘향 모가 서너 잔 마시고 나자, 이도령은 통인을 불러 상을 물려주었다.[67]

"너도 먹고 방자도 먹어라."

통인과 방자가 상을 물려받아 먹은 후에 대문도 닫히고 중문도 닫혔다. 춘향 모는 향단을 불러 자리를 살피게 했다. 향단이는 원앙금침 잣베개와 샛별 같은 요강과 대야까지 갖춰 자리 보전[68]을 정갈하게 잘했다.

"도련님 평안히 쉬십시오."

"향단아, 나오너라. 나하고 함께 가자."

이렇게 춘향 모와 향단이 모두 건너갔다.

---

66) 백 살까지 상수: 『장자』 「도척盜跖」에 "인생은 상수(上壽)가 백 세요, 중수(中壽)가 팔십 세요, 하수(下壽)가 육십 세다"라고 했다.
67) 상을 물려주었다: 예전에 양반 사대부가에서 식사를 다 하고 남은 음식을 하인이나 아랫사람에게 물려주던 관습을 말한 것이다.
68) 보전: '포진(鋪陳)'의 한자음이 변한 우리말이다.

사랑 사랑 내 사랑이야

춘향과 이도령만 마주앉게 되었으니, 이후 일이 어찌되었을까?

석양을 받아 삼각산 제일봉에 봉과 학이 앉아 춤추는 듯했다. 이도령이 두 활개를 에굽게 들고 춘향의 가녀리고 흰 손을 바듯하게 두 손으로 꽉 잡고 의복을 교묘하게 벗기는데, 두 손길을 썩 놓더니 춘향의 가는 허리를 담쏙 안고 "치마를 벗어라!" 했다. 춘향은 처음 일일 뿐 아니라 부끄러워 고개를 숙여 몸을 트는데 이리 곰실 저리 곰실, 녹수에 홍련화가 잔바람을 만나 흔들리는 듯했다. 이도령이 치마를 벗겨 제쳐놓고 바지와 속곳을 벗길 때, 춘향은 계속해서 트집이라도 잡는 듯 몸을 뒤쳤다. 그 모습은 이리 굼실 저리 굼실, 동해의 청룡이 굽이를 치는 듯했다.

"아이고, 놓아요. 좀 놓아요."

"옜다, 안 될 말이다."

실랑이를 벌이던 중에 이도령이 춘향의 옷끈을 끌러 발가락에 딱 걸고서 지그시 누르면서 기지개를 켜자, 치마가 발길 아래로 떨어졌다. 옷이 활짝 벗겨지니, 형산의 흰 옥덩이는 춘향에 비길 바가 아니었다. 춘향의 옷이 활짝 벗겨지자, 이도령은 춘향의 거동을 보려고 슬그머니 손을 놓았다.

"아차차, 손 빠졌다."

춘향이 이불 속으로 달려들었다. 이도령이 왈칵 쫓아가 드러눕고는 저고리를 벗겨냈다. 이도령과 춘향은 옷을 모두 한데 둘둘 뭉쳐 한구석에 던져두고 둘이 안고 마주 누웠다. 그대로 잘 리가 없었다. 골즙[1]을 낼 때 석새 이불[2]이 춤추고 샛별 요강은 장단을 맞추어 철그렁 쟁쟁, 문고리는 달랑달랑, 등잔불은 가물가물, 맛이 있게 잠자리를 가진 두 사람이었다. 그 가운데 재미까지 느꼈으니, 오죽했겠는가!

하루이틀 지나자 혈기왕성한 이들에겐 갈수록 맛이 새로워졌고 부끄러움은 차차 멀어져갔다. 이제는 희롱도 하고 우스갯소리도 섞어 노래하니 자연히 사랑가가 되었다. 사랑하고 노는데 꼭 이 모양으로 노는 것이었다.

사랑 사랑 내 사랑이야
동정호 칠백 리 달이 질 무렵[3] 무산같이 높은 사랑
시선 다하도록 끝이 없는 강물에 하늘같이 바다같이 깊은 사랑
옥산 마루 달 밝은데 가을 산천 봉우리의[4] 반달 사랑

---

1) 골즙: 뼈에서 나는 즙. 성교 때 남자의 사정을 나타낸 말인 듯하다.
2) 석새 이불: 원문은 '삼승(三升) 이불'. 삼승은 삼 승, 즉 이백사십 가닥의 베를 말하며 석새라고도 한다. 한 포폭에 팔십 올의 경사(經絲)가 빼꼭하게 채워져 있을 것을 일 승이라 하고, 승수가 커질수록 섬세하다. 여름 옷감으로는 칠 승 정도가 도톰하고 빳빳해 적당하다고 한다.
3) 동정호 칠백~질 무렵: 동정호의 크기에 대해 『방여승람方輿勝覽』은 "칠백 리에 뻗어 있어, 해와 달이 그 속에서 뜨고 진다(橫亘七百里, 日月出沒其中)"라고 했다.
4) 옥산 마루~산천 봉우리의: 옥산은 서왕모가 살았다는 전설상의 군옥산(群玉山)을 말한다. 이백의 시 「청평조사淸平調詞」에 "군옥산 정상에서 본 것이 아니라면, 요대의 달빛 아래에서 만난 것이 분명하네(若非群玉山頭見, 會向瑤臺月下逢)"라고 했다.

일찍이 춤 배울 적에 퉁소 불던 이에게 잠시 묻던⁵⁾ 사랑

유유하게 해가 지고 달빛 들어오는 발 언저리에 도리꽃 피어 어우러진 듯한 사랑

가냘프고 가냘픈 초승달이 분칠한 듯이 흰데, 머금은 웃음과 교태가⁶⁾ 숱하게 넘쳐나는 사랑

월하노인 맺어준 삼생연분으로 너와 내가 만난 사랑

허물없는 부부 사랑

꽃비 내리는 동산에 모란화같이 펑퍼지고 고운 사랑

연평 바다 그물같이 얽히고설킨 사랑

은하수 직녀가 비단 짜는 것같이 올올이 이어지는 사랑

청루 미녀의 베개와 이불같이 혼솔마다 감친⁷⁾ 사랑

시냇가 수양같이 청처지고 늘어진 사랑

남창과 북창의 노적같이⁸⁾ 다물다물⁹⁾ 쌓인 사랑

---

5) 일찍이 춤~잠시 묻던: 당나라 노조린(盧照隣)의 시 「장안고의長安古意」에 나오는 "자색 안개 자욱한 신선경을 향해 퉁소 부는 이에게 잠시 묻나니, 일찍이 춤 배우느라 젊은 시절을 허송했던가요. 좋은 남자를 만나 비목어처럼 된다면 죽어도 사양 않으련만, 원앙새가 된다면야 신선이 부럽지 않다오(借問吹簫向紫煙, 曾經學舞度芳年. 得成比目何辭死, 願作鴛鴦不羨仙)"의 앞 구절을 풀어 쓴 것이다. 지난날 진목공(秦穆公)의 딸 농옥(弄玉)이 남편 소사(簫史)를 따라 퉁소 부는 것을 배우고서 쌍쌍이 자색 구름을 타고 봉황을 따라 날아갔으니, 그렇다면 펄펄 소년 시절이라고 그저 가무를 배우느라 청춘 시대를 보내서는 안 될 것이라는 뜻이다.

6) 가냘프고 가냘픈~웃음과 교태가: 당나라 노조린의 시 「장안고의」에 "조각조각 떠가는 구름은 여인의 매미 날개 같은 살쩍을 붙인 듯하고, 가냘프고 가냘픈 초승달은 이마에 칠한 노란색 아황같이 떠오르네. 아황색에 흰 분칠로 수레 속에서 나오는데, 아양 머금고 태깔 머금어 정서가 하나가 아니로다(片片行雲著蟬鬢, 纖纖初月上鴉黃. 鴉黃粉白車中出, 含嬌含態情非一)"에서 표현을 따온 것이다.

7) 혼솔마다 감친: 혼솔은 성기게 바느질한 옷의 솔기를 말한다. 「규중칠우쟁론기」에 "그대네는 다투지 말라. 나도 잠깐 공을 말하리라. 미누비 세누비 눌로 하여 저가락(젓가락) 같이 고으며, 혼솔(혼 솔기)이 나 곧 아니면 어찌 풀로 붙인 듯이 고으리요"라는 표현이 있다. '감친'은 '두 바느질감 가장자리를 실의 올이 풀리지 않도록 안으로 접어서 감아 꿰맴'이라는 뜻이다.

8) 남창과 북창의 노적같이: 남창과 북창은 남과 북의 창고를, 노적은 집 밖에 쌓아둔 곡식 더미를 가리킨다. 「변강쇠가」에도 "남창 북창 노적같이 다물다물 쌓인 사랑"이라는 표현이 있다.

9) 다물다물: 담불 담불. 무더기 무더기. 곡식이나 나무를 쌓은 무더기.

은장과 옥장[10]의 장식같이 이모저모 잠긴 사랑

산에 비치는 꽃은 붉은빛을 띠고 풀과 나무는 초록빛을 띠었는데, 봄
바람에 넘노는 노란 벌과 흰나비가 꽃을 물고 즐기는 사랑

녹수 청강의 원앙새 격으로 마주하여 둥실 떠서 노는 사랑

해마다 칠월 칠석 밤에 견우와 직녀가 만나는 사랑

육관대사[11] 제자 성진[12]이 팔선녀[13]와 노는 사랑

산도 뽑을 기개의 초패왕[14]이 우미인을 만난 사랑

당나라 당명황[15]이 양귀비[16] 만난 사랑

---

10) 은장(銀欌)과 옥장(玉欌): 은장은 은으로 장식한 옷장, 옥장은 옥으로 장식한 옷장.

11) 육관대사(六觀大師): 김만중(金萬重)의 『구운몽』에 등장하는 고승. 구운몽 은 본래 육관대
사의 제자였던 성진(性眞)이 팔선녀를 희롱한 죄로 양소유(楊少游)라는 이름으로 인간 세상에
유배되어 태어나, 어린 나이에 등과하여 많은 공을 세우고 승상(丞相)이 되어 위국공(魏國公)에
책봉되고 부마(駙馬)가 되는 과정을 서술했다. 그동안 양소유는 인간 세상에 같이 유배된 팔선
녀의 후신인 여인 여덟 명과 차례로 만나 그들을 아내로 삼고, 인간 세상에서 누릴 수 있는 모
든 부귀와 영화를 누리고 살았다. 양소유는 만년에 인생무상을 느끼고 여덟 부인과 함께 불문
(佛門)에 귀의한다.

12) 성진(性眞): 『구운몽』에서 남자 주인공 양소유가 인간 세상에 내려오기 이전의 이름.

13) 팔선녀: 『구운몽』에 등장하는 여덟 여주인공.

14) 산도 뽑을 기개의 초패왕(楚霸王): 초패왕은 항우를 말한다. 항우가 해하(垓下)의 싸움에서
한(漢)의 군사에게 포위되었을 때 우미인(虞美人)을 앞에 두고 부른 노래에 "힘은 산을 뽑을 수
있고 기운은 세상을 덮을 수 있건만, 시절이 불리함이여 오추마가 가지 않누나. 오추마가 가지
않음이여 어찌할 건가! 우여 우여 너를 어찌할 건가!(力拔山兮氣蓋世, 時不利兮騅不逝. 騅不逝兮
可奈何! 虞兮虞兮奈若何)"라고 했다.

15) 당나라 당명황(唐明皇): 당나라 현종(玄宗). 초기 개원(開元) 무렵에는 정치를 잘해 개원지
치(開元之治)라고 칭송을 받았다. 하지만 천보(天寶) 14년(755)에 안녹산(安祿山)이 어양(漁陽)
에서 반란을 일으켜 수도를 함락하자, 현종은 촉(蜀)으로 몽진하고, 황태자인 숙종(肅宗)이 영
무(靈武)에서 즉위한 뒤에 군사를 지휘해 난리를 평정했다.

16) 양귀비(楊貴妃): 당나라 현종의 귀비(貴妃). 귀비는 황후 다음 가는 직위다. 본래 현종의 황
자의 비(妃)로 내정되었지만, 현종의 명에 의해서 귀비가 되었다. 현종은 양귀비에게 미혹하자
양귀비 일족이 득세하여, 756년(천보 15) 안녹산의 난이 일어났다. 양귀비는 현종과 함께 서촉
으로 피난을 가던 중 마외파(馬嵬坡)에서 군사들에게 피살되었다.

명사십리 해당화[17] 같이 연연이[18] 고운 사랑

네가 모두 사랑이로구나, 어화둥둥[19] 내 사랑아

어화, 내 간간[20] 내 사랑이로구나.

여봐라 춘향아, 저리 가거라, 가는 태도를 보자.

이만큼 오느라, 오는 태도를 보자.

빵긋 웃고 아장아장 걸어라, 걷는 태도를 보자.

너와 나와 만난 사랑, 연분을 팔자 한들 팔 곳이 어디 있어.

생전 사랑 이러하니, 어찌 사후 기약이 없을쏘냐.

너는 죽어 될 것이 있다.

너는 죽어 글자가 되되

땅 지地 자, 그늘 음陰 자, 아내 처妻 자, 계집 여女 자 변이 되고

나는 죽어 글자가 되되

하늘 천天 자, 하늘 건乾 자, 지아비 부夫 자, 사내 남男 자, 아들 자子 자

몸[21]이 되어

여女 변에다 붙이면 좋을 호好 자로 만나보자.

사랑 사랑 내 사랑.

또 너 죽어 될 것이 있다.

17) 명사십리(明沙十里) 해당화: 십 리나 되는 고운 모래밭에 핀 해당화. 우리나라에서는 함경 남도 원산시 갈마반도(葛麻半島) 남동쪽 바닷가의 명사십리가 유명하다. 안변의 남대천(南大川)과 동해의 물결에 깎이고 씻긴 화강암의 알갱이들이 쌓여 이루어진 것이다.

18) 연연(娟娟)이: 어여쁘게. 아름다운 모양.

19) 어화둥둥: 아기를 어를 때 노래 겸하여 내는 소리. 어화는 즐거운 마음을 표하는 뜻으로 가사 위에 쓰는 감탄사로, '어와'와 같다.

20) 간간(衎衎): 기쁜 모양.

21) 몸: 한자에서 글자의 바깥 부분을 에워싸고 있는 부수. '國', '匹'에서 '口', '匚' 따위를 말한다.

너는 죽어 물이 되되

은하수, 폭포수, 만경창해수[22)], 청계수, 옥계수, 일대장강[23)] 던져두고

칠년대한 가물 때도[24)] 늘 축축하게 젖어 있는 음양수란 물이 되고

나는 죽어 새가 되되

두견조[25)]도 될라 말고

요지 화려한 세월의 파랑새, 청학 백학이며 대붕조[26)], 그런 새가 되려

말고.

쌍으로 가고 쌍으로 오며 떠날 줄 모르는 원앙조[27)]란 새가 되어

녹수에 원앙[28)] 격으로, 어화둥둥 떠 놀거든, 나인 줄 알려무나.

사랑 사랑, 내 간간 내 사랑이야.

"아니 그것도 나 아니 되라오."

---

22) 만경창해수(萬頃滄海水): 만경창파의 물. 만경창해는 만 이랑의 푸른 바다라는 뜻으로, 끝없이 넓고 넓은 바다를 이르는 말.

23) 일대장강(一帶長江): 한줄기 띠를 이룬 긴 강.

24) 칠년대한(七年大旱) 가물 때도: 대한은 큰 가뭄이란 뜻이다. 요임금 때는 구년홍수(九年洪水)의 재변이 있었고, 탕임금 때는 칠년대한의 재변이 있었음을 말한다. 『여씨춘추呂氏春秋』「순민順民」에 보면 상나라, 즉 은나라에 칠년대한이 들었을 때 탕왕이 자기 몸을 희생으로 삼아 상림(桑林)에 나아가 상제(上帝)에게 기도드리면서 "정사에 절도가 없는가, 백성이 직업을 잃었는가, 궁실이 사치스러운가, 부녀자의 청탁이 성한가, 뇌물이 행해지는가, 참소하는 자가 출세하는가?(政不節歟, 民失職歟, 宮室崇歟, 女謁盛歟, 苞苴行歟, 讒夫昌歟)"라는 여섯 일로 자신을 책망하자, 수천 리에 큰비가 쏟아져내렸다는 고사가 전한다.

25) 두견조: 두견이. 두견잇과의 새. 뻐꾸기와 비슷하나 훨씬 작다. 옛 시가에서는 실은 소쩍새를 두견조라고 보았다. 소쩍새는 올빼밋과의 새로, 귀깃을 가진 소형 부엉이다. 온몸에 갈색줄무늬가 있고, '소쩍소쩍' 또는 '소쩍다 소쩍다'하고 운다. 전국시대 촉(蜀)나라에 이름이 두우(杜宇)인 망제(望帝)라는 임금이 신하에게 양위(讓位)하고 숨어살다가 죽어 두견이가 되었는데, 봄이면 밤낮으로 슬피 운다는 전설이 있다.

26) 대붕조(大鵬鳥): 하루에 구만 리를 날아간다는 아주 큰 상상의 새. 붕새. 『장자』「소요유逍遙遊」에 나온다.

27) 원앙조(鴛鴦鳥): 원앙. 오릿과의 물새. 화목하고 금실이 좋은 부부를 비유한다. '원앙이 녹수를 만났다'라는 말은 적합한 배필을 만났음을 뜻한다.

28) 녹수(綠水)에 원앙: '녹수 갈 제 원앙 가듯'이란 표현도 있다. 둘이 반드시 같이 있어 떠나지 않음을 일컫는다.

"그러면 너 죽어 될 것 있다."

너는 죽어 경주 인정[29]도 될라 말고, 전주 인정도 될라 말고
송도^{개성} 인정도 될라 말고, 장안^{서울} 종로 인정 되고
나는 죽어 인정 망치 되어, 삼십삼천[30] 이십팔수[31]에 응하여
길마재 봉화[32] 세 자루 꺼지고, 남산 봉화 두 자루 꺼지면
인정 첫마디 치는 소리, 그저 뎅뎅 칠 때마다
다른 사람 듣기에는 인정 소리로만 알아도
우리 속으로는 '춘향 뎅 도련님 뎅'이라 만나보자꾸나.
사랑 사랑, 내 간간 내 사랑이야.

"아니 그것도 나는 싫소."
"그러면 너 죽어 될 것 있다."

너는 죽어 방아확[33]이 되고, 나는 죽어 방아고[34]가 되어

---

29) 경주(慶州) 인정(人定): 인정은 조선시대 통행금지 시간을 알리기 위해 밤마다 치던 종이다. 한양을 비롯한 각 요충지와 큰 절에 달아놓고 시간을 알렸다. 서울의 보신각종, 경주의 봉덕사 종 등이 그 예다. 이경(二更)인 밤 10시경에는 우주의 일월성신(日月星辰) 28수에 고하여 밤사이의 안녕을 기원하는 뜻으로 스물여덟 번을 쳐서 통행을 금지했다. 반대로 오경(五更)인 새벽 4시경에는 제석천(帝釋天)이 이끄는 하늘의 삼십삼천에 고하여 하루의 국태민안(國泰民安)을 기원하는 뜻으로 서른세 번을 쳐서 통행금지를 해제했다. 오경의 것을 파루(罷漏)라고 했다. 후대에 '인정'의 '정'이 '경'으로 변했다.
30) 삼십삼천(三十三天): 불가(佛家)에서 말하는 욕계(欲界) 육천(六天)의 제2천인 도리천(忉利天)을 가리킨다. 파루는 오경이 되어 삼십삼천의 수에 응하여 서른세 번 치는 것으로 되어 있었다. 위의 주 참조.
31) 이십팔수(二十八宿): 인정은 매일 저녁 이경이면 이십팔수의 뜻으로 종각의 종을 스물여덟 번 쳐서 민간 통행을 금지했다. 위의 주 참조.
32) 길마재 봉화: 한양 서편에 있는 안현(鞍峴). 말의 안장인 길마같이 생겼다 하여 길마재라고 한다. 현재의 서울시 서대문에서 홍제동으로 넘어가는 고개인데, 여기에 봉화(烽火)가 있었다. 봉화는 변란이 있을 때 변경에서부터 한양까지 경보를 알리게 만든 불이다. 횃불과 연기로 급보를 전하던 통신 방법이다.

경신년 경신월 경신일 경신시의 강태공이 조작한 방아[35]
그저 떨거덩 떨거덩 찧거들랑 나인 줄 알려무나.
사랑 사랑 내 사랑, 내 간간 사랑이야.

춘향이 말했다.
"싫습니다. 그것도 내 아니 되겠습니다."
"왜 그러느냐?"
"저는 언제까지나 금생에서나 후생에서나 밑으로만 된다는 법 있습니까? 재미없어 못 쓰겠어요."
"그러면 너 죽어 위로 가게 하마. 너는 죽어 돌 맷돌 위짝이 되고 나는 밑짝이 되어, 이팔청춘 붉은 얼굴의 미인들이 가늘고 옥 같은 흰 손으로 맷돌 손잡이를 잡고 슬슬 돌리면, 천원지방[36] 격으로 휘휘 돌아가거든 나인 줄 알려무나."
"싫습니다. 그것도 아니 되겠습니다. 위로 생긴 것이 화가 나게만 생겨서요. 무슨 년의 원수로서 일생 한 구멍이 더 많으니, 저는 어떤 것도

33) 방아확: 방앗공이로 찧을 수 있게 돌절구 모양으로 우묵하게 판 돌. 방앗공이가 떨어지는 곳을 가리킨다.
34) 방아고: 방앗공이. 발로 디뎌 찧는 방아는 확이라는 구멍에 곡식을 놓고 방아고로 곡식에 힘을 가해서 곡식을 찧는다.
35) 경신년 경신월~조작한 방아: 원문은 '경신년경신월경신일경신시(庚申年庚申月庚申日庚申時) 강태공(姜太公) 조작(造作) 방아'다. '경신년'부터 '조작'까지는 옛날 방아를 만들 때 방아에다 목신(木神)의 재앙을 방지하기 위해 쓴 말이었다. 경(庚)은 금(金)에 해당하여 목(木)을 누른다. 강태공은 주(周)나라 사람으로 문왕(文王)의 스승이다. 한편 도교 사상에서는 육십 일마다 되돌아오는 십간십이지(十干十二支)의 쉰일곱번째 경신 날을 중시하는데, 그것과도 관련이 있는지 모른다. 도교 속신에는 이날 인체 속 삼시충(三尸蟲)이 사람이 잠들어 있는 사이에 천상으로 올라가 사명도인(司命道人)에게 인간의 죄과를 고발한다고 여겼다. 삼시충이 상제에게 인간의 죄를 고발하는 것을 방해하려고 밤새 음악이나 염불을 하는 것을 경신회(庚申會)라 하고, 이 날을 지키는 것을 수경신(守庚申)이라고도 했다.
36) 천원지방(天圓地方): 예전의 천체관에서 하늘은 둥글고 땅은 네모났다고 여긴 관념. 맷돌 위짝에는 구멍이 있다.

싫습니다."

"그러면 너 죽어 될 것 있다."

너는 죽어 명사십리 해당화 되고, 나는 죽어 나비 되어

나는 네 꽃송이 물고, 너는 내 수염을 물고

춘풍이 건듯 불거든 너울너울 춤을 추며 놀아보자.

사랑 사랑 내 사랑이야, 내 간간 사랑이지.

이리 보아도 내 사랑, 저리 보아도 내 사랑.

이 모두 내 사랑 같으면 사랑에 걸려 살 수 있나.

어화둥둥 내 사랑, 네 예쁜 내 사랑이야.

방긋방긋 웃는 것은, 화중왕 모란화[37]가

하룻밤 가랑비 뒤에 반만 피고자 한 듯,

아무리 보아도 내 사랑, 내 간간이로구나.

"그러면 어쩌자는 말이냐. 너와 나와 유정有情하니 정情 자로 놀아보자.

음이 같은 말을 이용해서 정 자로 노래나 불러보자."

"들어보겠습니다."

"내 사랑아 들어보라."

---

37) 화중왕(花中王) 모란화(牡丹花): 구양수(歐陽脩)의 「낙양모란기洛陽牡丹記」에 "전사공 〔전유연(錢惟演)〕이 일찍이 '사람들은 모란을 꽃의 왕이라 하는데, 이제 낙양 진씨 집의 요황 모란은 참으로 왕이라 할 만하다' 했다(錢思公嘗曰: 人謂牡丹花王, 今姚黃乃眞可爲王)"라는 말이 나온다. 설총(薛聰)의 「화왕계花王戒」에 "옛날 화왕이 처음 왔을 적에는, 향기로운 동산에 심어지고 푸른 장막으로 둘러싸여 있다가, 봄을 맞아서는 꽃이 요염하게 피어났습니다(昔花王之始來也, 植之以香園, 護之以翠幕, 當三春而發艶)"라고 나온다.

너와 나와 유정하니 어이 아니 다정하리.

담담한 장강의 물이요, 유유한 원객정[38]

하교에서 전송하지 못하니, 강가 나무는 원함정[39]

그대를 남포에서 전송하자니, 불승정[40]

어느 누구도 보지 않는 이 없으리, 송아정[41]

한나라 태조의 희우정[42]

삼태육경 백관조정[43]

도량 청정[44]

각씨 친정,[45] 친고 통정.[46]

---

38) 담담한 장강의~유유한 원객정(遠客情): 당나라 위승경(韋承慶)의 시 「남쪽으로 좌천되어 가면서 아우를 이별하며南行別弟」에 "맑고 맑은 장강의 물이요, 유유한 원객의 정이라. 낙화를 나는 한스러워하건만, 땅에 떨어지면서도 아무 소리 없구나(澹澹長江水, 悠悠遠客情. 落花相與恨, 到地無一聲)"라고 했다.

39) 하교에서 전송하지~나무는 원함정(遠含情): 당나라 송지문(宋之問)의 시 「두심언을 전별하며別杜審言」의 전반부에 "병들어 눕고 보니 인사치레 끊어졌는데, 아아 그대가 만 리 멀리 간다니! 하수 다리에서 전송하지 못하니, 강가 나무는 멀리 슬픔을 머금고 있도다(臥病人事絶, 嗟君萬里行. 河橋不相送, 江樹遠含情)"라고 했다.

40) 그대를 남포에서 전송하자니, 불승정(不勝情): 남포에서 님을 보내니 정을 이길 수가 없다는 뜻이다. 고려시대 정지상(鄭知常)의 시 「송인送人」에 "비 갠 긴 언덕에 풀빛 싱그러운데, 그대 보내는 남포에 슬픈 노래 일어나네. 대동강 물은 어느 때나 마를런가, 이별 눈물이 해마다 푸른 물결에 더하누나(雨歇長堤草色多, 送君南浦動悲歌. 大同江水何時盡? 別淚年年添綠波)"라고 했던 시상을 이은 것이다.

41) 어느 누구도~없으리, 송아정(送我情): 어느 누구도 당신이 나를 전송하는 뜻을 보지 못하는 사람이 없으리라는 뜻이다. 당신이 나를 전송하는 뜻이 애절하다는 의미다.

42) 한나라 태조의 희우정(喜雨亭): 희우정은 '사수정(泗水亭)'의 오기다. 희우정은 중국 섬서성(陝西省) 기산현(岐山縣)에 있는 정자로, 북송의 소식이 이곳 태수로 있을 때 지은 것으로, 때마침 가뭄 끝에 비가 내려 모두가 기뻐하자 희우정이라고 이름하고 「희우정기喜雨亭記」를 지었다. 한나라 태조, 즉 고조 유방은 미천했을 때 일찍이 사수정장(泗水亭長)을 지냈다.

43) 삼태육경(三台六卿) 백관조정(百官朝庭): 의정부 삼정승과 육조판서 및 많은 관료가 모인 조정이란 뜻이다.

44) 도량(道場) 청정(淸淨): 원문은 '도량 청정'이다. 도량은 불교나 도교에서 도를 닦는 곳을 말한다. 도장으로 읽지 않고 도량으로 읽는다.

45) 각씨(閣氏) 친정(親庭): 각씨는 갓 시집 온 여인을 말한다. 친정은 시집간 여자의 본집을 가리킨다.

난세 평정平定, 우리 둘이 천년 인정人情.

달이 밝자 별빛은 희미해지네, 소상강 흘러드는 동정.[47]

세상 만물은 조화정,[48] 근심 걱정.

소지 원정[49], 주위 인정[50], 음식 투정, 복 없는 저 방정.[51]

송정, 관정, 내정, 외정.[52]

애송정愛松亭, 천양정,[53] 양귀비 침향정[54]

두 비의 소상정.[55]

---

46) 친고(親故) 통정(通情): 친고는 친척과 옛 벗. 통정은 서신을 왕래해 소식을 알리고 정분을 확인한다는 뜻이다. '통정'의 용례는 전한(前漢) 반고(班固)의 「유통부幽通賦」에 "만약 팽조의 나이를 잇고 노담(老耼)과 같이 오래 살고자 한다면, 저술로 후세의 현철(賢哲)에게 고하여 마음을 통할 뿐이다(若胤彭而偕老兮 訴來哲而通情)"한 데에서 찾아볼 수 있다.

47) 달이 밝자~흘러드는 동정(洞庭): '월명성희'는 조조가 지은 「단가행短歌行」에 "달빛이 밝아 별빛이 희미한 때, 까막까치가 남쪽으로 날아왔네. 나무 위를 세 바퀴나 돌았는데도, 의지할 만한 가지를 찾지 못했구나(月明星稀, 烏鵲南飛, 繞樹三匝, 無枝可依)"라고 한 데서 나온 말이다. '소상동정'은 소수(瀟水)와 상수(湘水)가 동정호로 흘러들어가기에 한 말이다.

48) 세상 만물은 조화정(造化定): 세상 만물의 운명은 조화옹이 미리 정해두었다는 뜻이다.

49) 소지(所志) 원정(原情): 소지는 청원이 있을 때 관부에 올리는 소장, 청원서, 진정서 등을 통틀어 일컫는 말이다. 원정은 사인이 원통한 일, 억울한 일 또는 딱한 사정을 국왕 또는 관부에 호소하는 문서를 가리킨다.

50) 주위 인정: 원문은 '쥬위 인졍'이다. 주위에 뇌물을 뿌리는 것을 가리키는지 모른다. 개화기 이전에는 인정이란 말이 뇌물을 뜻했다.

51) 방정: 경망스럽게 하는 말이나 행동. 가차자로 '方情'이라 표기한다.

52) 송정(訟庭), 관정(官庭), 내정(內廷), 외정(外廷): 이 네 글자의 '정'은 '情'이 아니라 '庭'과 '廷'이다. 송정은 송사(재판)를 행하는 관가 뜰을 말한다. 관정은 관가 뜰이다. 내정은 궁궐 내부를 말한다. 외정은 군주가 정치를 보는 조정이다.

53) 천양정(穿楊亭): 활쏘기 하는 정자. 천양은 『사기』 권4 「주본기周本紀」에 "초나라에 사는 양유기(養由基)라는 사람은 활을 잘 쏘는 사람이다. 백 보 떨어진 곳에 있는 버들잎에 화살을 쏘면 백 번 발사에 백 번을 맞힌다"라는 '백보천양(百步穿楊)'의 고사에서 온 말이다.

54) 양귀비(楊貴妃) 침향정(沈香亭): 양귀비는 당 현종의 후비. 당 현종은 양귀비의 미색을 사랑하여 714년에 흥경궁(興慶宮)을 짓고 그 안 호수에 침향정을 세우고 양귀비와 더불어 모란을 구경하며 환락의 나날을 보냈다. 어느 날 당 현종이 침향정에서 양귀비와 함께 목작약(木芍藥)을 구경하다가 금화전(金花牋)을 하사하며 한림(翰林) 이백을 불러 시를 짓게 했는데, 술에 잔뜩 취한 이백이 찬물로 얼굴을 씻은 다음 곧바로 붓을 잡고 「청평조사淸平調詞」 3장을 지어 올리자, 현종이 매우 아름답게 여겼다는 일화가 유명하다. 『양태진외전楊太眞外傳』에 나온다.

55) 두 비(二妃)의 소상정(瀟湘亭): 두 비는 순임금의 두 비인 아황과 여영을 말하는데, 순임금이 남쪽으로 순수(巡狩)하여 창오(蒼梧)의 들에서 붕하자, 두 비가 소상강 가에 이르러 눈물을

한송정,[56] 온갖 꽃 만발한 호춘정[57]

기린봉에서 토해나오는 달을 보는 육모정.[58]

너와 나와 만난 정, 일정一情↔실정實情, 이를 논하자면, 내 마음은 원형이정.

네 마음은 일편탁정.[59]

이같이 다정하다가, 만일 곧 파정罷情하면 복통하며 절정[60]

이 일이, 진정으로 원정[61]하자는 그 정情 자다.

춘향이 좋아하며 말했다.

"정情 쪽은 그만하면 됐어요. 우리집 재수 있게 「안택경」[62]이나 좀 읽

뿌렸다고 한다. 그래서 후인들이 그들을 소상강 가에 사당을 지어놓고 제사지냈는데, 그 사당을 황릉묘(黃陵廟)라고 한다. 소상정이라는 정자는 없지만, '정'의 발음을 가진 정자 '亭'을 사용해 어휘를 만든 것이다.

56) 한송정(寒松亭): 강릉의 정자. 『신증동국여지승람』 권44 「강릉대도호부江陵大都護府」에 보면 한송정에 대해 "동쪽으로 큰 바다에 임했고 소나무가 울창하다. 정자 곁에 차샘(茶泉)·돌아궁이(石竈)·돌절구(石臼)가 있는데, 곧 술랑(述郞) 등 선인들이 놀던 곳이다"라고 했다.

57) 온갖 꽃 만발한 호춘정(好春亭): '백화만발 호시절' 등 관용 표현을 이용해 호춘정이라는 정자를 상상해낸 것이다.

58) 기린봉(麒麟峰)에서 토해나오는~보는 육모정(六茅亭): 기린봉은 전주부 동쪽 6리 지점에 있는데 정상에는 작은 못이 있다고 한다. 『신증동국여지승람』 권33 「전주부全州府」 참조. 기린봉에서 토해나오는 달이란 뜻의 '기린토월(麒麟吐月)'은 완산(전주) 팔경의 하나다. 기린봉 아래에는 백운정(白雲亭)이라는 정자가 있는데, 그 정자가 육각형이어서 육모정이라고 부른 듯하다. 단, 전라남도 남원시 주천면 지리산 구룡계곡 옆에 육모정이 있고, 1962년 부근에서 '성옥녀리 모'라고 새긴 지석(誌石)이 발견되어, 1995년 남원시가 그 부근에 성춘향의 무덤을 조성했다.

59) 일편탁정(一片託情): 한 조각 맡긴 정. 혹은 '한 조각 붉은 마음'이란 뜻의 '일편단정(一片丹情)'을 잘못 표기한 것일 수도 있다.

60) 만일 곧~복통(腹痛)하며 절정(絶情): 만일 곧 정이 끝나게 되면 배를 아파하면서 정을 끊는다는 뜻인 듯하다.

61) 원정(原情): 정의 본질에 대해 따져봄. 혹은 완정(玩情), 즉 '정 자를 가지고 놂'인지 모른다. 단 억울한 사정을 하소연한다는 뜻은 아니다.

62) 「안택경安宅經」: 택신(宅神)의 안정과 재수(財數)의 형통을 위해 경객(經客)이 읽는 경문. 정월과 시월에 가신인 조왕·터주·성주·삼신 등에게 제사하면서 무당이 아닌 경객을 불러 한문으로 된 「조왕경」「터주경」「성주경」「삼신경」을 읽으며, 방에서는 「안택경」을 읽는다. 윗목에 제상을 차려놓고 경객 오른쪽에 북, 왼쪽에 징을 놓고 두드리면서 독경을 한다. 우주 창조와 인간 내력을 설명하고 오행의 원리와 오복(五福)의 내용을 설명하면서 가신의 가호로 부모

88

어주세요."

이도령이 웃었다.

"그뿐인 줄 아느냐, 또 있단다. 궁(宮) 자 노래를 들어보아라."

"얄궂고 우스워요. 궁 자 노래가 무엇이어요?"

"너 들어보아라. 좋은 말이 많단다."

좁은 천지 개태궁[63]

뇌성벽력 풍우 치는 속에, 상서로운 기운의 해, 달, 별의 삼광이 둘러 있어, 장엄하다 창합궁[64]아.

드넓으신 성덕이 아래를 비추어 임하시니 어인 일인가.

술로 만든 연못에 손님들 구름처럼 무성하던[65] 은나라 왕 녹대와 경궁.[66]

진시황의 아방궁.[67]

천하 얻은 이유를 묻던[68] 한나라 태조의 함양궁.[69]

의 장수와 자손의 번창, 그리고 가내태평을 기원한다. 한문 경문에 현토를 달아 읽기도 한다.

63) 개태궁: 자궁을 말한다. 개태(開胎)는 여자가 처음으로 애를 낳는 것을 뜻한다.

64) 창합궁: 하늘의 궁전. 창합(閶闔)은 그 궁전의 대문을 말한다. 굴원의 「이소」에 "내가 천제의 문지기로 하여금 관문을 열게 하니, 창합에 기대어 나를 바라보았네(吾令帝閽開關兮, 倚閶闔而望予)"라고 했다.

65) 연못에 손님들 구름처럼 무성하던: 은나라 주왕의 고사. 사마천의 『사기』 「은본기殷本紀」에 "제을이 붕하자 아들 신이 위에 올라 제신(帝辛)이 되었으니 천하에서 이르기를 주(紂)라고 한다. (…) 술과 음악을 지나치게 좋아하고 애첩 달기를 사랑했다. (…) 사구(沙丘)에 크게 사람들을 모아 음악을 연주하고 희롱하게 하고, 술로 연못을 만들고 고기를 매달아 숲을 만들고는 그 사이에서 남녀가 벌거벗고 서로 쫓게 하며, 긴 밤 내내 음주를 했다(帝乙崩, 子辛立, 是爲帝辛, 天下謂之紂. 好酒淫樂 愛妲己. (…) 大聚樂戲於沙丘, 以酒爲池, 以酒爲池, 縣肉爲林, 使男女倮相逐其間, 爲長夜之飮)"라고 했다. 『십팔사략』에도 같은 내용이 전재되어 나온다.

66) 녹대와 경궁: 원문은 '듸경궁'으로 되어 있으나 은나라 마지막 왕 주(紂)가 지었다는 녹대(鹿臺)와 경궁(瓊宮)에서 '녹' 자가 우연히 빠진 듯하다.

67) 아방궁(阿房宮): 진시황이 세운 궁전. 섬서성 장안현(長安縣) 서북쪽에 있다. 함양에 진격한 항우의 군대에 의해 불타고 말았는데, 타오르는 불이 석 달 동안이나 지속되었다고 한다.

68) 천하 얻은 이유를 묻던: 사마천의 『사기』 「고조본기高祖本紀」에 "고조가 술을 낙양의 남궁에 두고 잔치를 열었다. 고조가 물었다. 열후와 여러 장수는 짐에게 숨기지 말고, 모두 실정을 말하기 바란다. 내가 천하를 얻은 것은 무엇 때문이며, 항우가 천하를 잃은 것은 무엇 때문인

그곁의 장락궁.[70)

반첩여의 장신궁[71)],

당나라 명황의 상춘궁[72)].

이리 올라서 이궁[73)], 저리 올라서 별궁.

용궁 속의 수정궁[74)],

월궁 속의 광한궁.[75)]

너와 나 합궁[76)]하니, 한평생 무궁이라.

이 궁 저 궁 다 버리고, 네 양다리의 수룡궁을, 나의 힘줄 방망이로 길을 내자꾸나.

가?(高祖置酒雒陽南宮, 高祖曰: 列候諸將無敢隱朕, 皆言其情. 吾所以有天下者何? 項氏之所以失天下者何)"라고 했다.

69) 함양궁(咸陽宮): 본래 중국 춘추전국시대에 진나라가 도성 함양에 지은 궁궐인데, 한(漢)나라에서 함양을 수도 장안으로 삼아 이 궁을 그대로 사용했다.

70) 장락궁(長樂宮): 한(漢)나라의 궁전. 고조가 진(秦)나라의 별궁인 흥락궁(興樂宮)을 수축한 것이다. 장락궁과 미앙궁은 모두 장안성을 가리킨다.

71) 장신궁(長信宮): 한(漢)나라 때 궁전으로, 황제의 조모는 장신궁에 거처하고 모후는 장락궁(長樂宮)에 거처했다. 성제(成帝) 때 궁녀 반첩여(班婕妤)는 재색이 뛰어나 성제의 총애를 독차지했다가 나중에 조비연(趙飛燕)에게 총애를 빼앗겨 장신궁에서 외로이 거처해야 했다.

72) 상춘궁(賞春宮): 실제로 당나라의 궁전은 아니었다. 그런데 조선시대 황진이(黃眞伊)가 선전관(宣傳官)이자 명창(名唱)이던 이사종(李士宗)을 사랑하여, 이사종이 "오늘밤 우리의 만남은 당명황이 상춘궁(賞春宮)에서 양귀비를 만남과 같고, 역발산(力拔山) 초패왕이 진중(陣中)에서 우미인을 만남이니"라고 하자, "유왕(幽王)을 만난 포사(褒姒)인들 나보다야 기쁘며, 오왕을 만난 서시인들 나보다 더 좋으랴"라고 수창(酬唱)을 했다고 한다.

73) 이궁(離宮): 정궁(正宮)이 아닌 왕이 거둥할 때 거처하던 궁을 말한다.

74) 수정궁(水晶宮): 수정으로 지었다는 아름다운 궁전이다. 중국 위진남북조시대 조충지(祖冲之)의 『술이기述異記』에 "합려의 수정궁에 진기한 물건을 다 갖추어놓았으니 모두가 수궁에서 나온 것이다(闔閭水晶宮, 備極珍巧, 皆出自水府)"라고 했다.

75) 광한궁(廣寒宮): 달 속 선궁(仙宮). 달의 별칭으로도 쓰인다. 당나라 현종이 일찍이 8월 보름날 밤에 달 속에서 놀다가 큰 궁부(宮府) 하나를 보았는데, 거기에 '광한청허지부(廣寒淸虛之府)'라는 방(榜)이 쓰여 있었다는 전설에서 기인한다. 『고금사문유취 전집(前集)』 권11 「천시부天時部 유광한궁遊廣寒宮」.

76) 합궁(合宮): 본래 해와 달이 한 자리에서 합쳐지는 것을 말한다. 남녀의 성적 결합을 가리킨다.

이팔 이팔, 둘이 만나 미친 마음

춘향이 웃음기 담은 얼굴을 하고 말했다.

"그런 잡스러운 말씀은 마세요."

"잡스러운 말이 아니다. 춘향아, 우리 둘이 업음질이나 해보자."

"애고, 상스러워요. 업음질을 어떻게 해요?"

이도령은 업음질을 여러 번 해본 듯이 말했다.

"업음질만큼 쉬운 것도 없다. 너와 내가 홀딱 벗고 업고 놀기도 하고 안고도 놀면, 그게 업음질 아니겠느냐?"

"애고, 나는 부끄러워 못 벗겠어요."

"에라 요 계집애, 안 될 말이지. 내가 먼저 벗으마."

이도령이 버선, 대님, 허리띠, 바지, 저고리를 홀딱 벗어 한편 구석에 밀쳐놓고 우뚝 섰다. 춘향이 그 거동을 보고 방긋 웃고 돌아서며 말했다.

"영락없는[1] 낮도깨비[2] 같아요."

---

1) 영락(零落)없는: 조금도 틀리거나 다르지 않은. 영락은 본래 부스러기란 뜻이다.

"오냐, 네 말 좋다. 천지만물치고 짝 없는 게 없느니라. 두 도깨비 놀아보자."

"그러면 불이나 끄고 노시지요."

"불이 없으면 무슨 재미 있겠느냐? 어서 벗어라, 벗어라, 벗어라."

"애고, 나는 싫어요."

이도령이 춘향 옷을 벗기려 하면서 이리저리 넘나들며 달랬다.

첩첩 청산에 늙은 범이 살찐 암캐를 물어다 놓고 이는 없어 먹지 못하고 흐르릉 흐르릉 아옹 어르는 듯

북해 흑룡이 여의주를 입에다 물고 채색구름3) 사이에서 넘노는 듯,

단산 봉황4)이 죽실5)을 물고 오동나무 속에서 넘노는 듯

구고 청학6)이 난초를 물고서 오동나무 소나무 사이에서 넘노는 듯.

이도령은 춘향의 가는 허리를 후려쳐 담쏙 안고, 기지개 아드득 켜며 귀와 뺨도 쪽쪽 빨고, 입술도 쪽쪽 빨면서 주홍 같은 혀를 물고, 오색단청의 순금 장롱에서 날아갔다가 장롱으로 날아돌아오는 비둘기처럼 꾹

---

2) 낮도깨비: 낮에 장난을 친다는 도깨비. 염치도 체면도 없이 난잡한 짓을 함부로 하는 사람을 비꼬는 말이기도 하다.

3) 채색구름: 고운 빛깔의 구름. 큰 경사가 있을 징조로 간주되었다.

4) 단산(丹山) 봉황: 단산은 단혈산(丹穴山). 『산해경山海經』에 보면 "단혈산에 새가 있는데, 모양은 학같이 생겼고, 오색 무늬가 있다. 이 새를 봉(鳳)이라 한다"고 했다.

5) 죽실(竹實): 한영(韓嬰)의 『한시외전韓詩外傳』에 "황제가 즉위하니 봉황이 황제의 동쪽 정원에 머물렀다. 이들은 오동나무에 앉아 대나무 열매를 먹었다"라고 했다(黃帝卽位, 鳳乃止帝東園, 集梧樹, 食竹實).

6) 구고(九皐) 청학(青鶴): 깊은 산속에 사는 신선이 타고 다니는 청학. 구고(九皐)는 으슥한 늪지. 『시경』 「소아 학명」에 "저기 먼 연못에서 학이 울고 울음소리 들에 퍼지네(鶴鳴于九皐, 聲聞于野)"라고 했다. 『습유기拾遺記』에 "유주(幽州)의 폐허인 우산(羽山)의 북쪽에 청학이라는 울기 잘하는 새가 있는데, 얼굴은 사람 같고, 새의 부리를 하고 날개는 여덟 개, 발은 하나 달려 있고, 털색은 꿩과 같다. 걸어다닐 때는 땅을 밟지 않는다. 이 새가 한번 울면 세상이 태평해지며, 신선이 타고 다닌다"고 한다.

꿍꿍꿍 으흥거려 뒤로 돌려 담쏙 안고, 젖을 쥐고 발발 떨며, 저고리 치마바지 속곳까지 벗겨놓았다. 춘향이 부끄러워 한편으로 몸을 틀어 앉아 있자, 이도령이 답답하여 춘향을 가만히 살펴보았다. 춘향의 얼굴에는 생복쩜을 한 듯 구슬땀이 송알송알 맺혀 있었다.

"이애 춘향아, 이리 와 업혀라."

춘향이 부끄러워했다.

"부끄럽기는 뭐가 부끄러워. 이왕에 다 아는 거, 어서 와 업혀라."

이도령이 춘향을 추기어 업었다.

"아따 그 계집아이, 똥집이 제법 무겁구나. 네가 내 등에 업히니 마음이 어떠하냐?"

"더할 수 없이 좋아요."

"좋으냐?"

"좋아요."

"나도 좋다. 좋은 말을 할 것이니, 너는 그저 대답만 하여라."

"대답할 테니, 하여보세요."

"네가 금金이지, 그렇지?"

"금이라니요. 당치않아요. 팔 년이나 풍진이 일어났던 초한 시절[7]에 여섯 번 기이한 계책을 내어[8] 진평이 범아부를 잡으려고 황금 사만 근을 뿌렸으니[9] 금이 어디 남아 있겠어요?"

---

7) 팔 년이나~초한 시절: 팔년풍진(八年風塵)은 중국 진나라 말기에 유방이 팔 년이나 걸려 항우와 싸워야 했다는 뜻으로, 여러 해 동안 고생함을 비유한다. 유방과 항우의 전쟁을 초한 전쟁이라고 한다.

8) 여섯 번~계책을 내어: 육출기계(六出奇計). 한(漢)나라 진평(陳平)이 고조 유방을 위해 여섯 가지 기이한 계책을 모획(謀畫)했다는 뜻이다. 여섯 가지 내용은 『사기』 권56 「진승상세가陳丞相世家」에 나온다.

9) 진평이 범아부(范亞父)를~근을 뿌렸으니: 범아부는 초나라 항우의 신하 범증(范增). 홍문(鴻門) 잔치 때 항우에게 패공(沛公)을 죽이라고 권하면서 옥두(玉斗)를 부수었다. 진평의 반간계(反間計)로 항우의 의심을 받고 고향으로 돌아가던 중 화병으로 등창이 돋아 팽성(彭城)에서

"그러면 진옥이냐?"

"옥이라니 그도 당치않아요. 만고 영웅 진시황이 형산의 옥을 얻어 이 사의 명필로 '하늘로부터 명을 받았으니 백성이 장수하고 국운이 창성 하게 하라'는 뜻의 '수명우천受命于天 기수영창旣壽永昌'이란 글자를 새긴 옥 새를 만들어 만세토록 전하게 했는데[10] 제가 어찌 옥이 되나요?"

"그러면 네가 무엇이냐? 해당화냐?"

"해당화라니 그도 당치않아요. 명사십리가 아닌데 해당화가 되나요?"

"그러면 네가 무엇이냐? 밀화, 금패, 호박[11], 진주냐?"

"아닙니다. 그것도 당치않아요. 삼정승, 육판서, 대신, 재상, 팔도 방백, 수령님네 갓끈 풍잠[12] 다 만들고서 남은 것은 경향의[13] 일등 명기가 손 가락에 끼우는 반지를 수도 없이 만들거늘, 호박이니 진주니 하는 건 당 치않습니다."

"네가 그러면 대모냐? 산호냐?"

"아니, 그것도 아닙니다. 대모를 갈아 만든 큰 병풍을 두르고 산호로 난간을 둘러치고 광리왕[14]이 상량문[15]을 들보에 넣고 세운 그 궁전에

죽었다. 『사기』 「고조본기」에 "곧 진평의 계책을 채택하여 진평에게 금 4만 근을 주어 초나라 군신을 이간하도록 했다"라고 나온다.

10) 만고 영웅~전하게 했는데: 『통감通鑑』에 보면 초나라가, 변화(卞和)가 바친 박옥(璞玉)인 화씨벽(和氏璧)을 쪼아서 도리옥(璧)을 만들고서 조(趙)나라에 혼인을 청할 적에 폐백으로 드 렸다. 진시황이 육국을 합병하고 이사(李斯)를 시켜서 '수명우천 기수영창(受命于天 旣壽永昌)' 이라는 전자(篆字)를 쓰게 하여 옥공 손수(孫壽)를 시켜서 새기게 했다. 또 『태평어람太平御覽』 에는 "시황이 남전(藍田)의 옥으로 옥새를 만들었는데 이사가 어조전(魚鳥篆)으로 새겼다"라고 했다. 진(秦)나라 자영(子嬰)이 옥새를 받들고 지도(軹道) 옆에서 패공(沛公)에게 항복했다. 한 고조가 즉위하자, 그 옥새를 사용하고 대대로 전하게 했는데 그것을 전국새(傳國璽)라 일렀다.

11) 밀화(密花), 금패(錦貝), 호박(琥珀): 밀화는 호박(琥珀)의 일종. 금패도 호박의 일종인데, 빛 깔이 누렇고 투명한 것을 말한다.

12) 풍잠(風簪): 양반층에서 사용한 망건의 앞이마에 다는 지름 4센티미터 내외의 타원 또는 반달 모양의 장식물. 갓이 벗겨지는 것을 방지했다.

13) 경향(京鄉)의: 경향각지(京鄉各地)의.

14) 광리왕(廣利王): 남해 해신(海神)의 봉호(封號). 당나라 현종은 천보(天寶) 10년(751)에 해신 을 왕에 봉했는데, 동해신은 광덕왕(廣德王), 남해신은 광리왕, 서해신은 광윤왕(廣潤王), 북해

수궁 보물로 죄다 들어갔거늘, 대모라느니 산호라느니 하는 건 당치도 않아요."

"네가 그러면 반달이냐?"

"반달이라니요. 당치않아요. 오늘밤 달이 초승달이 아닌데, 푸른 하늘에 돋은 밝은 저 달을 제가 어찌 기울이겠어요?"

"네가 그러면 무엇이냐? 날 홀려먹는 불여우냐? 네 어머니가 너를 낳아 곱게 길러내어 나만 홀려먹으라고 하여 요렇게 생겨났느냐?"

사랑 사랑 사랑이야, 내 간간 사랑이야.

네가 무엇을 먹으려는 거냐? 생밤 찐밤을 먹으려는 거냐?

둥글둥글 수박 윗부분을16) 대모 장식의 잘 드는 장도칼로 뚝 떼어 강릉 백청白淸을 두루 부어 은수저 반 숟가락으로17) 붉은 수박 한 점을 먹으려느냐?

"아니 그것도 저는 싫어요."

"그러면 무얼 먹겠느냐? 시금털털한 개살구를 먹겠느냐?"

"아니 그것도 저는 싫어요."

"그러면 이것을 먹으려느냐? 돼지 잡으랴? 개 잡아주랴? 내 몸 통째 먹으려느냐?"

신은 광택왕(廣澤王)에 봉했다.

15) 상량문(上梁文): 상량할 때 축복하는 글이다. 들보의 안쪽에 홈을 파서 넣어둔다. 글의 문체는 변려문(騈儷文)이 주된 형식이고, 서까래의 상하 동서남북에 축원을 하는 여섯 개의 육위송(六偉頌)이 있다. 『전등신화剪燈新話』의 「수궁경회록水宮慶會錄」에 보면 문생 여선문(余善文)이 남해의 광리왕으로부터 교초(鮫綃)를 받아서 거기에 상량문을 쓰는 것으로 되어 있다.

16) 윗부분을: 원문은 '웃봉지를'. 봉지는 물건을 담은 주머니로, 부풀어올라 둥근 모습을 말한다. '웃'은 위쪽이란 뜻이다.

17) 반 숟가락으로: 원문은 '반간지로'. 간지(幹枝)는 나뭇가지를 말하는데 숟가락 모양이 길쭉한 나뭇가지 같아 부르는 이름이다.

"여보 도련님, 제가 사람 잡아먹는 것 보았어요?"

"에라 요것, 안 될 말이로다. 어화둥둥, 내 사랑이지. 이애 춘향아, 내리려무나. 백 가지 만 가지 일이 다 품앗이가 있느니라. 내가 너를 업었으니 너도 나를 업어야지."

"애고, 도련님은 기운이 세어 저를 업으시지만, 저는 기운이 없어 못 업겠어요."

"업는 수가 있느니라. 돋음질하여 업으려 하지 말고, 발을 땅에 자분자분하게 디디고 뒤로 젖히는 듯한 기분으로 업어라."

춘향이 이도령을 업고 툭 추어올렸다. 그만 대중이 틀렸다.

"애고, 잡상스러워라."

이리 흔들, 저리 흔들거렸다.

"내가 네 등에 업히고 보니 마음이 어떠냐? 내가 너를 업고 좋은 말을 했으니, 너도 나를 업고 좋은 말을 해야지."

"좋은 말을 하지요. 들어보세요."

은나라 고종이 자신이 찾은 부열[18]을 업은 듯

주나라 문왕이 자신이 얻은 여상[19]을 업은 듯

흉중에 큰 지략을 품어 이름이 온 나라에 가득한 대신이 되어

기둥과 주춧돌 같은 신하요, 국정을 보필하는 충신으로 모두 헤아리니

---

18) 부열(傳說): 중국 은나라 고종(高宗)이 꿈에서 보고 실제로 꿈속 인물과 같은 사람을 얻어 재상으로 삼았는데, 그 사람이 부열이다.

19) 여상(呂尙): 강태공(姜太公), 즉 태공망(太公望). 주(周)나라 문왕(文王)이 점을 쳐서 "용도 아니고 이무기도 아니며 곰도 아니고 말곰도 아니며 범도 아니고 비휴도 아니다. 얻을 것은 패왕의 보좌로다(非龍非彲, 非熊非羆, 非虎非貔, 所獲霸王之輔)"라는 길조(吉兆)를 얻고 사냥을 나갔다가, 위수(渭水)의 반계(磻溪)에서 낚시하고 있는 당시 여든 살인 강태공을 만나고 그를 후거(後車)에 싣고 돌아와 재상으로 삼았다. 나중에 문왕의 아들인 무왕(武王)을 도와 은나라를 멸망시키고 천하를 평정했다. 『사기』 권32 「제태공세가齊太公世家」.

사육신을 업은 듯

생육신生六臣을 업은 듯[20]

일선생, 월선생, 고운 선생[21]을 업은 듯

고제봉[22]을 업은 듯

요동백[23]을 업은 듯

정송강[24]을 업은 듯

충무공[25]을 업은 듯

우암, 퇴계, 사계, 명재[26]를 업은 듯

내 서방이시지 내 서방, 알뜰 간간 내 서방.

---

20) 사육신(死六臣)을 업은~ 업은 듯: 사육신은 1456년(세조 2) 단종의 복위를 도모하다가 발각되어 죽은 여섯 신하다. 박팽년(朴彭年)·성삼문(成三問)·이개(李塏)·하위지(河緯地)·유성원(柳誠源)·유응부(兪應孚) 여섯 사람을 말한다. 생육신은 세조가 단종을 몰아내고 왕위를 빼앗자 벼슬을 버려 절개를 지킨 여섯 신하다. 이맹전(李孟專)·조여(趙旅)·원호(元昊)·김시습(金時習)·성담수(成聃壽)·남효온(南孝溫) 또는 권절(權節)을 이른다.

21) 일선생, 월선생, 고운(孤雲) 선생: 고운 선생은 신라 최치원(崔致遠)을 말한다. '고운'이란 말을 끄집어오기 위해 '일(日) 선생'과 월(月) 선생', 즉 '일월 선생'을 형식적으로 부른 것이다.

22) 고제봉(高霽峰): 조선시대의 문인이자 의병장인 고경명(高敬命, 1533~1592). 자는 이순(而順). 호는 제봉(霽峯)·태헌(苔軒). 1558년 문과에 급제하고 교리(校理), 동래 부사(東萊府使) 등을 지냈다. 1592년 임진왜란 때 의병을 이끌고 금산(錦山)에서 왜군과 싸우다 전사했다.

23) 요동백(遼東伯): 김응하(金應河, 1580~1619). 1618년(광해군 10) 명나라에서 건주위(建州衛)를 치기 위해 조선에 원병을 요청했을 때 조방장(助防將)으로 부원수 김경서(金景瑞)의 휘하에 들어가서 도원수 강홍립(姜弘立)을 따라 심하(深河)의 전투에 참여했다가 전사했다. 명나라 신종(神宗)은 그에게 요동 백을 추증했다고 전한다. 송시열(宋時烈)이 요동백 김응하 장군 묘비문을 짓고, 1683년에 강원도 철원에 비석을 세웠다. 조선 후기 북벌 의식과 소중화 의식의 상징물 가운데 하나였다.

24) 정송강(鄭松江): 정철(鄭澈, 1536~1593). 본관은 연일(延日), 자는 계함(季涵), 호는 송강. 청요직을 두루 역임하고 좌의정에 이르렀다. 시호는 문청(文淸)이다.

25) 충무공(忠武公): 이순신(李舜臣, 1545~1598). 자는 여해(汝諧), 본관은 덕수(德水). 시호가 충무다. 임진왜란과 정유재란 두 변란에 걸쳐 삼도수군통제사(三道水軍統制使)로서 대공을 세워 선무공신(宣武功臣) 일등이 되고 좌의정에 추증되었다.

26) 우암(尤庵), 퇴계(退溪), 사계(沙溪), 명재(明齋): 우암 송시열(宋時烈, 1607~1689), 퇴계 이황(李滉, 1501~1570), 사계 김장생(金長生, 1548~1631), 명재 윤증(尹拯, 1629~1714)은 조선의 대표적인 학자들이다.

진사 급제하고 대책 받쳐 직부하여[27]

주서注書의 초직을 받고 한림학사에 뽑혀

이렇게 된 연후에 부승지, 좌승지, 도승지[28]로 벼슬에 오르리.

팔도 방백 지낸 후 내직으로 들어와 규장각 각신이 되어 대교[29]를 거치고

복상[30]하여 대제학, 대사성, 판서에 오르고

좌상, 우상, 영상,[31] 규장각 대제학을 하신 후에

내직 삼천과 외직 팔백[32]의 기둥과 주춧돌 같은 신하로다.

내 서방, 알뜰 간간 내 서방이지.

춘향이는 자기 손을 농즙이 날 정도로 문질렀다.

"춘향아, 우리 말놀음이나 해보자."

"애고, 참 우스워요. 말놀음이 뭐예요?"

이도령은 말놀음 많이 해본 듯이 말했다.

"천하에 쉽고말고. 너와 나 벗은 김에 너는 온 방바닥을 기어다니거라. 나는 네 궁둥이에 딱 붙어서 네 허리를 잔뜩 끼고 볼기짝을 내 손바

---

27) 대책(對策) 받쳐 직부(直赴)하여: 원문은 '대 받쳐 직부'다. '대'는 대책(對策)을 말한다. 문과 시험에서 복시를 보지 않고 초시에서 대책을 올린 것이 어고(御考)의 높은 평가를 받아 직부전시(直赴殿試)하여 문과(대과)에 합격한다는 말이다.

28) 도승지(都承旨): 조선시대 승정원의 장관으로 정3품 당상관직. 예문관 직제학·상서원 정을 겸했다.

29) 대교(待敎): 규장각의 관직인 각신(閣臣)의 하나로, 정7품부터 정9품까지 있다.

30) 복상(卜相): 매복(枚卜). 정승(政丞)과 같은 국가의 중임을 뽑을 때 길흉을 점쳐 선택하는 것을 말한다.

31) 좌상(左相), 우상(右相), 영상(領相): 좌의정, 우의정, 영의정. 관직의 순서는 우의정, 좌의정, 영의정이 옳다.

32) 내직 삼천과 외직 팔백: 경관(京官)이 삼천 명, 외관(外官)이 팔백 명이라는 뜻으로, 문무백관이 의장을 갖추고 한자리에 모이는 것을 이른다.

닥으로 탁 치면서 '이랴!' 할 것이다. 그럼 너는 '흐흥' 하면서 두 발에 잔뜩 힘주어 튕기듯이 발을 뒤로 물려 뛰어라. 있는 힘을 다하여 뛰어놀면, 이게 바로 탈 승乘 자 노래이지.

　타고 놀자, 타고 놀자.
　헌원씨는 창과 방패를 써서, 큰 안개를 만들어낸 치우를 탁록 들에서 사로잡으려고 승전고를 울리면서 지남거를 높이 탔고[33]
　하우씨는 범람한 물길을 바로잡느라 구 년 동안 애쓰며, 육지로 갈 때는 수레를 높이 탔고[34]
　적송자는 구름을 타고
　여동빈[35]은 백로를 타고
　이태백[36]은 고래를 타고
　맹호연[37]은 나귀를 타고

33) 헌원씨(軒轅氏)는 창과 ~ 높이 탔고: 헌원씨는 중국 상고시대 황제(黃帝)다. 치우(蚩尤)가 포악해 염제(炎帝)의 명을 따르지 않자 황제가 제후를 거느리고 탁록(涿鹿)의 들판에서 치우와 전투를 벌였는데, 치우가 안개 작전을 펼쳐 황제의 군사들이 길을 잃고 헤매자, 황제는 지남거(指南車)를 만들어서 사방을 가리켜 마침내 치우를 죽였다. 『사기』 「오제본기五帝本紀」 참조.
34) 하우씨(夏禹氏)는 범람한 ~ 높이 탔고: 하우씨가 구 년 홍수를 다스릴 때의 일이다. 『사기』 「하본기夏本紀」에 "우는 네 가지 것을 탔는데, 육지에서는 수레를 탔고, 물에서는 배를 탔으며, 진흙길에 다닐 때는 썰매를 탔고, 산에 다닐 때는 덧신을 신었다(禹乘四載, 陸行乘車, 水行乘船, 泥行乘橇, 山行乘橰)"고 했다.
35) 여동빈(呂洞賓): 당나라 경조(京兆) 사람으로 이름은 암(嵒)이다. 일설에 암(巖)으로 표기한다. 자가 동빈이고, 또 여조(呂祖)라고 칭한다. 호는 순양자(純陽子), 회도인(회선생)이다. 황소(黃巢)의 난 때 종남(終南)으로 옮겨가 간 곳을 모르게 되었다. 속설에 팔선(八仙) 가운데 한 사람이라고 한다.
36) 이태백(李太白): 이백. 최종지(崔宗之)와 함께 채석에서 금릉(金陵)까지 달밤에 배를 타고 갈 적에 시와 술을 즐기면서 방약무인(傍若無人)하게 노닐었다. 두보의 「경어를 타고 가는 이백李白騎鯨魚」이라는 시구가 있어, 뒷사람들은 이백이 술에 만취한 채 채석강에 비친 달을 붙잡으려다 빠져 죽었다고 믿게 되었다.
37) 맹호연(孟浩然): 당나라 시인. 장안(長安)에 가던 도중에 패교(霸橋)에서 눈을 만나 시흥이 일어나서 시를 지었다. 나중에 송나라 때 소식이 이를 소재로 하여 「증사진하충수재贈寫眞何充秀才」에서 이르기를, "또 보지 못하는가? 눈 오는 날 나귀 탄 맹호연이 시 읊느라 눈썹 찌푸리

태을선인은 학을 타고

대국 천자는 코끼리 타고

우리 전하는 연^輦을 타고

삼정승은 평교자를 타고

육조판서는 초헌을 타고

훈련대장은 수레를 타고

각읍 수령은 독교를 타고

남원 부사는 별연³⁸⁾을 타고

날 저문 긴 강의 어옹들은 일엽편주를 둥실둥실 타지만

나는 탈것이 없으니, 오늘밤 삼경 깊은 밤에 춘향 배를 넌지시 타고 홑이불로 돛을 달아, 내 기계로 노를 저어 오목 섬을 들어가서는 순풍의 음양수를 시름없이 건너갈 때,

말을 삼아 탈 양이면 견마꾼이 없어서야 되겠느냐.

마부도 내가 되어 네 구종³⁹⁾ 역할을 넌지시 하여

구종의 걸음걸이처럼 거덜거덜⁴⁰⁾ 뚜벅뚜벅 걸어라, 기총마가 뛰듯이 뛰어라.

두 사람이 온갖 장난을 다하고 노는데, 이런 장관이 또 없었다. 이팔 이팔, 둘이 만나 미친 마음, 세월 가는 줄 모르듯 했다.

고 산처럼 어깨 으쓱한 것을(又不見雪中騎驢孟浩然, 皺眉吟詩肩聳山)"라고 했다.

38) 별연(別輦): 연(輦)은 군주가 타는 수레지만, 별연은 그것과 다르게 만들어 지방 수령이 타는 수레를 말한다.

39) 구종(驅從): 벼슬아치를 따라다니는 하인을 말한다.

40) 거덜거덜: 원문은 '반부새로'다. 반부새는 말이 조금 거칠게 닫는 일을 말한다.

내일은 정녕 이별인가보오

이때 뜻밖에 방자가 나타났다.

"도련님! 사또께서 부르십니다."

이도령이 들어가 사또를 뵈는데, 사또가 말했다.

"여봐라! 한양에서 동부승지에 임명한다는 교지가 내려왔다. 나도 관청 장부를 검토하여 회계를 잘 맞추어본 후에 갈 것이다. 너는 모친을 모시고 내일 떠나거라."

이도령은 부친의 명을 듣고 한편 반가우면서도 한편 춘향을 생각하면 가슴이 답답했다. 사지의 맥이 풀리고 간장이 녹는 듯, 이도령의 두 눈에서 뜨거운 눈물이 펑펑 솟아나 고운 얼굴을 적셨다. 이를 본 사또가 말했다.

"너 왜 우느냐? 내가 남원에서 일생을 살 줄 알았더냐? 내직으로 승진되어 불려가니, 너는 섭섭하게 생각하지 말고 오늘부터 먼길 가는 데 필요한 준비를 급히 해서 내일 오전에 떠나거라."

이도령은 겨우 대답하고 물러나와 내아에 들어갔다. 사람은 인격이

상등이든 중등이든 하등이든 막론하고 자기 어머니에게는 허물없이 속내를 터놓는 법이다. 이도령은 울면서 춘향의 일을 말했지만 꾸중만 실컷 들었다. 춘향의 집으로 향하자니, 이도령은 서러움이 왈칵 북받쳐 기가 막힐 지경이었다. 하지만 길거리에서 울 수도 없어 참고 집에서 나오는데 길을 가는 내내 이도령은 속에서 간장이 끊어지는 듯했다. 춘향의 집 문 앞에 당도할 때쯤에는 눈물이 통째, 건더기째, 보째, 왈칵 쏟아져 나왔다.

"어푸어푸, 어허!"

춘향이 깜짝 놀라 왈칵 뛰어나왔다.

"애고, 이게 웬일이어요? 안으로 들어가시더니 사또의 꾸중을 들으셨습니까? 여기 오시는 길에 무슨 분한 일을 당하셨습니까? 한양에서 무슨 기별이 왔다더니 어느 분 상을 당하셨습니까? 점잖으신 도련님이 이게 어찌된 일입니까?"

춘향은 이도령의 목을 담쏙 안고 치맛자락을 걷어잡고는 이도령의 고운 얼굴에 흐르는 눈물을 이리 씻고 저리 씻었다.

"울지 말아요, 그만 우세요."

이도령은 기가 막혔다. 울음이란 것이 말리는 사람이 있으면 더 울게 마련이었다. 춘향이 화를 냈다.

"아니, 도련님, 엉엉 우는 입이 보기 싫어요. 그만 울고 내력이나 말씀해주세요."

"사또께서 동부승지로 승진하셨다."

춘향이 좋아하며 말했다.

"댁의 경사네요. 그런데 왜 우십니까?"

"널 버리고 가야 할 판이거늘, 내가 답답하지 않겠느냐?"

"언제는 남원 땅에서 평생 사실 줄 알았어요? 제가 함께 가기를 어찌 바라겠어요. 도련님께서 먼저 올라가시면 저도 여기서 팔아야 할 것 팔고 추후에 올라갈 것이니, 아무 걱정 마셔요. 제 말대로 하면 곤란한 지경에 처하지는 않을 거예요. 제가 올라가더라도 도련님 큰댁에 들어가서 살 수야 없지요. 저는 큰댁 가까이 조그마한 집 방이면 족하니, 살펴봐주세요. 제집 식구가 가더라도 공밥은 먹지 않을 겁니다. 그렁저렁 지내다보면 도련님이 저만 믿고 장가가지 않을 수 있겠어요? 총애받는 부귀한 재상가의 요조숙녀를 골라 장가들어서 부모님 안부를 아침저녁으로 묻는 예법을 지키며 가정생활을 잘 꾸려나가게 될지라도 도련님께서는 저를 아주 잊지는 마셔요. 도련님이 과거에 급제해서 벼슬이 높아져 외방外房에 나가 신래 마마[1]가 따라갈 때 저를 마마로 내세운다면 무슨 비난이 있겠어요? 그렇게 알아서 처리하셔요."

"그게 될 법한 말이냐? 사정이 그러하기에 네 말을 사또께는 못 여쭙고 대부인께 여쭈었더니, 꾸중이 대단하셨다. '양반의 자식이 부형을 따라 지방 고을로 내려왔다가 기생을 첩으로 삼아 데려간단 말이 앞길에도 해롭고, 조정에 들어가면 벼슬도 못 한다'라고 말씀하시더구나. 어쩔 수 없구나. 이별할 수밖에."

춘향이 이 말을 듣더니 금세 낯빛이 변했다. 머리를 흔들고 눈동자를 굴리더니, 붉으락푸르락 눈을 가느스름하게 뜨고 눈썹이 꼿꼿해지면서 콧구멍이 발름발름하며 이를 뽀도독뽀도독 갈며 온몸을 수숫잎 비트는 듯하더니, 매가 꿩을 차듯이 자리에 앉았다.

"어허, 이게 무슨 말씀이어요?"

춘향이 왈칵 뛰어 달려들며 치맛자락도 와드득 좌르륵 찢어버리고, 머리도 와드득 쥐어뜯어 싹싹 비벼 이도령 앞에 던졌다.

"무엇이 어쩌고 어째요? 아무 소용없구나."

---

1) 신래(新來) 마마: 신래는 과거에 급제하여 처음으로 부임하는 사람을 말한다. 마마는 벼슬아치의 첩을 높여 부르는 말이다.

춘향이 명경, 체경, 산호로 만든 머리 장신구를 한데 뭉쳐다 방문 밖에 탕탕 내동댕이치고 발을 동동 구르고 손바닥을 딱딱 마주치고는 돌아앉아 울면서 자탄가自歎歌 조로 말을 늘어놓았다.

서방 없는 춘향이가 세간살이 무엇 하며, 단장하여 누구 눈에 곱게 보일꼬.
몹쓸 년의 팔자로다. 이팔청춘 젊은것이 이리될 줄 어찌 알았으랴.
부질없는 이내 몸은 허망하신 저 말씀으로 앞날 신세를 버렸구나.
아이고 아이고, 내 신세야.

그러더니 주저 없이 냉큼 돌아앉아 말했다.
"이보세요, 도련님! 방금 하신 말씀이 참말이어요, 농담이어요? 우리 둘이 처음 만나 백년언약 맺을 적에 대부인이나 사또께서 시키셔서 그런 것인가요? 핑계가 웬 말이어요. 광한루서 잠깐 보고 제 집에 찾아와 인적 없이 침침한 한밤중에 도련님은 저기 앉고 저 춘향은 여기 앉아 도련님이 저한테 말씀하시길, '굳은 맹약은 어길 수 없다' 한 것이 지난해 오월 단옷날 밤이었습니다. 제 손목을 부여잡고 우당탕 밖에 나와 마루에 우뚝 서서 또렷이 맑은 하늘을 천 번이나 가리키며 만 번이나 맹세하시기에 제가 그대로 믿었는데, 끝판에 떠나갈 때 똑 떼어버리시다니요. 이팔청춘 젊은것이 낭군 없이 어찌 살꼬! 침침한 빈방에서 긴긴 가을밤에 이 시름을 대체 어이할꼬! 아이고 아이고, 내 신세야! 모질도다, 모질도다, 도련님이 모질도다! 독하도다, 독하도다, 한양 양반 독하도다! 원수로다, 원수로다, 신분이 높고 낮은 차이가 원수로다! 천하에 다정한 게 부부로 맺은 사이건만, 이렇게 독한 양반이 이 세상에 또 있을까? 아이고 아이고, 내 신세야! 도련님, 춘향 몸이 천하다고 함부로 버리셔도 그만인 줄로 알지 마세요. 팔자 사나운 춘향이 입이 써서 밥 못 먹고 걱정이 많아 잠 못 자면 며칠이나 살 것 같습니까? 임 그리다 병이 들어 애통해하다 죽게 되면 슬프고 원통한 이 영혼이 원귀가 될 것이니, 존귀하신 도련님께 그게 바로 재앙이 아니겠습니까? 사람 대접을 그리 마세요. 죽고 싶구나. 아이고 아이고, 서러워라!"

한참 동안 이렇게 슬피 울어 기운이 다할 때쯤, 춘향 모는 영문도 모르고 "애고, 저것들 또 사랑싸움이 났구나. 거참 아니꼽구나. '눈구석에 쌍가래톳 설 일' 많이 보네" 했다. 하지만 아무리 들어봐도 춘향의 울음이 끊이지 않자, 춘향 모는 하던 일을 밀쳐놓고 춘향 방의 영창 밖으로 가만가만 몸을 옮겼는데, 아무리 들어도 이별의 일이었다.

"허허, 이것 큰일났다."

춘향 모는 두 손뼉을 땅땅 마주쳤다.

"허허, 동네 사람 다 들어보시오. 오늘 우리집에서 사람 둘 죽습니다!"

춘향 모가 대청[2]에 선뜻 올라 영창문을 두드리고는 우르르 달려들어 주먹을 겨누며 말했다.

"이년, 이년 썩 죽어라. 살아도 아무짝에도 소용이 없다. 너 죽은 시체라도 저 양반이 지고 가게 할 것이다. 저 양반 올라가면 누구 애간장을 녹이려느냐? 이년, 이년 말 듣거라. 내가 평소 이르기를, 후회하기 쉬우니 도도한 마음 먹지 말고 여염 사람을 골라서 형세와 지체가 너와 같고 재주와 인물이 모두 너와 같은 봉황의 짝을 얻어 내 앞에서 노는 양을 내 눈으로 본다면 너도 좋고 나도 좋겠다고 하지 않았더냐. 마음이 도도하여 남과 아주 다르더니 참 잘되었다, 참 잘되었다."

춘향 모는 두 손뼉 꽝꽝 마주치면서 이도령 앞으로 달려들었다.

"나하고 말 좀 해봅시다. 내 딸 춘향을 버리고 간다 하니 무슨 죄로 그

---

2) 대청: 원문은 '어간마루' 어간(御間)은 본래 절의 법당이나 큰방 한복판에 있는 칸을 말하는데, 어간마루라고 하면 한 집의 중심에 있는 마루라는 뜻이다.

러십니까? 춘향이가 도련님을 모신 지 거의 일 년이 되었습니다. 그런데 행실이 그르던가, 예절이 그르던가, 바느질이 그르던가, 언어가 불순하던가, 잡스러운 행실을 저질러 외간남자하고 눈이 맞아 음란한 짓을 하던가, 무엇이 그르던가요? 이 무슨 봉변입니까! 군자가 숙녀를 버리려면 아내에게 일곱 가지 지독한 죄악3)이 있지 않은 한 못 버리는 줄 모른단 말씀입니까? 내 딸 춘향 어린것을 밤낮으로 사랑할 때 안고 서고 눕고 지며 백 년 삼만 육천 일을 떨어져 살지 말자 하고 밤낮으로 얼러놓고 끝판에 가서는 뚝 떼어버리시니, 버드나무 가지가 많다 한들 가는 봄바람을 어이 막으며, 꽃 지고 잎 지고 나면 어느 나비 다시 오겠습니까? 백옥 같은 내 딸 춘향도 꽃 같은 몸이 세월 따라 장차 늙어 곱던 얼굴이 흰머리에 쭈글쭈글해지면, '때여! 때여! 때가 가면 다시 오지 않누나'4)라고 했듯이, 다시 젊어지지는 못할 터이거늘, 춘향이 무슨 죄가 많아 인생 백년을 헛되이 보내야 한단 말입니까? 도련님 가신 후에 내 딸 춘향이 임을 그리워하여 수심이 쌓이고 또 쌓여 달 밝은 깊은 밤에 임 생각 절로 나서 저 어린것이 초당 앞 섬돌로 나가 담배 피워 입에 물고 이리저리 다니다가 불꽃같은 시름과 임 생각이 가슴에서 솟아나 북쪽을 가리키며, 한양 계신 도련님도 저와 같이 그리워하실지 손을 들어 눈물 씻고 후유 한숨을 길게 쉬겠지요. 하지만 도련님이 무정해서 아주 잊어버리고 편지 한 장도 하지 않으면, 한숨 쉬며 눈물을 쏟아서 곱고

---

3) 일곱 가지 지독한 죄악: 칠거지악(七去之惡). 근대 이전에 아내를 쫓을 이유로 간주했던 일곱 가지 사항. 부모에게 불순하면 내쫓고(不順父母去), 자식 못 낳으면 내쫓고(無子去), 음란한 행동을 하면 내쫓고(淫去), 질투하면 내쫓고(妬去), 나쁜 병이 있으면 내쫓고(有惡疾去), 말이 많으면 내쫓고(口多言去), 도둑질하면 내쫓는다(竊盜去)라고 했다. 본래 『대대례기大戴禮記』 「본명本命」에 나왔는데, 『소학』 「명륜明倫」에 전재되어 널리 알려져 있었다.
4) 때여! 때여!~오지 않누나: 『사기』 권92 「회음후열전淮陰侯列傳」에 보면 괴통(蒯通)이 한신(韓信)을 설득하는 말에, "공이라는 것은 이루기는 어려워도 망치기는 쉽고, 때라는 것은 얻기는 어려워도 잃기는 쉽다. 때여! 때여! 다시 오지 않누나(夫功者難成而易敗, 時者難得而易失也. 時乎時乎不再來)"라고 했다.

어여쁜 얼굴을 다 적시고, 제 방으로 들어가서 의복도 벗지 않고 외로운 베개 위에 몸을 던져 벽을 보고 돌아눕겠지요. 그렇게 밤낮으로 길게 한숨지으며 서글피 우는 것이 병 아니면 무엇이겠습니까? 시름과 그리움으로 깊이 든 병을 내가 고쳐주지 못하여 춘향이 원통하게 죽는다면, 나이 칠십의 늙은것이 딸 잃고 사위 잃고 '태백산 까마귀 게 발 물어 던지듯이' 혈혈단신 이내 몸이 누구를 믿고 산단 말입니까! 남 못되게 하는 일을 그리하시면 안 됩니다. 아이고 아이고, 서럽구나. 그렇게는 못 하오, 몇 사람 신세를 망치려고 안 데려간단 말씀입니까? 도련님은 머리에 뿔이 돋아난 악귀입니까? 아이고, 무서워라, 이 쇠로 떵떵 뭉친 사람 같으니!"

이렇게 춘향 모가 왈칵 달려들어 말을 쏟아내자, 이 말이 만일 사또 귀에 들어가면 큰 야단이 나겠다 싶어 이도령은 말했다.

"여보시오 장모, 춘향이만 데려가면 그만 아니요."

"그래, 안 데려가고 견뎌내시려구요?"

"너무 덤벼들지 말고, 여기 앉아 내 말 좀 들어보구려. 춘향을 데려간다 해도 쌍교자[5]에 태워가면 결국 말이 날 것이오. 달리 뾰족한 수가 없어 내 이 난감한 가운데서도 꾀를 생각해내고 있네. 그렇지만 이 말이 바깥에 소문나면 양반 망신만 하는 게 아니라 우리 조상도 모두 망신을 당할 수 있는 일이오."

"뭐가 그리 용한 꾀가 있단 말씀인가요?"

"내일 모친이 행차에 나서실 때 모친 가마 뒤로 신주[6] 모신 집이 나올 터이니, 그 배행을 내가 하겠네."

_____

5) 쌍교자(雙轎子): 두 마리 말이 끄는 교자. 쌍교자에 태운다는 것은 치제 높은 사람 모신다는 말이다. 『속대전』 「예전禮典 의장儀裝」에 의하면, 관찰사와 종2품 이상의 관원이 도성 밖으로 나갈 때 말 두 마리가 끄는 교자를 타게 했다.
6) 신주(神主): 죽은 사람의 넋이 담긴 위패. 원문은 '사당(祠堂)'으로 되어 있으나 의역했다.

"그래서 어쩐다는 것입니까?"

"그만하면 알지 않소?"

"나는 무슨 말씀인지 모르겠소."

"신주는 모셔내어 내 소창옷[7] 소매에다 모시고 춘향은 신주 모시는 작은 가마[8]에다 태워갈 수밖에 없다는 뜻이지. 너무 염려 마소."

춘향이 그 말 듣고 이도령을 물끄러미 바라보더니 입을 열었다.

"그만두어요, 어머니! 도련님을 너무 조르지 마셔요. 우리 모녀의 평생 신세가 도련님 손바닥 안에 달려 있으니 알아서 하시라고 당부나 하세요. 이번엔 아무래도 이별할 수밖에 달리 수가 없어요. 기왕 이별할 바에 떠나시는 도련님을 어찌 조르겠어요? 도련님도 당장 갑갑하여 그러는 것 아니겠어요? 어머니, 그만 건넌방으로 가세요. 제겐 정녕 이별뿐인가봅니다. 아이고 아이고, 내 신세야, 이별을 어찌할꼬. 보세요, 도련님!"

"왜?"

"보세요, 진정 이별하실 겁니까?"

촛불 심지를 돋워 불을 켜고는 둘이 마주앉아, 한 사람은 떠나가고 한 사람은 보낼 일을 생각하니, 두 사람 모두 정신이 아득해졌다. 한숨을 연신 쉬고 눈물을 줄줄 흘릴 뿐이었다. 흐느껴 울면서 춘향은 이도령 얼굴에 자기 얼굴을 대어보고 손으로는 이도령의 손발을 만졌다.

"이제 저를 볼 날이 몇 밤이 되겠습니까? 애달아라, 몰래 만나는 일도 오늘밤이 마지막이니 저의 서럽고 원통한 사정이나 들어봐주세요. 육순에 가까운 제 모친은 일가친척 하나 없고 외동딸 저 하나만 믿고 있기

---

7) 소창옷: 사대부가 평상시 입던 웃옷의 하나인데, 벼슬하지 않는 선비가 입기도 했다. 학창의(鶴氅衣)에서 기원하는 한국식 복식으로, 두루마기와 비슷하며 소매가 좁고 무늬가 없다.
8) 신주 모시는 작은 가마: 원문은 '요여(腰輿)'로, '腰轝'로도 표기한다. 본래 시신을 묻고 나서 혼백과 신주를 모시고 돌아오는 작은 가마로, 신주를 다른 곳으로 옮길 때 사용하기도 했다.

에, 도련님께 몸을 맡겨 부부가 되어 영구히 귀의할까 바랐는데, 조물주가 시기하고 귀신이 방해하여 이 지경이 되고 말았습니다. 아이고 아이고, 내 신세야! 도련님 올라가면 저는 누구를 믿고 살라구요? 천추에 사무치는 저의 회포를 밤낮 어떻게 달래겠습니까! 배꽃과 복사꽃이 활짝 핀다 해도 강가로 어떻게 행락을 나가겠으며, 가을에 국화와 단풍이 한창이다가 시들게 되면 그 외로운 시절을 어이할까요! 독수공방 긴긴밤에 이리 뒹굴 저리 뒹굴[9] 어이할까요. 쉬나니 한숨이요, 뿌리나니 눈물이요, 적막강산 달 밝은 밤에 두견새 우는 소리를 누가 막을까요. 춘하추동 사계절 따라 경치가 하나하나 아름답다 해도 그 많은 경물 보는 것도 수심이요, 듣는 것도 수심이겠지요. 아이고 아이고!"

춘향이 슬피 우는 것을 보고 이도령이 말했다.

"춘향아, 울지 마라. '남편은 소관에 수자리 살고 아내는 오나라에 남아 있네'[10]라고 했으니, 남편이 소관에 수자리 살러 떠난 오 땅의 아내도 남편과 동서로 떨어져서 남편을 그리워하여 깊은 규중에서 늙어갔고, '출정 군인이 나가 있는 관산 길이 얼마나 멀라'[11]라고 했으니 관산에 출정한 남편을 둔 이의 서러움도 있었네. '푸른 물 위의 연꽃'[12]이라

<hr>

9) 이리 뒹굴 저리 뒹굴: 『시경』 「주남周南 관저關雎」에는 군자가 요조숙녀를 잊지 못해 잠을 이루지 못하는 광경을 묘사해 "요조숙녀를 자나깨나 찾도다. 구하여도 얻지 못하니 자나깨나 그리워하여 길이 잊지 못하는지라 전전반측한다(窈窕淑女, 寤寐求之. 求之不得, 寤寐思服, 悠哉悠哉, 輾轉反側)"라고 했다. 춘향이 이도령을 그리워하여 잠 못 이루는 광경을 묘사하려고 이 표현을 사용했다.

10) 남편은 소관에~남아 있네: 당나라 왕가(王駕)의 칠언절구 「고의古意」에 나오는 시구로, "남편은 소관에 수자리 살고 아내는 오나라에 남아 있네, 서풍이 아내에게 불어오니 아내는 남편을 근심한다네(夫戍蕭關妾在吳, 西風吹妾憂夫)"라고 했다. 이 시는 왕가의 아내 진옥란(陳玉蘭)이 지었다고도 하고, 제목도 「기부寄夫」라고 전한다. 소관은 중국 감숙성(甘肅省) 고원현(固原縣) 동남쪽에 있는 관문이다.

11) 출정 군인이~얼마나 멀라: 당나라 왕발의 「채련곡採蓮曲」에 "함께 묻나니, 차가운 강 천 리 밖에, 출정 군인이 나가 있는 관산 길이 얼마나 멀라?(共問寒江千里外 , 征客關山路幾重)"라고 했다.

12) 푸른 물 위의 연꽃: 본래는 남제 때 왕검(王儉)이 유고지(庾杲之)를 위장 장사(衛將長史)로

고, 연뿌리 캐는 여자는 갓 부부가 되어 새로 맺은 정이 두텁다가도 달빛 어린 가을 산이 고요할 때 연뿌리를 캐면서 임을 생각하기도 했네.[13] 나 올라간 뒤에라도 창 앞에 달이 밝거든 천리 멀리 부질없이 그리워하지 말게. 너를 두고 가도 내가 매일 열두 시각을 한 시간 한 시간 고루고루 너를 생각한다 해도 모자랄 판이니, 어찌 무심하겠느냐. 울지 마라, 울지 마라."

춘향이 또 울면서 말했다.

"도련님 올라가면, 살구꽃 피고 봄바람 부는 한양에서는 거리거리마다 사람들은 〈장진주將進酒〉를 부르며 취할 것이요, 청루에 미색이 가득하여 청루마다 여색을 볼 것이요, 곳곳에 풍악 소리 넘쳐나면 곳곳마다 달빛 아래 꽃이 피어난 경색을 즐길 것입니다. 여색과 경색을 좋아하는 도련님이 밤낮으로 호강하실 때 저 같은 시골 여자를 손톱만큼이나 생각하겠어요? 아이고 아이고, 내 신세야."

"춘향아, 울지 마라. 한양성 남촌 북촌에 옥 같은 여자와 아름다운 여자가 많겠지만, 규중 깊은 곳에 정을 둔 사람은 너밖에 없다. 내 아무리 여색에 끌리기 쉬운 대장부라 해도 잠시인들 널 잊겠느냐?"

두 사람은 하릴없고 기가 막혀 차마 이별하지 못했다.

등용하자, 소면(蕭緬)이 "푸른 물 위의 연꽃(綠水芙蓉)" 같다고 했다. 당시 사람들이 왕검의 막부를 연화지(蓮花池)라고 했기에 소면이 그것을 아름답게 칭한 것이다.

13) 연뿌리를 캐면서~생각하기도 했네: 연(蓮)은 연(戀)과 발음이 같아서, 연뿌리를 캔다는 뜻의 '채련'은 연인을 그리워한다 혹은 사랑을 한다는 뜻을 지닌다. 「채련곡」은 연밥 따는 것을 주제로 하여 남녀 간의 사랑을 다룬 내용이다. 본래 "강남은 연밥을 딸 만한 곳이니, 연잎이 어찌 그리 무성도 한지(江南可採蓮. 蓮葉何田田)"라는 한대(漢代)의 「강남곡江南曲」에서 비롯된 것이라고 하며, 양 무제의 「강남롱江南弄」 7수 중에 「채련곡」이 있다.

내 손의 술이나 마지막으로 잡수시오

이도령을 모시고 한양으로 올라갈 사령[1]이 숨을 헐떡헐떡 몰아쉬며 춘향 집에 들어왔다.

"도련님, 어서 행차하십시오. 안에서 야단이 났습니다. 사또께서 도련님을 찾으신다 하기에 소인이 '평소 같이 놀던 친구를 작별하려고 문밖에 잠깐 나가셨습니다'라고 말씀드렸습니다. 어서 행차하십시오."

"말을 대령했느냐?"

"말을 딱 대령해두었습니다."

흰색 털의 말은 어서 가자 하며 길게 울고, 푸른 눈썹의 여인은 석별을 이기지 못하여 옷을 붙잡는구나.[2] 말은 가자고 네 굽이 땅을 차는데,

1) 사령: 원문에 '후배 사령(後陪使令)'으로 되어 있다. 가마후배(駕馬後輩) 사령을 말한다.
2) 흰색 털의~옷을 붙잡는구나:『정선精選 청구영언靑丘永言』(경성:신구서립, 1914) '엇롱(旕弄)'에 "빅마(白馬)는 욕거쟝식(欲去長嘶)호고 청아(靑娥)는 석별견의(惜別牽衣)로다. 석양(夕陽)은 이경셔령(已傾西嶺)이오 거로(去路)는 쟝졍단졍(長亭短亭)이로다. 아마도 셜운 이별(離別)이 백만 삼천육백 일(百萬三千六百日)에 오놀뿐인가 호노라"라고 했다.

춘향은 마루 아래 뚝 떨어져 도련님 다리를 부여잡았다.

"저를 죽이고 가면 갔지 살려두곤 못 가십니다. 절대 못 가십니다!"

하지만 춘향이 더 말을 잇지 못하고 기절하니, 춘향 모가 냅다 달려들었다.

"향단아, 찬물 어서 떠 오너라. 차를 달이고 약을 갈아라. 너 이 몹쓸 년아, 늙은 어미를 어쩌려고 몸을 이리 상하게 하느냐?"

춘향의 정신이 돌아왔다.

"애고 갑갑하여라!"

춘향 모는 더욱 기가 막혀 했다.

"이보 도련님, 남의 생때같은 자식이 이 지경에 이르다니 어찌된 일입니까? 재덕이 뛰어난[3] 우리 춘향이 애통하여 죽게 되면, 혈혈단신 이내 신세 누굴 믿고 살란 말이오?"

이도령은 하릴없이 말했다.

"여봐라 춘향아, 네가 이게 웬일이냐? 나를 영영 안 보려느냐? 너도 알지 않느냐? '하양에 해 질 무렵 수심 젖은 구름이 일어난다'[4]고 한 것은 소무가 흉노에서 낳은 아들 소통국[5]이 아비 찾아 흉노를 떠나 한나라로 갈 때 모자가 이별하던 사실을 말한다. '출정군인이 나가 있는 관

---

3) 재덕이 뛰어난: 원문의 '절곡(節曲)'은 본래 가을에 띄운 누룩의 품질이 다른 계절보다 월등히 뛰어난 것을 말한다. 이때의 곡(曲)은 누룩 국(麴)과 같다.

4) 하양에 해~구름이 일어난다: 원문은 '하량낙일(河梁落日)에 수운(愁雲)이 일어남'으로 시작하는데, '하량낙일수운기(河梁落日愁雲起)'의 시구를 구성한 것이다. 하량은 하수(河水)를 건너지른 다리로, 한(漢)나라의 이릉(李陵)이 흉노 땅에 억류되어 있으면서, 역시 흉노에게 억류되어 있다가 귀국하게 된 소무(蘇武)와 작별했다. 이릉이 소무와 작별하면서 주었다는 고시에 "손을 잡고 하량에 올랐거니 나그네는 저물녘에 어디로 가려는가?(携手上河梁, 遊子暮何之)"라고 했다. 전하여, 이별하는 곳을 뜻한다.

5) 소통국(蕭通國): 한(漢)나라 소무의 아들. 소무는 무제 때 중랑장(中郎將)으로 사신이 되어 흉노에 갔는데 항복을 거절하며 절개를 지키다가 억류된 지 십구 년 만에야 풀려 돌아왔다. 흉노에 있을 때 호부(胡婦)라는 흉노의 여자를 아내로 맞아 아들 통국을 낳았다. 『한서』 권54 「이광소건열전李廣蘇建列傳 소무전蘇武傳」에 나온다.

산 길이 얼마나 멀랴'6)라고 한 것은 오나라 여인이나 월나라 여인이 부부 이별하던 사실을 말한다. 또 '모두 수유꽃을 머리에 꽂았건만 한 사람이 없으리'7)는 산동의 용산으로 가지 못해 형제와 이별한 사실을 말한 것이다. '서쪽으로 양관을 나가면 친구가 없을 것이기 때문'8)이라고 한 것은 장안 교외 위성에서 친구들과 이별하는 사실을 말한다. 이런 이별이 많다고 해도 상대의 소식을 들을 때가 있고 서로 만날 날이 있었다. 내가 이제 올라가서 장원급제하고 벼슬에 나아가면 너를 데려갈 것이니, 울지 말고 잘 있거라. 너무 많이 울면 눈도 붓고 목도 쉬고 골머리도 아픈 법이다. 다 같은 돌이라도 무덤 앞 땅에 세운 망두석은 천년만년 지나도 무덤 앞 땅에 묻히는 지석이 될 줄 모르며, 다 같은 나무라도 상사목9)은 창밖에 우뚝 서서 한 해 봄철이 다 지나도록 잎이 필 줄 모르며, 다 같은 병이라도 울화병 앓는 사람은 자나깨나 잊지 못하고 죽게 되어 있단다. 네가 나를 보려 한다면 더는 서러워 말고 잘 있거라."

춘향은 어찌할 수가 없었다.

"여보시오 도련님, 제 손의 술이나 마지막으로 잡수시지요. 길 가실

6) 출정군인이 나가~ 얼마나 멀랴 : 왕발(王勃)의 「채련시採蓮詩」에 "연꽃 갯가에서 배회하다가 밤에 만나니, 오희와 초희는 어이 그리 풍만한가. 함께 묻나니, 차가운 달빛 쏘는 천리 밖에, 출정 군인이 나가 있는 관새 길이 얼마나 먼가?(徘徊蓮浦夜相逢, 吳姬楚女何丰茸. 共問寒光千里外, 征客關山路幾重?)"라고 했다. 이 시의 오희와 초희를 '오나라 여인이나 월나라 여인'으로 달리 표현했다.

7) 모두 수유꽃을~ 사람이 없으리 : 왕유(王維)의 「중구일에 산동의 형제들을 그리워하며九日憶山東兄弟」에 "멀리 알겠네, 형제들 높은 곳에 올라, 두루 수유꽃을 머리에 꽂았건만 한 사람이 없으리(遙知兄弟登高處, 編揷茱萸少一人)"라고 했다.

8) 서쪽으로 양관을~ 것이기 때문: 왕유의 시 「송원이사안서送元二使安西」에 "위성의 아침 비가 가벼운 먼지를 적시니, 객사는 푸르고 푸르러 버들빛이 새롭구나. 술 한 잔 더 기울이라고 그대에게 권하는 까닭은, 서쪽으로 양관을 나가면 친구가 없을 것이기 때문(渭城朝雨浥輕塵, 客舍青青柳色新. 勸君更進一杯酒, 西出陽關無故人)"이라고 했다.

9) 상사목(相思木): 두 나무가 각각 나서 가지가 서로 얽힌 것으로, 연리지(連理枝)라 한다. 옛날 전국시대 송나라 강왕(康王)이 한빙(韓凭)의 아내를 강제로 빼앗으니, 한빙이 자살했는데 그의 아내도 자살했으므로 어느 산기슭에 묻었더니, 두 무덤에서 나무가 하나씩 나서 가지가 서로 얽혔다. 송나라 사람들이 그 나무를 상사목(相思木)이라 불렀다.

때 드실 음식을 준비하지 않고 가시려거든 제가 드리는 찬합을 간직하셨다가 묵으시는 역참에서 주무실 때 저 본 듯이 잡수시길 바라요. 향단아, 찬합과 술병을 내오너라."

춘향이 잔에 술을 가득 부어 눈물을 섞어 드리면서 말했다.

"한양성 가시는 길에 강가에 늘어선 푸른 나무들은 각각 작별의 서러움을 머금었으니 제 정을 생각하시고, 아름다운 시절로 접어들어 가랑비가 내리면 길에 오가는 사람의 얼굴에는 수심이 가득차겠지요. 말에올라 길을 가다 지치시면 병이 나실까 염려되니, 꽃다운 풀 무성하게 자라난 곳에 날이 저물면 숙소에 일찍 들어가 주무시고, 다음날 아침 비바람 거셀 때면 느지막이 떠나셔요. 채찍 휘두르며 천리마로 도련님을 모실 사람이 없으니, 부디부디 천금같이 귀하신 몸을 조심하여 천천히 걸으시고요. 푸른 나무 늘어선 진나라 서울 가는 길[10]에 평안히 행차하시고, 한 글자 소식이라도 들었으면 좋겠으니, 종종 편지나 하세요."

이도령이 말했다.

"소식 듣기는 걱정 마라. 요지의 서왕모도 주나라 목왕을 만나려고 파랑새 한 쌍을 보내어 수천 리 머나먼 길에 소식을 전했으며,[11] 한나라

---

10) 진나라 서울 가는 길: 원문은 '녹수진경(綠樹秦京)'이다. 당나라 송지문(宋之問)의 오언고시 「조발소주早發韶州」에 "푸른 나무 늘어선 진나라 서울 가는 길에, 파란 구름은 낙수 다리 위에 떠 있네. 옛 동산은 길이 시야 속에 머물고, 혼은 떠나서 부르지를 못하네(綠樹秦京道, 靑雲洛水橋. 故園長在目, 魂去不須招)"라고 했다.

11) 요지의 서왕모도~소식을 전했으며: 주 목왕이 여덟 준마를 얻고는 서쪽으로 유람하여 곤륜산에 올라가서 선녀인 서왕모의 손님이 되어 요지 가에서 서왕모에게 술잔을 올렸는데, 서왕모가 목천자를 위해 노래하기를, "백운이 하늘에 있으니 산릉이 절로 생기도다. 도로가 아득히 멀고 산천이 가로막혔으나, 청컨대 그대는 죽지 말아서 부디 다시 찾아올 수 있기를!(白雲在天, 山陵自出, 道里悠遠, 山川間之. 將子無死, 尙能復來)"라고 했다. 그러자 목천자가 "내가 동토로 돌아가 화평하게 중국을 잘 다스려서, 만백성이 고루 태평해지거든 내가 그대를 만나러 오리니, 삼 년에 이르러 여기 들판으로 돌아오리라(予歸東土, 和治諸夏. 萬民平均, 吾顧見汝. 比及三年, 將復而野)"라고 화답한 고사가 『목천자전穆天子傳』에 전한다. 파랑새는 곧 서왕모의 사자(使者)이다. 『한무고사漢武故事』에 의하면, 7월 7일에 갑자기 파랑새가 서쪽에서 날아와 승화전(承華殿) 앞에 내려앉으므로, 무제가 그 연유를 동방삭에게 묻자, 동방삭이 "서왕모가 오려

무제의 중랑장은 상림원 군주 앞으로 한 자 길이의 비단에 쓴 서신을 보냈다.[12] 흰 비둘기와 파랑새는 없을망정 남원의 인편조차 없겠느냐. 서러워 말고 잘 있거라."

이도령이 말을 타고 하직하니, 춘향은 기가 막혔다.

"우리 도련님이 '가네, 가네' 하여도 거짓말로 알았는데, 말을 타고 돌아서니 참말로 가시는구나!"

춘향이 마부를 불렀다.

"마부야, 내가 문밖에 나설 수가 없는 처지이니, 말을 붙들어 잠깐만 지체하여라. 도련님께 한말씀 드려야겠다."

그러고는 춘향이 내달아 나가 말했다.

"이보시오 도련님, 이제 가시면 언제 오시려오."

사철 소식 끊어질 절絶
보내는 이는 아주 영절永絶, 영원히 끊어짐
녹죽과 창송은 백이·숙제의 만고 충절
천산에 조비절[13]

는 것입니다" 했는데, 한참 뒤에 과연 서왕모가 오자, 파랑새 두 마리가 서왕모의 양쪽에서 시립(侍立)했다고 한다. 이 부분은 두 이야기를 합친 것이다.
12) 한나라 무제의~서신을 보냈다: 한나라 무제 때 소무가 흉노에 사신으로 갔을 때, 흉노의 선우가 그를 굴복시키려고 온갖 회유와 협박을 가해도 소용이 없자 북해 주변의 황량한 변방에 그를 안치하고 양을 치게 했다. 그뒤 소제(昭帝)가 흉노와 화친을 맺고서 소무를 돌려보내줄 것을 요청하자, 흉노 측에서는 소무가 이미 죽었다고 속였다. 한나라 사신이 "우리 천자가 상림원에서 기러기를 쏘아 잡았는데, 기러기 발목에 묶인 편지에 '소무 등이 어느 늪 가운데에 있다'고 했다(天子射上林中, 得雁, 足有係帛書, 言武等在某澤中)"라고 하며 다그친 덕분에 소무가 십구 년 만에 귀국하게 되었다. 이 안족전서(雁足傳書)의 고사가 『한서』 권54 「소무전蘇武傳」에 나온다. 한 자 길이 비단에 쓴 서신은 소무의 고사에서 나온 말이 아니다. 악부시 「음마장성굴행飮馬長城窟行」의 "길손이 먼 곳에서 와서 내게 잉어 한 쌍을 주었는데, 아니 불러 잉어를 삶게 하니, 뱃속에 한 자 비단 글월이 있었네(客從遠方來, 遺我雙鯉魚, 呼兒烹鯉魚, 中有尺素書)"에서 나왔다.
13) 천산(千山)에 조비절(鳥飛絶): 당나라 유종원(柳宗元)의 시 「강설江雪」에 "온갖 산에 새들이

와병에 인사절[14)

죽절竹節, 송절松節, 춘하추동 사시절四時節.

끊어져 단절, 분절, 훼절.

도련님은 날 버리고 박절迫切하게 가시니, 속절없는 이내 정절貞節

독숙공방獨宿空房에서 수절할 때 어느 때에 파절破節할고.

이내 억울한 마음의 슬픈 곡절曲折, 밤낮으로 생각이 미절未絶하리니

부디 소식을 돈절頓絶, 뚝 끊음 마오.

춘향이 대문 밖에 꺼꾸러져 가녀린 두 손으로 땅을 꽝꽝 쳤다.

"아이고 아이고, 내 신세야!"

'아이고'라는 소리가 일어나니, '누런 흙먼지 일고 바람 쓸쓸히 부는데, 천자의 깃발은 빛을 잃고 햇빛도 희미하다'[15)라는 정황과도 같았다. 이도령은 엎어지고 자빠지면서 가는 형색이었으므로, 이런 식으로 못내 서운한 마음을 지니고 갈 것 같으면 몇 날 며칠이 걸릴지도 모를 지경이었다. 하지만 이도령이 말을 타고 가는 것은 준마에 채찍질하여 나는 듯이 간다 해도 지나치지 않았다. 이도령이 눈물을 떨구며 훗날의 기약을 당부하고 말에 채찍질하면서 달려가는 모습은 미친바람이 불어와 풀풀 날리는 조각구름과도 같을지라.

날지 않고, 모든 길에 인적이 끊겼네. 외로운 배에 도롱이 삿갓 쓴 노인네가, 홀로 눈 내리는 찬 강에서 낚시하네(千山鳥飛絶, 萬逕人蹤滅. 孤舟蓑笠翁, 獨釣寒江雪)"라고 한데서 나온 말이다.

14) 와병(臥病)에 인사절(人事絶): 송지문(宋之問)이 두심언(杜審言)과 이별하며 지은 시 「별두심언別杜審言」에 "병들어 누워 인사도 끊어졌나니, 아 그대 만리 길 떠나시는가. 하수 다리에서 전송도 못 하나니, 강가의 나무에 멀리 정이 어렸네(臥病人事絶 嗟君萬里行 河橋不相送 江樹遠含情)"라고 실려 있다.

15) 누런 흙먼지~햇빛도 희미하다: 백거이의 「장한가長恨歌」에 "황애산만풍소삭(黃埃散漫風蕭索)하니 운잔형우등검각(雲棧縈紆登劍閣)이라 아미산하소인행(峨嵋山下少人行)하니 경기무광일색박(旌旗無光日色薄)이라"는 단락이 있는데, 부분 부분의 구를 따온 것이다. "누런 흙먼지 일고 바람 쓸쓸히 부는데, 구름 걸린 굽은 사다리로 검각을 오른다. 아미산 아래에는 오가는 이 드물어, 천자의 깃발은 빛을 잃고 햇빛도 희미하다"라는 뜻이다.

116

보고파라, 나의 사랑

이때 춘향은 하릴없이 평소 잠을 자던 침방으로 들어갔다.

"향단아, 주렴을 걷고 안석案席 밑에 베개 놓고 문을 닫아라. 도련님을 생시에 만나보기 아득하므로 잠이나 들어 꿈에서라도 만나보고 싶구나. 예로부터 이르기를, '꿈에 와 보이는 임은 신信이 없다' 했지만 답답하게 속으로 그리워하기만 하니 꿈이 아니면 어떻게 보겠느냐? 꿈아 꿈아, 너 오너라. 수심이 첩첩 쌓여 한으로 되어 꿈마저 이루지 못하니[1] 어찌할까. 아이고 아이고, 내 신세야! 인간이별 만 가지 중에 독수공방의 외로움을 어찌할까. 임 그리며 잠 못 이루는 내 심정, 그 누가 알아줄까! 미친 마음에 이렁저렁 흩어지는 근심 걱정을 후려쳐 다 버리려 해도 자나 누우나 먹으나 깨나 임을 못 보아 가슴이 답답하고, 그 멋진 모습이

---

1) 꿈마저 이루지 못하니: 당나라 심여균(沈如筠)은 시 「규원閨怨」에서 "기러기 다 돌아가 편지 부칠 길 없고, 수심이 가득해 꿈도 꾸지 못하네. 외로운 달그림자를 따라, 복파영에 그 빛을 비춰줬으면(雁盡書難寄 愁多夢不成 願隨孤月影 流照伏波營)"이라고 했다. 이 시의 '복파영(伏波營)'은 멀리 원정 간 사람이 머물러 있는 군영을 상징한다.

눈앞에 생생하고 그 우아한 목소리가 귀에 쟁쟁하다. 보고파라 보고파라, 임의 얼굴 보고파라. 듣고파라 듣고파라, 임의 소리 듣고파라!

전생에 무슨 원수를 지었기에 우리 둘이 이 세상에 태어나 사랑하는 마음으로 서로 만났던가! 영원히 맹세하여 죽지 말고 한곳에 있어 백년을 기약했으니, 천금의 주옥이라 해도 꿈밖의 것이라 바라지 않거늘 세상의 다른 무슨 일에 관심을 두랴! 근원에서 흘러나온 물이 강이 되어 깊디깊고 다시 깊어지듯이 사랑이 깊게 흐르고, 사랑이 모여 뫼가 되어 높디높고 다시 높아졌으니, 강물이 끊어질 줄 모르거늘 우리 사랑이 무너질 줄 어찌 알까? 귀신이 방해하고 조물주가 시기하다니!

하루아침에 낭군을 이별하니 어느 날에나 다시 만나보랴. 천 가지 수십만 가지 원한이 가슴에 가득하여 끝까지 죄다 후벼파는구나. '옥 같은 얼굴과 구름 같은 트레머리도 모두 늙으니'[2] 일월이 무정하다. 오동잎 지는 가을밤, 달 밝은 그 밤은 어찌 그리 더디 새고, 녹음방초 우거진 곳 밝게 비치는 해는 어찌 그리 더디 가는가! 이 그리워하는 마음을 아신다면 임도 나를 그리워하겠지만, 독수공방에 홀로 누워 한숨만 벗으로 삼고 구곡간장은 굽이굽이 썩어 눈물만 솟아날 따름이다. 눈물이 모여 바다가 되고 한숨을 지어 청풍이 되면 일엽편주를 구해 타고서 한양에 계신 낭군을 찾으련만, 어찌 이리 볼 수가 없단 말인가! '우수에 차서 명월을 마주하여' 달이 밝은 이때 '심향을 살라 조왕신에게 빌어'[3] 느끼는

---

2) 옥 같은~모두 늙으니: 『정선 조선가곡』(신구서림, 1914), 81쪽. 「고상사별곡古相思別曲」에도 이 표현이 나온다.

3) 심향을 살라 조왕신에게 빌어: 원문은 '설심조군(爇心竈君)'이며, '심'은 심향(心香)인데, 심향을 신향(信香)이라고도 했다. 허진군(許眞君)의 『옥갑기玉匣記』에 사명조군(司命竈君)에게 비는 주문이 있다. 이규경(李圭景)의 『오주연문장전산고五洲衍文長箋散稿』에서는 '향복(響卜)'에 대하여 논증하면서 다음 주문을 실어두었다. "아무 해 아무 달 아무 시에, 아무개가 감히 신향(信香)을 살라 사명조군의 신에게 밝게 고하나이다. 가만히 듣자니, 복에는 이미 터가 있다고 하니, 허물에 어찌 징조가 없겠습니까? 일의 앞선 조짐은 오로지 신이 맡아보시는 것입니다. 지금 아무개가 삼가 아무 일을 하는데, 충심이 황황하여 어찌할 바를 모르기에, 감히 고요한

바가 있지만 쓸쓸한 꿈일 따름이구나. 밤하늘에 걸린 달과 두우의 별⁴⁾
은 임 계신 곳 비추련만, 마음속 깊이 수심을 가라앉혀 지니고 있는 이
는 나 혼자뿐이겠지. 밤빛은 아득한데 가물가물 반짝반짝 비추는 것이
창밖의 반딧불이구나. 밤은 깊어 삼경의 시각인데, 앉아 있는다고 임이
오겠으며 잠자리에 누운들 잠이 오겠는가? 임도 잠도 아니 온다. 이 일
을 어찌할까, 아마도 원수의 장난이리라. '즐거운 일이 다하면 슬픔이
오고 고생 끝에 낙이 온다'라는 말이 예로부터 있었고 기다림도 적지 않
고 그리워한 지도 오래되었지만, 한 치 간장에 구불구불 맺힌 한을 임이
아니면 누가 풀어줄까?

밝은 하늘이시여, 아래를 비추어 살펴주세요. 곧 만나게 해주세요.
다하지 못한 정을 이제 다시 만나면 머리가 다 희어지도록 이별 없이
살고 싶어라. 묻노라 녹수청산아, 우리 임의 산뜻하고 고운 행색이 희미
한 가운데 이별하고 소식마저 갑자기 끊어졌는데, 사람이 목석이 아닐
진대 임도 분명 느끼시고 계시겠지? 아이고 아이고, 내 신세야!"

이렇게 춘향은 하늘을 우러러 탄식하며 세월을 보내고 있었다.

이때 이도령은 한양으로 올라가면서 숙소에서마다 잠을 못 이루고
있었다.

밤에 땔나무를 옮겨서 밥 짓는 것을 그치고, 가마를 씻어서 샘물을 쏟아, 향복의 도로 달려가
기를 구하나이다. 삼가 헷갈리는 길을 가르쳐주실 자루를 기다리오니, 실정이 속한 바를 신령
은 실로 잘 알아보실 것입니다. 아무개는 삼가 명을 기도하기를 지극히 하는 바이옵니다(維某
年某月某日某時, 某敢焚信香, 昭告於司命竈君之神. 竊聞福旣有基, 咎豈無徵? 事之先兆, 惟神是司. 以今
某伏爲某事, 衷心熒熒, 罔知收措. 敢於靜夜, 移薪息爨, 滌釜注泉, 求趨響卜之塗, 恭俟指迷之柄,. 情之所
屬, 神實鑑之, 某不勝祈命之至)."
4) 밤하늘에 걸린~두우의 별: 원문은 '현야월(懸夜月) 두우성(斗牛星)'으로 3자구 대구를 만들
었다. 두우의 별은 두성(斗星)과 우성(牛星)을 가리킨다. 중국 위진남북조시대 진(晉)나라 때 장
화(張華)가 천문을 보니 두성과 우성 사이에 이상한 기운이 쏘아 뻗치므로 그 기운이 생긴 곳
을 찾아 땅 밑에서 보검을 파냈다는 이야기가 『습유기拾遺記』에 전한다. 여기서는 이상한 기운
을 말한 것이 아니라 밝은 별을 대유한 것이다.

“보고파라 보고파라, 나의 사랑 보고파라. 밤에도 낮에도 잊지 못하는 우리 사랑. 날 보내고 그리는 마음, 속히 만나서 풀어주리라.”

　이도령은 날이 오래고 달이 깊어감에 따라 마음을 굳게 먹고 과거에 급제하기만을 기다렸다.

신관 사또의 기생 점고

이때 서너 달 만에 남원의 신관 사또가 정해졌거늘 자하골 변학도라는 양반이었다. 문필도 유려하여 넉넉할 정도이고 인물과 풍채도 활달했다. 그런데 풍류에 달통하여 여성 편력이 적지 않았다. 게다가 흠이 있었으니, 성격이 괴팍해서 멀쩡하다가도 이따금 미친 짓 하는 증세도 있었고 간혹 덕망도 잃고 판결을 잘못 하는 일이 있었다. 그런고로 이를 아는 사람은 다 그를 고집불통이라고 여겼다. 신연[1] 맞이에 하인들이 현신[2] 할 때였다.

"사령들 현신이오!"

"이방[3] 이오!"

---

1) 신연(新延): 지방 관아의 장교와 이속들이 새로 부임하는 감사, 목사, 수령을 그의 집으로 가서 맞아오던 일을 가리킨다.
2) 현신(現身): 하인이 상전(上典)에게 처음으로 보이는 것을 말한다.
3) 이방(吏房): 지방 관아 육방관속(六房官屬)의 우두머리.

"감상[4]이오!"

"수배[5] 요."

"이방 부르라!"

"이방입니다."

"그새 너희 고을에 일은 없었느냐?"

"네, 무고합니다."

"너희 골 관노가 삼남 지방에서 제일이라지?"

"예, 부릴 만합니다."

"또 네 고을에서는 춘향이란 계집이 매우 예쁘다지?"

"예."

"잘 있느냐?"

"무고합니다."

"남원이 여기서부터 몇 리인가?"

"육백삼십 리입니다."

변학도는 마음이 바빴다.

"급히 행차 준비를 하라."

신연에 참석한 하인들이 물러나와 말했다.

"우리 고을이 큰일났다!"

이때 신관 사또가 출행을 서둘러서 도임차 내려오는데 그 차림새가 볼만했다.

별연과 독교를 구름같이 우람하게 꾸미고, 좌우로 청장[6]을 떡 벌렸다. 좌우편에서 부축하는 급창[7]은 진한 물색 모시의 철릭[8]을 입고 흰

---

4) 감상(監床): 요리를 감독하는 하인.
5) 수배(首陪): 벼슬아치가 행차할 때 뒤를 따르는 후배사령의 우두머리.
6) 청장(青杖): 수령이 행차할 때 사령이 쥐는 의장의 한 가지.
7) 급창(及唱): 군아(軍衙)에 소속된 노복. 급장이.

비단 전대[9]의 고를 늘여 엇비슷이 둘러매고, 대모관자를 붙인 통영갓을 이마에 눌러 숙여 쓰고는 청장 줄을 겹쳐 잡은 모습이었다.

"에라, 물렀거라! 나가 있거라!"

혼금[10]이 지엄했다.

"좌우의 구종[11]은 긴 고삐 잡은 견마[12]를 따라오면서 뒷채잡이 힘쓰라!"

통인이 쌍채찍 들고 갓 쓰고 행차를 모시며 뒤를 따르니 수배, 감상, 공방, 신연의 이방이 의젓하게 줄을 지었다. 뇌자[13] 한 쌍, 사령 한 쌍은 큰 양산을 들고 걸어가 앞에서 모시며 대로변에서 갈라섰다. 백방수주[14]로 만든 양산의 복판에는 남수주藍水紬를 둘렀고, 주석 고리는 빛이 나서 번뜻번뜻했다. 일행이 호기롭게 내려오는데, 앞뒤로 혼금 소리가 청산에 울려퍼지고 말을 재촉하는 높은 소리에 흰구름이 무색할 정도였다.

일행은 전주에 도착하자 경기전[15] 객사에서 연명[16]하고 영문[17]에 잠

8) 철릭: 관복(官服) 가운데 하나로, 고려 중기부터 조선 말기까지 전쟁 등 비상시나 사냥·사신으로 나갈 때 임금 이하 하배(下輩)들까지 입었던 옷이다. 한자어로는 첩리(帖里, 帖裏, 貼裏), 천익(天益, 天翼, 千翼), 철익(綴翼, 裰翼) 등으로 표기한다.

9) 전대(戰帶): 조선시대 옛 군복 차림에서 전복(戰服) 위에 혹은 광대(廣帶) 위에 매던 띠. 천을 직사각형 바이어스로 마름질하여 나선형으로 박아 긴 자루형으로 만들어 비상식량을 넣기도 한다. 가슴에서 한 번 둘러매고 나머지는 앞으로 길게 늘인다.

10) 혼금(閽禁): 관가에 출입하거나 사또 행차의 열에 출입하는 것을 금함. 벽제(辟除)를 뜻한다.

11) 구종(驅從): 관원을 모시는 하인.

12) 견마(牽馬): 말고삐를 잡고 가는 사람. 견마꾼. 뒷채잡이는 말 약간 뒤에서 따라가면서 말에 탄 사람이 떨어지지 않게 주의하는 사람을 말한다.

13) 뇌자(牢子): 군뢰(軍牢). 죄인을 다스리는 병졸.

14) 백방수주(白紡水紬): 질이 좋은 흰 비단. 백방사(白紡絲)로 짠 수화주(水禾紬).

15) 경기전(慶基殿): 전라북도 전주시 풍남동(豊南洞)에 있는 조선시대 태조의 영정을 모신 집. 1410년(태종 10) 어용전(御容殿)이라는 이름으로 완산(完山)·계림(鷄林)·평양 등 세 곳에 창건하여 태조의 영정을 봉안했고, 1442년(세종 24) 그 소재지마다 이름을 달리하여 전주는 경기전, 경주는 집경전(集慶殿), 평양은 영흥전(永興殿)이라 했다.

16) 연명(延命): 감사나 수령이 부임할 때 궐패(闕牌) 앞에서 왕명을 전포(傳布)하는 의식, 또는 고을 원이 감사를 처음 가서 보는 의식을 말한다. 여기서는 앞의 뜻으로 쓰였다.

17) 영문(營門): 각 도에 설치되어 있는 관아에는 관찰사의 감영(監營), 병마절도사의 병영(兵

깐 다녀온 후 좁은 목[18]을 보란듯이 내달아 만마관[19] 노구爐口 바위를 넘어 임실[20]을 얼른 지나 오수[21]에 들러 점심을 먹고 그날로 도임해서 오리정[22]으로 들어갔다. 천총[23]이 부하들을 거느리고 왔고, 육방[24]의 하인들이 청도기를 앞세우고[25] 들어왔다.

청도기 한 쌍

홍문기 한 쌍

주작朱雀, 남동각南東角, 남서각南西角, 홍초紅綃, 남문藍紋 한 쌍

청룡靑龍, 동남각東南角, 서남각西南角, 남초 한 쌍

현무玄武, 북동각北東角 북서각, 흑초黑綃 홍문 한 쌍

등사[26] 순시[27] 한 쌍

營), 수군절도사의 수영(水營)을 통틀어 이르는 말. 여기서는 관찰사의 감영을 말한다.

18) 좁은 목: 전주 남오리(南五里)에 있는 지명. 좁은 산 목쟁이.

19) 만마관(萬馬關): 전주와 임실 사이에 있는 큰 고개.

20) 임실(任實): 전라도 좌도에 속하는 현. 옛 지명은 운수(雲水)이며, 갈담역(葛覃驛)이 속해 있었다.

21) 오수(獒樹): 전라북도 임실군 오수면 오수리에 있는 역. 오수라는 지명의 김개인(金盖仁)과 충직한 개의 이야기에서 붙였다고 한다. 김개인은 거령현(居寧縣) 사람인데 집에서 기르는 개를 몹시 사랑했다. 하루는 김개인이 출타하여 술에 취해 길가에서 잠이 들었는데 들불이 일어나 사방이 타들어오게 되자, 개가 내로 뛰어가 몸을 물에 적셔 와서는 김개인 주위의 불을 끄고 기진해 죽었다. 김개인이 일어나 그 사실을 알고 개의 봉분을 만들어 묻어주고 지팡이를 꽂아 표시를 했는데, 그 지팡이에서 잎이 나서 그것이 나무로 되었다고 한다.

22) 오리정(五里亭): 남원 동북쪽 5리에 있는 역정(驛亭)이다.

23) 천총(千摠): 군영(軍營)의 장신(將臣)을 제외한 지휘관인 장관(將官)의 하나. 장관은 중군(中軍)·별장(別將)·천총(千摠)·파총(把摠)·초관(哨官) 등을 말한다. 여기서는 영문의 장교를 가리킨다.

24) 육방(六房): 여기서는 각 지방 관하에 두었던 이방(吏房), 호방(戶房), 예방(禮房), 병방(兵房), 형방(刑房), 공방(工房)을 말한다.

25) 청도기를 앞세우고 원문은 '청도도(淸道導)'. 청도기(淸道旗)의 인도(引導)에 따르는 것을 말한다. 청도는 거동 때 길의 소제(掃除)를 행하는 것을 가리킨다.

26) 등사(螣蛇): 등사기(螣蛇旗). 황색 바탕에 하늘을 나는 뱀을 그린 깃발. 진영 한가운데에 세운다.

27) 순시(巡視): 순시기(巡視旗). 대장이 군중을 순시할 떼 세우는 깃발. '巡視'라고 쓰여 있다.

영기[28] 한 쌍

집사[29] 한 쌍

기패관[30] 한 쌍

군노 열두 쌍

좌우가 떠들썩했다.

행군하며 취타[31]하는 풍악소리는 성 동쪽에 진동하고, 삼현육각[32]
권마성[33]은 가까운 곳은 물론 멀리까지 낭자했다.

신관 사또는 광한루에 자리를 깔아 옷을 갈아입고 객사[34]에서 연명
하기 위해 남여[35]를 타고 들어갔다. 백성의 눈에 엄숙하게 보이려고 눈
을 별스럽게 굴리며 객사에 들어가서 동헌에 좌기[36]하고 도임상[37]을
받아 음식을 먹었다.

"행수 문안이오!"

행수 군관의 집례執禮를 받고 육방 관속의 현신을 받고서 사또는 분부
했다.

---

28) 영기(令旗): '令' 자가 쓰인 깃발. 군령을 전할 때 사용한다.
29) 집사(執事): 존엄한 자를 옆에서 모시며 집행하는 자.
30) 기패관(旗牌官): 각 군영에 소속된 장교. 하사관.
31) 취타(吹打): 군악. 각(角)과 라(螺)를 불고, 고(鼓)를 친다.
32) 삼현육각(三絃六角): 전통음악 악기 편성법의 하나. 춤의 반주 음악에 주로 쓰인다. 향피리
두 개, 대금, 해금, 장구, 북 등의 악기가 쓰인다.
33) 권마성(勸馬聲): 귀인의 행차에 교군(轎軍)들이 가마를 메고 가며 높은 소리로 길게 부르는
소리. 본래 말을 모는 구마종(驅馬從)이 쌍교(雙轎)나 독교(獨轎) 같은 말에 올린 가마를 몰고
가며 불렀다. 나중에는 교군들이 사인교(四人轎) 같은 가마를 메고 가며 권마성을 불렀다.
34) 객사(客舍): 남원의 객사는 용성관(龍城館)이다.
35) 남여(藍輿): 두 사람이 앞뒤를 각각 어깨에 메게 되어 있는 지붕이 없는 작은 가마. 대개 대
나무로 만들어 죽여(竹輿) 혹은 순여(筍輿)라고도 한다. 남녀를 메는 것을 담여(擔輿)라고 하는
데, 담여를 '남여'라는 뜻으로 쓰기도 했다.
36) 좌기(坐起): 업무를 처리하기 위해 좌정(坐定)함을 말한다.
37) 도임상(到任床): 지방관이 근무지에 도착했을 때 잘 차려 대접하는 음식상.

"수노38)를 불러 기생 점고39)를 하라."

호장40)이 분부를 듣고 기생 안책案冊 들여놓고는 차례로 호명했다. 낱낱이 글귀를 붙여 부르는 식이었다.

"동산에 비 온 뒤 명월이."

명월이가 들어오는데 비단치마 자락을 거듬거듬 걷어서 세류같이 가는 허리에 딱 붙이고 아장아장 들어왔다.

"점고 맞고, 나옵니다."

"'어부의 배로 강물 따라 봄 산 경치 즐기누나'41) 했는데 강 양편의 춘색이 이 아니냐, 도홍桃紅이."

도홍이가 들어오는데 붉은 치맛자락을 걷어안고 아장아장 조신한 걸음으로 들어왔다.

"점고 맞고, 나옵니다."

"'단산의 저 봉42)이 짝을 잃고 벽오동에 깃드니 산수의 신령이요, 날짐승의 정기라. 굶주려 죽을망정 좁쌀이야 먹을 것이냐.' 굳은 절개는 만수문萬壽門 앞에 채봉彩鳳이."

채봉이가 들어오는데 허리춤에 두른 비단치마 맵시 있게 걷어안고

---

38) 수노(首奴): 관아에 딸린 관노(官奴)의 우두머리로, 관노 중에 연륜이 가장 높아 사정에 밝은 사람이 맡았다.

39) 기생 점고(妓生點考): 점고는 안책 명부에 점을 찍어가면서 인원을 조사하는 것이다. 1844년(헌종 10) 한산거사(漢山居士)가 한글로만 지은 한양가에 보면, 전체 13문단 가운데 제11문단에 승전노름과 복식(服飾) 및 기생점고(妓生點考)와 가무(歌舞)가 나와 있다.

40) 호장(戶長): 향직(鄕職)의 우두머리. 고려 태조 때 지방에 세력을 펴고 있던 호족들을 포섭해 호장·부호장(副戶長)의 향직을 준 데서 시작되었다. 고려시대에는 토호적 존재로 상당한 세력을 가졌으나, 조선시대에는 중앙집권 체제의 발달로 수령 밑에 있는 아전 격으로 떨어졌다.

41) 어부의 배로~경치 즐기누나: 왕유의 「도원행桃源行」에 "어부의 배 물 따라 봄 산 경치 즐기나니, 양쪽 기슭 복사꽃이 나루를 끼고 피었어라(漁舟逐水愛山春, 兩岸桃花夾去津)"라고 했다.

42) 단산의 저 봉: 단산(丹山)은 봉이 난다는 지명이다. 흔히 봉황이라 하는데 봉은 암컷, 황은 수컷을 가리킨다. 여기서는 '봉'이라 했다. 봉황은 아무것이나 먹지 않고 죽실(竹實)만 먹는다고 하는 상상 속 새다. 일상에서는 닭을 봉황에 비유하는 일이 많다.

금련보[43]를 곱게 옮겨 아장아장 들어왔다.

　"점고 맞고, 좌부 기생이 진퇴[44]로 나옵니다.[45]"

　"'청정한 연은 절개를 굽히지 않는다'[46]는 연꽃에게 묻노라. 저 연화 같이 어여쁘고 고운 태도, 꽃 중의 군자[47] 연심이."

　연심이가 들어오는데 비단치마를 걷어안고 수놓은 비단버선을 끌면서 아장거리며 가만가만 들어왔다.

　"좌부 진퇴로[48] 나옵니다."

　"화씨 벽[49]같이 밝은 달이 푸른 바다에 잠겼으니, 형산의 백옥 명옥이."

　명옥이가 들어오는데 기하상[50]을 입은 채 고운 태도로 나와 행동거지도 진중하게 아장아장 걸어서 가만가만 들어왔다.

　"점고 맞고, 좌부 진퇴로 나옵니다."

<hr />

43) 금련보: 원문은 연보(蓮步)다. 중국 위진남북조시대 제나라 폐제(廢帝) 동혼후(東昏侯)가 금연꽃을 만들어 땅에 깔아놓고 애첩 반비(潘妃)로 하여금 걸어가게 했는데 사뿐대는 걸음걸이를 보고 걸음마다 연꽃이 피어난다 했다.『남사南史』「제기齊紀 하下 폐제동혼후廢帝東昏侯」.
44) 좌부 진퇴로: 좌부 기생이 진퇴로. 진퇴를 하며.
45) 좌부(座部) 기생이 진퇴로 나옵니다: 좌부는 관기(官妓)를 말한다. 조선시대 기생은 입부(立部)와 좌부로 나뉘었다. '진퇴'는 의식을 거행하는 자리에서 앞으로 나아갔다가 뒤로 물러났다가 하면서 자신을 알리는 것을 말한다.
46) 청정한 연은~바꾸지 않는다: 원문 '청정지연불개절(淸淨之蓮不改節)'은 칠언구를 이루었으나, 기존 시의 구절은 아닌 듯하다.
47) 꽃 중의 군자: 북송의 주돈이(周敦頤)가 「애련설愛蓮說」에서 "수륙에서 자라는 초목의 꽃 중에서 사랑스러운 것이 매우 많다(水陸草木之花, 可愛者甚蕃)"라고 하면서 연꽃을 '꽃 중의 군자(花中之君子)'라고 했다. 이 글은『고문진보』에 실려 있어 뭇사람이 숙지하고 있었다.
48) 좌부 진퇴로: 좌부 기생이 진퇴로. 진퇴를 하며.
49) 화씨 벽: 춘추시대 초나라 사람 변화(卞和)가 진귀한 옥돌을 형산(荊山)에서 얻어 초나라 왕에게 바쳤다가 임금을 속인다는 누명을 쓰고 억울하게 두 차례나 발이 잘려 통곡했는데, 나중에 가서야 겨우 왕에게 진가를 인정받고서 천하제일의 보배인 화씨 벽(和氏璧)을 만들었다는 고사가 전한다.『한비자』「화씨和氏」참조.
50) 기하상(芰荷裳): 기하의(芰荷衣). 마름잎과 연잎으로 만든 옷. 은자의 옷을 가리킨다. 이소에서 "마름잎과 연잎을 마름하여 웃옷을 만들고, 부용잎을 모아서 아래옷을 만드네(制芰荷以爲衣兮, 集芙蓉以爲裳)"라고 한 데서 유래한다. 앞에 나왔다.

"구름 맑고 바람 가벼운 한낮 가까운 때'51) 버들가지에서 훨훨 날아다니는 금빛 새,52) 앵앵이."

앵앵이가 들어오는데 붉은 치맛자락을 한껏 몸에 붙여 휘감아 세류같이 가녀린 가슴팍에 딱 붙이고 아장아장 걸어서 가만가만 들어왔다.

"점고 맞고, 좌부 진퇴로 나옵니다."

사또가 분부했다.

"빨리 부르라."

"예."

호장이 분부 듣고는 넉 자 화두로 불렀다.

"광한전 높은 집에 복숭아 바치던 고운 선비仙妃 계향이."

"예, 등대했소."

"'소나무 아래 저 동자야 묻노라'53) '선생 소식先生消息은 수첩청산數疊青山'의 운심이."

"예, 등대했소."

"월궁에 높이 올라 계화를 꺾는 애절折이."

"예, 등대했어요."

"'묻노니 술집이 어디에 있느뇨.'54) '목동이 멀리 가리키네牧童遙知'의 행

---

51) 구름 맑고~가까운 때: 북송 때 정호(程顥)가 호현(鄠縣)의 주부(主簿)로 있을 때 지은 「우연히 이루다偶成」의 한 구다. 정호의 시는 "구름 맑고 바람 가벼운 한낮 가까운 때, 꽃 끼고 버들 따라 앞 시내를 건너네. 사람들은 내 마음의 즐거움을 모르고, 틈만 나면 소년처럼 나다닌다 말하리(雲淡風輕近午天, 傍花隨柳過前川. 時人不識予心樂, 將謂偸閒學少年)"라고 했다.
52) 버들가지에서 훨훨~금빛 새: 원문은 '양유편금(楊柳片金)'인데, 꾀꼬리를 가리킨다.
53) 소나무 아래~동자야 묻노라: 당나라 가도(賈島)의 시 「심은자불우尋隱者不遇」에서 "소나무 아래서 동자에게 물으니, 스승이 약 캐러 가셨다 하네. 다만 이 산 안에 있으련만, 구름이 깊어 간 곳을 알 수 없구나(松下問童子 言師採藥去 只在此山中 雲深不知處)"라고 했다.
54) 묻노니 술집이 어드메 있느뇨: 두목의 시 「청명淸明」에 "묻노니 술집이 어드메 있느뇨, 목동이 멀리 살구꽃 핀 마을을 가리키네(借問酒家何處在, 牧童遙指杏花村)"에서 가져왔다.

화.”

“예, 등대했어요.”

“‘아미산에 반달이 뜬 가을’⁵⁵⁾ ‘달그림자는 평강강에 들어가네影入平光’의 강선降仙이.”

“예, 등대했소.”

“‘오동 복판’⁵⁶⁾ 거문고 타고 나니 탄금彈琴이.”

“예, 등대했어요.”

“‘팔월 부용은 군자의 모습이니’⁵⁷⁾ ‘못에 가득한 가을물滿塘秋水’ 홍연이.”

“예, 등대했소.”

“주홍 명주실로 꾸민 매듭을 차고 나니 금낭이.”

“예, 등대했어요.”

사또가 분부한다.

“한숨에 열두 서넛씩 부르라.”

호장은 분부를 듣고 빨리 불렀다.

“양대선, 월중선, 화중선이.”

---

55) 아미산에 반달이 뜬 가을: 이백의 「아미산월가峨眉山月歌」에 “아미산에 반달이 뜬 가을, 달그림자는 평강강 물에 비쳐 흐른다(峨眉山月半輪秋, 峨眉山月半輪秋)”라고 했다. 아미산은 중국 사천성 아미현(峨眉縣) 서남쪽에 있는 산이다. 이백을 신선 세계에서 벌받고 지상에 내려온 적선(謫仙)이라고 하는데, 적선은 강선(降仙)과 뜻이 같다.

56) 오동 복판(梧桐腹板): 초미금(焦尾琴) 고사를 의식한 말이다. 불에 ‘타다’와 거문고 ‘타다’를 엇걸은 표현이다. 후한의 채옹(蔡邕)이 오나라에 갔을 적에, 어떤 사람이 밥 짓는 부엌에서 오동나무 타는 소리를 듣고 그것이 좋은 나무라는 것을 알아채고는 타다 남은 나무를 얻어 명금(名琴)을 만들었는데, 꼬리 부분에 타다 남은 흔적이 있었으므로 당시 사람들이 초미금이라 불렀다고 한다. 『후한서』 권60상 「채옹열전蔡邕列傳」에 나온다.

57) 팔월 부용은 군자의 모습이니: 원문의 ‘팔월부용군자용(八月芙蓉君子容)’은 중국 한시에서 찾을 수 없다. 심청전 가운데 「화초가花草歌」에 “팔월 부용은 군자의 모습이요, 못에 가득한 가을 물에는 붉은 연꽃이로구나(八月芙蓉君子容, 滿塘秋水紅蓮花)”라고 했다. 부용은 연(蓮)으로, 주돈이(周敦頤)의 「애련설愛蓮說」에서 연꽃은 꽃 가운데 군자라고 했다.

"예, 등대했어요."
"금선이, 금옥이, 금연이."
"예, 등대했소."
"농옥이, 난옥이, 홍옥이."
"예, 등대했소."
"바람맞은 낙춘이."
"예, 등대 들어가오."

낙춘이가 들어오는데 잔뜩 맵시 있는 체하고 들어왔다. '맨얼굴 드러내다'는 말은 들어 알고 있어서 이마빡에서 시작하여 귀 뒤까지 파 제치고, '분으로 얼굴 단장하다'는 말도 들어 알고 있었는지 질 나쁜 분을 값 따지지 않고 석 냥 일곱 돈어치 사다가 성곽 겉에 흰 회를 칠하듯 분을 반죽하여 온 낯에다 맥질[58]하고 들어왔다. 또한 키는 사근내[59] 장승만 한 여자가 치맛자락을 높이 추켜다가 턱밑에 딱 붙이고 물이 괴어 있는 논의 고니 걸음으로 쩔뚝쩔뚝 껑충껑충 엉큼성큼 들어왔다.
점고 맞고, "나옵니다".

저마다 곱디고운 기생이 그 가운데 많았지만, 본래 춘향의 소문을 높이 들은 사또는 아무리 들어도 춘향의 이름이 없어 수노를 불러 물었다.
"기생 점고가 끝나도록 춘향을 안 불렀다. 춘향은 퇴기인가?"
수노가 대답했다.

---

58) 맥질: 매흙질. 벽이 겉면을 부드러운 흙으로 덮는 일.
59) 사근내(沙斤乃): 현재의 경기도 광주시 지역에 있었던 사근내원(沙斤乃院)을 가리키는 것으로 보인다. 『신증동국여지승람』 권6 「경기도 광주목廣州牧 역원驛院」 조(條)에 "사근내원은 주의 서쪽 오십 리에 있다(沙斤乃院, 在州西五十里)"라고 했다. 부근에 사근현(沙斤峴)이 있었다. 사근현은 수원시에서 서울 방향으로 의왕시와 경계 지점에 위치한다.

"춘향 모는 기생이지만 춘향은 기생이 아닙니다."

사또가 물었다.

"춘향이 기생이 아니라면 어찌 규중에 있는 아이 이름이 높이 뜨느냐?"

수노가 대답했다.

"본래 기생의 딸인데다 덕과 색이 뛰어나기에 권문세족 양반네와 일등 재사 한량, 부임해 내려오신 관리마다 한번 보겠다고 간청했지만, 춘향 모녀가 들어주지 않으므로 양반 상하는 물론이고 같은 무리에 속한다고 할 소인들도 십 년에 어쩌다 한 번 얼굴은 마주해도 말을 주고받는 일은 없었습니다. 그런데 하늘이 정해준 연분 때문인지 구관 사또 자제 이도령과 인생 백년을 같이 하자는 기약을 맺고는 이도령이 한양으로 가실 때 '장가든 후[60] 데려가마' 당부하여 춘향이도 그렇게 알고 수절하고 있습니다."

사또가 화를 냈다.

"이놈 무식한 상놈들, 어떠한 양반이 엄한 부친을 모시고 있는 처지에 장가들기 전 도령이 청루의 여성을 첩으로 삼아 같이 살자 하겠는가. 이놈, 다시 그런 말을 입 밖에 낸다면 죄를 면치 못하리라. 이미 내가 그 하나를 보려고 했거늘 그 하나를 못 보고 그만두겠느냐. 잔말 말고 불러오라."

---

60) 장가든 후: 원문은 '입장 후'인데, 입장은 '入丈'의 뜻인 듯하다. 입장(入場)이라고 하면 과거 시험장에 든다는 뜻이 된다. '入壯'으로 보고 장원급제하다는 뜻으로 풀이하기도 하지만 여기서는 취하지 않는다. 이도령이 장원급제를 예상하고 있다는 것은 무리다.

춘향이 대령

춘향을 부르라는 청령[1]이 내리자, 이방과 호방이 대답했다.

"춘향은 기생이 아닐 뿐 아니라 전임 사또 자제의 도련님과의 맹약이 중하고 나이는 같지 않지만 같은 양반으로서 갖추어야 할 도리가 있는데, 이도령과 맹약한 춘향이를 부르려 하시니 사또님 정체[2]가 손상될까 걱정됩니다."

사또가 크게 노했다.

"만일 춘향을 데려오는 시간을 지체하다가는 이방, 형방, 수형리의 공형[3] 이하 각 청 두목을 하나같이 도태시켜버릴 것이니, 어서 빨리 대령시키지 못할까?"

육방이 소란스러워지고 각 청 두목은 넋을 잃었다.

---

1) 청령(廳令): 관청의 명령. 수령의 명령.
2) 정체(政體): 벼슬살이하는 체후(體候). 벼슬 사는 체통(體統).
3) 공형(公兄): 삼공형(三公兄). 이방(吏房), 형방(刑房), 수형리(首刑吏)를 말한다.

"김번수[4]야, 이번수야, 이런 별일이 또 있느냐? 불쌍하구나, 춘향의 정절이 가련하게 되기 쉽다만, 사또 분부가 지엄하니 어서 가자, 바삐 가자."

사령과 관노가 뒤섞여 춘향 집 문 앞에 당도했다.

이때 춘향은 사령이 오는지 군노가 오는지 모르고 밤낮으로 이도령만 생각하며 울고 있었다. 미처 헤아리지 못한 환난을 당하려 하니 그 우는 소리가 어찌 화평할 수 있을 것인가! 게다가 독수공방해야 할 계집아이라서 목청은 청승이 끼어 자연히 애원하는 소리가 되었으니, 보고 듣는 사람의 심장인들 상하지 않을 수 있겠는가! 임 그리워 서러워하는 마음에 음식을 먹어도 달지 않아서 밥을 못 먹고, 잠자리에 누워도 자리가 불안하여 잠을 이루지 못하고 이도령을 그리워하다가 온몸에 아픔이 누적되어 살갗과 뼈가 죄다 서로 들러붙어 있었다. 춘향은 양기가 쇠진하여 진양조[5]의 울음을 터뜨렸다.

갈까보다 갈까보다. 임을 따라 갈까보다.

천리라도 갈까보다. 만리라도 갈까보다.

비바람도 쉬어 넘고, 날지니 수지니[6] 해동청 보라매[7]도 쉬어 넘는 고봉정상 동선령[8] 고개라도

---

4) 김번수(金番手): 김씨 성을 가진 번수. 번수는 번갈아가며 호위하는 사람.

5) 진양조: 민속악 장단 중 가장 느린 장단. 진양장단.

6) 날지니 수지니: 날지니는 길들이지 않은 매, 수지니는 길들인 매다. 수진을 '手陳'으로 표기하기도 한다.

7) 해동청 보라매: 해동청은 야생의 송골매, 보라매는 새끼 때부터 훈련시킨 송골매다. 해동청은 고려시대부터 우리나라 해주(海州)와 백령진(白翎鎭) 등에서 산출되어 꿩 사냥에 애용되었다. 이덕무(李德懋)는 『청장관전서靑莊館全書』에서 "매 중에서 가장 뛰어나고 털빛이 흰 것을 송골이라 하고 털빛이 푸른 것을 해동청이라 한다(鷹之最俊而白者曰松骨, 靑者曰海東靑)"라고 했다.

8) 동선령(洞仙嶺): 지금의 황해북도 봉산군(鳳山郡), 사리원시(沙里院市), 황주군(黃州郡)의 분기점에 놓여 있는 험준한 고개다. 옛날 신선이 내린 고개라 하여 '동선령'이라 했다 한다. 황해

임이 와 날 찾으면, 나는 신발 벗어 손에 들고 나는 아니 쉬어갈래.
한양에 계신 우리 낭군, 나와 같이 그리는가?
무정하여 아주 잊고 나의 사랑을 옮겨다가 다른 임을 사랑하는가?

이렇게 춘향이 한참 서럽게 울 때 사령들이 춘향의 슬픈 소리를 듣고
는 나무나 돌이 아닌 바에야 마음이 느끼지 않을 수 없었다. 육천 마디
의 사대[9] 삭신이 '낙수춘빙[10]'의 얼음 녹듯 탁 풀렸다.
　"도대체 이 아니 불쌍하냐? 이 아이와 외입한 자식들이 저런 여성을
추앙하지 못하면 사람도 아닐 것이다."
　이때 재촉하는 사령이 앞으로 나오면서 "이리 오너라!" 하고 외치는
소리에 춘향이 깜짝 놀라 문틈으로 내다보았다. 사령과 군노들이 온 것
이었다.
　"아차차, 잊었네. 오늘이 그 삼일점고[11]인가 뭔가 하더니 무슨 야단이
났나보다."
　춘향이 미닫이를 여닫으며 말했다.
　"허허, 번수님네 이리 오소, 이리 오소. 오시다니 뜻밖이네. 이번 신연
길에 노독이 쌓여 앓지나 않으셨나요? 사또의 정체政體는 어떠하신지요?
구관 댁에 가보셨나요? 도련님이 편지 한 장도 아니 하시던가요? 제가
지난날에는 양반을 모시느라 이목을 번거롭게 하지 않으려 했고 도련

<hr>

도와 평안도를 잇는 중요한 관문인 동시에 군사적 요새로 기능했다. 인근에 사인암(舍人巖)이
있어 사인암령이라고도 했다.
9) 사대(四大) ; 불교에서 사람의 몸을 이르는 말. 사람의 몸이 땅, 물, 불, 바람의 네 요소로 이
루어졌다고 보는 데서 연유했다.
10) 낙수춘빙: 당나라 저광희(儲光羲)의 「낙양 길에서 다섯 수를 지어 여사랑에게 바치다洛陽
道五首」 제1수의 첫 연에 "낙수에 봄 얼음이 열리고, 낙성에 봄물이 푸르다(洛水春冰開 , 洛城春
水綠)"라고 한 표현에서 따왔다.
11) 삼일점고(三日點考): 수령이 부임한 지 사흘째 되는 날에 모든 관속을 불러들여 검열하는
일을 말한다.

님 정체가 남달라서 모르는 체했지만 마음조차 없었겠어요? 어서 들어가시죠, 들어가시죠."

춘향이 김번수며 이번수며 여러 번수 손을 잡고 제 방에 앉히고서 향단을 불렀다.

"주안상 들여라."

일행을 취하도록 먹인 후에 춘향이 궤짝 문을 열고 돈 닷 냥을 내어 놓았다.

"여러 번수님, 가시다가 술이나 잡수고 가세요. 뒷일이 없게 해주시고요."

약주에 취한 사령들이 말했다. "돈이라니 당치도 않다. 우리가 돈 바라고 네게 왔겠느냐? 들여놓아라" 하고는 "김번수야, 네가 차라" 했다.

"그건 안 될 일이네. 그런데 동전닢 수는 맞느냐?"

김번수가 돈 받아 허리에 차고 흐늘흐늘 들어갈 때 행수 기생[12]이 앞으로 냉큼 나왔다. 행수 기생이 앞으로 나와 두 손뼉 딱딱 치며 말했다.

"여봐라 춘향아, 말 듣거라. 너만한 정절은 나도 있고 너만한 수절은 나도 있다. 왜 너만 유별난 정절이 있으며, 왜 너만 유별난 수절이 있느냐? 정절부인 아기씨, 수절부인 아기씨, 조그마한 너 하나로 말미암아 육방이 소동하고, 각 청 두목이 다 죽어난다. 어서 가자, 바삐 가자!"

춘향이 할 수 없이 수절하던 그 차림으로 대문 밖에 나섰다.

"형님, 형님, 행수 형님. 사람을 그리 괄시 마오. 그대라고 대대로 행수이며, 나라고 대대로 춘향인가. 사람이 살다가 한 번 죽으면 아무 일도 없는 것을, 한 번 죽지 두 번 죽나."

이리 비틀 저리 비틀 춘향이 동헌에 들어갔다.

"춘향이 대령했소."

12) 행수 기생(行首妓生): 관기의 우두머리 기생을 말한다.

사또가 보고는 크게 기뻐했다.

"춘향이가 틀림없구나. 대 위로 오르거라."

춘향이 상방[13]에 올라가 무릎을 모으고 단정히 앉아 있을 뿐이었다. 사또는 크게 반하고 말았다.

"책방에 가서 회계 나리[14] 보고 오라 하라."

잠시 후 회계 생원[15]이 상방에 들어왔다. 사또는 크게 기뻐했다.

"자네 보게. 저게 춘향일세."

"하, 매우 예쁘게 잘생겼습니다. 사또께서 한양에 계실 때부터 '춘향, 춘향' 하시더니, 한번 구경할 만합니다."

사또가 웃으며 "자네 중신[16] 하겠나?" 했다. 회계 생원은 한참 가만히 앉아 있다가 입을 열었다.

"사또께서 애당초에 춘향을 부르시지 말고 매파를 보내 보시는 게 옳은데, 일이 좀 경솔하게 되었습니다만 이미 춘향이를 불렀으니 혼사를 할 수밖에 없겠습니다."

사또가 크게 기뻐하며 춘향에게 분부했다.

"오늘부터 몸단장을 단정하게 하고 수청을 거행하라."

"사또님의 분부 듣고 황송하지만, 한 지아비만을 일생 섬기고자 하기에 분부를 시행하지 못하겠습니다."

사또가 칭찬했다.

"아름답고 아름다운 계집이구나. 네가 진정 열녀로다. 네 정절 굳은

---

13) 상방(上房): 관아의 우두머리가 있는 방.
14) 회계(會計) 나리: 지방 수령이 문서나 회계 따위를 맡기기 위해 데리고 다니는 사람이다. 『목민심서』「부임편赴任篇 치장治裝」에서는 '책객(冊客)'이라 했다.
15) 생원(生員): 본래는 조선시대 소과(小科)인 생원시에 합격한 사람을 가리킨다. 하지만 생원의 복시(覆試)에는 합격하지 못하고 초시(初試)에만 합격한 사람도 생원이라고 부르는 관습이 있었던 듯하다.
16) 중신: 남녀 서로 맺어지도록 중간에서 소개함. 중매의 우리말.

마음 어찌 그리 어여쁘냐! 당연한 말이다. 그러나 이李 수재秀才는 한양 사대부의 자제로 명문 귀족의 사위가 되었을 테니, 한때의 사랑으로 노류장화[17]로 여긴 너를 조금이라도 생각하겠느냐? 너는 본디 절개를 지키는 행실이 있으므로 평생 절개를 온전히 지키다가 고운 얼굴이 늙어가고 백발이 어지러이 드리우면 '무정한 세월이 물같이 흐른 것'[18]을 탄식하게 될 것이다. 그럴 때 불쌍하고 가련한 게 너 아니냐? 네 아무리 수절한들 너를 열녀로 표창해줄 사람이 어디 있느냐? 그런 일은 다 버려두고 네 고을 관장에게 매이는 것이 옳으냐, 아니면 동자 놈에게 매이는 것이 옳으냐? 어디 말 좀 해봐라."

춘향이 대답했다.

"충신은 두 임금을 섬기지 않으며, 열녀는 두 남편을 섬기지 않고 절개를 지킨다고 합니다.[19] 이런 절개를 본받고자 하는데, 거듭 분부가 이러하니 사는 것이 죽느니만 못합니다. 정절 있는 여자는 두 남편을 섬기지 못하니 처분대로 하소서."

이때 회계가 불쑥 나서며 말했다.

"여봐라! 요망하구나. '하루살이가 일생 천하를 작게 여기는 것'[20]과 꼭 같구나. 네가 여러 번 사양할 게 무엇이냐? 사또께서 너를 추앙하여 하시는 말씀인데 너 같은 창기 무리에게 수절이 무엇이며 정절이 무엇

---

17) 노류장화(路柳墻花): 길가의 버들과 담 밑의 꽃은 누구든지 쉽게 만지고 꺾을 수 있다는 뜻에서 기생을 이르는 말이다. 단, 중국 한문에는 이러한 표현이 없다.

18) 무정한 세월이~흐른 것: 흔히 주희(朱熹)의 「권학시勸學詩」라고 하는 무명씨의 시에 "당년에 배울 날이 많다고 하지 말라, 무정한 세월은 흐르는 물과 같다. 청춘에 시와 서와 예를 익히지 아니하고, 머리에 서리가 내린 후 한탄한들 어찌하리?(莫謂當年學日多, 無情歲月若流波. 靑春不習時書禮, 霜落頭邊恨奈何)"라고 했다.

19) 충신은 두 임금을~지킨다고 합니다: 원문은 "충불쑤이군(忠不事二君)이요 열불경이부(烈不更二夫)를"이다. 5언 2구의 대우를 사용했다.

20) 하루살이가 일생~여기는 것: 원문은 '부유(蜉蝣) 일싱(一生) 소쳔하(小天下)'로, 7언 1구를 만들어 표현했다.

이냐? 구관은 전송하고 신관을 영접함이 법전에 의거할 때 당연하고 사례에 비추어 당당한데, 괴이한 말 하지 마라! 너 같은 천한 기생 무리에게 '충렬' 두 글자가 어디 있느냐?"

그러자 춘향은 하도 기가 막혀 처연히 앉아 말했다.

"충효와 열녀에 상하 구분이 있습니까? 자세히 들으십시오. 기생 가운데 충효와 열녀가 없다 하지만, 기생 가운데 충효와 열녀를 낱낱이 아뢰겠습니다.

해서 기생 농선弄仙이는 동선령에서 죽었고
선천 기생은 아이거늘 칠거지악의 학문을 했으며[21]
진주 기생 논개는 우리나라 충렬로서 충렬문에 모셔놓고 두고두고 제사를 지내오고[22]
청주 기생 화월[23]이는 삼층각三層閣에 올라 있으며

---

21) 선천 기생은~학문을 했으며: 노진(盧禛)의 이야기다. 이희준(李羲俊)의 『계서야담溪西野談』에 「노옥계진盧玉溪禛」, 『청구야담靑邱野談』에 「노옥계선부봉가기盧玉溪宣府逢佳妓」, 이원명(李源明)의 『동야휘집東野彙集』에 「이암봉랑문등과尼菴逢郎問登科」로 실려 있다.

22) 진주 기생~제사를 지내오고: 논개(論介, ?~1593)의 성은 주씨(朱氏), 본관은 신안(新安)이다. 경상우도 병마절도사 최경회(崔慶會, 1532~1593)의 후처로, 임진왜란 때 최경회가 전사하자 일본군이 촉석루에서 벌이는 잔치에 참석해 일본군 장수 게야무라 후미스케(毛谷村文助)를 끌어안고 남강에 투신했다. 논개의 생가인 전라북도 장수군 장계면 대곡리 주촌 마을에 '촉석의기논개생장향수명비(矗石義妓論介生長鄕竪命碑)'가 있다. 촉석루 옆쪽에 있는 의기사(義妓祠)에는 논개의 영정이 걸려 있다. '충렬문'은 '의기사'의 오기인 듯하다.

23) 화월(花月): 해월(海月)의 오기인 듯하다. 해월은 청주 기생으로, 홍림(洪霖, 1685~1728)의 방기(房妓)였다. 홍림의 본관은 남양(南陽), 자는 춘경(春卿), 초명은 진(震)이다. 1727년(영조 3) 충청도 병마절도사 이봉상(李鳳祥)의 막료가 되었으며, 이인좌(李麟佐)의 난이 일어났을 때 자신이 절도사라 주장하다 죽었다. 사후에 호조 참판에 증직하고 정문(旌門)을 내렸으며, 청주 기생이 낳은 아들은 면천(免賤)하고 처에게는 늠료(廩料)를 하사했다. 박윤하(朴潤河)의 『청주무신분무록淸州戊申奮武錄』에 보면, 해월은 영조 4년 무신역변(戊申逆變)에 죽은 홍림의 방기로, 성은 김씨다. 홍림이 죽자 적에게 애걸하여 성하(城下)에 묻어달라고 했다. 『순조실록』을 보면 순조 14년(갑술, 1814년) 8월 24일(임오) 예조에서 청주의 무신년 이인좌의 난 때 충신인 증 참판 홍임의 방기 해월을 정려할 것을 청하니 윤허했다.

평양 기생 월선[24]이는 충렬문에 들어 있고

안동 기생 일지홍은 생열녀문 지은 후에 정경부인[25]에 가자加資되어 있으니,

기생에 대한 편견을 지녀 얕잡아보지 마십시오."[26]

춘향이 다시 사또에게 말했다.

"당초 이수재를 만나면서 태산 같고 서해같이 마음을 군혀 소첩의 변함없는 정절은 맹분[27] 같은 용맹으로 뺏어가지 못할 것이요, 소진과 장의[28]의 말재주인들 첩의 마음을 옮겨가지 못할 것이며, 공명 선생의 높은 재주로 동남풍을 빌었으되[29] 일편단심 소녀의 마음은 굴복시키지

---

24) 월선(月仙): 평양 기생 계월향(桂月香, ?~1592)을 가리키는 듯하다. 계월향은 임진왜란 때 의기(義妓)로, 다른 이름은 계선(桂仙)이다. 임진왜란 당시 왜장 고니시 유키나가(小西行長)가 평양을 점령했을 때 그 부장(副將) 중 용력이 뛰어난 자가 반하여 총애했는데, 김응서(金應瑞)와 밀통하여 그를 죽이고 함께 달아나다가 적진을 탈출할 수 없음을 깨달은 김응서의 칼에 찔려 죽었다. 훗날 조정에서 의기(義氣)를 가상히 여겨 평양 의열사(義烈祠)에 배향했다. 여기서 말하는 충렬문은 의열사의 오기인 듯하다.
25) 정경부인(貞敬夫人): 외명부(外命婦)의 종일품 품계다.
26) 편견을 지녀 얕잡아보지 마십시오: 원문은 '해폐(害蔽)'다. '폐'는 편견에 사로잡히는 것을 뜻한다.
27) 맹분(孟賁): 전국시대 제나라의 역사(力士)로, 매우 용맹하다는 명성이 있었다. 물속에서는 교룡(蛟龍)을 피하지 않았고 뭍에서는 호랑이를 피하지 않았다고 한다. 『천중기天中記』 권27에 나온다. 또 『맹자』 「공손추公孫丑 상」의 '호연장(浩然章)'을 보면, 공손추가 맹자를 맹분보다 뛰어나다고 칭찬하자, 맹자는 고자(告子)도 자기보다 먼저 부동심(不動心)의 경지에 올랐다고 한 말이 나온다.
28) 소진(蘇秦)과 장의(張儀): 전국시대의 변론가. 귀곡자(鬼谷子)의 제자들이었으나, 서로 상반되는 외교정책을 실천했다. 소진은 합종술(合縱術)을 주장해서 진(秦)나라를 막기 위해 산동(山東)의 여섯 나라가 힘을 합칠 것을 건의했고, 장의는 연횡술(連橫術)을 주장해서 여섯 나라를 설득해 진나라를 섬기게 하려고 했다.
29) 공명 선생의~동남풍을 빌었으되: 주유가 적벽대전을 앞두고 산 위에서 조조의 백만 대군을 바라보고 피를 토하며 쓰러지자, 제갈공명이 문병을 가서 "하늘의 바람과 구름은 헤아릴 수 없는 점이 있으니, 사람이 또 어떻게 짐작할 수 있으리오?(天有不測風雲, 人又豈能料乎)"라며 동남풍의 가능성을 언급하자, 주유가 안색이 변하며 신음소리를 내었다고 한다는 이야기가 『삼국지연의』에 나온다.

못할 것입니다. 기산의 허유는 요임금의 천하를 받지 않았고,[30] 서산의
백이와 숙제 두 사람은 주나라의 쌀을 먹지 않았으니,[31] 만일 허유가 없
었더라면 누가 세속을 초탈한 인사가 되려고 하겠습니까? 만일 백이와
숙제가 없었더라면 난신적자[32]가 많아졌을 것입니다. 첩이 비록 미천
해도 허유와 백이·숙제를 모르겠습니까? 사람의 첩이 되어 지아비를
배반하고 집안을 버림이, 벼슬하는 관장님들이 임금을 배반함과 같습니
다. 처분대로 하십시오."

---

30) 기산(箕山)의 허유(許由)는~받지 않았고: 기산은 중국 하남성(河南省) 등봉현(登封縣) 서남
쪽에 있는 산이다. 허유는 상고시대의 고사(高士)로서 요(堯)가 천하를 양보하려 하자 거절하
고 기산에 숨었으며, 그를 불러 구주(九州)의 장(長)으로 삼으려 하자 영수(穎水) 물가에 가서
귀를 씻었다 한다. 『장자』 「소요유逍遙遊」와 『사기』 「연세가燕世家」에 나온다. 원문은 '봇촉수
요지천'으로, 『맹자』 「등문공滕文公 하下」의 "도가 아니라면, 밥 한 그릇이라도 남에게서 받을
수 없지만, 만일 도에 맞는다면 순임금은 요임금의 천하를 받으면서도 지나치다고 여기지 않
는다(非其道, 則一簞食不可受於人. 如其道, 則舜受堯之天下, 不以爲泰)"를 기초로 '불수요지천(불수
요지천)'이라는 구절을 만든 것인데, 오기한 듯하다.
31) 서산(西山)의 백이와~먹지 않았으니: 백이와 숙제는 주(周)나라 무왕(武王)이 은나라를
정벌하자 수양산에 숨어 주나라 곡식을 먹지 않고 고사리를 캐먹다가 굶어죽었다. 『논어』 「미
자微子」에서 공자는 "그 뜻을 굽히지 않고 그 몸을 욕되게 하지 않은 사람은 백이와 숙제가 아
닌가!(不降其志, 不辱其身, 伯夷叔齊與)"라고 했다.
32) 난신적자(亂臣賊子): 본래는 임금과 신하, 아버지와 아들의 도리를 지키지 않는 사람을 가
리키는 말이었으나 나중에는 대개 나라를 어지럽히는 불충한 무리를 일컫는 말로 쓰였다. 「맹
자」 「등문공滕文公 하」에 "공자께서 춘추를 완성하자 난신적자가 두려워했다(孔子成春秋, 而亂
臣賊子懼)"라고 한 데서 나온 말이다.

십장가

사또는 크게 노하여 말했다.

"이년 들어라. 모반 대역하는 죄는 능지처참하고, 관장을 조롱하는 죄는 제서유위율[1]을 적용한다고 쓰여 있으며, 관장을 거역한 죄는 엄형에 처하고 정배[2] 보내게 되어 있느니라. 죽는다고 설워 마라."

춘향은 악을 쓰며 말했다.

"유부녀를 겁탈하는 것이 죄가 아니면 무엇이오?"

사또는 기가 막혔다. 어찌나 분하던지 문방제구를 놓는 작은 책상을 두드리기까지 했다. 이때 탕건은 벗어지고 상투 고가 탁 풀렸다. 첫마디

---

1) 제서유위율(制書有違律): 제서(制書)를 받들어 시행하는 데 위배됨이 있는 행위를 처벌하는 형률. 『대명률大明律』「이율吏律 공식公式」의 조항으로 황제의 명령인 제서를 어긴 데 대한 형률이다. 종래 '기시율(棄市律)'로 판독하고, '죄인의 시체를 저자에 버리던 형벌'이라고 풀이하기도 했으나 잘못이다.
2) 정배(定配): 죄인을 일정한 지역에만 거처하고 마음대로 이동하지 못하게 하는 형벌. 『육전조례六典條例』「형전刑典 율령律令」에 "제멋대로 상전을 배반한 경우에는 본역을 계속 부담하게 하고 절도에 정배한다(橫叛上典, 仍本役, 絶島定配)"라는 내용이 있다.

에 목이 쉬어 "이년을 잡아내려라!"라고 호령하니, 골방의 수청과 통인
이 "예" 하고 달려들어 춘향의 머리채를 주르르 끌어내렸다.

"급창!"

"예."

"이년 잡아내려라!"

춘향이 뿌리쳤다.

"놓아라."

춘향이 중계3)로 내려가자, 급창이 달려들며 소리를 높였다.

"요년 요년, 어쩌하신 존전이라고 대답을 그리하고도 살기를 바라려
느냐?"

춘향이 대뜰 아래로 내쳐지자, 맹호 같은 군뢰4)와 사령들이 벌떼같이
달려들어 감태5) 같은 춘향의 머리채를, 정정한 젊은이가 연 날리는 실
을 감듯, 뱃사공이 배의 닻줄을 감듯, 사월 초팔일 매다는 연등의 줄을
감듯, 휘휘친친 감아쥐고 동댕이쳐 엎어뜨렸다. 불쌍한 춘향 신세였다.
백옥 같던 고운 몸이 육 자6) 모양으로 엎어졌다.

좌우에 나졸들이 서서 능장, 곤장, 형장이며 주장7)을 집어들었다.

---

3) 중계(中階): 집의 기초가 되도록 한 층을 높게 쌓아올린 단.
4) 군뢰(軍牢): 군영(軍營)과 관아(官衙)에 소속되어 죄인을 다스리는 일을 맡았던 군졸이다. 이
들은 '군뢰복(軍牢服)'이라 하는 특유의 복장을 하고 주장(朱杖)이나 곤장 등을 들고서 죄인을
다스렸다.
5) 감태(甘苔): 김의 일종. 김은 해의(海衣) 또는 해태(海苔) 외에 감태 및 청태(靑苔)로도 불렸다.
6) 육 자: 원문의 '육자빅이'는 본래 남도 소리조로서 가락이 아름답고 가사는 정교한 시다. 콩
밭을 매는 아낙네, 김매는 농부, 나무꾼이 부르던 소박한 소리를 소리꾼이 가락과 가사를 다듬
었다고 한다. 여기서는 육자(六字) 모양이란 뜻으로 사용했다.
7) 능장(稜杖), 곤장(棍杖), 형장(刑杖)이며 주장(朱杖): 능장은 모가 난 몽둥이로 보통 세모가 나
있어서 삼릉장(三稜杖)이라고 한다. 곤장은 버드나무로 넓적하고 길게 만들어 죄인의 볼기를
치는 데 쓰는데, 크기에 따라 중곤(重棍)·대곤(大棍)·중곤(中棍)·소곤(小棍)·치도곤(治盜棍) 등 다
섯 종류가 있으며, 그 길이·너비·두께를 영조척에 의거하여 그 위에 새겼다. 형장은 장형에 사
용하는 몽둥이를 통틀어 하는 말인데, 여기서는 고신(拷訊)에 사용하는 신장(訊杖)을 가리키는
듯하다. 주장은 주릿대 따위로 쓰이는 붉은 칠을 한 몽둥이를 말한다.

"아뢰라! 형리[8]를 대령하라!"

"예."

"머리 숙여라!"

"형리요."

사또는 어찌나 분이 났던지 벌벌 떨며 기가 막혀 허푸허푸 하면서 말을 이었다.

"여봐라! 무슨 다짐[9]이 필요하겠느냐. 묻지도 말고 형틀에 올려 매고 골통을 부수고 물고장[10]을 올려라!"

춘향을 형틀에 올려 매고 옥쇄장[11]이 이것저것 준비했다. 형장이며 태장[12]이며 곤장이며 한아름 담쏙 안아다가 형틀 아래 좌르륵 부딪치는 소리에 춘향의 정신이 혼미했다. 장형을 집행하는 집장사령이 나섰다. 이놈도 잡고 능청능청, 저놈도 잡고서 능청능청, 등심 좋고 빳빳하고 잘 놀릴 수 있는 놈 골라잡고, 오른 어깨 드러내고 형장을 집고 사또의 영이 내리길 잔뜩 기다렸다. 이때 사또의 영이 내렸다.

"분부 받아라. 네가 사정 보아 살살 때려 허투루 치다가는 당장에 목을 자를 것이니 각별히 매우 쳐라."[13]

―――――――――

8) 형리(刑吏): 지방 관아의 형방(刑房)의 아전. 여기서는 공형(公兄), 즉 삼공형(三公兄)의 하나인 수형리(首刑吏)를 말한다.

9) 다짐(侤音): 죄인이 범죄 사실을 자백한 문서나, 또는 원고의 소장에 대한 피고의 답변이나, 그 답변에 대한 원고의 주장을 말한다. 여기서는 죄인의 자백 문서를 말한다.

10) 물고장(物故狀): 죄인 죽인 것을 보고하는 글.

11) 옥쇄장(獄鎖匠): 원문은 '사정(鎖匠)'이다. 옥쇄장을 말한다. 옥을 지키는 사령으로, 옥졸이라 불렸다.

12) 태장(笞杖): 볼기를 치는 대나무 형구. 양반의 부녀가 죄를 지어서 태장의 형벌을 가할 때는 홑옷을 몸에 걸치고 물볼기를 때렸는데, 이것을 단의결벌(單衣決罰)이라고 했다.

13) 분부 받아라~매우 쳐라: 형장은 태형과 장형으로 나뉘는데, 본래 법도가 있었다. 오십 대 이하는 태형이고 일백 대 이하는 장형이다. 본래 장형은 오직 추조(秋曹, 형조)에서만 행했지만, 지방에서는 그것을 끌어다가 작은 형장을 태라고 하고 큰 형장을 장이라고 했으며, 혹은 작은 것은 대소를 헤아려 오십 대 이하는 태형이라고 하고 육십 대 이상은 장형이라고 했다. 영조는 재위 33년(정축, 1757) 5월 19일(기유)에 태형과 장형의 법도를 엄히 지키라고 윤음을

집장사령이 사또에게 대답하고 춘향을 윽박질렀다.

"사또님의 분부가 지엄한데 저런 년에게 무슨 사사로운 뜻을 두겠습니까? 이년 다리를 까딱이지 마라! 만일 요동했다가는 뼈가 부러지리라."

집장사령이 호통하고 들어서서 검장[14]의 소리에 발맞추어 서면서 조심스럽게 춘향에게 말했다.

"한두 대만 견디소. 어쩔 수가 없네. 요 다리는 요리 틀고 저 다리는 저리 트소."

"매우 치거라!"

"에잇, 때리오."

딱 때리자, 부러진 형장개비가 푸르르 날아 공중에 잉잉 솟아 상방 대뜰 아래 떨어졌다. 춘향이 어떻게든 아픔을 참으려고 이를 부득 갈며 고개만 빙빙 두르면서 말했다.

"아이고, 이게 웬일이야!"

곤장과 태장을 칠 때는 사령이 서서 하나둘 세었다. 하지만 형장부터는 법에 의거하여 집행하는 장형이라 앞서와는 달랐다. 형리와 통인이 닭싸움하는 모양으로 마주 엎드려서, 하나 치면 하나 긋고, 둘 치면 둘 긋는 식이었다. 무식하고 돈 없는 놈이 술집 바람벽에 술값 긋듯 그어놓으니, 한 일 자를 포개놓는 형태가 되었다.

춘향이 절로 설움에 겨워 맞으면서 울음을 터뜨렸다.

"일편단심 굳은 마음은 일부종사의 뜻이니, 일개 형장을 친다고 일 년도 못 가서 잠시라도 마음이 변하겠습니까?"

내려 추조 외에 지방 고을에서는 단지 태형 50대로 제한하고 다시는 장형을 일컫지 말도록 하라고 명했다. 하지만 지방에서는 이 윤음을 지키지 않은 듯하다.
14) 검장(檢杖): 형장을 치는 것을 점검하고, 형장 집행의 수를 소리 내어 세는 역할을 하는 사령을 말하는 듯하다.

이때 남원부 한량이며 남녀노소 할 것 없이 모두 모여 구경을 했다. 좌우의 한량이 말했다.

"모질구나, 모질구나. 우리 고을 원님이 모질구나! 저런 형벌이 또 있으며, 저런 매질이 또 있을까? 집장사령을 눈에 익혀두어라. 삼문 밖에 나오면 급살[15]을 주리라."

보고 듣던 사람은 모두 눈물을 흘렸다.

두번째 매를 딱 쳤다.

"이부절[16]을 압니다만 이부를 바꾸지 않는 이내 마음이 매 맞고 영영 죽어도 이도령은 못 잊겠소."

세번째 매를 딱 쳤다.

"삼종지례[17] 중한 법과 삼강오륜 알았으니 세 차례 매를 맞으며 신문을 받고 정배를 갈지라도 삼청동에 계시는 우리 낭군 이도령을 못 잊겠소."

네번째 매를 딱 쳤다.

"사대부 사또님은 사민공사四民公事는 살피지 않고 위력공사威力公事에만 힘쓰니 사십팔 방[18] 남원 백성의 원망을 모르시오. 사지를 가른대도 사생동거死生同居 우리 낭군 살아서나 죽어서나 못 잊겠소."

다섯번째 매를 딱 쳤다.

"오륜 윤리를 끊지 않고 부부유별의 오행[19]으로 맺은 연분을 올올이

---

15) 급살(急殺): 횡사하게 함. 때려죽임.
16) 이부절(二夫節): 열녀불경이부(烈女不更二夫)의 절개.
17) 삼종지례(三從之禮): 여자가 지켜야 할 세 가지 법도.『의례儀禮』「상복喪服」에 "부인에게는 삼종의 의리가 있고 전용(專用)의 도(道)는 없다. 그러므로 시집을 가기 전에는 아버지를 따르고, 시집을 간 뒤에는 남편을 따르고, 남편이 죽은 뒤에는 아들을 따른다"라고 했다.
18) 사십팔 방(四十八坊): 당시 남원에는 마흔여덟 개의 방(坊)이 있었다고 추정된다. 방은 오늘날의 동(洞)에 해당한다.
19) 오행(五行): 여기서는 오륜(五倫)을 가리킨다. 오륜 가운데 '부부유별'이 있기에 한 말이다.

찢어낸들 오매불망 우리 낭군 온전히 생각나네. 오동추야[20] 밝은 달은 임 계신 데 보련마는 오늘이나 편지 올까 내일이나 기별 올까. 무죄한 이내 몸이 죄악을 저질러 죽을 리 없으니 오결 죄수[21] 마옵소서. 아이고 아이고, 내 신세야."

여섯번째 매를 딱 쳤다.

"육육은 삼십육으로 낱낱이 고찰하여 육만 번 죽인데도 육천 마디 얽힌 사랑 맺힌 마음 변할 수 없소."

일곱번째 매를 딱 쳤다.

"칠거지악 범했소? 칠거지악이 아니거든 형문 일곱 번 웬일이오? 칠척 검 잘 드는 칼로 동강동강 잘라내서 이제 서둘러 죽여주오. 처라 하는 저 형방아, 칠ㄴ 때마다 살피지 마시오. 칠보홍안[22] 나 죽겠네."

여덟번째 매를 딱 쳤다.

"팔자 좋은 춘향 몸이 팔도 방백 수령 중에 제일 명관 만났구나. 팔도 방백 수령님네 백성을 다스리러 내려왔지 모진 형벌을 주러 내려왔나?"

아홉번째 매를 딱 쳤다.

"구곡간장 굽이 썩어 이내 눈물 구년지수[23] 되겠구나. 구고[25] 청산의

---

20) 오동추야(梧桐秋夜): 오동잎 떨어지는 가을밤. 19세기에 오동동타령이 유행했다. 아전 출신 문인 유한집(兪漢緝)이 교방의 곡을 한시로 번역한 「오동추야梧桐秋夜」가 남아 있다.
21) 오결 죄수(誤決罪囚): 죄수를 잘못 판결함.
22) 칠보홍안(七寶紅顏): 칠보처럼 귀하고 붉은 얼굴. 불교에서 칠보는 전륜성왕(轉輪聖王)이 가지고 있다는 윤보(輪寶), 상보(象寶), 마보(馬寶), 주보(珠寶), 여보(女寶), 거사보(居士寶), 주병신보(主兵臣寶) 등을 가리키거나, 금·은·유리(瑠璃), 검푸른 보옥·파려(玻瓈), 수정·차거(硨磲, 백산호)·적주(赤珠, 적진주)·마노(碼碯, 짙은 녹색의 보옥) 등을 가리킨다.
23) 구년지수(九年之水): 구 년 동안의 홍수. 조선 후기에 널리 읽힌 『사략』 권1의 「제요도당씨帝堯陶唐氏」에 "요임금이 즉위한 72년에 구 년의 홍수가 나서 곤(鯀)을 시켜 다스리게 했는데, 구 년 동안 공적이 없었다(堯立七十二年. 有九年之水, 使鯀治之, 九載弗績)"라고 했다. 본래 『서경』 「요전堯典」에 "요임금이 말하기를, '아, 사악아. 넘실대는 홍수가 한창 피해를 끼쳐 거침없이 산을 감싸고 언덕을 넘어 도도하게 하늘까지 넘실댄다. 백성이 한탄하고 있으니, 능히 다스릴 만한 자가 있으면 다스리게 하리라'라고 하자, 모두들 '아, 곤입니다'라고 했다. 요임금이 '아, 그렇지 않다. 그는 명을 거역하며 족류들을 무너뜨릴 것이다'라고 하니, 사악이 '흡족하지 않

146

장송을 베어 경강선[24]을 만들어 타고 한양성으로 급히 가서 구중궁궐 성상 전에 구구한 억울한 사정을 아뢰고 구중 뜰에서 물러나 삼청동을 찾아가서 굽이굽이 반가이 만나 우리 사랑 맺힌 마음을 마음껏 풀련마는."

열번째 매를 딱 쳤다.

"십생구사[26]할지라도 팔십 년 정한 뜻을 십만 번 죽인대도 바꿀 가망 없으니 어찌할 수 없으리라. 십육 세 어린 춘향, 곤장 아래 원통한 귀신 되니 가련하고 가련하오."

열 대 치고 짐작해서 그 정도에 그치리라 여겼는데, 열다섯번째 매를 딱 쳤다.

"십오야[27] 밝은 달은 띠구름에 묻혀 있고, 한양 계신 우리 낭군 삼청동에 묻혀 있으니 달아 달아, 임 보느냐? 임 계신 곳 나는 어찌 못 보는고."

스무 대 치고 짐작해서 그 정도에 그치리라 여겼는데, 스물다섯번째 매를 딱 쳤다.

"이십오현을 한밤 달 아래 타니[28] 맑은 원한을 이기지 못하겠구나.[30]

더라도 시험해보고 나서 그만두소서'라고 하기에, 요임금이 곤에게 '가서 공경히 수행하라'라고 했는데, 구 년 동안에 공적이 이루어지지 않았다(帝曰: 咨四岳, 湯湯洪水方割, 蕩蕩懷山襄陵, 浩浩滔天, 下民其咨, 有能俾乂. 僉曰: 於鯀哉! 帝曰: 吁咈哉! 方命圮族. 岳曰: 异哉! 試可乃已. 帝曰: 往欽哉. 九載, 績用弗成)"라고 했다.

24) 구고(九皐): 수택(水澤)의 깊은 곳을 말한다. 『시경』 「소아小雅 학명鶴鳴」 시에 이르기를, "학이 구고에서 울어 소리가 하늘에까지 들린다(鶴鳴于九皐, 聲聞于天)"라고 했다. 혹은 구곡(九曲)의 오기일 수 있다. '구곡'은 산림 속을 흐르는 물줄기 가운데 경치가 아름다운 아홉 굽이를 말한다.

25) 경강선(京江船): 지방에서 세납미를 싣고 한양 주위 경강으로 들어오는 조운선(漕運船)을 말한다.

26) 십생구사(十生九死): 열 번 살아 아홉 번 죽는다는 뜻이되, 필경 죽는다는 의미를 나타낸다.

27) 십오야(十五夜): 음력 팔월 십오일 보름밤.

28) 이십오현을 한밤~아래 타니: 당나라 전기(錢起)가 지은 시 「북쪽으로 돌아가는 기러기歸雁」에 "소상강으로 어떤 일로 등한히 돌아오는가, 물은 파랗고 사장은 환하며 양 기슭에는 이끼가 끼었도다. 달밤에 이십오현 슬을 타니, 맑은 원한을 이기지 못하여 날아오도다(瀟湘何事等閒回, 水碧沙明兩岸苔. 二十五絃彈夜月, 不勝清怨却飛來)"라고 나온다. 이 시는 『당시기사唐詩紀事』 권30 「칠언당음七言唐音」에 들어 있다. 이십오현은 슬(瑟)이라는 현악기의 일종이다. 『사

저 기러기, 너 가는 데 어디메냐. 가는 길에 한양성 찾아들어 삼청동 우리 임께 내 말 부디 전해다오. 나의 모습을 자세히 보고 부디부디 잊지 마라."

춘향은 삼십삼천[30]으로 올라가 어리석은 마음을 옥황상제 앞에 아뢰고 싶은 심정이었다.

옥 같은 춘향 몸에서 솟는 것은 유혈이요, 흐르는 것은 눈물이었다. 두 눈의 피눈물이 한데 흘러, 무릉도원에서부터 붉은 복사꽃 잎이 떠서 흘러내려오는 물[31]과 같았다.

춘향은 점점 악을 쓰며 말했다.

"소녀를 이렇게 하지 말고 죽여 시신을 갈가리 찢어버리고 마구 때려 죽여주면, 나중에 원조[32]라는 새가 되어 초혼조[33]와 함께 울어 적막공산 달 밝은 밤에 우리 이도련님 잠든 후 꿈을 깨게 했으면 하건만."

기』권28 「봉선서封禪書」에 "태제가 소녀를 시켜서 오십현 슬을 타게 했는데, 곡조가 슬프자, 태제가 금지했으나 중지시키지 못하자, 슬을 파괴해 이십오현으로 만들었다(太帝使素女鼓五十弦瑟, 悲, 帝禁不止, 故破其瑟爲二十五弦)"라고 나온다.
29) 맑은 원한을 이기지 못하겠구나: 위에 든 전기의 시 「북쪽으로 돌아가는 기러기」에 나온다.
30) 삼십삼천(三十三天): 불가에서 말하는 욕계(欲界) 육천(六天)의 제2천인 도리천(忉利天)을 가리킨다. '삼천(三天)'이라고 줄여서 말하기도 한다. 불교에서 말하는 수미산(須彌山)은 높이가 팔만사천 유순(由旬)이나 되며, 그 산 꼭대기에 삼십삼천성(三十三天城)이 있으며, 한복판에는 제석천(帝釋天)이 있고, 사방에 팔 천씩 삼십이 천이 있다고 한다.
31) 무릉도원에서부터 붉은~흘러내려오는 물: 칠언 1구의 '무릉도원홍유수(武陵桃源紅流水)'다. 도연명(陶淵明)의 「도화원기桃花源記」를 기초로 하고, 이백의 시 「산중답인山中答人」의 "복사꽃 그림자 잠긴 물이 아득히 흘러가니, 새로운 세계가 있어 인간 세상이 아니로세(桃花流水杳然去, 別有天地非人間)"라는 구절을 이용한 것이다.
32) 원조(怨鳥): 두견, 두견이. 촉혼(蜀魂), 망제혼(望帝魂), 토혈조(吐血鳥). 옛날 촉(蜀)나라의 망제(望帝) 두우(杜宇)가 제위를 선양하고는 통한에 죽었는데, 넋이 두견으로 화하여 늦은 봄에서 초여름 무렵이면 항상 밤낮으로 애절하게 울어 피를 토하고서야 그쳤다고 한다. 『화양국지華陽國志』「촉지蜀志」에 나온다. 두견새는 일명 '귀촉도(歸蜀道)'라고 불리기도 한다.
33) 초혼조(招魂鳥): 죽은 사람의 혼령을 부르는 새라는 뜻으로, '두견'을 달리 이르는 말.

춘향이 더 말을 못 하고 기절했다. 형방과 통인이 엎드려서 매 때리는 수를 적는 장부책에 형장 수를 적다가 고개를 들어 눈물 씻고, 매질하던 사령도 눈물 씻고 돌아서며 "사람의 자식으로 이 짓은 못 하겠네!"라고 중얼거렸다. 좌우의 구경하는 사람과 거행하는 관속이 모두 눈물을 훔 치고 돌아서며 "춘향이 매맞는 거동은 사람 자식으로서는 못 보겠다. 모 질도다, 모질도다. 춘향의 정절이 모질도다. 하늘이 낸 열녀로다!" 했다. 남녀노소 할 것 없이 죄다 눈물을 흘리며 돌아섰다. 사또 역시 마음이 편하지 않았다.

"네 이년! 관청 뜰에서 발악하면서 맞으면 좋을 게 무엇이냐? 앞으로 또 관원에게 거역하겠는가?"

반은 살았으나 반은 죽은 춘향이 점점 더 악을 쓰면서 말했다.

"이보시오 사또, 들으십시오. 죽기로 한 마음을 어찌 그리 모르시오. 계집이 품은 원한은 오뉴월에도 서리를 치게 합니다.[34] 원통한 혼이 하 늘로 다니다가 우리 나라님 좌정하신 곳에 이 억울한 사정을 아뢰면, 사 또인들 무사하겠소? 덕분에 죽여주오."

사또는 기가 막혀 "허허, 말 못 할 년이로구나. 큰칼 씌워 옥에 가두어 라" 했다. 큰칼 씌워 인봉[35]한 춘향을 옥쇄장이 등에 업고 삼문 밖을 나 왔다. 기생들이 나오며 "아이고 서울 집[36]아, 정신 차리게. 아이고 불쌍 하여라" 하며 춘향의 사지를 주물러주고 약을 갈아들이며 서로 마주보 고 눈물을 떨구었다. 이때 키 크고 속없는 낙춘이가 들어오며 "얼씨구절

---

34) 계집이 품은~치게 합니다: 전국시대 제나라 추연(鄒衍)이 연나라에서 무함을 받고 하옥되 어 하늘을 우러러 억울함을 호소하며 통곡을 하니, 5월에 하늘에서 서리가 내렸다는 고사가 전 하는데, 여기에서 유래하여 오월비상(五月飛霜)이라든가 유월비상(六月飛霜)이라든가 하는 표현 이 원옥(冤獄)을 비유하는 말로 쓰이게 되었다. 『후한서』 권57 「유유열전劉瑜列傳」에 나온다.
35) 인봉(印封): 도장 찍은 종이로 봉함. 인봉가수(印封枷囚)라고 하면 중죄인의 목에 큰칼을 씌 우고 도장 찍은 종이로 봉하는 것을 말한다.
36) 서울 집: 시집간 여성에 대하여 그 여성의 시댁이 있는 곳을 가리켜 부르는데, 춘향이가 서울(한양) 삼청동 이도령과 백년가약을 했으므로 춘향이를 이른 말이다.

시구 좋을시구, 우리 남원도 현판[37] 감이 생겼구나" 하고는 왈칵 달려들었다. "아이고, 서울 집아 불쌍하여라."

이렇게 야단스러울 때 춘향의 모가 이 말 듣고 정신없이 들어오더니 춘향의 목을 안고 울음을 터뜨렸다.

"아이고, 이게 웬일이냐? 죄는 무슨 죄며, 매는 무슨 매냐! 장청[38]의 집사님네, 질청[39]의 이방님, 내 딸이 무슨 죄요? 장군방[40]의 두목들아, 집장하던 쇄장鎖匠이도 무슨 원한 맺혔더냐? 아이고 아이고, 내 신세야.

나이 칠십 늙은 것이 의지할 데 없어졌구나. 무남독녀 내 딸 춘향을 규중에서 은근히 길러내니, 춘향이 밤낮으로 서책만 앞에 놓고 「내칙편」[41] 공부를 일삼으며 날 보고 하는 말이 '마오, 마오, 서러워 마오. 아들 없다고 서러워 마오. 외손봉사[42]를 못 하겠습니까?' 했으니, 곽거[43]나 맹종[44]인들 어미에게 지극한 정성이 내 딸보다 더하겠는가? 자식 사랑

---

37) 현판(懸板): 정표(旌表)를 말한다. 여기서는 열녀를 국가에서 표창하기 위해 세워주는 정려(旌閭)의 현판을 뜻한다.

38) 장청(將廳): 지방 각 군아나 감영에 딸린 장교가 집무하는 곳.

39) 질청(秩廳): 아전들이 모여 사무를 보는 곳.

40) 장군방(將軍房): 장청(將廳)과 같다.

41) 「내칙편內則篇」: 『예기』의 한 편명(篇名)인데 여자의 행실에 관한 교훈이 실려 있다. 가내법규(家內法規), 규문의칙(閨門儀則), 부모구고(父母舅姑) 섬기는 법 등을 서술했다.

42) 외손봉사(外孫奉仕): 친자손이 없어서 외손이 제사를 받드는 일을 말한다.

43) 곽거(郭巨): 24효(孝) 중 한 사람이다. 후한 때 사람이라고도 하고 진(晉)나라 때 사람이라고도 한다. 곽거 부부는 품팔이로 노모를 봉양했는데, 노모가 늘 자기 밥을 덜어 세 살 된 손자를 먹이자, 아내에게 "어버이 봉양을 제대로 할 수 없으니 저 아이를 묻읍시다. 자식은 다시 얻을 수 있지만 어머니는 다시 얻을 수 없소"라고 했다. 부부가 함께 아이를 안고 가서 묻으려고 땅을 팠을 때 갑자기 황금이 가득한 가마솥이 나타났는데, 그 솥 위에는 "하늘이 효자 곽거에게 내린 것이니 관청에서도 빼앗을 수 없고 다른 사람도 가질 수 없다(天賜孝子郭巨, 官不得奪, 人不得取)"라고 쓰여 있었다고 한다. 『수신기搜神記』 권11에 실려 있다. 『태평어람太平御覽』 『사문유취事文類聚』 『운부군옥韻府群玉』 『명심보감明心寶鑑』 『삼강행실도三綱行實圖』에도 전한다.

44) 맹종(孟宗): 삼국시대 오나라의 효자. 한겨울에 어머니가 즐기는 죽순을 구하러 대숲에 들어갔다가 죽순이 없음을 슬피 울며 탄식하자, 갑자기 눈 속에서 죽순이 나왔다는 고사가 있다. 『삼국지』 권48 「손호전孫皓傳」의 배송지(裴松之) 주(注)에 나오고, 『소학』에 전재되어 널리 알려져 있었다.

하는 법이 상중하 신분과 덕행 따라 다르겠는가? 이내 마음을 둘 데 없네. 가슴에 불이 붙어 한숨이 연기가 되어 새어나오는구나. 김번수야, 이번수야, 윗분 영이 지엄하다고 이다지도 몹시 매를 쳤단 말이냐. 아이고 내 딸 형장 맞은 곳 보소. 빙설 같던 두 다리에 연지 같은 피가 비쳤구나. 명문가 규중에 거처하는 눈먼 딸이라도 되길 바랐건만 왜 못생긴 기생 월매의 딸이 되어 이 모양이 웬일이냐! 춘향아 정신 차려라. 아이고 아이고, 내 신세야" 하고는 "향단아, 삼문 밖에 가서 삯꾼 둘만 사오너라. 한양에 쌍급주[45]를 보내야겠다."

모친이 쌍급주를 보내려 한다는 말을 춘향이 들었다.

"어머니, 그만두세요. 그게 무슨 말씀이어요. 만일 도련님이 한양 올라가는 급주를 보시면, 층층이 어른들을 모시고 있는 처지에 어찌할 줄 모르고 심사가 울적해져 병이 되면 그 또한 절개를 훼손하는 것 아니겠어요? 그런 말씀 마시고 옥으로 가시지요."

춘향이 옥쇄장의 등에 업혀 옥으로 들어갈 때, 향단이 칼머리 들고 가고 춘향 모는 그 뒤를 따랐다. 일행이 옥 문간에 도착했다.

"옥형방,[46] 문을 여시오."

옥형방도 잠들었던가?

---

45) 쌍급주(雙急走): 급한 사정을 알리기 위하여 두 사람에게 삯을 주고 구하여 달리게 하여 전달하는 것을 말한다.
46) 옥형방(獄刑房): 옥에 가두는 소송 관계를 맡아보던 구실아치.

황릉묘의 꿈

춘향이 옥중에 들어가서 옥방 모양을 살펴보았다. 부서진 죽창 틀에 바람이 화살 쏘듯 불었다. 벽은 허물어졌고 자리는 헐었는데, 벼룩과 빈대는 온몸에 달라붙었다.

이때 춘향이 옥방에서 장탄가長嘆歌 곡조로 슬픈 노래를 부르며 울음을 터뜨렸다.

이내 죄가 무슨 죄냐
나라 곳간 쌀 훔친 것도 아니거든 엄한 형벌 무거운 형장이 무슨 일인가.
사람 죽인 죄인 아니거든 목에 큰칼과 다리에 차꼬는 웬일이며
반역죄도 강상죄도 아니거든 사지를 결박함이 웬일이며,
음양에 관계된 간통죄가 아니거든 이 형벌이 웬일인고.
삼강수는 벼룻물 삼고, 청천은 종이 한 장 삼아[1]
내 설움을 원정[2] 지어 옥황님께 올리고자

낭군 그려 가슴 답답, 불이 붙네.

한숨이 바람 되어 붙는 불을 더 부치니

속절없이 나 죽겠네.

홀로 선 저 국화는 높은 절개 거룩하다.

눈 속 푸른 솔은 천고 절개 지켰구나.

푸른 솔은 나와 같고, 누런 국화 낭군 같길.

슬픈 생각 뿌리느니 눈물이요, 적시느니 한숨이라

한숨은 청풍 삼고, 눈물은 세우 삼아

청풍이 세우를 몰아다가 불거니 뿌리거니

임의 잠을 깨웠으면.

견우성 직녀성은 칠석 상봉 하올 적에

은하수에 막혔어도 시기 놓친 일 없었건만

우리 낭군 계신 곳엔 무슨 물이 막혔는지

소식조차 못 듣는고.

살아 이리 그리느니 아주 죽어 잊고파라.

차라리 이 몸 죽어 빈산의 두견이 되어

이화월백 삼경야³⁾에 슬피 울어

1) 삼강수는 벼룻물~한 장 삼아: 삼강수는 삼상(三湘)으로, 중국 호남성의 상향(湘鄕), 상담(湘潭), 상음(湘陰)을 합한 말로 상강(湘江) 유역과 동정호 일대를 가리킨다. 이백이 지었다는 「오로봉시五老峯詩」에 "오로봉 봉우리를 붓으로 삼고, 삼상 강물을 벼루 못 삼아, 맑고 푸른 저 하늘 한 장 종이에, 내 뱃속의 시를 베껴보련다(五老峯爲筆, 三湘作硯池, 靑天一張紙, 寫我腹中詩)"라고 한 표현을 가져온 것이다. 오로봉은 중국 강서성 성자현(星子縣)에 있는 여산(廬山)의 봉우리다. 이백의 이 시는 『이태백문집李太白文集』에는 없다. 하지만 조선에서는 이익(李瀷), 이덕무(李德懋), 권연하(權璉夏)가 모두 이백의 시로 여긴 듯하고, 1928년 지송욱(池松旭) 편찬 간행의 『척독대방尺牘大方』에 이백의 작품으로 되어 있다.

2) 원정(原情): 죄인·가족·노비 등이 관에 제출하는 진정서나, 사인(私人)이 억울한 사정을 호소하고자 임금에게 올리는 문서. 여기서는 후자의 뜻으로 사용했다.

3) 이화월백(梨花月白) 삼경야(三更夜): 칠언 1구로 구성했다. 고려 말 이조년(李兆年)의 시조「다정가多情歌」에 "이화(梨花)에 월백(月白)하고 은한(銀漢)이 삼경(三更)인 제, 일지춘심(一枝春心)을 자규(子規)야 알랴마는, 다정(多情)도 병(病)인 양하여 잠 못 들어 하노라"라고 했다.

낭군 귀에 들리고자

청강의 원앙 되어 짝을 불러 다니면서

다정함과 유정함을 임의 눈에 보이고자

삼춘에 호접 되어 향기 묻은 두 나래로

춘광을 자랑하여 낭군 옷에 붙고파라.

청천의 명월 되어 밤이 되면 돋아 올라

명명하게 밝은 빛을 임 얼굴에 비치고자

이내 간장 썩는 피로 임의 초상 그려내어

방문 앞에 족자 삼아 걸어두고 들며 나며 보고파라.

수절 정절 절대가인 참혹하게 되었구나.

문채 좋은 형산백옥[4] 진토 속에 묻힌 듯

향기로운 상산초[5]가 잡풀 속에 섞인 듯

오동 속에 놀던 봉황 가시밭에 깃든 듯

옛날부터 성현들도 무죄면서 국계[6]시니

걸·주[7]가 포악하여 요·순·우·탕 임금님도 함진옥[8]에 갇혔더니

---

4) 형산백옥(荊山白玉): 초나라 사람 변화(卞和)가 형산에서 박옥(璞玉)을 발견하여 여왕(厲王)과 무왕(武王)에게 바쳤다가 돌이라고 감정되어 발이 잘렸다. 나중에 문왕(文王) 때 박옥을 다듬어 큰 옥을 얻었다. 『한비자』 「화씨和氏」에 나온다.

5) 상산초(商山草): 자지(紫芝). 자줏빛 영지버섯. 진(秦)나라 말 난리를 피하여 상산(商山)에 은거한 동원공(東園公)·기리계(綺里季)·하황공(夏黃公)·녹리선생(甪里先生) 등 사호(四皓)가 자줏빛 영지버섯을 캐 먹으면서 「자지가紫芝歌」를 지어 불렀다고 한다. 『고사전高士傳』에 나온다. 악부에 「자지조紫芝操」가 있는데 "무성한 자지여, 요기를 할 만하도다. 요순시대는 이미 지나갔으니, 우리가 어디로 돌아갈거나(曄曄紫芝, 可以療飢. 唐虞往矣, 吾當安歸)"라고 했다.

6) 국계(菊系): 심문을 당하고 옥에 갇히는 것을 말한다. 혹은 원문 '국계신이'를 '긎기시니'로 풀이하는 설도 있으나, '긎기다'는 '비명에 죽다'는 뜻이므로 여기 맥락과 맞지 않는 듯하다.

7) 걸주(桀紂): 하나라의 마지막 왕 걸왕(桀王)과 은나라의 마지막 왕 주왕(紂王)으로 나라를 망하게 한 폭군의 상징이다.

8) 함진옥: 함진(函秦)은 진(秦)나라 함곡관(函谷關)이란 뜻으로, 함진옥은 함곡관의 감옥이란 말이다. 그러나 여기서는 하대옥(夏臺獄)의 오기인 듯하다. 탕(湯)은 걸(桀)이 충신 관용방(關龍逄)을 죽이자 사람을 시켜 곡을 하게 했는데, 이 소식을 들은 걸이 탕을 하대(夏臺)에 구금했다. 하대는 균대(均臺)라고도 하며, 지금의 하남성(河南城) 우현(禹縣) 남쪽에 있었다. 『사기』 권2

놓여나서 성군 되고

밝은 덕으로 백성 다스린 주문왕도 상주[9]의 해를 입어

유리 옥에 갇혔더니[10] 놓여나서 성군 되고

만고 현인 공부자도 양호[11]의 얼[12]을 입어

광 땅 들에 갇혔더니 놓여나서 성인 되니

이런 일로 볼 것이면 죄가 없는 이내 몸도

살아나서 세상 구경 다시 할까.

답답하고 원통하다, 날 살릴 이 누구랴.

한양 계신 우리 낭군 벼슬길로 내려와서

이렇듯이 죽어갈 때 내 목숨을 못 살릴까

하운은 다기봉하니,[13] 산이 높아 못 오시나.

금강산 최고봉이 평지 되면 오시려나.

「하본기夏本紀」에 나온다.

9) 상주(商紂): 상(商), 즉 은나라의 마지막 왕 주(紂).『서경』「태서泰誓 상」에, 주가 술에 빠지고 여색을 탐하며 죄인에게 연좌율을 적용하며 벼슬을 세습시키며 궁실과 의복에 사치하며 충실한 사람을 불태워 죽이며 임신한 부인의 배를 갈라 보았다는 말이 있고,『서경』「목서牧誓」에 지금 상왕 주가 부인 달기(妲己)의 말만 들어 제사를 받들지 않고 종족의 의리를 없애고 죄짓고 도망온 사람을 기용했다는 말이 있다.

10) 유리(羑里) 옥에 갇혔더니: 문왕 창(昌)은 본래 구후(九侯)·악후(鄂侯)와 더불어 은나라 주의 조정에서 삼공(三公)으로 있었는데, 주가 구후와 악후를 죽여 포를 뜨자 문왕이 탄식했고, 주는 곧 문왕을 유리에 구금했다.『사기』 권3「은본기殷本紀」참조.

11) 양호(陽虎): 노나라 계손씨(季孫氏)의 가신. 양호가 광(匡) 땅에서 포악한 짓을 자행한 일이 있었는데, 공자의 모습이 양호와 비슷하므로 광 땅 사람들이 양호로 오인해 포위했다 한다.『논어』「자한子罕」에 "공자께서 광 땅에서 경계심을 품으셨다. 공자께서 '문왕이 이미 별세하셨으니, 문(文)이 이 몸에 있지 않겠는가. 하늘이 장차 이 문을 없애려 하셨다면 나중에 죽는 사람이 이 문에 참여하지 못했을 것이지만 하늘이 이 문을 없애려 하지 않으셨으니, 광 땅 사람들이 나를 어찌하겠는가?'(子畏於匡. 曰: '文王旣沒, 文不在玆乎? 天之將喪斯文也, 後死者, 不得與於斯文也, 天之未喪斯文也, 匡人其如予何)"라고 했다.

12) 얼(孽): 위태한 일. 특히 남 때문에 당하는 화.

13) 하운(夏雲)은 다기봉(多奇峰)하니: 도잠(陶潛)의 작이라고도 전하는 시「사시四時」에 "봄물은 사방 연못에 가득하고, 여름 구름은 기이한 봉우리 많구나. 가을달은 밝은 빛을 뿌리는데, 겨울 고갯마루에는 소나무 한 그루가 빼어나네(春水滿四澤, 夏雲多奇峯. 秋月揚明暉, 冬嶺秀孤松)"라고 했다.

병풍에 그린 황계 두 나래를 툭툭 치며

사경 일점[14]에 날 새라고 울거든 오시려나.

아이고 아이고, 내 신세야.

대나무 창살문을 열어젖히니, 밝고 맑은 달빛이 방안으로 들어왔다. 춘향이 홀로 앉아 달에게 물었다.

"저 달아 보느냐. 임 계신 데 밝은 기운 빌려드려라. 나도 보자꾸나. 우리 임이 누웠더냐 앉았더냐. 보는 대로만 네가 일러주어 나의 수심을 풀어다오. 아이고 아이고."

춘향이 슬피 울다가 잠들었다. 꿈속에서인지 현실에서인지 호랑나비가 장주 되고 장주가 호랑나비 되었듯이,[15] 가랑비같이 가늘게 남은 혼백이 바람 불어서 그런 건지 구름 타고서 그런 건지 한 곳에 다다랐다. 하늘은 푸르고 땅은 넓으며, 산은 영험하고 물은 아름다웠다. 은은한 대숲 속에 그림 같은 누각이 반공에 잠겨 있었다. 대개 귀신이 다니는 법은 큰바람을 일으키고 하늘에 올랐다가는 홀연 땅에 들어가는 식이었다. "침상에서 잠시 봄꿈을 꾸어 강남 수천 리를 다 돌아다녔네"[16]라는 시구가 이 사실을 잘 표현했다.

앞쪽을 살펴보니 황금으로 된 큰 글자 "만고정열 황릉지묘"[17]가 뚜렷

---

14) 사경 일점(四更一點): 사경은 하룻밤을 오경으로 나눈 넷째 부분으로, 새벽 1시에서 3시 사이다. 사경 일점은 새벽 1시 24분경을 가리킨다.

15) 호랑나비가 장주~호랑나비 되었듯이: 『장자』「제물론齊物論」에, 장자가 꿈에 호랑나비가 된 꿈을 꾸고 깨어났는데, 자신이 꿈속에서 호랑나비가 되었는지 아니면 호랑나비가 꿈속에서 장자가 된 것인지 모르겠다는 우화가 실려 있다. 장자의 이름이 장주(莊周, 기원전 369~기원전 286)다. 송나라 몽(蒙) 출신으로, 전국시대의 양(梁)나라 혜왕(惠王) 및 제나라 선왕(宣王)과 동시대인이라 한다.

16) 침상에서 잠시~다 돌아다녔네: 당나라 잠삼의 시 「춘몽」에 "어젯밤 꿈에 동방에 봄바람이 일어나서, 멀리 미인이 잠든 상강수가 생각났더니, 머리맡에 잠시 봄꿈을 꾸어, 강남 수천 리를 다 돌아다녔네(洞房昨夜春風起, 遙憶美人湘江水. 枕上片時春夢中, 行盡江南數千里)"라고 했다.

17) 만고정열(萬古貞烈) 황릉지묘(黃陵之廟): 황릉묘는 중국 호남성 상음현(湘陰縣) 북부에 있

이 붙어 있었다. 춘향이 심신이 황홀하여 배회하는데, 낭자 셋이 태연하게 나타났다. 석숭의 애첩 녹주[18]가 등롱을 든 채 앞서고, 진주 기생 논개와 평양 기생 월선이 그 뒤를 따랐다. 그들은 춘향을 내당으로 인도했다. 백의를 입은 두 부인이 내당 당상에서 옥 같은 손을 들어 들어오라고 청했다. 춘향은 사양했다.

"속세의 천한 계집이 어찌 황릉묘에 오르겠습니까?"

두 부인은 기특히 여기며 거듭 청했다. 춘향이 더는 사양하지 못하고 내당에 올라가자, 두 부인은 자리를 마련해 춘향을 앉게 했다.

"네가 춘향이냐? 기특하구나. 일전에 서왕모 궁에 조회하러 가서 요지연[19]에 올라가니 네 명성이 자자했다. 이에 간절히 너를 보고 싶어 불렀으니 너무 미안하구나."

춘향이 다시 절을 하고 아뢰었다.

"제가 비록 아는 것이 없습니다만 옛 책을 보고는 사후에나 존안을 뵐까 했는데, 이렇듯 황릉묘에서 모시게 되어 황공하고 비감할 따름입니다."

상군 부인[20]이 말했다.

다. 순임금의 두 비인 아황과 여영이 멀리 순임금을 찾아와 슬퍼하고 상강(湘江)에 빠져 죽어 나중에 수신(水神)이 되었는데, 그곳 사람들이 그녀들을 위해 상강 가에 이 사당을 지어 제사 지냈다고 전한다. 당나라 이원(李遠)의 「황릉묘사黃陵廟詞」에 "황릉묘 앞에 잔디에 봄빛이 돌고, 황릉의 여아는 고운 치마 산뜻하다. 가벼운 배를 작은 노로 저어 노래하며 가니, 강물 멀고 산 길어 사람을 시름겹게 하누나(黃陵廟前莎草春, 黃陵女兒倩裙新. 輕舟小楫唱歌去, 水遠山長愁殺人)"라고 했다.
18) 석숭(石崇)의 애첩 녹주(綠珠): 석숭은 진(晉) 무제 때 부자로, 그에게 녹주라는 첩이 있었다. 권신 손수(孫秀)가 녹주를 달라고 하자 석숭이 거절하여, 손수의 모함에 걸려 석숭은 처자 등 일족 15인과 함께 처형되었다. 녹주는 석숭과 함께 놀던 누대에서 떨어져 자살했다. 『진서晉書』 권33 「석숭열전石崇列傳」에 나온다.
19) 요지연(瑤池宴): 곤륜산 요지의 연회. 주(周)나라 목왕(穆王)이 일찍이 여덟 준마를 얻고는 서쪽으로 유람하다가 곤륜산에 올라가서 서왕모의 빈(賓)이 되어 요지연에 참석하여 놀았다고 한다.
20) 상군 부인(湘君夫人): 상수(湘水)에 빠져 죽어서 수신이 된 아황과 여영.

"우리 순임금 대순씨[21]가 남방을 두루 살피며 순행하시다가 창오산에서 세상을 떠나시니, 속절없는 이 두 몸이 소상강 죽림에 피눈물을 뿌렸더니 가지마다 아롱아롱 잎잎이 원한이었다.[22] 그래서 '창오산 무너지고 상수 끊긴 후에나, 댓잎 위의 눈물이 사라지리라'[23]라는 시구가 있단다. 천추의 깊은 한을 하소연할 곳 없었는데 네 절행이 기특하기에 너에게 말하는 것이다. '간곡하게 전송한 지 몇천 년 만에'[24] 청백의 절개가 어느 때 일인데 다시 볼 수 있으며, 순임금이 오현금五絃琴 타면서 부르시던 남풍시[25]를 이제까지 전할 수 있다니!"

상군 부인이 이렇게 말하고 나자, 어느 부인이 말했다.

"춘향아, 나는 도성에서 밝은 달 마주하여 술잔 들고 시를 읊다가 신선이 된 농옥[26]이다. 소사의 아내가 되어 용을 타고 태화산[27]으로 떠나

---

21) 대순씨(大舜氏): 본래 '대순'은 성(姓)이 아니라. '위대한 순'이란 뜻이다. 『맹자』 「만장萬章상」에 "대효는 종신토록 부모를 사모하나니, 오십 세까지 부모를 사모한 자를 나는 대순에게서 보았노라(大孝, 終身慕父母, 五十而慕者, 予於大舜, 見之矣)"라고 했다. 순임금은 유우씨(有虞氏)였다.

22) 이 두 몸이~잎잎이 원한이었다: 순임금이 남쪽 지방을 순행하다가 창오산에서 죽자, 두 비인 아황과 여영이 소상강에 막혀 건너가지 못하고 피눈물 흘리며 통곡하다가 강가에서 죽었는데, 그후 소상강 대나무에는 피눈물 자국이 남아 반죽(斑竹)이 되었다는 전설이 있다. 창오산은 지금의 중국 호남성 영원현(寧遠縣) 남쪽에 있는 구의산(九疑山)의 다른 이름이다.

23) 창오산 무너지고~눈물이 사라지리라: 이백의 「원별리遠別離」에 나오는 구절이다. 이백의 이 시는 살아 있는 용과 호랑이가 얽매임 없이 자유자재한 듯한 풍격이어서, 조선시대 시인들은 일생 수천 번을 읽었다고 한다. 상강의 두 여신, 성성(猩猩), 귀신 등에 자신의 감정을 싣고 있고 먹구름, 안개, 비 등은 간신배들을 비유하고 있는 듯하다.

24) 간곡하게 전송한~몇천 년 만에: 당나라 낙빈왕(駱賓王)의 시 「여도사 왕영비를 대신하여 도사 이영에게 드리다代女道士王靈妃贈道士李榮」에 "허다한 무리가 다정하여 간곡하게 전송하며, 봄꽃이 어느 때나 만개하는가 묻네(許輩多情偏送款 , 爲問春花幾時滿)"라는 구절에 '간곡하게 전송하다'라는 뜻의 '송관(送款)'이란 말이 나온다.

25) 남풍시(南風詩): 순임금이 처음으로 오현금을 만들어 타면서 노래한 곡이다. 앞서는 칠현금이라 했으나 여기에 이르러서는 오현금으로 바로잡았다.

26) 농옥(弄玉): 춘추시대 진목공의 딸. 진아(秦娥)라 부른다. 소사(蕭史)가 퉁소를 잘 불어 공작과 백학을 불러들이곤 했는데, 농옥이 그를 좋아하자 목공이 농옥을 그에게 시집보냈다. 소사가 농옥에게 퉁소를 가르쳐 농옥이 봉새 우는 소리를 낼 수 있게 되었는데, 몇 해 뒤 농옥의 퉁소 소리를 듣고 봉황이 도성 함양(咸陽)에 있는 집으로 모여들었다. 목공은 부부를 위해 봉대

간 것이 한이 되어 옥통소로 원을 풀었어. '곡조가 끝나자 날아가버리니 간 곳을 모르겠고, 산 아래 벽도화만 봄에 절로 피는구나'[28]라는 시구가 그 뜻을 나타낸단다."

이때 또 한 부인이 말했다.

"나는 한나라 궁녀 소군[29]이다. 오랑캐에게 잘못 시집가서 흙 한 줌 같은 푸른 무덤만 남았을 뿐이다. 말 위에 올라타 비파로 한 곡을 연주했건만, '화공이 그린 그림으로 춘풍 같은 얼굴을 알아보겠건만, 환패 소리 함께 달밤에 혼령만 헛되이 돌아왔구나'[30] 이 아니 원통하겠느냐!"

한참 이러할 때 음풍이 일어나 촛불이 펄렁펄렁하더니 무언가 촛불

(鳳臺)를 지어주어 거처하게 했다. 두 사람은 몇 해가 되도록 봉대에서 내려오지 않다가 어느 날 아침 각각 적룡과 봉황을 타고, 혹은 함께 봉황을 타고 타고 하늘로 날아갔다 한다. 『열선전列仙傳』 권상(卷上) 「소사蕭史」에 나온다. 농옥과 소사의 고사는 부부간 이별의 내용은 아니다.

27) 태화산(太華山): 중국 오악(五嶽)의 하나인 화산(華山)으로, 섬서성 화양현(華陽縣) 남쪽에 있다. 곡대기에 옥정(玉井)이 있다. 한유의 「고의古意」에 "태화산 꼭대기 옥정에 있는 연은, 꽃이 피면 열 장이요, 뿌리는 배와 같다네(太華峯頭玉井蓮, 開花十丈藕如船)"라고 했다. 『열국지列國志』 '농옥취소쌍고봉(弄玉吹簫雙袴鳳), 조돌배진입영공(趙脂背秦立靈公)'조에 소사가 태화산 주인이라고 하면서 농옥의 꿈에 나타났으며, 농옥은 맹명시(孟明視)를 시켜 태화산 꼭대기 명성암(明聲巖)에 거처하던 소사를 청해왔다고 한다.

28) 곡조가 끝나자~절로 피는구나: 당나라 말 허혼(許渾)의 시 「구산묘緱山廟」에 "왕자 진(晉)이 퉁소를 불 때 달은 누대에 가득하여, 옥통소 음색이 맑게 구르니 학이 배회했다만, 곡조가 끝나자 날아가버리니 간 곳을 모르겠고, 산 아래 벽도화만 봄에 절로 피는구나(王子吹簫月滿臺, 玉簫淸轉鶴徘徊裵. 曲終飛去不知處, 山下碧桃春自開)"라고 했다.

29) 소군(昭君): 왕소군. 명배(明妃). 전한(前漢) 원제(元帝)의 비(妃)로, 이름은 장(嬙)이다. 진(晉)나라 문제(文帝)인 사마소(司馬昭)를 휘하여 명비로 부르게 되었다. 원제 때 궁녀인 왕소군이 뛰어난 미모를 가지고 있으면서도 황제의 총애를 입지 못하다가 궁중 화가의 농간에 의해 흉노의 선우에게 시집가게 되었는데, 흉노의 땅으로 갈 적에 변방 땅을 지나면서 다시는 돌아오지 못할 것을 생각하며 눈물을 흘리면서 비파를 뜯었다. 한나라 사람들이 이를 불쌍히 여겨 마상성(馬上聲)이라는 노래를 지었다. 「한서」 권94 「흉노전匈奴傳」에 나온다.

30) 화공이 그린~헛되이 돌아왔구나: 원문은 "화도성식춘풍면(畫圖省識春風面)이요 환패공귀월야혼(環珮空歸月夜魂)이라"로, 두보의 「영회고적詠懷古跡」 5수 가운데서, 왕소군을 소재로 하여 노래한 제3수의 경련(頸聯)이다. 화도는 한(漢)의 원제(元帝)가 화공에게 각 궁녀의 얼굴을 그려 바치게 한 것을 말하고, 환패는 궁녀의 복식에서 좌우에 늘어뜨리는 옥줄을 말한다. 춘풍면은 왕소군의 아름다운 얼굴을 뜻한다.

앞에 달려들었다. 춘향이 놀라서 살펴보니 사람도 아니요, 귀신도 아닌데 어슴푸레한 속에서 곡하는 소리가 낭자했다.

"여봐라 춘향아, 너는 나를 모르리라. 나는 한고조의 아내 척부인[31]이다. 우리 황제님 승하하시자 여후가 독한 솜씨로 나의 손과 발을 끊어내고 두 귀를 불로 지지고 두 눈까지 뽑고서 벙어리 만드는 약을 먹여 측간 속에 넣었으니, 천추에 깊은 한을 어느 때나 풀어보겠느냐!"

척부인이 이렇게 울 때 상군 부인이 말했다.

"이곳이라 하는 데가 저승과 이승의 길이 다르고 반열이 원래 다르므로, 오래 머물지 못할지라."

상군 부인이 여자아이를 불러 하직할 때 황연히 넓은 방에서는 귀뚜라미 소리가 씨르륵하고, 호랑나비 한 쌍은 훨훨 날았다. 춘향이 깜짝 놀라 깨어보니 꿈이었다. '고운 창의 앵도화'[32]가 떨어지는 게 보이고, 거울 복판이 깨져 보이며, 문 위에 허수아비가 매달려 있는 것이 보였다.

"내가 죽을 꿈이다!"

춘향이 수심과 걱정으로 밤을 샐 때 기러기가 울고 갔다. '서강 위에 뜬 한 조각 달 아래 남쪽으로 날아가는 기러기'가 바로 춘향이 아닐까.

---

31) 척부인(戚夫人): 한고조의 사랑을 받았던 후궁. 척희(戚姬). 고조의 황후 여태후(呂太后)는 고조가 승하하고 아들 혜제(惠帝)가 제위(帝位)에 오르자, 혜제의 이복동생이자 척부인의 아들인 조왕 여의(趙王如意)를 독살하고, 척부인의 수족을 자른 다음 눈과 귀를 보고 들을 수 없게 만들어 돼지우리에 넣어서 '인체(人彘)'라고 불렀다. 『사기』 권9 「여태후본기呂太后本紀」 참조.
32) 고운 창의 앵도화: 이백의 「구별리久別離」에 "고운 창 앵두꽃은 다섯 번이나 피었겠지(玉窓五見櫻桃花)"에서 시어를 가져왔다. 「구별리」는 다음과 같다. "이별 후 집으로 돌아가지 못한 채 봄이 몇 번 지났나, 고운 창 앵두꽃은 다섯 번이나 피었겠지. 게다가 비단에 쓴 아내 편지 열어보니 탄식만 나오네. 이렇게 애끓는데 그대의 마음은 끊어지리니, 운환에 쪽진머리 빗질하여 묶기도 그만두었겠지, 시름이 회오리바람에 흰 눈처럼 흩날리리. 지난해 양대로 편지를 보냈고, 올해도 또 편지 보내기를 재촉하노라. 봄바람아 봄바람아, 날 위해 뜬 구름을 서쪽으로 보내다오. 기다려도 끝내 오지 않고, 꽃잎 떨어져 푸른 이끼에 쌓여 쓸쓸해지네. (別來幾春未還家, 玉窓五見櫻桃花. 況有錦字書, 開緘使人嗟. 至此腸斷彼心絶, 雲鬢綠鬢罷梳結. 愁如回飆亂白雪. 去年寄書報陽臺, 今年寄書重相催. 東風兮東風, 爲我吹行雲使西來. 待來竟不來, 落花寂寂委靑苔)"

밤은 깊어 삼경이요, 궂은비는 퍼붓는데, 도깨비는 삑삑, 밤새 소리는 북북, 문풍지는 펄렁펄렁 소리를 냈다. 귀신들도 울었다. 난장[33] 맞아 죽은 귀신, 형장 맞아 죽은 귀신, '결령 치사'[34]로 대롱대롱 목매달아 죽은 귀신 등이 사방에서 울어 귀신 울음소리가 낭자했다. 방안이며 추녀 끝이며 마루 아래서도 아이고 아이고 귀신 소리가 나서 잠들 길이 전혀 없었다.

춘향이가 처음에는 귀신 소리에 정신을 못 차리다가 여러 번 듣고보니 겁이라고는 전혀 나지 않고 오히려 신을 청하는[35] 굿거리 삼잡이[36]의 세악[37] 소리로 알고 들었다.

"이 몹쓸 귀신들아, 나를 잡아가려거든 조르지나 말거라!"

"엄 급급 여율령 사바하"[38]라고 진언을 외고 앉았을 때 옥 밖으로 봉사[39]가 지나갔다. 한양 봉사 같으면 "운수 물으시오"라고 외치겠지만, 시골 봉사라 "점치시오" 하며 외치고 갔다. 춘향이 이를 듣고 말했다.

"아 어머니, 저 봉사 좀 불러주어요."

춘향의 모가 봉사를 불렀다.

"여보, 저기 가는 봉사님."

---

33) 난장(亂杖): 죄인을 신문할 때 신체의 부위를 가리지 않고 마구 때리는 것, 여러 명이 달려들어 몽둥이로 피의자의 몸을 아무 곳이나 마구 때리는 것 등을 말한다.

34) 결령 치사(結領致死): 목을 매달아 죽음에 이름.

35) 신을 청하는: 원문은 '쳥셩'이다. '청신(請神)'으로 보았다. 혹은 '청승'으로 독해하고 '청승맞은'이란 뜻으로 보기도 한다.

36) 삼잡이: 장구, 북, 피리를 부는 세 사람.

37) 세악(細樂): 군대의 장구, 북, 깡깡이, 피리, 저 등으로 편성된 음악. 취타(吹打)가 나팔, 호적(胡笛), 대각 따위의 취주악기와 바라, 징, 북 따위의 타악기의 합주인 것과 구별된다.

38) 엄 급급 여율령 사바하: '엄, 급급하게 율령을 거행하듯이 하라, 사바하' 정도의 뜻이다. '엄'은 진언(眞言)의 발어사다. '사바하'는 원만히 성취해달라는 뜻이다. 재액을 물리치려고 외우는 주문이다.

39) 봉사(奉事): 소경. 본래 봉사는 관상감(觀象監), 전옥서(典獄署), 사역원(司譯院) 등에 딸린 종8품의 낮은 벼슬 직책이었으나, 소경들이 기용되는 일이 있었기에 장님들을 높여 부르는 말로 전이되어 사용되었던 듯하다.

봉사가 대답했다.

"게 누구요?"

"춘향의 모라오."

"어째 찾나?"

"우리 춘향이가 옥중에서 봉사님보고 잠깐 오시라 하오."

봉사가 웃으며 말했다.

"날 찾다니 의외로군. 가보지."

봉사가 옥으로 갈 때 춘향 모는 봉사의 지팡이를 잡고 길을 안내했다.

"봉사님 이리 오시오. 이것은 돌다리요, 이것은 개천이요. 조심하며 건너시오."

앞에 개천이 있다기에 봉사는 뛰어보려고 무한히 벼르다가 뛰는데, 봉사의 뜀이란 게 멀리 뛰지 못하고 올라가기만 한 길이나 올라갈 뿐이었다. 멀리 뛴다는 것이 한가운데 가서 풍덩 빠져버렸고, 기어나오려고 짚는다는 것이 개똥을 짚었다.

"어뿔싸, 이게 정녕 똥이지?"

봉사가 손을 들어 냄새를 맡았다.

"묵은 쌀밥 먹고 누어 썩은 놈이로구나."

봉사가 손을 뿌리친다는 것이 모난 돌에다가 부딪히니 어찌나 아프던지 입에다 훌훌 쓸어넣고 우는데 먼눈에서 눈물이 뚝뚝 떨어졌다.

"아이고 아이고, 내 팔자야! 조그만 개천을 못 건너고 이 봉변을 당했으니 누구를 원망하며 누구를 탓하리. 내 신세를 생각하니 천지만물을 보지 못하는지라 밤낮을 어찌 알랴. 사철을 짐작 못하는지라 봄철이 다 가온들 복사꽃 피고 배꽃이 핌을 내가 어찌 알고, 가을철이 된들 누런 국화와 붉은 단풍을 내 어찌 알랴. 부모를 내 아느냐, 처자를 내 아느냐, 친구 벗님을 내 아느냐. 세상천지와 일월성신이 후한지 박한지 긴지 짧은지 모르고 밤중같이 지내다가 이 지경이 되었구나. 참으로 '소경이 그르냐, 개천이 그르냐'구나. 소경이 그르지, 애초부터 있는 개천이 그르랴. 아이고 아이고."

봉사가 섧게 울자, 춘향 모가 슬퍼하며 봉사를 위로했다.

"그만 우시오."

춘향 모가 봉사를 목욕시켜 옥으로 들어가니, 춘향이 반겼다.

"애고 봉사님, 어서 오셔요."

봉사는 그런 와중에도 춘향이가 일색이란 말은 듣고 있었기에 반가울 따름이었다.

"목소리를 들으니 춘향 각시인가 보다."

"예, 그러해요."

"내가 빨리 와서 자네를 한 번이라도 봐야 했는데, 가난한 사람은 일이 많아 못 오고 청하여 왔으니, 나로서는 제대로 된 인사를 한 게 아닐세."

"그럴 리 있나요? 눈도 안 보이시고 나이도 많으신 분이 기력은 어떠세요?"

"내 염려는 말게. 대체 나를 어찌 청했나?"

"예, 다름아니라 간밤에 흉몽을 꾸어서 해몽도 하고 우리 서방님이 어느 때 나를 찾을까 길흉 여부를 점치려고 청했어요."

"그러세."

봉사가 점을 쳤다.

"정히 신령한 점대로 상천을 공경하여 축원합니다.[40]

축문은 다음과 같습니다.

---

40) 정히 신령한~공경하여 축원합니다: 원문의 '정이티셰 유상천 경이축'은 축문의 머리글이다. 정이태서(正爾泰筮)는 '정히 신령한 점대로'라는 뜻이고, 유상천 경이축(惟上天敬而祝)은 '오로지 상천을 공경하여 축원합니다'라는 뜻이다. 태서는 『예기禮記』「곡례曲禮」에 나온다.

하늘이 언제 말씀하시고[41], 땅이 언제 말씀하시겠습니까만 물으면 곧 응하시는 신께서는 이미 신령하시니 감응해서 마침내 여기에 통하소서. 무어라 고할 바를 알지 못하고, 의심하는 바를 풀지도 못하고 있습니다. 다만 신과 혼령께서 부디 밝은 답을 드리워주시어, 옳은지 잘못인지를 묻는 대로 부디 밝게 곧바로 응하여주시기 바랍니다.

복희, 문왕, 무왕, 무공, 주공, 공자[42], 오대 성현,[43] 칠십이 현,[44] 안자, 증자, 자사, 맹자, 성문 십철.[45]

제갈공명 선생, 이순풍, 소강절邵康節, 정명도程明道, 정이천程伊川, 주염계周濂溪, 주회암朱晦庵, 엄군평嚴君平, 사마군司馬君, 귀곡鬼谷, 손빈孫臏, 진의(秦儀. 소진·장의), 왕보사, 유운장.[46]

---

41) 하늘이 언제 말씀하시고: 이 축문의 첫머리는 근세 설날에 민간에서 오행전(五行錢)으로 점을 칠 때 외우는 주문의 첫머리와 유사하다. 오행전은 엽전 상평통보의 뒷면에 금(金), 목(木), 수(水), 화(火), 토(土) 등 오행의 문자가 있는 것 다섯 개를 모아, 남녀가 예복으로 갈아입고 손을 깨끗이 씻고 꿇어앉아 마루에 던지면서 입으로 주문을 외쳤다. 그 동전의 표리로 길흉을 점치고 악(惡)이 나올 때는 몇 번이고 반복하고, 길(吉)이 나오기 시작하면 중지한다. 일제강점기 중추원자료조사 '잡기(雜記) 및 신자료(新資料)'에 예가 나온다.
42) 복희, 문왕~주공(周公), 공자: 복희는 중국 고대 전설상 제왕인 삼황(三皇)의 하나. 팔괘를 처음으로 만들고 그물을 발명해 사람들에게 고기잡이의 방법을 가르쳤다고 한다. 복희씨. 문왕, 무왕, 주공은 주(周)나라를 개국하고 정치제도를 확립한 인물들이다. 공자는 복희, 문왕 이래의 도를 계승하고 발전시킨 인물이다. 무공은 미상이다.
43) 오대 성현(五大聖賢): 공자와 그 제자 및 그 도를 계승한 이들인 안회, 증삼, 자사, 맹자를 말한다.
44) 칠십이 현(七十二賢): 공자의 제자 가운데 육예에 뛰어난 제자 일흔두 명이 있었다고 한다. 후대에 문묘에서 공자를 비롯한 사성(四聖)·십철(十哲)·칠십이 현(七十二賢)을 제사지내는 의식이 있게 되었다.
45) 성문 십철(聖門十哲): 공자 제자 중 철인(哲人) 열 사람. 즉 민손(閔損)·염경(冉耕)·염옹(冉雍)·재여(宰予)·단목사(端木賜)·염구(冉求)·중유(仲由)·언언(言偃)·복상(卜商)·전손사(顓孫師) 등을 말한다.
46) 제갈공명 선생, 이순풍(李淳風)~왕보사(王輔嗣), 유운장(劉雲長): 제갈공명 선생은 삼국시대 촉나라 재상을 지낸 제갈량이다. 이순풍(602~670)은 당나라의 천문학자이자 수학자로 혼천의(渾天儀)를 만들고 인덕력(麟德曆)을 편찬했다. 소강절은 북송의 학자 소옹(邵雍, 1011~1077), 정명도는 정호(程顥, 1032~1085), 정이천은 정이(程頤, 1033~1107), 주염계는 주돈이(周敦頤, 1017~1073), 주회암은 남송의 학자 주희(朱熹, 1130~1200)다. 엄군평은 서한 성제(成帝) 때 촉 땅에 거처하면서 점술에 뛰어났던 엄준(嚴遵)이다. 사마군은 사마군실(司馬君

여러 훌륭한 선생님은 밝히 살피시고 밝히 기억해주십시오.

마의도사, 구천현녀, 육정육갑 신장[47]이여, 연월일시의 넷이 공조를 만나고,[48] 배괘동자, 척괘동남[49]은 허공에서 감응하시네. 본가에서 신령한 왕의 제사를 받들어 모셔 향로에 향을 피워 꽂을 때 여섯 신[50]께서 보배로운 향을 맡으시고 부디 여기에 강림해주십시오.

전라좌도 남원부 천변에 거처하는 임자[51]생, 곤도가 명한 열녀 성춘향이 어느 달 어느 날에 옥중에서 사면되어 풀려나오고, 한양 삼청동에 거처하는 이몽룡은 어느 달 어느 날에 본부에 이르겠습니까? 부디 청하오니, 여러 신께서는 신명하게 밝혀 보여주십시오."

봉사가 점 칠 때 쓰는 산가지를 넣어둔 산통을 철겅철겅 흔들었다.

"어디 보자, 일이삼사오륙칠. 허허, 좋다. 상괘上卦구나. 팔괘 중 일곱째 괘 간산[52]이구나. '물고기가 헤엄쳐 어망을 피함'이니 '작은 것이 쌓여

實), 즉 북송 때 학자 사마광(司馬光, 1019~1086)을 가리키는지 알 수 없다. 귀곡은 전국시대 제나라의 종횡가인 소진(蘇秦)과 장의(張儀), 병법가인 손빈(孫臏)의 스승으로, 양성(陽城)의 귀곡에 살았다고 알려진 인물이다. 손빈은 전국시대 제나라의 장수로 병법가다. 진의는 전국시대 종횡가인 소진(蘇秦)과 장의(張儀). 왕보사는 삼국시대 위(魏)나라의 산양(山陽) 사람으로 『주역』과 『노자』에 대한 주석을 낸 왕필(王弼)이다. 유운장은 유현덕(劉玄德)과 관운장(關雲長)을 합한 말로, 곧 유비와 관우를 가리킨다.
47) 마의도사(麻衣道士), 구천현녀(九天玄女), 육정육갑(六丁六甲) 신장(神將): 마의도사는 송나라 은자 진단(陳摶)의 스승이다. 중국 고대 신화 여신으로 나중에 도교의 신녀(神女)로 받들어진 인물로, 원녀(元女) 혹은 구천낭낭(九天娘娘)이라 한다. 육정육갑 신장은 도교에서 말하는 음신(陰神)인 여섯 정신(丁神)과 양신(陽神)인 여섯 갑신(甲神)을 가리키는데, 천제(天帝)의 부림을 받는다고 한다.
48) 연월일시의 넷이 공조를 만나고: 원문은 '연월일시(年月日時) 사치공조(四値功曹)'다. 연월일시의 넷이 공조와 합치한다는 뜻이다. 공조는 별 이름으로, 음양가설에서 해와 달이 만난다고 하는 십이월장(十二月將)의 하나다.
49) 배괘동자(排卦童子), 척괘동남(擲卦童男): 배괘동자는 64괘를 벌이는 일을 맡은 동자, 척괘동남은 괘를 던질 때 점괘를 맡는 동자인 듯하다.
50) 여섯 신: 원문은 '육신(六神)'. 오방위를 지키는 여섯 신. 즉 동방의 청룡, 서방의 백호, 남방의 주작, 북방의 현무, 중앙의 구진(句陳)과 등사(螣蛇)를 말한다.
51) 임자: 숙종 연간에는 임자년이 없다. 영조 연간의 해로 보면 1732년에 해당한다. 하지만 정조 연간의 1792년, 그 이후 철종 연간의 1852년을 가리킨다고 보는 것이 더 옳을 듯하다.
52) 팔괘 중 일곱째 괘 간산(艮山): 처음 점을 쳐서 상괘로 간괘가 나왔다는 말이다. 주역 팔괘

큰 것을 이룬다'. 옛날 주나라 무왕이 벼슬할 때 이 괘를 얻어 금의환향했으니,[53] 어찌 아니 좋겠느냐. '천리 멀리 떨어져 있어도 서로 앎'이니 '친지를 대면하게 된다'. 자네 서방님이 머지않아 내려와서 평생의 한을 풀 것이네. 걱정 마오, 참 좋거든."

춘향이 대답했다.

"그 말대로 그렇다면야 오죽 좋겠습니까! 간밤 꿈의 해몽이나 좀 해주십시오."

"어디 자세히 말해보게."

"단장한 체경이 깨져 보이고, 창 앞 앵도꽃이 떨어져 보이고, 문 위에 허수아비가 매달려 보이고, 태산이 무너지고 바닷물이 말라 보였으니, 나 죽을 꿈 아닌가요?"

봉사가 가만히 생각하다가 한참 만에 말했다.

"그 꿈이 매우 좋다."

화락花落하니 능성실能成實이요, 파경破鏡하니 기무성豈無聲가.

능히 열매가 열려야 꽃이 떨어지고, 거울이 깨질 때 소리가 없을 수 있는가?

문상門上에 현우인懸偶人하니 만인萬人이 개앙시皆仰視라.

문 위에 허수아비 달렸으면 사람마다 우러러볼 것이오.

해갈海渴하니 용안견龍顏見이요, 산붕山崩하니 지택평池澤平이라.

바다가 마르면 용의 얼굴을 능히 볼 것이요, 산이 무너지면 평지가 될 것이라.

는 일건천(一乾天), 이태택(二兌澤), 삼리화(三離火), 사진뢰(四震雷), 오손풍(五巽風), 육감수(六坎水), 칠간산(七艮山), 팔곤지(八坤地)다.
53) 주나라 무왕이~얻어 금의환향했으니: 문헌에서는 확인되지 않는다.

"좋다, 쌍가마 탈 꿈이로구나. 걱정 마오, 멀지 않았네."

한참 이렇게 말을 주고받을 때 뜻밖에 까마귀가 감옥 담 위에 와서 앉더니 가옥가옥 울었다. 춘향이 손을 들어 후여 날려보냈다.

"방정맞은 까마귀야, 나를 잡아가려거든 조르지는 말거라."

봉사가 이 말을 듣고 말했다.

"가만있소. 그 까마귀가 '가옥가옥' 그렇게 울지?"

"예. 그래요."

"좋다, 좋아. 울음소리에서 글자 '가'는 아름다울 가嘉 자요, 옥 글자는 집 옥屋 자라. 아름답고 즐거우며 좋은 일이 머지않아 돌아와서 평생의 맺힌 한을 풀 것이니 조금도 걱정 마오. 지금은 복채로 천 냥을 준다 해도 안 받아갈 것이니, 두고 보아 영화롭고 존귀하게 되는 때 부디 괄시나 하지 마오. 나 돌아가오."

"예, 평안히 가세요. 후일 만나뵙겠어요."

춘향이 길게 탄식하며 수심에 겨워 세월을 보냈다.

전라도 암행어사

이때 한양성 이도령은 밤낮으로 시서와 백가어[1]를 숙독했으며, 시문은 이백을 모범으로 삼았고, 글씨는 왕희지[2]의 필법을 익혔다. 나라에 경사가 있어 태평과[3]를 치를 때 이도령이 서책을 품에 품고 과장[4]으로 들어가 좌우를 둘러보니, 수많은 백성과 허다한 선비가 일시에 임금님께 숙배하고, 궁중 풍류의 청아한 소리에 앵무새는 춤추고 있었다. 대제

---

1) 시서(詩書)와 백가어(百家語): 시서는 유가의 경전인 육경 가운데 『시경』과 『서경』을 들어 육경 전체를 가리키는 말이다. 곧 유가 경전을 말한다. 백가어는 제자백가의 말이란 뜻인데, 실제로는 제자백가서를 공부한 것이 아니라, 육경 이외의 유학의 서나 사학, 고전문학을 가리킨다고 봐야 할 것이다.
2) 왕희지(王羲之, 303~361): 진(晉)나라 때 왕희지는 필법이 웅강(雄强)하여 마치 용이 천문으로 뛰어오르는 것 같았으므로 대대로 보배로 여겼다는 평이 남조(南朝) 양(梁)나라 원앙(袁昂)의 『고금서평古今書評』에 나온다.
3) 태평과(太平科): 국가에 경사가 있어 실시하던 경과(慶科) 등의 별시(別試)를 말하는 듯하다. 과거 실제로 '태평과'라는 명목으로 과장을 개설한 예는 확인되지 않는다.
4) 과장: 창경궁 춘당대(春塘臺)인지 밝히지 않았다. 『만화본 춘향가』에서는 이도령이 응시한 시험이 춘당대시이거나 알성시라고 했다. 알성시라면 성균관에서 치른 것이 된다.

학을 고시관으로 선정하여 어제[5]를 내리시니, 도승지가 어제를 모셔내어 붉은 휘장 위에 걸어놓았다. 어제에 "춘당 춘색 고금동"[6]이라 하여 뚜렷하게 걸어두었다. 이도령이 글제를 살펴보니 익히 봐온 것이었다. 시지[7]를 펼쳐놓고 어제의 글자에 맞추어 해제를 생각하여 용지연[8]에 먹을 갈아 당황모[9] 무심필[10]을 반쯤 덤벙 풀어 왕희지의 필법에서 기원한 조맹부 체[11]를 본받아 일필휘지하여 선장[12]했다. 상시관[13]이 글을 보고 글자마다 비점을 찍고 구절마다 관주를 쳤다.[14] 글씨가 마치 용과 뱀이 하늘로 치솟는 듯하고 기러기가 모래밭에 내려앉은 듯[15]하니 당시로서는 뛰어난 재주라 할 만했다.

---

5) 어제(御題): 임금이 정한 시제(試題). 임금이 시험 볼 시문의 형식과 제목을 지정한 것을 말한다.
6) 춘당 춘색 고금동(春塘春色古今同): 춘당대는 창경궁을 대유(代喩)하며, 결국 궁궐 안, 온 나라 안을 뜻한다. 시제는 태평성대를 예찬하라고 요구한 셈이다. 이가원, 『조선문학사』 중책(태학사, 1999) 921~922쪽에 신사찬(申思贊)의 「춘당추색고금동春塘秋色古今同」 부(賦)를 소개했다. 신사찬의 과부(科賦) 1768년(영조 44)에 삼하(三下)의 성적을 받은 것이다. 이 부제는 여기서의 시제(詩題)와 상관있을 것이다.
7) 시지(試紙): 과거 답안지로 사용하는 종이를 말한다. 답안을 작성한 이후에는 흔히 시권(試券)이라고 말한다.
8) 용지연(龍池硯): 묵지(墨池)가 있는 벼루를 유지연(有池硯)이라 하는데 용의 기상을 담으려는 듯 용까지 아로새겼으니 이를 용지연이라고 한다.
9) 당황모(唐黃毛): 중국에서 나는 족제비의 누런 꼬리털을 이르던 말.
10) 무심필(無心筆): 통 양모로 제작하며, 족제비 꼬리털 심을 넣지 않는다. 유심필(有心筆)은 황색 족제비 털을 심으로 하고 양모로 겉을 감싸주어 붓의 탄력을 살린다.
11) 조맹부 체(趙孟頫體): 조맹부(1254~1322)는 원나라 때 학자이자 서예가다. 자는 자앙(子昻), 호는 송설(松雪)이다. 한림학사 영록대부에 이르렀으며 사후 위국공(魏國公)에 봉해졌다. 시서화인(詩書畵印)에 모두 능했다. 고려 말 이제현(李齊賢)이 그의 서화를 고려에 소개했으며, 조선 전기에 특히 그의 서체인 조맹부 체(송설체)가 크게 유행했다. 안평대군도 조맹부 체에 능했고, 세종이 만든 활자인 갑인자는 조맹부 체를 기초로 삼았다.
12) 선장(先場): 문과 장중(場中)에서 가장 먼저 시권(試券)을 내는 것을 말한다.
13) 상시관(上試官): 과거의 시관(試官) 가운데 우두머리.
14) 글자마다 비점(批點)을~관주(貫珠)를 쳤다: 비점은 시가나 문장 따위를 비평하여 아주 잘된 곳에 찍는 둥근 점이고, 관주는 글자나 시문에 있어 글이 잘된 곳의 오른편에 주묵(朱墨)으로 그리는 동그라미다.
15) 기러기가 모래밭에 내려앉은 듯: 소상팔경(瀟湘八景) 중 하나가 기러기가 백사장에 내려앉는 광경인 평사낙안이기도 하다.

금방16)에 이름을 걸고, 임금님이 어사주 석 잔을 권하시고서 장원급
제 이름 적힌 금방을 과장에 돌려 보였다. 신래진퇴17)에 임할 때 이도령
의 머리에는 어사화 종이꽃이요, 몸에는 앵삼18)이며 허리에는 학대19)를
둘렀다. 이도령은 사흘 동안 한양 거리를 돌면서 친지를 찾아다니며 놀
고 나서 선영에 나아가 소분20)하고 전하께 숙배했다. 전하께서 친히 불
러 보신 후에 "경의 재주는 조정에 으뜸이다" 하시고 도승지가 입시한
자리에서 이도령을 전라도 암행어사에 제수하셨다. 이는 이도령이 평소
소원하던 바였다. 수의, 마패, 유척21)을 내주시자, 전하께 하직하고 본댁
으로 갔다. 철관22)의 풍채는 산속 맹호와도 같았다.

이도령은 부모님께 하직하고 전라도로 떠났다. 남대문 밖에 나서서
서리, 중방23), 역졸들을 거느리고 청파역24)에서 말을 잡아탔다. 칠패 팔

---

16) 금방(金榜): 과거에 급제한 사람의 이름을 거는 방.
17) 신래진퇴(新來進退): 여기서 신래는 새로 문과에 급제한 사람을 말한다. 과거에 급제하고
신래자로서 치르는 의식을 말한다. 진퇴는 합격자의 이름을 부르면 세 번 앞으로 나아가고 세
번 뒤로 물러나는 의식이다. 과거에 새로 급제하여 관아에 신임된 사람을 고참들이 참기 어렵
게 괴롭히는 일을 신래진퇴라고 했으나, 여기서의 용례와는 다르다.
18) 앵삼(鶯衫): 꾀꼬리를 상징한 노란색 적삼.
19) 학대(鶴帶): 문관(文官)이 띠던 학을 수놓은 허리띠.
20) 소분(掃墳): 경사스러운 일이 있을 때 조상의 산소를 찾아가 무덤을 깨끗이 하고 제사지내
는 일.
21) 수의(繡衣), 마패, 유척(鍮尺): 수의는 한(漢)나라 무제가 직지사(直指使) 포승지(暴勝之) 등
에게 수의를 입히고 도끼를 주어 각 지방을 순찰하면서 법을 집행하도록 했던 데서 기원한다.
마패는 역마와 역졸을 이용할 수 있는 구리쇠로 만든 원형 패다. 유척은 놋쇠로 만든 자로, 도
량형 제도상 척도의 표준이 되었다. 암행어사에게는 유척 두 개가 주어졌는데, 하나는 죄인을
매질하는 태(笞)나 장(杖) 등 형구의 크기를 통일시켜 남수와 남형을 방지하는 데 쓰였고, 하나
는 도량형을 통일해 세금 징수를 고르게 하는 데 쓰였다.
22) 철관(鐵冠): 어사가 쓰던 갓을 말하며, 여기서는 어사를 가리킨다.
23) 중방(中房): 지방 수령의 종자(從者).
24) 청파역: 서울에서 지방으로 나갈 때 관리가 사용하는 역마(驛馬)를 관찰하는 병조 직속의
역이다. 서울 북쪽에 노원역(蘆原驛)이 있고, 남쪽에는 숭례문 밖 남교(南郊)에 청파역이 있었
다. 암행어사는 이곳에서 역졸을 차출하여 수종으로 데리고 나갔다.

패[25)]며 배다리[26)]를 얼른 넘어 밥전거리[27)]를 지나서 동작[28)]을 슬쩍 건너 남태령을 넘어 과천읍에서 점심을 먹었다. 사근내[沙斤川], 미륵당이[29)]를 지나 수원에서 대황교[30)], 떡전거리[31)], 진개울, 중미[32)]를 거쳐 진위읍[33)]에서 점심 먹고 칠원,[34)] 소사[35)], 고다리를 지나서 성환역[成歡驛]에서 묵었다.

상류천, 하류천,[36)] 새술막[37)]을 거쳐 천안읍에서 점심 먹고 삼거리, 도리터[38)]를 지나 김제역[39)]에서 말을 갈아타고 신구 덕평[德坪]을 얼른 지나 원터[40)]에서 묵었다.

팔풍정[八風亭], 활원[41)], 광정[廣程], 몰원,[42)] 공주를 거쳐 금강을 건너 금영[43)]에서 점심 먹고 높은 행길, 소개문, 어마널티[44)]를 지나 경천[敬川]에서 묵었다.

25) 칠패 팔패(七牌八牌): 현 서울시 중림동(中林洞) 지역을 말한다.
26) 배다리: 현 서울역 앞 지역이다.
27) 밥전거리: 현 서울시 이태원 부근이었던 듯하다.
28) 동작(銅雀): 현 서울 동작구 동작동.
29) 미륵당이: 과천의 미륵원. 현 서울시 서초구 방배동.
30) 대황교(大皇橋): 현 수원시 안룡면(安龍面) 대황교리, 수원천과 합류하기 이전의 원천리천에 놓여 있던 다리로, 삼남지방에서 한양으로 가는 길목이었다.
31) 떡전거리: 경기도 화성시 태안읍 병점(餠店). 수원시와 오산시의 중간 지점이다.
32) 중미(中彌): 중미현(中彌峴). 병점과 오산 사이의 고개.
33) 진위읍: 지금의 경기도 평택시(平澤市) 진위읍(振威邑). 평택시 동북쪽에 있던 옛 고을.
34) 칠원: 갈원(葛院). 진위 남쪽 20리. 현 평택시 칠원동.
35) 소사(素沙): 소사평(素沙坪). 갈원(칠원)과 성환(成歡) 사이.
36) 상류천(上柳川), 하류천(下柳川): 수원의 지명인지, 천안 부근 버드나무골인지 미상.
37) 새술막: 천안 북쪽 10리.
38) 도리터: 도리치(道里峙). 충청남도 천안시 목천읍.
39) 김제역(金堤驛): 천안시 김제역.
40) 원터: 관역 숙소인 역점이 있던 곳.
41) 활원(弓院): 충청남도 공주시 정안면 활원. 공주 북쪽 40리.
42) 몰원: 모로원(毛老院). 공주 북쪽 26리.
43) 금영(錦營): 충청도 감영. 공주에 있었다.
44) 어마널티: 늘티고개. 판치(板峙).

노성[45], 풋개,[46] 사다리, 은진, 간치당이,[47] 황화정[48], 지애미고개[49]를 거쳐 여산읍^{礪山邑}에서 묵었다.

이튿날 이도령이 서리와 중방을 불러 분부했다.

"전라도 초입이 여산이다. 막중한 나랏일을 거행하여 분명히 하지 못하면 죽기를 면하지 못하리라"라고 추상같이 호령했다. 그리고 서리를 불러 "너는 좌도로 들어가서 진산^{珍山}, 금산^{錦山}, 무주^{茂朱}, 용담^{龍潭}, 진안^{鎮安}, 장수, 운봉^{雲峰}, 구례의 여덟 읍을 순행하여 아무 날 남원읍에서 대령하라."

중방과 역졸에게도 분부했다.

"너희들은 우도로 들어가서 용안^{龍安}, 함열^{咸悅}, 임파[50], 옥구, 김제, 만경^{萬頃}, 고부^{古阜}, 부안, 흥덕^{興德}, 고창, 장성, 영광, 무장, 무안, 함평을 순행하여 아무 날 남원읍에서 대령하라."

종사관도 불러 명을 내렸다.

"익산, 금구^{金溝}, 태인, 정읍, 순창, 옥과^{玉果}, 광주, 나주, 창평^{昌平}, 담양, 동복^{同福}, 화순, 강진, 영암, 장흥, 보성, 흥양^{興陽}, 낙안^{樂安}, 순천, 곡성을 순행하여 아무 날 남원읍에서 대령하라."

어사또는 이렇게 분부하여 각기 급히 파견하고서 행장을 차렸다. 그 거동은 이러했다.

아예 사람을 속이려고 모자 없는 헌 파립에 버팀줄을 촘촘히 매어 질 낮은 비단으로 만든 갓끈을 달아 쓰고, 윗부분만 남은 헌 망건에 아교

45) 노성(魯城): 니산현(尼山縣) 노산성(魯山城).
46) 풋개: 풀개. 초포(草浦). 연산현(連山縣).
47) 간치당이: 까치당이. 까치마을. 작지당(鵲旨堂). 충청도 은진현(恩津縣) 경계에 있는 작지 마을.
48) 황화정(皇華亭): 전라도 첫 고을 여산(礪山) 북쪽 11리에 위치하여, 신구 전라감찰사가 인수인계를 하는 상징적 장소였다.
49) 지애미고개: 장어미고개.
50) 임파(臨坡): 임피(臨陂).

뭉쳐 만든 관자를 노끈 당줄로 달아매어 쓰고, 정체를 숨기느라 의뭉하게 헌 도포를 걸치고 무명실 띠를 가슴에 둘러매고는 살만 남은 헌 부채에 솔방울 선초[51] 달아 햇볕을 가리고 내려오는 것이었다.

통새암[52], 삼례(參禮)에서 숙소하고 한내, 주엽쟁이, 가린내,[53] 성금정을 구경하고 숲정이,[54] 공북루[55] 서문을 얼른 지나 남문에 올라 사방을 둘러보니, 명승지로 이름난 서호와 강남[56]이 바로 여기라 할 만했다. 완산팔경[57]을 두루 구경했는데 그 팔경은 이러했다.

기린봉(麒麟峰)이 달을 토해내는 광경
한벽당(寒碧堂) 밑을 흐르는 맑은 냇물
남고사(南古寺)의 저녁 종소리
건지산[58] 위에 솟은 보름달
다가산(多佳山) 활터의 과녁
덕진지(德津池)에서 연뿌리 캐기
비비정[59]에 날아내리는 기러기

51) 선초(扇貂): 부채의 사북에 늘어뜨리는 장식품. 사북은 부챗살을 맞추기 위하여 밑동에 쇠나 뿔을 깎아서 꽂은 곳을 가리킨다.
52) 통새암: 삼례(參禮) 북쪽 10리.
53) 가린내: 가리내. 추천(楸川). 덕진(德眞) 부근.
54) 숲정이: 전주(全州) 진북사(鎭北寺) 아래.
55) 공북루(拱北樓): 공북정(拱北亭). 전주읍 서북 5리에 있는 정자.
56) 서호(西湖)와 강남(江南): 서호는 중국 절강성 항주(杭州)에 있는 호수. 명승지로 유명해 조선에서도 그 풍광을 그린 그림이나 시문이 크게 유행했다. 강남은 중국 양자강 남쪽이란 뜻으로 주로 절강성 지역을 말한다.
57) 완산팔경(完山八景): 이철수, 『완산승경』(전주청년회의소 발간, 1971)에 의하면 전주 일대는 완산승경(完山勝景), 전주팔경(全州八景), 전주십경(全州十景) 등이 전해내려왔다. 전주의 옛 이름이 완산이므로 전주팔경은 완산팔경, 전주십경은 완산십경이라고도 한다.
58) 건지산(乾止山): 원문에 '곤지'로 되어 있다. 전라북도 전주에 있는 산으로, 태조의 어진을 모신 경기전(慶基殿)의 주맥이다. 현재 '곤지산'으로도 표기하는데, 와전된 결과인 듯하다.
59) 비비정(飛飛亭): 전라북도 완주군 삼례읍 북쪽에 있다. 1633년(인근 11) 창주첨사(昌洲僉使) 최영길(崔永吉)이 세우고, 뒤에 송시열(宋時烈)이 「비비정기飛飛亭記」를 지었다.

위봉산威鳳山 연남 쪽에 떨어지는 폭포[60]

이도령이 차차로 암행하여 내려올 때 각읍 수령이 어사 났다는 말을 듣고는 민정을 가다듬고 지난날 공사를 제대로 처리했는지 근심했다. 하인들도 불안하긴 마찬가지였다. 이방과 호장은 혼을 잃고, 공사를 회계하는 형방 서기들은 여차하면 도망하려고 신발을 챙겨두고 있었으며, 허다한 청상[61]이 넋을 잃고 분주했다.

이때 어사또는 임실任實 구홧들[62] 근처에 당도했다. 마침 농사철이라 농부들이 〈농부가〉를 부르는 소리가 들려왔다.

어여로 상사뒤요
천리건곤 태평시[63]에 도덕 높은 우리 성군
강구연월 동요[64] 듣던 요임금의 성덕이라.
어여로 상사뒤요.
순임금 높은 성덕으로 내신 성기,[65] 역산의 밭을 갈고[66]

---

60) 위봉산(威鳳山) 연남~떨어지는 폭포: 전라북도 완주군 소양면 대흥리의 위봉산성 동문 쪽에 있는 폭포.

61) 청상(廳上): 육방과 수령의 속원을 말한다.

62) 구홧들: 전라북도 임실군 임실읍과 오수면의 경계를 이루는 말재를 넘어 평당원을 지나 오수 역참 가까이 있는 곳으로, 남원으로 들어가는 들머리에 해당한다.

63) 천리건곤 태평시: '千里乾坤 太平時'의 한글 표기로도 볼 수 있으나, '천지건곤(天地乾坤) 태평시(太平時)'의 한글 표기로도 볼 수 있다. 앞의 것이라면 '천리에 걸친 하늘과 땅 사이가 모두 태평할 때'이고, 뒤의 것이라면 '하늘과 땅 사이가 모두 태평할 때'다.

64) 강구연월 동요: 「강구요康衢謠」. 연월은 태평연월(太平烟月)의 줄임말이다.

65) 성기: '成器'나 '聖器'의 한글 표기로 간주된다. 농기구를 말한다고 추정된다. 단, 아래 주에 나오듯 하빈에서 순임금이 만들었다는 질그릇을 가리킨다는 설도 있다.

66) 역산(歷山)의 밭을 갈고: 역산은 지금의 중국 산동성(山東省) 제남시(濟南市) 교외에 있는 산. 순임금이 농사지었다고 하여 순경산(舜耕山)이라고도 한다. 『서경』 「대우모大禹謨」에 익(益)이 말하길, "제순(帝舜)이 처음 역산에서 밭에 가서 날마다 하늘과 부모를 향해 울부짖으시어 죄를 떠맡고 악을 자신에게 돌려 공경히 일하여, 부친 고수를 뵙되 조심하여 공경하고 두려워하시니, 고수 또한 믿고 따랐다(帝初于歷山, 往于田, 日號泣于旻天于父母, 負罪引慝, 祇載見瞽瞍,

어여로 상사뒤요.

신농씨[67] 내신 농구, 천추만대 유전하니[68] 어이 아니 높던가.

어여로 상사뒤요.

하우씨 어진 임금 구 년 홍수 다스리니

어여로 상사뒤요.

은왕 성탕[69] 어진 임금 대한大旱 칠 년年 당했네.

어여로 상사뒤요.

이 농사를 지어내어 우리 성군께 세금 바친 후에

남은 곡식 장만하여 앙사부모[70] 아니하며 하육처자[71] 아니할까.

夔夔齊慄, 瞽亦允若)"라고 했다.『사기』「오제본기五帝本紀」에는 "순임금이 역산에서 농사지을
때는 역산의 사람들이 모두 밭두둑을 양보했고, 뇌택에서 물고기를 잡을 때에는 뇌택 가 사람
들이 모두 거처를 양보했으며, 하빈에서 질그릇을 구울 때는 하빈의 그릇이 모두 조악하지 않
았다. 그리하여 순임금이 거처하는 곳에는 일 년 만에 촌락이 이루어졌고 이 년 만에 읍이 이
루어졌고 삼 년 만에 도가 이루어졌다(舜耕歷山, 歷山之人皆讓畔. 漁雷澤, 雷澤上人皆讓居. 陶河濱,
河濱器皆不苦窳. 一年而所居成聚, 二年成邑, 三年成都)"라고 했다.

67) 신농씨(神農氏): 중국의 옛 제왕으로 쟁기를 만들어 사람들에게 처음으로 농사를 가르치
고, 백초(百草)를 맛보아 의약을 개발했다고 전한다. 염제(炎帝), 전조(田祖)라고도 한다.『주
역』「계사전繫辭傳 하」에 "포희씨(복희씨)가 몰하고 신농씨가 일어나, 나무를 쪼개어 뇌를 만
들고 나무를 깎아서 사를 만들어 이 뇌와 사의 이익으로써 천하에 가르쳐주었다(包犧氏沒, 神
農氏作, 斲木爲耜, 揉木爲耒, 耒耨之利, 以敎天下)"라고 했다.

68) 천추만대(千秋萬代) 유전하니: 천추만대는 영원한 시간을 말하고, 유전(流傳)은 면면이 이
어져 흘러나가 전한다는 뜻이다.

69) 은왕(殷王) 성탕(成湯): 은나라 임금 탕(湯).『순자』「대략大略」과『설원說苑』「군도君道」에
따르면, 은나라 성탕이 하나라 걸(桀)을 정벌하고 천자가 되고 나서 칠 년 동안 큰 가뭄이 들
자, 몸에 백모(白茅)를 두르고 희생이 되어 상림(桑林)에 나아가 기우제를 지내면서 여섯 가지
일로 자책하자, 많은 비가 내렸다고 한다. 그런데『십팔사략』권1「은왕성탕」에는, 성탕 때 칠
년간 계속 가뭄이 들자 태사(太史)가 점쳐보고 "사람을 희생으로 하여 비를 빌어야 합니다" 하
자, 성탕이 "반드시 사람을 제물로 바치고 기도를 드려야 한다면 내가 스스로 제물이 되리라"
라고 하고, 손톱과 머리카락을 자르고 온몸을 흰 띠로 얽어 묶고 자신을 희생으로 삼았다고 한
다. 조선 후기 초학자들은 이『사략』을 널리 읽었다.

70) 앙사부모(仰事父母): 위로 우러러 부모를 섬김.

어여로 상사뒤요.

백초百草를 심어 사시를 짐작하니 유신有信한 게 백초로다.[72]

어여로 상사뒤요.

청운 공명[73] 좋은 호강, 이 업을 당할쏘냐.

어여로 상사뒤요.

남북 논밭 일구어서 함포고복含哺鼓腹 하여보세

어널널 상사뒤요.

한참 이러할 때 어사또가 죽장을 짚고 이만치 떨어져서 농부들이 농부가 부르는 모습을 구경하다가 감탄했다.

"올해도 대풍년이구나!"

어사또가 또 한편을 바라보니, 튼실한 노인들이 끼리끼리 모여서 등걸 있는 밭을 일구는데 갈멍덕[74]을 숙여 쓰고 쇠스랑을 손에 들고 〈백발가白髮歌〉를 부른다.

등장[75] 가자, 등장 가자.

하느님 전에 등장 갈 양이면 무슨 말을 하실는지.

늙은이는 죽지 말고, 젊은 사람 늙지 말게.

하느님 전에 등장 가세, 원수로다, 원수로다.

---

71) 하육처자((下育妻子): 아래로 처자를 기름. '앙사부모'와 대우(對偶).

72) 백초(百草)를 심어～유신(有信)한 게 백초로다: 백초, 즉 온갖 풀을 심어두고 보면 사계절 변화를 뚜렷하게 알려서 달력으로 삼을 수 있을 만큼 유신하다는 말이다.

73) 청운 공명(靑雲功名): 높은 벼슬에 오르는 것을 말한다. 한(漢)나라 양웅(揚雄)의 「해조解嘲」에 "벼슬길에 오른 자는 청운에 들어가지만 벼슬길이 막힌 자는 구렁에 빠진다. 아침에 권력 잡으면 공경재상이 되고 저녁에 권세 잃으면 필부가 된다(當塗者入靑雲, 失路者委溝渠, 旦握權則爲卿相, 夕失勢則爲匹夫)"고 했다. 『한서』 권87하 「양웅·전揚雄傳」에 실려 있다.

74) 갈멍덕: 갈대 삿갓, 혹은 칡덩굴로 만든 농립(農笠)이라고 한다.

75) 등장(等狀): 여러 사람이 연명(連名)하여 관부에 올리는 소장이나 청원서·진정서.

오는 백발 막으려고 오른손에 도끼 들고 왼손에 가위 들고

오는 백발 두드리며 가는 홍안 끌어당겨

청실로 결박하여 단단히 졸라매되

가는 홍안 절로 가고 백발은 시시로 돌아와

귀밑에 살쩍이 잡히고 검은 머리 백발 되니

아침에는 푸른 실 같더니 저녁에는 흰 눈 같은 법[76], 무정한 게 세월이라.

소년 행락 깊다 한들 훌훌 달아나니, 이 아니 광음인가.[77]

천금준마를 잡아타고 장안 대도 달리고자

만고강산 좋은 경개 다시 한번 보고 지고.

절대가인 곁에 두고 온갖 교태 보며 놀고 지고.

꽃 피는 아침과 달 밝은 저녁,[78] 사계절 멋진 경치도, 눈 어둡고 귀 먹어

볼 수 없고 들을 수 없어 하릴없는 일이로세.

슬프다, 우리 벗님, 어디로 가겠는고.

가을철 단풍잎 지듯이 선뜻선뜻 떨어지고

새벽하늘 별 지듯이 삼오삼오[79] 스러지니

76) 아침에는 푸른~같은 법: 이백의 시 「장진주」에서 "그대는 못 보았나 높은 집 대청의 거울 보고 백발을 슬퍼하는 것을. 아침에는 푸른 실 같더니 저녁에는 흰 눈 같구나(君不見高堂明鏡悲白髮, 朝如靑絲暮成雪)"라고 한 데서 가져왔다.

77) 소년 행락(行樂)~아니 광음(光陰)인가: 이백의 「춘야연도리원春夜宴桃李園序」에 "무릇 천지는 만물의 역려요, 광음은 백대의 길손이다(夫天地者, 萬物之逆旅. 光陰者, 百代之過客)"라는 글귀를 원용해 말한 것이다. 『장자』 「지북유知北遊」에는 "사람이 천지간에 살아감은 마치 준마가 벽 틈새를 지나가듯 순식간일 뿐이다(人生天地間, 若白駒之過隙, 忽然而已)"라고 했다.

78) 꽃 피는~밝은 저녁: 『구당서』 「나위전羅威傳」에 "매번 꽃 피는 아침과 달 뜨는 저녁이면 빈객과 보좌들과 시를 읊으니 아주 흥취가 난다(每花朝月夕, 與賓佐賦咏, 甚有情致)"라고 했다.

가는 길이 어디멘고, 어여로 가래질이여.
아마도 우리 인생 한바탕 봄꿈인가 하노라.

한참 이러할 때 한 농부가 대뜸 나섰다.
"담배 먹세, 담배 먹세."
농부들은 갈멍덕을 숙여 쓰고 둔덕으로 나오더니, 곱돌로 만든 담뱃
대를 넌지시 들고 꽁무니를 더듬어서 가죽 쌈지를 빼어 들더니, 담배에
세차게 침을 뱉어 엄지손가락이 자빠지게 비빗비빗 비벼서 단단히 털
어넣어 짚불을 뒤져놓고 화로에 푹 질러 담배를 먹는 것이었다. 농군이
라 하는 사람들은 담배 필 때 담뱃대에 진이 잔뜩 끼어 있어 빡빡 빨아
댔는데, 그렇게 빨면 쥐새끼 소리가 났다. 양 볼때기는 오목오목, 콧구
멍은 발름발름, 연기가 훌훌 나도록 피어 물고 나선 것이다. 어사또는
반말하는 것에 이골이 나 있었다.
"저 농부, 말 좀 물어보면 좋겠구먼."
"무슨 말?"
"이 고을 춘향이 본관의 수청 들어 뇌물을 많이 받아먹고 민정에 작
폐한다[80]는 말이 옳은지?"
농부가 열을 내어 말했다.
"그쪽은 어디 사는가?"
"아무데 살든지."
"'아무데 살든지'라니! 그대는 눈과 귀가 콩알만한가? 지금 춘향이 수
청 들지 않는다 하여 형장 맞고 옥에 갇혀 있소. 기생 가운데 그런 열녀
는 세상에 드물고말고. 옥같이 고운 춘향 몸을 두고 자네 같은 동냥아치

79) 삼오삼오(三五三五): 듬성듬성. 『시경』「소남召南 소성小星」에 이르기를, "희미한 저 작은
별이여, 세 개 다섯 개 동쪽에 있네(嚖彼小星, 三五在東)"라고 했다.
80) 작폐(作弊)한다: 폐를 짓는다, 혹은 폐해를 일으킨다는 뜻.

가 더러운 말 씨불대다가는 빌어먹지도 못하고 굶어 뒈질 판이야. 한양 올라간 이도령인지 삼도령인지 그놈의 자식은 떠난 후 무소식이니, 사람 일이 그래가지고는 벼슬은커녕 내 좆만도 못하지."

"어, 그게 무슨 말인고?"

"왜? 어찌되는가?"

"되기야 어찌되랴마는, 남의 이야기를 두고 말을 너무 고약하게 하는군."

"자네가 철모르고 말을 하니까 그렇지!"

어사또가 수작을 끝내고 돌아섰다.

"허허, 망신을 당하고 말았구나. 자, 농부네들 어서 일하시오."

"예."

어사또가 작별하고 한 모퉁이를 돌아들 때였다. 아이 하나가 오는데 대막대기를 끌면서 시조 절반 사설 절반을 섞어 혼잣말하는 것이었다.

오늘이 며칠인고, 천릿길 한양성을 며칠 걸어 올라가랴.

조자룡[81]이 강 건넜을 때의 청총마가 있더라면 금일로 가련마는.[82]

불쌍하다, 춘향이는 이서방을 생각하여

옥중에 갇혀서 명재경각命在頃刻 불쌍하다.

몹쓸 양반 이서방은 한 번 가선 소식을 끊으니, 양반의 도리는 그러한가!

---

81) 조자룡(趙子龍): 조운(趙雲, ?~229). 삼국시대 촉한의 명장으로, 자가 자룡이다. 많은 전장에서 공을 세웠으며, 후일에는 유비의 아들 유선(劉禪)을 보좌하여 정남장군(征南將軍)이 되고 영창정후(永昌亭侯)에 봉해졌다.
82) 청총마가 있더라면 금일로 가련마는: 청총마는 털색이 푸른색과 흰색이 뒤섞여 있는 말이다. 총이말, 부루말이라고 한다. 『삼국지연의』에 보면, 조자룡이 조조의 군사와 싸우다가 적진을 뚫고 나갈 때 앞에 강이 막혀 있었으나, 그의 준마인 청총마가 단번에 뛰어넘어 적으로부터 위기를 넘겼다는 이야기가 있다.

어사또가 그 말을 듣고 아이를 불러 세웠다.

"얘야, 집이 어디 있지?"

"남원에 사오."

"어디를 가니?"

"한양 가오."

"무슨 일로 가니?"

"춘향의 편지 갖고 구관 댁에 가오."

"얘야, 그 편지 좀 보자."

"이 양반 철모르는 양반이네."

"웬 소린고?"

"글쎄 들어보오. 남의 편지 보기도 어려운데 하물며 남의 내간[83]을 보잔단 말이오?"

"얘야, 듣거라. '인편이 떠남에 앞서 또 한번 뜯어본다'[84]라는 말이 있느니라. 좀 보면 어떠냐?"

"이 양반 몰골은 흉악하지만 문자 속은 기특하오.[85] 얼핏 보고 주시오."

"후레자식[86]이로구나."

편지를 받아 떼어 보니 그 사연은 이러했다.

---

83) 내간(內簡): 부녀자들이 주고 받는 편지, 혹은 부녀자가 낸 편지.
84) 인편이 떠남에~한번 뜯어본다: 당나라 장적(張籍)의 「추사秋思」에 "낙양성 안에 가을바람 부는 것을 보고, 집에 보낼 편지를 지으려 하니 생각이 첩첩이다. 너무도 총총하여 말을 다 하지 못했으나 다시 걱정되어, 인편이 떠남에 앞서 또 한 번 뜯어본다(洛陽城裏見秋風, 欲作家書意萬重. 復恐匆匆說不盡, 行人臨發又改封)"라고 한 것에서 가져왔다.
85) 문자 속은 기특하오: 책을 읽어 배 안에 가득한 지식이 기특하오. 예전에는 지식을 배 안에 쌓는다고 표현했다.
86) 후레자식: 호로자식(胡虜子息). 병자호란 이후 심양으로 끌려갔던 여성이 낳은 자식을 폄하는 말. '호로'는 '胡奴'로 표기하기도 했다.

한번 이별한 후에 소식이 오랫동안 막히니[87] 도련님 시봉체후 만안하옵신지,[88] 원절복모[89]하옵니다.

　천첩[90] 춘향은 장대 노상[91]에서 관원과 만나 낭패를 보고 목숨이 경각에 달려 있습니다. 이에 사경에 이르러서는 혼이 황릉묘로 날아가고 귀문관[92]에 출몰하기도 했답니다. 제가 만 번 죽는다 해도, 열녀는 두 남편을 섬기지 않는 법입니다. 저의 사생과 노모의 형상이 어떤 참혹한 지경에 이를지 모르겠습니다.

　서방님께서 깊이 양찰하셔서[93] 조처해주시옵소서.

　편지 끝에는 다음과 같이 덧붙였다.[94]

---

87) 오랫동안 막히니: 소식이 막혔다는 뜻의 '격조(隔阻)'를 '적조'로 표기했다고 볼 수도 있다.
88) 시봉체후(侍奉體候) 만안(萬安)하옵신지: 부모님을 모시고 생활하고 있는 사람에게 안부를 묻는 투식어다. '시봉체후'는 부모님을 모시고 봉양하시는 신체의 상황을 뜻하고, '만안'은 만사가 모두 편안함이란 뜻이다.
89) 원절복모(願切伏慕): 간절히 바라오며 삼가 그리워한다는 뜻이다. 편지 허두의 격식어다.
90) 천첩(賤妾): 근대 이전에 여성이 남자에게 말하거나 편지할 때 자신을 가리키는 말이다. '천한 첩'이라는 글자 그대로의 뜻은 아니다.
91) 장대 노상(章臺路上): 장대는 고대 중국 장안(長安)의 도로 이름으로, 이곳에 술집들이 모여 있었다. 당(唐)나라 최국보(崔國輔)의 「장안소년행長安少年行」에 "산호로 만든 채찍 잃어버리니, 백마가 교만하여 가지를 않네. 장대에서 버들가지 꺾어 주니, 봄날 길가의 정 애틋하여라(遺却珊瑚鞭, 白馬驕不行. 章臺折楊柳, 春日路傍情)"라고 했다. '장대 노상'은 여인 특히 기녀가 풍류객을 만나는 길을 의미한다.
92) 귀문관(鬼門關): 생과 사의 갈림길을 말한다. 본래 중국 광서성(廣西省)에 있는 변방 요새로, 산세가 험준하고 풍토병이 만연해 생환(生還)하는 자가 드물었으므로 "열에 아홉은 못 돌아오는 귀문관(鬼門關 十人九不還)"이라는 속요(俗謠)까지 유행했다고 한다. 『구당서』 권41 「지리지地理志」에 나온다.
93) 양찰(諒察)하셔서: 너그럽게 사정을 잘 헤아려주셔서. 편지 끝의 상투어다.
94) 편지 끝에는~같이 덧붙였다: 작가가 춘향의 심경을 노래한 칠언절구 1수다. 첫 구, 즉 기구(起句)는 이백의 「사변思變」에서 가져왔지만, 『열녀춘향수절가』에 삽입된 시가 가운데 작가가 창작한 유일하게 거의 완전한 시의 형태를 갖추었다고 할 수 있다.

지난해 어느 때 낭군이 나와 이별했던가[95]
엊그제가 겨울이더니 또 가을이 지나가려 하네.
미친바람 불어 한밤에 비와 눈이 내리니
어이하여 남원의 옥중 죄수가 되었단 말인가.[96]

혈서로 써놓았는데, 모래밭 위에 내려앉는 기러기 격이었으며 그저 툭툭 찍은 것이 모두 "아이고"였다. 어사가 이것을 보고 두 눈에 눈물이 떨어지듯 맺힐 듯하다가 마침내 방울방울 떨어졌다. 아이가 말했다.

"남의 편지 보고 왜 우시오?"

"어따, 남의 편지라도 서러운 사연을 보니 자연히 눈물이 나는구나."

"이보시오, 인정 있는 체하고 남의 편지에 눈물 묻히면 찢어지오! 그 편지 한 장 값이 열댓 냥이오. 편지값 물어내오."

"여봐라, 이도령은 나와 죽마고우로서 고향에 볼일이 있어 나와 함께 내려오다 전주에 들렀으니 내일 남원에서 만나기로 언약했다. 나를 따라가다가 그 양반을 뵙거라."

아이가 청을 받아들이지 않고 "한양을 저 건너로 아시오?" 하며 달려들어 "편지 내오!" 하며 옥신각신했다. 아이가 이도령의 옷 앞자락을 붙잡고 힐난하다가 살펴보니, 명주 전대를 허리에 둘렀는데 제사에 쓰는

95) 지난해 어느~나와 이별했던가: 이백의 「변방에 간 낭군을 생각하며思邊」에 "지난해 언제였던가. 낭군이 나를 이별한 것이, 남쪽 동산 푸른 풀에 호랑나비 날 때였지. 올해는 어느 때인가 내가 그대를 그리워하는 것이, 서산에 백설 내리고 진 땅에 먹구름이 뒤덮은 때로다. 옥관이 이곳에서 삼천 리나 떨어져 있으니, 편지 부치려 해도 어찌 듣게 할 수 있으랴?(去歲何時君別妾, 南園綠草飛蝴蝶. 今歲何時妾憶君, 西山白雪暗秦雲. 玉關此去三千里, 欲寄音書那得聞)"라고 했다.
96) 어이하여 남원의~되었단 말인가: 『열녀춘향수절가』에서는 '하위 남원 옥중퇴(何爲南原獄中退)'로 되어 있으나, 퇴(退)는 문맥에도 맞지 않고 압운에도 맞지 않는다. 두번째 구의 추(秋)와 함께 평성 우(尤) 운에 속하는 수(囚)가 옳다.

접시 같은 것이 전대 안에 들어 있었다. 아이가 얼른 물러났다.

"이거 어디서 났소? 찬바람이 나오."

"이놈, 만일 천기를 누설했다간 목숨을 보전치 못하리라."

어사또가 이렇게 당부하고 남원으로 들어갔다. 박석치[97]에 올라서서 사방을 둘러보니, 산도 옛날에 보던 산이요 물도 옛날에 보던 물이었다.

어사또는 남문 밖으로 썩 내달았다.

"광한루야 잘 있었느냐? 오작교야 무사했느냐? '객사 앞 푸르고 푸르러라 버들빛이 새롭구나' 했으니, 그곳은 나귀 매고 놀던 터로다. '푸른 구름 뜬 낙수'라 했으니, 그 맑은 물은 내 발을 씻던 청계수로다. '신록 우거진 진나라 서울 길'[98]이라 했으니, 저 넓은 길은 전에 오가던 옛길이로구나."

오작교 다리 밑에서는 여인들이 빨래를 하고 있었는데, 계집아이들도 섞여 앉아 있었다.

"야야."

"왜요?"

"아이고 아이고, 불쌍하더라. 춘향이가 불쌍하더라. 모질더라, 모질더라, 우리 고을 사또가 모질더라. 절개 높은 춘향이를 위력으로 겁탈하려 하지만, 철석같은 춘향 마음에 죽는 것을 겁내겠는가? 무정하구나, 무정하구나, 이도령이 무정하구나."

저희끼리 공론을 주고받으며 추적추적 빨래하는 모양은 영양공주, 난양공주, 진채봉秦彩鳳, 계섬월桂蟾月, 백능파白凌波, 적경홍狄驚鴻, 심요연,

97) 박석치(博石峙): 남원에서 전주 쪽으로 있는 고개.
98) 푸른 구름~서울 길: 당나라 송지문(宋之問)의 20구 오언고시 「조발소주早發韶州」 가운데 "신록의 나무들 우거진 진나라 서울 가는 길에, 푸른 구름은 낙수 다리 위에 떠 있네. 옛 동산은 길이 시야 속에 머물고, 혼은 떠나서 부르지를 못하네(綠樹秦京道, 靑雲洛水橋. 故園長在目, 魂去不須招)"라고 했다.

가춘운[99]과도 비슷했다. 하지만 양소유가 없으니 누구를 보자고 앉아 있던 건지.

99) 영양공주(英陽公主), 난양공주(蘭陽公主)~심요연(沈裊烟), 가춘운(賈春雲): 『구운몽』에 나오는 팔선녀.

서방인지 남방인지

　어사또가 광한루에 올라 자세히 살펴보니, 석양이 서쪽에 저물고 잘 새는 숲으로 들어가는데, 저 건너 양류목은 춘향이 그네 매고 오락가락 놀던 옛 모습을 어제 본 듯 추억하게 하여 반가웠다. 어사또가 동편을 바라보니 장림 깊은 곳 푸른 숲 사이로 춘향의 집이 저만치에서 보였다. 안쪽 내동헌[1]은 예전에 보던 그 모습 그대로였다. 석벽의 험한 감옥에서는 춘향이 울고 있는 것 같아 불쌍하고 측은하게 여겨졌다. 해가 서산에 지고 황혼이 깃들 때 어사또는 춘향 집 문 앞에 당도했다. 행랑은 무너지고 집 몸채는 표면의 칠이 다 떨어져 있었다. 지난날 보던 벽오동은 숲속에 우뚝 서서 바람을 못 이기어 추레했다. 낮은 담 밑의 흰 두루미는 함부로 다니다가 개한테 물렸는지 깃도 빠지고 다리를 징금징금 찔룩찔룩 하면서 뚜루룩 울음을 울었다. 빗장 앞 누렁개는 기운 없이 졸고

---

1) 내동헌(內東軒): 원문은 '늬동원'이지만, 지방 관아의 안채를 말하므로 여기서는 내동헌으로 복원했다.

있다가 구면객을 몰라보고 컹컹 짖으며 달려들었다.

"요 개야, 짖지 마라. 주인 같은 손님이다. 너의 주인은 어디 가고 네가 나를 반기느냐?"

어사또가 중문을 바라보았다. 본인이 쓴 글자인 충성 충^忠 자가 확실했지만 가운데 중^中 자는 어디 가고 마음 심^心 자만 남아 있었다. 와룡처럼 씩씩한 필세의 글자로 쓴 입춘서²⁾는 동남풍에 펄렁펄렁하여 어사또의 수심을 돋아냈다.

그렁저렁 들어가니 안뜰은 적막할 따름인데 춘향 모가 눈에 들어왔다. 춘향 모는 미음솥에 불을 때면서 "아이고 아이고, 내 신세야. 모질도다, 모질도다, 이서방이 모질도다. 위태한 처지의 내 딸을 아주 잊어버리고 소식조차 끊었구나. 아이고 아이고, 서럽구나. 향단아, 이리 와 불 넣어라!" 했다. 그리고 바깥으로 나오더니 춘향 모는 울안 개울물에 흰 머리를 감아 빗고서 정화수 한 동이를 단 아래에 바쳐놓고 땅에 엎드려 축원했다.

하늘 신, 땅 신이여, 해님, 달님, 별님이여! 개와 같이 하나의 마음으로 되어주소서. 하나뿐인 딸 춘향을 금쪽같이 길러내어 외손봉사를 바랐으나, 무죄한 매를 맞고 옥중에 갇혔으니 살릴 길이 없습니다.

하늘 신, 땅 신은 감응하시어 한양성 이몽룡을 청운에 높이 올려 내 딸 춘향을 살려주시옵소서.

춘향 모가 다 빌고서 향단에게 말했다.

"향단아, 담배 한 대 불붙여다오."

---

2) 와룡처럼 씩씩한~쓴 입춘서: 원문은 '와룡장자(臥龍莊字) 입춘서(立春書)'로, 도사리고 누운 용처럼 힘이 서려 있는 글씨로 쓴 입춘서라는 뜻인 듯하다. 단, 이도령이 춘향과 머물던 곳의 집 문에 '와룡장'이라는 별장 이름을 붙이고 거기에 입춘첩을 붙여두었던 듯도 하다.

춘향 모는 향단에게서 담배를 받아 물고 후유, 한숨짓고 눈물을 떨구었다. 이때 어사는 춘향 모의 정성을 보고 '내가 벼슬한 것이 선영의 음덕으로 알았는데 실은 우리 장모의 덕이었구나!' 생각했다.

"그 안에 누구 있느냐?"

"뉘시오?"

"나일세."

"나라니 뉘신가?"

어사는 안으로 들어갔다.

"이서방일세."

"이서방이라니. 옳지, 이풍헌[3]의 아들 이서방인가?"

"허허, 장모 망령이로세. 나를 몰라? 나를 몰라?"

"자네가 누구여?"

"사위는 백년지객[4]이라 했거늘, 어찌 나를 모르는가?"

춘향 모가 반기며 말했다.

"아이고 아이고, 이게 웬일인고? 어디 갔다 이제 오나. 바람이 크게 일더니 바람결에 풍겨 왔나. 산마루에 구름이 일더니 구름 속에 싸여 왔나. 춘향의 소식을 듣고 살리려고 와 계신가. 어서어서 들어가세."

춘향 모가 어사의 손을 잡고 들어가서 촛불 앞에 앉혀놓고 자세히 살펴보았다. 걸인 중에 상걸인의 모습이었다.

춘향 모는 기가 막혔다.

"이게 어찌된 일이오?"

"양반이 그릇되면 이루 형언할 수가 없네. 그때 올라가서 벼슬길은 끊

---

3) 풍헌(風憲): 지방 수령의 자문과 보좌를 위해 향반들이 조직한 향청(鄕廳)에서 각 면의 수세(收稅)·차역(差役)·금령(禁令)·권농(勸農)·교화(敎化) 등의 실무를 맡아보았던 직책이다.
4) 백년지객(百年之客): 인생 백년의 한평생을 두고 늘 어렵게 여기고 예의를 갖춰 맞아야 하는 손님이라는 뜻으로, 처가에서 사위를 이르는 말이다.

어지고 가산을 탕진하여, 부친께서는 학장[5]으로 가시고 모친은 친정으로 가셔서 제각기 갈렸네. 나도 춘향에게 와서 돈냥이나 얻어갈까 했는데 와서 보니 양쪽 집 형편이 말이 아닐세."

춘향 모가 이 말을 듣고 기가 막혔다.

"무정한 이 사람아, 이별한 후로 소식이 그토록 없었는데, 그런 인사가 어디 있는가? 뒷기약이나 바랐더니, 어째 일이 참 잘되었소. 쏘아놓은 화살이요, 엎지른 물이니, 누구를 원망하고 누구를 탓하겠냐마는 내 딸 춘향을 대체 어찌하려는가?"

춘향 모가 홧김에 달려들어 어사의 코를 물어 떼려 했다.

"내 탓이지 코 탓인가? 장모가 나를 몰라보네. 하늘이 무심해도 풍운이 조화를 일으키고 우레가 천지 운행의 기틀을 돌리는 일이 있을 것이오."

춘향 모는 기가 막혔다.

"양반이 잘못된 것도 모자라 못된 희롱마저 하는구나."

어사는 짐짓 춘향 모의 거동을 볼 심상이었다.

"시장하여 나 죽겠네. 나 밥 한술만 주소."

춘향 모는 밥 달라는 말을 듣고 말했다.

"밥 없네."

어찌 밥이 없을까마는 홧김에 나온 말이었다.

이때 향단이 옥에 다녀오더니 저의 아씨 야단소리에 가슴이 두근두근하고 속이 울렁울렁하여 정처 없이 들어가서 가만히 방안을 살폈다. 전의 서방님이 눈에 띄었다. 향단은 어찌나 반갑던지 우르르 달려들었다.

"향단이 문안드립니다. 대감님 체후가 어떠하시며, 대부인께서는 그

<hr />

5) 학장(學長): 향교의 장이나 지방 현감이 세운 학당의 장을 말한다.

후 안녕하시며, 서방님께서도 먼길을 평안히 행차하셨습니까?"

"오냐, 고생이 어떠하냐?"

"소녀의 몸은 무탈합니다. 아씨 아씨, 큰아씨, 그리 말아요, 그리 말아요. 그렇게 하지 마십시오. 머나먼 천릿길에 누구를 보려고 오셨단 말입니까? 그렇거늘 어째서 이렇게 괄시하시나요? 아가씨가 아신다면 지레 야단이 날 것이니 너무 괄시하지 마십시오."

향단은 부엌으로 들어가더니 먹던 밥에 풋고추, 절인 김치, 양념을 넣고 단간장을 갖추고 냉수를 가득 떠서 소반에 받쳐 드렸다.

"더운 진지 마련할 동안에 시장하실 터인데 우선 요기나 하셔요."

어사또는 "밥아, 너 본 지 오래구나!" 하고 반겨하며 여러 가지를 한데 붓더니 숟가락 댈 것도 없이 손으로 휘휘 저어 한편으로 몰아치더니 마파람에 게눈 감추듯 먹어치웠다.

춘향 모는 "얼씨구, 밥 빌어먹기에 이력이 났구나!"라고 내뱉었다.

향단은 저의 아가씨 신세를 생각하여 크게 울지는 못하고 흐느꼈다.

"어찌할까나, 어찌할까나! 도덕 높으신 우리 아가씨를 어떻게 살리시려오. 어찌해야 하나? 어찌해야 하나?"

소리도 못 내고 우는 모양을 어사또가 보고는 마음이 착잡해졌다.

"여봐라 향단아, 울지 마라, 울지 마라. 너의 아가씨가 살겠지, 설마 죽겠느냐? 행실이 지극하면 살길이 있을 것이다."

이 말을 듣고 춘향 모가 말했다.

"아이고, 양반이라고 오기는 있어가지고, 대체 자네가 왜 이 모양인가?"

향단이 말했다.

"우리 큰아씨 하는 말은 조금도 괘념하지 마세요. 나이가 많아 노망기가 있으신 중에 이런 일을 당하여 홧김에 하는 말이니, 그걸 두고 조그만큼이라도 노하면 되겠어요? 더운 진지 잡수셔요."

어사또는 밥상을 받고 곰곰 생각하다가 분한 마음이 하늘에 뻗칠 듯 마음이 울적하고 오장이 울렁울렁하여 저녁밥이 맛없었다.

"향단아, 상 물려라."

어사또는 담뱃대를 툭툭 털었다.

"여보시오 장모, 춘향이나 좀 보러 가야지."

"그렇게 하구려! 서방님이 춘향을 보지 않으면 인정이 있다 하겠습니까?"

향단이 말했다.

"지금은 옥문을 닫았을 터이니, 파루[6] 치거든 가시지요."

때마침 파루가 뎅뎅 울렸다. 향단이 미음상을 이고 등롱을 들고, 어사또는 그 뒤를 따라 옥문 앞에 당도했다. 인적이 고요하고 옥사쟁이도 간 곳이 없었다.

이때 춘향은 꿈도 아니고 생시도 아닌데 서방님이 보였다. 머리에는 금관을 쓰고 몸에는 홍삼[7]을 입은 서방님의 모습이었다. 춘향은 임 그리는 마음이 깊어서 꿈에 이도령의 목을 끌어안고 만단정회를 푸는 참이었다.

"춘향아."

부른들 대답이 있을 수 없었다. 어사또가 말했다.

"크게 한번 불러보소."

춘향 모가 말했다.

"모르는 말씀이오. 여기서 동헌이 마주 보이므로, 소리가 크게 나면 사또가 염문할 것이니, 잠깐 기다리시지요."

"뭐라? 염문이 무슨 말이냐. 내가 부르겠으니 가만있소. 춘향아!"

---

6) 파루(罷漏): 오경 삼점(五更三點)에 큰 쇠북을 서른세 번 쳐서 통행금지 해제를 알리던 일.
7) 홍삼(紅衫): 조복(朝服)에 딸린 웃옷의 하나를 이르던 말. 붉은 바탕에 검은 연(緣)을 둘렀다. 사대부 여성이 예복으로 입는 홍삼이 별도로 있다.

어사또가 부르는 소리에 깜짝 놀래 춘향이 몸을 일으켰다.

"허허, 이 목소리 잠결인가, 꿈결인가? 그 목소리 이상하네."

어사또가 하릴없어 말했다.

"내가 왔다고 말하시오."

"왔다고 말하면 간담이 떨어져 기절할 것이니, 가만히 계시지요."

춘향이 모친 음성을 듣고 깜짝 놀랐다.

"어머니, 어찌 와 계시오? 몹쓸 딸자식을 생각하여 천방지방[8] 다니다
가 낙상하기 쉬워요. 이다음에는 오실 생각 마세요."

"나는 염려 말고 정신을 차리거라. 왔다."

"오다니, 누가 와요?"

"그저 왔다."

"갑갑하여 나 죽겠습니다. 말씀해주세요. 꿈속에서 임을 만나 만단정
회 풀었더니 혹시 서방님의 기별이 왔습니까? 벼슬 띠고 내려온다는 노
문[9] 놓고 왔습니까? 아이고, 답답해라."

"너의 서방인지 남방인지 걸인이 하나 내려왔다."

"허허, 이게 웬 말인가? 서방님이 오시다니! 꿈속에서 보던 임을 생시
에 보게 되었단 말인가."

춘향이 문틈으로 손을 잡고는 말을 제대로 하지 못하고 기운이 콱 막
혔다.

"아이고, 이게 누구시오? 아마 꿈이겠지! 그리워하며 보지 못하던 임
을 이렇게 쉽게 만날 수 있을까? 이제 죽어도 한이 없네. 어찌 그리 무

---

8) 천방지방(天方地方): 허둥지둥. 『동언해東言解』에 천방지방, 심망족망(心忙足忙), 하상하하
(何上何下) 등의 어휘를 '허둥지둥'을 나타내는 우리말 성어라고 예시해두었다.
9) 노문(路文): 벼슬아치가 공무를 띠고 가면서 당도할 날짜를 미리 갈 곳에 알려 편의를 구하
는 문서. 일정에 따라 연도(沿道)의 각 고을이나 참(站)에 차례로 전하며 숙식을 비롯한 모든
편의를 제공받았다.

정할까? 복도 없다, 우리 모녀! 서방님을 이별한 후에 자나 누우나 임 그리워하며 날이 가고 달이 가며 원한만 늘어가더니, 내 신세가 이리되어 매질에 칭칭 감겨 죽게 되자 나를 살리려고 오신 겁니까?"

춘향이 한참을 이렇게 반기다가 임의 형상을 자세히 보고는 그저 한심할 따름이었다.

"서방님! 제 몸 하나 죽는 것은 서러운 마음이 없지만, 서방님은 이 지경이 웬일이오?"

"춘향아, 서러워 말아라. 사람 목숨은 하늘에 매여 있다고 한다. 설마 죽기까지 하겠느냐?"

춘향이 모친을 불러 말했다.

"한양성 서방님을, 칠년대한 가문 날에 목마른 백성들이 비를 기다렸다고 한들 나처럼 지독하게 기다렸을까? 심은 나무가 꺾이고 공든 탑이 무너지고 말았다. 가련하다, 이내 신세! 하릴없이 되었구나! 어머님, 나 죽은 후에라도 원이나 없게 해주십시오. 나 입던 비단 장옷[10]이 봉장[11] 안에 있으니, 그 옷을 내다팔아 한산의 고운 모시와 바꿔서 물색 곱게 도포를 짓고, 백방사주로 지은 긴치마를 되는대로 팔아다가 갓, 망건과 신발을 사드리세요. 절병 천은[12] 비녀, 밀화장도,[13] 옥가락지가 함 속에 들었으니, 그것도 팔아다가 한삼과 고의[14]를 엉성하지 않게 갖춰 드리

---

10) 장옷: 부녀자가 외출할 때 머리에 써서 아래로 드리워 온 몸을 가리던 초록 옷.
11) 봉장(鳳欌): 봉황 모양을 새겨 꾸민 옷장.
12) 천은(天銀): 순도가 높은 품질 좋은 은. '절병'은 미상.
13) 밀화장도(蜜花粧刀): 밀화로 꾸민 칼집이 있는 작은 칼. 『열녀춘향수절가』는 장도의 종류로 밀화장도 이외에 옥장도(玉粧刀)와 대모장도(玳瑁粧刀)가 나온다.
14) 한삼(汗衫)과 고의(袴衣): 여름옷이다. 한삼은 땀받이 속적삼이고, 고의는 남자의 여름 속바지다. 한삼에 대해서는, 한고조 유방이 항우와 전투를 벌일 적에 땀이 중단(中單)에 밴 후로 그 중단을 한삼(汗衫)이라 불렀다고 한다. 『고금사문유취 속집(續集)』 권19 「한삼(汗衫)」 항목에 나온다.

192

세요. 오래잖아 죽을 년이 세간 두어 무엇 하겠어요? 용장[15] 봉장과 빼 닫이 것은 있는 대로 팔아다가 좋은 찬을 갖추어 진지를 대접해주세요. 나 죽은 후에라도 나 없다 마시고 나 본 듯이 섬겨주세요."

춘향이 이도령을 불러 말했다.

"서방님, 제 말 들으세요. 내일이 본관 사또 생신이라, 취중에 망령이 나면 저를 올려다가 매로 칠 것입니다. 형문 맞은 다리에 장독이 났으니 제가 수족이나 제대로 놀리겠어요? 풀어내린 운환이 흐트러져서 긴 머리를 이렁저렁 걷어 얹고, 이리 비틀 저리 비틀 들어가서 매맞아 상하여 죽거들랑 삯꾼인 체 달려들어 둘러업고, 우리 둘이 처음 만나서 놀던 부용당의 적막하고 고요한 곳에 뉘어놓고, 서방님께서 손수 염습하시되 저의 혼백을 위로하여 입은 옷은 벗기지 말고 양지 끝에 묻었다가, 서방님께서 귀하게 되어 청운에 오르시거든 잠시도 그대로 두지 말고 육진장포[16]로 다시 염하여 조촐한 상여 위에 덩그렇게 싣고서 북망산천[17] 찾아갈 때 앞의 남산과 뒤의 남산을 다 버리고 한양으로 올려다가 선산 발치에 묻어주세요. 비문에는 '수절원사 춘향지묘守節冤死春香之墓'라고 여덟 자만 새겨주셔요. 망부석이 되지 않겠나요? 서산에 지는 해는 내일 다시 뜨겠지만, 불쌍한 춘향은 한 번 가면 어느 때 다시 올까? 가슴에 맺힌 원한이나 풀어주세요."

---

15) 용장(龍欌): 용의 모양을 새겨 꾸민 옷장.
16) 육진장포(六鎭長布): 함경도 육진에서 생산된 긴 베. 척수(尺數)가 다른 곳에서 나는 것보다 훨씬 길었다.
17) 북망산천(北邙山川): 북망은 본래 낙양현 북쪽에 있는 망산(邙山)을 말하는데, 한(漢)나라 이후로 이곳이 유명한 묘지이므로 전하여 죽은 사람의 매장지를 뜻하게 되었다. 정약용은 『경세유표經世遺表』「지관수제地官修制」에서, 묘대부(墓大夫)가 『주례周禮』「총인家人」에서 나라의 묘역을 관장하여 국민에게 족장(族葬)하도록 하면서 그 금령과 도수(度數)를 관장했다는 문헌 기록에 근거하여, 본래 모든 묘지를 관에서 주었으며 사사로 차지해서 무덤을 만드는 법은 없었으므로 사람이 죽으면 북문으로 내어다 북방에 장사했는데, 후세에도 이 법이 남아 있어서 북망(北邙)이라 일렀다고 했다.

춘향이 또 울며 말했다.

"아이고 아이고, 내 신세야! 불쌍한 나의 모친, 나를 잃고 가산을 탕진하면 별수없이 걸인이 되어 이 집 저 집 빌어먹다가 언덕 밑에서 조는 사이에 기력이 다하여 죽게 되면, 지리산 갈까마귀가 두 날개를 쩍 벌리고 두둥실 날아들어 까옥까옥 두 눈을 다 파먹으련만, 어느 자식이 있어 후여 하고 날려보내리? 아이고 아이고."

이렇게 섧게 울자, 어사또는 춘향을 달랬다.

"울지 마라. '하늘이 무너져도 솟아날 구멍이 있느니라.' 네가 나를 어찌 알고 이렇듯이 서러워하느냐?"

어사또는 춘향을 작별하고 춘향의 집으로 돌아왔다. 춘향은 어둠침침한 한밤중에 서방님을 번개같이 잠깐 본 후로 옥방에 홀로 앉아 탄식했다.

"밝은 하늘은 사람을 낼 때 누구는 후하게 해주고 누구는 박하게 해주는 일이 없건마는, 내 신세는 무슨 죄로 이팔청춘에 임 보내고 모진 목숨을 살아 죄인으로 간주되어 이렇게 문초당하고 이렇게 형장을 받다니, 이 일이 대체 무슨 일이란 말인가? 옥중에서 고생하는 서너 달 동안 밤낮없이 임 오시기만을 바랐건만, 이제 나는 임의 얼굴 보고 난 뒤로 광채가 없어지고 말았구나! 죽어 황천에 돌아간들 제왕전[18]에 무슨 말을 자랑하겠는가? 아이고 아이고."

춘향은 슬피 울다가 기진맥진했는데 반은 살아 있어도 반은 죽은 상태였다.

---

18) 제왕전(諸王前): 시왕전(十王前). 시왕(十王)은 저승에 있다고 하는 십대왕. 지옥에서 죄의 경중을 정하는 임금 열 명. 곧 진광왕, 초강왕, 송제왕, 오관왕, 염라왕, 변성왕, 태산왕, 평등왕, 도시왕, 오도전륜왕의 총칭. 십왕이라고도 한다.

본관 사또 생일잔치

　어사또는 춘향 집을 나와서 그날 밤샐 작정을 하고 문안과 문밖을 두루 염탐했다. 어사또가 질청에 가서 들으니, 이방이 승발[1] 불러 이런 말을 했다.

　"여보시오, 들으니 수의사또가 새문[2] 밖 이씨라 합니다. 아까 삼경에 등롱불 켜 들고 춘향 모를 앞세우고 왔던 허술하게 차린 손님이 아마도 수상하오. 내일 본관 잔치에 수의사또가 입고 올 옷 한 벌을 잘 구별하여 생탈 없게 극히 조심하구려."

　어사가 그 말을 듣고 '그놈들 알기는 아는구나' 했다. 또 어사가 장청에 가서 들으니, 행수군관의 거동이 이러했다.

　"여러 군관님네, 아까 옥거리에 왔다 간 걸인이 정말로 이상하데. 분

---

1) 승발(承發): 아전 밑에서 잡무를 보던 사람.
2) 새문: 신문(新門). 서울시 서대문. 앞서는 이도령과 그 부친을 삼청동 거주라고 했으므로, 이곳의 서술과 어긋난다.

명 어사인 듯하니, 용모파기[3]를 내어놓고 자세히 보아둡시다."

어사또가 이 말을 듣고는 '그놈들 하나하나 모두 귀신같구나' 했다. 현사[4]에 가서 들으니, 호장 역시 그러했다. 어사또는 육방을 다 염문하고 춘향 집에 돌아와서 밤을 샜다.

이튿날 아침, 향리와 구실아치들이 관례대로 사또를 뵙고 나자 가까운 읍의 수령들이 모여들었다.

운봉 영장[5]과 구례·곡성·순창·옥과·진안·장수의 원님들이 차례로 모여들었다. 좌편에 행수군관, 우편에 청령사령[6]을 두고, 한가운데 본관은 주인으로서

관청색[7]을 불러 "다담상을 올려라."

육고자[8]를 불러 "큰 소를 잡아라."

예방을 불러 "북재비를 대령하라."

승발을 불러 "차일을 치게 하라."

사령을 불러 "잡인을 금하라."

이렇듯 요란하더니, 깃발과 무기는 저마다 제자리에 놓이고, 삼현육각 풍류 소리는 반공에 가득 울려퍼졌다. 그리고 푸른 비단 웃옷에 붉

---

3) 용모파기(容貌疤記): 특정 인물의 용모 또는 신체상 특징을 적은 기록. 줄여서 파기(疤記)라고 한다.
4) 현사(縣司): 관아에서 소용되는 물건을 출납하는 곳. 현의 호장이 직무를 보는 곳이다.
5) 운봉 영장(雲峰營將): 전라도 좌영의 영장(營將). 영장(營將)은 진영장(鎭營將)이라고도 하는데, 조선 후기 인조 때 설치된 정3품직으로 각 도 병마절도사에 소속되어 지방 군대를 지휘·감독했다.
6) 청령사령(聽令使令): 대상(臺上)이나 상방(上房)에서 사또가 내리는 영을 전달하는 사령을 가리키는 듯하다.
7) 관청색(官廳色): 관청빗. 조선시대 지방 관서의 주방에 관한 사무를 담당하던 향리. 관아의 주방을 관청(官廳) 또는 관주(官廚)라 했는데, 수령과 그 가족들의 식생활 및 공사 빈객의 접대와 각종 잔치에 필요한 물품의 조달 및 회계를 맡았다.
8) 육고자(肉庫子): 지방 관가에 쇠고기를 바치는 관노.

은 비단치마를 입은 기생들은 흰 비단 소매를 높이 들어 춤을 췄다.

　지화자 둥덩실 하는 소리에 어사또마저 마음이 심란했다.

　"여봐라, 사령들아! 너의 원님 안전9)에 여쭈어라. 먼 데 있는 걸인이 좋은 잔치에 왔으니 술이나 안주 좀 얻어먹자고 여쭈어라."

　사령이 이를 보고 말했다.

　"어느 양반인데 그러느냐. 우리 안전께서 걸인의 출입을 금하니, 그런 말은 내지도 마오."

　사령이 어사또의 등을 밀쳐냈다. 어찌 저승의 관리가 아니겠는가.

　운봉 영장이 그 어사또가 걸인 차림으로 하는 행동을 보고 본관에게 청했다.

　"저 걸인의 의관은 남루하지만 양반의 후예인 듯하므로 말석에 앉히고 술이나 먹여 보냄이 어떻겠습니까?"

　"운봉의 소견대로 하겠지마는."

　"마는-" 소리의 뒷입맛이 사나웠다. 어사또는 속으로 생각했다.

　'오냐, 도적질은 내가 하마, 오라는 네가 져라.'10)

　운봉이 분부했다.

　"그 양반 들어오시라 해라."

　어사또가 들어가서 단정히 앉아 좌우를 살펴보니, 당상의 모든 수령이 다담상을 앞에 놓고 있었다. 진양조의 풍류 소리가 높아지자, 어사또는 자신 앞에 놓인 다담상을 보고는 분통을 삭이기 어려웠다. 모서리 떨어져나간 개다리소반에 닥나무 젓가락, 콩나물, 깍두기, 막걸리 한 사발

---

9) 안전(案前): 하급 관리가 상급 관리를 직접 부르지 못하고 '서안(書案) 앞에 있는 사람'이라고 가리키는 말.

10) 도적질은 내가~네가 져라: 주인에게 들킬 수도 있고 위험도 있는 훔치는 일은 내가 할 테니까, 훔쳐온 물건은 함께 나누어 갖고 나중에 걸리게 되면 오랏줄에 묶이는 책임은 네가 지라는 뜻이다. 좋은 것은 자기가 갖고 나쁜 것은 남에게 돌리겠다는 말이다.

이 놓였을 뿐이었다. 어사또가 상을 발길로 탁 차서 던지고는 운봉의 갈비를 지그시 눌렀다.

"갈비 한 대 먹어야겠소."

"다리도 잡수시오" 하고는 운봉이 내밀었다.

"이러한 잔치에 풍류로만 놀아서는 재미가 없으니, 차운[11]이나 한 수씩 해보면 어떻겠소?"

"좋소."

그러자 운봉이 운을 냈다. 높을 고高, 기름 고膏 두 글자였다. 그 두 글자를 내어놓고 차례로 운을 달 때,[12] 어사또가 말했다.

"걸인도 어려서 추구권[13] 정도는 읽었는데, 좋은 잔치에서 술과 안주를 배불리 먹고 그저 가기에는 염치없으니 차운 한 수 하겠습니다."

운봉이 반가이 듣고 붓과 벼루를 내주었다. 좌중이 아직 다 짓지 못하는 사이에 어사또는 글 두 귀를 지어 종이에 다 적었다. 민정을 생각하고 본관의 정치 행태를 생각하여 지은 글귀였다.

금준미주金樽美酒는 천인혈千人血이요
옥반가효玉盤佳肴는 만성고萬姓膏라.
촉루락시燭淚落時에 민루낙民淚落이요
가성고처歌聲高處에 원성고怨聲高라.

---

11) 차운(次韻): 고전의 시나 앞서 남이 지은 시의 운을 따라서 시를 짓는 것을 말한다.

12) 높을 고~달 때: 차운이라 했지만, 운자를 미리 지정해 불러주면 그것을 각 사람이 시에 그대로 사용하는 호운(呼韻)이다. 더구나 아래에 어사또가 제시한 시구를 보면 기름 고 자를 앞에 쓰고 높을 고 자를 뒤에 써서, 호운의 순서와 다르다.

13) 추구권(推句卷): 시인 묵객(詩人墨客)들이 애송하던 기존의 시 가운데 좋은 구절을 뽑아서 엮은 책이다. 대개 오언 2구 1련씩을 모아두었다. 현재 전하는 「추구推句」는 저자가 미상이며, 내용은 유명한 시인과 명사가 애송했던 오언절구 중 좋은 대구들만 발췌해 엮어두었다.

금동이에 아름다운 술은 일만 백성의 피요[14]

옥소반의 아름다운 안주는 일만 백성의 기름이라.

촛불 눈물 떨어질 때 백성 눈물 떨어지고

노랫소리 높은 곳에 원망 소리 높았더라.

본관 사또는 이 시의 뜻을 알아차리지 못했다. 운봉 영장만은 이 글을 보며 속으로 생각했다.

'아뿔싸! 큰일났구나.'

---

14) 금동이에 아름다운~백성의 피요: 이 사행시는 『오륜전비기伍倫全備記』 16단의 정장시(定場詩) 함련과 경련을 차용한 것이다. 이 시를 두고 광해군 때 시정(時政)을 풍자한 명인(明人)의 작이라느니, 남원부사를 지낸 성이성(成以性)의 작이라느니 하는 것은 부회에 불과하다. 『오륜전비기』는 이미 중종 연간 때도 두루 읽혔고 후기에는 사역원의 한학 교재로 더욱 많이 읽혔으니, 그 정장시가 널리 회자되다가 『열녀춘향수절가』 속에 삽입되었을 것이다.

암행어사 출또야

이때 어사또가 하직하고 가자 운봉 영장은 공형을 불러 분부했다.

"야야, 일이 났다!"

운봉 영장은 공방[1]을 불러 포진을 단속하고, 병방을 불러 역마를 단속하며, 관청색을 불러 다담을 단속하고, 옥형리를 불러 죄인을 단속하며, 집사를 불러 형구를 단속하고, 형방을 불러 문서와 장부를 단속하며, 사령을 불러 여럿이 함께 숙직하도록 단속했다.

이렇게 한참 일이 요란할 때 아직도 사태를 파악하지 못한 본관이 말했다.

"이보시오, 운봉은 어디 다녀왔소?"

"소피[2] 하고 들어옵니다."

본관이 분부했다.

---

1) 공방(工房): 육방의 하나.
2) 소피(所避): '오줌'을 완곡하게 이르는 말. 원래 궁녀가 월경을 하면 임금을 모시지 못하므로 월경을 소피라고 했던 데서 변하여 오줌을 소피라고 부르게 되었다는 설이 있다.

"춘향을 급히 올리라!"

술기운에 미친 짓을 부리려 할 참이었다.

어사또가 군호를 하는데 먼저 서리에게 눈짓을 했다. 서리와 중방[3]은 역졸을 불러 단속을 했다. 그들은 이리 가며 수군, 저리 가며 수군수군, 조심스레 움직였다.

서리와 역졸을 또 어떤가. 외올망건을 쓰고, 무늬 없는 두꺼운 공단으로 만든 갓싸개로 싸고는, 낡지 않은 새 패랭이를 그 위에 눌러썼다. 버선을 대신하여 좁고 긴 무명으로 석 자 길이 감발을 만들어 발에 두르고, 새 짚신을 신고 한삼 고의를 산뜻하게 입었으며, 육모방망이와 녹비 끈을 손목에 걸어 쥐고는, 여기서 번쩍 저기서 번쩍 했다. 남원 읍내가 술렁술렁하지 않을 수 없었다.

드디어 청파 역졸이 달같이 둥근달 같은 마패를 번쩍이는 해같이 높이 쳐들며 외쳤다.

"암행어사 출또야!"

그 소리에 강산이 무너지고 천지가 뒤집히는 듯했다. 초목금수라도 떨지 않고는 못 배길 정도였다.

남문에서 "출또야!", 북문에서 "출또야!", 동문과 서문에서도 출또 소리가 나서 창공이 진동했다.

"공형 들라!"

외치는 소리에 육방이 넋을 잃었다.

"공형이오."

등 채찍으로 후닥닥 갈겼다.

"아이고, 죽는다!"

"공방, 공방!"

---

3) 중방(中房): 수령의 시중을 들던 사람.

공방이 포진을 들고 들어왔다.

"맡고 싶지 않았던 공방을 하라더니, 저 불속에 어찌 들어간단 말인가?"

등 채찍으로 후닥닥 갈겼다.

"아이고, 박 터졌네."

좌수와 별감은 넋을 잃고, 이방과 호장도 넋을 잃었으며, 삼색나졸[4]은 달아났다. 모든 수령이 도망갈 때의 모습은 이러했다. 관아 도장 넣은 인궤를 잃어버리고 상에 놓인 과자를 들었으며, 병부[5]를 주지 않는 대신 송편을 들었으며, 탕건 대신 술 거르는 용수를 썼으며, 갓 대신 소반을 쓰고, 칼집을 쥐고 오줌을 누려 했다. 부서지는 것은 거문고요, 깨지는 것은 북과 장고였다.

본관은 똥을 싸고, 멍석 구멍 사이로 생쥐가 눈 뜨고 내다보듯이 하며 내아로 도망했다.

"어, 추워라! 문 들어온다. 바람 닫아라. 물 마른다, 목 들여라!"

관청색은 다담상을 잃어버리고 문짝을 이고 내달렸다. 그러자 서리와 역졸이 달려들어 후닥닥 내리쳤다.

"아이고, 나 죽네."

이때 어사또가 분부했다.

"이 고을은 대감이 좌정하셨던 고을이다. 쓸데없이 시끄럽게 하는 것을 금한다. 객사[6]로 좌기처[7]를 옮겨라!"

---

4) 삼색나졸(三色邏卒): 지방관아에 딸린 나장, 군뢰, 사령 등 세 하인을 함께 이르는 말.
5) 병부(兵符): 군대를 동원하는 표지로, 임금이 관찰사나 절도사 등 지방관에게 주었다. 둥글납작한 나무패의 한쪽 면에 '발병(發兵)'이라 쓰고 다른 한쪽에 관찰사나 절도사 등의 이름을 기록하고서 가운데를 쪼개 오른쪽은 당사자에게 주고 왼쪽은 임금이 간직했다.
6) 객사(客舍): 조선 후기에는 용성관(龍城館)이라 불렀다. 현재 건물은 불타고 계단 주춧돌 등 일부 유적만 남아 있다.
7) 좌기처(坐起處): 관리가 공무를 처리하는 집무실을 말한다.

어사또가 좌정한 후에 분부했다.

"본관은 봉고파직[8]하라!"

"본관은 봉고파직이오!"

사대문에 방이 붙었다. 어사또는 옥형리를 불러 분부하며 호령했다.

"너희 고을의 감옥에 갇힌 죄수의 명부를 다 올리라!"

호령에 따라 옥형리가 죄인의 명부를 올렸다. 어사또가 죄수를 하나하나 불러 각각 문죄한 후에 죄 없는 자는 놓아주고 말했다.

"저 계집은 무엇이냐?"

형리가 대답했다.

"기생 월매의 딸인데 관청 뜰에서 포악하게 군 죄로 옥중에 있습니다."

어사또가 "무슨 죄냐?"고 물으니, 형리가 대답했다.

"본관 사또의 수청을 들라고 불렀더니, 수절하는 것이 정절을 지키는 것이라면서 수청을 들지 않으려 하고 관가 뜰에서 포악하게 굴던 춘향입니다."

어사또가 분부했다.

"네년이 수절한다고 관가 뜰에서 포악하게 굴었다니 살기를 바랄 수 있겠느냐? 죽어 마땅하다만 내 수청도 거역할까?"

춘향은 기가 막혔다.

"내려오는 관장마다 모두가 명관이구나. 수의사또 들으십시오. 층암 절벽 높은 바위가 바람이 분들 무너지며, 청송과 녹죽같이 푸른 나무가 눈이 온들 변하겠습니까? 그런 분부 하지 마시고 어서 바삐 죽여주십시오."

---

8) 봉고파직(封庫罷職): 어사또가 부정한 원을 파면시키고 관가의 창고를 사용하지 못하도록 봉인하는 일.

어사또에게 이렇게 말하고는 향단이를 찾았다.

"향단아, 서방님 어디 계신가 보아라. 어젯밤에 옥 문간에 오셨을 때 천 번 만 번 당부했건만, 어디로 가셨는지 나 죽는 줄 모르시는가?"

어사또가 분부했다.

"얼굴을 들어 나를 보라!"

그 말에 춘향이 고개를 들어 대 위를 살펴보니 걸인 모습을 하고 온 낭군이 어사또 차림으로 뚜렷이 앉아 있었다.

춘향은 반 웃음, 반 울음으로,

"얼씨구나 좋을시고, 어사 낭군 좋을시고. 남원 읍내 가을철 들어 잎이 죄다 떨어지게 되었다가 객사에 봄이 돌아와 봄바람이 오얏꽃을 피우는 것처럼 날 살려주는구나. 꿈이냐 생시냐? 꿈이라면 꿈이 깰까 염려로다."

한참 이렇게 즐거워할 때 춘향 모가 들어와서 사실을 알고 한없이 기뻐했다. 이 상황을 어찌 이루 다 말하랴. 이로써 춘향의 높은 절개가 찬란하게 드러나게 되었다. 어찌 아니 좋겠는가!

정렬부인 춘향

어사또는 남원 공무를 처리하고서 행장을 차려 춘향 모녀와 향단을 한양으로 올려보냈다. 이때 어사또의 위세가 당당하여, 세상 사람 어느 누군들 칭찬하지 않는 이가 없었다.

춘향은 남원을 하직하게 되었다. 춘향은 영화롭고 존귀하게 되었지만, 고향을 이별하자니 한편으로는 기뻐했으나 한편으로는 슬퍼하지 않을 수 없었다.

놀고 자던 부용당아, 너 부디 잘 있거라.
광한루, 오작교며 영주각도 잘 있거라.
"봄풀은 해마다 푸르건만
왕손은 돌아올지 안 돌아올지[1]"
이 시구는 나를 두고 이른 것이로구나.

저마다 이별을 고했다.

"만세토록 아무 탈 없으시기를. 언제 다시 볼지 아득하구려."

이때 어사또는 전라좌도와 전라우도를 돌며 민정을 살피고 나서 한양에 올라가 어전에 숙배했다. 삼당상[2]이 입시하자 문서와 장부를 조사하여 확정한 후에 임금께서 크게 칭찬하시고 즉시 정2품 이조참의에 임명했다가 정3품 성균관 대사성에 올려주셨다. 그리고 춘향을 정렬부인[3]에 봉하셨다. 어사또는 사은숙배하고 물러나와 부모님을 뵈었다. 부모가 성은에 감사드리고 임금께서 오래오래 건강하시기를 기원했다.

이후 어사또는 이조판서, 호조판서, 우의정, 좌의정, 영의정을 다 지내고 벼슬에서 물러났으며 정렬부인과 더불어 백년을 동락했다. 정렬부인과는 삼남 이녀를 두었는데, 모두 총명하여 부친을 넘어설 정도였다. 자자손손이 대를 이어가면서 일품의 품계와 관직에 있어서 가풍이 만세토록 흘러흘러 전했다.

---

1) 봄풀은 해마다~안 돌아올지: 당나라 왕유의 시 「산중에서 송별하며山中送別」의 전구(轉句)와 결구(結句)다. 왕유의 시는 "산속에서 전송을 마치고는, 해 저물 때 사립문을 가려두네. 봄풀은 해마다 푸르건만, 왕손은 돌아올지 안 돌아올지(山中相送罷, 日暮掩柴扉. 春草年年綠, 王孫歸不歸)"다.
2) 삼당상(三堂上): 육조의 판서·참판·참의.
3) 정렬부인(貞烈夫人): 정조와 지조를 굳게 지킨 부녀자에게 특별히 내려지던 칭호.

춘향가

유진한柳振漢, 1712~1791은 본관이 고흥高興이고, 자는 중백重伯이며, 천안 목천木川 출신의 향촌 양반이다. 초명은 정한挺漢이다. 거처하는 고을의 옛 이름이 만화萬化였는데, 이를 만화晩華로 바꾸었으며, 이 때문에 헌호를 만화헌晩華軒 혹은 만화당晩華堂이라 했다. 할아버지는 유광천柳光天이다. 15세에 이미 경전과 역사서에 두루 통했다. 17세에 산곡 사이로 몸을 피했으나 조금도 독서를 게을리하는 일이 없었다. 1748년영조 24 춘천을 다녀왔고, 1751년에 아내를 잃었다. 1753년부터 1754년까지 호남 지방을 구경하고 돌아와서, 호남에서 알게 된 『춘향가』의 내용을 한시로 옮겼다고 전한다. 이후 목천에서 은석시사銀石詩社의 일원으로 활동했다.

유진한의 장남은 유옥집柳玉集, 1731~1791이고 그 4대손이 유봉석柳鳳碩, 1876~1948, 유봉석의 아들이 유제한이다. 유제한은 조선어문학회 이사를 지냈다. 유진한의 문집 『만화집』(1980년 청절서원 간행, 서울대학교 중앙도서관 소장) 권2에 한문본 『춘향가』가 들어 있다. 이것을 만화본 『춘향가』라 부른다. 만화본 『춘향가』에는 이야기를 요약해 소개하는 전사前詞가 있고, 이야기의 줄거리를 서사시 형태로 제시하는 본사本詞를 두고, 이야기를 마무리하고 평가하는 결사結詞를 두었다. 본사의 내용은 다음과 같다.

남원 부사의 아들인 16세의 이도령이 삼짇날에 만복사萬福寺로 놀러 나갔다가, 15세의 춘향을 만난다. 춘향이 시내에서 목욕하고 그네 타는 것을 보고 사람을 시켜 춘향을 불러온다. 이도령은 춘향을 따라 앵두꽃 아래 주렴 걷어둔 집으로 가서 통방에서 불망기不忘記를 써주고 인연을 맺는다. 이도령은 춘향에게 신물信物을 주고, 내아內衙에 들어가서 누이를 만나 자신이 장가 전에 첩을 두었다고 자랑한다. 하지만 사또의 임기가 끝나 이도령은 부친을 따라 한양으로 가게 된다. 이도령은 춘향과 이별하면서 반드시 남원 부사나 호남 관찰사로 다시 와서 춘향을 데려가겠다고 약속한다. 상경한 이도령은 과거 공부를 해서 춘당대 알성과에 장원으로 급제하고, 한림권翰林圈에 이름이 들어 교서관 정자가 되었다가 홍문관 교리에 올라 호남 어사에 임명된다. 어사가 호남으로 가는 길에 사람을 만나 신임 남원 부사의 정치에 대해 묻자, 그 사람은 사또가 아주 망령돼서 수청을 거부하는 기녀를 가혹하게 다스리고 있으며, 그 일 하나를 보면 열을 알 수 있듯이 사또가 폭정을 일삼는다고 알려준다. 어사가 남원 옥에 가자 춘향이 그간의 안타까운 사정을 말하고, 이제 낭군을 만났으니 한이 없지만 내일 본부本府 생일잔치가 열려 사또가 취중에 가혹한 짓을 할 것이 분명하므로 자신이 곤장을 맞아 죽으면 초종 염습이나 해달라고 부탁한다. 어사가 그날 춘향의 집에서 자고 다음날 본부에 가자 과연 잔치가 벌어진다. 어사는 걸인 차림으로 말석에 앉아 연구聯句를 짓고는 암행어사 출두를 하고 업무를 처리한다. 이후 어사는 춘향의 이름을 기적妓籍에서 빼주고 같이 한양에 가고, 국왕은 춘향에게 정렬부인 교지를 내린다.

만화본 『춘향가』에서 춘향은 여염가 규수가 아니라 기생 월매의 딸인 어린 기생이다. 이도령은 과거에 급제해 한림·정자·교리를 거쳐 승지로 오르고 나서 고향에 암행어사로 내려간다. 춘향이 옥중에서 도령에게 남원 부사로부터 당하는 고초를 낱낱이 이야기한다. 춘향은 "창기로 태어나 미천한 처지라 하여도, 치마 걷어 진수·유수 건너는 게 음란함을 모르지 않았죠. 열녀는 지아비를 바꾸지 않는다는 것을 알기에, 몸 허락하던 당초에 그럴 일 있으면 죽으리라고 맹세했답니다"라고 하여 열녀의 전형으로 부각된다.

유진한의 만화본 『춘향가』 이후 1852년철종 3 윤달선尹達善이 총 108첩疊, 3024자의 한시로 『춘향가』를 엮었다. 이계오李啓五, 옥전산인玉田山人 윤경순尹瓊純 및 윤달선 자신의 서序가 있다. 윤달선 한시본은 당시에 불리던 판소리에 의거하고 있는 듯하다. 윤달선은 서문에서 판소리 창의 광경을 묘사해서, "한 사람은 서고 한 사람은 앉아서 하는데, 서 있는 사람은 소리를 하고 앉아 있는 사람은 북을 쳐 박자를 맞춘다"라고 했다. 판소리 창은 이후 다섯 마당으로 축소되었지만, 19세기 중엽까지 12마당으로 구성되어 있었음도 알려준다. 그런데 윤달선 한시본에는 남원 사람이 춘향의 초분草墳이라고 가리키는 묘에 이도령이 가서 통곡하는 장면이 있다. 이것은 경판본에는 없다. 현재 전하는 많은 전사본 중에서 이고본李古本·고대본高大本 『춘향가』에서 이도령이 초분 앞에서 통곡하는 장면이 들어 있는 것과 공통된다. 그러나 유진한의 만화본 『춘향가』에는 초분에 통곡하는 장면이 없다.

그런데 만화본 『춘향가』는 『윤달선 한시본』보다 앞서 이루어진 듯하지만, 그것이 과연 1754년 혹은 18세기 말에 이루어진 것인지는 확실하지 않다. 연구자에 따라서 『만화본 춘향가』는 『만화집』과는 달리 유진한의 저작물로 볼 수 없으며 후대 사람이 번안해서 추록한 거라고 주장하기도 한다.

춘향가

유진한

전사

광한루 앞 오작교
나는 견우, 너는 직녀.
세상에서 통쾌한 일은 수의어사[1] 낭군을
월하노인이 곱게 꾸민 기녀와 가연을 맺어준 일.
용성 객사[2] 동쪽 대청에서
이날 다시 만나니 무한히 기쁘구나.

---

1) 수의어사: 원문은 수의(繡衣)다. 암행어사를 영화롭게 이르는 말.
2) 용성 객사(龍城客舍): 남원부의 객사인 용성관(龍城館)을 말한다. 남원의 옛 이름이 용성이다.

그네 타는 춘향

남원 책방3) 이도령이
절세미인 춘향을 처음 보았을 때
삼랑4)이 사랑한 양귀비라도 그대에 비하랴
이선5)이 요지6)에서 만난 숙향이 너로구나.
나는 나이 이팔열여섯, 너는 삼오열다섯
복숭아 자두의 꽃망울이 봄볕에 아양 떠는 듯.
사초는 남쪽 큰길에서 신록의 싹이 나오려 하고
모란은 동쪽 울타리에서 바야흐로 자주 꽃봉오리 터뜨리는데
경물 번화한 대방국7) 옛 땅에
이날 봄 풍경 찾아 노니니, 삼짇날8)이로다.
붉은 비단 수놓은 치마를 풀숲 가에 끌고 가니
흰 모시 가벼운 적삼이 꽃나무 끝에 걸렸네.

---

3) 책방: 관아에 딸린 글방을 말한다. 또한 지방 수령이 문서나 회계 따위를 맡기려 데리고 다니는 사람을 가리키며, 책객(冊客)이라고도 한다. 『목민심서』 권1 「부임육조赴任六條 치장治裝」 등에 나온다. 여기서는 관아 수령의 아들이 공부하는 글방을 말한다.
4) 삼랑(三郎): 당나라 현종. 송나라 마영경(馬永卿)의 『나진자懶眞子』에 "개원(開元) 연간에 어떤 사람이 명황(明皇)에게 글을 올렸는데 '삼황오제를 말하는 것보다는 삼랑에게 와서 고하는 것만 못하다'라고 했다"는 말이 있다. 그 주에 "삼랑은 현종을 지칭한 것이다. 현종의 형제가 6인이었는데, 한 사람은 일찍 죽었다. 영왕(寧王)·설왕(薛王)은 현종의 형이고, 신왕(申王)·기왕(岐王)은 현종의 아우였기에 삼랑이라 한 것이다"라고 했다.
5) 이선(二仙): 이선(李仙). 고소설 『숙향전』의 남주인공이다. 삼랑과 대를 맞추려고 '李'를 '二'로 바꾸었다. 송하준(2013).
6) 요지(瑤池): 선녀가 사는 곳에 있다는 연못. 여기서는 마고할미의 곳에 있는 요지를 말한다.
7) 대방국(帶方國): 남원의 옛 이름. 당나라의 소정방(蘇定方)이 백제를 멸망시키자, 황제가 조서를 내려 유인궤(劉仁軌)를 대방주 자사(帶方州刺史)로 임명하여 남원에 유진(留鎭)하면서 동쪽을 방어하도록 했다. 여기에서 대방이 남원의 고칭이 되었다.
8) 삼짇날: 원문은 '상사일(上巳日)'로, 절일(節日)의 명칭이다. 한(漢)나라 이전까지는 음력 3월 상순(上旬)의 사일(巳日)을 지칭했는데, 위진시대 이후로는 3월 상순의 사일이 아니라 3월 3일로 정했다고 한다.

맑은 시내에선 석양 아래 제비가 물결을 차고

벽도화 그늘에선 미투리로 향기로운 걸음 옮기니

막고야 처녀[9]가 향내를 일으키고

백옥경 선녀[10]가 옥노리개를 울리는 듯.

목욕 끝에 난고[11]의 분내 풍기며 땀 흘리는 모습

만복사[12] 앞 봄물이 깊고 넓을 때

유리같이 맑은 물에 그림자 비치자 돌아보며 웃고

눈 같은 피부와 꽃 같은 용모를 깨끗이 씻고 머리 드네.

은근히 허리춤 아래를 남들이 볼까봐 걱정하며

수면에 비친 고운 자태가 연꽃과도 같구나.

향기로운 바람이 한바탕 푸른 버들 늘어선 기슭에 일어나더니

다시 그네에 올라서는 묘기를 자랑한다.

자색 비단에 수놓은 치마는 푸른 난새 날아 움직이는 듯

일백 척 붉은 줄은 길게 꼬았구나.[13]

강비[14]가 물결을 밟듯이 몸놀림 가볍고

---

9) 막고야 처녀: 원문은 '고산처자(姑山處子)'인데, 막고야산(藐姑射山)의 처녀를 말한다. 『장자』「소요유逍遙遊」에 "막고야산에 신선이 사는데 살결이 빙설처럼 깨끗하고 부드럽기가 처녀와 같으며, 오곡을 먹지 않고 바람을 호흡하며 이슬을 마신다(藐姑射之山, 有神人居焉, 肌膚若冰雪, 若處子, 不食五穀, 吸風飲露)"라고 나온다. 흔히 매화의 희고 아름다운 자태를 이 신선에 비유한다.

10) 백옥경 선녀: 원문은 '옥경선아(玉京仙娥)'다. 달 속에 산다고 하는 선녀로, 곧 월궁의 항아(姮娥)를 가리킨다.

11) 난고: 난초 향을 넣은 기름. 『초사』 가운데 송옥의 「초혼招魂」에 "난고의 밝은 등촉이 비추고, 아름다운 여인이 나란히 늘어섰네(蘭膏明燭, 華容備些)"라고 했다. 『통석通釋』에 따르면, 난고는 기름의 냄새를 없애고자 난초 향을 넣어 고(膏)로 정련(精煉)한 것이라 한다.

12) 만복사(萬福寺): 고려 문종 때 전라도 남원 기린산(麒麟山) 남쪽에 창건한 절. 현재 전라북도 남원시 동문 거리에 터가 있고 불탑이 남아 있다.

13) 꼬았구나: 원문의 이리(纚纚)는 길게 꼰 모양이다. 굴원의 「이소離騷」에 "계수나무를 들어 난초 꿰어 달고, 호승으로 노끈을 길게 꼬리라(矯菌桂以紉蘭兮 索胡繩之纚纚)"라고 했다.

14) 강비(江妃): 장강의 선녀. 『열선전列仙傳』에 보면, 옛날 정교보(鄭交甫)라는 사람이 장강(長江)과 한수(漢水) 부근에 놀러 나갔다가 화려한 복장의 신녀(神女)인 강비 두 여인을 만났다. 두

월아[15]가 구름 타듯이 두 발로 굴러대니

뾰족뾰족한 비단 버선은 참외 같은 코

나뭇가지에 부딪혀 높은 곳의 꽃술을 떨어뜨리네.

둥근달 아래 피어난 복사꽃을 비단치마로 살짝 가리기에

봄날 성안의 일만 대중이 모두 우러러 쳐다본다.

홍루[16] 출입 십 년에도 보지 못한 미색이라

남자의 색정을 슬그머니 일으키네.

색정

파랑새[17]가 훨훨 날아갔다 바로 오자

옷매무새 가다듬고 단정하게 꿇어앉았네.

앵두꽃 아래 주렴 걷은 집이 거처라면서

여인이 "멀지 않아요"[18] 하자, 남자는 "그렇군" 했네.

꾀꼬리 성내고 제비는 시기하며 실 같은 길 이어지는데

시냇가 밟아나가는 곳에 방초는 청백이 어우러졌네.

강비는 계란만큼 큰 두 개의 명주(明珠)를 차고 있었는데, 정교보가 그 패옥(佩玉)을 달라고 청하자, 두 여인이 패옥을 끌러서 정교보에게 주었다. 하지만 나중에 보니 구슬도 없고 두 여인도 보이지 않았다고 한다. 진(晉)나라 곽박(郭璞)의 「강부江賦」에도 나온다. 흔히 남녀상열(男女相悅)의 의미로 사용한다.

15) 월아(月娥): 월궁의 항아.

16) 홍루: 기루(妓樓). 『열녀춘향수절가』에서는 '청루'라 했다.

17) 파랑새: 서왕모에게 먹을 것을 날라다 주는 새라고 하며, 곤륜(崑崙)의 북쪽에 산다고 한다. 삼족오(三足烏)라고도 한다. 일반적으로 심부름하는 종을 가리킨다.

18) 멀지 않아요: 원문의 '무하(無遐)'는 실은 『시경』 「여분汝墳」의 "이미 군자를 만나니, 나를 멀리 버리지 않누나(既見君子, 不我遐棄)"에서 가져온 말이다. '길이 멀지 않다'는 말과 '나를 버리지 말라'는 뜻을 중의적으로 사용했다.

창문 열면 붉은 살구 푸른 오동의 정원이요
방안 병풍에는 청산녹수의 물가를 그려두었네.
푸른 휘장 드리워 붉은 초 켜둔 통방¹⁹⁾에
경대 위 화장도구는 어이 그리 즐비²⁰⁾한지.

안주로 울산 오징어를 익혀 소반에 올리고
술은 춘주 호리병에 체로 걸러내어 올렸네.
그림 새긴 유리잔을 호박 대에 바쳐 올리며
생강과 산초 향의 약과²¹⁾를 권하고 또 권하네.
납화전²²⁾에 불망기²³⁾를 써서 내주고
정중하게 가약을 맺어 무릎 꿇으며 절을 하네
인간세계 오늘밤이 어느 밤이냐고 묻는다면
우임금이 도산씨 아내를 얻어 함께 지낸 신, 임, 계의 날.²⁴⁾

19) 통방(洞房): 너르게 정돈된 방. 동방이라고 읽는 것은 잘못이다.
20) 즐비: 원문의 '櫛枇'는 '櫛比'와 같다. '枇'와 '比'는 통해 쓴다.
21) 약과: 원문은 '밀이(蜜餌)'다. 『성호사설星湖僿說』권4 「만물문萬物門 거여粔籹 밀이蜜餌」에, 『초사』 「초혼부招魂賦」의 "거여(粔籹)와 밀이(蜜餌)에 장황(餦餭)도 있다"라는 구절에 대해 왕일(王逸)의 주를 인용해 "장황이란 것은 엿(餳)이다. 쌀가루를 꿀에 타서 구워 만든 것이 거여이고, 기장쌀로 만든 것이 밀이이며, 또 미당(美餳)이 있는데 이는 여러 가지 맛을 달게 갖춰 만든 것이다"라고 하고, 가산(可山) 임홍(林洪)의 말을 인용해 "이것은 세 종류로서, 거여는 밀면(蜜麵)을 말린 것이니, 10월에 먹는 간로병(間爐餅)이고, 밀이는 밀면보다 조금 윤기가 있는 것이니, 칠석에 먹는 밀병(蜜餅)이며, 장황은 한식(寒食)에 먹는 한구(寒具)다"라고 했다. 그리고 밀면으로 만든 떡을 기름에 튀겨 말린 것은 지금의 박계(朴桂)이며, 조금 윤기가 있다는 것은 엿과 꿀을 겉에 발랐기 때문이므로 지금의 약과(藥果)라고 논했다.
22) 납화전(臘花牋): 원문은 '화전'이다. 납매의 그림이 인쇄되어 있는 고급 서찰 종이를 말한다.
23) 불망기: 잊지 않으려고 적어두는 글발.
24) 신, 임, 계의 날: 신(辛)·임(壬)·계(癸)·갑(甲)의 날을 줄인 말. 우(禹)는 도산씨(塗山氏)를 아내로 맞이해 나흘 동안 함께 지내고서 치수(治水)를 위해 다른 곳으로 떠났다고 한다. 결혼한 날까지 포함해 함께 지낸 나흘이 바로 신일, 임일, 계일, 갑일이다. 『서경』 「익직益稷」에 보면, 우가 단주(丹朱)의 오만함을 경계했다고 스스로 말하여 "저는 이와 같음을 징계하여 도산씨에게 장가들고서 겨우 신·임·계·갑의 4일을 지냈으며, 아들 계(啓)가 태어나 고고(呱呱)히 울었으나 저는 자식으로 여겨 사랑하지 못하고 토공(土功)을 크게 헤아려 오복의 제도를 도와 이루되

214

원앙금침에 잣베개[25]를 차례로 보전하고
수놓은 띠, 꽃 장막 안에 비단이불 모시이불 펼쳤구나.
삼경에 비녀로 등불 심지를 쳐서 불을 끄니
초나라 고당에서 향기로운 구름이 꿈속에 뜨듯 했네[26]

내 마음은 호접이 봄꽃 주위 맴도는 듯하고
네 뜻은 원앙이 녹수를 만난 듯했지.
어린 나이에도 풍도[27] 있어 수단이 대단하여라
깊은 정을 표현하자니 무슨 물건으로 하랴?
옥거울에 금으로 능화 문양을 상감했고
죽절 은비녀는 왜관 저자에서 사왔다네.
검붉은 구리의 쇠자루 달린 통영 장도에
자주 명주로 만들어 운두[28] 두른 평양 신발.
던져주고 보내주어 조금도 아끼지 않았으니
억만 가지 수단이 될 금전이 계제 없어 한스러울 따름.

5000리에 이르게 하고 주마다 12사(師)를 두었으며 밖으로 사해에 이르기까지 모두 오장(五長)을 세우니, 각각 나아가 공이 있게 되었습니다(予創若時, 娶于塗山, 辛壬癸甲, 啓呱呱而泣, 予弗子, 惟荒度土功, 弼成五服, 至于五千, 州十有二師, 外薄四海, 咸建五長, 各迪有功)"라고 했다.

25) 잣베개: 원문은 '백침(栢枕)'이다. 색색의 형겊 조각을 조그맣게 고깔로 접어 돌려가며 꿰매 붙이고, 다시 안쪽으로 엇먹여 붙여 마구리의 무늬가 잣 모양처럼 된 베개를 말한다.

26) 초나라 고당에서~뜨듯 했네: 송옥(宋玉) 「고당부高唐賦」에 나오는 고사를 인용했다. '초대(楚臺)'는 누각인 '고당(高唐)'을, '향운(香雲)'은 '조운(朝雲)'을 가리키는 듯하다. 초나라 회왕(懷王)이 고당에 노닐다가 꿈속에서 무산신녀(巫山神女)를 만나 사랑을 나누었다고 한다. 무산신녀는 아침에는 구름(朝雲)이 되고, 저녁에는 비(暮雨)가 되어 내린다고 했다. 조운은 곧 무산신녀를 말한다.

27) 풍도(風度): 풍채(風采)와 태도(態度)를 가리킨다. 외양과 행동거지를 말한다.

28) 운두(雲頭): 그릇의 전이나 신 따위의 둘레에 구름 모양을 꾸민 것.

남아로서 입만 열면 장가들기 전 첩 이야기
내아[29]에선 시시로 시동생 부인을 자랑하네.
길고 긴 감정의 타래가 두 몸에 칭칭 얽히니
교목에 칡덩굴 얽힌 듯하다고 웃으며 말하더라.

이별

봄 오이 영글듯 임기 차서[30] 돌아갈 날이 되자
이날이 돌연 이별의 때가 되었구나.
홍주 술동이와 녹의주로도 기쁘지 않고
슬픈 노래 한 곡조가 우조·치조[31]로 솟아난다.
만리장성으로 막혔대도 갈희葛姬의 눈을 어이 잊으랴.[32]
제주에서는 장차 배비방의 이빨을 남겨두리라.[33]

---

29) 내아: 지방 수령의 처첩이 거주하는 내당을 이른다. 내동헌(內東軒)이라고도 한다.
30) 봄 오이~임기 차서: 과만(瓜滿), 즉 임기가 참을 말한다. 춘추시대 제나라 양공(襄公)이 연칭(連稱)과 관지보(管至父)로 하여금 규구(葵丘)를 지키게 했는데, 그때가 마침 오이가 한창 익을 시기였다. 양공이 그들을 떠나보내면서 이듬해 오이가 익을 무렵에 다른 이로 바꿔주겠다고 해놓고, 1년이 지나도 교체해주지 않아 그들이 분개해 난리를 일으킨 '규구급과(葵丘及瓜)'의 고사가 전한다. 『춘추좌씨전』 장공(莊公) 8년 기록에 나온다.
31) 우조·치조: 원문은 '우치(羽徵)'로, 격렬한 조성(調聲)을 말한다. 『주례』 「춘관春官 태사太師」에 태사는 육률(六律)과 육동(六同)을 관장해 음양의 소리를 화합시키는데, 양의 소리는 황종(黃鐘)·태주(大蔟)·고선(姑洗)·유빈(蕤賓)·이칙(夷則)·무역(無射)이고, 음의 소리는 대려(大呂)·응종(應鐘)·남려(南呂)·함종(函鐘, 임종)·소려(小呂, 중려)·협종(夾鐘)이라고 했다. 이들은 궁(宮)·상(商)·각(角)·치(徵)·우(羽)의 오성으로 조절한다고 했다.
32) 만리장성으로 막혔대도~어이 잊으랴: 한(漢)나라 소무(蘇武)가 흉노에 억류되어 있으면서 그곳에서 자식을 낳았으나 귀국하게 된 일을 말하는 듯하다. 호(胡)라 하지 않고 갈(葛)이라 한 이유는 알 수 없다.
33) 제주에서는 장차~이빨을 남겨두리라: 『배비장전裵裨將傳』의 내용을 인용한 것이다. 단, 현전하는 『배비장전』에서 제주 기생 애랑에게 이빨을 빼주는 이는 정비장이지, 배비장이 아니다.

낭군은 이별의 한이 간장을 베는 듯하다고 표현하고
여자는 깊은 은정이 골수에 맺혔다고 말하네.
이별의 자리에서 서로 위로하고 서로 북돋우니
"네 말이 낭랑하게 내 귓가에 도는구나.
지금 한양³⁴⁾으로 돌아가 글을 잘 읽어서
청명한 조정³⁵⁾에서 입신하여 끝내 출사하면
이 고을 태수가 혹 될 수 없더라도
이 도의 감사는 그래도 바라볼 만하니
분명히 다른 날 좋은 바람이 불어
묵정밭 개간하여 봄풀을 베게 될 것이다."
헤어질 시기에 다시 석별의 뜻이 있어
농담이 거듭 나오니 남방 속어의 노래³⁶⁾로다.
"방호산³⁷⁾ 큰 바다가 말라 먼지가 일어나고
백두산 높은 봉우리가 숫돌처럼 평평해지며
병풍에 그린 닭이 날개 치며 울면
도령의 돌아오는 배가 문밖의 큰 배이리."
꽃 만발한 누대에서 봄날에 말 타고 떠나기 더디나니
머리 돌려 바라보니 교룡산³⁸⁾이 험준하다.

---

34) 한양: 원문은 '낙양(洛陽)'이다. 한양을 일컫는다. 낙양은 후한 때 동경(東京)이었고, 당나라 때 낙양을 동도(東都), 장안(長安)을 서도(西都)라고 불렀다. 하지만 여러 왕조가 이곳에 도읍을 정했고 물산이 풍부했으므로 서울을 가리키는 말로 쓰였다.
35) 청명한 조정: 원문은 '명정(明廷)'이다. 태평세월의 청명한 조정이란 말로, 그 당시 조정을 가리킨다.
36) 남방 속어의 노래: 원문은 '남속리(南俗俚)'다. 여기서는 열두 가사의 하나인 「황계사黃鷄詞」를 가리킨다.
37) 방호산: 방장산(方丈山). 『열자』「탕문湯問」에 보면, 발해의 동쪽에 대여(岱輿)·원교(員嶠)·방호(方壺)·영주(瀛洲)·봉래(蓬萊)라는 다섯 개의 신산(神山)이 있었다고 한다. 여기서는 지리산을 가리킨다.
38) 교룡산: 옛 남원부 서쪽에 있는 산. 현재의 전라북도 남원시 산곡동에 있다.

채찍으로 북쪽 행로를 재촉하지 않고
석양에 탄식하며 슬치³⁹⁾를 넘는구나.
창망하게 돌아와 한양 저택에 앉아서는
남쪽 하늘 응시하느라 창을 번번이 열지만
음성과 용모는 말치⁴⁰⁾에서 구름에 가려 흐릿하고
서신은 한강의 잉어가 전해주지 않아⁴¹⁾ 망망하구나.

이도령의 암행어사 제수

붉은 규합⁴²⁾과의 기약에 혹 더딜까 염려하여
매일 장안에서 백전을 해서⁴³⁾
국풍과 「이소」의 구절은 송옥⁴⁴⁾에게 묻고
『사기』의 편 가운데서는 이회⁴⁵⁾를 논하더니

---

39) 슬치: 전라북도 임실군에 있는 고개. 옛날 전라좌도와 우도의 경계로, 소치역(掃峙驛)이 있었다.
40) 말치: 원문은 '두치(斗峙)'인데 '마치(馬峙)'라고도 쓴다. 현재 전라북도 임실군 임실읍 감성리와 오수면 봉천리를 연결하는 고개다. 고달산(高達山)과 두만산(斗滿山)을 잇는 산줄기 사이에 말안장처럼 오목한 곳에 있다.
41) 잉어가 전해주지 않아: 고시 「음마장성굴행飮馬長城窟行」에 보면 "객이 먼 곳에서 와서, 내게 잉어 두 마리를 주는데, 아이 불러 삶으라 했더니 잉어 속에 척소의 편지가 있네(客從遠方來, 遺我雙鯉魚, 呼童烹鯉魚, 中有尺素書)"라고 했다.
42) 붉은 규합: 미인의 침실 혹은 기루(妓樓)를 말한다.
43) 백전(白戰)을 해서: 원문의 '묵루(墨壘)'는 백전, 즉 모의 과거에서 자신의 시문을 써내는 것을 말한다.
44) 송옥(宋玉): 전국시대 초나라 사람. 자는 자연(子淵)이다. 굴원의 제자로 대부(大夫) 벼슬까지 올랐다고 한다.
45) 이회(李悝): 전국시대 위(魏)나라 정치가. 문후(文侯)를 섬겨 토지의 생산력을 다하는 방법을 세우고 미곡 값을 조절하는 평조법(平糶法)을 창안했다. 형명학(形名學)의 비조(鼻祖)로 중국 형법전의 모법인 『법경法經』 6편을 편찬했다. 이회의 행적은 『사기』보다도 『한서』 권24 「식화지食貨志 상」에 자세하게 나온다.

218

춘당대[46] 이월의 알성과[47]에

잉어가 용문[48] 아홉 계단[49]을 올라 용이 된 듯했다.

소동파 문체에 왕희지 글씨로

일천의 선장[50]으로 시지試紙를 바쳐

문과 시험에 급제하니 장원랑[51]이라

어주에 어사화의 은영이 비할 데 없었으며

향기로운 명성이 자자하여 한림원에 징소되기라도 한 듯[52]

교방의 미인들이 한림학사의 영광을 노래할 정도.

운대[53]의 화려한 직책인 정자[54] 직을 배수하고

---

46) 춘당대: 창경궁 안에 있는 대(臺) 이름으로, 나라에 경사가 있을 때 임금이 이곳에 친림하여 문무과 시험을 시행했다. 그 과거 시험을 춘당대시(春塘臺試)라고 한다.

47) 알성과(謁聖科): 알성시라고도 한다. 왕이 문묘에 가서 참배하고 성균관 유생을 대상으로 시험을 치러 우수한 선비를 선발하던 과거제도다. 춘당대시와는 별개다.

48) 용문(龍門): 등용문(登龍門)의 고사를 말한다. 용문은 황하 상류에 있는 급류로 큰 물고기도 넘기 힘들지만, 이곳을 넘은 물고기는 용이 된다고 한다.

49) 아홉 계단: 『삼보황도三輔黃圖』에서 "좌척우평(左城右平)의 주에, 궁정의 계단이 구급(九級)인데 좌우로 갈라서 왼쪽에는 이(齒)를 내서 사람이 다니게 하고, 오른쪽에는 평평하게 한다"라고 했다.

50) 일천(一天)의 선장(先場): 과거 시험에서 맨 처음으로 시지(試紙)를 내어, 시지에 '일천(一天)'이라 표시되는 것을 말한다. 시지를 『천자문』 순서로 10장씩 묶는데, 天에서도 'ㄧ, 二, 三……' 순서를 매겼다.

51) 장원랑(壯元郎): 최종 과거 시험인 전시(殿試)를 성적에 따라 갑과(甲科)·을과(乙科)·병과(丙科)로 나누고, 갑과에는 3인을 뽑아 첫째는 장원랑(壯元郎)이라 하고, 둘째는 방안(榜眼) 또는 아원(亞元)이라 하고, 셋째는 탐화랑이라 한다.

52) 한림(翰林)원에 징소되기라도 한 듯: 한림은 조선시대 예문관(藝文館)을 뜻한다. 봉교(奉敎), 대교(待敎), 검열(檢閱)의 직이 있으며, 승정원(承政院) 주서(注書)와 함께 사관(史官)으로 왕을 측근에서 모셨다. 새로 문과에 급제한 사람은 승문원(承文院)·성균관(成均館)·교서관(校書館)에 나누어 배속되었는데, 이것을 분관(分館)이라고 했다. 급제자가 곧바로 한림원 직을 받는 일은 없었으나, 이 시에서는 과거 급제와 처음 벼슬길에 오르는 것을 미화했다.

53) 운대(芸臺): 운각(芸閣) 혹은 운관(芸館)이리고도 한다. 교서관(校書館)을 말한다. 서적의 간행과 국가의 문서 도장을 맡아 관리하던 관청이다.

54) 정자(正字): 조선시대 홍문관(弘文館), 승문원(承文院), 교서관(校書館)의 정9품 벼슬이다. 여기서는 교서관의 직책이다.

옥서[55]의 청반淸班인 교리[56]에 올랐으며

평생소원이 곧바로 뜻하는 대로 이루어져

특지로 호남의 새 어사에 제수되었기에

연영전[57] 아래서 숙배[58]하고 돌아가

돈화문 앞에서 행리[59] 갖춰 길을 나서서

파루[60] 치자마자 정참[61]이 달리니

여기서 남쪽 고을까지 몇백 리이런가.

양성[62]과 직산[63]까지 단정, 장정[64] 거치고

초포[65]와 은진[66]에서 깊은 물, 얕은 물 지나

---

55) 옥서(玉署): 옥당(玉堂)으로 홍문관의 별칭이다.

56) 교리(校理): 홍문관의 정5품, 교서관과 승문원의 종5품 벼슬. 여기서는 홍문관 벼슬을 말한다.

57) 연영전(延英殿): 여기서는 궁궐을 말한다. 본래 당나라 장안에 있는 대명궁(大明宮) 안 편전(便殿)의 하나로, 천자가 조회와 달리 대신을 소대(召對)한 곳이다. 고려시대 대궐 안에 서적을 비치하고 임금이 신하와 학문에 관에 질의하던 곳을 연영전이라 불렀다. 고려 인종(仁宗) 14년인 1135년에 집현전(集賢殿)으로 개칭했다.

58) 숙배(肅拜): 한양을 떠나 임지로 향하는 관리가 임금에게 하직을 고하는 일.

59) 행리(行李): 행장(行裝). 여행할 때 지니거나 차리는 물품들을 말한다.

60) 파루(罷漏): 저녁 3경(更) 5점(點)에 큰 쇠북을 33번 치던 일. 인정(人定) 이후 통행금지의 해제를 알리는 신호였다.

61) 정참(征驂): 멀리 떠나가는 수레. 참(驂)은 한 수레에 세마리 말을 멍에 할 때 앞에 나란히 세운 두 마리 말 뒤에 한 마리 말을 곁말로 멍에 하는 것을 말한다.

62) 양성(陽城): 양성현. 여기서는 현 경기도 안성시 원곡면 내가천리 역말에 있던 가천역(加川驛)을 가리킨다. 송하준(2013).

63) 직산(稷山): 현 충청남도 천안시 직산읍 직산초등학교 자리에 있던 직산역(稷山驛)을 가리킨다.

64) 단정, 장정: 원문은 '단장정(短長亭)'. 단정(短亭)과 장정(長亭). 당나라 때 역정(驛亭)을 둘 때 5리마다 단정을 두고 10리마다 장정을 두었다고 한다. 조선시대에는 지방 행정구역의 관할 바깥 5리에 대개 정자를 두어 신관과 구관이 교대하거나 봉명사신을 영접했는데, 그것을 오리정(五里亭)이라 불렀다.

65) 초포(草浦): 풋개. 현 충청남도 논산시 연산면에 해당하는 연산현(連山縣) 서쪽 20리에 있었다. 수원이 계룡산에서 나와 시진(市津)으로 들어간다. 논산시 광석면 항월리 초포 마을 앞 노성천에 풋개다리(草浦橋)가 있었다.

66) 은진(恩津): 현 충청남도 논산군 은진면 지역에 있었던 조선시대의 은진현(恩津縣). 은진이라는 지명은 덕은(德恩)과 시진(市津)의 두 현을 합해 만든 이름이다. 논산시 은진면 신교리와

완산[67] 객사에서 하룻밤 자니

뜻밖에 청아[68]가 비단옷 걸치고 몇이나 모셨던가.

이 행색에 공무중 사사로운 즐거움도 얻었다만

남방으로 향하니 그 사람이 점점 가까워지누나.

배를 불러 급히 오원[69]의 시내를 건너며

술을 내오라 하여 잠깐 마시고 서둘러 오수[70] 모래톱을 지났네.

해진 옷으로 잠행하기는 범숙[71]과 같고

관로에 수레 못 타고 나막신 차림으로 암행하다가

관가 소식을 저쪽에서 오는 사람에게 물으니

한 농부가 한가하게 따비를 메고 가다가 말했네.

"신관 사또가 아주 망령되어

한 가인은 죽을 결심으로 엎뎌 있었거늘

곧은 마음으로 수절하는 일을 죄로 삼아

관정官庭에서 한 달에 세 차례나 매질하니

누구 때문에 장차 옥중 귀신 되려는 건지

부적면 사이에 흐르는 논산천을 건너기 위해 사다리(沙橋)가 있었다. 1914년 행정구역 통합 때 이전의 사교리(沙橋里)를 신교리로 바꾸었다.

67) 완산(完山): 지금의 전라북도 전주(全州). 백제 때 완산(完山)이었으며, 조선 태조 원년에는 왕실의 본향(本鄕)인 까닭에 완산유수부(完山留守府)로 승격했고 태종 3년(1403)에 전주로 고쳤다.

68) 청아(靑蛾): 아름다운 눈썹. 미인. 백안(白眼)의 대(對). 여기서는 관기(官妓)를 가리킨다.

69) 오원(五院): 전라북도 임실군에 있는 오원역(烏原驛)을 가리키는 듯하다. '烏原'은 '烏院', '梧院' 등으로 표기하기도 했다.

70) 오수(獒樹): 남원도호부의 북쪽 40리에 있는 역.

71) 범숙(范叔): 전국시대 위(魏)나라 사람 범저(范雎)를 말한다. 진(秦)의 소양왕(昭襄王)에게 원교근공책(遠交近攻策)을 진언해 공을 이룬 후 재상이 되고 응후(應候)에 봉해졌다. 그보다 앞서 범저가 위나라 공자 위제(魏齊)에게 노여움을 얻어 매질당하고 이를 뽑히고 갈비뼈까지 부러졌다가 요행히 도망쳐 장록(張祿)이라고 이름을 바꾸고 숨어 다니며 초라한 숙사에서 질 나쁜 음식을 들며 한 해가 넘도록 하는 일 없이 지내던 일이 있다.

그 당시 총각이 얄밉기만 하다오.
하나를 미루어보면 열 가지를 아니,
경내 안 백성은 유비[72] 사람과 같은 처지라오."

걸인 행색 이도령과 옥중 춘향

울근불근하는[73] 나의 간담을 억지로 자제하며
월매月梅 있는 곳 흘겨보며 마음속으로 욕한다네.
꽃 덤불 사이 버드나무 길은 이미 익숙하기에
통방 열었던 규방의 옛터를 먼저 방문하니
비단 창과 흰 칠한 벽이 저쪽에 있어
낭자의 늙은 엄마[74]를 불러냈더니
정처 없이 떠돌면 사람들이 욕하는 법이라
늙은 부인 뾰로통한 입술이 새 부리 같았네.
"사랑하는 딸을 공공연히 감옥[75]에 들게 하여
지금까지 쌀뜨물 음식[76] 올려주는 사람도 없어요.

72) 유비(有庳): 순임금의 배다른 동생 상(象)이 폭정을 행한 지역. 상은 순을 미워하고 해치려
했으나, 순은 천자로 즉위하고서 상을 유비의 군주로 봉해주었다. 단, 상의 불인(不仁)한 성정
을 고려해 직접 다스리게 하지 않고 따로 관리를 보내 나라를 다스리고 세금을 납부하게 했다
고 한다. 『맹자』 「만장萬章 상」에 나온다.
73) 울근불근하는: 원문은 '윤균(輪囷)'으로, 가슴속에 응어리진 것을 말한다. 전한 때 추양(鄒
陽)의 「우옥중상서자명于獄中上書自明」에 "반목의 뿌리는 기괴하기 이를 데 없는데 만승천자
가 사용하는 그릇이 되는 것은 어째서인가? 좌우 근신이 먼저 겉치레를 꾸미기 때문이다(蟠木
根柢, 輪囷離奇, 而爲萬乘器者, 何則, 以左右先爲之容也)"라고 했다. 매승(枚乘)의 「칠발七發」에 "용
문의 오동나무는 높이는 백 척이고 가지가 없으며, 중간은 옹이가 맺혀 있다(龍門之桐, 高百尺
而無枝, 中鬱結而輪囷)"라는 표현도 있다.
74) 엄마: 원문은 '아미(阿嬭)'로, '어미'의 이두식 표기인 듯하다.
75) 감옥: 원문은 '환비(圜扉)'로 감옥의 문이란 말이다. 감옥을 가리킨다.
76) 쌀뜨물 음식: 원문은 '수수(潘瀡)'로, 뜨물을 가리킨다. 뜨물로 국 같은 것을 끓이면 부드럽

쓸쓸한 서너 식구가 입에 풀칠도 못하여
때로 이웃집에 떨어진 싸라기 쓸어다가 끓여먹는다오."

딸 낳을 때 기이한 상서라고 뱀 꿈 이야기를 울면서 말하니
소가 송아지를 핥듯[77] 하는 지극한 정은 견디기 어려워라.
들으면서 자신도 모르는 사이에 콧날이 시큰하니
이것이 누구의 잘못이더냐, 내가 그렇게 만든 것을.
정이 있든 없든 옥문 밖에서
오늘밤 상면하러 가보기만이라도 하자꾸나.
갈가리 찢긴 옷[78]에 새 꽁지 모자[79] 거지꼴로
긴 허리 잔뜩 움츠리고 비척비척 가서는
머뭇거리다가 문틈으로 춘향을 불러
황혼 아래 마주서서 옥 같은 손가락을 매만지네.
"이렇게 신세 처량하다니 너는 어쩐 이유인가?
실의하여 초라한[80] 행색이라 나 또한 부끄럽구나."

고 맛이 나므로 전하여 부모에게 맛있는 음식을 드리어 봉양하는 일을 뜻한다. 『예기』「내칙內則」에 "대추, 밤, 엿, 꿀로 달게 하며 씀바귀, 환초, 흰 느릅나무, 느릅나무를 신선한 것을 쓰기도 하고 마르고 묵은 것을 쓰기도 하는데 쌀뜨물로 부드럽게 한다(棗栗飴蜜以甘之, 堇荁枌榆, 娩槁滫瀡以滑之)"라고 했다.

77) 소가 송아지를 핥듯: 원문은 '독지(犢舐)'다. 제 자식 사랑하는 것을 가리킨다. 양표(楊彪)의 아들 양수(楊修)가 조조에게 죽음을 당하고 조조가 양표에게 야윈 이유를 묻자, 양표가 "늙은 소가 송아지를 핥아주는 마음을 여전히 품고 있어서 그렇다(猶懷老牛舐犢之愛)"라고 했다. 『후한서』 권54「양진열전楊震列傳 양표楊彪」에 나온다.

78) 갈가리 찢긴 옷: 원문은 '순의(鶉衣)'다. 현순(懸鶉)은 옷이 해져 너덜너덜함을 비유하는 말로 쓰인다. 메추라기는 꼬리 부분에 유독 털이 없어 마치 옷이 짧거나 갈가리 찢어진 것과 같다고 한다.

79) 새 꽁지 모자: 원문은 '할관(鶡冠)'. 할(鶡) 새의 꽁지깃으로 장식한 관으로, 무인(武人)이나 은사(隱士)가 썼다.

80) 실의하여 초라한: 원문은 '낙탁(落魄)'이다. 뜻을 얻지 못해 침륜함을 말한다. 두목의 시「견회遣懷」에 "방탕하여 강호에 술 싣고 다닐 적에는, 가냘픈 미인들은 손 안에 가볍기도 했었지(落魄江湖載酒行 楚腰纖細掌中輕)"라고 했다. '落魄'은 흔히 '낙백'이라고 읽지만, '落拓'과 마찬

야들야들하던 체질이 지금은 껍질만 남았고
고운 피부와 꽃다운 용모가 저렇게 손상되다니.
천 번 만 번 슬프고 한스러워 억장이 무너지니
무슨 말을 다시 하랴, 시운 탓인 걸.
흔들흔들 병든 몸을 형구에 의지하여
눈물 흘리며 그간의 자초지종을 말하네.
"낭군 떠나신 후 소첩의 소원은
부귀해져 남쪽으로 오시기만 밤낮 기다렸으니
붉은 담요 깔고 명월주 차고[81] 재상가에 살면서
평생토록 고기 먹으며[82] 지내길 나는 그래도 믿었건만.
전생에 무슨 지중한 죄를 지었던가요?
온갖 재앙에 시달리고 복도 전혀 없군요.
그대같이 이 세계에서 빼어난 재주와 기량으로도
해진 도포 차림으로 오실 줄이야 헤아리지 못했어요.
화려한 관모와 고운 복식은 혹여 분수에 넘친다 해도
백번 기워 너덜너덜한 적삼이 진흙에 젖어 있다니.
누가 무죄한 저를 죽을 지경에 이르게 했나요?
지금의 관원이 탐학하고 비루해서랍니다.
고을 사람[83]이 살까지 벗겨지는 고통을 겪는데도

가지로 '낙탁'이라 읽는 것이 옳다.
81) 붉은 담요~명월주 차고: 원문은 '홍전명월(紅氈明月)'이다. 호사스러운 생활을 뜻한다.
82) 고기 먹으며: 원문은 '식육(食肉)'으로, 부귀를 뜻한다. 후한 때 한 관상쟁이(相者)가 반초
(班超)에게 "그대는 제비의 턱에 범의 머리라 날아서 고기를 먹는 상이니, 이는 곧 만리후에 봉
해질 상이다(燕頷虎頭, 飛而食肉, 此萬里侯相也)"라고 했는데, 반초가 뒤에 서역 50여 나라를 평
정하는 큰 공훈을 세워 서역 도호(西域都護)가 되고 정원후(定遠侯)에 봉해졌다고 한다. 『후한
서』 권47 「반초열전班超列傳」에 나온다.
83) 고을 사람: 원문은 '이민(刕民)'인데, '이(刕)'는 여기서 '주(州)'의 뜻으로 썼다. 진(晉)나라
사람 왕준(王濬)이 칼 세 개가 서까래에 걸려 있는 꿈을 꾸고 다시 칼 하나가 더해지는 꿈을 꾸

224

염치라고는 광주리 정돈[84]마저 완전히 잊어버렸죠.

장탕[85]의 후신으로 목강의 사람[86]인지

단련하는 규모가 화로와 도가니[87] 같고

옥사 처리에 인정이라곤 없어서

잔인한 마음 그 마음은 시랑도 같고, 무소도 같아

버젓이 유부녀에게 욕심을 가져

대낮에 위세 부려 멋대로 간악한 짓을 하여

엄한 위세로도 아녀자 절개를 뺏지 못하자

분한 기운이 장에서 치밀어 두 손바닥 두드리며

추상같이 호령하길 새끼 둔 범이 포효하듯 했으니

저는야 맹인이 똥 밟은 것에 가까웠답니다.

벌이 날 듯 나졸들이 어깨 드러내고 와서는

동헌 뜰에 기러기 따오기 대치하듯 하고는

세모 방망이[88]와 곤장을 산처럼 쌓아두어

곤장 수 세는 소리에 넋이 이미 나갔죠.

연한 살가죽과 무른 뼈는 잠깐 사이 부서지고

었는데, 삼도(三刀)는 주(州)를 뜻하고 더해진 것은 익(益)을 의미한다는 해몽대로 익주 자사 (益州刺史)에 부임했던 고사가 있다. 『진서晉書』 권42 「왕준전王濬傳」에 나온다.

84) 광주리 정돈: 원문은 '식보궤(飾簠簋)'다. '보'는 안이 둥글고 바깥이 네모지고, '궤'는 바깥 쪽은 둥글고 안쪽은 네모지다. '보궤불식(簠簋不飾)' 혹은 '보궤불칙(簠簋不飭)'이라고 하면 제기(祭器)인 보궤가 정돈되지 못했다는 뜻인데, 관원이 청렴하지 못해 탐오죄를 범했을 때 이를 직접적으로 말하지 않고 완곡하게 표현하는 말이다.

85) 장탕(張湯): 한(漢)나라 두릉(杜陵) 사람으로, 무제 때 태중대부(太中大夫)의 벼슬을 맡아 조우(趙禹)와 함께 율령(律令)을 정리했다.

86) 목강(木强)의 사람: 원문은 '목강인(木强人)'이다. 본래 질박한 사람을 가리키지만, 여기서는 고집이 센 사람이라는 뜻이다.

87) 화로와 도가니: 원문은 '노추(鑪錘)'다. 본래 『장자』 「대종사大宗師」에서는 조물주를 비유하는 말로 사용했다. 여기서는 전횡하여 혹독한 짓을 하는 자를 비유한다.

88) 세모 방망이: 원문은 '삼릉(三稜)'으로, 삼릉장(三稜杖)을 말한다. 죄인을 때리는 데 쓰던 세모진 방망이.

정강이에 상처 가득하여 모두 검게 피멍이 들었으나

매실주 술동이 두고 날마다 술 다섯 말에 취해서는

"형을 더하라" 할 뿐 그칠 줄을 몰랐습니다.

비단치마는 곤장 맞은 피로 죄다 물들고

오월[89]에 구더기가 정강이 넓적다리에 생겨났죠.

창기로 태어나 미천한 처지라 하여도

치마 걷고 진수, 유수 건너는 게 음란함을[90] 모르지 않았죠.

열녀는 지아비를 바꾸지 않는다는 것을 알기에

몸 허락하던 당초에 그럴 일 있으면 죽으리라 맹세했답니다.

펄펄 끓는 가마솥[91]에 몸이 던져져도 단심을 지키리니

본성은 고리버들이 그렇듯 되돌리기 어렵지요.[92]

마을의 맹인이 간밤 꿈을 묻기에

천명이 무상하니 살펴달라 했더니

"화장대 거울이 깨지니 어찌 소리가 없을까?

뜰나무 꽃이 날리니 응당 열매를 맺으리라"[93] 했어요.

---

89) 오월: 원문의 '서월(暑月)'은 오월을 달리 이르는 말이다.
90) 치마 걷고~건너는 게 음란함을: 『시경』 「정풍鄭風 건상褰裳」에 "그대가 날 사랑한다면 치마 걷고 진수라도 건너가리라. 그대가 날 생각 않는다면 어찌 세상에 남자가 너뿐이겠는가? 바보 같은 미친 녀석아!(子惠思我, 褰裳涉溱. 子不我思, 豈無他人? 狂童之狂也且)"라고 했다.
91) 펄펄 끓는 가마솥: 원문은 '탕확(湯鑊)'으로, 죄인을 끓는 물에 삶아 죽이는 형구를 말한다. 『사기』 「인상여전藺相如傳」에 "신은 탕확에 나아가기를 청합니다(臣請就湯鑊)"라는 구절이 있다.
92) 본성은 고리버들이~되돌리기 어렵지요: 『맹자』 「고자告子 상」에 보면, 고자가 "성(性)은 고리버들(杞柳) 같고, 의(義)는 나무로 만든 그릇과 같으므로, 사람의 본성을 가지고 인의를 행함은 고리버들을 가지고 그릇을 만드는 것과 같다"고 했다. 이에 맹자는 "그대는 고리버들의 성질을 순순히 따라서 배권(桮棬)을 만드는가? 고리버들을 해친 뒤에야 배권을 만들 것이다. 만일 고리버들을 해쳐 배권을 만든다면 또한 장차 사람을 해쳐 인의를 한단 말인가? 천하 사람을 내몰아 인의를 해치게 하는 것은 반드시 그대의 이 말일 것이다"라고 반론했다.
93) 화장대 거울이~열매를 맺으리라: 춘향이 꾼 꿈을 마을의 장님이 해몽해준 내용이다. 춘향은 감옥 창에 앵두꽃이 어지럽게 떨어지고, 화장하던 거울 한가운데가 깨지며, 허수아비가 문 위에 달려 있는 꿈을 꾸었다. 춘향은 자신이 죽을 꿈이라고 여겼으나, 장님은 길몽이라고 판단해주었다.

조선통보[94]로 척전의 점[95]을 쳐서

신명에게 애걸하여 분명하게 미래를 보여주길 빌었더니

중천 건괘[96]로 청룡이 움직이매

귀인과의 상봉을 기대할 수 있다더니

뜬구름처럼 천리 먼 곳으로 떠난 낭군을

뜻밖에도 지금 여기 지척[97]에서 만났으니

지금 돌연 죽는다 해도 어찌 한탄하겠어요?

좋은 약제를 복용하고 묵은 병이 나은걸요.

고달프고 힘든 행로에 굶주리시지는 않았나요?

우리집에서 묵으시지 급히 돌아가진 마세요.

꽃무늬 가벼운 비단치마는 대상자에 두고

소합향[98] 주머니를 나무 궤짝에 잘 두었으니

우리 노모를 불러다가 시장에 내다팔면

밥 한끼는 부엌 솥에 끓일 수 있을 거예요.

내일 본부에서는 수연[99]을 열 텐데

취한 뒤 미친 마음에 놓아두지 않을 겁니다.

만일 상처 난 부위에 다시 곤장을 친다면

---

94) 조선통보(朝鮮通寶): 조선 전기 세종조와 후기 인조조에 법화(法貨)로 주조해서 유통시켰던 주화.

95) 척전의 점: 원문은 '전점(錢占)'인데, 척전법(擲錢法)의 점이다. 척괘(擲卦)라고도 한다. 『주역』을 이용한 점법에서 시초(蓍草) 대신에 흔히 사용하는 방법이었다.

96) 중천(重天) 건괘(乾卦): 육십사괘의 하나. 세 효가 양효인 '☰'의 소괘가 상하로 포개져 있으므로 건괘를 이렇게 부른다. 건괘의 초구(初九)는 잠룡(潛龍), 구이(九二)는 현룡(見龍), 구삼(九三)은 건룡(乾龍), 구사(九四)는 비룡(飛龍), 구오(九五)는 연룡(淵龍), 상구(上九)는 항룡(亢龍)이다. 그런데 봄은 청(靑)의 색상에 배정되어 있으므로 청룡이 움직인다고 한 것이다.

97) 지척: 원문은 '척지(尺咫)'다. 압운을 맞추고 '지척(咫尺)'을 뒤집어 표현한 것이다. 지(咫)는 여덟 치, 척(尺)은 한 자인데 매우 가까운 거리를 뜻한다.

98) 소합향(蘇合香): 여러 가지 향을 섞어 끓여 만든 향의 한 가지.

99) 수연(壽宴): 장수를 축하하는 잔치. 보통 환갑잔치를 일컫는다.

이 몸은 필시 시신 되어 진토에 버려지겠죠.
부디 끌려갈 때 나를 형구로부터 보호하여
한 번이라도 생전에 머리끝을 끄집어내주세요.
초종과 염습은 낭군의 손으로 하시고
황량한 들에 뼈를 묻고 조문을 지어주세요."
굳센 마음을 지녀 스스로 장부라고 여겼지만
이 말 듣고는 자신도 모르게 흉부가 타는 듯하니
절치부심하여 악독한 수령을 죄주기로 하여
내일 아침 봉고파직하여 저놈을 혼내주리라 했네.
춘향 집에서 이날 밤 등잔불 아래 묵으니
사각사각 소리는 벽 사이의 갈거미[100]로구나.

남원 부사 잔치와 걸인 이도령

다음날 도호부 관정官庭에서 과연 잔치가 열려
붉은 비단 소매와 노랑 적삼으로 온갖 춤이 이어지고
비린 생선 흰빛 회는 요천의 물고기
귀한 빨간 과일은 연곡의 홍시.[101]

---

100) 갈거미: 원문의 '희(蟢)'는 긴 다리의 작은 거미 종류로, 희자(喜子) 또는 소소(蠨蛸)라고
도 한다. 이 거미가 사람의 옷에 붙으면 친한 손님이 찾아온다는 속설이 있다. 『시경』「빈풍豳
風 동산東山」에 "쥐며느리는 방에 있고, 갈거미는 문에 있도다(伊威在室, 蠨蛸在戶)"라고 했는
데, 당나라 공영달(孔穎達)의 소(疏)에 "소소는 다리가 긴 거미로, 일명 장각이라 한다. 형주 하
내 사람들은 소소를 희모라 하는데, 이 거미가 와서 사람의 옷에 붙으면 친한 손님이 올 것이
라 하여 기뻐한다(蠨蛸, 長踦, 一名長脚. 荊州河內人謂之喜母, 此蟲來著人衣, 當有親客至, 有喜也)"고
했다.
101) 연곡의 홍시: 저본은 '연국시(燕谷市)'로 되어 있으나, '市'는 '柿'의 잘못이다. 연곡은 남원
지리산 기슭의 지역으로 연곡사가 있다.

화전지는 옹기종기 여덟 연잎[102]으로 펼치고

수란은 동글동글하게 바둑알처럼 쌓여 있네.

술잔과 술동이에 넘쳐나는 술은 잔뜩 취하게 하고

다들 몸에서 악취 쫓고[103] 남의 치질도 핥듯이[104] 하며

난간머리에는 임실任實 현감이 기대 있고

기둥 모서리에는 순창淳昌 군수가 있다만

부엌 굴뚝에서 잔불이 타오르는 것을 어이 알랴[105]

제비 참새가 축하하듯[106] 중당에 환락이 그치지 않았을 때

관아 문밖에서는 밥 구걸하는 나그네가

남루한 옷과 두건으로 무너진 담을 넘어오는데

무명실 한 타래로 갓을 어지럽게 묶고

짚신 들메끈은 복사뼈에 반쯤 걸어둔 채

---

102) 여덟 연잎: 원문은 '팔련(八蓮)'이다. 잔치에서 장식으로 쓰는 수파련(繡八蓮)을 말한다.

103) 몸에서 악취 쫓고: 원문은 '축취(逐臭)'다. 『여씨춘추』 권14 「우합遇合」에 "몸에서 악취가 나는 사람이 있어 친척, 형제, 아내, 친지 누구도 그와 함께 거처할 수가 없게 되자 홀로 바닷가에 가서 살았는데, 바닷가에 사는 한 사람이 유독 그 냄새를 좋아하여 밤낮으로 그를 따라다니며, 그의 곁을 떠나지 않았다(人有大臭者, 其親戚兄弟妻妾知識能與居者, 自苦而居海上, 海上人有說其臭者, 晝夜隨之而不能去)"라고 한 데서 온 말이다.

104) 남의 치질도 핥듯이: 원문은 '지치(舐痔)'다. 『장자』 「열어구列禦寇」에 나오는 고사다. 송나라 사람 조상(曹商)이 진(秦)나라에 사신으로 가서 수레 100대를 얻어와서는 장자에게 자랑하자, 장자는 "진나라의 임금이 병이 나서 의사를 불렀을 때, (…) 치료하는 하는 곳이 더러울수록 받는 수레의 숫자가 많았다네. 자네는 어떻게 그 치질을 빨았기에 그리 많은 수레를 얻었는가?"라고 비판했다.

105) 부엌 굴뚝에서~어이 알랴: 연작처당(燕雀處堂) 혹은 연작처옥(燕雀處屋)의 고사로, 장차 위험이 닥치는 것도 모르는 것을 비유하는 말이다. 『공총자孔叢子』 「논세論勢」의 "제비와 참새가 집에 둥지를 틀고는, (…) 구들에서 불꽃이 치솟아 건물 전체가 타버릴 상황이 되었는데도 제비와 참새는 안색을 바꾸지 않고 화가 자기 몸에 미칠 줄을 알지 못한다(燕雀處屋 (…) 竈突炎上, 棟宇將焚, 燕雀顔色不變, 不知禍之將及己也)"에서 나온 것이다.

106) 제비 참새가 축하하듯: 원문은 '연하(鷰賀)'로 '연작상하(燕雀相賀)'의 줄임말이다. 사람이 새로 집 지은 것을 축하할 때 쓰이는데, 여기서는 빈객들이 아첨하는 모양을 형용한 듯하다. 『회남자』 「설림훈說林訓」에 "목욕할 준비를 하면 벼룩과 이가 서로 애도하고, 큰 집을 지으면 제비와 참새가 서로 축하한다(湯沐具, 而蟣蝨相弔. 大廈成, 而燕雀相賀)"라고 한 데서 온 말이다.

말석에서 고개 숙이고 부러 턱을 괴고 있되

의중에 가을 매가 장차 꿩을 낚아채듯 하는군.

평원군 문하에서 절름발이 비웃던 미희가[107]

걸인 위해 술 전하는 여종이 되었다만

남은 술과 식은 고기구이로 대충 대접하거늘

촌사람이 뜬귀신 모시는 시렁에 대충 올리듯 했네.

이 몸이 성대한 잔치[108]를 만났으니 어떻게 사례할까

새로 지은 한 연[109]에 깊은 뜻을 숨겼구나.

"일천 명의 사람은 눈물 흘려 납촉이 타서 녹는 듯하고

만백성에게서 기름 없어지고 술동이에 녹의주가 뜨네."

운봉 영장[110]만이 안목 있어

---

107) 평원군(平原君) 문하에서~비웃던 미희가: 전국시대 조(趙)나라 평원군의 미희와 관련된 '참소벽자(斬笑躄者)'의 고사를 이용했다. 평원군의 누각에서 내려다보이는 민가의 절뚝발이(躄者)가 힘겹게 물을 길어가는 것을 평원군의 미인이 보고 크게 웃자, 절뚝발이가 그 미인의 목을 달라고 요청했으나 평원군은 그러겠다고 대답만 했다. 나중에 문객들은 평원군이 여색을 좋아하고 선비를 천하게 대한다고 여겨 절반이나 빠져나갔다. 평원군이 미인의 머리를 베어 절뚝발이에게 찾아가 사과하자, 문객들이 다시 모이기 시작했다고 한다. 『사기』 권76 「평원군 우경열전平原君虞卿列傳」에 나온다.

108) 성대한 잔치: 원문은 '승잔(勝餞)'으로, 성대한 잔치란 뜻이다. 성대한 송별연이란 뜻이지만 일반적으로 훌륭한 잔치를 가리키는 말로 사용했다. 왕발의 「등왕각서」에 "어린 제가 무엇을 알아서, 이 훌륭한 잔치를 만났겠습니까?(童子何知, 躬逢勝餞)"라고 했다. 이 글은 『고문진보』 전편에도 실려 널리 알려져 있다.

109) 새로 지은 한 연(聯): 『오륜전비기』 창사(唱詞)의 일부를 연구(聯句)로 번안해두었다. 즉 『오륜전비기』 16단의 정장시(定場詩) 함련과 경련은 『춘향전』 어사 출또 대목에 나오는 "금준 미주 천인혈(金樽美酒千人血)"의 칠언 4행으로 이용되었는데, 만화본 『춘향가』에서는 1련의 형태로 번안되어 있다. 유진한이 이 연구가 『오륜전비기』에서 나온 것임을 명확히 인지하지 못했을 가능성이 있다.

110) 운봉(雲峰) 영장(營將): 진영장(鎭營將). 조선 후기 인조 때 설치된 정3품직으로 각 도 병마절도사(兵馬節度使)(겸병사(兼兵使)인 감사(監司) 포함)에 소속되어 지방 군대를 지휘·감독했다. 전임 무관을 파견하거나 도내(道內) 수령 가운데서 겸직했는데, 조선 말기에는 8도 46인의 전체 진영장에서 33인이 겸영장(兼營將)이었다. 각 도의 진영은 원칙적으로 전·후·중·좌·우의 5영을 설치하되, 필요한 경우에는 별중영(別中營)·별전영(別前營) 등을 더 두었다. 전라도의 경우 전영은 순천(順天)에, 좌영은 운봉(雲峯)에, 중영은 전주(全州)에, 우영은 나주(羅州)에, 후영은

230

물을 보고는 모래언덕 무너질 것을 알 수 있었네.

암행어사 출또

한바탕 장풍이 음식 꾐새에서부터 일어나
뜻밖에도 현문[111])을 마패가 때리더니
청파 역졸[112])이 크게 외치며 들어오고
"암행어사 출두하여 여기에 임하셨다"라고
맑은 하늘에 벼락 때린 건 아닌지
온 좌중이 크게 놀라 바람에 쓰러져
관모를 거꾸로 쓰고 앞다투어 창틈으로 내달리며
혹 술잔과 술동이를 차고 혹 수저를 떨구네.
위세가 크게 드날리니 부월 든 무신 같고
본관 사또는 도리어 우리 안 돼지 같구나.
닭 무리 속으로 신선이 학을 타고 내려온 듯
어사가 군림하여 중헌의 교의에 걸터앉으니,
약주 석 잔을 차례로 올리고
은병풍 여덟 폭을 둘러쳤구나.
무명옷에 대갓끈은 흔적없이 사라지고
기린 문양 허리띠[113])에 오사모가 홀연 번득이며

여산(礪山)에 설치했다.
111) 현문(玄門): 북문(北門)을 가리키는 듯하다. 혹은 현문(縣門)의 오기일지 모른다. 현관(玄
關)이란 말은 일본 한자어인데, 후대에 필사하면서 이미 유행하고 있던 이 어휘에 끌려 잘못
기록했을 수도 있다.
112) 청파(靑坡) 역졸: 암행어사가 데리고 온 수행원을 말한다.
113) 기린 문양 허리띠: 원문은 '인대(麟帶)'. 관띠(冠帶). 옛날 벼슬아치의 공복(公服)에 띠는

영주 십각[114]에 선관仙官이 좌정한 듯하고
백부[115]가 엄숙하게 해치관[116]을 쓴 듯하네.
군뢰와 사령[117]이 나는 듯이 달리자
즉각 매서운 바람이 열 곱절도 더 일어나고
관원은 왼쪽 길 오른쪽 길로 도망하여 숨고
기녀들은 동쪽 섬돌 서쪽 섬돌 아래 엎드렸다.
곳간 양과 읍의 개도 두려워 떨어
곤양에 폭우 내려 치천이 범람한 상황 같았네.[118]
편의대로 남쪽 고을 일을 조처하고
봉장[119]을 먼저 우송하여 옥좌에 바치니
장강[120]의 정직하다는 명성이 낙양에 들레고

허리띠를 말한다.
114) 영주(瀛州) 십각(十閣): 남원 광한루 곁에 영주각이 있었다. 또한 상상 속 발해에 있다는 영주도(瀛州島)의 신선 거처를 중의적으로 가리킨다. 누각 열 채가 있다는 설은 근거를 찾을 수 없다.
115) 백부(栢府): 사헌부. 여기서는 암행어사를 가리킨다.
116) 해치관(獬豸冠): 법을 집행하는 관원이 쓰던 모자. 전설상 동물인 해치가 사람의 정사(正邪)와 곡직(曲直)을 능히 분별할 줄 알아, 사람들이 다투면 그중 그릇되고 사악한 자를 뿔로 들이받는다고 한다. 조선조 사헌부(司憲府)의 관원을 뜻한다.
117) 군뢰(軍牢)와 사령(使令): 근뢰는 군영과 관아에 소속되어 죄인을 다스리는 일을 맡았던 군졸이다. 군뢰복(軍牢服) 복장을 하고 주장(朱杖)이나 곤장 등을 들고서 죄인을 다스렸다. 사령은 각 관아에서 잡무를 보는 하급 관원 혹은 심부름꾼인데, 업무에 따라 조례(皁隷)·문졸(門卒)·일수(日守)·나장(羅將)·군노(軍奴) 등으로 다르게 불렀다.
118) 곤양(昆陽)에 폭우~상황 같았네: 『태평어람太平御覽』 권876에 "지황(地皇) 4년에 사도(司徒) 왕심(王尋)과 사공(司空) 왕읍(王邑)이 곤양을 지키고 있었다. 광무(光武)가 남양(南陽)에서 군대를 일으켜 곤양에 이르러 공격할 때 바람이 크게 불고 우레가 쳐서 지붕의 기와가 모두 날아가고 비가 동이의 물을 붓듯이 쏟아져 치천(滍川)의 물이 넘쳐흘렀다. 왕심과 왕읍이 죽은 사람을 타고 건너가다가 왕심은 죽고 왕읍은 장안으로 돌아갔다가 왕망(王莽)이 패배하자 모두 전사했다"고 했다.
119) 봉장(封章): 밀봉해 올리는 건의. 관료들이 임금에게 기밀의 사안을 건의할 때 누설을 방지하고자 검정 주머니에 담아 밀봉해 올렸다.
120) 장강(張綱): 후한 순제(順帝) 때 어사가 되어 강직하게 처신한 인물. 『후한서』 권56 「장강열전張綱列傳」에 보면, 순제 때 권간(權奸)인 대장군 양기(梁冀)가 발호했는데, 장강이 순찰어

복파장군[121]의 위엄이 교지交趾를 진동하는 듯하고
본관 사또는 팽아[122]의 옛 형률에 따라 죄가 위중하기에
진자영[123]이 정자에서 목에 끈을 묶고 항복하듯 했네.

이도령과 춘향의 재회

"어이하여 무죄한 이를 오래도록 구금했는가?
당장에 감옥에 갇힌 이를 풀어주어라."
감옥 속 낭자가 홀연 관아 계단 앞으로 나왔으니
관아 뜨락 꽃 그림자가 옮겨갈 겨를도 없었네.

사(巡察御使)에 임명되자, 타고 갈 수레의 바퀴를 낙양(洛陽) 도정(都亭) 땅에 묻고서 "승냥이와 늑대가 지금 큰길을 막고 있거늘, 여우와 살쾡이 따위야 굳이 따질 것이 있겠는가?(豺狼當路, 安問狐狸)" 하고는 곧바로 양기를 탄핵했다고 한다.

121) 복파장군(伏波將軍): 후한의 장수 마원(馬援). 후한 광무제 때 안남(安南)에 해당하는 교지(交趾)에서 태수(太守) 소정(蘇定)이 폭정을 하자 여성 지도자 징측(徵側)이 여동생 징이(徵貳)와 함께 반란을 일으켜 영외(嶺外)의 60여 성을 함락하고 스스로 왕이 되었다. 이에 광무제가 복파장군 마원을 보내 난을 평정하게 했다. 마원은 징측과 징이를 참수했다. 『후한서』 권24 「마원열전馬援列傳」과 권86 「남만열전南蠻列傳」에 자세하다.

122) 팽아(烹阿): 탐관을 처벌하는 극형을 의미한다. 전국시대 제나라 위왕(威王)이, 아(阿) 지방의 대부가 잘 다스린다는 소문이 자자해 알아보니 사실은 왕의 측근에게 뇌물을 주었기에 그런 소문이 난 것을 알고 그를 삶아 죽였다는 고사에서 나온 말이다. 『사기』 권46 「전경중완세가田敬仲完世家」에 나온다.

123) 진자영(秦子嬰). 진시황의 손자이자 태자 부소(扶蘇)의 아들. 진시황이 죽었을 때 조고(趙高)는 유언을 위조해 막내아들 호해(胡亥)를 이세(二世) 황제로 만들고 맏아들 부소(扶蘇)를 죽였다. 조고는 승상까지 국권을 전횡하다가 이세 황제마저 망이궁(望夷宮)에서 자살하게 하고 부소의 아들 자영(子嬰)을 임금으로 세웠다. 자영은 즉위하고서 조고를 유인해 찔러 죽이고 조고의 삼족을 멸해 함양 백성에게 보였다. 얼마 후 유방의 군대가 패상(霸上)으로 쳐들어와서 회유하자, 자영은 백마(白馬)에 소거(素車)를 타고 나와 목에 끈을 맨 채 지도(軹道)라는 정자(亭子) 곁에서 한왕에게 항복했다. 하지만 나중에 항적(項籍)에게 죽임을 당했다. 『사기』 권6 「진시황본기秦始皇本紀」에 나온다.

목의 칼과 발의 차꼬[124] 묶은 것을 이로 끊게[125] 하자

기녀들이 입술 내밀어 칡넝쿨 끊듯이 하니

잠결인 듯 꿈속인 듯 기뻐서 어쩔 줄 몰라

계단에서 맞느라 신발 거꾸로 신고 나설 정도네.

천반만반 좋은 관리는 별성[126]인 나요

구사일생 목숨은 기녀 너로다.

쌍룡 그림의 반달 얼레빗으로

열두 발 트레머리[127]를 서둘러 빗질하니

누가 알았으랴, 엊저녁 빌어먹던 이가

공당에 날아올라 관작이 화려할 줄을.[128]

한양으로 떠날 때는 쌍상투를 틀었더니

성근 눈썹 하얀 얼굴이 옥처럼 맑구나.

동헌의 자비[129]는 너무도 우스워라

양반 서방은 마음씨 좋기도 하지.[130]

---

124) 목의 칼과 발의 차꼬: 원문은 '형양(桁楊)'. 목에 씌우는 칼과 발에 채우는 차꼬.
125) 이로 끊게: 원문의 '치결(齒決)'은 이로 끊는다는 뜻인데, 순리대로 처리함을 뜻하기도 한다. 『맹자』 「진심盡心 상」에 보면, 맹자가 사람이 먼저 힘써야 할 도리를 모르는 것을 비유한 말에 '밥을 크게 뜨고 국을 흘리며 마시면서 포를 이로 깨물어서 끊지 말기를 강구하는 것을 일러서 힘쓸 것을 알지 못한다고 말한다(放飯流歠而問無齒決, 是之謂不知務)"고 했다.
126) 별성(別星): 봉명사신(奉命使臣)를 말한다. 여기서의 성(星)은 사자(使者)를 의미한다.
127) 열두 발 트레머리: 원문의 '십이운환(十二雲鬟)'이란 표현은 조선 후기 상사가(想思歌) 계열 노래에서 발견된다.
128) 화려할 줄을: 원문은 '미(敉)'로, 본래는 선왕의 공덕을 선양하는 의례를 뜻한다. 운자를 맞추려고 『서경』 「낙고洛誥」의 "사방이 개척되어 다스려졌으나 아직 종묘에서 제사하는 예가 정해지지 못했으니, 이는 공(公)의 공(功)을 어루만지지 못하는 것이다(四方迪亂, 未定於宗禮, 亦未克敉公功)"라는 말을 원용했다. 한(漢)나라 공안국(孔安國)은 "예를 아직 드러내지 못했으니, 이 또한 공의 큰 공을 아직 어루만지지 못한 것이다(禮未彰, 是亦未能撫順公之大功)"라고 풀이했다.
129) 자비(資婢): 시중드는 계집종을 말하는 듯하다.
130) 마음씨 좋기도 하지: 원문의 '낙지(樂只)'는 『시경』 「주남周南 규목樛木」의 "남쪽에 가지가 늘어진 나무가 있어 칡덩굴이 감겨 있네. 마음씨 좋은 군자여 복록으로 편안히 하네(南有樛木, 葛藟纍之. 樂只君子, 福履綏之)"에서 가져온 표현이다. 이 시는 본래 후비(后妃)의 훌륭한 덕을

청루의 광채가 일시에 일어나고

즉일로 환호성이 남쪽 지방을 뒤흔드네.

방긋 웃는 보조개에 얕은 정 깊은 정 다 드러나니

동쪽 바다 넘실거리는 파도로 비교하여 보고파라.

"이제부터 기생 명부에서 네 이름을 빼내어

백년토록 우리집에서 주전자를 받들게[131] 하리라."

진귀한 화화주[132]를 찢어 허리띠를 만들고

가벼운 우사羽紗로 기워 이불을 만들며

옥구슬 난간과 옥 주렴은 거처하는 방에 설치하고

서쪽 교외에는 좋은 전답[133]을 두리라.

관청과 지청[134]에서는 여섯 번[135] 끼니마다

옳은 것인데, 여기서는 양반 서방의 훌륭한 점을 강조하기 위해 차용했다.

131) 주전자를 받들게: 원문은 '봉이(奉匜)'다. 『춘추좌씨전』 희공(僖公) 23년 기록에 "진백이 중이(重耳)에게 여자 다섯 사람을 보냈고 회영이 그중 한 사람이었는데, 이를 가지고 가서 물을 따라 중이에게 손을 씻게 했다(秦伯納女五人, 懷嬴與焉, 奉匜沃盥)"라는 구절에서 기원한다. 회영은 진(秦)나라 대부 자어(子圉)의 아내다. 그런데 이 표현은 특히 송나라 때 한림학사를 지낸 도곡(陶穀)이 태위(太尉) 당진(黨進)의 집에 있던 기녀를 자기 첩으로 삼고 설수(雪水)로 차를 끓이게 했던 고사와 관련이 있다. 도곡이 "당태위의 집에서는 이런 풍류를 모를 것이다"라고 하자, 기녀는 "그는 소금장 아래에 앉아 조용히 조금씩 술을 음미하면서 미인의 고운 노랫소리를 들으며 양고 미주나 마실 뿐입니다(彼粗人也, 安有此景. 但能銷金暖帳下, 淺斟低唱, 飲羊羔美酒耳)"라고 했다고 한다. 『송패유초宋稗類鈔』 참조. 도곡의 고사에서는 기녀가 당태위를 추솔하다고 하지만 사실은 훨씬 풍요롭고 격조가 높다는 것을 은근히 말하여 도곡을 원망하는 뜻이 담겨 있다. 하지만 만화본 『춘향가』의 이 구절에서는 그러한 비난의 뜻을 담은 것은 아니다.

132) 화화주(禾花紬): 비단의 일종. 화주(禾紬)라고도 한다.

133) 좋은 전답: 원문은 '호치(好畤)'다. 한(漢)나라 장안 서쪽 교외에 있던 땅 이름이다. 한나라 육가(陸賈)는 여태후(呂太后)가 권력을 전횡하자 농토가 비옥한 호치로 물러나, 아들 다섯에게는 일찍이 남월(南越)에 사신으로 가서 얻은 천금을 나누어 각각 200금씩 주어 분가시키고, 자신은 안거사마(安車駟馬)에 가무고슬(歌舞鼓瑟)하는 시종을 거느리고 자식들의 집을 돌면서 편안한 여생을 보냈다고 한다. 『사기』 권97 「역생육가열전酈生陸賈列傳」에 나온다. 여기서는 특히 자식들에게 넉넉하게 재산을 주어 그들을 분가시키고 자식들의 봉양을 받으면서 전원에서 편안한 여생을 보냈다는 의미다.

134) 지청(支廳): 본청 관리하에 있으면서 본청과 분리해 소재지의 소관 업무를 취급하는 관청.

135) 여섯 번: 원문은 '육시(六時)'로, 본래 불교에서 하루를 여섯으로 나눈 염불 독경의 시간

진수성찬을 무릎 꿇어 올리고 사슴 고기도 삶아내며
맑은 술 술동이에는 포도알을 띄우고
달콤한 꿀물 잔에는 율무 가루 섞으며
실처럼 가늘게 썬 진안 담배풀[136]을 올리도록
관노에게 분부하여 공납하도록 시키면
삼문의 바깥 거리는 죽이 끓듯 와자지껄하고
육방六房의 음낭은 탱자처럼 탱탱하리라.

정렬부인 가자

한양 가는 역로에 노문[137]이 날고
여인과 함께 나란히 수레 타고 돌아가네.
쌍교의 푸른 장막은 허공에 반쯤 들리고
두 귀에 바람 일 정도로 녹이[138]를 내모누나.
법라[139] 불며 여섯 말은 앞뒤에서 따라 울고
두 청도기[140]는 펄렁펄렁.
감관과 색리[141]는 장막을 설치하고

을 가리킨다.
136) 진안 담배풀: 원문은 '진안초(鎭安草)'인데, 전라북도 진안에서 나는 담배풀을 말한다. 진
안은 지금의 전라북도 완주군 상관면에 해당하는 상관(上官)과 함께, 호남의 담배 명산지였다.
137) 노문(路文): 벼슬아치가 공무로 지방에 다닐 때 역마를 사용하고 지나가는 길가에 있는
관아에서 식사를 미리 마련하려고 출발에 앞서 일정표를 연도(沿道)의 각 고을에 보내는 공문.
138) 녹이(綠駬): 중국 주나라 목왕(穆王)이 타던 좋은 말의 이름. 준마를 가리킨다.
139) 법라(法螺): 옛날 군중에서 신호용으로 불던 악기 이름.
140) 두 청도기(淸道旗): 행군 시 군 선두에서 잡고 나아가는 깃발로 부대를 인도하는 역할을
한다.
141) 감관(監官)과 색리(色吏): 감관은 각 관아나 궁방에서 금전 출납을 맡아보거나 중앙정부
를 대신해 특정 업무 진행을 감독하던 관직이다. 색리는 감영 또는 군아 등에 있던 아전으로,

좌수와 군교는 채찍과 활을 잡아 복종하며[142]

긴 굴레 짧은 고삐로 길을 따라 달리니

고을마다 사객[143] 행차로 엇비슷이 여기네.

꽃 같은 용모의 여인과 옥 같은 외모의 신랑

바라보면 신선이 함께 자수[144]를 건너는 듯하네.

온 고을과 온 나라 사람이 죄다 쏠릴 듯한 월매의 딸

여러 사람이 떠들썩하게 칭송하여 비방 하나 없네.

부인의 정렬을 가자[145]할 만하다시며

교지敎旨에 금니 옥새를 찍으셨으니

침상의 거문고가 화음을 내어 온 집이 경사스럽고

묘당에 나아가 조고와 조비를 배알하매

승정원[146]과 홍문관 관원들 배출한 벌열 여인들이

같은 성 같은 문중에서 동서가 되었구나.

노파의 집도 문미[147]가 높아졌으니

호유[148]와 같은 효성을 칭송할 만하여라.

말단 향리인 담당 아전을 가리킨다.

142) 채찍과 활을 잡아 복종하며: 원문은 '집편미(執鞭弭)'다. 편미는 채찍과 꾸미지 않은 활이다. 『춘추좌씨전』 희공(僖公) 23년 기록에 보면, 진 문공(晉文公)이 초자(楚子)에게 "만약 명을 받지 않는다면 왼쪽에는 채찍과 활을 잡고, 오른쪽에는 화살집과 활집을 가지고 당신과 한판 겨루어보겠습니다(若不獲命, 其左執鞭弭, 右屬櫜鞬, 以與君周旋)"라고 한 말이 있는데, 그 말을 뒤집어 복종한다는 뜻으로 사용했다.

143) 사객(使客): 연로(沿路)의 수령이 해당 지역을 지나는 봉명사신(奉命使臣)을 가리켜 부르는 말.

144) 자수(泚水): 본래 중국 장사(長沙)에 있는 강 이름인데, 조선의 어느 강을 가리킨 것인지는 분명하지 않다.

145) 가자(加資): 정3품 통정대부(通政大夫) 이상의 품계 또는 그 품계로 올려줌. 품계를 한 등급 올려준다는 뜻도 있다.

146) 승정원: 원문은 '은대(銀臺)'다. 송나라 때 은대문(銀臺門) 안에 천하의 장주(狀奏)를 관장하는 관사를 두었으므로 왕명을 출납하는 승정원의 별칭으로 쓰인다. 은서(銀署)라고도 한다.

147) 문미(門楣): 문 위에 가로 댄 나무. 대개 높은 문미는 좋은 가문을 뜻한다.

148) 호유(虎蜼): 종묘에 제사지낼 때 쓰는 술그릇인 '종이(宗彝)'에 호랑이(虎)와 원숭이(蜼)를 그리기 때문에 종이를 가리킨다. '유'는 중국 남방 귀주(貴州)에 사는 꼬리 긴 원숭이로, 늙은

파같이[149] 가녀린 옥 손가락은 일없이 놀려

고생스레 봄밭에서 차조를 캐지 않는다네.

옥 같은 쌀알은 밥상에 그득 올려 먹고

가노들에게는 농기구를 챙기라고 명하며

황금 병풍 내실에는 붉은 옥을 쌓아두고

집 문은 종남산의 우람한 바위를 마주해 열었다.

문장에 능한 것이 설도[150]와 같아

우물이래도 원래 매희[151]와는 다르다네.

봄에 꽃 피고 가을에 달 뜨면 합환주를 마시고

옥 술병과 금병에 검은 기장[152] 술을 걸러두고는

천원과 기수[153]를 그리는 정이 무궁하여

때때로 남쪽 호수를 바라보려고 언덕에 오르네.[154]

원숭이는 나무 높은 곳에 살며 자손들이 구해온 과일을 먹고 남은 것을 차례로 아래 자손들이 먹는다고 한다. 효성이 깊다는 점을 빌려온 것이다.

149) 파같이: 원문의 '섬총(纖蔥)'은 손가락을 파에 비긴 말이다. 허균의 『학산초담鶴山樵談』에 "파처럼 가녀린 손으로 웅장한 글씨를 휘둘러 쓰노라(手纖蔥玉掃能雄)"라는 시가 소개되어 있다.

150) 설도(薛濤, 768~832): 당나라 때 기녀로, 시를 잘 지어 이름이 났다. 자는 홍도(洪度)다. 장안 출신인데 아버지가 지방관으로 부임하게 되자 촉(蜀)으로 이주했다가 패가하여 기녀가 되었다.

151) 매희(妹嬉): 妹喜나 末喜라고도 쓴다. 유시씨(有施氏)의 딸로, 하나라 걸왕(桀王)의 비(妃)이다. 걸왕이 유시를 벌했을 때 그녀를 취했다. 탕왕이 역산(歷山)에서 걸왕을 쳤을 때, 걸왕과 함께 남소(南巢)에서 죽었다.

152) 검은 기장: 원문은 '흑비(黑秠)'다. 『시경』「생민生民」에 "아름다운 종자를 백성에게 내려주니, 검은 기장과 검은 기장이며, 붉은 차조와 흰 차조로다. 검은 기장을 두루 심어 베고 가리질하노라(誕降嘉種, 維秬維秠, 維穈維芑. 恒之秬秠, 是穫是畝)"라고 했는데, 그 주(注)에 비(秠)와 거(秬)는 모두 검은 기장(黑黍)으로, 껍질 하나에 낟알이 두 개 들어 있다고 했다.

153) 천원(泉源)과 기수(淇水): 천원은 중국 위주(衛州) 공성(共城)에 있는 백천(百泉)이다. 기수는 중국 하남성 북쪽에 있다. 『시경』「죽간竹竿」에 "천원은 왼편에 흐르고 기수는 오른편에 흐르네. 여자가 시집가면 부모 형제와 멀어지는 법. 기수는 오른편에 흐르고 천원은 왼편에 흐르네. 어여쁜 미소 아름다웠고 패옥소리 찰랑대며 걸었었지(泉源在左, 淇水在右, 女子有行, 遠父母兄弟. 淇水在右, 泉源在左. 巧笑之瑳, 佩玉之儺)"라는 구절이 있다. 여기서는 춘향이 남원을 그리워하는 뜻을 표현하려 차용했다.

154) 언덕에 오르네: 『만화집』에는 '척비(陟屺)'로 되어 있으나, 문맥에 따라 '척기(陟屺)'로 고

아리따운 자태의 너는 웃음꽃이 피고
귀한 격조의 나는 눈썹 위 점을 자랑하노라.
멋진 아미사[155]요 고축봉[156]이니
낮고 길게 이어진 선산 형국을 사람들은 경하하네.

결사

의춘 진사[157]는 「여승가」[158]를 지었으니
가약을 어느 때 두미[159]에서 이루었던가.

쳤다. 멀리 나가 있는 자식이 부모를 애틋하게 그리워하는 마음을 나타낸다. 『시경』 「위풍魏風
척호陟岵」에 "저 민둥산에 올라가서 어머님 계신 곳을 바라본다. 어머님은 아마도 이렇게 말
씀하시겠지. '아, 내 막내아들이 부역에 나가서 밤낮으로 잠도 자지 못할 터인데, 부디 몸조심
해서 죽지 말고 살아서 돌아오기만 해라(陟彼屺兮, 瞻望母兮. 母曰'嗟予季行役, 夙夜無寐, 上愼旃哉,
猶來無棄')"라는 말이 나온다.
155) 아미사(蛾眉砂): 풍수지리설에서 사(砂)의 형태와 방위에 따라 길흉을 점치는 예가 있다.
형태에 따를 때 문필사(文筆砂), 고궤사(庫櫃砂), 천마사(天馬砂), 인합사(印盒砂), 사모사(紗帽
砂), 아미사(蛾眉砂), 기고사(旗鼓砂), 선궁사(先弓砂), 어병사(御屛砂), 삼태사(三台砂), 일자문성
사(一字文星砂), 일월사(日月砂) 등이 있다. 그 가운데 아미사(蛾眉砂)는 나비의 눈썹과 같은 형
상으로 아미(蛾眉) 안산(案山)이면 물이 환포(環抱)되고, 임관방(臨官方)에 삼길육수(三吉六秀)
가 합해지면서, 상격룡(上格龍)이면 여식(女息) 중에 왕비(王妃)가 나고, 중격룡(中格龍)이면 미
녀가 나며, 딸들의 집안이 흥(興)하고, 하격룡(下格龍)이면 미녀가 난다고 한다. 또 아미사만 아
름답고 이기(理氣)가 맞지 않으면 젊은 나이에 요절한다고도 한다.
156) 고축봉(誥軸峰): 풍수지리설에서 말하는 고축사(誥軸砂)를 말한다. 일자문성(一字文星) 양
끝에 첨각(尖角)이 붙은 것으로, 길고 넓은 것을 '전고사(展誥砂)'라 하고 작고 좁은 것을 '고축
사'라 한다. 고축사는 정승이나 부마가 난다는 길격(吉格)이다.
157) 의춘(宜春) 진사: 의춘은 여기서는 경상남도 의령군(宜寧郡)의 옛 호다. 「여승가」를 지은
사람이 의령 남씨이므로 의춘 진사라 한 것이다.
158) 「여승가女僧歌」: 「승가타령僧家打」 「송여승가送女僧」 「승답사僧答辭」 「재송여승가再送
女僧歌」 「여승재답사女僧再答辭」 등으로 이루어진 연작 가사. 이 노래들은 사내와 여승의 화
답 형식으로 이루어져 있다. 사내는 여승에게 연모의 정을 표현하고, 여승은 사내를 거절하며
극락세계에서 만날 것을 기약한다. 1723년(경종 3)경에 도사(都事)와 참판(參判)을 지낸 남철
이 소년 시절 옥선(玉禪)이라는 여승을 사모해 지은 연정가사라고 알려져 있다. 고려대학교 소
장본 『악부樂府』, 필사본 『전가보장傳家寶藏』, 『가사집歌詞集』 등에 수록되어 전한다. 고려대

여색에 홀리는 것을 세상에선 비웃지만

도 넘은 참소야말로 백비[160]의 짓과 같으리.

장래에 현달하여 영의정에 이르리니

구구하게 초나라 사훼[161]를 선망할 것 없어라.

성산星山도 옥춘玉春도 모두 무색해라

앵두 같은 입술 맛이 술떡[162]처럼 감미로웠지.

맑은 밤 동각東閣에는 종과 북으로 즐겁고[163]

본 『악부』에 실린 「승가타령」 맨 끝에는 '계묘삼월(癸卯三月)'의 일자가 적혀 있어, 여승과의
사랑 이야기가 1723년(경종 3)의 일인 것으로 추정할 수 있다. 남철은 송하준(2013)에 따르면
남휘(南徽, 1671~1732)를 가리킨다. 남휘는 정묘호란 때 자결한 남이흥(南以興, 1576~1627)
의 증손으로, 여승을 유혹해 첩으로 삼았다는 전승이 있다. 유진한의 종조부 유광복(柳光復,
1665~1718)의 손녀사위가 남정철(南正喆, 1724~1794)로, 그의 조부 남흘(南屹, 1657~1702)
은 남이흥의 증손이자 남휘의 재종형이다. 송하준 씨는 이러한 혼척 관계로 유진한이 「여승
가」의 작가가 남휘임을 잘 알고 있었으리라고 추정했다. 그런데 1723년에 남휘는 52세였으
므로, 「여승가」의 작가를 '의춘 진사'라고 한 것과는 맞지 않는다. 한편 조수삼(趙秀三, 1762~
1849)의 『추재집秋齋集』에는 칠언절구의 한시 「삼첩승가三疊僧歌」와 그 시서(詩序)가 수록되
어 있기도 하다. 심재완 편『교본역대시조전서』에는 「재송여승가」의 일부 구절을 사설시조화
한 작품이 실려 있다.

159) 두미(杜渼): 斗尾와 통용되는 듯하다. 현 서울시 옥수동 근처에 있었던 두미포를 가리킨
다. 「여승가」의 무대가 두미포였던 듯하다.

160) 백비(伯嚭): 오나라 왕 합려(闔閭)가 죽자, 부차(夫差)가 뒤를 이어 왕이 되었을 때 태재(太
宰)가 되어, 오자서(伍子胥)를 참언해 축출하고 구천(句踐)의 뇌물을 받아 오와 월이 화해를 성
사시켰을 뿐 아니라 구천을 월나라로 돌려보낸 장본인이다. 부차는 오자서에게 촉루검(屬鏤
劍)을 내리며 자결하게 했다. 후에 구천은 힘을 길러 오나라를 치고 간신 백비를 죽였다. 『사
기』 권66 「오자서열전伍子胥列傳」 참조.

161) 사훼(司烜): 『주례』 「추관사구秋官司寇 사훤씨司烜氏」에 "사훼씨는 부수(夫遂)를 가지고
해에서 불을 취해 제사에 밝은 등촉을 제공하는 일을 관장한다. 중춘(仲春)에는 목탁을 쳐서
온 나라에 불을 피우는 것을 금한다(中春以木鐸修火禁于國中)"했다.

162) 술떡: 원문은 '이(酏)'인데, 이사(酏食)를 말한다. 『주례』 「천관天官 해인醢人」에 "시동에
게 올리는 두(豆)에는 이사와 삼사를 채운다(羞豆之實, 酏食, 糝食)"라고 했고, 그 소(疏)에 "이
사는 술과 미음으로 만든 떡이고 삼사는 채소를 곰국에 삶은 것이다(酏食, 以酒酏爲餅; 糝食, 菜
餗蒸)"라고 했다.

163) 종과 북으로 즐겁고: 원문은 '낙종고(樂鍾鼓)'다. 『시경』 「주남周南 관저關雎」에 "들쭉날
쭉한 마름 나물을 좌우로 취하여 가리도다. 요조한 숙녀를 거문고와 비파로 친애하도다. 들쭉
날쭉한 마름 나물을 좌우로 삶아 올리도다. 요조한 숙녀를 종과 북으로 즐겁게 하도다(參差荇
菜, 左右采之. 窈窕淑女, 琴瑟友之. 參差荇菜, 左右芼之. 窈窕淑女, 鍾鼓樂之)"라고 했다.

긴 봄날 남쪽 채마밭에선 질경이[164]를 캐네.

조운[165]은 사랑스러워 소동파를 유배지에서 따랐고

맹광[166]은 기꺼이 받아들여 양홍梁鴻과 함께 숨어 농사지었네.

의술 아는 의녀와 면화 잣는 여종은 부끄러워 죽을 지경이리

단향 가루 뿌린 얼음 상 위를 신발 끌며[167] 걷누나.

복숭아꽃 피우지 않고 낭군 기다린 일[168]을 먼저 노래하고

주나라 시편 「강유사」[169]에서 노래한 부인의 덕을 읊나니

---

164) 질경이: 원문은 '부이(苤苢)'다. 질경이과에 속하는 다년초로, 길가에서 저절로 나며, 식용으로 쓰인다. 씨는 차전자(車前子)라 한다. 『시경』「주남周南 부이苤苢」를 의식한 표현으로, 천하가 화평하여 부인들이 질경이를 캐며 자식을 둔 것을 즐거워하는 내용이 있다.

165) 조운(朝雲): 소식(蘇軾)의 첩. 원래 전당(錢唐)의 기녀로, 성(姓)은 왕(王)이다. 소식이 전당에서 벼슬할 때 첩으로 맞아들였다. 소식이 혜주(惠州)로 좌천되었을 때, 많은 첩들이 떠났는데 오직 조운만이 따랐다. 조운이 죽었을 때 소식은 그녀를 애도하여 「도조운시悼朝雲詩」를 지었다.

166) 맹광(孟光): 은사(隱士) 양홍(梁鴻)의 아내. 자(字)는 덕요(德曜)다. 양홍은 부풍(扶風) 평릉(平陵) 사람으로 자는 백란(伯鸞)이다. 맹씨에게 딸이 있었는데 서른 살이 될 때까지 상대를 가리자, 부모가 연유를 물었더니 같은 마을의 양홍 같은 현인에게 시집가고 싶다고 했다. 양홍이 이를 듣고 맹광을 부인으로 맞아들여 함께 패릉산(霸陵山)에서 은거했다. 맹광은 때마다 밥상을 눈썹과 나란히 하여 들고 가 남편에 대한 경애(敬愛)를 표현했으므로 '거안제미(擧案齊眉)'라는 성어가 생겨났다. 『후한서』권113「일민열전逸民列傳 양홍梁鴻」참조.

167) 신발 끌며: 원문은 '사(躧)'인데, '사리(躧履)'를 말한다. 신을 질질 끌면서 급히 서두름을 형용한 말이다. 『한서』권71「준불의전雋不疑傳」에 "한 무제(漢武帝) 때 직지사(直指使) 폭승지(暴勝之)가 내각을 열어 초청함에 불의(不疑)의 용모가 준엄하고 의관이 제법 위의가 있음을 보고는 폭승지가 신을 질질 끌며 맞이했다(勝之開閣延請, 望見不疑容貌尊嚴衣冠甚偉, 勝之躧履起迎)"라고 한 데서 온 말이다.

168) 복숭아꽃 피우지~기다린 일: 원문의 '강도(絳桃)'는 붉은 복숭아꽃이다. 당나라 한유(韓愈)의 첩 이름이기도 하다. 『당어림唐語林』에 의하면, 한유에게 강도와 유지(柳枝) 두 애첩이 있어 모두 가무를 잘했는데, 나중에 유지가 담장을 넘어 도망갔다가 가인에게 다시 붙들려온 일이 있다. 한유는 시 「진주초귀鎭州初歸」에서 "이별한 이후로 거리의 양류는, 춘풍에 하늘거리며 날아가려고 했는데, 또한 작은 정원의 도리는 그대로 남아, 낭군 오길 기다리며 꽃을 안 피우고 있었네(別來楊柳街頭樹, 擺弄春風只欲飛. 還有小園桃李在, 留花不發待郞歸)"라 하고, 강도만 총애했다고 한다.

169) 「강유사江有汜」: 『시경』「소남召南」의 편명. 첩들을 잘 다스린 부인의 덕을 읊은 것이다. 사(汜)는 물결이 갈라져 흘렀다 다시 합친다는 뜻으로 연인들의 만남을 말한다. 「강유사」에 "강에 갈라진 물줄기가 있거늘 이 아가씨 시집갈 적에 나를 방문하지 않았도다. 나를 방문하지 않았으나 휘파람 불다가 즐거워 노래 부르도다(江有汜, 之子歸, 不我過. 不我過, 其嘯也歌)"라

기이한 이야기는 노래로만 읊을 수 있고
특이한 사적은 목판에 새겨 출판할 만하기에
시인[170]이 이 일로 '타령사'를 만들어
훌륭한 사적이 천년만년 전하기를 바라노라.

고 했다.
170) 시인: 여기에서는 작자 유진한 자신을 말한다.

| 원문 |

춘향전

퇴기 월매의 딸 춘향

열여춘향슈절가라

슉종디왕(肅宗大王) 직위[卽位] 초(初)의 셩덕(聖德)이 너부시사 셩 자셩손(聖子聖孫)은 계 〃승 〃(繼 〃 承 〃)호사 금고옥죡(金膏玉燭)은 요 순시졀(堯舜時節)이요 으관문물(衣冠文物)은 우탕(禹湯)의 버금이라. 좌우보필(左右輔弼)은 쥬셕지신(柱石之臣)이요 용양호위(龍驤虎衛)난 간셩지장(干城之將)이라. 조졍(朝廷)의 흐르난 덕화(德化), 힝곡(鄕曲) 의 폐엿시니 사히(四海) 구든 기운이 원근(遠近)의 어려 잇다. 츙신(忠 臣)은 만조(滿朝)호고 회자열여(孝子烈女) 가 〃지(家家在)라, 미지 〃 〃 (美哉美哉)라. 우슌풍조(雨順風調)호니 함포고복(含哺鼓腹) 빅셩(百姓) 덜은 쳐 〃(處處)의 격량가(擊壤歌)라.

잇찌 졀나도(全羅道) 남원부(南原府)의 월미(月梅)라 하난 기싱(妓 生)이 잇스되 삼남(三南)의 명기(名妓)로셔, 일직 퇴기(退妓)호야 셩가 (成哥)라 호는 양반(兩班)을 다리고 셰월(歲月)을 보니되 연장 사순(年 將四旬)의 당(當)하야 일졈혀륙(一點血肉)이 업셔 일노 한(恨)이 되야

장탄슈심(長歎愁心)의 병(病)이 되것구나.

일일(一日)은 크게 씨쳐 예사람을 싱각호고 가군(家君)을 쳥입(請入)호야 엿자오디, 공슌(恭順)이 호난 마리,

"드르시요. 젼싱(前生)의 무삼 은혜(恩惠) 씻쳐던지, 이싱의 부〃(夫婦) 되야, 창기(娼妓) 힝실(行實) 다 바리고 예모(禮貌)도 숭상(崇尙)호고 여공(女功)도 심슷건만 무삼 죄(罪)가 진즁(鎭重)호야 일졈혜륙(一點血肉) 업셔스니 육친 무족(六親無族) 우리 신셰(身世) 션영(先塋) 힝화(香火) 뉘라 호며 사후(死後) 감장(監葬) 어이하리. 명산디찰(名山大刹)의 신공(神供)이나 호야 남녀 간(男女間) 낫커드면 평싱 한(平生恨)을 풀 거시니 가군(家君)의 뜻시 엇더호오."

셩참판(成參判) 하는 마리,

"일싱 신셰(一生身世) 싱각호면 자니 마리 당연(當然)호나, 비러셔 자식(子息)을 나흘진디 무자(無子)한 사람이 잇슬이요."

호니, 월미(月梅) 디답(對答)하되,

"쳔하디셩(天下大聖) 공부자(孔夫子)도 이구산(尼丘山)의 비르시고, 졍(鄭)나라 졍자산(鄭子産)은 우셩산[右刑山]의 비러 나 계시고, 아동방(我東方) 강산(江山)을 이를진딘 명산디쳔(名山大川)이 업슬손가. 경상도(慶尙道) 웅쳔(熊川) 쥬쳔의(朱天儀)난 늣도록 잔여[子女] 업셔 최고봉(最高峰)의 비러더니 디명 쳔자(大明天子) 나 계시사 디명쳔지(大明天地) 발거스니, 우리도 졍셩(精誠)이나 드려 보사이다."

공든 탑(塔)이 무어지며 심근 남긔 썩길손가.

이날부텀 목욕지계(沐浴齋戒) 졍(淨)이 호고 명산승지(名山勝地) 차져갈 졔, 오작괴(烏鵲橋) 썩 나셔〃 좌우 산쳔(左右山川) 둘너보니, 셔북(西北)의 교룡산(蛟龍山)은 슐히방(戌亥方)을 마거 잇고, 동(東)으로난 장임(長林) 슙풀 깁푼 고디 션원사(禪院寺)는 은〃(隱隱)이 보이고, 남(南)으로난 지리산(智異山)이 웅장(雄壯)한듸, 그 가온디 요쳔슈(蓼

川水)난 일디장강(一帶長江) 벽파(碧波) 되야 동남(東南)으로 둘너스니, 별류건곤(別有乾坤) 여긔로다. 쳥임(靑林)을 더우잡고[더위잡고] 산슈(山水)을 발바 드러가니, 지리산(智異山)이 여기로다. 반야봉(般若鋒) 올나셔 〃 사면(四面)을 둘너보니, 명산디쳔(名山大川) 완연(宛然)하다. 상봉(上峯)의 단(壇)을 무어 졔물(祭物)을 진셜(陳設)하고, 단하(壇下)의 복지(伏地)[1]하야, 쳔신만고(千辛萬苦) 비럿더니, 산신(山神)임의 덕(德)이신지, 잇찌는 오월오일(五月五日) 갑자(甲子)[2]라. 한 꿈을 어든니 셔긔반공(瑞氣盤空)하고 오치영농(五彩玲瓏)하더니, 일위션녀(一位仙女) 쳥학(靑鶴)을 타고 오난듸, 머리에 화관(花冠)이요 몸의 난 치의(彩衣)로다. 월피(月佩) 소리 징징(琤琤)하고, 손으난 게화일지(桂花一枝)를 들고 당(堂)의 오르며, 거슈장읍(擧手長揖)하고 공슌(恭順)이 엿자오듸,

"낙포(洛浦)의 딸일넌니, 반도 진상(蟠桃進上) 옥경(玉京) 갓다, 광한젼(廣寒殿)의셔 젹송자(赤松子) 맛나, 미진졍회(未盡情懷)하올 차(次)의, 시만(時晚)하미 죄(罪)가 되야, 샹졔(上帝) 디로(大怒)하사 진퇴(塵土)의 니치시믜, 갈 바을 몰나더니, 두유산(頭流山) 실영(神靈)계셔 부인 찍(婦人宅)으로 지시(指示)하기로 왓사오니, 어엽비 여기소셔."

하며, 품으로 달여들시, 학지고셩(鶴之高聲)은 장경고(長頸故)라. 학(鶴)의 소릐 놀뇌 씨니 남가일몽(南柯一夢)이라. 황홀(恍惚)한 졍신(精

1) 복지: 혹자는 '卜地'로 복원해 '卜居' 즉 '살 만한 곳을 가려서 정함'의 의미로 보았지만 잘못이다. 구자균이 '伏地(땅에 엎드림)'로 풀이한 것이 옳다. 구자균(具滋均) 교주(校注), 『춘향전』, 한국고전문학전집 제2권, 서울:보성문화사, 1978. 이하 기존의 역주에 대해서는 오류를 일일이 지적하지 않는다.
2) 오월오일 갑자: 갑자는 60갑자의 처음을 임의로 부쳤다고 볼 수 있다. 그런데 5월 5일이 '갑자'에 해당하는 해가 실제로 있었다. 곧 숙종 11년(1685, 을축)과 숙종 42년(1716, 병신), 정조 2년(1778, 무술)이다. 『열녀춘향수절가』가 적층될 때 단오 갑자일을 기억하는 사람이 간여했을 가능성이 있다. 이야기의 시기를 숙종 때로 설정했으므로 단오 갑자일은 숙종 11년이나 숙종 42년일 듯하다.

神)을 진정(鎭定)ᄒ야 가군(家君)과 몽사(夢事)을 셜화(說話)ᄒ고, 쳔
ᄒ힝(天幸)으로 남자(男子)을 나을가 기다리더니, 과연(果然) 그달부텀
틱기(胎氣) 잇셔 십삭(十朔)이 당(當)ᄒ미 일〃(一日)은 향긔만실(香氣
滿室)ᄒ고 칙운(彩雲)이 영농(玲瓏)ᄒ더니, 혼미즁(昏迷中)의 싱산(生
産)ᄒ니 일긔(一箇) 옥여(玉女)을 나어난니, 월민(月梅)의 일구월심(日
久月深) 기루던 마음 남자(男子)는 못 나스되 져근듯 풀이난구나. 그
사랑하문 엇지 다 셩언[形言]ᄒ리. 일홈을 츈향(春香)이라 부르면서
장즁보옥(掌中寶玉)갓치 질너니니, 회힝(孝行)이 무쌍(無雙)이요 인자
(仁慈)ᄒ미 기린(麒麟)이라. 칠팔 셰(七八歲) 되미 셔칙(書冊)의 칙미
(琢磨)ᄒ야 예모졍졀(禮貌貞節)을 일삼으니, 회힝(孝行)을 일읍(一邑)
이 층송(稱誦) 안이 하리[할 이] 업더라.

남원 부사 아들 이도령의 봄나들이

잇디 삼쳔동(三淸洞) 이할임(李翰林)이라 하난 양반(兩班)이 잇스되, 셰디명가(世代名家)요 츙신(忠臣)의 후예(後裔)라. 일ᄂᄂ(一日)은 젼하 (殿下)게옵셔 츙회록(忠孝錄)을 올여 보시고 츙효자(忠孝子)을 틱츌 (擇出)ᄒ사 자목지관(字牧之官) 임용(任用)하실ᄉᆡ 이할임으로 과쳔 현 감(果川縣監)의 금산 군슈(錦山郡守) 이비(移拜)ᄒ야 남원 부사(南原府 使) 졔슈(除授)ᄒ시니, 이할임(李翰林)이 사은슉비(謝恩肅拜) 하직(下 直)ᄒ고 치힝(治行) 차려 남원부(南原府)의 도임(到任)ᄒ여 션치민졍 (善治民政)ᄒ니, 사방(四方)의 이리[일이] 업고 방곡(坊曲)의 빅셩(百 姓)들은 더듸 오믈 칭송(稱頌)ᄒ다. 강구연월 문동요(康衢煙月聞童謠) 라, 시화연풍(時和年豐)ᄒ고 빅셩(百姓)이 효도(孝道)ᄒ니 요순시졀 (堯舜時節)이라.

잇ᄯᆡ는 어느 ᄯᆡ뇨, 놀기 조흔 삼춘(三春)이라. 호련(胡燕) 비조(飛鳥) 뭇시들은 농초화답(哢哳和答)[1] 짝을 지어, 쌍거쌍늬(雙去雙來) 나러드 러 온갓 춘졍(春情) 닷토난듸, 남산화발 북산홍(南山花發北山紅)과 쳔

사만사 슈양지(千絲萬絲垂楊枝)의 황금조(黃金鳥)는 벗 부른다. 나무
〃〃 셩임(成林)ᄒ고 두견(杜鵑) 졉동 나지[낮게] 나니, 일연지가졀(一
年之佳節)이라.

잇ᄯᅵ 사쏘(使道) 자졔(子弟) 이도령(李道令)이 연광(年光)은 이팔
(二八)이요 풍ᄎᆡ(風采)는 두목지(杜牧之)라. 도량(度量)은 창ᄒᆡ(滄海)
갓고 지혜(智慧) 활달(濶達)ᄒ고, 문장(文章)은 이빅(李白)이요 필볍
(筆法)은 왕히지(王羲之)라.

일〃(一日)은 방자(房子) 불너 말삼하되,

"이 골 경쳐(景處) 어듸미냐. 시흥츈흥(詩興春興) 도〃(滔滔)하니 졀
승경쳐(絕勝景處) 말하여라."

방자(房子) 놈 엿자오되,

"글 공부(工夫)하시난 도령임이 경쳐(景處) 차져 부질업소."

이도령(李道令) 이른 마리,

"너 무식(無識)한 마리로다. 자고(自古)로 문장지사(文章才士)도 졀
승강산(絕勝江山) 귀경(求景)키난 풍월장문(風月作文) 근본(根本)이라.
신션(神仙)도 두로 노라 방남[博覽]하니 어이하야 부당(不當)하랴. 사
마장경(司馬長卿)이 남(南)으로 강호[江淮]의 썻다 디강(大江)을 거살
일 제, 광낭셩파(狂浪盛波)으 음풍(陰風)이 노호(怒號)하야, 예로부터
가르치니 쳔지간(天地間) 만물지변(萬物之變)이 놀납고 질겁고도 고흔
거시 글 안인 계 업난이라. 시즁쳔자(詩中天子) 이티빅(李太白)은 치셕
강(采石江)의 노라 잇고, 젹벽강(赤壁江) 츄야월(秋夜月)의 소동파(蘇
東坡) 노라 잇고, 심양강(潯陽江) 명월야(明月夜)의 빅낙쳔(白樂天) 노
라 잇고, 보은(報恩) 송이(俗離) 운장디(雲壯臺)의 셰조디왕(世祖大王)

---

1) 농초화답: 이가원, 『춘향전』(정음사, 1957)을 따른다. 그러나 '농조화답(弄調和答)'일 수도
있다.

노셔스니, 안이 노든 못ㅎ리라."

잇씨 방자(房子) 도령임 쯧슬 바다[받아], 사방 경기(四方景槪) 말삼
ㅎ되,

"셔울노 이를진디 자문(紫門) 밧 니다라, 칠셩암(七星庵) 쳥연암(靑
蓮庵) 셰금졍(洗劍亭)과, ◑평양(平壤) 영광졍(練光亭) 디동누(大同樓)
모란봉(牡丹峯) ◑령양(襄陽) 낙션디(洛山臺) ◑보은(報恩) 송이(俗離)
운장디(雲藏臺) ◑안으(安義) 슈셩디(搜勝臺) ◑진쥬(晉州) 촉셕누(矗
石樓) ◑밀량(密陽) 영남누(嶺南樓)가 엇더혼지 몰나와도,

젼나도(全羅道)로 일을진디 ◑틱인(泰仁) 핑양졍(披香亭) ◑무쥬(茂
朱) 한풍누(寒風樓) ◑젼쥬(全州) 한벽누(寒碧樓) 조싸오나, 남원(南原)
경쳐(景處) 듯조시오. 동문(東門) 밧 나가오면 장임(長林) 숩 쳔은사[禪
院寺] 조쌉고, 셔문(西門) 밧 나가오면 관황묘(關王廟)난 쳔고영웅(千
古英雄) 엄(嚴)한 위풍(威風) 어졔오날 갓쌉고, 남문(南門) 밧 나가오면
광한누(廣寒樓) 오작교(烏鵲橋) 영쥬각(瀛州閣) 조삽고, 북문(北門) 밧
나가오면 쳥쳔삭츌(靑天削出) 금부룡(金芙蓉) 기벽(奇僻)ㅎ야 웃둑 셔
스니, 기암(奇巖) 둥실 교룡산셩(蛟龍山城) 조사오니, 쳐분(處分)디로
가사이다."

도련님 일은 말삼,

"이이 말노 듯쩌리도 광한누(廣寒樓) 오작괴(烏鵲橋)가 경기(景槪)
로다. 귀경(求景) 가자."

도령임 거동 보소. 사쏘 젼(使道前) 드러가셔 공슌(恭順)이 엿자오
되,

"금일(今日) 〃기(日氣) 화란(和暖)ㅎ오니, 잠간 나가 풍월음영(風月
吟詠) 시(時) 운목(韻目)도 싱각ㅎ고자 시푸오니, 순셩(巡城)이나 ㅎ여
이다."

사쏘(使道) 디히(大喜)ㅎ야 허락(許諾)ㅎ시고 말삼ㅎ시되,

"남쥬(南州) 풍물(風物)을 귀경ᄒ고 도라오되 시졔(詩題)을 싱각ᄒ라."

도령 디답(對答),

"부교(父敎)디로 ᄒ오리다."

물너 나와,

"방자야, 나구 안장(鞍裝) 지어라."

방자(房子) 분부(分付) 듯고 나구 안장 짓는다. 나구 안장 지을 졔 홍연자기 산호편(紅纓紫鞚珊瑚鞭) 옥안금편 황금늑(玉鞍金韉黃金勒), 쳥홍사(靑紅絲) 고흔 굴네, 쥬먹상무(朱絡象毛) 덥벅 다라, 쳥〃(層層)다리 은입등자(銀葉鐙子) 호피(虎皮) 도듬의 젼후(前後) 거리 쥴방울을 염불법사(念佛法師) 염쥬(念珠) 메듯,

"나구 등디(等待)ᄒ엿소".

도령임 거동(擧動) 보소. 옥안 션풍(玉顔仙風) 고흔 얼골, 젼반(剪板) 갓탄 치머리 곱게 비셔 밀기름의 잠직와, 궁초(宮綃) 당기 셕황(石黃) 물여 밉시 잇게 잡바 짯코, 셩쳔 슈쥬(成川水紬) 졉동븨, 셰빅져(細白苧) 상침(上針) 바지, 극상셰목(極上細木) 졉(裌)버션의, 남갑사(藍甲紗) 단임 치고, 육사단(六紗緞) 졉(裌)비자(褙子), 밀화(蜜花) 단초 다라 입고, 통힝건(筒行纏)을 무릅 아리 ᄂᆞ짓 미고, 영초단(英稍緞) 허리씌, 모초단(毛稍緞) 도리낭(囊)을 당팔사(唐八絲) 가진 미답 고를 니여 ᄂᆞ짓 미고, 쌍문초(雙紋綃) 진[긴]동쳥[동졍] 즁츄막(中致莫)의 도포(道袍) 받쳐, 흑사(黑絲) 씌를 흉즁(胸中)의 눌너 미고, 육분 당혜(肉粉唐鞋) ᄭᅳ으면서,

"나구를 붓드러라".

등자(鐙子) 딋고 션듯 올나 뒤를 싸고 나오실 졔, 통인(通引) 하나 뒤을 ᄯᅡ라 삼문(三門) 밧 나올젹그 쇄금(灑金) 부칙 호당션(胡唐扇)으로 일광(日光)을 가리우고, 관도 셩남(官道城南) 너룬 길의 싱긔(生氣) 잇

게 나갈 졔, 취리 양유(醉來揚州)ᄒ던 두목지(杜牧之)의 풍칠(風采)넌 가, 시 〃 요부(時時誤拂)하던 주관[周郞]의 고음(顧音)이라.

❶상가자맥 춘셩닉[香街紫陌春城內]요 만셩견자 슈불이(滿城見者誰不愛)라.

광한누(廣寒樓) 셥젹 올나 사면(四面)을 살펴보니, 경기(景槪)가 장(壯)니 죠타.

젹셩(赤城) 아침날의 느진 안기 찍여 잇고, 녹슈(綠樹)의 져문 봄은 화류동풍(花柳東風) 둘너 잇다. 자각달노 분조회(紫閣丹樓紛照耀)요 벽방금젼 싱영농[璧房錦殿相玲瓏]은 임고딕(臨高臺)를 일너 잇고, 요헌기구 하쳐외[瑤軒綺構何崔嵬]는 광한누(廣寒樓)을 일의미라,

악양누(岳陽樓) 고소딕(姑蘇臺)와 오초 동남슈(吳楚東南水)는 동졍호(洞庭湖)로 흘너지고, 연지(燕子) 셔북(西北)의 핑틱(彭澤)이 완연(宛然)ᄒ듸, 쏘 한 곳 부릐보니, 빅 〃 홍 〃(白白紅紅) 난만중(爛漫中)의 잉무(鸚鵡) 공작(孔雀) 나라들고, 산쳔경기(山川景槪) 둘너보니 애구분[2] 반송(盤松) 솔 쎡갈 입은 아쥬 춘풍(春風) 못 이기어 흔늘 〃 〃, 폭포유슈(瀑布流水) 셰닉[시내]가의 계변화(溪邊花)는 쌩긋 〃 〃, 낙 〃 장송(落落長松) 울 〃(鬱鬱)ᄒ고 녹음방초 승화시(綠陰芳草勝花時)라.

계슈(桂樹) 자단(紫壇) 모란(牡丹) 벽도(碧桃)의 취(醉)한 산식(山色), 장강(長江) 요쳔(蓼川)의 풍등슬 잠계 잇고, 쏘 한 곳 바라보니 엇덧한 일미인(一美人)이 봄시 우름 한가지로 온갖 춘졍(春情) 못 이기여 두견화(杜鵑花) 질쓴 셕거 머리여도 쏘자보며, 함박꼿도 질근 셕거 입으함슉 물러보고, 옥슈 나샴(玉手羅衫) 반만 것고 청산유슈(靑山流水) 말근 물의 손도 싯고 발도 싯고, 물 머금어 양슈(養漱)ᄒ며, 조약돌 덥셕 쥐여 버들가지 꾀꼬리을 히롱(戱弄)하니, 타기황잉(打起黃鶯) 이 안

---

2) 애구분: 에구분. 척 멋들어지게 굽은.

인야.

버들입도 주루룩 훌터 물의 훨〃 씌여보고, 빅셜(白雪) 갓튼 흰ᄂᆞ부웅봉ᄌᆞ졉(雄蜂雌蝶)은 화수(花鬚) 물고 너울〃〃 춤을 춘다. 황금(黃金)갓튼 쇠꼬리는 숩〃이 나라든다. 광한(廣寒) 진경(眞景) 조컨이와, 오작괴(烏鵲橋)가 더욱 좃타. 방가위지(方可謂之) 호남(湖南)으 졔일셩(第一城)이로다. 오작교(烏鵲橋) 분명(分明)ᄒᆞ면 견우(牽牛) 직녀(織女) 어듸 잇ᄂᆞ. 일언[이런] 승지(勝地)의 풍월(風月)이 업실소냐. 도련임이 글 두 귀(句)를 지여스되,

　고명 오작션(高明烏鵲船)이요 ◑

　광한 옥계누(廣寒玉界樓)라 ◑

　차문 쳔상 수직여(借問天上誰織女)요 ◑

　지흥 금일 아거누(只應今日我牽牛)라 ◑

잇찌 ᄂᆡ아(內衙)으셔 잡슐상(床)이 ᄂᆞ오거늘, 일뵈주(一杯酒) 먹은 후(後)의, 통인(通引) 방자(房子) 물여주고, 취흥(醉興)이 도〃(陶陶)하야, 담부[담배] 푸여 입으다 물고, 일이져리[이리저리] 거닐 졔, 경쳐(景處)의 흥(興)을 계워, 츙쳥도(忠淸道) 고마(姑麻) 수영(水營) 보련암(寶蓮庵)을 일너슨들, 이곳 경쳐(景處) 당할손야. 불글 단(丹) 푸릴 쳥(靑) 힌 빅(白) 불글 홍(紅), 고몰〃〃리 단쳥(丹靑). 유막황잉 환우셩(柳幕黃鶯喚友聲)은 ᄂᆡ의 춘흥(春興) 도와닌다. 황봉빅졉(黃蜂白蝶) 왕나부는 힝기(香氣) 찻난 거동(擧動)이라. 비거비릐 춘셩 ᄂᆡ(飛去飛來春城內)요 영쥬(瀛洲) 방장(方丈) 봉ᄂᆡ산(蓬萊山)이 안하(眼下)의 갓차오니[가까우니], 물은 본이[본래] 은하수(銀河水)요, 경기(景槪)는 잠짠 옥경(玉京)이라. 옥경(玉京)이 분명(分明)하면 월궁항아(月宮姮娥) 업슬손야.

향단아, 밀어라

잇 (이)은 삼월(三月)이라 일너스되, 오월 단오일(五月端午日)리엿다. 쳔즁지가졀(天中之佳節)이라. 잇 (이) 월미(月梅) 똘 춘향(春香)이도 또한 시셔음율(詩書音律)이 능통(能通)하니 쳔즁졀(天中節)을 몰을소냐.

추쳔(鞦韆)을 흐랴 하고, 샹단(香丹)이 압셰우고 나려올 제, 난초(蘭草) 갓치 고흔 머리 두 귀를 눌너 곱계 짜아 금봉치(金鳳釵)를 졍졔(整齊)ᄒ고, 나운[羅裙]을 둘운 허리 미양(未央)의 간는 버들 심이 업시 디운 듯, 아름답고 〃은 틱도(態度) 아쟝 거러 흔늘거려 가만가만 나올 져그, 쟝임(長林) 속으로 드러가니 녹음방초(綠陰芳草) 우거져 금잔듸 좌르륵 쌀인 고듸 황금(黃金)갓튼 꾀꼬리는 쌍거쌍니(雙去雙來) 나라들 졔, 무셩(茂盛)한 버들 빅쳑쟝고(百尺丈高) 놉피 미고 추쳔(鞦韆)을 하려 할 졔, 슈화유문(水禾有紋), 초록(草綠) 쟝옷, 남방사(藍紡紗) 홋단초미 훨〃 버셔 거러두고, 자쥬영쵸(紫朱英綃) 슈당혀(繡唐鞋)을 석〃 버셔 던져두고, 빅방사(白紡絲) 진솔 속것 턱 미틔 훨신 츄고, 연숙마(軟熟麻) 츄쳔(鞦韆) 줄을 셤〃 옥수(纖纖玉手) 넌짓 드러, 양슈(兩手)의 갈

나 잡고, 빅능(白綾) 보션 두 발길노 셥젹 올나 발 구를 졔, 셰류(細柳)
갓튼 고흔 몸을 단졍(端正)이 논이난듸, 뒤 단장 옥(玉)비니 은쥭졀(銀
竹節)과, 압치레 볼작시면 밀화장도(蜜花粧刀) 옥장도(玉粧刀)며, 광원
사(廣元絲) 졉(袷)져고리 졔식[彩色] 고름의 틱(態)가 난다.

"상단(香丹)아 미러라."

한 번 굴너 심을 쥬며 두 번 굴너 심을 쥬니, 발미틱 가는 씩걸[티
끌] 바람 좃차 펄〃, 압뒤 졈〃(點點) 머러가니, 머리 우의 나무입은 몸
을 짜라 흔들〃〃. 오고갈 졔 살펴보니, 녹음(綠陰) 속의 홍상(紅裳) 자
락이 바람결의 늬빗치니, 구만장쳔 빅운간(九萬長天白雲間)의 번기불
리[번개불이] 쐬이난 듯, 쳔지지젼 호현후(瞻之在前忽焉後)라. 압푸 얼
는하는[어른어른하는] 양(樣)은, 가부야운 져 졔비가 도화(桃花) 일졈
(一點) 써러질 졔, 차려 ᄒᆞ고 쏫치난 듯, 뒤로 번듯 ᄒᆞ는 양(樣)은, 광풍
(狂風)의 놀닌 호졉(胡蝶), 짝을 일코 가다가 돌치난[뒤채는] 듯. 무산
션여(巫山仙女) 구름 타고 양듸상(陽臺上)의 나리난 듯, 나무입도 무러
보고, 꼿도 질쓴 썩거 머리에다 실근〃〃,

"이이 상단(香丹)아, 근듸[그네] 뱌람이 독(毒)ᄒᆞ기로 졍신(精神)이
어질혼다. 근듸줄 붓들러라."

붓들려고 무슈(無數)이 긴퇴(進退)ᄒᆞ며, 한창 이리 논일[노닐] 젹의,
셰닉쌔[시냇가] 반셕상(盤石上)의 옥(玉)비니[비녀가] 써러져 징〃(琤
琤)ᄒᆞ고,

"비니, 〃〃"

ᄒᆞ난 소릭 산호치(珊瑚釵)을 드러 옥반(玉盤)을 ᄭᅵ치난 듯, 그 틱도
(態度) 그 형용(形容)은 셰상 인물(世上人物) 안이로다. 연자삼츈 비거
틱[燕子三春飛去來]라. 이도령(李道令) 마음이 울젹(鬱寂)ᄒᆞ고 졍신(精
神) 어질하야, 별(別)싱각이 다 나것다. 혼ᄌᆞ말노 셤어(譫語)하되,

"오호(五湖)으 편주(片舟) 타고 범소빅(范小伯)을 좃ᄎᆞ스니 셔시(西

256

施)도 올 이(理) 없고, 히셩(垓城) 월야(月夜)의 옥창(玉帳)[1] 비가(悲歌)
로 초픠왕(楚霸王)을 이별(離別)하던 우미인(虞美人)도 올 이(理) 없고,
눈봉궐(丹鳳闕) 하직(下直)하고 빅용퇴(白龍堆) 간 연후(然後)의 독이
쳥총(獨留靑塚) 하여쓴이 왕소군(王昭君)도 올 이(理) 없고, 장신궁(長
信宮) 지픠 닷고 백두름(白頭吟)을 〃 퍼슨이 반쳡여(班倢伃)도 올 이
(理) 없고, 소양궁(昭陽宮) 아침 날으 시치(侍側)하고 도라온이 조비련
(趙飛燕)도 올 이(理) 없고, 낙포션연(洛浦仙女)가 무산션녀(巫山仙女)
가."

　도렴임 흔비즁쳔(魂飛冲天)ᄒ야, 일신(一身)이 고단(孤單)이라. 진실
노 미혼지인(未婚之人)이로다.

---

1) 옥창: '옥장(玉帳)'의 잘못이다. 옥장은 옥같이 견고한 장막이란 뜻으로, 장군의 군막, 막부
를 뜻한다.

이도령과 춘향, 춘향과 이도령

"통인(通引)아."

"예."

"져 건네 화류중(花柳中)의 오락가락 힛쓱〃 얼는〃 흐는 거 무어신지 자셔(仔細)이 보와라."

통인(通引)니 살피보고 엿자오되,

"다른 무엇 안이오라, 이 골 기싱(妓生) 월민(月梅) 딸 춘향(春香)이란 게집아히로소이다."

도련임이 엉겁졀의[엉겁결에] 한는 말이,

"장(壯)이 좃타. 흘융하다."

퇴인(通引)이 알외되,

"제 어미는 기싱이오느 춘향이는 도〃하야 기싱 구실 마다하고 빅화초엽(百花草葉)의 글즈도 싱각하고 여공(女功) 지질(才質)이며 문장(文章)을 겸견(兼全)하야 여렴(閭閻) 처자(處子)와 다름이 업눈이다."

도령(道令) 허〃 웃고 방자(房子)을 ●[1]불너 분부(分付)하되

258

"들은 즉(則) 기싱의 짤이란이 급(急)피 가 불너올라."

방즈(房子)놈 엿즈오되,

"셜부화용(雪膚花容)이 남방(南方)의 유명(有名)키로, 방첨亽(防僉使)[2], 병부亽(兵府使), 군슈(郡守), 현감(縣監), 관장(官長)임네, 엄지발가락이 두 쎔 가웃식 되난 양반(兩班) 외입(外入)징이덜도 무슈(無數)이 보려 하되, 장강(莊姜)의 식(色)과 입亽(任姒)의 덕힝(德行)이며 이두(李杜)의 문필이며, 틱亽(太姒)의 화순심(和順心)과 이비(二妃)의 졍절(貞節)얼 품어스니, 금천하지졀식(今天下之絶色)이요 만고여즁군자(萬古女中君子)오니, 황공(惶恐)하온 말삼으로 초릭(招徠)하기 어렵늬다."

도령(道令) 딕소(大笑)하고,

"방직(房子ㅣ)야 네가 물각유주(物各有主)를 몰르난쏘다. 형산븩옥(荊山白玉)과 여슈황금(麗水黃金)이 님직[임자가] 각〃(各各) 잇난이라. 잔말〃고 불너오라."

방자(房子) 분부(分付) 듯고 춘향 초릭(招徠) 건네갈 졔, 밉시 잇난 방직(房子ㅣ) 열셕[열째게] 셔황모(西王母) 요지연(瑤池宴)의 편지(片紙) 젼(傳)턴 쳥조(靑鳥)갓치 이리져리 건네가셔,

"여바라, 이이 춘향아."

부르난 소릭 춘향이 쌈쪽 놀닉여,

"무슨 소리를 그짜우로 질너 사람의 졍신(精神)을 놀닉난야."

"이이야 말 마라 이리 낫다."

"이리란이 무슨 일."

"사쏘(使道) 자제(子弟) 도령임(道令任)이 광한누(廣寒樓)의 오셧짜

1) 저본에는 이 뒤에 ● 표시가 있다. 가락의 변화를 알린 것인지, 글자를 지운 것인지 알 수 없다. 이하 ● 표시에 대해 일일이 지적하지 않는다.
2) 방첨사: 방어사와 첨절제사를 아울러 이르는 말이다.

가 너 노난 모양(模樣) 보고 불너오란 영(令)이 낫다."

춘향이 홰를 니여,

"네가 밋친 자식(子息)일다. 도령임이 엇지 니를 알어셔 부른단 마리냐. 이 자식, 네가 니 마를[말을] 종지리시 열씨 까듯 하여나부다."

"안이다. 니가 네 마를 할 이가 업시되, 네가 글체, 니가 글야. 너 글은 니력(來歷)을 드러보와라. 계집아히 힝실(行實)노 추천(鞦韆)을 하량이면, 네 집 후원(後園) 단장(短墻)[담장] 안의 줄을 미고, 남이 알가 물을가 은근(慇懃)이 미고 추천(鞦韆)하난 게 도레(道理)의 당연(當然)하미라. 광한누(廣寒樓) 머잔하고 또한 이고셜 논지(論之)할진된, 녹음방초 승화시(綠陰芳草勝花時)라, 방초(芳草)난 푸려난듸 압니 버들은 초록장(草綠帳) 두르고, 된니 버들은 유록장(柳綠帳) 둘너, 한 가지 느러지고 쏘 한 가지 펑퍼져, 광풍(狂風)을 계워 흔늘〃〃 춤을 추난듸, 광한누 귀경쳐(求景處)의 근듸[그네]을 미고 네가 뛸 졔, 외씨 갓탄 두 발길노 빅운간(白雲間)의 논일 젹기, 홍상(紅裳) 자락이 펼〃, 빅방사(白紡絲) 속것 가리, 동남풍(東南風)의 펼넝〃〃, 박속 갓탄 네 살거리 빅운간(白雲間)의 힛득〃〃. 도령임(道令任)이 보시고 너을 불으시 졔(際), 니가 무삼 말을 한단 말가. 잔말〃고 건네가자."

춘향이 디답(對答)흐되

"네 마리 당연(當然)흐나, 오나리 단오이리(端午日ㅣ)라. 비단(非但) 나뿐이랴. 다른 집 쳐자(處子)들도 예 와 함기[함께] 추쳔(鞦韆)하여쓰되, 글얼 쑨 안이라, 셜혹(設或) 니 말을 할지라도 니가 지금 시사(時仕)가 안이여든, 여렴(閭閻) 사람을 호리칙거(呼來則去)로 부를 이(理)도 업고, 부른듸도 갈 이(理)도 업다. 당초(當初)의 네가 말을 잘못 들은 비라."

방자(房子) 이면(裏面)의[3] 복기여[볶이어], 광한누로 도라와 도령임계 엿자오니, 도령임 그 말 듯고,

"기특(奇特)한 사람일다. 언즉시야(言則是也)로되, 다시 가 말을 하되 이러〃〃하여라."

방자(房子) 젼갈(傳喝) 모와[모시어] 춘향으게 건네가니, 그시예 졔 집의로 도라갓거늘, 졔의 집을 차져가니, 모여간(母女間) 마조안져 겸심(點心)밥이 방장(方將)이라. 방자 드러가니,

"네 웨 또 오나냐."

"황송(惶悚)타. 도령임이 다시 젼갈(傳喝)ᄒ시더라. '뇌가 너를 기성으로 알미 아니라, 드른니 네가 글을 잘한다기로 쳥(請)하노라. 여가(閭家)의 잇난 쳐자(處子) 불너 보기 쳥문(聽聞)의 고히(怪異)하나, 혐의(嫌疑)로 아지 말고 잠싼 와 단여가라' 하시더라."

춘향의 도량[度量]한 뜻시 연분(緣分) 되랴고 그러한지, 호련(忽然)히 싱각하니 갈 마음이 나되, 모친(母親)의 뜻슬 몰나 침음양구(沉吟良久)의 말 안코 안져더니, 춘향 모(春香母) 썩 나안자 정신(精神)업게 말을 하되,

"꿈이라 하는 거시 젼수(全數)이 허사(虛事)가 안이로다. 간밤의 꿈을 꾸니, 난듸업는 쳥용(靑龍) 한나 벽도지(碧桃池)의 잠계 보이거날, 무슨 조흔 이리 잇슬가 하여던니, 우연(偶然)한 일 안이로다. 또한 드른이, 사쏘 자졔(使道子弟) 도령임 일홈이 몽용(夢龍)이라 ᄒ니, 꿈 몽짜(夢字) 용〃짜(龍字) 신통(神通)ᄒ게 맛치여싸. 그러나져러나 양반(兩班)이 부르시난듸 안이 갈 슈 잇것난야. 잠간 가셔 단여오라."

춘향이가 그졔야 못 이기난 쳬로 계우 이러나 광한누(廣寒樓) 건네 갈 졔, 듸명젼(大明殿) 듸들보의 명민기 거름으로, 양지(陽地) 마당의 씨암닥[씨암탉] 거름으로, 빅(白)모릐밧탕 금자리 거름으로, 월틱화용(月態花容) 고은 틱도(態度) 완보(緩步)로 건네갈 시, 흐늘〃〃 월 셔시

3) 이면의: 뜻밖에.

토성 십보(越西施土城習步)하던 거름으로 흐늘거려 건네올 졔, 도령임 난간(欄干)의 절반(折半)만 비게 셔〃완〃(宛宛)이 바리본이, 춘향이가 건네오난듸 광한누(廣寒樓)의 갓찬지라[가까운지라],

도련임 조와라고 자셔(仔細)이 살펴보니, 요〃졍〃(夭夭婷婷)하야 월퇴화용(月態花容)이 셰상(世上)의 뭇쌍(無雙)이라. 얼골이 조촐하니 쳥강(淸江)의 오난 학(鶴)이 셜월(雪月)의 빗침 갓고, 단순호치(丹脣皓齒) 반기(半開)하니 별도 갓고 옥(玉)도 갓다. 연지(臙脂)을 품은 듯, 자하상(紫霞裳) 고은 빗쳔[빛은] 어린 안기 셕양(夕陽)의 빗치온 듯, 취군(翠裙)이 영농(玲瓏)하야 문치(文彩)는 은하슈(銀河水) 물결 갓다. 연보(蓮步)을 졍(正)이 옴계 천연(天然)이 누(樓)의 올나, 북그러이 셔 잇거날, 통인(通引) 불너,

"안지라고[앉으라고] 일너라."

춘향의 고흔 퇴도(態度), 염용(斂容)하고 안난 거동(擧動), 자셔(仔細)이 살펴보니, 빅셕창파(白石蒼波) 시 빗 뒤에 목욕(沐浴)하고 안진 졔비, 사람을 보고 놀니난 듯, 별(別)노 단장(丹粧)한 일 업시 쳔연(天然)한 국식(國色)이라. 옥안(玉顔)을 상디(相對)하니 여운간지명월(如雲間之明月)이요, 단순(丹脣)을 반기(半開)한이 약슈즁지연화(若水中之蓮花)로다.

"신션(神仙)을 늬 몰나도 영주(瀛州)의 노던 션여(仙女) 남원(南原)의 젹거(謫居)하니, 월궁(月宮)의 뫼던 션여(仙女) 벗 하나을 일러구나. 네 얼골 네 퇴도(態度)는 셰상 인물(世上人物) 안이로다."

잇찌 춘향이 추파(秋波)을 잠간 들러[들어] 이도령을 살펴보니, 금셰(今世)의 호걸(豪傑)리요 진셰간(塵世間) 기남자(奇男子)라. 쳔졍(天庭)이 놉파스니 소연공명(少年功名) 할 거시요, 오악(五嶽)이 조귀(朝歸)하니 보국충신(輔國忠臣) 될 거시믜, 마음의 흠모(欽慕)하야 이미(蛾眉)을 수기고 염실단좌(斂膝端坐)뿐이로다.

이도령 하난 마리,

"셩현(聖賢)도 불취동셩(不取同姓)이라 일너쓰니, 네 셩(姓)은 무어시면, 나흔[나이는] 몃 살니요."

"셩(姓)은 셩가(成哥)옵고, 년셰(年歲)난 십육 셰(十六歲)로소이다."

이도령 거동(擧動) 보소.

"허〃 그 말 반갑도다. 네 연셰(年歲) 드러하니, 날과 동갑(同甲) 이팔(二八)이라. 셩 쯔(姓字)을 드러보니, 쳔졍(天定)일시 분명(分明)하다. 이셩지합(二姓之合) 조흔 년분(緣分) 평싱동낙(平生同樂) 하여보자. 네의 부모(父母) 구존(俱存)한야."

"편모(偏母) 하(下)로소이다."

"몃 형졔(兄弟)나 되년야."

"육십(六十) 당연(當年) 늬의 모친(母親) 무남독여(無男獨女) 나 혼나요."

"너도 나무 집 귀(貴)한 딸이로다. 쳔졍(天定)하신 연분(緣分)으로 우리 두리 만나쓰니 말련낙(萬年樂)을 일워보자."

춘향이 거동(擧動) 보소. 팔자쳥산(八字靑山) 쯩그리며 주순(朱脣)을 반기(半開)하야, 간은[가는] 목 게우 여러 옥셩(玉聲)으로 엿즈오되,

"츙신(忠臣)은 불사이군(不事二君)이요 열여 불경이부졀(烈女不更二夫節)은 옛글으 일너슨이, 도련임은 귀공자(貴公子)요 소녀(少女)는 쳔쳡(賤妾)이라, 한 번 탁졍(託情)한 연후(然後)의 인(因)하야 바리시면, 일편단심(一片丹心) 이 늬 마음 독슉공방(獨宿空房) 홀노 누워 우는 하는(恨은), 이늬 신셰(身世) 늬 안이면 뉘가 길고. 글런 분부(分付) 마옵소셔."

이도령 일은 말이,

"네 말을 들어본이, 어이 안이 기득(奇特)하랴. 우리 두리 인연(因緣) 믹질 져그, 금셕뇌약(金石牢約) 믹지리라. 네 집이 어듸미냐."

춘향이 엿즈오되,

"방자(房子) 불너 무르소셔."

이도령 허〃웃고,

"늬 너다려 뭇는 일이 허왕(虛荒)하다. 방자야."

"예."

"춘향의 집을 네 일너라."

방자 손을 넌짓 드러 가르치난듸,

"져기 져 건네, 동산(東山)은 울〃(鬱鬱)하고 연당(蓮塘)은 청〃(靑靑)한듸, 양어싱풍[양액생풍(兩腋生風)]하고, 그 가온듸 기화요초(琪花瑤草) 난만(爛漫)하야 나무〃〃 안진 시는 호사(豪奢)을 자랑하고, 암상(巖上)의 구분 솔은 쳥풍(淸風)이 건듯 부니 노룡(老龍)이 굼이난 듯, 문(門) 압푸[문 앞의] 버들 유사무사 양유지(有絲無絲楊柳枝)요, 들축[들쭉], 죽백(竹栢), 젼나무며, 그 가온듸 힝자목(杏子木)은 음양(陰陽)을 좃차 마쥬 시고, 초당(草堂) 문젼(門前) 으동(梧桐), 되초나무, 집푼 산즁(山中) 물푸레나무, 포도(葡萄), 다리, 으름, 넌츌 휘〃친〃감겨 단장[담장](短墻) 밧기 웃쑥 소사난듸, 송졍(松亭) 죽임(竹林) 두 시이로 은〃(隱隱)이 뵈이난 계 춘향의 집인이다."

도령임 이른 마리,

"장원(牆垣)이 정결(淨潔)하고 송쥭(松竹)이 울밀(鬱密)하니, 여자 졀힝(女子節行) 가지(可知)로다."

춘향이 〃러나며 붓쓰러여이 엿자오되,

"시속 인심(時俗人心) 고약하니, 그만 놀고 가겟늬다."

도령임 그 말을 듯고

"기특(奇特)하다, 그럴 듯한 이리로다. 오날밤 퇴령(退令) 후(後)의 네의 집의 갈 거시니 괄셰(恝視)나 부듸 마라."

춘향이 디답(對答)하되,

"나는 몰나요."

"네가 몰르면 쓰것난야. 잘 가거라. 금야(今夜)의 상봉(相逢)하자."

누(樓)의 나려 건네간이, 춘향 모(春香母) 마조 나와,

"이고, 늬 딸 단여온냐. 도련임이 무어시라 하시던야."

"무어시라 하여요. 조곰 안져짜가 〃 것노라 이러난이, 전역의[저녁
에] 우리집 오시마 허옵쩨다."

"글헤 엇지 디답(對答)하엿난야."

"모른다 하엿지요."

"잘하엿다."

춘향이 코 딱 댄 코

잇찌 도련임이 춘향을 이연(俄然)[1]이 보닌 후의 미망(微茫)이[미망히] 둘 디 업셔, 칙실(冊室)노 도라와 만사(萬事)의 쯧시 업고, 다만 싱각이 춘향이라. 말소릭 귀에 징징(琤琤), 고흔 틱도(態度) 눈의 삼〃(森森), 힉 지기를 기달일 시, 방지[房子] 불너,

"힉가 언으 씨나 되여난야."

"동(東)으셔 아구[2] 트난이다."

도련임 디로(大怒)하야,

"이놈, 괘씸한 놈, 셔(西)으로 지난 힉가 동(東)으로 도로 가랴. 다시금 살펴보라."

이윽고 방지 엿자오디,

"일낙함지(日落咸池) 황혼(黃昏) 되고 월츌동영(月出東嶺)하옵닉

---

1) 애연(俄然): 이윽고. 홀연. 화들짝.
2) 아구: '아가리'의 속어. 물건의 입. 국립국어연구원 표준국어대사전에는 아가리의 방언이라 했다.

다."

 셕반(夕飯)이 마시 업셔, 젼〃반칙(輾轉反側) 어이허리.

 퇴령(退令)을 기달이라[3] 하고 셔칙(書冊)을 보려 할 졔, 칙상(冊床)을 압푸 노코 셔칙(書冊)을 상고(詳考)하난듸, 즁용(中庸) 딕학(大學) 논어(論語) 밍자(孟子) 시젼(詩傳) 셔젼(書傳) 쥬력(周易)이며, 고문진보(古文眞寶) 통(通) 사략(史略)과 이빅(李白) 두시(杜詩) 쳔자(千字)까지 니여놋코 글을 일글 시,

 ❶시젼(詩傳)이라. "관〃 져구(關關雎鳩) 직하지주(在河之洲)로다. 요조슉여(窈窕淑女)난 군자호귀(君子好逑)로다. 아셔라, 그 글도 못 일으 것다."

 ❶딕학(大學)을 일글 시, "딕학지도(大學之道)난 직명〃덕(在明明德)호며 직신민(在新民)하며 직춘향(在春香)이로다. 그 글도 못 일것다."

 ❶주역(周易)을 익난듸, "원(元)은 형(亨)코 졍(貞)코, 춘향이 코 딱 딘 코 조코 한이라. 그 글도 못 일것다."

 ❶등왕각(滕王閣)이라. "남창(南昌)은 고군(故郡)이요 홍도(洪都)난 신부(新府)[4]로다. 올타 그 글 되얏다."

 ❶밍자(孟子)을 일글 시, "밍ᄌ견양혜왕(孟子見梁惠王)하신대 왕왈 쉬불월철니이니(王曰叟不遠千里而來)하신이, 춘향이 보시려 오신잇가."

 ❶사략(史略)을 익ᄂ듸, "틱고(太古)라. 쳔왕씨(天皇氏)난 이(以) 쑥

3) 퇴령을 기달이라: 사또이신 부친이 퇴령을 놓을 때까지 기다리리라. 뒤에 이도령이 '퇴령 노키을 지달일 졔'라는 표현이 있다.
4) 남창은 고군이요 홍도난 신부: 「등왕각서」의 구절을 인용한 것으로 "남창이라는 곳은 옛 고을이고 홍도라는 곳은 새 고을이다"라는 뜻인데, 새 고을이란 말인 '新府(신부)'의 음이 '新婦(신부)'와 같아서 언어유희를 한 것이다.

썩으로 왕(王)하야 셰긔셥졔(歲起攝提)ᄒ니 무위이화의(無爲而化矣)라
하야, 형졔 십이 인(十二人)이 각 일만팔쳔 셰(一萬八千歲)하다."

방지 엿ᄌ오되,

"여보 도련임, 쳔황씨(天皇氏)가 목썩(木德)으로 왕(王)이란 말은 들
어쓰되, 쑥썩으로 왕(王)이란 말을 금시초문(今時初聞)이요."

"이 자식, 네 모른다. 쳔왕씨(天王氏) 일만팔쳔 셰(一萬八千歲)를 살
던 양반(兩班)이라, 이가 단〃ᄒ여 목덕(木德)을 잘 자셔건이와, 시속
(時俗) 션부더른[선비들은] 목썩을 먹건느야. 공자(孔子)임계옵셔 후
싱(後生)을 싱각하사 명윤당(明倫堂)의 현몽(現夢)ᄒ고, 시속(時俗) 션
부드른 이가 부족(不足)하야 목썩을 못 먹기로 물신〃〃한 쑥썩으로
치라 ᄒ야, 삼빅육십 주(三百六十州) 힝교(鄕校)의 통문(通文)ᄒ고, 쑥
썩으로 곳쳐난이라."

방지 듯다가 말을 하되,

"여보, 하날임이 드르시면 쌈싹 놀늬실 거진 말도 듯거소."

ᄯ 젹벽부(赤壁賦)를 드려놋코,

"임술지추(壬戌之秋) 칠월 기망(七月旣望)에 소자여긱(蘇子與客)으
로 범쥬유어젹벽지하(泛舟遊於赤壁之下)할싀, 쳥풍(淸風)은 셔리(徐
來)ᄒ고 슈파(水波)은 불흥(不興)이라. 아셔라 그 글도 못 일것다."

◗쳔자(千字)을 일글싀, "하날 쳔(天), 짜 지(地)."

방지(房子) 듯고,

"여보 도련임, 졈잔이 쳔자는 웬이리요."

"쳔자라 하난 글리 칠셔(七書)의 본문(本文)이라. 양(梁)나라 주싯변
[급사중(給事中)][5] 쥬흥사(周興嗣)가 하로밤의 이 글을 짓고 머리가 히

---

[5] 주싯변: 종래 '주사봉(周捨奉)'으로 복원돼왔으나 그러한 관직은 없다. '급사중'의 잘못으로
판단된다.

엿기로, 칙(冊) 일홈을 빅수문(白首文)이라. 낫〃치 시겨 보면 쎼쫑6)
쌀 일리 만하지야."

"소인(小人)놈도 쳔자 속은 아옵늬다."

"네가 알드란 마리야."

"알기을 일르것소."

"안다 하니 일거바라."

"예, 드르시오. 놉고 놉푼 하날 쳔(天), 집고 집푼 싸 지(地), 홰〃친
〃 가물 현(玄), 불 타졋다 누루 황(黃)."

"예 이놈, 상(常)놈은 젹슬(的實)하다. 이놈, 어디셔 장타령(場打令)
하난 놈의 말을 드럿구나. 늬 일글 계 드러라. 쳔기자시싱쳔(天開子時
生天)하니 틱극(太極)이 광디(廣大), 하날 쳔(天).

◐지벽어축시(地闢於丑時)하니 오힝(五行) 팔괘(八卦)로 싸 지(地).

◐삼십삼쳔(三十三天) 공부공(空復空)의 인심지시[인심지사(人心之
事)] 가물 현(玄).7)

◐이십팔숙(二十八宿) 금목수화(金木水火) 토지졍식(土之正色) 누루
황(黃).

◐우쥬일월(宇宙日月) 즁화(重華)하니 옥우징영(玉宇崢嶸) 집 우
(宇).

◐연디(年代) 국도(國都) 흥셩쇠(興盛衰), 왕고늬금(往古來今)의 집
쥬(宙).

◐우치홍수(禹治洪水) 기자(箕子) 초[推]8)의 홍법귀쥬(洪範九疇) 너
불 홍(洪).

6) 쎼똥: '몹시 힘들다'의 낮은 말.
7) 인심지시 가물 현: 인심지시는 인심지사(人心之事)로, 인심은 깊이를 알 수 없어 곧 현(玄)이
라는 뜻인 듯하다.
8) 추: 추연(推衍). 미루어 넓힘.

❶삼왕오제(三皇五帝) 붕(崩)하신 후(後), 난신젹자(亂臣賊子) 것칠 황(荒).

❶동방(東方)니9) 장차(將次) 게명(啓明)키로, 고〃 쳔변일윤홍(杲杲 天邊日輪紅) 번뜻 소사날 일(日).

❶억조창싱(億兆蒼生) 격양가(擊壤歌)의 강구연월(康衢煙月)으 달 월(月).

❶한심(寒心) 미월(微月) 시〃(時時) 부러, 삼오일야(三五日夜)의 차 령(盈).

❶셰상만사(世上萬事) 싱각ᄒ니 달빗과 갓탄지라, 십오야(十五夜) 발근 다리 기망(旣望)부터 기울 칙[仄].

❶이십팔슉(二十八宿) 하도닉셔(河圖洛書) 버린 법(法), 일월셩신(日月星辰) 별 진(辰).

❶가련금야슉창가(可憐今夜宿娼家)라, 원낭금침(鴛鴦衾枕)으 잘 슉(宿).

❶절딕가인(絶代佳人) 조흔 풍유(風流), 나열춘츄(羅列春秋)으 버릴 열(列).

❶의〃월식(依依月色) 야삼경(夜三更)의 만단졍회(萬端情懷) 볘풀 장(張).

❶금일한풍 소〃리(今日寒風蕭蕭來)하니 침슬(寢室)의 들거라, 찰 한(寒).

❶볘기가 놉거든 니 팔을 볘여라, 이마만금 오너라, 올 닉(來).

❶에후리쳐 질근 안고 임 각(脚)의 든이, 셜한풍(雪寒風)으도 더울 셔(暑).

◐침실(寢室)리 덥거든 음풍(陰風)을 취(取)하여, 이리져리 갈 왕(往),

◐불한불열(不寒不熱) 언으씌냐, 엽낙오동(葉落梧桐)의 가을 츄(秋).

◐빅발(白髮)리 장차(將次) 우거진이 소년풍도(少年風度)을 거들 슈(收),

◐낙목한풍(落木寒風) 찬바람, 빅운강산(白雲江山)10)[백설강산(白雪江山)]의 겨으11) 동(冬).

◐오믹불망(寤寐不忘) 우리 사랑, 귀즁심쳐(閨中深處)의 갈물 장(藏).

◐부용(芙蓉) 작야셰우즁(昨夜細雨中)의 광윤유틱(光潤有態), 부루윤(潤).

◐리려(麗麗)한 고흔 틱도(態度), 평싱(平生)을 보고도 나무 려(餘).

◐빅연기약(百年期約) 집푼 밍셰(盟誓), 만경창파(萬頃蒼波) 일울 셩(成).

◐이리져리 논일 젹의, 부지셰월(不知歲月) 힛 셰(歲).

◐조강지쳐 블하당(糟糠之妻不下堂), 안히 박딕(薄待) 못 하난 이, 딕동통편(大東通編)[대전통편(大典通編)]12) 법즁(法中) 율(律).

◐군자호귀(君子好逑) 이 안니야. 춘향 입 니 입을 한틔다 디고 쪽 〃 싼이 법즁(法中) 여(呂) 짜 이 아닌야. 이고 〃 〃 보거 지거."

소릭을 크게 질너노니 잇딕 사쏘 젼역[저녁] 진지(進止)를 잡수시고 식곤징(食困症)이 나 계옵셔 평상(平床)의 취침(就寢)하시다 '이고 보고 지거' 소릭에 깜짝 놀닉여,

<hr>

10) 빅운강산: ''백설강산(白雪江山)'의 잘못인 듯하다.

11) 겨의: '겨으'의 오식이다.

12) 대동통편: 『대전통편大典通編』의 오류다.

"이로너라."

"예."

"쵝방(冊房)으셔 누가 싱침(生鍼)을 맛넌야. 신 다리을 쥬물넛야. 아라 드러라."

통인(通引) 드리가,

"도련임, 웬 목통이요. 고함(高喊)소리에 사쪼 놀니시사 엄문(廉問)하라 하옵시니, 엇지 아뢰잇가."

싹한 이리로다. 나무 집 늘근이[늙은이]는 리롱징(耳聾症)도 잇난 이라마는, 귀 너무 발근 것도 예상(例常)일 안이로다. 글러한다[그러한다] 하졔마는, 글헐 이가 웨 잇슬고.

도련임 디경(大驚)하야,

"이디로 엿짜와라. 니가 논어(論語)라 하난 글을 보다가 '차회(嗟乎)라, 외도의구의(吾道矣久矣)라 공불근쥬공이(恐不見周公矣)'란 디문(大文)을 보다가 나도 쥬공(周公)을 보면 그리 하여 볼가 하여 흥치(興致)로 소리가 놉파쓴이, 그디로만 엿짜와라."

통인(通引)이 드러가 그디로 엿자오니, 사쪼, 도련임 승벽(勝癖) 잇스물 크게 깃거ㅎ야,

"이리 오너라. 쵝방(冊房)으 가 목낭쳥(睦郎廳)을 가만이 오시리라."

낭쳥(郎廳)이 드러오난듸, 이 양반(兩班)이 엇지 고리게 싱계던지, 만지[먼지] 거름 속 한지[13], 근심이 담쑥 드러던 거시엿다.

"사쪼 그시 심〃ㅎ시요."

"아, 게안소. 할말 잇네. 우리 피차(彼此) 고우(故友)로셔 동문수업(同門修業)하여건과 아시(兒時)의 글 익기가치 실은 거시 업건마는 우

───────────

13) 거름속한지: '거름 속이 많은지'라는 뜻인 듯하다. 김현룡 주석에 따르면 '꺼림직한지'를 뜻한다.

리 아(兒) 시흥(詩興) 보니, 어이 안이 길걸손가[즐거울손가]."

인[이] 양반은 지여부지간(知與不知間)의 딕답(對答)하것다.

"아히 씨 글 익기갓치 실은 게 어딘 잇슬이요."

"익기가 실으면 잠도 오고 쇠가 무슈(無數)하졔. 이 아히난 글 익기
을 시작(始作)하면 익고 쓰고 불쳘쥬야(不撤晝夜)ᄒ졔."

"예, 그럽듸다."

"븨운 바 업셔도 필지(筆才) 졀등(絶等)하졔."

"그러치요."

졈(點) 하나만 툭 찌거도 고봉투셕(高峯墜石)갓고, 한 일(一)을 쓰여
노면[그어놓으면] 쳘리지운(千里陣雲)이요, 갓머리[宀]난 작두쳠(斫圖
斬)[참작도(斬斫圖)]이요, 필법논지(筆法論之)하면 풍낭뇌젼(崩浪雷
奔)[14]이요, 늬리그어 치난 획(畫)은 노셩도괘졀벽(老松倒掛絶壁)이라.
창 과(戈)로 일를진딘 마른 등(藤)년줄갓치 쩌더갓다 도로 치는 듸는
셩닌 손우[쇠뇌] 씃 갓고, 기운(氣韻)이 부족(不足)하면 발길노 툭 차
올여도 획(劃)은 획(劃)듸로 되나니,

"글시을 가만니 보면 획은 획듸로 되옵듸다."

"글시[15], 듯졔. 져 아히 아홉 살 먹어쓸 졔 셔울 집 쓸의 늘근 믜화
(梅花) 잇난 고(故)로 믜화(梅花)남글 두고 글을 지으라 하여썬이 잠시
(暫時) 지어스되, 졍셩(精誠) 듸린 것과 용사비등(龍蛇飛騰)하니 일남
쳡긔(一覽輒記)라. 묘당(廟堂)의 당〃(堂堂)한 명사(名士) 될 거시니,
남명이북고(南面而北顧)하고 부춘추어일수(賦春秋於一首)허엿쪠[16]."

14) 풍낭뇌젼: 풍랑뇌젼(風浪雷電). 혹은 붕랑뇌분(崩浪雷奔)의 잘못인 듯하다.

15) 글시: 『방언사전』에 '글씨'가 실려 있다. '글씨'는 '글쎄'라는 감탄사다.

16) 남명이북고(南面而北顧)하고 부춘추어일수(賦春秋於一首)허엿쪠: 이가원 선생은 '남면'을
'南眄'으로 보고, 이 두 구를 조선시대 과부(科賦)의 2구인 듯하다고 보았다. '남면이북고'는 왕
으로서 남면(南面)하면서 북쪽 오랑캐 침입을 걱정한다는 뜻인 듯하다.

"장뇌(將來) 경승(政丞) 하오리다."

사쏘 너머 감격(感激)하야라고

"경승(政丞)이야 엇지 바릐것나마는 늬 싱젼(生前) 급졔(及第)는 쉬하리마는 급졔만 쉽계 하면 출육(出六)이야 베면이(泛然이)[17] 지늬것나."

"안이요, 그리 할 말삼이 안이라, 경승(政丞)을 못 하오면 장승(長栍)이라도 되지요."

사쏘(使道)이 호령(號令)하되,

"자늬, 늬 말노 알고 듸답(對答)을 그리 하나."

"듸답은 하여싸오나 늬 말린지 몰나요."

글런다고 하여쓰되, 그계 쏘 다 거짓마리엿다.

---

17) 베면히: 이가원 주, 구자균 주에는 '범연(泛然)히'. 『전남방언사전』에 따르면 함평, 강진 방언의 '어련히'.

방자야, 등롱의 불 밝혀라

◐ 잇찌 이도령(李道令)은 퇴령(退令) 노키을 지달일 졔,

"방지(房子)야."

"예."

"퇴령(退令) 노완나 보와라."

"아직 안이 노와소."

족금 잇더니,

"하인(下人) 물이라."

퇴령(退令) 소릐 질게[길게] 나니,

"조타〃〃. 올타〃〃. 방지(房子)야 등농(燈籠)의 불 발케라."

통인(通引) 하나 뒤를 짜라 춘향으 집 건네갈 졔 지초[자최] 업시 가만〃〃 걸의면셔,

"방지야 상방(上房)으 불 빗친다. 등농을 엽푸 쪄라[옆에 껴라]."

삼문(三門) 밧 쎡 나셔〃, 협노지간(夾路之間)의 월식(月色)이 영농(玲瓏)하고 화간(花間) 푸린[푸른] 버들 몃 번이나 쎅거시며, 투기(鬪

鷄) 소연 아히(少年兒孩)들은 야입청누(夜入靑樓)하야쓴이.

"지체(遲滯) 말고 어셔 가자."

그령져령 당도(當到)하니, 가련(可憐) 금야요젹(今夜寥寂)한듸 가기 물식(佳期物色)이 안인야. 가소(可笑)롭다, 어쥬사(漁舟師)는 도원(桃源) 질을 모로던가. 춘향 문젼(門前) 당도(當到)하니 인젹(人跡)[1] 야심(夜深)한듸 월식(月色)은 삼경(三更)이라. 어약(魚躍)은 출몰(出沒)하고 디졉(大楪) 갓튼 금부어(金鮒魚)난 임을 보고 반기난 듯, 월하(月下)의 두루미년 홍(興)을 계워 짝 부른다.

잇듸 춘향이 칠현금(七絃琴) 비계 안고 남풍시(南風詩)를 히롱(戲弄) 타가 침셕(寢席)으 조우더니[졸더니][2], 방지 안으로 들어가되 기가 지실가[짖을까] 염예(念慮)하야 지초[자최] 업시 가만 〃〃 춘향 방(房) 영창(映窓) 밋퇴 가만이 살짝 드러가셔,

"이이, 춘향아, 잠드런야."

춘향이 쌈짝 놀늬여,

"네 엇지 오냐."

"도련임이 와 겨시다."

춘향이가 이 말을 듯고 가삼이 월넝 〃〃 속이 답 〃 하야, 붉그럼을 못 이기여 문을 열고 나오더니, 건넨방 거네가셔 져의 모친(母親) 씨우 논듸,

◑"이고 어문이, 무슨 잠을 이듸지 집픠 지무시요."

춘향의 모(母) 잠을 씨여,

"아가 무어슬 달나고 부르난야."

"뉘가 무엇 달늬엿소."

---

1) 인젹: 인젹이 적막하다는 말을 줄여 말하여 어구를 이루지 못했다.
2) 조우더니: 졸더니. 현대의 '졸다'는 과거 문헌에 '조을다, 조올다, 조울다, 조올다'로 표기되었다.

276

"그러면 엇지 불너는야."

언겹결으 하는 말이

"도련임이 방지 모시고 오셔쓰오."

춘향의 모(母) 문(門)을 열고 방자(房子) 불너 뭇는 마리,

"뉘가 와야."

방즈 디답(對答)하되,

"사쏘 자졔(子弟) 도련임이 와 겨시요."

춘향이 모(母) 그 말 듯고,

"상단(香丹)아."

"예."

"뒤 초당(草堂)의 좌셕(座席) 등쵹(燈燭) 신칙(申飭)하여 보젼(鋪陳)하라."

당부(當付)하고 춘향 모(春香母)가 나오난듸, 셰상(世上) 사람이 다 춘향 모을 일칼더니 과연(果然)이로다.

자고(自古)로 사람이 외탁(外托)을 만이 하난고로, 춘향 갓단 쌀을 나어쑤나. 춘향 모 나오난듸 거동(擧動)을 살펴보니, 반빅(半百)이 넘어는듸, 소탈(疏脫)한 모양(模樣)이며 단졍(端正)한 거동(擧動)이 푀〃졍〃(飄飄亭亭)하고, 기부(肌膚)가 풍영(豐盈)하야 복(福)이 만한지라, 슛시립고 졈잔하계 발막을 끌어 나오난듸, 가만〃〃 방지 뒤을 짜라온다.

잇듸 도련임이 비회괴면(徘徊顧眄)하야 무류(無聊)이 셔 잇슬 졔, 방지 나와 엿짜오되,

"져기 오난 게 춘향의 모(母)로소이다."

춘향의 모가 나오더니, 공슈(拱手)하고 웃둑 셔며,

"그 시의 도련임 문안(問安)이 엇더호오."

도련임 반(半)만 웃고

"춘향의 모(母)이라제, 평안(平安)한가."

"예, 계우 지니옵니다. 오실 줄 진정(眞正) 몰나 영접(迎接)이 불민(不敏)하온이다."

"글헐 이(理)가 잇나."

춘향 모(母) 압을 셔셔 인도(引導)하야 디문(大門) 중문(中門) 다 지니여 후원(後園)을 도라가니, 연구(年久)한 별초당(別草堂)의 등농(燈籠)을 발케난듸, 버들가지 느려져 불빗슬 가린 모양, 구실발[珠簾]리 갈공이[갈고리]의 걸인 듯하고, 우편(右便)의 벽오동(碧梧桐)은 말근 이실리 쑥〃 써러져 학(鶴)의 꿈을 놀니난 듯, 좌편(左便)의 셧난 반송(盤松), 광풍(狂風)이 건듯 불면 노룡(老龍)이 굼이난 듯[꿈틀거리는 듯]. 창젼(窓前)의 시문[심은] 파초(芭蕉), 일난초(日暖草) 봉미장(鳳尾長)은 속입이 쎄여나고, 슈심여쥬(水心驪珠)[3] 어린 연꽂 물 박기 계우 써져 옥노(玉露)을 밧쳐 잇고, 디졉(大楪) 갓턴 금부어(金鮒魚)난 어변성용(魚變成龍)하랴 하고 씨〃마닥 물결쳐셔 출넝 툼벙 굼실 놀 씨마닥 조롱(嘲弄)하고, 시로 나는 연(蓮)입은 바들 쩍기 버러지고, 금연상봉(鈑然三峰) 셕가산(石假山)은 칭〃(層層)이 싸여난듸, 계하(階下)의 학 두룸이 사람을 보고 놀니여, 두 쑥지를 쩍 버리고 진 다리로 징검〃〃 씰눅 쑤루룩 소리하며, 계화(鷄花) 밋틔 삽살기 짓는구나.

그즁(中)의 반가올사 못 가온디 쌍(雙)오리는 손임 오시노라 둥덩실 써셔 기다리난 모양(模樣)이요, 쳐마(簷牙)의 다〃른이 그졔야 져으 모친(母親) 영(令)을 듸〃여셔[4] 삿창(紗窓)을 반기(半開)하고 나오난듸, 모양(模樣)을 살펴보니, 두렷한 일윤명월(一輪明月) 구룸 박기 소사난듸[솟았는데], 황홀(恍惚)한 져 모양은 칭양(測量)키 어렵쏘다. 북

---

3) 수심여주: 연못 중앙의 귀한 구슬. 물 가운데 흑룡의 구슬이 있는 것 같은 연꽃.
4) 듸듸여서: 앞뒤 문맥에 따라 '받들어'로 풀이한다.

그려이 당(堂)의 나려 천연(天然)이 셧난 거동(擧動)은 사람의 간장(肝腸)을 다 녹닌다. 도련임 반(半)만 웃고 춘향다려 문난 마리[말이],

"곤(困)치 안이하며, 밥이나 잘 먹건야."

춘향이 북그러워 디답(對答)지 못허고 묵〃(默默)키 셔 있거날, 춘향의 모(母)가 몬져 당(堂)의 올나 도련임을 자리로 모신 후(後)의, 차(茶)을 드려 권(勸)하고, 담부〃쳐 올이온이, 도련임이 바다 물고 안자실 졔, 도련임 춘향의 집 오실 찌는 춘향으게 듯시[뜻이] 잇쪄 와 겨시졔, 춘향의 셰간 기물(世間器物) 귀경(求景) 온 비 아니로되, 도련임 첫 외입(外入)이라 박그셔난 무슨 마리 잇실 쯧하더니, 드러가 안고 보니 별(別)노이 할마리 업고, 공연(空然)의 천촉기(喘促氣)가 잇셔 오한징(惡寒症)이 들면셔, 아모리 싱각하되 별(別)노 할마리 업난지라, 방중(房中)을 둘너보며 벽상(壁上)을 살펴보니, 여간(如干) 기물(器物) 노야 난디,

용장(龍欌) 봉장(鳳欌) ◑직쌔 수리5) 이렁져렁 버려난듸, 무슨 기림[그림] 장(張)도 붓쳐 잇고, 기림을 그려 붓쳐쓰되, 셔방(書房) 업난 춘향이요, 학(學) 하난 겨집아히가 셰간 기물(世間器物)과 기림이 웨 잇슬고만는, 춘향 어모가 유명(有名)한 명기(名妓)라, 그 짤을 쥬랴고 장만한 거시엿다. 됴션(朝鮮)의 유명(有名)한 명필(名筆) 글시 붓쳐 잇고, 그 시이에 붓친 명화(名畫) 다 후리쳐 던져두고, 월션도(月仙圖)란 기림 붓쳐쓰되, 월션도(月仙圖) 졔목이 이럿턴 거시엿다.

상졔고거강졀초(上帝高居絳節朝)6)의 군신조회(君臣朝會) 밧던 기림.

청연거사(靑蓮居士) 이틔빅(李太白)이 황학젼(黃鶴殿) 쑤러안져 황졍경(黃庭經) 익던[읽던] 기름.

---

5) 직쌔 수리: 잡화 설합장.
6) 상졔고거강졀초: '초'는 '조'의 잘못이다. 상제가 높은 곳에 거처하며 붉은 부절을 내리는 조정. 두보의 시 「옥대관玉臺觀」에 나오는 구절이다.

빅옥누(白玉樓) 지은 후의 자기[長吉]⁷⁾ 불너 올여 상양문(上樑文) 짓난 기림.

칠월 칠석(七月七夕) 오작교(烏鵲橋)의 견우직여(牽牛織女) 만나난 기름.

광한전 월명야(廣寒殿月明夜)의 도약(擣藥)하던 항아(姮娥) 기름.

칭〃(層層)이 붗쳐씨되 광치(光彩)가 찰난(燦爛)하야 정신(精神)이 살난(散亂)한지라.

쪼 한 곳 바리보니, 부춘산(富春山) 엄자릉(嚴子陵)은 간의퇴후(諫議大夫) 마다하고 빅구(白鷗)로 버슬 삼고 원학(猿鶴)으로 이웃 삼아, 양구(羊裘)를 썰쳐 입고 추(秋) 동강(桐江) 칠이탄(七里灘)으 낙슈쥴 던진 경(景)을 영역(歷歷)키 기려 잇다. 방가위지션경(方可謂之仙景)이라 군자호귀(君子好逑) 놀 디로다.

춘향이 일편단심(一片丹心) 일부종사(一夫從事)하려 하고 글 한 슈(首)를 지여 칙상(冊床) 우의 붓쳐스되,

◑듸운춘풍쥭(帶韻春風竹)이요, 분향야독셔(焚香夜讀書)라.

"기특(奇特)하다. 이 글 쓰슨 목난(木蘭)의 졀(節)이로다."

이러텃 치하(致賀)할 졔, 춘향 어모 엿자오되,

"귀즁(貴重)하신 도련임이 누지(陋地)의 용임(辱臨)하시니 황공감격(惶恐感激)하옵니다."

도련임 그 말 한마듸여 말궁기⁸⁾가 열이엿졔.

"그럴 이(理)가 웨 잇난가. 우연(偶然)이 광한누(廣寒樓)의셔 춘향을 잠간(暫間) 보고 연〃(戀戀)이 보니기로 탐화봉졉(探花蜂蝶) 취(醉)한 마음, 오날밤의 오난 뜻션 춘향 어모 보러 왓건이와, 자니 짤 춘향과

---

7) 자기: '장길(長吉)'의 잘못이다. 장길은 당나라 시인 이하(李賀)다.
8) 말궁기: 말 구멍.

빅연언약(百年言約)을 밋고자 하니, 자니의 마음이 엇더한가."

춘향 어모 엿자오되,

"말삼은 황송(惶悚)하오나, 드려보오. 자학골(紫霞谷) 셩참판(成參判) 영감(令監)이 보후(補後)로 남원(南原)의 좌졍(座定)하엿실 찌 소리기을[소리개를] 미로 보고 슈쳥(守廳)을 들나 하옵기로, 관장(官長)의 영(令)을 못 이긔여 모신 지 삼삭(三朔)만의 올나가신 후(後)로, 쯧박그 보틔(胞胎)하야 나은 계 져거시라, 그 연유(緣由)로 고목(告目)하니, 졋쥴 쩌러지면 다려갈난다 하시던니, 그 양반(兩班)이 불힝(不幸)하야 세상(世上)을 바리시니, 보닉들 못하옵고, 져거슬 질너닐 졔, 어려셔 잔 병(病)조차 그리 만코, 칠 셰(七歲)의 소학(小學) 일케[읽혀] 슈신졔가(修身齊家) 화순심(和順心)을 난낫치[낱낱이] 가라치니, 씨가 잇난 자식(子息)이라 만사(萬事)를 달통(達通)이요, 삼강힝실(三綱行實) 뉘라서 니 짤리라 ㅎ리요. 가셰(家勢)가 부족(不足)하니, 진상가(宰相家) 부당(不當)이요, 사셔인(士庶人) 상하불급(上下不及), 혼인(婚姻)이 느껴가미 쥬야(晝夜)로 걱졍이나, 도련임 말삼은 잠시(暫時) 춘향과 빅연기약(百年期約)한단 말삼이오나, 그런 말삼 마르시고, 노르시다 가옵소셔."

이 마리 참마리 안이라, 이도련임 춘향을 언는다 하니 니뒤사(來頭事)을 몰나 뒤을 늘너[뒤를 눌러] 하난 말리엿다.

이도령 기(氣)가 미켜,

"호샤(好事)의 다마(多魔)로셰. 춘향도 미혼젼(未婚前)이요, 나도 미장젼(未丈前)이라, 피차(彼此) 언약(言約)이 〃러ㅎ고, 육예(六禮)난 못할망졍, 양반(兩班)으 자식이 일구이언(一口二言)을 할 이(理) 잇나."

춘향 어모 이 말 듯고,

"쏘 니 말 드르시요. 고셔(古書)의 하여스되, 지신(知臣)은 막여쥬(莫如主)요, 지자(知子)는 막여부(莫如父)라 하니, 지여(知女)는 모(母)

안인가. 니 딸 심곡(心曲) 니가 알졔. 어려부텀 졀곡(切曲)한 쓰시 잇셔, 힝여(幸如) 신셰(身世)를 그릇칠가 으심(疑心)이요, 일부종사(一夫從事) 하려 하고, 사〃(事事)이 하는 힝실(行實) 쳘셕(鐵石)갓치 구든 쓰시, 쳥송녹죽(靑松綠竹) 젼나무 사시졀(四時節)을 닷토난 듯, 상젼벽히(桑田碧海) 될지라도 니 딸 마음 변(變)할손가. 금은(金銀) 옥촉지빅(吳蜀之帛)이 젹여구산(積如九山)이라도 밧지 안이 할 터이요, 빅옥(白玉) 갓탄 니 딸 마음 쳥풍(淸風)인들 밋칠리요. 다만 고으(古意)를 회칙(效則)고자 할 쓴이온듸, 도련임은 욕심(慾心) 부려 인연(因緣)을 미자짜가, 미장젼(未丈前) 도련임이 부모(父母) 몰이[몰래] 집푼 사랑 금셕(金石)갓치 미자짜가, 소문(所聞) 어려 바리시면, 옥결(玉玦) 갓탄 니 딸 신셰(身世), 문치(文彩) 조흔 듸모(玳瑁) 진주(眞珠) 고은 구실, 군역노리 씨야진 듯, 쳥강(淸江)으 노든 원낭조(鴛鴦鳥)가 싹 한나를 일어쓴들, 어이 니 딸 갓틀손가. 도련임 니졍(內情)이 말과 갓털진듸, 심양(深諒)하여 힝(行)하소셔."

도련임 더옥 답〃 하야,

"그난 두 번 염예(念慮)할나 말소. 니 마음 셰아린니, 특별(特別) 간졀(特別懇切) 구든 마음, 흉중(胸中)의 가득한이, 분으(分義)난 달을망졍, 졔와 니와 평싱기약(平生期約) 미질 졔, 젼안납폐(奠雁納幣) 안니한들, 창파(滄波)갓치 집푼 마음, 춘향 사졍(事情) 몰을손가."

이려타시 이갓치 셜화(說話)하니, 쳥(靑)실 홍(紅)실 육례(六禮) 갓쵀 만난듸도 이 우의 더 쬑쏙할가.[9]

"니 져를 초취(初娶)갓치 예길더니, 시하(侍下)라고 염예(念慮) 말고, 미장젼(未丈前)도 염예(念慮) 마소. 듸장부(大丈夫) 먹난 마음, 박듸힝실(薄待行實) 잇슬손가. 허락(許諾)만 허여쥬소."

---

9) 쬑쏙할가: 더 좋을까.

춘향 어모 이 말 듯고 이윽키 안져썬이, 몽조(夢兆)가 잇난지라, 연분(緣分)인 줄 짐작(斟酌)하고, 흔연(欣然)히 허락(許諾)하며,

"봉(鳳)이 나믜 황(凰)이 나고, 쟝군(將軍) 나믜 용마(龍馬) 나고, 남원(南原)의 춘향 나믜 이화춘풍(李花春風) 곳다웁다. 샹단(香丹)아 주반(酒盤) 등듸(等待)하엿난냐."

"예."

듸답(對答)하고 주효(酒肴)를 차일 격기[적에], 안주(按酒) 등물(等物) 볼작시면 고음시도 졍결(淨潔)하고. 듸양판(大胖板) 가리찜, 소양판(小胖板) 제육(豬肉)찜, 풀〃 쮜난 숭어(秀漁) 찜, 포도동 나는 미초리 탕(湯)의, 동닌(東萊) 울산(蔚山) 듸젼복(大全鰒), 듸모장도(玳瑁粧刀) 드난 칼노 밍샹군(孟嘗君)의 눈셥 체로 어슥비슥 오려노코, 염통산젹(散炙) 양(胖)복기와, 춘치자명(春雉自鳴) 싱치(生雉) 다리, 젹벽듸졉(赤壁大楪) 분안기(分院器)의 닝면(冷麵)조차 비벼노코, 싱율(生栗) 숙율(熟栗) 잣슝이며, 호도(胡桃) 듸초(大棗), 셕유(石榴)〃자(柚子), 준시(蹲柿) 잉도(櫻桃), 탕기(湯器) 갓튼 쳥슬이(靑實梨)를 칫슈(齒數) 잇게 고야난듸, 술병(瓶) 치례 볼작시면, 틔결 업난 빅옥병(白玉瓶)과 벽히슈상(碧海水上) 산호병(珊瑚瓶)과 엽낙금졍(葉落金井) 오동병(梧桐瓶)과 목 진[긴] 황시병, 자리병, 당화병(唐畵瓶), 쇄금병(灑金瓶), 소샹동졍(瀟湘洞庭) 죽졀병(竹節瓶), 그 가온듸 쳔은(天銀) 알안자[10], 젹동자(赤銅子), 쇄금자(灑金子)[11]를 차례(次例)로 노와난듸, 구비(具備)함도 가질씨고.

술 일홈을 일을진듸, 이젹션(李謫仙) 포도쥬(葡萄酒)와 안기싱(安期生) 자하쥬(紫霞酒)와 살임쳐사(山林處士) 송엽쥬(松葉酒)와 과하쥬(過

<hr>

10) 쳔은 알안자: 쳔은으로 만든 알안자. 쳔은은 품질이 졔일 좋은 은. 알안자는 주젼자.
11) 쇄금자: 금으로 장식을 한 주젼자.

夏酒), 박문쥬(方文酒), 쳔일쥬(千日酒), 빅일쥬(百日酒), 금노쥬(金露酒), 팔〃 쮜난 회쥬(火酒), 약쥬(藥酒), 그 가온듸 힝기(香氣)로운 연엽쥬(蓮葉酒) 골나니여, 알안자 가득 부어, 쳥동화로(靑銅火爐) 빅탄(白炭) 불의, 남비 닝슈(冷水) 쓸난 가온듸, 알안자 둘너, 불한불열(不寒不熱) 데여니여, 금잔옥잔(金盞玉盞) 잉무비(鸚鵡杯)를 그 가온듸 듸여쓰니, 옥경(玉京) 연화(蓮花) 피난 꼿시, 틔을션여(太乙仙女) 연엽션(蓮葉船) 씌듯, 듸광보국(大匡輔國) 영으졍(領議政) 파초선(芭蕉扇) 씌듯, 둥덩실 씌여노코, 권쥬가(勸酒歌) 한 곡조(曲調)의 일빈〃〃부일비(一杯一杯復一杯)라.

이도령 일은 마리,

"금야(今夜)의 하는 졀차(節次) 본니, 관쳥(官廳)이 안이여던, 어이 그리 구비(具備)한가."

춘향 모(春香母) 엿자오듸,

"늬 딸 춘향 곱게 길너 요조슉여(窈窕淑女) 군자호귀(君子好逑) 가리여서 금실우지(琴瑟友之) 평싱동낙(平生同樂) 하올 젹기, 사랑(舍廊)의 노난 손임, 영웅호걸(英雄豪傑) 문장(文章)들과 즁마고우(竹馬故友) 벗엄니[벗님네] 쥬야(晝夜)로 길기실 제, 늬당(內堂)의 하인(下人) 불너 밥상(床) 술상(床) 짓쵹(催促)할 제, 보고 비호지 못하고는 어이 곳 등듸(等待)하리. 늬자(內子)가 불민(不敏)하면 가장(家長) 나셜[낮을] 찍기미라, 늬 싱젼(生前) 심써[힘써] 갈쳐, 아모쪼록 본바다 힝(行)하라고, 돈 싱기면 사 모와셔, 손으로 만드러셔, 눈의 익고 손의도 익키랴고, 일시(一時) 반(半)씨 노지 안코 시긴 바라. 부족(不足)다 마르시고, 구미(口味)듸로 잡슈시요."

잉무비(鸚鵡杯) 슐 가득 부어 도련임계 드리오니, 도령 잔(盞) 바다, 손의 들고 탄식(歎息)하여 하는 마리,

"늬 마음듸로 할진듸는 육예(六禮)를 힝(行)할터나, 그러털 못하고

기구녁셔방(書房)으로 들고 보니 이 안이 원통(冤痛)하랴. 이이 춘향
아, 그러나 우리 두리 이 슐을 디례(大禮) 슐노 알고 묵자.”

일비쥬(一杯酒) 부어 들고,

“네 니 말 드러셔라. 쳐치 쟌(盞)은 인사쥬(人事酒)요, 두치 잔(盞)는
합환쥬(合歡酒)라. 이 슐이 다른 슐 아니라, 근원 근본(根源根本) 사무
리라. 디슌(大舜)의 아황(娥皇) 여영(女英) 귀(貴)히 〃〃 만난 연분(緣
分) 지즁(至重)타 ᄒ엿쓰되, 원노(月老)의 우리 연분(緣分), 삼싱가역
(三生佳約) 미진 연분(緣分), 쳔말연(千萬年)이라도 변(變)치 안이할 연
분(緣分), 디〃(代代)로 삼틱육경(三台六卿) 자손(子孫)이 만이 번셩(繁
盛)ᄒ야, 자손(子孫) 징손(曾孫) 고손(高孫)이며 무릅 우의 안쳐노코,
죄암〃〃 달강〃〃, 빅셰상슈(百歲上壽) 하다가셔, 한날한시(時) 마조
누워 선후(先後) 업시 쥭거 드면, 쳔하(天下)의 제일(第一)가난 연분(緣
分)이졔.”

슐잔 들어 잡순 후(後)의,

“상단(香丹)아, 슐 부어 너의 마루리[12]계 드려라. 장모, 경사(慶事)
인이 한 잔 먹소.”

춘향 어모 슐잔 들고 일히일비(一喜一悲)하난 마리,

“오나리[오늘이] 여식(女息)의 빅연지고락(百年之苦樂)을 믹기는 날
리라. 무삼 실품[13] 잇슬잇가만은, 져거슬 질너닐 졔, 이비 업시 셜이[14]
질너[길너], 잇디을 당(當)하오니, 영감(令監) 싱각이 간졀(懇切)하야,
비창(悲愴)하여이다.”

도련임 일은 마리,

12) 마루리: 마누라님. 여기서는 나이 많이 먹은 여자에 대한 존칭으로 쓰였다.
13) 실품: ‘실푸다’에서 온 말로, 보통 경남과 경북에서 많이 쓰던 표현이다.
14) 셜이: 섧게(哀). 『첩해신어捷解新語』 초간본에 “뵈옵디 몯호믈 ᄀ장 셜이 너겨 病이 더 重
홀까 너기옵님이다”라는 표현이 있다.

"이왕지사(已往之事) 생각 말고 슐리나 먹소."

춘향 모(母) 슈삼 비(數三盃) 먹은 후(後)의, 도련임 통인(通引) 불너 상(床) 물여 쥬면셔,

"너도 먹고 방지(房子)도 먹여라."

통인(通引) 방지(房子) 상(床) 물여 먹은 후(後)의 디문(大門) 즁문(中門) 다 닷치고, 춘향 어모, 상단(香丹)이 불너 자리 보젼(鋪陳) 시길 졔, 원낭금침(鴛鴦衾枕) 잣볘기와 시별 갓탄 요강(尿鋼) 디양[15] 자리 보젼(鋪陳)을 졍(淨)이 하고,

"도련임, 평안(平安)이 쉬옵소셔. 상단(香丹)아 나오너라, 나하고 함기 자〃."

두리 다 건네갓구나.

___

15) 디양: '대야'의 방언. 세수기(洗漱器), 세면기(洗面器).

사랑 사랑 내 사랑이야

춘향과 도련임과 마조안져 노와쓰니, 그 이리 엇지 되것난야.

사양(斜陽)을 바드면셔 삼각산(三角山) 계일봉(第一峰) 〃학(鳳鶴) 안자 츔츄난 듯, 두 활기를 예구부시[1] 들고 춘향의 셤 〃옥슈(纖纖玉手) 바드 〃시 검쳐 잡고[2] 으복(衣服)을 공교(工巧)하계 벽기난듸, 두 손길 셕 놋턴이 춘향 가은 허리을 담숙[3] 안고,

"나상(羅裳)을 버셔라."

춘향이가 쳠음[처음] 이릴 쑌 안이라, 북그려워 고기을 슈겨 몸을 틀 졔, 이리 곰슬 져리 곰실, 녹슈(綠水)에 홍연화(紅蓮花) 미풍(微風) 맛나 굼이난[4] 듯, 도련임 초미 벽겨 졔쳐노고, 바지 속옷 벽길 젹의,

---

1) 예구부시: 에굽어. '에이굽어'의 방언. 조금 휘우듬하게 굽은 모양.
2) 바드드시 검쳐 잡고: 바듯하게 겹쳐 잡고. 탐스럽게 잡고. '겹치다'는 모서리를 중심으로 두 면에 걸치도록 하여 접거나 휘어 붙인다는 뜻이다.
3) 담쑥: '담쏙'의 잘못. 손으로 조금 탐스럽게 쥐거나 팔로 정답게 안는 모양을 말한다.
4) 굼이난: 굽혔다가 일어나는. '굼닐다'는 몸이 굽어졌다 일어섰다 하거나 몸을 굽혔다 일으켰다 하는 것을 말한다.

무한(無限)이 실난(詰難)된다, 이리 굼실 져리 굼실, 동히청용(東海靑龍)이 구부를 치난 듯.[5]

"아이고 노와요, 좀 노와요."

"에라, 안 될 마리로다."

실난즁(詰難中) 옷끈 쓸너 발가락으 짝 걸고셔, 씨여 안고 진드시 눌으며 지〃기 쓰니, 발길 아릐 쪄러진다. 오시 활짝 버셔지니, 형산(荊山)의 빅옥(白玉) 쩡니 이 우에 더할소냐. 오시 활신 버셔지니, 도련임, 거동(擧動)을 보라 하고, 실금이 노으면셔,

"아차〃, 손 바졋다."

춘향이가 침금(寢衾) 속으로 달여든다. 도련임, 왈칵 조차 들어누어, 져고리을 벽겨닉여, 도련임 옷과 모도 한틔다 둘〃 뭉쳐 한편[一便] 구셕의 던져두고, 두리 안고 마조 누워슨니, 그듸로 잘 이(理)가 잇나. 골십(骨汁) 닐 졔, 삼승(三升) 이불 춤을 추고, 시별 요강(溺缸)은 장단(長短)을 마추워, 청그릉 징〃(錚錚), 문고루난[문고리는] 달낭〃〃, 등잔(燈盞)불은 가물〃〃, 마시 잇게 잘 자고 낫구나. 그 가온듸 진〃(津津)한 이리야 오직하랴.

하로잇틀 지닉간이, 어린 것더리라 신(新) 마시 간간(衎衎) 시로와, 북그럼은 차〃 머러지고, 그계는 기롱(譏弄)도 허고 우순 말도 잇셔, 자연(自然) 사랑가〃 되야구나. 사랑으로 노난듸, 쏙 이 모양(模樣)으로 노던 거시엿짜.

❶사랑〃〃 늬 사랑이야, 동정 칠빅(洞庭七百) 월하초(月下初)의 무산(巫山)갓치 노푼 사랑.

❶ 목단무변슈(目斷無邊水)의 여쳔창히(如天滄海)갓치 집푼 사랑.

❶오산젼[玉山顚] 달 발근듸 츄산쳠봉(秋山千峰) 원월[翫月] 사랑.

5) 구부를 치난 듯: 구자균 선생은 "굽이를 치는 듯"으로 풀이했다.

◗진경한무[曾經學舞]하올 젹 차문취소(借問吹簫)하던 사랑.

◗유〃낙일(悠悠落日) 월염간(月簾間)의 도리화기(挑李花開) 비친 사랑.

◗셤〃초월(纖纖初月) 분빅(紛白)한듸 함소함틱(含笑含態) 슛한 사랑.

◗월하(月下)의 삼싱연분(三生緣分) 너와 나와 만난 사량.

◗허물업난 부〃(夫婦) 사랑.

◗화우동산(花雨東山) 목단화(牧丹花)갓치 펑퍼지고 〃은 사랑.

◗연평(延平) 바듸 그무갓치[그물같이] 얼키고 밋친 사랑,

◗은하직여(銀河織女) 직금(織錦)갓치 올〃리 이은 사랑.

◗쳥누미여(靑樓美女) 침금(寢衾)갓치 혼슐6)마닥 감친 사랑.

◗셰닉가[시냇가] 슈양(垂楊)갓치 쳥쳐지고 느러진 사랑.

◗남창북창(南倉北倉) 노젹(露積)갓치 다물〃〃 싸인 사랑.

◗은장옥장(銀欌玉欌) 〃식(裝飾)갓치 모〃이 잠긴 사랑.

◗영산홍노[映山紅綠] 봄바람의 넘노난이, 황봉빅졉(黃蜂白蝶) 꼿슬 물고 질긴 사랑.

◗녹슈쳥강(綠水淸江) 원낭조(鴛鴦鳥) 격(格)으로 마조 둥실 써노난 사랑.

◗연〃(年年) 칠월 칠셕 야(七月七夕夜)의 견우직여(牽牛織女) 만난 사랑.

◗육관딕사(六觀大師) 셩진(性眞)이가 팔션여(八仙女)와 노난 사랑.

◗역발산(力拔山) 초픠왕(楚霸王)이 우미인(虞美人)을 만난 사랑.

◗당(唐)나라 당명왕(唐明皇)이 양구비(楊貴妃) 만난 사랑.

◗명사심이(明沙十里) 히당화(海棠花)갓치 연〃(娟娟)이 고은 사랑.

◗네가 모도 사랑이로구나. 어화둥〃 닉 사랑아. 어화 닉 간〃(衎衎)

<hr>

6) 혼슐: 혼솔. 성기게 바느질한 옷의 솔기.

니 사랑이로구나.

 "여바라 춘향아 저리 가거라, 가는 틱도(態度)을 보자. 이만큼 오느
라, 오는 태도(態度)을 보자. 쌩긋 웃고 아장〃 거러라, 걸는 틱도(態
度) 보자. 너와 나와 만난 사랑, 연분(緣分)을 파자 한들, 팔 고시 어듸
잇셔. 싱견(生前) 사랑 이러하고, 엇지 사후 기약(死後期約) 업슬손야.
 너난 죽어 될 것 잇다. 너난 죽어 글자 되〃, 짜 지(地) 자(字), 그늘
음(陰) 자, 아니 쳐(妻) 쓰(字), 계집 여(女) 쓰 변(邊)이 되고, 나는 죽어
글쓰 되〃, 하날 천(天) 쓰, 하날 건(乾), 졔이비 부(夫), 사나 남(男), 아
들 자(子) 몸이 되야, 계집 여(女) 변(邊)의다 딱 붓치면 조을 호(好)
쓰(字)로 만나보자. 사랑〃〃 니 사랑.
 ◐쏘 너 죽어 될 것 잇다. 너는 죽어 물이 되〃, 은하수(銀河水) 폭포
수(瀑布水) 만경창히수(萬頃滄海水) 쳥계수(淸溪水) 옥계수(玉溪水) 일
듸장강(一帶長江) 더져두고, 칠연틱한(七年大旱) 가물 제도 일싱진〃
(一生津津) 쳐져 잇난 음양수(陰陽水)란 무리 되고, 나는 죽어 시가 되
〃, 두견조(杜鵑鳥)도 될나 말고, 요지일월(瑤池日月) 쳥조(靑鳥), 쳥학
(靑鶴) 빅학(白鶴)이며 듸붕조(大鵬鳥), 그린 시가 될나 말고, 쌍거쌍니
(雙去雙來) 쩌날 줄 모르난 원앙조(鴛鴦鳥)란 시가 되야, 녹수(綠水)의
원앙(鴛鴦) 격(格)으로, 어화둥〃 쩌 놀거든 날인 줄을 알여무나. 사랑
〃〃, 니 간〃(衎衎) 니 사랑이야."
 ◆"안이 그건도 나 안이 될나요."
 "그러면 너 죽어 될 것 잇다. 너는 죽어 경쥬(慶州) 인경7)도 될나 말
고, 젼주(全州) 인경도 될나 말고, 송도(松都) 인경도 될나 말고, 장안

---

7) 인경: 인정(人定). 조선시대에 통행금지를 알리기 위해 치던 종. 서울의 보신각종, 경주의 봉
덕사 종 등이 있다. 定鐘[인경 꼭지가 말랑말랑하거든] 도저히 될 가망이 없으니 기다리지도 말라
는 뜻으로 이르는 말.

종노(長安鐘路) 인경 되고, 나는 죽어 인경 마치[망치] 되야, 삼십삼쳔
(三十三天) 이십팔숙(二十八宿)을 응(應)하야, 질마지[길마재] 봉화(烽
火) 셰 자루 쪄지고, 남산(南山) 봉화(烽火) 두 자루 쪄지면, 인경 쳣마
듸 치난 소릭 그계 뎅 〃 칠 씨마닥, 다른 사람 듯기여는 인경 소릭로만
알어도, 우리 속으로는 '춘향 뎅 도련임 뎅'이라 맛나보자구나. 사랑
〃 〃, 닉 간 〃(衎衎) 닉 사랑이야."

◇ "안이 그것도 나는 실소."

"그러면 너 죽어 될 것 잇다. 너는 죽어 방익확[방아확]이 되고 나는
죽어 방익고[방아고]가 되야 경신연(庚申年) 경신월(庚申月) 경신일
(庚申日) 경신시(庚申時)의 강틱공(姜太公) 조작(造作) 방익, 그져 쩔꾸
덩 〃 〃 〃 찍커들난 날린 줄[나인 줄] 알여무나. 사랑 〃 〃 닉 사랑.
닉 간 〃(衎衎) 사랑이야."

◇ 춘향이 하난 마리,

"실소, 그것도 닉 안이 될나요."

"엇지하야 그 마린야."

"나는 항시(恒時) 엇지 이싱이나 후싱(後生)이나 밋틔로만 될난인
셰, 지미(滋味)업셔 못 쓰거소."

"그러면 닉 죽거 우로 가계 하마. 너는 죽어 독믹[돌맷돌] 웃짝이 되
고, 나는 죽어 밋짝 되야, 이팔쳥춘(二八靑春) 홍안미식(紅顔美色)더리
셤 〃 옥수(纖纖玉手)로 밋씩[맷돌대]을 잡고 슬 〃 두루면[돌리면], 쳔
원지방격(天圓地方格)으로 휘 〃 도라가거던, 나린 줄을 알여무나."

"실소, 그것 안이 될나요. 우의로 싱긴 거시 부익 나게만 싱기엿소.
무슨 연(緣)의 원슈(怨讎)로셔 일싱(一生) 한 구먹이 더하니, 아무것도
나는 실소."

"그러면 너 죽어 될 것 잇다. 너는 죽어 명사십이 히당화(明沙十里海
棠花)가 되고 나는 죽어 나부 되야, 나는 네 꼿숭이 물고, 너는 닉 수염

(鬖髿) 물고, 춘풍(春風)이 건듯 불거던, 너울 〃 추물 추고 노라보자.
사랑 〃 니 사랑이야.

　●니 간 〃(衎衎) 사랑이졔. 이리 보와도 니 사랑, 져리 보와도 니 사
랑, 이 모다 니 사랑 갓틔면 사랑 걸여[걸려] 살 슈 잇나. 어허둥둥 니
사랑, 니 에쎄 니 사랑이야.

　●쌩긋 〃 웃는 거슨 화즁왕(花中王) 모란화(牡丹花)가 하로밤 셰
우(細雨) 뒤예 밤만 피고자 혼 듯, 아물리 보와도 니 사랑, 니 간 〃(衎
衎)이로구나.

　●그러면 엇져잔 마린야. 너와 나와 유졍(有情)하니,

　●졍 쯔(情字)로 노라보자. 음상동(音相同)하여 졍 짜(情字) 노릭나
불너보시."

　"드릅시다."

　"니 사랑아, 들러셔라. 너와 나와 유졍(有情)하니, 어이 안니 다졍
(多情)하리.

　담 〃 쟝강슈(澹澹長江水) 유 〃(悠悠)의 원킥졍(遠客情).

　●하교(河橋)의 불상송(不相送) 강슈원함졍(江樹遠含情).

　●송군남포 불승졍(送君南浦不勝情).

　●무인불견 송하졍(無人不見送我情).

　●한틱조(漢太祖) 히우졍(喜雨亭).

　●삼틱육경(三台六卿) 빅관조졍(百官朝廷).

　●도량(道場) 쳥졍(淸淨).

　●각씨친졍(閣氏親庭), 친고통졍(親故通情).

　●난셰평졍(亂世平定) 우리 두리 쳔연인졍(千年人情).

　●월명셩하(月明星稀) 소상동졍(瀟湘洞庭).

　●셰상만물 조화졍(世上萬物造化定), 근심 걱졍.

　●소지(所志) 원졍(原情), 쥬워[주위] 인졍(人情).

◐음식(飮食) 투정, 복(福) 업는 져 방졍.

◐송졍(訟庭) 관졍(官庭), 닉졍(內廷) 외졍(外廷).

◐이송졍(愛松亭) 쳔양졍(穿楊亭), 양구비(楊貴妃) 침향졍(沈香亭).

◐이비(二妃)의 소상졍(瀟湘亭).

◐한송졍(寒松亭), 빅화만발(百花滿發) 호춘졍(好春亭).

◐기린토월(麒麟吐月) 육모졍(六茅亭)[8].

◐너와 나와 만난 졍(情), 일졍(一情) 실졍(實情), 논지(論之)하면 늬 마음은 원형이졍(元亨利貞)

◐네 마음은 일편탁졍(一片託情).

◐이갓치 다졍(多情)다가 만일(萬一) 즉(卽) 파졍(罷情)하면 복통절 졍(腹痛絶情)

◐걱졍되니, 진졍(眞情)으로 원졍(原情)하잔 그 졍 짜(情字)다.”

춘향이 쏙조와라고 하는 마리

“졍(情)쪽은 도져(到底)하오. 우리집 지슈(財數) 잇게 안퇵졍(安宅 經)이나 좀 일거쥬오.”

도령임 허허 웃고,

“그뿐인 줄 아는야. 또 잇지야. ◐궁 짜(宮字) 노릭을 드러보와라.”

“이고 얄굿고 우숩다. 궁 쓰(宮字) 노릭가 무어시요.”

“네 드러보와라. 조흔 마리 만한이라.

조분 쳔지(天地) 기퇵궁(開胎宮).

◐뇌셩벽역풍우(雷聲霹靂風雨) 속의, 셔기삼광(瑞氣三光) 풀여 잇 난, 엄장(嚴莊)하다 창합궁(閶闔宮).

---

8) 육모졍: 전라남도 남원시 주천면 지리산 구룡계곡 옆에 있는 정자. 1962년 부근에서 '성옥 녀지묘'라고 새긴 지석(誌石)이 발견되어, 1995년 남원시가 성춘향의 무덤을 조성했다.

◗셩덕(聖德)이 너부시사 조림(照臨)이 어인 일고. 쥬지긱(酒池客)
운셩(雲盛)하던 은왕(殷王)의 듸(臺) 경궁[瓊宮]⁹⁾.

◗진씨황(秦始皇) 아방궁(阿房宮).

◗문쳔하득(問天下得)하실 젹기 한 틱조(漢太祖) 할양궁[咸陽宮].

◗그겨듸[그 곁의] 장낙궁(長樂宮).

◗반쳡여(班婕妤)의 장신궁(長信宮).

◗당 명황졔(唐明皇帝) 상춘궁(賞春宮).

◗이리 올나 이궁(離宮), 저리 올나셔 벽궁[別宮].

◗용궁(龍宮) 속의 수졍궁(水晶宮)

◗월궁(月宮) 속의 광한궁(廣寒宮)

◗너와 나와 합궁(合宮)하니 한평싱(平生) 무궁(無窮)이라.

◗이 궁(宮) 져 궁(宮) 다 바리고, 네 양긱(兩脚) 슈룡궁(水龍宮)의 니
으 심쥴[힘줄] 방망치로 질을 늬자구나."

---

9) 듸 경궁: 은나라 주(紂)가 지었다는 녹대(鹿臺)와 경궁(瓊宮)을 말한다. 녹대의 '녹' 자가 우
연히 빠진 듯하다.

이팔 이팔, 둘이 만나 미친 마음

춘향이 반(半)만 웃고

"그런 잡담(雜談)은 마르시요."

"그계 잡담(雜談) 안이로다. 춘향아 우리 두리 어붐지리나[업음질이
나] 하여보자."

"이고, 참 잡성(雜常)시러워라. 어붐질을 엇쩌케 ᄒ여요."

어붐질 여러 번 한셩 부르계[1] 말하던 거시엿다.

"어붐질 쳔하(天下) 쉽이라. 너와 나와 활신 벗고, 업고 놀고 안고도
놀면, 그계 어붐질이졔야."

"이고, 나는 북그러워 못 벗것소."

"예라, 요 겨집아히야, 안 될 마리로다. 니 먼져 버스마."

보션, 단임, 허리듸, 바지, 져고리 훨신 버셔, 한 편(便) 구셕의 밀쳐
놋코 웃둑 셔니, 춘향이 그 거동(擧動)을 보고 쌩긋 웃고 도라셔다 하

---

1) 한셩 부르게: 한 것쳐럼. 해본 것쳐럼.

는 마리,

"영낙업난 낫돗치비[낮도깨비] 갓소."

"오냐 네 말 조타. 쳔지만물(天地萬物)이 싹 업난 계 업난이라. 두 돗치비 노라보자."

"그러면 불이나 쓰고 노사이다."

"불리 업시면 무슨 지미(滋味) 잇것는야. 어셔 버셔라, 〃 〃 〃 〃."

"이고, 나는 실어요."

도련임 춘향 오슬 벅기려 할 졔, 넘놀면셔 어룬다. 만쳡쳥산(萬疊靑山) 늘근 범이 살진 암키를 무러다 노코, 이는 업셔 먹든 못하고 흐르릉 〃 〃 아웅 어룬난 듯. 북히흑용(北海黑龍)이 여의쥬(如意珠)를 입으다 물고 치운간(彩雲間)의 늠논난 듯. 단산 봉황(丹山鳳凰)이 죽실(竹實) 물고 오동(梧桐) 속으 늠노난 듯. 구 〃 쳥학(九皐靑鶴)이 난초(蘭草)를 물고셔 오송간(梧松間)의 늠노난 듯. 춘향의 가는 허리를 후리쳐다 담숙 안고, 지 〃 기 아드득 쩔며, 귀쌥도 쪽 〃 쌜며, 입셔리도 쪽 〃 쌜면서, 주홍(朱紅) 갓턴 셔[혀]을 물고, 오식단쳥(五色丹靑) 순금장(純金欌) 안의 쌍거쌍니(雙去雙來) 비들키갓치, 꾹꿍 꿍 〃 으흥거려, 뒤로 돌여 담쑥 안고, 져셜 쥐고 발 〃 쩔며, 져고리 쵸미바지 속것까지 활신 벼겨노니, 춘향이 북그려워 한편으로 잡치고 안져슬 졔, 도련임 답 〃 하여 가만이 살펴보니, 얼골이 복찜ᄒᆞ야 구실쌈이 송실 〃 〃 안자쑤나.

"이이 춘향아, 이리 와 업피거라."

춘향이 북그려ᄒᆞ니,

"북그럽기는 무어시 북그러워. 이왕(已往)의 다 아난 비니, 어셔 와 업피거라."

춘향을 업고 취기시며,

"업다, 그 계집아히, 똥집 장(壯)이 무겁다. 네가 늬 등의 업피인기, 마음이 엇더호냐."

"한 싯 나계 좃소이다."

"존야."

"조와요."

"나도 조타. 조흔 말을 할 거시니, 네가 디답(對答)만 하여라."

"말삼 디답(對答)하올 터니, 하여보옵소셔."

"네가 금(金)이지야."

"금(金)이란이 당(當)치 안소. 팔연풍진(八年風塵) 초한 시절(楚漢時節)의 육출기게(六出奇計) 진평(陳平)이가 범아부(范亞父)를 자부랴고 [잡으려고] 황금(黃金) 사만(四萬)을 헛터쓴니 금(金)이 어이 나물잇가 [남으릿가]."

"그러면 진옥(眞玉)인냐."

"옥(玉)이란 당(當)치 안소. 만고 영웅(萬古英雄) 진씨황(秦始皇)이 형산(荊山)의 옥(玉)을 어더 이사(李斯)의 명필노 ❶'슈명우천(受命于天) 기수영창(旣壽永昌)'이라, 옥쇄[玉璽]를 만드러셔 만셰유젼(萬世流傳)을 하여쓰니, 옥(玉)이 어이 되올잇가."

"그러면 네가 무어시냐. 히당화(海棠花)냐."

"히당화(海棠花)란이 당(當)치 안소. 명사십이(明沙十里) 안이녀든 히당화(海棠花)가 되오릿가."

"그러면 네가 무어시냐. 밀화(密花), 금픠(錦貝), 호박(琥珀), 준쥬[眞珠]냐."

"안이 그거도 당(當)치 안소. 삼퇴(三台) 육경(六卿) 디신(大臣) 지상(宰相) 팔도방빅(八道方伯) 슈령(守令)임네, 갓끈 풍잠(風簪) 다하고셔, 나믄 거슨 경힝(京鄕)으 일등 명기(一等名妓) 지환(指環) 벌 허다(許多)이 다 만든니, 호박(琥珀) 준쥬[眞珠] 부당(不當)하오."

"네가 그러면 디모(玳瑁) 산호(珊瑚)냐."

"안이 그것도 니 안니요. 디모(玳瑁) 간(間) 큰 병풍(屏風), 산호(珊瑚)로 난간(欄干)하야, 광희왕(廣海王)[2] 상양문(上梁文)의 수궁 보물(水宮寶物) 되야슨니, 디모(玳瑁) 산호(珊瑚)ㄱ 부당(不當)이요."

"네가 그러면 반달인야."

"반달이란이 당(當)치 안소. 금야(今夜) 초싱(初生) 안이여든, 벽공(碧空)의 도든[돋은] 명월(明月) 니가 엇지 기올잇가."

"네가 그러면 무어시냐. 날 홀여먹난 불여수[불여우]냐. 너 어만이 너을 나셔 곰도[곱기도] 곱계 질너니여 날만 홀여먹그랴고 싱겨는야. 사랑 〃 〃 사랑이야. 니 간 〃(衎衎) 니 사랑이야.

네가 무어슬 먹으랴는야. 싱율(生栗) 숙율(熟栗)을 먹으랴는야. 둥굴 〃 〃 수박 웃봉지 디모(玳瑁) 장도(粧刀) 드난 칼노 쑥 쩨고 강능(江陵) 빅쳥(白淸)을 두루 부어 은(銀)수제 반간지[반-숟가락]로 불근 졈(點) 한 졈(點)을 먹으●랴야."

"안이 그것도 니사 실소."

"그러면 무어슬 먹으랸는야. 시금털 〃 기살구를 먹으랸야."

"안이 그것도 니사 실소."

"그러면 무어슬 먹으랸야. 돗[돼지] 자바쥬랴. 기 자바쥬랴. 니 몸통차 먹으랸는야."

"여보 도련임, 니가 사람 자바먹는 것 보와소."

"예라, 요것 안 될 마리로다. 어화둥 〃 니 사랑이졔. 이이 그만 니리려무나. 빅사만사(百事萬事)가 다 품아시가 잇난이라. 니가 너을 어버슨이 너도 나를 어버야지."

"이고, 도련임은 기운(氣運)이 셰여셔 나를 어버건이와, 나는 기운

---

2) 광해왕: '광리왕(廣利王)'의 잘못.

(氣運)이 업셔 못 업것소."

"업난 슈가 잇난이라. 나을 도두[돋우어] 어불나[업으려] 말고, 발리[발이] 짱의 자운 〃〃하기[3] 뒤로 자진 듯하게 업어다고."

도련임을 업고 툭 츄워노니, 딕종[대중]이 틀여구나.

"이고 잡셩[雜常]시려워라."

이리 흔들, 져리 흔들.

"늬가 네 등의 업펴노니 마음이 어더한야. 나도 너을 업고 조흔 말을 하엿시니, 너도 날을 업고 조흔 말을 하여야졔."

"조흔 말을 하오리다. 드르시요.

부여리[부열이(傅說ㅣ)]를 어분 듯

●여셩(呂尙)이을 어분 듯

●흉즁딕략(胸中大略) 품어쓰니, 명만일국(名滿一國) 딕신(大臣) 되야, 주셕지신(柱石之臣) 보국충신(輔國忠臣) 모도 셰야린이[헤아리니]

사육신(死六臣)을 어분 듯

●싱육신(生六臣)을 어분 듯

●일션싱(日先生) 월션싱(月先生) 고운 션싱(孤雲先生)을 어분 듯

●계봉(霽峰)을 어분 듯

●요동빅(遼東伯)을 어분 듯

●졍송강(鄭松江)을 어분 듯

●충무공(忠武公)을 어분 듯

●우암(尤菴) 퇴계(退溪) 사계(沙溪) 명지(明齋)를 어분 듯

●늬 셔방(書房)이졔. 늬 셔방(書房) 일들[알들] 간〃 늬 셔방. 진사급졔(進士及第) 듸[대책(對策)] 밧쳐 직부(直赴), 주셔(注書) 할임학사(翰林學士) 이러타시 된 연후(然後), 부승지(副承旨) 좌승지(左承旨) 도

_____

3) 자운 〃〃하기: 자분자분하게. 부드럽고 조용하며 자상하게.

승지(都承旨)로 당상(堂上) 하야, 팔도 방빅(八道方伯) 지닌 후 닉직(內職)으로 각신(閣臣) 딕괴(待敎), 복상(卜相) 딕좨학(大提學) 딕사셩(大司成) 판셔(判書) 좌상(左相) 우상(右相) 영상(領相) 규장각(奎章閣) 하신 후의, 닉삼쳔(內三千) 외팔빅(外八百) 쥬셕지신(柱石之臣), 닉 셔방(書房) 알들 간〃(衍衍) 닉 셔방이졔."

〃 손조 농집(濃汁) 나계 문질너슈나.

"춘향아, 우리 말노림이나 좀 하여보자."

"이고, 참 우수워라. 말노림이 무어시요."

말노림 만이 하여본 셩 부르게,

"쳔하 쉽지야. 너와 나와 버신 짐의[김에], 너은 온 방바닥을 기여단여라. 나는 네 궁둥이여 딱 붓터셔, 네 허리를 잔뜩 찌고 볼기짝을 닉 손바닥으로 탁 치면셔 '이리' 하거든 '호홍' 그려, 퇴금질노[튕김질로] 물너시며 쮜여라. 알심 잇계 쮜거드면, 탈 승(乘) 짜(字) 노릭가 잇난이라.

타고 노자 〃〃 〃〃 헌원씨(軒轅氏) 십용간과(習用干戈) 능작딕무(能作大霧), 치우(蚩尤) 탁녹야(涿鹿野)의 사로잡고, 승젼고(勝戰鼓)을 울이면셔 지남거(指南車)를 놉피 타고

◑하우씨(夏禹氏) 구연지수(九年治水) 다 살릴 졔 육힝승거(陸行乘車) 놉피 타고

◑젹송자(赤松子) 구룸 타고, 빅노(白鷺) 타고

◑이젹션(李謫仙) 고리 타고

◑밍호연(孟浩然) 나구 타고

◑틱을션인(太乙仙人) 학(鶴)을 타고

◑딕국쳔자(大國天子) 쇠코리[코끼리] 타고

◑우리 젼하(殿下)는 연(輦)을 타고

◑삼졍승(三政丞)은 평교자(平轎子)을 타고

◐육판셔(六判書)는 초한(軺軒) 타고

◐훌련듸장(訓鍊大將)은 수리 타고

◐각읍(各邑) 수령(守令)은 독교(獨轎) 타고

◐남원 부사(南原府使)는 별연(別輦)을 타고

◐일모장강(日暮長江) 어옹(漁翁)들은 일렵편쥬(一葉片舟) 도〃(滔滔) 타고

◐나는 탈 것 업셔신니, 금야삼경(今夜三更) 깁푼 밤의 춘향 비를 넌짓 타고, 홋이불노 도슬 다라, 늬 기겨(機械)로 노를 져어, 오목셤을 드러가되, 순풍(順風)의 음양슈(陰陽水)를 실음업시 건네갈 졔, 말을 삼어 타 량이면, 거름거리 업슬손야. 마부(馬夫)는 늬가 되야, 네 구졍(騶從)얼 는지시[년지시] 잡아, 구졍(騶從) 거럼 반부시로, 화장⁴⁾으로 거러라, 기총마(驥驄馬) 쒸듯 쒸여라."

온갓 작난(作亂)을 다ᄒ고 보니, 이런 장관(壯觀)이 쏘 잇시랴. 이팔(二八) 〃〃 두리 맛나, 밋친 마음 셰월(歲月) 가는 줄 모르던가 부더라.◐

4) 화장: 화장걸음. 팔을 벌리고 뚜벅뚜벅 걷는 걸음.

내일은 정녕 이별인가보오

◑ **잇딕** 뜻밧그 방자(房子) 나와,

"도련임 사쏘계옵셔 부릅시오."

도련임 드러가니, 사쏘 말삼하시되,

"여바라, 셔울셔 동부승지(同副承旨) 괴지(敎旨)가 닉려왓다. 나는 문부(文簿) 사졍(査定)하고 갈 거시니, 너는 닉힝(內行)을 비힝(陪行) 흐야, 명일(明日)노 쩌나거라."

도련임 부교(父敎) 듯고, 일(一)은 반갑고, 일변(一邊)은 춘향을 싱각한이, 흉즁(胸中)이 답〃(沓沓)하야, 사지(四肢)의 믹(脈)이 풀이고 간장(肝腸)이 녹난 듯, 두 눈으로 더운 눈물이 펄〃 소사 옥면(玉面)을 젹시거늘, 사쏘 보시고,

"너 웨 우는니. 늬가 남원(南原)을 일싱(一生) 살 줄노 알아쩐야. 늬직(內職)으로 승차(陞差)된이 셥〃니 싱각 말고, 금일(今日)부텀 치힝등졀(治行等節)을 급(急)피 차려, 명일(明日) 오젼(午前)으로 쩌나거라."

게우 디답(對答)ᄒ고 물너나와, 니하[內衙]의 들어가, 사람이 무론 상즁하(毋論上中下)〃고 모친(母親)게난 허무리[허물이] 져근지라, 춘향의 마를[말을] 울며 쳥(請)하다가 ᄭᅮ종만 실컷 듯고, 춘향의 집을 나오난듸, 셔름은 기(氣)가 막키나, 노상(路上)으셔 울 수 업셔 참고 나오난듸, 속의셔 두부장(豆腐醬) ᄭᅳᆯ틋 하난지라.

춘향 문젼(門前) 당도(當到)하니, 통(通)치 건데기치 보(褓)치, 왈칵 쏘다져노니,

"업푸〃〃, 어허."

춘향이 ᄭᅢᆷ짝 놀니여, 왈칵 ᄶᅱ여 니다라,

"이고, 이계 웬일리요. 안으로 드러가시더니 ᄭᅮ종을 드르셧소. 노상(路上)의 오시다가 무삼 분(忿)함 당(當)하겨소. 셔울셔 무슨 기별(奇別)리 왓싸던니, 즁복(重服)을 입어겨소. 졈잔하신 도련임이 〃거시 웬이리요."

춘향이 도련임 목을 담숙 안고, 초미자락을 거더잡고, 옥안(玉顔)의 흐르난 눈물 이리 쏫고[씻고] 져리 쏫시면셔,

"우지 마오, 〃〃〃〃."

도련임 기(氣)가 막켜, 우룸이란 게 말이난[말리는] 사람이 잇시면 다 우던 거시엿다.

춘향이 홰을 니여,

"〃보, 도련임, 아굴지[아가리] 보기 실소. 그만 울고 니력(來歷) 말리나[말이나] ᄒ오."

"사ᄯᅩ계옵셔 동부승지(同副承旨) 하 계시단다."

춘향이 조와하여,

"딕(宅)의 경사(慶事)요. 그레셔, 그러면 웨 운단 마리요."

"너을 바리고 갈 터인니, 니 안이 답답(沓沓)한야."

"언제는 남원(南原) ᄯᅡᆼ으셔 평싱(平生) 사르실 줄노 알어겟소. 날과

엇지 함기 가기를 바리리요. 도련임 먼져 올나가시면, 나는 예서 팔 것 팔고 추후(追後)에 올나갈 거시니, 아무 걱정 마르시요. 니 말디로 ᄒᆞ 엿스면 군속(窘束)잔코 졸[좋을] 거시요. 니가 올나가드리도 〃련임 큰딕(宅)으로 가셔 살 수 업슬 거시니, 큰딕(宅) 각가이 조구만한 집 방이나 두엇 되면 족(足)하오니, 연탐(廉探)ᄒᆞ여 사두소셔. 우리 권구 (眷口) 가더리도 공밥 먹지 아니할 터이니, 그렁져렁 지니다가, 도련임 날만 밋고 장긔(杖家) 안이 갈 수 잇소, 부귀 영총(富貴榮寵) 직상가(宰相家)의 요조숙여(窈窕淑女) 가리여셔 혼졍신셩(昏定晨省) 할지라도 아주 잇든[잊지는] 마옵소셔. 도련임 과거(科擧) 하야 벼살 놉파 외방 (外方) 가면, 실닌(新來) 마〃(媽媽) 치힝(治行)할 졔, 마〃로 니셰우면 무삼 마리[말이] 되오릿가. 그리 아라 조쳐(措處)ᄒᆞ오."

"그게 일를 말인야. 사정(事情)이 그러켜로, 네 말을 사쏘계난 못 엿 쥬고, 딕부인젼(大夫人前) 엿자오니, 쑤죵이 딕단(大段)하시며, 양반 (兩班)의 자식(子息)이 부형(父兄) 싸라 하힝(下鄕)의 왓다 화방작첩 (花房作妾)하야 다려간단 마리 전졍(前程)으로도 고이하고, 조졍(朝廷)으 드러 벼살도 못 한다던구나. 불가불(不可不) 이벼리(離別〡) 될 박그 수(數) 업다."

춘향이 〃 말을 듯더니 고닥기 발연 변식(勃然變色)이 되며, 요두졀 목(搖頭轉目)으 불그락푸르락 눈을 간잔조롬하게 쓰고, 눈셥이 꼭꼿 하여지면셔 코가 발심〃〃ᄒᆞ며 이를 쏀도독 〃〃〃 갈며 온 몸을 쑤 순입[수슛잎] 틀[털] 덧하며, 믜 쒱 차난 듯 ᄒᆞ고 안쪈이,

"허〃, 이게 웬 말이요."

왈칵 쮜여 달여들며 초믹자락도 와드득 좌루욱 씨져바리며, 머리도 와드득 쥐여쓰더 싹〃 비벼 도련임 압푸다 던지면셔,

"무어시 엇져고 엇졔요. 이것도 쓸듸업다."

명경(明鏡) 쳬경(體鏡) 산호 죽졀(珊瑚竹節)을 두르쳐, 방문(房門) 박

그 탕탕 부듯치며, 발도 동〃 굴너 손벽 치고 도라안자, 〃탄가(自嘆歌)로 우난 마리,

"셔방(書房) 업난 춘향이가 셰간사리[世間살이] 무엇 하며, 단장(丹粧)하여 뉘 눈의 괴일고. 몹슬 연으 팔자(八字)로다. 이팔청춘(二八靑春) 졀문거시, 이별(離別)될 쥴 엇지 알야. 부질업신 이니 몸을 허망(虛妄)하신 말삼으로, 견졍(前程) 신셰(身世) 바려구나. 이고 〃〃 니 신셰야."

쳔연(天然)이 도라안져,

"여보 도련임, 인자 막 하신 말삼 참말이요 농(弄)말이요. 우리 두리 쳐음 만나 빅연언약(百年言約) 미질 젹의 디부인(大夫人) 사쏘게옵셔 시기시던 일리온잇가. 빙자(憑藉)가 웬일이요. 광한누(廣寒樓)셔 잠간 보고 니 집의 차져와 계, 침〃무인 야삼경(沉沉無人夜三更)의 도련임은 져기 안쬬, 춘향 나는 여기 안져, 날다려 하신 말삼, 구망부려 쳔망(口望不如天望)이요, 신망부려 쳔망(心望不如天望)이라고, 견연(前年) 오월 단오야(五月端午夜)의 니 손질 부어잡고 우둥퉁〃 박그 나와, 당중(堂中)의 웃쑥 셔셔 경〃(耿耿)이 말근 하날 쳔 번(千番)이나 가르치며 만 번(萬番)이나 밍셰(盟誓)키로, 니 졍영(丁寧) 미더쩐니, 말경(末境)의 가실 씨는 톡 쩨여 바리시니, 이팔청춘(二八靑春) 졀믄 거시 낭군(郎君) 업시 엇지 살고, 침〃공방 추야장(沉沉空房秋夜長)의 실음 상사(相思) 어이할고. 이고 〃〃 니 신셰(身世)야. 모지도다 〃〃〃〃, 도련임이 모지도다. 독(毒)하도다 〃〃〃〃, 셔울 양반(兩班) 독(毒)하도다. 원수(怨讎)로다 〃〃〃〃, 존비귀쳔(尊卑貴賤) 원수(怨讎)로다. 쳔하(天下)의 다졍(多情)한 게 부〃졍(夫婦情) 유별(有別)컨만, 이럿텃 독(毒)한 양반, 이 셰상(世上)의 쏘 잇슬가. 이고 〃〃 니 이리야. 여보 도련임, 춘향 몸이 쳔(賤)타고, 함부로 바려셔도 그만인 줄 아지 마오. 첩지박명(妾之薄命) 춘향이가 식불감(食不甘) 밥 못 먹고 침불안(寢不安)

잠 못 자면, 몃치리나 살 쯧 하오. 상사(想思)로 병(病)이 들러 이통(哀
慟)하다 죽거 되면, 이원(哀怨)한 늬 혼신(魂神), 원귀(冤鬼)가 될 거신
이, 존즁(尊重)하신 도련임이, 근들 안이 지양(災殃)이요. 사람으 디졉
(待接)을 그리 마오. 인물 거쳔(人物擧薦)하는 법(法)이 그련 법(法) 웨
잇슬고. 죽고 지거 〃 〃 〃, 이고 〃 〃 셔룬지거."

한참 이리 자진(自盡)하야 셔리 울 졔, 춘향 모(春香母)는 물식(物色)
도 모르고,

"이고 져것뜰, 쏘 사랑쌈이 낫구나. 어 참 안이쏩다. 눈구셕 쌍가뤼
톳 셜 일 만이 보네."

하고, 아모리 드러도 우룸이 장차(將次) 질구나. 하던 일을 밀쳐노
코, 춘향 방(房) 영창(映窓) 박그로 가만 〃 〃 드러가며, 아무리 드러도
이별(離別)이로구나.

"허 〃, 이것 별(別)일 낫다."

두 손벽 짱 〃 마조치며,

"허 〃, 동늬(洞內) 사람 다 드러보오. 〃늘날노 우리집의 사람 둘 죽
심네."

어간(御間)마루 셥젹 올나 영창문(映窓門)을 쑤다리며, 우루룩 달여
드러 주먹으로 젼[견]우면서,

"이연 〃 〃, 썩 죽거라. 사러셔 쓸듸업다. 너 죽은 신체(身體)라도 져
양반(兩班)이 지고 가게. 젼 양반(兩班) 올나가면 뉘 간장(肝腸)을 녹일
난야. 인연 〃 〃, 말 듯거라. 늬 일상(日常) 이르기을 후회(後悔)되기
쉽는 이라, 도〃한 마음 먹지 말고 여렴(閭閻) 사람 가리여셔, 형셰 지
체(形勢地體) 네와 갓고, 죄주 인물(才調人物)리 모도 네와 갓한 봉황
(鳳凰)의 짝을 어더, 늬 압푸 노난 양(樣)을 늬 안목(眼目)으 보와쓰면,
너도 좃코 나도 좃체, 마음이 도고[도도]하야 남과 별(別)노 다르더니,
잘되고 잘되야쌰."

두 손벽 쌍〃 마조치면셔 도련임 아푸 달여드러,

"날과 말 좀 하여봅시다. 늬 딸 춘향을 바리고 간다 하니, 무삼 죄
(罪)로 그러시요. 춘향이 도련임 모신 졔가 준 일연(準一年) 되야식되,
힝실(行實)이 그르던가, 예졀(禮節)리 그르던가, 침션(針線)이 그르던
가, 언어(言語)가 불순(不順)턴가, 잡(雜)시련 힝실(行實) 가져 노류장
화(路柳墻花) 음난(淫亂)턴가. 무어시 그르던가, 이 봉변(逢變)이 웬이
린가. 군자(君子) 숙여(淑女) 바리난 법(法), 칠거지악(七去之惡) 안이
며는 못 바리난 줄 모로난가. 늬 딸 춘향 어린 거슬 밤나지로[밤낮으
로] 사랑할 졔. 안고 셔고 눕고 지며. 빅연 삼만육쳔 일(百年三萬六千
日)으 쩌나 사지 마자 하고, 주야장쳔(晝夜長天) 어루더니, 말경(末境)
의 가슬 졔는 쭉 쩨여바리시니, 양유 쳔만산(楊柳千萬絲ㄴ)들 ●간는
춘풍(春風) 어이하며, 낙화낙엽(落花落葉) 되거드면 어느 나부[나비]
가 다시 올가. 빅옥(白玉) 갓튼 늬 딸 춘향, 화요신(華容身)도 부득이
(不得已) 셰월(歲月)리 장차(將次) 늘거져 홍안(紅顔)이 빅수(白首) 되
면, 시호〃〃부지니(時乎時乎不再來)라, 다시 졈턴 못하난니, 무슨 죄
(罪)가 진중(鎭重)하야 허송빅년(虛送百年) 하올잇가. 도련임 가신 후
(後)의, 늬 딸 춘향 임 기를[기릴] 졔, 월졍명 야삼경(月正明夜三更)의
쳡〃수심(疊疊愁心) 어린 거시, 가장(家長) 싱각 졀노 나셔, 초당젼(草
堂前) 화계상(花階上) 담부[담배] 피여 입부다 물고, 이리져리 단이다
가, 불꼿갓탄 실음 상사(想思) 흉즁(胸中)으로 소사나[솟아나], 손 드
러 눈물 쓰고, 후유 한숨 질게 쉬고, 북편(北便)을 가르치며 한양(漢陽)
게신 도련임도 날과 갓치 기루신지, 무졍(無情)하야 아조 잇고 일장(一
張) 편지(片紙) 안니 하신가. 진 한숨으 듯난 눈물, 옥안(玉顔) 홍상(紅
裳) 다 젹시고, 졔으 방으로 드러가셔 의복(衣服)도 안이 벗고, 외로운
볘기 우의 벽(壁)만 안고[보고]¹⁾ 도라누워, 쥬야장탄(晝夜長歎) 우난
거슨, 병(病) 안니고 무어시요. 실음 상사(相思) 집피 든 병, 늬 구(救)

치 못하고셔 원통(冤痛)이 죽거드면, 칠십 당연(七十當年) 늘근 거시 쌀 일코 사외 일코, 틱빅산(太白山) 갈가무기[갈까마귀] 게 발 무러다 던지다시, 혈〃 단신(孑孑單身)이 니 몸이, 뉘을 밋고 사잔 말고. 남 못 할 일 그리 마오. 이고〃〃 셔룬지고. 못 하지요. 멷 사람 신셰(身世) 을 맛치랴고[마치게 하려고] 안이 다려가오. 도련임 듸가리가 둘 돗쳣 소. 이고 무셔라. 이 쇠씽〃아."

왈칵 쮜여 달여드니. 이 말 만일(萬一) 사쏘게 드려가면 큰 야단(惹 端)이 나겻거던,

"여보소 장모(丈母), 춘향만 다려갓스면 그만두건네."

"그례, 안이 다려가고 젼데닐가[견뎌낼까]."

"너머 귓 셰우지²⁾ 말고, 여기 안져 말 좀 듯소. 춘향을 다려간디도 가미(駕馬) 쌍괴(雙轎) 말을 틱워 가자 하니, 필경(畢竟)의 이 마리 날 거신 직, 달이는[달리는] 변통(變通)할 수 업고, 니 이 기가 믹케난 즁 (中)의 쇠 하나를 싱각하고 잇네만는, 이 마리 입 박그 니셔는, 양반(兩 班) 망신(亡身)만 하난 게 안이리, 우리 션조 양반(先祖兩班)이 모도 망 신(亡身)를 할 마리로시."

"무슨 마리 그리 좃든³⁾ 마리 잇단 마린가."

"니일 니행(內行)이 나오실 졔, 니힝 뒤의 사당(祠堂)이 나올 턴니, 비힝(陪行)은 니가 하것네."

"글히셔요."

"그만하면 알졔."

"나는 그 말 모로것소."

"신쥬(神主)는 모셔니여 니 창(氅)옷 소믹예다 모시고 춘향은 요〃

---

1) 안고: 문맥으로 보아 '보고'가 옳다.
2) 귓 셰우지: 겻 세우지. '거슬러 맞서지' '우기지'라는 뜻이다.
3) 좃든: 좋든. '뛰어난'이라는 뜻이다. '용한'이라고 풀이했다.

(腰輿)의다 틔와 갈 밧그 슈가 업네. 걱정 말고 염예(念慮) 말소."

춘향이 그 말 듯고 도련임를 물그럼이 바리던이,

"마소 어만이, 도련임 너머 조르지 마소. 우리 모녀 평싱 신셰(平生身世) 도련임 장즁(掌中)의 미여쓰니, 알어 하라 당부(當付)나 ᄒ오. 이 변는 아마도 이별(離別)할 박그 슈(數)가 업네.

"이왕(已往)의 이별(離別)리 될 바는 가시난 도련임을 웨 조르잇가만는, 우션 각갑하여 그러하졔. 니 팔자(八字)야."

"어만이, 건는방으로 가옵소셔. 니 일은 이별리[이별이] 될 턴가 보. 이고 〃〃 니 신셰(身世)야, 이별(離別)을 엇지할고. 여보 도련임."

"웨야."

"여보, 참으로 이별(離別)을 할 터요."

촉(燭)불을 도〃 키고 두리 셔로 마조안져, 갈 이를 싱각하고 보닐 이를 싱각ᄒ니, 정신(精神)이 아득, 한숨 질, 눈물 졔워, 경경 오열(哽哽嗚咽)ᄒ야, 얼골도 듸여보고, 수족(手足)도 만져보며,

"날 볼 날리 몃 밤이요. 이달나 〃쁜 수작(酬酌), 오날밤이 망종(亡終)이니, 니의 셔룬 원정(冤情) 드러보오. 연근육순(年近六旬) 니의 모친(母親) 일가친쳑(一家親戚) 바이 업고, 다만 독여(獨女) 나 한나라, 도련임계 으탁(依託)ᄒ야 영귀(永歸)할가 바리쏀니, 조무리(造物ㅣ) 시기(猜忌)ᄒ고 귀신(鬼神)이 작히(作害)하야, 이 지경(地境)이 되야고나. 이고 〃〃 니 이리야. 도련임 올나가면, 나는 뉘을 밋고 사오릿가. 쳔수만한(千愁萬恨) 니의 회포(懷抱), 주야(晝夜) 싱각 어이하리. 이화도화(李花桃花) 만발(滿發)할 졔 수변힝낙(水邊行樂) 어이ᄒ며, 황극단풍(黃菊丹楓) 느껴갈 졔 고졀승상(孤節崇尙) 어이할고. 독숙공방(獨守空房) 진〃 밤의 젼〃반칙(輾轉反側) 어이하리. 쉬난 이 한숨이요, 쑤리난 눈물이라. 젹막강산(寂寞江山) 달 발근 밤의 두겐셩(杜鵑聲)을 어이하리. 상풍고졀(霜風孤節) 말이변(萬里邊)의 짝 찻난 져 홍안셩(鴻雁

聲)을 뉘라셔 금(禁)하오며, 춘하추동(春夏秋冬) 사시졀(四時節)의 쳡
〃(疊疊)이 싸인 경물(景物), 보난 것도 수심(愁心)이요, 듯난 것도 수
심(愁心)이라."

이고 〃〃 셜이 울 졔, 이도령 이른 마리,

"춘향아 우지 마라. 보수소관 쳡지의[부수소관쳡재오(夫戍蕭關妾在
吳)]라, 소관(蕭關)의 부소(夫戍)들과 옷(吳人)나라 정부(征婦)덜도, 동
셔(東西) 임 기루워셔 귀즁심쳐(閨中深處) 늘거[늙어] 잇고, 졍직관산
노기즁(征客關山路幾重)의 관산(關山)의 졍직(征客)이며, 녹수부용 치
련여(綠水芙蓉採蓮女)도 부〃 신정(夫婦新情) 극즁(極重)타가, 추월강
산(秋月江山) 젹막(寂寞)한듸 연(蓮)을 키여[캐어] 상사(想思)하니, 나
올나간 뒤라도 창젼(窓前)의 명월(明月)커든, 쳘이상사(千里相思) 부듸
마라. 너을 두고 가는 니가, 일〃평분 십이시(一日平分十二時)을 닌들
어이 무심(無心)하랴. 우지 마라, 〃〃〃〃."

춘향이 쏘 우는 마리,

"도련임 올나가면 힝화춘풍(杏花春風) 거리〃〃 취(醉)하난 계 장신
주(將進酒)요, 청누미식(靑樓美色) 집〃마닥 보시나이 미식(美色)이요,
쳐〃(處處)의 풍악(風樂) 소리 간 곳마닥 화월(花月)이라, 호식(好色)흐
신 도련임이 주야호강(晝夜豪强) 노르실 졔, 날 갓턴 하방쳔쳡(遐方賤
妾)4)이야 손톱만치나 싱각하올잇가. 이고 〃〃, 늬 이리야."

"춘향아 우지 마라. 한양셩(漢陽城) 남북촌(南北村)의 옥여가인(玉
女佳人) 만컨만은, 귀즁심쳐(閨中深處) 집푼 정(情), 너박그 업셔쓰니,
늬 아무리 딕장분(大丈夫ㄴ)들 일각(一刻)이나 이질소냐."

셔로 피차(彼此) 기(氣)가 막켜 연〃(戀戀) 이별(離別) 못 쩌날지라.

---

4) 하방쳔쳡: 먼 곳의 쳔쳡이란 뜻으로 보아 '遐方賤妾'으로 복원했다. 창가의 기생 쳔쳡이란
뜻으로 '花房賤妾'으로 복원할 수도 있다. 하지만 서울 거리의 '청누미식'을 경계하는 것으로
보면 전자가 옳을 듯하다.

내 손의 슐이나 마지막으로 잡수시오

도련임 모시고 갈 후비사령(後陪使令)이, 나올 젹의, 헐덕〃〃 드러오며,

"도련임 어셔 힝차(行次)하옵소셔. 안으셔 야단 낫소. 사쏘계옵셔 '도련임 어듸 가셔는야' 하옵기여, 소인(小人)이 엿잡기을, '노던 친고(親故) 작별차(作別次)로 문박기 잠관(暫間) 나가셔노라' 하여싸오니, 어셔 힝차(行次)하옵소셔."

"말 다령(待令)하엿난야."

"말 맛침 듸령(待令)하엿소."

빅마욕거장시(白馬欲去長嘶)하고 쳥아셕별견으(靑蛾惜別牽衣)로다. 말은 가자고 네 굽을 치난듸, 춘향은 마루 아리 툭 쩌러져 도련임 다리을 부여잡고,

"날 죽기고 가면 가계, 살리고는 못 가고 못 가느니."

말 못하고 기졀(氣絶)하니, 춘향 모 달여드러[달려들어]

"상단(香丹)아, 참물 어셔 쩌오너라. 차(茶)을 다려 약 가라〃. 네 이

몹슬 연아, 늘근 어미 엇절나고 몸을 이리 상(傷)하는야."

춘향이 졍신(精神) 차려,

"이고 각갑ㅎ여라."

춘향의 모 기(氣)가 막켜,

"여보 도련임, 남우 싱씨갓탄 자식(子息)을 이 지경(地境)이 웬이리요. 졀곡(切曲)한 우리 춘향 이통(哀慟)하여 죽거드면, 혈〃단신(孑孑單身) 이니 신세(身世), 뉘를 밋고 사잔 말고."

도련임 어이업셔,

"여바라 춘향아, 네가 이게 웬이린야. 날을 영〃(永永) 안 보랴야.

◑한양낙일 수운기(河梁落日愁雲起)는 소통국(蕭通國)의 모자 이별(母子離別)

◑졍직관산 노기즁(征客關山路幾重)의 오히월여(吳姬越女) 부〃이별(夫婦離別)

◑편삽수유 소일인(偏揷茱萸少一人)은 용산(龍山)의 형졔 이별(兄弟離別)

◑ 셔출양관 무고인(西出陽關無故人)은 위셩(渭城)의 붕우 이별(朋友離別)

◑그런 이별(離別) 만하여도[많아도] 소식(消息) 드를 찌가 잇고, 싱면(生面)할 나리 잇셔스니, 니가 이졔 올나가셔 장원급졔(壯元及第) 출신(出身)하야 너를 다려갈 거시니, 우지 말고 잘 잇거라. 우름을 너머 울면, 눈도 붓고 목도 쉬고 골머리도 압푼이라. 돌기라도[돌이라도] 망두셕(望頭石) 쳔말연(千萬年)이 지니가도 광셕(壙石)될 줄 몰나 잇고, 남기라도[나무라도] 상사목(相思木)은 창(窓)박그 웃둑 셔셔 일연춘졀(一年春節) 다 지니되 입이 필 줄 몰나 잇고, 병(病)이라도 회심병(毀心病)은 오미불망(寤寐不忘) 죽난이라. 네가 나을 보랴거든, 셜워 말고 잘 잇거라."

춘향이 할 길 업셔,

"여보 도련임, 늬 손의 술리나 망종(亡終) 잡수시요. 힝찬(行饌) 업시 가실진된 늬의 찬합(饌盒) 갈마닷가 숙소참(宿所站) 잘 자리에 날 본다시 잡수시요. 상단(香丹)아 찬합(饌盒) 술병(瓶) 늬오너라."

춘향이 일비주(一盃酒) 가득 부어, 눈물 셕거 드리면셔 하난 마리,

"한양셩(漢陽城) 가시난 질으

◐강수쳥〃(江樹靑靑) 푸르거든 원함졍(遠含情)을 싱각ᄒ고,

◐쳔시가졀(天時佳節) 찌가 되야 셰우(細雨)가 분〃(紛紛)커든 노상 힝인 욕단혼(路上行人欲斷魂)이라.

◐마상(馬上)의 곤픱(困乏)하야 병(病)이 날가 염예(念慮)온니 방초(芳草) 우초[蕪草] 져믄 날의 일직 드러 지무시고[주무시고] 아참 날 풍우상(風雨上)의 늦게야 쩌나시며, 한 치쪽[채찍] 쳘이마(千里馬)의 모실 사람 업싸오니, 부듸 〃〃 쳔금귀쳬(千金貴體) 시사[時事] 안보(安保)ᄒ옵소셔.

○녹수진경도(綠樹秦京道)의 평안(平安)이 힝차(行次)하옵시고, 일자 엄신(一字音信) 듯사이다.

동〃[種種] 편지(片紙)나 하옵소셔."

도련임 하난 마리,

"소식(消息) 듯기 걱졍 마라. 요지(瑤池)의 셔황모(西王母)도 주목왕(周穆王)을 만나랴고, 일쌍쳥조(一雙靑鳥) 자리(藉賴)하여, 수쳘이(數千里) 먼〃 길의 소식(消息) 젼송(傳送)ᄒ여 잇고, 한 무졔(漢武帝) 중낭장(中郎將)은 상임원(上林苑) 군부젼(君父前)의 일쳑금셔(一尺錦書) 보와시니, 빅안(白雁) 쳥조(靑鳥) 업슬망졍, 남원 인편(南原人便) 업슬소냐. 실어[슬퍼] 말고 잘 잇거라."

말을 타고 하직(下直)ᄒ니, 춘향 기(氣)가 막켜 하는 마리,

"우리 도련임이 가네 〃〃 ᄒ여도 거진말노[거짓말로] 알아쩐이, 말

타고 도라션이 차무로 가는구나."

춘향이가 마부(馬夫) 불너,

"마부(馬夫)야, 늬가 문(門)박그 나셜 수가 업난턴니, 말을 붓드려 잠간(暫間) 지체(遲滯)하여 셔라. 도련임게 한 말삼만 엿줄난다."

춘향이 니다라,

"여보 도련임, 인졔 가시면 언졔나 오시랴오.

사졀 소식(四節消息) 끈어질 졀(絶), 보닉난 니 아조 영졀(永絶), 녹죽창송(綠竹蒼松) 빅이숙졔(伯夷叔齊) 만고츙졀(萬古忠節), 쳔산(千山)의 조비졀(鳥飛絶), 와병(臥病)의 인사졀(人事絶), 죽졀송졀(竹節松節), 춘하추동(春夏秋冬) 사시졀(四時節). 끈어져 단졀(斷絶), 분졀(分節) 헤졀(毁節),

도련임은 날 바리고 박졀(迫切)리 가시니, 속졀업난 니으 졍졀(貞節). 독숙공방(獨宿空房)[1] 수졀(守節)할 졔, 언으 씩에 파졀(破節)할고. 쳡(妾)의 원졍(冤情) 실푼 고졀(苦節), 주야(晝夜) 싱각 미졀(未絶)할 졔, 부듸 소식(消息) 돈졀(頓絶) 마오."

딕문(大門) 박그 썩꾸러져, 셤〃(纖纖)한 두 손길노 짱을 쌍〃 치며,

"이고〃〃, 늬 신셰(身世)야."

이고 일셩(一聲) 흐난 소리, 하히산망 풍소식(黃埃散漫風蕭索)이요 졍기무광 일식박(旌旗無光日色薄)이라. 업쩌지며 잡바질 졔, 셔운찬케 가량이면[갈 양이면] 몃날 몃칠 될 줄 모를네라. 도련임 타신 말은 준마가편(駿馬加鞭) 이 안인야. 도련임 낙누(落淚)하고 훗 기약(期約)을 당부(當付)하고 말을 치[策]쳐 가는 양(樣)은, 광풍(狂風)의 편운(片雲)일네라.

---

1) 독숙공방: 음 그대로 '獨宿空房'으로 복원했으나, 홀로 빈방을 지킨다는 뜻의 '독수공방(獨守空房)'을 나타낸다고 볼 수도 있다.

보고파라, 나의 사랑

잇찌 춘향이 하릴업셔, 자든 침방(寢房)으로 드러가셔,

"상단(香丹)아, 주렴(珠簾) 것고 안셕(案席) 밋틔 벼기 놋코 문(門) 다더라. 도련임을 싱시(生時)난 만나보기 망연(茫然)ᄒ니, 잠이나 들면 쏨으 만나보자. 예로붓터 이르기를, 쏨의 와 보이난 임은 신(信)이 업다고 일너건만, 답〃(沓沓)이 기를[기릴] 진딘 쏨 안이면 어이 보리. 쏨아 〃〃, 네 오너라. 수심 쳡〃(愁心疊疊) 한(恨)니 되야 몽불셩(夢不成)의 어이하랴. 이고 〃〃 니 이리야.

인간이별 만사즁(人間離別萬事中)의 독숙공방(獨宿空房) 어이하리. 상사불견(想思不見) 니의 신졍(身情) 게 뉘라셔 아러쥬리. 밋친 마음 이렁져렁 헛터러진 근심 후리쳐 다 바리고, 자나 누나 먹고 씨나, 임 못 보와 가삼 답〃(沓沓), 어린 양기(陽氣) 고은 소리, 귀에 징〃(琤琤), 보고 지거 〃〃〃〃, 임의 얼골 보고 지거, 듯고 지거 〃〃〃〃, 임의 소리 듯고 지거. 견싱(前生)의 무삼 원슈(怨讎)로, 우리 두리 싱계[생

겨]나셔, 기린 상사(想思) 한티 맛나, 잇지 마자 쳐음 밍셰(盟誓), 죽지 말고 한티 잇셔, 빅연 기약(百年期約) 미진 밍셰(盟誓), 쳔금 쥬옥(千金珠玉) 쑴박기요, 셰사(世事) 일관(一款)[1] 〃게(關係)ᄒ랴. 근원(根源) 흘너 물이 되고, 집고 〃〃 다시 집고, 사랑 뫼와 뫼가 되야 놉고 〃〃 다시 놉파, 쯘어질 줄 모로거던, 무어질 줄 어이 알이. 귀신(鬼神)이 작희(作害)ᄒ고, 조물(造物)리 시기(猜忌)로다. 일조(一朝) 낭군(郎君) 이별(離別)ᄒ니, 언느 날의 만나보리. 쳔수만한(千愁萬恨) 가득ᄒ야, 꽂〃치 늑기워라. 옥안운빈 공노(玉顔雲鬢共老)한이, 일월(日月)리 무정(無情)이라.

오동츄야(梧桐秋夜) 달 발근 밤은, 어이 그리 더듸 시며, 녹음방초(綠陰芳草) 빗긴 고듸, 히는 어이 더듸 간고. 이 상사(相思) 알으시면 임도 날을 기루련만, 독숙공방(獨宿空房) 홀노 누어, 다만 한숨 버시 되고, 구곡간장(九曲肝腸) 구비 썩어, 소사나니 눈물리라. 눈물 뫼와 바디 되고, 한숨 지여 쳥풍(淸風) 되면, 일엽주(一葉舟) 무어 타고, 한양 낭군(漢陽郎君) 차지련만, 어이 그리 못 보난고. 우수 명월(憂愁明月) 달 발근 찌, 셜심도군[셜심조군(爇心竈君)][2] 늑기 오니, 소연(蕭然)한 쑴이로다. 현야월(懸夜月) 두우셩(斗牛星)은 임 계신 곳 빗치련만, 심즁(心中)으 안진 수심(愁心), 나 혼자뿐이로다. 야싁창망(夜色蒼茫)한듸, 경〃(耿耿)이 빗치난 게, 창외(窓外)의 형화(螢火)로다. 밤은 집퍼 삼경(三更)인듸, 안자쓴들 임이 올가, 누워슨들 잠이 오랴. 임도 잠도 안이 온다, 이 이를 어이하리. 아미도 원수(怨讎)로다. 흥진비릐(興盡悲來) 고진감늬(苦盡甘來), 예로부텀 잇건만은, 지달임도 젹지 안코, 기룬 졔도 오릐건만, 일촌간장(一寸肝腸) 구부〃〃 미친 한(恨)을, 임

---

1) 일관: 한 조목. 여기서는 '한 조목이라도'를 뜻한다.
2) 셜심도군: 셜심조군(爇心竈君). 셜심은 마음에서 피어오르는 향불인 심향(心香)을 사른다는 뜻으로, 정성을 다해 기도한다는 뜻이다. 조군은 조왕신을 가리킨다.

316

안이면 뉘라 풀고.

명쳔(明天)은 하감(下鑑)ᄒ사, 수이 보게 ᄒ옵소셔. 미진 인졍(未盡人情) 다시 만나, 빅바리(白髮ㅣ) 다 진(盡)토록, 이별(離別) 업시 살고 지거. 뭇노라 녹수쳥산(綠水靑山), 우리 임 초최 힝식(楚楚行色) 이연[俄然]이 닐별[離別] 휴(後)의, 소식(消息)조차 돈졀(頓絶)ᄒ다. 인비목셕(人非木石) 안일진듸, 임도 응당 늣기이라.

이고 〃 〃, 니 신셰(身世)야."

앙쳔 자탄(仰天自歎)으 셰월(歲月)을 보늬는듸,

잇띠 도련임은 올나갈 졔 숙소(宿所)마닥 잠 못 일워,

"보고 지거, 늬의 사랑, 보고 지거. 주야불망(晝夜不忘) 우리 사랑. 날 보늬고 기룬 마음, 속키 만나 푸르리라."

일구월심(日久月深) 굿게 먹고, 등과외방(登科巍榜) 바릐더라.

신관 사또의 기생 점고

잇디 수삭(數朔)만의 신관 사쏘(新官使道) 낫씨되, 자학골(紫霞谷) 변학도(卞學道)라 하는 양반(兩班)이 오난듸, 문필(文筆)도 유여(有餘) 호고, 인물 풍치(人物風采) 활달(豁達)호고, 풍유(風流) 속의 달통(達 通)호야, 외입(外入) 속이 넝넉호되, 한갓 흠이 셩졍(性情) 괴픽(怪愎) 한 즁(中)의 삿징(邪症)을 겸(兼)하야, 혹시(或時) 실덕(失德)도 호고, 외결(誤決)호난 이리 간다(間多) 고(故)로, 셰샹(世上)의 안는 사람은 다 고집불통(固執不通)이라 하것다.

신연하인(新延下人) 현신(現身)할 졔,

"사령(使令) 등(等) 현신(現身)이요."

"이방(吏房)이요."

"감상(監床)이요."

"수비(首陪)요."

"이방(吏房) 블르라."

"이방(吏房)이요."

"그시 너의 골의 이리나[일이나] 업는야."

"예, 아직 무고(無故)흽니다."

"너 골 괄노(官奴)가 삼남(三南)의 졔일(第一)이라졔."

"예, 부림직 하옵니다."

"쏘 네 골의 춘향리란 게집이 미우 싴(色)이라지."

"예."

"잘 잇야."

"무고(無故)하옵니다."

"남원(南原)이 예셔 몃 인(里ㄴ)고."

"육빅삼십 이(六百三十里)로소이다."

마음이 밧쑨지라,

"급(急)피 치힝(治行)하라."

신연하인(新延下人) 물너느와,

"우리 골으 일이 낫다."

잇찌, 신관 사쏘(新官使道) 출힝(出行) 날을 급(急)피 바다, 도임츠(到任次)로 느려올 졔, 위의(威儀)도 장(壯)할시고. 구룸 갓튼 벌연(別輦) 독교(獨轎), 좌우쳥장(左右靑杖) 쩍 벌이고, 좌우편(左右便) 부츅급챵(急唱), 물싴 진한 모수[모시] 쳘육[天翼], 빅쥬 견듸(白紬戰帶) 고를 느려 엇비시기 눌너 미고, 듸모관자(玳瑁貫子), 통령(統營)가슬 이믜 눌너 수겨 쓰고, 쳥장(靑杖) 줄 검겨 잡고,

"에라, 둘너[물너] 셧다, 나이거라."

혼금(閽禁)이 지엄(至嚴)흐고, 좌우(左右) 구졍(驅從) 진[긴] 졍마[牽馬]의 뒤치지비 심쎄라.

퇴인(通引) 한 쌍(雙) 칙(策), 졀입[氈笠]¹⁾의, 힝츠비힝(行次陪行) 뒤

---

1) 졀입: 무관의 전복(戰服)에 쓰던 갓. 전립(戰笠)으로도 쓴다.

를 깔코, 수비(首陪) 감상(監床) 공방(工房)이며, 신연이방(新延吏房) 가션(可羨)하다. 뇌자(牢子) 흔 쌍(雙), 사령(使令) 흔 쌍(雙), 익산보중[日傘步從] 젼비(前陪)하야 디로변(大路邊)으 갈느셔고, 빅방수주(白紡水紬), 익산복판(日傘腹板), 남수주(藍水紬) 션(線)을 둘너, 주셕(朱錫) 고리, 얼는 〃〃 호기(豪氣) 잇게 니려올 졔, 젼후(前後)의 혼금(閽禁) 소리, 쳥산(靑山)이 상응(相應)하고, 권마셩(勸馬聲) 놉푼 소리, 빅운(白雲)이 담〃(淡淡)이라.

전주(全州)의 득달하야, 경기젼(慶基殿) 직사(客舍) 연명(延命)하고, 영문(營門)의 잠간(暫間) 단여, 조분목[2] 썩 니다라, 만마관(萬馬關), 노구(爐口) 바우 너머, 임실(任實) 얼는 지니여, 오수(獒樹) 들러 중화(中火)하고, 직일(卽日) 도임(到任)할시, 오리졍(五里亭)으로 드러갈 졔, 천총(千摠)이 영솔(領率)하고, 육방 하인(六房下人) 쳥노도[청도도(淸道導)]로 드러올 졔,

◑쳥도(淸道) 한 쌍 ◑홍문(紅紋)[3] 한 쌍 ◑주작(朱雀) 남동각(南東角) 남셔각(南西角) 홍초(紅綃) 남문(藍紋) 한 쌍(雙) ◑쳥용(靑龍) 동남각(東南角) 셔남각(西南角) 남초(藍綃) 한 쌍(雙) ◑현무(玄武) 북동각(北東角) 북셔각(北西角) 흑초(黑綃) 홍문(紅紋) 한 쌍(雙) ◑동사[등사(騰蛇)] 순씨(巡視) 한 쌍(雙) ◑영기(令旗) 한 쌍(雙) ◑집사(執事) 한 쌍(雙) ◑기픠관(旗牌官) 한 쌍 ◑굴노[군노(軍奴)] 열두 쌍(雙) ◑좌우(左右)가 요란(擾亂)하다.

힝군(行軍) 취퇴(吹打) 풍악(風樂) 소리 셩동(城東)의 진동(震動)하고, 삼인육각[三絃六角] ◑권마셩(勸馬聲)은 원근(遠近)의 낭자(狼藉)한다.

---

2) 조분목: 전주 남쪽 남원 방향 첫 입구 고덕산 자락 약수터.
3) 홍문: 홍문기(紅紋旗). 원문에 한 글자 누락되어 있다.

광할누(廣寒樓)의 보젼[鋪陳]하야 기복(改服)하고, 직사(客使)의 연
몡차(延命次)로 나메(藍輿) 타고 드러갈싀, 빅셩(百姓) 소시(所視) 엄숙
(嚴肅)하게 보이랴고, 눈을 비량[別樣] 궁글〃〃. 직사(客舍)의 연명(延
命)하고, 동현(東軒)의 좌기(坐起)호고, 도임상(到任床)을 잡순 후,

"힝수(行首) 문안(問安)이요."

힝슈(行首) 군관(軍官) 집예(執禮) 밧고, 육방관속(六房官屬) 현신(現
身) 밧고, 사쏘(使道) 분부(分付)하되,

"수로(首奴) 불너 기싱(妓生) 졈고(點考)하라."

호장(戶長)이 분부(分付) 듯고, 기싱 안칙(妓生案冊) 드려놋코, 호명
(呼名)을 차례로 부르난듸, 낫낫치 글귀(句)로 부르던 거시엿다.

◑"우후동산(雨後東山) 명월(明月)이."

명월(明月)이가 드러을 오난듸, 나군(羅裙) 자락을 거듬〃〃 거더다
가 세료 흉당(細柳胸膛)의 쌱 붓치고 아쟝〃〃 들러을 오더니,

"졈고(點考) 맛고 나오."

◑"어쥬축수 이산춘(漁舟逐水愛山春)의, 양편난만(兩便爛漫) 고은
춘식(春色)이〃 안인야. 도홍(桃紅)이."

도홍(桃紅)이가 드러를 오난듸, 홍상(紅裳) 자락을 거더안고, 아쟝〃
〃 조촘거려 드러을 오더니,

"졈고 맛고 나오."

◑"단산(丹山)의 져봉(雌鳳)이 짜을[짝을] 일코 벽오동(碧梧桐)의 짓
듸린니(깃들이니), 산수지영(山水之靈)이요 비충지졍(飛蟲之精)이라.
기불탁속(飢不啄粟) 구든 졀기(節介) 만수문젼(萬壽門前) 치봉(彩鳳)
이."

치봉(彩鳳)이가 드러오난듸 나운[나군(羅裙)]을 두른 허리, 밉시 잇
게 거더안고, 연보(蓮步)를 졍(正)이 옴겨 아쟝거려 드러와,

"졈고(點考) 맛고 좌부(座部) 진퇴(進退)로 나오."

◑ "쳥졍지연 부기졀(淸淨之蓮不改節)의, 뭇노라 져 연화(蓮花), 어여
쑤고 고흔 틱도(態度), 화즁군자(花中君子) 연심(蓮心)이."

연심(蓮心)이가 드러오난듸, ᄂ상(羅裳)을 거더안고, 나말(羅襪) 수
혜(繡鞋) 끌면셔, 아장거려 가만 〃 〃 드러오더니,

"좌부(座部) 진퇴(進退)로 나오."

◑ "화씨(和氏)갓치 발근 달, 벽히(碧海)의 드럿난니, 형산빅옥(荊山
白玉) 명옥(鳴玉)이."

명옥(鳴玉)이가 드러오난듸, 기하상(芰荷裳) 고흔 틱도(態度), 이힝
(履行)이 진즁(珍重)한듸, 아장거려 가만 〃 〃 드러을 오더니,

"졈고 맛고 좌부 진퇴로 나오."

◑ "운담풍경 근오쳔(雲淡風輕近午天)의, 양유편금(楊柳片金)의 잉 〃
(鶯鶯)이."

잉잉(鶯鶯)이가 드러오난듸. 홍상(紅裳) 자락을 에후리쳐, 셰류 흉
당(細柳胸膛)의 짝 붓치고, 아장거려 가만 〃 〃 드러오더니,

"졈고 맛고 좌부 진퇴로 나오."

◑ 사쪼 분부하되,

"자쥬 부르라."

"예."

호장(戶長)이 분부(分付) 듯고 넉 자 화도(話頭)로 부르난듸,

◑ "광한젼(廣寒殿) 놉푼 집의 현도(獻桃)하던 고흔 션비(仙妃), 반기
보니 계힝(桂香)이."

"예, 등ᄃᆡ(等待)하여소."

◑ "송하(松下)의 져 동자(童子)야, 뭇노라 션싱(先生) 소식(消息), 수
쳡쳥산(數疊靑山)의 운심(雲深)이."

"예, 등ᄃᆡ하여소."

◑ "월궁(月宮)의 놉피 올나, 게화(桂花)을 꺽거 이져리(哀折ㅣ)."

"예 등딕하와소."

◑"차문주가 하쳐지(借問酒家何處在)오, 목동요지(牧童遙指) 힝화(杏花)."

"예, 등딕(等待)하와소."

◑"이미산월발윤추(峨眉山月半輪秋) 영입평강(影入平羌)의 강션(降仙)이."

"예, 등딕하엿소."

◑"오동 복판(梧桐腹板) 거문고, 타고 나니 탄금(彈琴)이."

"예, 등딕하와소."

◑"팔월 부용 군자용(八月芙蓉君子容), 만당추수(滿塘秋水) 홍연(紅蓮)이."

"예, 등딕하엿소."

◑"주홍당사(朱紅唐絲) 가진 미답[매듭], 차고 나니 금낭(錦囊)이."

"예, 등딕하와소."

◑사쪼 분부(分付)하되,

"한숨의 열두 셔넛씩 부르라."

호장(戶長)이 분부(分付) 듯고 자조 부르난듸,

◑"양딕션(陽臺仙), 월즁션(月中仙), 화즁션(花中仙)이."

"예, 등딕하와소."

◑"금션(金仙)이, 금옥(金玉)이, 금연(金蓮)이."

"예, 등딕하엿소."

◑"농옥(弄玉)이, 난옥(蘭玉)이, 홍옥(紅玉)이."

"예, 등딕하엿소."

◑"바람 마진 낙춘(落春)이."

"예, 등딕(等待) 드러을 가오."

낙춘(落春)이가 드러을 오난듸, 졔가 잔득 밉시 잇게 드러오난 쳬하고 드러오난듸, 시면[素面]한단 말은 듯고, 이마쌱의셔 시작(始作)ᄒ야 귀 뒤짜지 파 지치고, 분셩젹(粉成赤)한단 말은 드러던가, 기 분(粉) 셩 [석] 양(兩) 일곱 돈 엇치을 무지금하고4) 사다가 셩(城) 갓트 회칠(灰漆)하듯 반죽하야 온 낫스다 믹질하고 드러오난듸, 키난 사그니(沙斤乃) 장승(長栍)만헌 연이, 초미자락을 훨신 추워다 틱[턱] 밋트 싹 붓치고, 무논의 곤이[고니] 거름으로 쎨눅 생중 〃 〃, 엉금 셥젹 드러오더니,

"졈고(點考) 맛고 나오."

◑연 〃 (娟娟)이 고은 기싱(妓生), 그 즁(中)의 만컨만는, 사쏘계옵셔 난 근본(根本) 춘향의 말을 놉피 드르는지라, 아무리 드르시되, 춘향 일홈 업난지라, 사쏘 수로(首奴) 불너 뭇난 말리,

"기싱 졈고(點考) 다 되야도 춘향은 안 부르니, 퇴기(退妓)야."

수로(首奴) 엿자오되,

"춘향 모(春香母)는 기싱(妓生)이되 춘향(春香)은 기싱이 안입니다."

사쏘 문왈(問曰),

"춘향이가 기싱이 안니면 엇지 귀즁(閨中)의 잇난 아히 일홈이 놉피 쓴다."

수로(首奴) 엿자오되,

"근본(根本) 기싱의 쌸리옵고[딸이옵고] 덕쇠(德色)이 장(壯)한고로, 권문셰족(權門世族) 양반(兩班)네와, 일등 지사(一等才士) 할양(閑良)들과, 니려오신 등늬(等內)마닥, 귀경(求景)코자 간쳥(懇請)하되, 춘향 모여(母女) 불쳥(不聽)키로, 양반 상하(兩班上下) 물논(勿論)하고 익늬지간(額內之間) 소인등(小人等)도, 십연 일득(十年一得) 듸면(對面)ᄒ되, 언어 수작(言語酬酌) 업삽더니, 쳔졍(天定)하신 연분(緣分)인지,

4) 무지금하고: 값을 따지지 않고. 무지금은 무더기 금.

구관 사쏘(舊官使道) 자졔(子弟) 이도련임과 빅연기약(百年期約) 밋싸
옵고, 도련임 가실 찍의 입장(入丈) 후(後)의 다려가마 당부(當付)ㅎ고,
춘향이도 그리 알고 수졀(守節)ㅎ여 잇쌉니다."

사쏘 분(憤)을 니여,

"이놈 무식(無識)한 상놈인들 그게 엇더한 양반(兩班)이라고 엄부시
하(嚴父侍下)요, 미장젼(未丈前) 도련임이 하방(遐方)의 작쳡(作妾)ㅎ
야 사자 할고. 이놈 다시는 그런 말을 입박그 니여셔난 죄(罪)을 면
(免)치 못하리라. 이무[이미] 니가 져 한나를[하나를] 보랴다가 못 보
고 그져 말야[말랴]. 잔말 〃고 불너오라."

춘향을 부르란 쳥영(廳令)이 나는듸, 이방(吏房) 호장(戶長)이 엿자 오되,

"춘향이가 기싱(妓生)도 안일 쑨 안이오라, 구등 사또(舊等使道) 자제(子弟) 도련임과 밍약(盟約)이 즁(重)ᄒ온듸, 연치(年齒)난 부동(不同)이나, 동반(同班)의 분의(分義)로 부르라기, 사또 졍치[졍체(政體)]가 손상(損傷)할가 져어ᄒ옵니다."

사또(使道) 디로(大怒)하야,

"만일 춘향을 시각(時刻) 지체(遲滯)하다가는 공형(公兄) 이하로 각 쳥(各廳) 두목(頭目)을 일병퇴가(一竝汰去)할 거시니 쌸이 디령(待令) 못 시길가."

육방(六房)이 소동(騷動), 각 쳥(各廳) 두목(頭目)이 넉실[넋을] 일러,

"김번수(金番手)야 이번수(李番手)야, 일런 별(別)이리 또 잇난야. 불상(不祥)하다 춘향 졍졀(情節), 가련(可憐)케 되기 쉽다. 사또 분부(分付) 지엄(至嚴)ᄒ니, 어셔 가자 밧비 가자."

사령(使令) 괄노[관노(官奴)] 뒤셕거셔, 춘향 문젼(門前) 당도(當到)하니, 잇찌 춘향이난 사령(使令)이 오난지 굴노[군노(軍奴)]가 오난지 모르고, 주야(晝夜)로 도련임만 싱각ᄒ야 우난듸, 망칙(罔測)한 환(患)을 당(當)하랴거던 소리가 화평(和平)할 수 잇시며, 한씨라도 공방(空房)사리할 계집아히라, 목셩으 청셩[청승]이 씨여, 자연(自然) 실푼 이원셩(哀怨聲)이 되냐, 보고 듯난 사람의 심장(心腸)인들 안이 상(傷)할소냐. 임 길워 셔룬 마음 식불감(食不甘) 밥 못 먹어 침불안셕(寢不安席) 잠 못 자고, 도련임 싱각 젹상(積傷)되야 피골(皮骨)리 모도 다 상연(相連)이라. 양기(陽氣)가 쇠진(衰盡)ᄒ야, 진양조란 우름이 되야,

"갈쌰부다 〃〃〃, 임을 ᄯᅡ라 갈쌰부다. 철이(千里)라도 갈쌰부다, 말이(萬里)라도 갈쌰부다. 풍우(風雨)도 쉬여 넘고, 날씬 수진(手陳) 히동창(海東靑) 보리미도 쉬여 넘난 고봉졍상(高峰頂上) 동셜영(洞仙嶺) 고기라도, 임이 와 날 차지면, 나는 발 버셔 손의 들고, 나는 아니 쉬여가계.

한양 계신 우리 낭군(郎君), 날과 갓치 기루난가. 무졍(無情)하야 아조 잇고, 니의 사랑 옴계다가 다른 임을 고이난가."

한참 이리 셜이 울 졔, 사령(使令) 등(等)이 춘향의 이원셩(哀怨聲)을 듯고, 인비목셕(人非木石) 안이여던, 감심(感心) 안이 될 수 잇냐. 육쳔(六千) 마듸 사듸(四大) 삭신이 낙수춘빙(洛水春氷) 어름 녹듯 탁 풀이여,

"듸쳬(大體) 이 안이 불상(不祥)ᄒ냐. 이 이 외입(外入)한 자식(子息)더리 져른[저런] 계집을 추왕(推仰) 못ᄒ면은 사람이 안이로다."

잇찌예 지쵹 사령(使令) ᄂᆞ오면셔,

"오너냐."

웬난 소리에, 춘향이 깜짝 놀니여 문틈으로 니다보니, 사령(使令) 굴노[軍奴] 나와구나.

"아차〃 이졋네. 오나리(오늘이) 기(其) 삼일겸고(三日點考)라 하더니, 무삼 야단(惹端)이 난나부다."

밀창문 열달이며[여닫으며],

"허〃, 번수(番手)임네, 이리 오소 〃〃〃〃. 오시기 뜻박기네. 이번 신연(新延) 길의 노독(路毒)이나 안이 나며, 사쪼 정쳬(政體) 엇더하며, 구관 찍(舊官宅)의 가 겨시며, 도련임 편지(片紙) 한 장(張)도 안이 하던가. 늬가 젼일(前日)은 양반(兩班)을 모시기로 이목(耳目)이 번거ᄒ고 도련임 정쳬(政體) 유달나셔 모르난 쳬 하엿껀만, 마음조차 업슬손가. 드러가시 〃〃〃〃."

김번수(金番手)며 이번수(李番手)며 여러 번수(番手) 손을 잡고 졔방(房)의 안친 후에 상단(香丹)이 불너,

"주반상(酒飯床) 드려라."

취(醉)토록 메긴 후(後)의, 궨문(櫃門) 열고 돈 단 양(兩)을 늬여노며,

"열어[여러] 번수(番手)임네, 가시다가 수리나 잡수쇼 가옵셔, 뒨말 업게 ᄒ여주소."

사령(使令) 등(等)이 약주(藥酒)를 취(醉)하야 하는 마리.

"돈이란이 당(當)치 안타. 우리가 돈 바리고 네게 왓냐."

하며,

"듸려노와라."

"김번수(金番手)야, 네가 차라."

"불가(不可)타마는, 입 수(數)나 다 오른야[옳으냐]."

돈 바다 차고 흐늘〃〃 드려갈 제, 힝수 기싱(行首妓生)이 나온다. 힝수 기싱(行首妓生)이 나오며 두 손쌕 짱〃 마조 치면셔,

"여바라 춘향아, 말 듯거라. 너만한 정졀(貞節)은 나도 잇고 너만헌 수졀(守節)은 나도 잇다. 네라는 정졀(貞節)이 웨 잇스며, 네라는 수졀(守節)이 웨 잇난야. 정졀부인(貞節夫人) 이기씨(阿只氏) 수졀부인(守

節夫人) 이기씨(阿只氏), 조고만한 너 한나로 망연(茫然)하야, 육방(六房)이 손동[騷動], 각 청 두목(各廳頭目)이 다 죽어난다. 어셔 가자, 밧비 가쟈."

춘향이 할 수 업셔, 수졀(守節)하던 그 튀도(態度)로 디문(大門) 밧썩 나셔며,

"셩임 〃〃, 힝수(行首) 셩임, 사람의 괄셰(恝視)을 그리 마소. 게라는 디 〃(代代) 힝수(行首)며, 닉라야 디 〃(代代) 춘향인가. 인싱일사도무사(人生一死都無事)지, 한 번 죽제 두 번 죽나."

이리 빗틀 져리 빗틀 동헌(東軒)의 드러가,

"춘향이 디령(待令)하엿소."

사쏘 보시고 디히(大喜)하야,

"춘향일시 분명(分明)하다. 디상(臺上)으로 오르거라."

춘향이 상방(上房)으 올나가, 염실단좌(斂膝端坐)쑨이로다.

사쏘이 디혹(大惑)하야,

"칙방(冊房)의 가, 회게(會計) 나리임을 오시래라."

회게(會計) 싱원(生員)이 드러오던 거시엿다.

사쏘 디히(大喜)하야,

"자니 보게, 져게 춘향일셰."

"흐, 그년 미우 에쑨듸. 잘싱겻소. 사쏘게셔 셔울 계실 씨부텀 춘향 〃〃 하시더니, 한 번 귀경(求景)할 만하오."

사또 우스며,

"자니 즁신하겠나."

이윽키 안자던이,

"사쏘, 이 당초(當初)의 춘향을 불르시지 말고 미파(媒婆)을 보니여 보시난 게 올른 거슬, 이리 좀 경(輕)이 되야소마는, 이무 불너쓰니 아미도 혼사(婚事)할 박기 수(數)가 업소."

사쏘 디히(大喜)하며, 춘향다러 분부(分付)하되,

"오날부텀 몸단장 졍(淨)이 호고 수쳥(守廳)으로 거힝(擧行)하라."

"사쏘 분부(分付) 황송(惶悚)하나, 일부종사(一夫從事) 바리온이, 분부(分付) 시힝(施行) 못 하것소."

사쏘 우어[웃어] 왈,

"미지 〃 〃(美哉美哉)라, 계집이로다. 네가 진졍(眞正) 열여(烈女)로다. 네 졍졀(貞節) 구든 마음 엇지 그리 에어쑌야. 당연(當然)한 말이로다. 그러느 이 수지(秀才)는 경셩 사디부(京城士大夫)의 자졔(子弟)로셔 명문귀족(名門貴族) 사우[사위]가 되야쓰니 일시(一時) 사랑으로 잠간 노류장화(路柳墻花)하던 너를 일분(一分) 싱각하건년야. 너는 근본(根本) 졀힝(節行) 잇셔, 젼수 일졀(全守一節) 하여싸가, 홍안(紅顔)이 낙조(落照) 되고 빅발(白髮)이 난수(亂垂)하면, 무졍셰월 양유파(無情歲月若流波)를 탄식(歎息)할 졔, 불상(不祥)코 가련(可憐)한 게 너 안이면 뉘가 기랴.

네 아무리 수졀(守節)한들 열여 포양(烈女褒揚) 뉘가 하랴. 그는 다 바려두고 네 골[고을] 관장(官長)의게 미이미 올으냐. 동자(童子) 놈으게 미인 게 올은야, 네가 말을 좀 하여라."

춘힝이 엿자오되,

"충불쓰이군(忠不事二君)이요 열불경이부(烈不更二夫) 졀(節)을 본 밧고자 하옵난듸 수차(數次) 분부(分付) 이러한이, 싱불여사(生不如死)이옵고 열불경이부(烈不更二夫)온이 쳐분(處分)디로 하옵소셔."

잇찌 회게(會計) 나리가 쎡 하는 말이,

"네 여바라, 어 그년 요망(妖妄)한 연이로고. 부의(蜉蝣) 일싱(一生) 소쳔하(小天下)으 일식(一色)이라. 네 여러 번 시양(辭讓)할 게 무어신야. 사쏘게옵셔 너를 추왕(推仰)하여 하시난 말삼이졔. 너 갓튼 창기비(娼妓輩)게 수졀(守節)이 무어시며 졍졀(貞節)이 무어신다. 구관(舊官)

은 전송(傳送)하고 신관 사쏘(新官使道) 연접(延接)하미, 법젼(法典)으
당연(當然)하고 사례(事理)으도 당〃(堂堂)커든, 고히(怪異)한 말 닉지
말아. 너의 갓턴 쳔기비(賤妓輩)게 츙열 이쯔(忠烈二字) 웨 잇시랴."

잇씨 츈향이 하 기(氣)가 막켜, 쳔연[쳐연(悽然)]이 안자 엿ᄌᆞ오되

"충효열여(忠孝烈女) 상하(上下) 잇소. 자상(仔詳)이 듯조시요. 기싱
(妓生)으로 말합시다. 충효열여(忠孝烈女) 업다 ᄒᆞ니, 낫〃치 알외리
다.

❶히셔 기싱(海西妓生) 농션(弄仙)이는 동셜영(洞仙嶺)으 죽어 잇고

❶셔쳔 기싱(西川妓生) 아히로되 칠거학문(七去學問) 들어 잇고

❶진쥬 기싱(晉州妓生) 논기(論介)는 우리나라 충열(忠烈)노셔 충열
문(忠烈門)의 모셔놋코 쳔추힝사(春秋享祀) 하여 잇고

❶쳥쥬 기싱(靑州妓生) 화월(花月)리난 삼칭각(三層閣)의 올나 잇고

❶평양 기싱(平壤妓生) 월션(月仙)이도 충열문(忠烈門)의 드려 잇고

❶안동 기싱(安東妓生) 일지홍(一枝紅)은 싱열여문(生烈女門) 지은
후(後)의 졍경(貞敬) 가자(加資) 잇싸온니,

기싱(妓生) 히페(害弊) 마옵소셔."

춘향 다시 사쏘 젼(前)의 엿자오되,

"당초(當初)의 이수ᄌᆡ(李秀才) 만날 찌의, 틱산(泰山) 셔히(西海) 구
든 마음, 소쳡(小妾)의 일심 졍졀(一心貞節), 밍분(孟賁) 갓턴 용밍(勇
猛)인들 쎄여니지 못할 터요, 소진(蘇秦) 장의(張儀) 구변(口辯)인들 쳡
(妾)의 마음 옴겨가지 못할 터요. 공명 션싱(孔明先生) 놉푼 지조(才調)
동남풍(東南風)은 비러씨되, 일편단심(一片丹心) 소여(少女) 마음 굴복
(屈服)지 못하리다. 기산(岐山)의 허유(許由)난 붓쵹수요거쳔[불즉수
요지쳔(不則受堯之天)][1]ᄒᆞ고 셔산(西山)의 빅숙(伯叔) 양인(兩人)은 불
식쥬속(不食周粟)하여쓴이, 만일(萬一) 허유(許由) 업셔쓰면 고도지산
((高蹈之士ㄴ) 뉘가 하며, 만일 빅이·숙졔(伯夷叔弟) 업셔쓰면 난신적

자(亂臣賊子) 만하리다. 쳡신(妾身)이 수(雖) 쳔(賤)한 계집인들, 허유
(許由) 빅(伯)을 모르잇가. 사람의 쳡(妾)이 되야 비부기가(背夫棄家)
ᄒᆞ는 볍(法)이, 볘살[벼슬]하난 관장(官長)임네 망국부쥬(亡國負主) 갓
싸오니, 쳐분(處分)디로 ᄒᆞ옵소셔.”

---

1) 붓쵹수요지쳔: 『맹자孟子』 「등문공滕文公 하」에서 “도가 아니라면 밥 한 그릇이라도 남에게
서 받을 수 없지만, 만일 도에 맞는다면 순임금을 요임금의 천하를 받으면서도 지나치다고 여
기지 않는다(非其道, 則一簞食不可受於人. 如其道, 則舜受堯之天下, 不以爲泰)”라는 구절을 이용하
여 금구를 만든 것이되 잘못 표기한 것이다.

십장가

사쏘 딕로(大怒)하야,

"이연[이년], 드러라. 모반 딕역(謀反大逆)ᄒ난 죄는 능지쳐참(凌遲
處斬)ᄒ여 잇고, 조롱관장(嘲弄官長)하는 죄(罪)난 겨셔율의율[제서유
위율(制書有違律)] 쎠 잇고, 거역관장(拒逆官長)하난 죄(罪)는 엄형정
빅(嚴刑定配)하는이라. 죽느라 셔러 마라."

춘향이 포악(暴惡)하되,

"유부겁탈(有夫劫奪)하난 거슨 죄(罪) 안이고 무어시요."

사쏘 긔(氣)가 막켜, 엇지 분(憤)하시던지, 연상(硯床)을 쑤달일 제,
탕건(宕巾)이 버셔지고, 상토고가 탁 풀리고, 딕마딕여[대마디에][1] 목
이 쉬여,

"이연[이년] 자바 닉리라."

호령(號令)하니, 골방의 수청 통인(守廳通引),

<hr>

1) 딕마딕여: 대마디에. 첫마디에.

"예."

하고 달여드러, 춘향의 머리치을 주루〃 쓰어늬며,

"급창(急唱)."

"예."

"이연 자바 늬리라."

춘향이 쩔치며,

"노와라."

중게(中階)의 나려가늬, 급장(急唱)이 달여드러,

"요년 〃〃, 엇쩌하신 존젼(尊前)이라고 듸답(對答)이 그러하고 살기을 바릴손야."

듸뜰 아릐 늬리친늬, 밍호(猛虎)갓턴 굴노[군뢰(軍牢)] 사령(使令) 벌쩨갓치 달여드러, 감퇴(甘笞)갓탄 춘향의 머리치를, 졍졍 시졀[正丁時節] 연(鳶) 실 감듯, 븨사공의 닷줄 감듯, 사월 팔일[四月八日] 등찌(燈臺) 감듯, 휘〃친〃 감어쥐고, 동당이쳐 업질은늬, 불상(不祥)타 춘향 신셰(身世), 빅옥(白玉) 갓탄 고흔 몸이, 육자(六字)빅이로 업더져쑤나.

좌우(左右) 나졸(邏卒) 느러셔〃, 능장(稜杖) 곤장(棍杖) 형장(刑杖)이며, 주장(朱杖) 집고,

"알워라. 형이(刑吏) 듸령(待令)호라."

"예."

"수게라[숙여라]."

"형이(刑吏)요."

사쏘 분(憤)이 엇지 낫던지, 벌〃 쩔며 긔(氣)가 막켜, 허푸〃〃 하며,

"여보와라. 그년의겨 다짐[侤音]이 웨 잇슬리. 뭇도 말고, 동틀[형틀]의 올여 미고, 졍치(頂峙)를 부수고 물고장(物故狀)를 올이라."

334

춘향을 동틀의 올여 미고, 사정(鎖匠)이 거동(擧動) 바라, 형장(刑杖)이며 틱장(笞杖)이며 곤장(棍杖)이며, 한 아람 담숙 안어다가 형틀 아리 좌르륵 부듯치난 소리, 춘향의 정신(精神)이 혼미(昏迷)한다.

집장사령(執杖使令) 거동(擧動) 바라. 이놈도 잡고 능청 〃 〃 져놈도 잡고셔 능청 〃 〃, 등심 조코 썟 〃 하고 잘 부러지난 놈 골나잡고, 올은 억기 버셔 메고, 형장(刑杖) 집고 디상(臺上) 청영(廳令) 기달릴 졔,

"분부(分付) 뫼와라. 네 그연을 사정(事情) 두고 헛장(虛杖)하여셔난 당졍[當場]의 명(命)을 밧칠거시니 각별리(恪別히) 미우 치라."

집장사령(執杖使令) 엿자오되,

"사쏘 분부(分付) 지엄(至嚴)한듸, 져만한 연을 무삼 사졍(事情) 두오릿가. 이연 다리을 싸싹 말라. 만일 요동(搖動)하다가는 쎄 부러지리라."

호통(號慟)하고 드러셔 〃, 금장(禁杖) 소리 발맛츄워 셔면셔, 가만이 하는 말리,

"한두 기(箇)만 견듸소[견디소]. 엇절 수가 엽네. 요 다리는 요리 틀고 져 다리는 져리 틀소."

"미우 치라."

"예잇, 찌리요."

싹 부친니, 부러진 형장(刑杖) 가비는 푸루 〃 날라, 공즁(空中)의 빙 〃 소사, 상방(上房) 디뜰 아리 쩌러지고, 춘향이는 아모쏘록 압푼 디를 차무랴고 이를 복 〃 갈며 고기만 빙 〃 두루면셔,

"이고, 이게 웬이리여."

곤장(棍杖) 틱장(笞杖) 치난 듸는 사령(使令)이 셔 〃 한나 둘 셰것만은, 형장(刑杖) 벗텀은[부터는] 법장(法杖)이라, 형이(刑吏)와 통인(通引)이 닥쌈하는 모양으로 마조 업데셔, 한나 치면 한나 긋고, 둘 치면 둘 긋고, 무식(無識)호고 돈 업는 놈, 술집 벼람박의 술갑 긋둣 긋여노

니, 한 일 짜(一字)가 되야쑤나.

춘힝이는 졔졀노 셔름 졔위, 마지면셔 우난듸,

"일편단심(一片丹心) 구든 마음 일부종사(一夫從事) 쓰시오니, 일기(一箇) 형별(刑罰) 치옵신들, 일연(一年)이 다 못 가셔 일각(一刻)인들 변(變)하릿가."

❶잇씨 남원부(南原府) 할양(閑良)이며 남여노소(男女老少) 업시 묘와[모여] 구경(求景)할 졔 좌우(左右)의 할양(閑良)더리,

"모지구나, 〃〃〃〃, 우리 골 원임이 모지구나. 져런 형별(刑罰)리 웨 잇시며, 져런 믹질리 웨 잇슬가. 집장사령(執杖使令) 놈 눈 익켜두워라. 삼문(三門) 밧 나오면 급살(急煞)을 주리라."

보고 듯난 사람이야 뉘가 안이 낙누(落淚)하랴.

❶두치 낫 짝 부치니,

"이부졀(二夫節)을 아옵난듸 불경이부(不更二夫) 이니 마음, 이 믹 맛고 영(永) 죽어도 이도령(李道令)은 못 잇것소."

❶셰치 나셜 짝 부친이,

"삼종지예(三從之禮) 지즁(至重)한 법(法), 삼강오륜(三綱五倫) 알어 쓴이, 삼치형문(三治刑問) 졍비(定配)을 갈지라도, 삼쳔동(三淸洞) 우리 낭군(郎君) 이도령은 못 잇것소."

❶네치 나셜 짝 부치니,

"사틱부(士大夫) 사쏘임은 사면공사[四民公事] 살피잔코 우력공亽[威力公事] 심을 쓰니, 사십팔방(四十八坊) 남원(南原) 빅셩(百姓) 원망(怨望)하물 모르시요. 사지(四肢)를 갈은디도 사싱동거(死生同居) 우리 낭군(郎君) 사싱간(死生間)의 못 잇것소."

❶다셧 낫치 짝 부치니,

"오륜〃기(五倫倫紀) 쓴치잔코, 부〃유별(夫婦有別) 오힝(五行)으로 믹진 연분(緣分), 올〃리 찌져닌들 오믹불망(寤寐不忘) 우리 낭군(郎

君) 온젼(穩全)이 싱각나네. 오동추야(梧桐秋夜) 발근 달은 임 게신듸
보련만은, 오늘이노 편지(片紙) 올가, 닉일(來日)이노 기별(寄別) 올가.
무죄(無罪)한 이 닉 몸이 악수(惡死)할 일 업쓰온이, 오경자수[오결죄
수(誤決罪囚)] 마옵소셔. 이고 〃 〃 닉 신셰(身世)야."

◑여섯 낫치 짝 부친이,

"육 〃(六六)은 삼십육(三十六)으로 낫 〃치 고찰(考察)하여, 육만 번
(六萬番) 죽인듸도, 육쳔(六千) 마듸 얼인 사랑, 미친 마음 변(變)할 수
젼(全)이 업소."

◑일곱 나셜 짝 부치니,

"칠거지악(七去之惡) 범(犯)하엿소. 칠거지악(七去之惡) 안이여든
칠기 형문(七個刑問) 웬일이요. 칠쳑금[칠쳑검(七尺劍)] 드는 칼노 동
〃이 장글너셔[동강동강 잘라서], 이졔 밧비 죽여주오. 치라 하는 져
형방(刑房)아 칠 씨마닥 고찰(考察) 마소. 칠보홍안(七寶紅顔) 나 죽건
네."

◑야달치 낫 짝 부친이,

"팔자(八字) 조흔 춘향 몸이, 팔도(八道) 방빅(方伯) 수령(守令) 중의
졔일(第一) 명관(名官) 맛나구나. 팔도(八道) 방빅(方伯) 수령(守令)임
네, 치민(治民)하려 내려왓졔, 악형(惡刑)하려 닉려왓소."

◑아홉 낫치 짝 부친이,

"구곡간장(九曲肝腸) 구부[굽이] 셕어, 이닉 눈물 구연지수(九年之
水) 되것구나. 구 〃 쳥산[구고쳥산(九皐靑山)] 장송(長松) 베여 졍강션
[경강션(京江船)] 무어 타고, 한양 셩중(漢陽城中) 급(急)피 가셔, 구즁
궁궐(九重宮闕) 셩상젼(聖上前)의 구 〃 원졍(區區冤情) 주달(奏達)하
고, 구졍[구중(九重)]²⁾ 쓸의 물너 나와, 삼쳔동(三淸洞)을 차자가셔, 우
리 사랑 반기 만나 구비 〃 〃 밋친 마음 져근 듯 풀연마는."

◑열치 낫셜 짝 부친이,

"십싱구사(十生九四)할지라도 팔십연(八十年) 졍(定)한 쓰셜, 십만 번(十萬番) 죽인딘도 가망(可望) 업고 무가니지(無可奈之). 십뉵 셰(十六歲) 어린 춘양[春香], 장하원귀(杖下冤鬼) 가련(可憐)하오."

◑열 치고는 짐작(斟酌)할 줄 알어썬이,

◑열다섯 치 싹 부친이,

"십오야(十五夜) 발근 달은 씌구름의 무쳐 잇고, 셔울 게신 우리 낭군(郎君) 삼쳔동(三淸洞)으 뭇쳐쓴이, 다라 〃〃[달아 달아] 보는야, 임 게신 곳, 나는 어이 못 보는고."

◑시물[스물] 치고 짐작(斟酌)할가 여겨던이,

◑시물다섯 싹 부친이,

"니십오현 탄야월(二十五絃彈夜月)으 불승쳥원(不勝淸怨) 져 기륵이 [기러기], 너 가는듸 어듸미냐. 가는 길으 호양셩(漢陽城) 차자드려, 삼쳔동(三淸洞) 우리 임게, 니 말 부듸 견(傳)혀두고. 니의 형상(形狀) 자시(仔細) 보고 부듸 〃〃 잇지 말아."

◑삼십삼쳔(三十三天) 어린 마음 옥황(玉皇) 젼(前)의 알외고져. 옥(玉) 갓탄 춘향 몸으, 솟난이 유혈(流血)이요, 흐르난이 눈물리라. 피눈물 한틔 흘너, 무릉도원 홍유수(武陵桃源紅流水)라.

춘향이 졈〃 포악(暴惡)하는 마리,

"소녀(少女)를 이리 말고, 살지능지(殺之凌遲)하여, 아조 박살(樸殺) 죽여쥬면, 사후(死後) 원조(怨鳥)라는 시가 되야, 초혼조(招魂鳥) 함기 [함께] 우리, 젹막공산(寂寞空山) 달 발근 밤의, 우리 이도련임 잠든 후 파몽(破夢)이나 하여지다."

말 못 하고 기졀(氣絶)ㅎ니, 업졋던[엎드려 있던] 형방(刑房) 퇴인

---

2) 구경: 구중궁궐의 뜻은 구중(九重)을 가리키는 듯하다. 궁궐을 가리키기 위해 '九廷'이나 '九庭'이라는 표현을 사용한 예는 문헌에 없다.

(通引) 고기 드러 눈물 쏫고, 믹질하든 져 사령(使令)도 눈물 쏫고 도라셔며,

"사람으 자식은 못 하건네."

좌우(左右)의 구경(求景)하난 사람과 거힝(擧行)ᄒᆞ는 관속(官屬)드리, 눈물 쏫고 도라셔며,

"춘향이 믹 맛는 거동(擧動), 사람 자식은 못 보것다. 모지도다 〃〃〃〃, 춘향 정절(貞節)리 모지도다. 출쳔열여(出天烈女)로다."

남여노소(男女老少) 업시 셔로 낙누(落淚)하며 도라셜 졔, 사쏜들 조흘 이(理)가 잇스랴.

"네 이연, 관졍(官庭)의 발악(發惡)ᄒᆞ고 마지니, 조흔 게 무어신야. 일후(日後)으 쏘 그런 거욕 관장[거역관장(拒逆官長)]할가."

반싱반사(半生半死) 져 춘향이, 졈졈 포악(暴惡)ᄒᆞ는 마리,

"여보 사쏘 드르시요. 일련[일념(一念)] 포한(抱恨) 부지상사(不知生死), 어이 그리 모르시오. 졔집(계집)의 곡[독(毒)]한 마음 온유월(五六月) 셔리 침네. 혼비즁쳔[혼비충천(魂飛冲天)] 단이다가, 우리 셩군(聖君) 좌졍하(坐定下)의 이 원졍(冤情)을 알외오면, 사쏜들 무사(無事)할가. 덕쑌(德分)의 죽여쥬오."

사쏘 기(氣)가 믹켜,

"허〃 그연, 말 못할 연이로고. 큰칼 쏫여 하옥(下獄)하라."

하니, 큰칼 쏫여 인봉(印封)하야 사졍(鎖匠)이 등에 업고,

삼문(三門) 밧 나올 졔, 기싱(妓生)더리 나오며,

"이고, 셔울 집아, 졍신(精神) 차리게. 이고 불상(不祥)하여라."

사지(四肢)을 만지며 약(藥)을 가라 듸루며 셔로 보고 낙누(落淚)할 졔, 잇찌 키 크고 속 업난 낙춘(落春)이가 드러오며,

"얼시고 졀시고 조을씨고. 우리 남원(南原)도 현판(懸板) 감이 싱겨 쑤나."

왈칵 달여드러,

"이고, 셔울 집아, 불상(不祥)하여라."

이리 야단(惹端)할 졔, 춘향 어모가 이 말을 듯고 졍신(精神)업시 드러오더니, 춘향의 목을 안고,

"이고 이게 웬이런냐. 죄(罪)는 무삼 죄(罪)며, 믜는 무삼 믜냐. 장쳥(將廳)의 집사(執事)임네, 질쳥(秩廳)3)의 이방(吏房)임, 늬 짤리 무삼 죄(罪)요. 장군방(將軍房) 두목(頭目)더라, 집장(執杖)하던 사졍[鎖匠]이도, 무슨 원슈(怨讐) 믜쳣쩐야. 이고 〃〃, 늬 이리야. 칠십 당연(七十當年) 늘근 거시 으지(依持) 업시 되야쑤나. 무남독여(無男獨女) 늬 짤 춘향, 귀즁(閨中)의 은근(慇懃)이 질너니여, 밤나지로[밤낮으로] 셔칙(書冊)만 노코, 늬칙편(內則篇) 공부(工夫) 일삼무며, 날 보고 하는 마리, '마오 〃〃, 셜워 마오, 아달 업다 셜워 마오. 외손봉사(外孫奉祀) 못하릿가, 어미으게 지극졍셩(至極精誠), 곽거(郭巨), 한4) 밍종(孟宗)인들, 늬 짤보단 더할손가. 자식 사랑 하난 볍(法)이 상즁하(上中下)가 다를손가. 이늬 마음 둘 씨 업네. 가삼의 부리 붓터 한숨이 연기(煙氣)로다. 김번슈(金番手)야 이번슈(李番手)야. 웃 영(令)이 지엄(至嚴)타고, 이디지 몹시 쳔는야. 이고 늬 짤 장쳐(杖處) 보소. 빙셜(氷雪) 갓탄 두 다리의 연지(臙脂) 갓탄 피 빗쳔네. 명문가(名門家) 귀즁부(閨中婦)야, 눈 먼 짤도 원(願)ᄒ더라. 그런 듸 가 못싱기고 기싱 월믜(月梅) 짤리 되야, 이 졍식[경색(景色)]이 웬이런냐. 춘향아, 졍신 차려라. 이고 〃〃, 늬 신셰(身世)야."

하며,

"상단(香丹)아, 삼문(三門) 박그 가셔, 삭군 둘만 사 오너라. 셔울 쌍

─────────────

3) 질쳥: 길쳥. 아젼이 집무를 보던 곳. 문서상 이두어를 사용해 '作廳'으로 적지만, 음을 따라 '秩廳'으로도 적었다.
4) 한: 맹종은 삼국시대 오나라 사람인데 한(漢)나라 사람으로 오기한 듯하다.

급쥬(雙急走) 보닐난다.”

춘향이 쌍급주(雙急走) 보닌단 말을 듯고,

“어만이, 마오, 그계 무삼 말삼이요. 만일 급주(急走)가 셔울 올나가셔, 도련임이 보시며는, 칭〃시하(層層侍下)의 엇지할 줄 몰나, 심사(心思) 울적(鬱寂)ㅎ야 병(病)이 되면, 근들 안이 훼졀(毁節)이요. 그런 말삼 말르시고, 옥(獄)으로 가사이다.”

사졍(鎖匠)이 등의 업펴 옥(獄)으로 드러갈 졔, 상단(香丹)이는 칼머리 들고, 춘향 모(母)는 뒤을 짜라, 옥문깐(獄門間) 당도(當到)하야,

“옥형방(獄刑房) 문(門)을 열소. 옥형방도 잠드러나.”

황릉묘의 꿈

옥즁(獄中)의 드러가셔 옥방(獄房) 형상(形狀) 볼작시면, 부셔진 죽 창(竹窓) 틈의 살 쏘난이 바람이요, 문어진 헌 벽(壁)이며, 헌 자리 베 록 빈듸, 만신(滿身)을 침노(侵怒)한다.

잇찌 춘향이 옥방(獄房)의셔 장탄가(長歎歌)로 우든 거시엿다.

"이니 죄(罪)가 무삼 죄냐. 국곡투식(國穀偸食) 안이거던 엄형(嚴刑) 즁장(重杖) 무삼 일고. 살인죄인(殺人罪人) 안이여든 항쇄(項鎖) 족쇄 (足鎖) 웬이리며, 역율강상(逆律綱常) 안이여든 사지결박(四肢結縛) 웬 이리며, 음양도젹(陰陽盜賊) 안이여든 이 형벌(刑罰)리 웬이린고. 삼강 슈[三江水]¹⁾은 연슈(硯水) 되야 쳥쳔일장지(靑天一張紙)에 늬의 셔름 원졍(冤情) 지여 옥황(玉皇) 젼(前)의 올이고, 져 낭군(郎君) 길워[기 려] 가삼 답〃 부리 붓네. 한숨이 바람 되야 붓난 불을 더 붓치니, 속졀 업시 나 죽것네. 홀노 셧는 져 국화(菊花)는 노푼 졀기(節介) 거록하다.

---

1) 삼강슈: '삼상수(三湘水)'의 잘못이다. 이백의 시에 나오는 어구다.

눈 속의 쳥송(靑松)은 쳔고졀(千古節)을 직켜쑤나. 풀린[푸른] 솔은 날과 갓고 누린 국화(菊花) 낭군(郞君)갓치 실푼 싱각, 쑤리나니 눈물이요, 젹시난이 한숨이라. 한숨은 쳥풍(淸風) 삼고, 눈물은 셰우(細雨) 삼어, 쳥풍(淸風)이 셰우(細雨)을 모라다가, 불건이 쑤리건이, 임의 잠을 깨우고져. 견우직여셩(牽牛織女星)은 칠셕 상봉(七夕相逢) 하올 젹의, 은하수(銀河水) 미켜시되 실기(失期)한 일 업셔건만, 우리 눙군(郞君) 겨신 고디, 무삼 물리 믹켜난지 소식(消息)조차 못 듯난고.

사라[살아] 이리 기루난이[기리나니], 아조 죽어 잇고지거. 차라리 이 몸 죽어 공산(空山)의 뒤견(杜鵑)이 되야, 이화월빅 삼경야(梨花月白三更夜)의 실피 우러, 낭군(郞君) 귀에 들이고져. 쳥강(淸江)의 원앙(鴛鴦) 되야 짝을 불너 단이면셔, 다졍(多情)코 유졍(有情)하물, 임으 눈의 보이고져. 삼춘(三春)의 호졉(胡蝶) 되야, 힝기(香氣) 무인[묻힌] 두 나리로 춘광(春光)을 자랑ㅎ여, 낭군(郞君) 오스[옷에] 붓고지거. 쳥쳔(靑天)으 명월(明月) 되야, 밤 당(當)하면 도다 올나[돋아 올라], 명*(明明)이 발근 빗셜[빛을], 임으 얼골의 빗치고져. 이 늬 간장(肝腸) 셕난[썪는] 피로, 임으 화상(畵像) 기려늬여[그려내어], 방문(房門) 압푸 족자(簇子) 삼아 거러두고, 들며 나며 보고지거.

수졀(守節) 졍졀(貞節) 졀디가인(絶代佳人) 차목[참혹(慘酷)]하게 되야구나. 문치(文彩) 조흔 형산빅옥(荊山白玉)[형산벽옥(荊山璧玉)] 진퇴 즁(塵土中)의 뭇쳐난 듯, 힝기(香氣)로운 상산초(商山草)가 잡풀 속의 셕겨난 듯, 오동(梧桐) 속의 노든 봉황(鳳凰) 형극(荊棘) 속의 길디린 듯. 자고(自古)로 셩현(聖賢)네도 무죄(無罪)하고 국계(鞠繫)신이, 요·순·우·탕(堯舜禹湯) 인군(人君)네도 걸쥬(桀紂)의 포악(暴惡)으로 함진옥(函秦獄)[2]의 갓쳐던이 도로 뇌야 셩군(聖君) 되시고, 명덕치민(明德治民) 쥬문왕(周文王)도 상쥬(商紂)의 히(害)을 입어 유리 옥(羑里獄)의 갓쳐던이 도로 뇌야 셩군(聖君)되고, 만고 셩현(萬古聖賢) 공부자(孔夫子)도 양호(陽虎)의 얼(孼)을 입어 관야[광야(匡野)]의 갓쳐더니 도로 뇌야 디셩(大聖) 되시니, 이른 일노 볼작시면, 죄 업난 니[이]니 몸도, 사라나셔 셰상(世上) 귀경(求景) 다시 할가, 답〃(沓沓)하고 원통(冤痛)하다.

날 살이 리 뉘 잇슬가, 셔울 게신 우리 낭군(郎君), 벼살길노 나려와, 이러타시 죽거갈 졔, 니 목심을 못 살인가. 하운(夏雲)는 다기봉(多奇峯)하니, 산(山)이 놉파 못 오던가. 금강산(金剛山) 상〃봉(上上峰)이 평지(平地) 되거든 오랴신가. 병풍(屛風)의 기린[그린] 황게(黃鷄) 두 나리를 툭툭 치며, 사경 일졈(四更一點)으 날 시라고 울거던 오랴신가. 이고〃〃, 니 일리야."

죽창문(竹窓門)을 열싸리니[열어젖히니] 명졍월식(明淨月色)은 방안으 든다마는. 어린 거시 홀노 안져, 달다려 뭇는 마리,

"져 달아, 보는야, 임 게신 듸 명기(明氣) 빌여라. 나도 보게야. 우린 임이 누워쩐야, 안즈쩐야. 보는 듸로만 네가 일너, 니의 수심(愁心) 푸러다고."

이고〃〃, 셜이 울다 호련[홀연(忽然)]이 잠이 든이, 비몽사몽간(非夢似夢間)으 호졉(胡蝶)이 장주(莊周) 되고, 장주(莊周)가 호졉(胡蝶) 되야, 셰우(細雨)갓치 나문 혼빅(魂魄), 바람인 듯 구룸인 듯, 한 곳슬 당도(當到)한이, 쳔공지활(天空地闊)ᄒ고 산영수려[산명수려(山明水麗)]한듸, 은〃(隱隱)한 쥭임간(竹林間)의 일층화각(一層畫閣)이 반공(半空)의 잠겨거늘, 디쳬(大體) 귀신(鬼神) 단이난 법(法)은 디풍기(大風起)ᄒ고 승쳔입지(昇天入地)ᄒ니, 침상편시 춘몽중(枕上片時春夢中)의 힝진강남 수쳘이(行盡江南數千里)라.

————

2) 함진옥: 진(秦)나라 함곡관(函谷關)의 감옥이란 뜻인 듯하다. 탕(湯)이 하(夏)나라 걸(桀)에 의해 하대(夏臺)의 감옥에 갇혔는데, 그 사실을 오기한 듯하다.

전면(前面)를 살펴보니, 황금 디자(黃金大字)로 '만고정열 황능지묘(萬古貞烈 黃陵之廟)'라 두려시 붓쳐거늘, 심신(心身)이 황홀(恍惚)하야 비회(徘徊)터니, 쳔연(天然)한 낭자(娘子) 셔이[셋이] 나오난듸, 셕숭(石崇)의 이쳡(愛妾) 녹쥬(綠珠) 등농(燈籠)를 들고, 진쥬(晉州) 기성(妓生) 논기(論介), 평양(平壤) 기성(妓生) 월션(月仙)이라. 춘향을 인도(引導)하야 니당(內堂)으 드러가니, 당상(堂上)에 빅의(白衣)한 두 부인(夫人)이 옥수(玉手)를 드려 쳥(請)하거늘, 춘향이 사양(辭讓)하되,

"진셰간(塵世間) 쳔쳡(賤妾)이 엇지 황능묘(黃陵廟)을 오르잇가."

부인(夫人)이 기특(奇特)이 네겨 지삼(再三) 쳥(請)하거늘, 사양(辭讓)치 못하야 올나가니, 좌(座)을 주워 안친 후(後)의,

"네가 춘향인다, 기특(奇特)하도다. 일젼(日前)의 조회차(朝會次)로 요지연(瑤池宴)의 올나가니, 네 마리[말이] 낭자(狼藉)키로, 간져리(懇切히) 보고 시퍼, 네를 쳥(請)하여시니, 심(甚)이 블안(不安)토다."

춘향이 지비(再拜) 주왈(奏曰),

"쳡(妾)이 비록 무식(無識)하나, 고셔(古書)를 보옵고 사후(死後)의 나 존안(尊顔)을 뵈올가 하여던니, 이러틋 황능묘(黃陵廟)의 모시이[모시니] 황공비감(惶恐悲感)하여니다."

상군부인(湘君夫人) 말삼하되,

"우리 순군(舜君) 디순씨(大舜氏)가 남순수(南巡狩)하시다가 창오산(蒼梧山)의 붕(崩)하시니, 속졀업는 이 두 몸이 소상 죽임(瀟湘竹林)의 피눈물을 뿌려노니, 가지마닥 알롱 〃 〃 입 〃 피 원한(怨恨)이라. 창오산붕 상수졀(蒼梧山崩湘水絶)리라야, 죽상지누 니가명(竹上之淚乃可滅)을. 쳔추(千秋)의 집푼 한(恨)을 하소할 곳 업셔쩌니, 네 졀힝(節行) 기특(奇特)기로 너다려 말하노라. 송건기쳘연[송관기쳔년(送款幾千年)]의 쳥빅(淸白)은 어느 씨며, 오현금(五絃琴) 남풍시(南風詩)를 이계까지 젼(傳)하던야."

이룻타시 말삼할 졔, 엇더한 부인(夫人),

"춘향아, 나는 기주명월 음도셩[3](擧酒明月吟都城)의 화션(化仙)하던 능옥[弄玉]일다. 소사(簫史)의 안히로셔 틱화산(太華山) 이별 후(離別後)의 승용비거(乘龍飛去) 한(恨)이 되야, 옥소(玉簫)로 원(冤)을 풀 졔, 곡죵비거 부지쳐(曲終飛去不知處)하니 산하벽도 춘자기(山下碧桃春自開)라."

이러할 졔 쏘 한 부인 말삼하되,

"나는 한 궁여(漢宮女) 소군(昭君)이라. 호지(胡地)의 오거[오가(誤嫁)]하니 일부쳥춘[일부쳥총(一抔靑冢)] 뿐이로다. 마상 피파[마상비파((馬上琵琶)] 한 곡조(曲調)의 화도셩식 춘풍면(畫圖省識春風面)이요 환피공귀 월야혼(環珮空歸月夜魂)이라. 엇지 안이 원통(冤痛)하랴."

한참 이려할 제 음풍(陰風)이 리러나며 촉(燭)불리 벌넝 〃 하며, 무어시 촉(燭)불 압푸 달여들거늘, 춘향이 놀닉여 살펴보니, 사람도 아니요 귀신(鬼神)도 안인듸, 의 〃 (依依)한 가온듸 곡셩(哭聲)이 낭자(狼藉)하며,

"여바라 춘향아, 네가 날을 모로이라. 나는 뇐고 한이, 한 고조(漢高祖) 안히 쳑부인(戚夫人)이로다. 우리 황졔(皇帝) 용비(龍飛) 후(後)에, 여후(呂后)의 독(毒)한 솜씨, 닉의 수족(手足) 쯘어닉여, 두 귀여다 불 지르고, 두 눈 쎄여 암약(暗藥) 먹겨, 칙간(廁間) 속의 너허쓴니, 쳔추(千秋)의 집푼 한(恨)을, 언으 쩌나 풀러보랴.

이리 울 졔 상군 부인(湘君夫人) 말삼하되,

"이 고시라 하난 듸가, 유명(幽明)이 노슈(路殊)하고 항오지별(行伍自別)하니, 오릭 유(留)치 못할지라."

3) 기주명월 음도셩: '거주명월음독셩(擧酒明月吟獨聲)'으로도 볼 수 있다. 자작의 칠언 1구를 피력한 것으로 보인다.

여등(女童) 불너 하직(下直)할 시, 동방[洞方] 실솔셩(蟋蟀聲)은 시르령, 일쌍(一雙) 호졉(胡蝶)은 펄〃, 춘향이 쌈쯕 놀닉 쌔여보니 쑴이로다. 옥창(玉窓) 잉도화(櫻桃花) 써러져 보이고, 거울 복판이 씩여져 뵈고, 문(門) 우에 허수이비 달여 뵈이건늘,

"나 죽을 쑴이로다."

수심(愁心) 걱졍 밤을 실 졔, 기럭이 울고 간이, 일편(一片) 셔강(西江) 달의 힝안남비(行雁南飛) 네 아니냐. 밤은 집퍼 삼경(三更)이요, 구진 비는 퍼붓넌듸, 돗치비 쎅〃, 밤시 소릭 붓〃, 문풍지는 펄넝〃〃. 귀신(鬼神)이 우난듸, 난장(亂杖) 마자 죽은 귀신, 형장(刑杖) 마자 죽은 귀신, 결령치사(結領致死) 듸롱〃〃 목 민다러 죽은 귀신. 사방(四方)의셔 우난듸, 귀곡셩(鬼哭聲)이 낭자(狼藉)로다. 방안이며 춘여[추녀] 끗시며 마루 이릭셔도, 이고〃〃 귀신 소릭의 잠들 기리 젼(全)이 업다.

춘향이가 쳐음예난 귀신(鬼神) 소릭에 졍신(精神)이 업시 지닉더니, 여러 번을 드러난니 파급[파겁(破怯)]이 되야, 쳥셩[청승] 국거리[굿거리] 삼직비[4] 셰악(細樂) 소릭로 알고 드르며,

"이 몹슬 귀신더라[귀신들아], 나을 자바 갈나거던 조르지나 말염무나."

'엄 급급여율령 사파쒠(晻 急急如律令 娑婆世)'

진언(眞言) 치고 안자슬 찌, 옥(獄) 박그로 봉사(奉事)[맹인] 하나 지닉가되, 셔울 봉사(奉事) 갓틀진듸,

"문수(問數)하오."

웨련만넌[외려(외치려)마는], 시골 봉사라,

"문복(問卜)하오."

---

4) 쳥셩국거리 삼직비: 청승맞은 굿거리의 삼잡이(장구, 북, 피리)를 부는 세 사람.

하며 웨고 가니, 춘향이 듯고,

"여보, 어만이 져 봉사(奉事) 좀 불너주오."

춘향 어모 봉사을 부르난듸,

"여보, 져기 가난 봉사임."

불너논이, 봉사 디답(對答)하되,

"계 뉘기."

"계 뉘기니. 춘향 어모요."

"엇지 찻나."

"우리 춘향이가 옥중(獄中)의셔 봉사(奉事)임을 잠간 오시라 ᄒ오."

봉사 한 번 우스면셔,

"날 찻기 으외(意外)로세. 가계."

봉사(奉事) 옥(獄)으로 갈 졔, 춘향 어모, 봉사의 집핑이을 잡고 질을 [길을] 인도(引導)할 졔,

"봉사임, 이리 오시요. 이거슨 독다리요, 이거슨 기쳔(開川)이요. 조심(操心)하여 건네시요."

압폐 기쳔(開川)이 잇셔, 쮜여볼가 무한(無限)이 별우다가 쮜난듸, 봉사으 쮜염이란 계 머리[멀리] 쮜던 못하고, 올나가기만 한 지리나 [길이나] 올나가는 거시엿다. 머리[멀리] 쮜단 거시 한가온듸 가 풍덩 ᄲᅡ져 노왓나듸, 기여나오랴고 집난 게 기똥을 집퍼졔.

"어풀사, 이게 졍영(丁寧) 똥이졔."

손을 드러 맛타보니, 무근 쌀밥 먹고 써근 놈이로고. 손을 뇌쏠린 게 모진 도그다가[돌에다가] 부듯치니, 엇지 압푸던지, 입부다가[입에다가] 홀쏠러너코 우난듸, 먼눈으셔 눈무리 쑥〃 쩌러지며,

"이고〃〃, 뇌 팔자(八字)야. 조고만한 기쳔(開川)을 못 건네고, 이 봉변(逢變)을 당(當)하여스니, 수원수구(誰怨誰咎) 뉘다려 ᄒ리. 뇌 신셰(身世)을 싱각ᄒ니 쳔지만물(天地萬物)을 불견(不見)이라. 주야(晝

夜)을 늬가 알야. 사시(四時)을 짐작(斟酌)하며, 춘져리(春節ㅣ) 당(當)
히온들, 도리화긔(桃李花開) 늬가 알며, 추져리(秋節ㅣ) 당(當)히온들
황국단풍(黃菊丹楓) 엇지 알며, 부모(父母)을 늬 아는야, 쳐자(妻子)을
늬 아는야, 친구(親舊) 벗임을 늬 아는야. 셰상쳔지(世上天地) 일월셩
신(日月星辰)과 후박장단(厚薄長短)을 모르고, 밤중가치 지니다가, 이
지경(地境)이 되야쑤나. 진소위(眞所謂) 소경이 그르냐, 긔쳔(開川)이
그르냐. 소경이 글체, 아조 싱긴 긔쳔(開川이 그르랴."

이고 〃〃 셜이 우니, 춘향 어모 비감(悲感)하야,

"그만 우시요."

봉사(奉事)을 모욕(沐浴)시계 옥(獄)으로 드러가니, 춘향이 반기
예겨,

"이고, 봉사임, 어셔 오."

봉사, 그 중으 춘향이가 일식(一色)이란 말은 듯고 반가ᄒ며,

"음셩(音聲)을 드르니 춘향 각씬(閣氏ㄴ)가부다."

"예 기옵니다."

"늬가 발셔 와셔 자늬을 한 번이나 불 테로되, 빈직다사(貧則多事)
라 못 오고, 쳥(請)하여 왓스니, 늬 쉰사[수인사(修人事)]가 안이로셰
[아니로세]."

"그럴 이(理)가 잇소. 안밍(眼盲)하옵고 노리(老來)의 길역[근력(筋
力)]이 엇더ᄒ시오."

"늬 염예(念慮)는 말게. 디쳬(大體) 나을 엇지 쳥(請)ᄒ엿나."

"예, 다름 안이라 간밤으 흉몽(凶夢)을 ᄒ야삽기로, 히몽(解夢)도 ᄒ
고, 우리 셔방(書房)임이 언으 찌나 나를 차질가, 길흉 여부(吉凶與否)
졈(占)을 ᄒ랴고 쳥(請)ᄒ엿소."

"글허졔."

봉사 졈(占)을 ᄒ난듸,

◐ "졍이틔셰 유상쳔경이츅(正爾泰筮 惟上天敬而祝). 츅왈(祝曰):

쳔ᄒ 언지(天何言哉)심이요 지ᄒ 언지(地何言哉)실이요만은, 고지직응(叩之即應)허시는 이, 신기여의(神旣靈矣)신이, 감이순통은(感而遂通焉) 하소셔. 망지소고(罔知所告)와 망셔궐이(罔釋厥疑)일 유심유령(維神維靈)이 망지소보(望之昭報)⁵⁾하야, 약가약비(若可若否)를 싱명 고지직응(聖明叩之即應)허시는 이,

복히(伏羲) 문왕(文王) 무왕(武王) 무공(武工) 주공(周公) 공자(孔子) 오ᄃ 셩현(五大聖賢) 이셜이 쳔[칠십이현(七十二賢)], 안(顔) 징(曾) 사(思) 밍(孟), 셕문십쳘[聖門十哲], 졔갈공명(諸葛孔明) 션싱(先生), 이순풍(李淳風), 소강졀(邵康節), 졍명도(程明道), 졍이쳔(程伊川), 주럼게(周濂溪), 주효염[주회암(朱晦庵)], 엄군평(嚴君平), 사마군(司馬君), 귀곡(鬼谷), 손빈(孫臏), 진(秦) 의(儀), 왕부사[왕보사(王輔嗣)], 유훈장[주원장(朱元璋)], 졔ᄃ 션싱(諸大先生)은 명찰명긔(明察明記) 하옵소셔.

마으도자(麻衣道者) 구쳔션여[구천현녀(九天玄女)] 육경육갑[육정육갑(六丁六甲)] 신장(神將)이, 연월일시(年月日時) 사지공조[사치공조(四値功曹)], 비괘동자(排卦童子) 쳑괘동남(擲卦童男) 허공유감(虛空有感) 영왕(靈王) 봉가복사[본가봉사(本家奉祀)] 달뇌상화[단로향화(壇爐香火)] 육신(六神) 무차보양(聞此寶香) 원사강임은(願賜降臨焉) 허소셔.

졀나좌도(全羅左道) 남원부(南原府) 쳔변(川邊)이 거(居)하는 임자싱신(壬子生辰) 곤명(坤命) 열여(烈女) 셩춘향(成春香)이 하월하일(何月何日)의 방사옥중(放赦獄中)하오며, 셔울 삼쳥동(三淸洞) 거(居)하난 이몽용(李夢龍)은 하일하시(何日何時)의 도차본부(到此本府) 하오릿

---

5) 망지소보: '망수소보(望垂昭報)'의 오기로 보인다. 단, 망지소보(望之所報)를 음차한 것으로도 볼 수 있다. 뜻은 같다.

가. 복걸(伏乞) 겸신[첨신(僉神)]은 신명소시(神明昭示) 하옵소셔."

산통(算筒)을 쳘경〃〃 흔드던이,

"어듸 보자, 일이삼사오륙칠(一二三四五六七). 허허 좃타 상쾌(上卦)로고. 칠간산(七艮山)이로구나. 어유피망(魚遊避網)헌이 소젹딕셩(小積大成)이라. 옛날 주 무왕(周武王)이 베살[벼슬] 할 졔, 이 쾌(卦)을 어더 금의환힝(錦衣還鄉) 하야쓴이, 엇지 안이 조흘손가. 쳘이상지(千里相知)한이 친인(親人)이 유면(有面)이라. 자닉 셔방임이 불월간[불원간(不遠間)]의 나려와셔, 평싱 한(平生恨)을 풀것네. 걱정 마소, 참 조커든."

춘향 딕답(對答)하되,

"말딕로 그러하면 오직 좃사오릿가. 간밤 꿈 히몽(解夢)이나 좀 하여주옵소셔."

"어듸 자싱(仔詳)이 말을 하소."

"단장(丹粧)하든 쳬경(體鏡)이 꾀져 보이고, 창젼(窗前)의 잉도(櫻桃) 꼿시 쩌러져 보이고, 문(門) 우의 허수이비 달여 뵈고, 틱산(泰山)이 문어지고, 바딕물이 말나 뵈인이, 나 죽을 꿈 안이요."

봉사 이윽키 싱각다가 양구(良久)의 왈(曰),

"그 꿈 장(壯)이 좃타.

화략(花落)한이 능성실(能成實)이요 ◑파경(破鏡)한이 기무셩(豈無聲)가. ◑능(能)이 열믹가 여러야 꼬시 쩌러지고, ◑거울이 꾀여질 찍 소리가 업슬손가.

◑문상(門上)의 현우인(懸偶人)한이 만인(萬人)이 긔앙시(皆仰視)라. ◑문 우의 허수이비 달여쯰면 사람마닥 우러려볼 거시오.

◑히갈(海渴)호이 용안견(龍顏見)이요 ◑산붕(山崩)헌이 지틱평(池澤平)이라. ◑바딕가 말으면 용의 얼골을 능히 볼 거시요 산이 문어지면 평지(平地)가 될 거시라.

좃타 쌍(雙)가믜 탈 쑴이로셰. 걱정 마소, 머지 안네."

한참 이리 수작(酬酌)할 졔, 뜻박기 가막구가[까마귀가] 옥(獄) 담의 와 안쩐이 쨔옥쨔옥 울거늘, 츈향이 손을 드러, 후여 날이며,

"방졍 마진 가막구야, 날을 자버 갈나거든, 졸으기나 말여무나."

봉사가 이 말을 듯던이,

"가만 잇소, 그 가막구가 〃옥〃 그러케 울 졔."

"예, 그레요."

"좃타 〃〃. 가 쓰는 아름다울 가 쓰(嘉字)요, 옥 쓰는 집 옥 쓰(屋字)라. 알음답고 길겁고 조흔 일이 불원간(不遠間)의 도라와셔, 평싱(平生)으 밋친 한(恨)을 풀 쩌신이, 조금도 걱정 마소. 직금[지금(至今)]은 복치(卜債) 쳔 양(千兩)을 준디도, 안이[아니] 바더 갈 거신이, 두고 보고 영귀(榮貴)하게 되는 씨의 괄셰[괄시(恝視)]나 부듸 마소. 나 도라가네."

"예. 평안(平安)이 가옵시고, 후일(後日) 상봉(相逢)ᄒ옵씌다."

츈향이 장탄수심(長歎愁心)으로 셰월(歲月)을 보니니라. ◗

전라도 암행어사

잇찌 한양성(漢陽城) 도련임은 주야(晝夜)로 시셔(詩書) 빅가어(百家語)를 숙독(熟讀)하야슷니, 글노난 이빅(李白)이요, 글씨는 왕흐지(王羲之)라. 국가(國家)으 경사(慶事) 잇셔 티평과(太平科)을 뵈이실시, 셔칙(書冊)을 품으 품고 장중(場中)으 드러가, 좌우(左右)을 둘너보니 억조창싱(億兆蒼生) 허다(許多) 션비, 일시(一時)의 숙비(肅拜)한다. 어악풍유 쳥이셩(御樂風流淸雅聲)의 잉무(鸚鵡)시가 춤을 춘다. 디졔학(大提學) 틱출(擇出)하야 어졔(御題)을 니리신이, 도승지(都承旨) 모셔니여 홍장(紅帳) 우여 거러 논니, 글졔으 하여씨되

〈춘당춘식(春塘春色)이 고금동(古今同)이라.〉

두러시[뚜렷이] 거러건늘, 이도령 글졔을 살펴보니, 익키 보던 비라, 시계[시지(試紙)]을 펼쳐노코, 히졔(解題)을 싱각하야, 용지연(龍池硯)으 먹을 가라, 당황모(唐黃毛) 무심필(無心筆)을 반중동 덥벅 푸

러, 왕히지(王羲之) 필법(筆法)으로, 조밍보(趙孟頫) 체(體)을 바다, 일 필휘지(一筆揮之) 션장(先場)하니, 상시관(上試官)이 글을 보고,

"자〃(字字)이 비졈(批點)이요, 귀〃(句句)이 관주(貫珠)로다. 용사 비등(龍蛇飛騰)ᄒ고 평사낙안(平沙落雁)이라. 금셰(今世)으 디지(大才) 로다."

금방(金榜)으 일홈 불너, 어주(御酒) 삼 비(三盃) 권(勸)하신 후, 장원 급제(壯元及第) 휘장(揮帳)이라. 실늬(新來) 진퇴(進退) 나올 젹으, 머 리예는 어사화(御賜花)요, 몸으난 잉삼(鶯衫)이라. 허리예난 학듸(鶴 帶)로다. 삼일유과[삼일유가(三日遊街)]한 연후(然後)의 산소(山所)으 소분(掃墳)하고, 젼하(殿下)게 숙비(肅拜)ᄒ니, 젼하(殿下)게옵셔 친 (親)이 불너 보신 후(後)의,

"경(卿)의 지조(才調), 〃졍(朝廷)으 웃듬이라."

하시고, 도승지(都承旨) 입시(入侍)하사, 졀나도(全羅道) 어사(御史)을 졔수(除授)하시니, 평싱(平生)으 소원(所願)이라. 수의(繡衣), 마픠(馬牌), 유쳑(鍮尺)을 늬주시니, 젼하(殿下)게 하직(下直)ᄒ고, 본듹(本宅)으 나 어갈 졔, 쳘관(鐵冠) 풍치(風采)는 심산밍호(深山猛虎) 갓탄지라.

부모 젼(父母前) 하직(下直)ᄒ고, 졀나도(全羅道)로 힝(行)할 시, 남 듸문(南大門) 밧 썩 나셔셔, 셔리(書吏) 중방(中房) 역졸(驛卒) 등(等)를 거나리고, 쳥픠역(靑坡驛) 말 자바타고, 칠픠(七牌) 팔픠(八牌) 비다리 얼는 너머, 밥젼거리 지늬,

동젹(銅雀)이를 얼풋 거네, 남틔령(南太嶺)을 너머, 과쳔읍(果川邑) 의 중화(中火)ᄒ고, 사그늬(沙斤川), 밀럭당(彌勒堂)이, 수원(水原) 숙 소(宿所)ᄒ고, 듸함괴[대황교(大皇橋)], 쩍젼거리, 진기올, 즁밋[中彌], 진의읍(振威邑)의 중화(中火)ᄒ고, 칠원[갈원(葛院)]¹⁾, 소싀(素沙), 이

1) 칠원: 갈원(葛院). 갈(葛)의 훈(訓)이 '칡'이다.

고다리, 셤환역(成歡驛)의 숙소(宿所)ㅎ고, 상유천(上柳川), 하유천(下柳川), 시술막, 천안읍(天安邑)의 중와(中火)ㅎ고, 삼거리, 도리터[도리치(道里峙)], 짐게역[김제역(金堤驛)] 말 가라타고, 신(新)구(舊) 덕평(德坪)을 얼는 지니, 원터의 숙소(宿所)ㅎ고, 팔풍경(八風亭), 화란[궁원(弓院)], 광경(廣程), 모란[모로원(毛老院)], 공주(公州), 금강(錦江)을 건네, 금영(錦營)의 중와(中火)ㅎ고, 눕푼 힝질[행길], 소기문, 어미널틱, 경쳔[경천(敬川)]의 숙소(宿所)ㅎ고, 뇌셩[노성(魯城)], 풋기[초포(草浦)], 사다리, 은진(恩津), 간치당이, 황화졍(皇華亭), 지이미고기, 여산읍(礪山邑)의 숙소(宿所)ㅎ고,

잇튼날 셔리(胥吏) 중방(中房) 불너 분부(分付)하되,

"졀나도(全羅道) 초읍(初入) 여산(礪山)이라. 막중국사(莫重國事) 거힝 불명직(擧行不明則) 죽기를 면(免)치 못ㅎ리라."

추상(秋霜)갓치 호령(號令)ㅎ며, 셔리(書吏) 불너 분부(分付)하되,

"너은 좌도(左道)로 드러, 진산(珍山), 금산(錦山), 무주(茂朱), 용담(龍潭), 진안(鎭安), 장수(長水), 운봉(雲峰), 구례(求禮)로 이 팔읍(八邑)를 순힝(巡行)ㅎ여, 아모 날 남원읍(南原邑)의로 딕령(待令)ㅎ고,"

"중방(中房) 역졸(驛卒), 네으 등(等)은 우도(右道)로 용안(龍安), 함열(咸悅), 임파(臨坡). 옥구(沃溝), 짐제[김제(金堤)], 만경(萬頃), 고부(古阜), 부안(扶安), 흥덕(興德), 고창(高敞), 장성(長城), 영광(靈光), 무장(茂長), 무안(茂安), 함평(咸平)으로 순행(巡行)ㅎ야, 아모날 남원읍(南原邑)으로 딕령(待令)ㅎ고,"

종사(從事) 불너,

"익산(益山), 금구(金溝), 틱인(泰仁), 졍읍(井邑), 순창(淳昌), 옥과(玉果), 광주(光州), 나주(羅州), 창평(昌平), 담양(潭陽), 동복(同福), 화순(和順), 강진(康津), 영암(靈巖), 장흥(長興), 보성(寶城), 흥양(興陽), 낙안(樂安), 순쳔(順川), 곡셩(谷城)으로 순힝(巡行)ㅎ여, 아모 날 남원

읍(南原邑)으로 디령(待令)ᄒ라."

분부(分付)ᄒ여, 직기(各其) 분발(分撥)ᄒ신 후(後)의, 어사쏘 힝장(行裝)을 치리난듸, 모양(模樣) 보소.

숫 사람을 소기랴고[속이려고], 모자(帽子) 업난 헌 파립(後破笠)의 버레줄 총〃(總總) 믹여, 초사(綃紗) 갓쓴 다러 쓰고, 당(堂)만 나믄 헌 망근(網巾)의 갑[갓]풀 관자(貫子) 녹쓴 당줄 다라 쓰고, 으몽하게 헌 도복(道服)의 무명실 씌를 홍즁(胸中)의 둘너믹고, 살만 나믄 헌 붓치의, 솔방올 션초(扇鍾) 다러 일광(日光)을 가리고 나려올 졔, 통시암, 삼이[삼례(三禮)] 숙소(宿所)ᄒ고, 한늬, 주엽졍이, 가린늬, 싱금졍(성금정) 귀경(求景)ᄒ고, 숩졍이, 공북누(拱北樓) 셔문(西門)를 얼는 지니, 남문(南門)의 올나 사방(四方)을 둘너보니, 소호[서호(西湖)]²⁾ 강남(江南) 여기로다.

◑기린토월(麒麟吐月)이며 ◑한벽쳥연(寒碧清讌) ◑남고모졍(南固暮鐘) ◑곤지망월[乾止望月] ◑다가사후[多佳射侯] ◑덕진치련(德津採蓮) ◑비부낙안(飛飛落雁) ◑위봉폭포(威鳳瀑布) 완산팔경(完山八景) 다 귀경(求景)ᄒ고,

차〃(次次)로 암힝(暗行)ᄒ야 나려올 졔, 각읍(各邑) 수령(守令)더리, 어사(御史) 낫짠 말을 듯고, 민졍(民情)을 가다듬고, 젼 공사(前公事)을 염예(念慮)할 졔, ᄒ인(何人)〃들 편(便)ᄒ리요. 이방(吏房) 호장(戶長) 실혼(失魂)ᄒ고, 공사회계(公事會計)ᄒ난 형방 셔기(刑房書記) 얼는 ᄒ면 도망차(逃亡次)로 신발 ᄒ고, 수다(數多)한 각(各) 쳥상(廳上)이 넉실 이러 분쥬(奔走)할 졔,

잇찌 어사쏘난 임실(任實) 구화뜰 근쳐을 당도(當到)ᄒ니, 차시(此

---

2) 소호: 소수(瀟水)와 동정호(洞庭湖)를 가리킨다고 보기도 한다. 하지만 강남(江南)과 짝하는 명승은 서호(西湖)이므로 여기서는 '서호'의 오기로 봤다.

時) 맛참 농졀(農節)리라, 농부(農夫)더리 농부가(農夫歌) ᄒᆞ며 이러할 졔, 야단이엿짜.

◑어여로 상사뒤요 ◑쳘리건곤 틱평시(千里乾坤太平時)의 도덕(道德) 노푼 우리 셩군(聖君), 강구연월(康衢煙月) 동요(童謠) 듯던 욘(堯ㄴ)임군 셩덕(聖德)이라, 어여로 상사 뒤요. ◑순(舜)임군 놉푼 셩덕(盛德)으로 늬신 셩긔(聖器), 역산(歷山)의 밧슬 갈고 ◑어여로 상사뒤요 ◑실농씨(神農氏) 늬신 짜부, 쳔추만디(千秋萬代) 유젼(流傳)ᄒᆞ니, 어이 안이 놉푸던가. ◑어여로 상사뒤요 ◑하우씨(夏禹氏) 어진 임군, 구연 홍수(九年洪水) 다사리고 ◑여〃라 상사뒤요 ◑은왕(殷王) 셩탕(成湯) 어진 임군, 틱한 칠연(大旱七年) 당(當)하여네 ◑이〃라 상사뒤요 ◑이 농사(農事)를 지어늬여, 우리 셩군(聖君) 공셰(貢稅) 후(後)의, 나문 곡식(穀食) 작만ᄒᆞ야, 앙사부모(仰事父母) 안이하며, 하륙쳐자(下育妻子) 안이할가. ◑여〃라 상사뒤요 ◑빅초(百草)를 심어 사시(四時)을 짐작(斟酌)하니, 유신(有信)한 게 빅초(百草)로다. ◑여〃라 상사뒤요 ◑쳥운공명(靑雲功名) 조흔 호강(豪强), 이 업(業)을 당(當)할소냐 ◑여〃라 상사뒤요 남젼북답(南田北畓) 긔경(起耕)ᄒᆞ야, 함포고복(含哺鼓腹) ᄒᆞ여보시. ◑어널〃 상사뒤요.

한참 이리할 졔, 어사쏘 쥬령 집고[3], 이만하고 셔〃, 농부가(農夫歌)을 귀경하다가,
"거기넌 듸풍(大豐)이로고."
쏘 한 편을 바리본이 〃상(異常)한 이리 잇다. 즁씰(中實)한 노인(老

_____

3) 쥬령 집고: '포덕주령(布德珠玲) 짚고'인지, '주장(拄杖) 짚고'인지 불확실하다. 여기서는 후자로 풀이했다.

人)더리 씰〃리[끼리끼리] 뫼와 셔〃 등걸 바슬 이루난듸, 갈멍덕 슈게 숫고, 소실양[쇠스랑] 손으 들고, 빅발가(白髮歌)를 부르난듸,

"등장(等狀) 가자, 〃〃〃〃. 하날임 젼(前)으 등장(等狀) 가 량이면, 무슨 말을 하실난지. 늘근이는 죽지 말고, 졀문 사람 늑지 말게. 하난임 젼(前)으 등장(等狀) 가시. 웬수(怨讐)로다 〃〃〃〃, 빅발(白髮)리 웬수(怨讐)로다. 오는 빅발(白髮) 막그랴고, 우수(右手)의 도치[도끼] 들고, 좌수(左手)의 가시 들고, 오는 빅발(白髮) 쭈다리며, 가는 홍안(紅顔) 거러당게[끌어당겨], 졍사(靑絲)로 결박(結縛)ᄒᆞ야, 단〃이 졸나 믹되, 가는 홍안(紅顔) 졀노 가고, 빅발(白髮)은 시시(時時)로 도라와 귀밋틔 살[살쩍] 잡피고, 거문 머리 빅발(白髮) 되니, 조여쳥사 모셩셜(朝如靑絲暮成雪)이라, 무졍(無情)한 게 셰월(歲月)이라. 손연힝낙[소년행락(少年行樂)] 집푼들 왕〃(往往)이 달나간이, 〃 안니 광음(光陰)인가. 쳔금준마(千金駿馬) 자버타고, 장안 딕도(長安大道) 달이고져. 만고강산(萬古江山) 조흔 경기(景槪), 다시 한번 보고지거. 졀딕가인(絶對佳人) 졋틔 두고 빅만괴틱(百萬嬌態) 놀고지거. 화초원식[화초월석(花朝月夕)] 사시가경(四時佳境), 눈 어둡고 귀가 머거, 볼 수 업고 들를 수 업셔, 하릴 업난 일리로셰. 슬푸다, 우리 벗임 어듸로 가게난고. 구추단풍(九秋丹楓) 입 진 다시[듯이] 션아〃〃[선뜻선뜻] 덜어지고, 시벽 하날 별 진 다시 삼오〃〃(三五三五) 시러진니[사라지니], 가넌 지리 어듸민고, 어여로 가리질리야. 아마도 우리 인싱(人生) 일장춘몽(一場春夢)인가 ᄒᆞ노라."

한참 이리 할 졔 한 농부(農夫) 썩 나셔며,
"담부 먹식, 〃〃〃〃."
갈멍덕 숙예 쓰고, 두턴[두둑]의 나오더니, 곱돌 조딕 넌짓 드러, 쏭

뭉이[꽁무니] 더듬쩌니, 가죽 쌈지 쎄여놋코, 담비의 셰우[細雨] 침을 밧터, 엄지가락이 잡바라지게, 비빗 〃 단 〃 이 너허, 집불을 뒤져노코, 화로(火爐)의 푹 질너, 담부를 먹난듸, 농(農)군이라 ᄒ난 거시, 디가 쌕 〃 ᄒ면, 쥐식기 소리가 나것다. 양 볼티기가 옴옥 〃 〃, 코궁기가 발심 〃 〃, 연기가 홀 〃 나게 푸여 물고 나셔니,

어사쪼 반말ᄒ기난 공성(功成)이 낫졔,[4]

"져 농부(農夫) 말 좀 무러보면 조커꾸만."

"무삼 말."

"이 골 춘향니가 본관(本官)의 수쳥(守廳) 드러, 뇌물(賂物)을 만이 바더묵고, 민졍(民情)의 작폐(作弊)한단 말이 올흔지."

져 농부 열(熱)을 니여,

"게가 어듸 삽나."

"아무듸 사든지."

"아무듸 사든지란이, 게난 눈콩알 귀쏭알리 업나. 지금 춘향이를 수쳥(守廳) 아니 든다 하고 형장(刑杖) 맛고 갓쳐쓰니, 창가(娼家)의 그련 열여(烈女) 셰상(世上)의 드문지라, 옥(玉)결 갓튼 춘향 몸의, 자닉 갓턴 동낭치가 누셜(陋說)을 지치다는, 비러먹도 못ᄒ고 굴머 뒤여지리. 올나간 이도령인지 삼(三)도령인지, 그놈의 자식은 일거후 무소식(一去後無消息)하니, 인사(人事)가 그러코는 벼살은컨이와, 늬 좃도 못 하졔."

"어, 그계 무슨 말인고."

"웨, 엇지 됨나."

"되기야 엇지 되야마는, 남의 말노 구십(口衤習)을 너머, 고약키 하난고."

4) 공성(功成)이 낫졔: '이력이 나 있었지' 정도의 뜻이다.

"자닉가 쳘 모로난[쳘 모르는] 말을 하믹 그러체."

수작(酬酌)을 파(罷)하고 도라셔며,

"허 〃 망신(亡身)이로고. 자 농부(農夫)네덜 일 하오."

"예."

하직(下直)하고 한 모롱이를 도라드니, 아히 하나 오난듸, 주령 막딕 쓰으면셔, 시조(時調) 졀반(折半) 시살(辭說) 졀반(折半) 셕거 하되,

"오날이 몃칠인고, 쳘이(千里) 씰 한양셩(漢陽城)을 몃칠 거러 올나가랴. 조자룡(趙子龍)의 월강(越江)하던 쳔춍마(靑驄馬)가 잇거드면 금일(今日)노 가련마는, 불향(不幸)하다 춘향이난 이셔방(李書房)을 싱각하야, 옥중(獄中)의 갓치여셔 명지경각(命在頃刻) 불샹(不祥)하다. 몹실 양반(兩班) 이셔방은 일거(一去) 소식 돈졀(消息頓絶)하니 양반(兩班)의 도례(道理)난 그러헌가."

어사쏘 그 말 듯고,

"이익, 어듸 잇늬."

"남원읍(南原邑)의 사오."

"어듸를 가늬."

"셔울 가오."

"무삼 일노 가늬."

"춘향의 편지(片紙) 갓고 구관 딕(舊官宅)의 가오."

"이익, 그 편지 좀 보자구나."

"그 양반(兩班) 쳘모로는 양반이네."

"웬 소린고."

"글시 드러보오. 남아[남의] 편지 보기도 어렵거든, 항(況) 남의 늬간(內簡)을 보잔단 말이요."

"이익 드러라, 힝인(行人)이 임발우기봉(臨發又改封)이란 말이 잇난이라. 좀 보면 관계(關係)혼냐."

"근[그] 양반 몰골은 숭악(凶惡)ᄒ구만 문자(文字) 속은 기특(奇特)
ᄒ오. 얼픗 보고 주오."

"호로자식(胡虜子息)⁵⁾이로고."

편지 바더 쩨여 보니, 사연(事緣)의 ᄒ여쓰되,

"일차 이별 후(一次離別後) 셩식(聲息)이 젹조[격조(隔阻)]ᄒ니, 도
련임 시봉쳬후(侍奉體候) 만안(萬安)ᄒ옵쓴지 원졀복모(願切伏慕)ᄒ옵
니다. 쳔쳡(賤妾) 춘향은 장뒤 노상(章臺路上)의 관봉치피(官逢致敗)
ᄒ고 명지경각(命在頃刻)이라. 지어 사경(至於四更)의 혼비 황능지묘
(魂飛黃陵之廟)ᄒ야 출몰귀관(出沒鬼關)ᄒ니 쳡신(妾身)이 수유만사
(雖有萬死)나 단지 열불이경(但知烈不二更)이요 쳡지사싱(妾之死生)과
노모형상(老母形狀)이 부지히경[不知何景]이오니, 셔방(書房)임 심양
쳐지(深諒處之) ᄒ옵소셔."

편지(片紙) 끗틔 ᄒ여쓰되,

● "거셰하시 군별쳡(去歲何時君別妾)고
● 작이동혈 우동추(昨己冬節又動秋)라.
● 광풍반야 우여셜(狂風半夜雨如雪)ᄒ니
● 하위 남원 옥중퇴[何爲南原獄中囚]⁶⁾라."

● 혈셔(血書)로 ᄒ엿난듸 평사낙안(平沙落雁) 기럭이 격(格)으로, 그
겨 툭 〃 찌근 거시 모도 다 이고로다.

─────────

5) 호로자식: 호로는 '호노(胡奴)'에서 온 말이라고 한다. 호래자식으로도 일컬었다.
6) 옥중퇴: 마지막 글자는 두번째 구의 '우동추(又動秋)'와 압운이므로, 평성 우(尤) 운에 속하
는 수(囚)가 옳다.

어사(御史) 보던니 두 눈의 눈물이 듯건이 밋건이 방올 〃〃리 써러지니, 져 아희 하난 마리,

"남무 편지(片紙) 보고 웨 우시오."

"엇다 이이, 남무 편지라도 셔룬 사연(事緣)을 보니 자연(自然) 눈물리 나는구나."

"여보 인졍(人情) 잇난 쳬ᄒ고, 나무 편지 눈물 무더[묻어] 씨여지요[찢어지오]. 그 편지 한 장(張) 갑시 열단 양(兩)이요, 편지 갑 무러니오."

"여바라, 이도령이 날과 중마고우(竹馬故友) 친고(親故)로셔, 하힝(下鄕/遐鄕)의 볼이리 잇셔 날과 함기 나려오다, 완영(完營)의 들러쓴니, 니일(來日) 남원(南原)으로 만나자 언약(言約)ᄒ여다. 나를 짜라가 잇다가 그 양반을 뵈와라."

그 아히 방식(防塞)ᄒ며,

"셔울를 져 건네로 아르시요."

ᄒ며 달여드러,

"편지 니오."

상지(相持)할 졔 옷 압자락을 잡고 실난[힐난(詰難)]하며 살펴보니 명주(明紬) 젼듸(纏帶)를 허리예 둘너난듸, 졔기(祭器) 졉시 갓튼 거시 드러거늘 물너나며,

"이것 어듸셔 낫소. 찬바람이 나오."

"이놈, 만일 쳔기누셜(天機漏泄)하여셔난 셩명(性命)을 보젼(保全)치 못ᄒ리라."

당부(當付)ᄒ고 남원(南原)으로 드러올 졔 박셕틔[박석치(博石峙)]를 올나셔 〃 사면(四面)을 둘너보니, 산(山)도 예 보던 산(山)이요 물도 예 보던 물이라. 남문(南門) 밧 쎡 니다라,

"광할누(廣寒樓)야 잘 잇던야, 오작괴(烏鵲橋)야 무사(無事)하냐. 직

사쳥 〃 유식신(客舍靑靑唯色新)는 나구 미고 노던 듸요, 쳥운낙수(靑
雲洛水) 말근 물은 늬 발 싯던 쳥게수(淸溪水)라."

녹수진경(綠樹秦京) 너룬 길은 왕늬(往來)하든 옛길이요, 오작괴(烏
鵲橋) 다리 밋틔 쌀늬하는 여인드른 게집아히 셕겨 안져,

"야〃."

"웨야."

"의고 〃〃, 불상(不祥)터라, 춘향이가 불상터라. 모지더라 〃〃〃
〃 우리 골 사쏘가 모지더라. 졀긔(節槪) 놉푼 춘향이을 우력 겁탈(威
力劫奪)하려 한들, 쳘셕(鐵石)갓튼 춘향 마음, 죽난 거슬 셰아릴가[헤
아릴까]. 무졍(無情)터라, 〃〃〃〃, 이도령이 무졍터라."

져의찔리[저희끼리] 공논(公論)하며 추젹 〃〃 쌀늬하는 모양(模樣)
은 영양공주(英陽公主), 난양공주(蘭陽公主), 진치봉(秦彩鳳), 게셤월
(桂蟾月), 빅능파(白凌波), 젹경홍(狄驚鴻), 심회연[심효연(沈梟烟)], 가
춘운(賈春雲)도 갓다마는, 양소유(楊小游)가 업셔쓴이 뉘를 보자 안져
난고.

서방인지 남방인지

어사쏘 누(樓)의 올나 자상(仔詳)이 살펴본이 셕양(夕陽)은 지셔(在西)하고, 숙조(宿鳥)는 투림(投林)할 졔, 져 건네 양유목(楊柳木)은 우리 춘향 근듸[그네] 미고 오락가락 노던 양(樣)을 어졔 본 듯 반갑쏘다.

동편(東便)을 바리보니 장임심쳐 녹임간(長林深處綠林間)의 춘향 집이 져기로다. 져 안의 니동원[內東軒]¹⁾은 예 보던 고면[구면(舊面)]이요, 셕벽(石壁)의 험(險)한 옥(獄)은 우리 춘향 우니난 듯 불상(不祥)코 가긍(可矜)하다.

일낙셔산 황혼시(日落西山黃昏時)의 춘향 문젼(門前) 당도(當到)하니, 힝낭(行廊)은 문어지고 몸치는 쇠를 버셔난듸,²⁾ 예 보던 벽오동(碧梧桐)은 숨풀 속으 웃쑥 셔〃, 바람을 못 이기여 추레ᄒ고 셔 잇거늘,

---

1) 니동원: 내동헌(內東軒). 조선시대 지방관아의 안채를 말한다.
2) 쇠를 버셔난듸: 표면의 칠이 다 떨어져 있는데. '괴벗다'는 말은 '고의를 벗다'는 말로 '겉옷을 훌렁 벗어던졌다'는 뜻이다.

단장(短墻) 밋틔 빅두룸[백두루미]은 함부로 단이다가 기한틔 물여난 지, 짓도[깃도] 쌔지고 달리을[다리를] 징금 씰눅, 쑤루룩 우름 울고, 비창(扉窓)[3] 젼(前) 누린 기는 기운(氣運) 업시 조우다가, 구면직(舊面客)을 몰나보고 쌍〃 짓고 니다르니,

"요 기야 짓지 마라, 주인(主人)갓튼 손임이다. 네의 주인 어듸 가고, 네가 나와 반기는야."

즁문(中門)을 바리보니, 늬 손으로 쓴 글자가 충셩(忠誠) 충(忠) 자(字) 완연(宛然)턴이, 가온듸 즁(中) 짜(字)는 어듸 가고 마음 심(心) 짜(字)만 나머 잇고, 와룡장자(臥龍壯字) 입춘셔(立春書)는 동남풍(東南風)의 펄녕〃〃, 이 늬 수심(愁心) 도와닌다.

그렁져렁 드러간니, 늬졍(內庭)은 젹막(寂寞)혼듸, 춘향의 모(母) 거동(擧動) 보소. 미음(米飮) 솟틔 불 너으며,

"이고〃〃, 늬 이리야, 모지도다〃〃〃〃. 이셔방(李書房)이 모지도다. 위경(危境) 늬 딸 아조 이져, 소식(消息)조차 돈졀(頓絶)하네. 이고〃〃, 셜운지거. 상단(香丹)아 이리 와 불 너어라."

ᄒᆞ고 나오더니, 울안 개울물의 힌머리 감어 빗고, 졍화수(井華水) 한 동우를 단하(壇下)의 밧쳐놋코, 복지(伏地)하야 축원(祝願)하되,

"쳔지〃신(天地之神) 일월셩신(日月星辰)은 화위동심(化爲同心) 하옵소셔. 다만 독여(獨女) 춘향이를 금쪽가치 질너니여 외손봉사(外孫奉祀) 바리더니, 무죄(無罪)한 민을 맛고 옥즁(獄中)의 갓쳐스니, 살일 기리 업삽니다. 쳔지〃신(天地之神)은 감동(感動)하사 한양셩(漢陽城) 이몽용(李夢龍)을 쳥운(靑雲)의 놉피 올여 늬 딸 춘향 살여지다."

빌기을 다한 후의

"상단(香丹)아. 담부[담배] 한 듸 부쳐다구."

---

3) 비창: 사립문처럼 열어젖히게 되어 있는 창.

춘향의 모 바다 물고 후유 한숨 눈물 질 제,

잇찌, 어사(御史), 춘향 모 졍셩(精誠) 보고,

"늬의 벼살한 게 션영음덕(先塋蔭德)으로 아러던니, 우리 장모(丈母) 덕이로다"

ᄒ고,

"그 안의 뉘 잇나."

"뉘시요."

"늬로셰."

"늬라니 뉘신가."

어사(御史) 드러가며

"이셔방일셰."

"이셔방이란이, 올체, 이풍원[이풍헌(李風憲)] 아들 이셔방인가."

"허허, 장모(丈母) 망영(妄佞)이로셰. 날을 몰나, 〃 〃 〃 〃."

"자니가 뉘기여."

"사회는 빅연지객(百年之客)이라 하엿시니, 엇지 날을 모르난가."

춘향의 모(母) 반거하야,

"이고 〃 〃, 이게 웬이린고. 어듸 갓다 인자 와. 풍셰디작(風勢大作) 터니 바람결의 풍겨온가. 봉운기봉(峯雲奇峯)턴니 구름 속의 싸여온가. 춘향의 소식(消息) 듯고 살리랴고 와 게신가. 어셔 〃 〃 드러가신."

손을 잡고 드러가셔, 촉(燭)불 압푸 안쳐놋코, 자셔(仔細)이 살펴보니 거린 즁(乞人中)의는 상거린(上乞人)이 되야구나.

춘향의 모 기(氣)가 믹켜,

"이게 웬이리요. 양반이 그릇되미 셩언[형언(形言)]할 수 업네."

"굿찌 올나가셔, 벼살길 끈어지고 탕진가산(蕩盡家産)하야, 부친게셔는 학장(學長) 질 가시고, 모친는 친가(親家)로 가시고, 다 긱기(各其) 갈이여셔, 나는 춘향의게 나려와셔 돈 젼[전(錢)]이나 어더갈가 ᄒ

엿더니, 와셔 보니 양가(兩家) 이력(履歷) 말 안일셰."

춘향의 모(母) 이 말 듯고 기가 막켜,

"무졍(無情)한 이 사람아, 일차 이별 후(一次離別後)로 소식(消息)이 업셔쓴이, 그런 인수(人事)가 잇시며, 후긘(後期ㄴ)지 바린쎤니 이리 잘되얏소. 쏘와논 사리[살(화살)] 되고, 업씨러진 물이 되야, 수원수구(誰怨誰咎)을 할가마는, 늬 딸 춘향 엇졀남나."

화찜의 달여드러 코를 물어 쎌냐 하니

"늬 타시졔, 코 탓신가. 장모(丈母)가 날을 ● 몰나보네. 하날이 무심(無心)틔도 풍운조화(風雲造化)와 뇌셩젼기(雷聲轉機)난 잇난이."

춘향 모 기(氣)가 차셔,

"양반(兩班)이 그릇되믜 갈농[간농(奸弄)]조차 드러쑤나."

어사 짐짓 춘향 모의 하는 거동(擧動)을 보랴 하고,

"시장하여 늬 죽것네. 날 밥 한 술 주소."

춘향 모, 밥 달나는 말을 듯고,

"밥 업네."

엇지 밥 업실고마는, 홰짐의[홧김에] ㅎ는 말이엿다.

잇찌, 상단(香丹)이 옥(獄)의 갓다 나오더니, 져의 아씨 야단(惹端) 소릐의, 가삼이 우둔 〃 〃, 졍신(精神)이 월넝 〃 〃, 졍쳐(定處) 업시 드러가셔 가만이 살펴보니, 젼(前)의 셔방임이 와 겨쑤나[계셨구나]. 엇지 반갑던지, 우루룩 드러 가셔,

"상단(香丹)이 문안(問安)이요. 듸감(大監)임 문안(問安)이 엇더하옵시며, 듸부인(大夫人) 긔쳬 안령(其體安寧)하옵시며, 셔방임게셔도 월노[원로(遠路)]의 평안(平安)이 힝차(行次)하신잇가."

"오냐. 고상[고생(苦生)]이 엇더하냐?"

"소녀 몸은 무탈(無頉)하옵늬다. 앗씨 〃 〃, 큰 앗씨, 마오 〃 〃, 그리 마오. 멀고 먼 쳘이[千里] 질[길]의 뉘 보랴고 와 겨관듸, 이 괄셰[괄

시(恕視)]가 웬이리요. 이기씨가 아르시면 지러 야단(惹端)이 날거시니, 너머 괄셰[恕視] 마옵소셔."

부억으로 드러가더니 먹던 밥의 풋곳초 겨리 짐치 양염 넛코, 단간장(醬)의 닝수(冷水) 가득 쩌셔 모반(盤)의 밧쳐 듸리면서,

"더운 진지(進止) 할 동안의 시장하신듸, 우선 요구[요기(療飢)]하옵소셔."

어사또(御使道) 반기하며,

"밥아, 너 본 졔 오리로구나."

여러 가지를 한틔다가 붓던이, 숙가락 딀 것 업시 손으로 뒤져셔, 한편으로 모라치던이, 맛파람의 게 눈 감추덧 하난구나.

춘향 모 하는 말리,

"얼씨고, 밥 비러먹기난 공셩(功成)이 낫구나."

잇찌 상단이는 겨의 이기씨[兒只氏] 신셰(身世)를 싱각하여, 크게 우든 못하고 쳬읍(涕泣)하여 우는 말리,

"엇지 할끈아, ＂＂＂＂＂, 도덕(道德) 놉푼 우리 이기씨를, 엇지하여 살이시랴오. 엇쪄쓰나요 ＂＂＂＂요."

실셩(失性)으로 우난 양(樣)을, 어사또 보시더니 기(氣)가 막켜,

"여바라 상단(香丹)아, 우지 마라 ＂＂＂＂. 너의 아기씨가 셜마 살지, 죽을소냐. 힝실(行實)이 지극(至極)하면 사는 날리 잇난이라."

춘향 모 듯던이,

"이고, 양반이라고 오기(傲氣)는 잇셔＂. 듸쳬(大體) 자네가 웨 져 모양(模樣)인가."

상단(香丹)이 하는 마리,

"우리 큰아씨 하는 말을 조금도 과렴[괘념(掛念)] 마옵소셔. 나 만하야[나이가 많아서] 노망(老妄)한 중(中)의 이 일얼 당(當)히노니, 화짐의[홧김에] 하는 말얼, 일 분(一分)인들 노(怒)하릿가. 더운 진지(進止)

368

잡수시요."

어사쏘 밥상[一床] 밧고 싱각하니 분기팅쳔(憤氣撑天)하야, 마음이 울젹(鬱積), 오장(五臟)이 월넝〃〃, 셕반(夕飯)이 맛시 업셔,

"상단아, 상(床) 물여라."

담부찌 툭〃 털며,

"여소[여보] 장모(丈母), 춘향이나 좀 보와야졔."

"글허지요. 셔방(書房)임이 춘향을 아니 보와셔야, 인졍(人情)이라 ᄒ오릿가."

상단(香丹)이 엿자오되,

"직금(至今)은 문(門)을 닷더쓰니, 파루(罷漏) 치거든 가사니다."

잇찌 맛참 바리[罷漏]를 뎅〃 치난구ᄂ.

상단이는 미음상(米飮床) 이고 등농(燈籠) 들고, 어사쏘는 뒤를 짜러, 옥문싼(獄門間) 당도(當到)하니, 인젹(人跡)이 고요하고, 사졍(鎖匠)이도 간 곳 업네.

잇찌 춘향이 비몽사몽간(非夢似夢間)의 셔방(書房)임이 오셔난듸, 머리에ᄂ 금관(金冠)이요, 몸의ᄂ 홍삼(紅衫)이라. 상ᄉ일염(相思一念)의 목을 안고 만단졍회(萬端情懷)하는 차라.

"춘향아."

부른들 디답(對答)이 닛쓸손야.

어사쏘 하는 말이,

"크게 한번 불너보소."

"모로는 말삼이요."

"예셔 동원[동헌(東軒)]이 마조치ᄂ듸, 소리가 크게 나면 사쏘 염문(廉問)할 거시니, 잠간(暫間) 짓쳬(遲滯)하옵소셔."

"무에 엇찌. 염문이 무어신고. 늬가 부를게 가만잇소. 춘향아."

부르난 소리의 쌈쌱 놀늬여 이러ᄂ며[일어나며],

"허 〃, 이 목소리 잠결인가 꿈결인가. 그 목소리 고이(怪異)하다."

어사쏘 긔(氣)가 막켜,

"니가 왓다고 말을 하소."

"왓단 말을 하거드면 긔졀담낙(氣絶膽落)할 거스니, 가마니 게읍소
셔."

춘향이 져의 모친 음셩(音聲) 듯고 삼짝 놀니여,

"어만니, 엇지 와 겻소. 몹쓸 쌸자식을 싱각하와 쳔방지방(天方地
方) 다니다가 낙상(落傷)ᄒ긔 쉽소. 일훌(日後ㄹ)낭은 오실ᄂ 마옵소
셔."

"날낭은 염여(念慮) 말고 졍신(精神)을 차리여라. 왓다."

"오다니, 뉘가 와요."

"그 져 왓다."

"각갑하여 나 죽것소, 일너주오. 쑴 가온듸 임을 만나 만단졍회(萬
端情懷) 하여쩐이, 혹시 셔방(書房)임게셔 기별(寄別) 왓소. 언제 오신
단 소식(消息) 왓소. 벼살 씌고 나려온단 노문(路文) 왓소. 이고 답 〃
(沓沓)하여라."

"네의 셔방(書房)인지 남방(南房)인지, 걸인(乞人) 하나 시려 왓다."

"허 〃 이계 웬 말인가, 셔방임이 오시다니. 몽중(夢中)의 보던 임을,
싱시(生時)의 보단 말가."

문 틈으로 손을 잡고, 말 못하고 긔식(氣塞)하며,

"이고, 이게 뉘기시요. 아미도 쑴이로다. 상ᄉ불견(想思不見) 기룬
임을, 이리 수이 맛날손가. 이졔 죽어 한(恨)이 업네. 엇지 그리 무졍
(無情)한가. 박명(薄命)하다, 니의 모녀(母女), 셔방(書房)임 이별 후(離
別後)의, 자나 누나 임 기루워, 일구월심(日久月深) 한(恨)일는 이 니
신셰(身世) 이리 되야, 미의[매에] 감겨 죽게 되니, 날 살이랴 와 겨시
요."

370

한참 이리 반기다가, 임의 형상(形狀) 자시[仔細] 보니, 엇지 아니 한심(寒心)하랴.

"여보 셔방임, 늬 몸 하나 죽는 거슨 셔룬 마음 업소마는, 셔방(書房)임 이 지경(地境)이 웬일리요."

"온야, 춘향아 셜어 마라. 인명(人命)이 지쳔(在天)인듸, 셜만들 죽을손야."

춘향이 져의 모친(母親) 불너,

"한양셩(漢陽城) 셔방(書房)임을 칠연틱한(七年大旱) 가문 날의 갈민듸우(渴民待雨) 기두린들, 날과 갓치 자진(自盡)던가. 심근 남기[심은 나무] 썩거지고 공든 탑(塔)이 문어졋네. 가련(可憐)하다 이 늬 신셰(身世), 하릴업시 되야쑤나.

어만임, 나 죽은 후(後)의라도, 원(願)이나 업게 하여주옵소셔. 나 입던 비단 장옷 봉장(鳳欌) 안의 드러쓰니, 그 옷 늬여 파라다가, 한산셰져(韓山細紵) 박구워셔[바꾸어서], 물식(物色) 곱게 도포(道袍) 짓고, 빅방사쥬(白紡絲紬) 진 초민를, 되는 듸로 파라다가, 관(冠) 망(網) 신발 사 듸리고, 졀병(節甁), 쳔은(天銀), 비늬[비녀], 밀화장도(蜜花粧刀), 옥지환(玉指環)이 함(函) 속의 드러쓰니, 그것도 파라다가, 한삼(汗衫) 고의(袴衣) 볼초(不草)찬케[4] 하여주오. 금명간(今明間) 죽을 연이, 셰간(世間) 두어 무엇 할가. 용장(龍欌) 봉장(鳳欌) 쎄다지를, 되는 듸로 팔러다가, 별찬 진지(別饌進止) 듸졉(待接)하오. 나 죽은 후(後)의라도, 나 업다 말으시고, 날 본 다시 셤기소셔.

셔방님, 늬 말삼 드르시오. 늬일(來日)리 본관 사쏘(本官使道) 싱신(生辰)이라. 취중(醉中)의 주망(酒妄) 나면, 날을 올여 칠 거시니, 형문(刑問) 마진 달리[다리] 장독(杖毒)이 낫시니, 수족(手足)인들 놀일손

---

4) 볼초찬케: 불초(不草)는 '초초(草草)하지 않다' '엉성하지 않다'는 뜻이다.

가. 만수우환[만수운환(謾垂雲鬟)] 헌트러진 머리 이렁져렁 거더 언쏘, 이리 빗틀 져리 빗틀 드러가셔, 장피[장폐(杖斃)]하여 죽거들난, 삭군인 쳬 달여드러 둘너업고, 우리 두리 쳐음 만나 노던 부용당(芙蓉堂)의 젹막(寂寞)하고 요젹[요격(寥闃)]한 듸 뉘여노코, 셔방임 손조 염십[염습(殮襲)]ᄒ되 니의 혼빅(魂魄) 위로(慰勞)하여, 입은 옷 벽기지 말고, 양지(陽地) 싯틱 무더짜가, 셔방임 귀(貴)히 되야 쳥운(靑雲)의 올의거던, 일시(一時)도 둘느 말고, 육진장포(六鎭長布) 기렴(改殮)ᄒ야 조촐한 생예[상여(喪輿)] 우의 덩글렷케 실은 후(後)의, 북망산쳔(北邙山川) 차져갈 졔, 압 남산(南山) 뒤 남산(南山) 다 바리고, 한양(漢陽)으로 올여다가 션산(先山) 발치의 무더주고, 비문(碑文)의 시기 〃를 〈수졀원 사춘향지묘(守節冤死春香之墓)〉라 야달 자(字)만 시겨주오. 망부셕(望夫石)이 안니 될가. 셔산(西山)의 지난 히는 니일(來日) 다시 오련만는, 불상(不祥)한 춘향이는, 한 번 가면 언의 씨 다시 올가. 신원(伸冤)이나 하여쥬오.

이고 〃〃, 니 신셰(身世)야, 불상(不祥)한 니의 모친(母親), 날를 일코 가산(家山)을 탕진(蕩盡)하면, 하릴업시 거린(乞人) 되야, 이 집 져 집 걸식(乞食)다가, 어덕[언덕] 밋틔 조속 〃〃 조울면셔 자진(自盡)하야 죽거드면, 지리산(智異山) 갈가무기[갈까마귀] 두 날기을 쩍 벌이고 둥덩실 나라드러, 짜옥 〃〃 두 눈을 다 파먹근들, 언는 자식(子息) 잇셔 '후여' ᄒ고 날여쥬리. 이고 〃〃."

셜이 울 졔, 어사쏘,

"우지 마라. 하나리 무어져도[하늘이 무너져도] 소사날 궁기가[솟아날 구멍이] 잇난이라. 네가 날를 엇지 알고 이러타시 셔러 한야."

직별(作別)하고 춘향 집으 도라왓졔.

춘향이난 어둠 침 〃(沉沉) 야삼경(夜三更)의 셔방임을 번기갓치 얼는 보고, 옥방(獄房)의 홀노 안져 탄식(嘆息)하난 마리,

"명쳔(明天)은 사람을 닐 졔 별(別)노 후박(厚薄)이 업건만는, 늬의 신셰(身世) 무삼 죄(罪)로, 이팔쳥춘(二八靑春)의 임 보늬고 모진 목숨 사라, 이 형문(刑問), 이 형장(刑杖) 무삼 일고. 옥중 고싱 삼사식(獄中苦生三四朔)의 밤낫업시 임 오시기만 바릐던이, 〃졔난 임의 얼골 보와스니, 광치(光彩) 업시 되야구나. 죽어 황쳔(黃泉)의 도라간들 졔왕젼(帝王殿)의 무삼 말을 자랑하리. 이고 〃〃."

셜리 울 졔, 자진(自盡)ㅎ야 반싱반사(半生半死)ㅎ난구나.

본관 사또 생일잔치

어사또 춘향 집의 나와셔 그날 밤을 시려 ᄒ고 문(門)안 문(門)밧 염문(廉問)할시, 질쳥(秩廳/作廳)의 가 드르니, 이방(吏房) 승발(承發) 불너 ᄒ난 마리

"여보소 드르니, 수의쏘(繡衣道)[1]가 시문[新門] 밧 이씨(李氏)라던이, 악가 삼경(三更)의 등농(燈籠) 불 키여 들고 춘향 모(母) 압셰우고 폐의파관(弊衣破冠)한 손임이 아미도 수상(殊常)하니, 닉일(來日) 본관(本官) 잔치 셧틱, 일십[일습(一襲)]을 귀별[구별(區別)]ᄒ여, 싱탈(生頉) 업시 십분(十分) 조심(操心)ᄒ소."

어사(御史) 그 말 듯고,

"그놈들 알기는 아난듸."

ᄒ고, 쏘 장쳥(將廳)의 가 드르니, 힝수군관(行首軍官) 거동(擧動) 보소.

---

1) 수의도: 수의사또(繡衣使道).

374

"여러 군관(軍官)임네, 악가 옥(獄)거리 바장이난 거린[걸인(乞人)]
실(實)노 고이(怪異)ᄒ데, 아미도 분명(分明) 어산[어사(御史)인] 듯ᄒ
니, 육모팔기[용모파기(容貌疤記)] 니여 노코 자상(仔詳)이 보소."

어사쏘 듯고,

"그놈들 기〃여신(箇箇如神)이로다."

ᄒ고, 현사(縣舍)의 가 드르니, 호장(戶長) 역시 그러한다.

육방(六房) 염문(廉問) 다ᄒ 후(後)의 춘향 집 도라와셔, 그 밤을 신
연후(然後)의, 잇튼날 조사(調査) 굿틔,

근읍(近邑) 수령(守令)이 모와든다. 운봉 영장(雲峰營將), 구례(求
禮), 곡셩(谷城), 순창(淳昌), 옥과(玉果), 진안(鎭安), 장수(長水) 원임이
차례로 모와든다.

좌편(左便)의 ᄒᆡᆼ수군관(行首軍官), 우편(右便)의 쳥영사령(聽令使
令), 한가온디 본관(本官)은 주인(主人)이 되야, ᄒ인(下人) 불너 분부
(分付)ᄒ되,

관쳥식(官廳色) 불너 다담(茶啖)을 올이라. 육고자(肉庫子) 불너 "큰
소을 잡고", 예방(禮房) 불너 "고인(鼓人, 북잡이)을 디령(待令)하고",
승발(承發) 불너 "츠일(遮日)을 디령(待令)하라." 사령(使令) 불너 "잡
인(雜人)을 금(禁)하라."

이럿타 요란(擾亂)할 제, ᄀᆡ치군물(旗幟軍物)이며 육각풍유(六角風
流) 반공(半空)의 ᄶᅥ 잇고, 녹의홍상(綠衣紅裳) ᄀᆡ싱(妓生)들은 빅수 나
삼(白袖羅衫) 놉피 드러 춤을 추고, 지야자 둥덩실 하난 소릐, 어사쏘
마음이 심난(心亂)ᄒ구나.

"여바라, 사령(使令)드라, 네의 원쎤[안전(案前)]의 엿주워라. 먼 듸
잇난 거린[걸인(乞人)]이 조흔 잔치의 당(當)하여스니, 주회[주효(酒
肴)] 좀 어더먹자고 엿주어라."

져 사령(使令) 거동(擧動) 보소.

"언의[어느] 양반(兩班)이간듸, 우리 안젼(案前)임 걸린(乞人) 혼금(閻禁)ᄒ니, 그런 말은 늬도 마오."

등 밀쳐늬니, 엇지 아니 명관(冥官)인가. 운봉(雲峯)이 그 거동(擧動)을 보고, 본관(本官)의게 쳥(請)하난 마리,

"져 거린(乞人)의 〃관(衣冠)은 남누(藍褸)하나, 양반(兩班)의 후롄[후예(後裔)인] 듯ᄒ니, 말셕(末席)의 안치고 술잔이나 먹에 보니미 엇더ᄒ뇨."

본관(本官) 하난 마리,

"운봉(雲峯) 쇠견[소견(所見)]듸로 ᄒ오만은."

하니, '만은' 소릐 훗(後人)입마시 사납것다.

어사(御使) 속으로,

"온야, 도젹(盜賊)질은 늬가 ᄒ마, 오릐[오라]는 네가 져라."

운봉(雲峯)이 분부(分付)하야,

"져 양반(兩班) 듭시리라."

어사쏘 드러가, 단좌(端坐)하야 좌우(左右)를 살펴보니, 당상(堂上)의 모든 수령(守令), 다담(茶啖)을 압푸 노코, 진양조(調)가 양양(洋洋)할 졔, 어사쏘 상(床)을 보니 엇지 안니 통분(痛憤)하랴.

못[모(모서리)] 쩌러진 기상판[개-상판(床板)]의, 닥쳐 져붐[닥채 저붐][2], 콩나물, 쌱씨기[깍두기], 목걸이[막걸리] 한 사발 노와구나.

상을 발길노 쌱 차 던지며, 운봉(雲峯)의 갈비을 직신,

"갈비 한 듸 먹고지거."

"다라[다리]도 잡수시요."

ᄒ고, 운봉(雲峯)이 하난 마리,

<hr>

2) 닥채 저붐: 닥채는 껍질을 벗겨낸 닥나무의 가는 가지나 줄기를 말한다. 저붐은 저분으로 곧 젓가락이다.

"이러한 잔치의 풍유(風流)로만 노라셔난 마시 젹사오니, 차운(次韻) 한 수(首)식 하여보면 엇더하오."

"그 마리 올타."

호니, 운봉(雲峯)이 운(韻)을 닐 졔, 노풀 고(高) 짜(字), 지름 고(膏) 쯧(字) 두 자(字)을 늬여노코, 차례(次第)로 운(韻)을 달 졔, 어사쏘 하난 마리,

"거린(乞人)도 어려셔 추구권(推句卷)이나 일거던니, 조은 잔치 당(當)하여셔 주회[주효(酒肴)]을 포식(飽食)하고, 그져 가기 무렴(無廉)하니, 차운(次韻) 한 수(首) 하사이다."

운봉(雲峯)이 반겨 듯고 피련[필연(筆硯)]을 늬여준니, 좌중(座中)이 다 못하야, 글 두 귀(句)를 지어쓰되, 민졍(民情)을 싱각흐고 본관(本官) 졍체(政體)를 싱각하야 지어것다.

●금준미주(金樽美酒)는 쳔인혈(千人血)이요

●옥반가효(玉盤佳肴)는 만셩고(萬姓膏)라.

●촉누낙시 밀누낙(燭淚落時民淚落)이요

●가셩고쳐 원셩고(歌聲高處怨聲高)라.

●이 글 듯슨, 금 동우에 아롬다온 술은 일만[3) 빅셩[一千百姓]의 피요, 옥소반(玉小盤)의 아롬다온 안주(按酒)는 일만 빅셩(一萬百姓)의 기름이라. 촉(燭)불 눈물 쩌러질 찌 빅셩(百姓) 눈물 쩌러지고, 노리소리 놉푼 고디 원망(怨望) 소리 놉파더라.

이러타시 지어쓰되, 본관(本官)는 몰나보고 운봉(雲峯)이 글를 보며

---

3) 일만: '일쳔'의 오자다.

니렴(內念)의

"업풀사 이리 낫다."

암행어사 출또야

잇찌 어사쏘 하직(下直)호고 간 연후(然後)의, 공형(公兄) 불너 분부 (分付)하되,

"야〃, 이리 낫다."

공방(工房) 불너 보견[鋪陣] 단속(團束), 병방(兵房) 불너 역마(驛馬) 단속. 관쳥식(官廳色) 불너 다담(茶啖) 단속. 옥형이[옥형리(獄刑吏)] 불너 죄인(罪人) 단속, 집사(執事) 불너 형고[형구(形具)] 단속, 형방(刑房) 불너 문부(文簿) 단속, 사령(使令) 불너 합번(合番) 단속. 한참 이리 요란(擾亂)할 졔, 물식(物色) 업난 져 본관(本官)이

"여보, 운봉(雲峯)은 어듸를 단이시요."

"소피(所避) 호고 드러오."

본관(本官)이 분부(分付)하되,

"춘향을 기피[急히] 올이라."

주광(酒狂)이 날 졔,

잇찌 어사쏘 군호(軍號)할 졔, 셔리(書吏) 보고 눈을 준이[주니],

셔리(書吏) 중방(中房) 거동 보소. 역졸(驛卒) 불너 단속(團束)할 졔,
이리 가며 수군, 져리 가며 수군수군.

셔리(書吏) 역졸 거동 보소, 외올 망근[망건(網巾)], 공단 씨기[공단(貢緞)
싸개], 시 펴립[평립(平笠) 패랭이)] 눌너 쓰고, 셕 자[尺] 감발 시 집신
의, 한삼(汗衫) 고의(袴衣) 산뜻 입고, 육모 방치[방망이], 녹피(鹿皮)
끈을 손목의 거러 쥐고, 예셔 번듯 졔셔 번듯, 남원 읍(南原邑)이 우군
〃〃.

쳥피(靑坡) 역졸(驛卒) 거동(擧動) 보소. 달 갓튼 마픠(馬牌)를 히빗
갓치 번듯 드러,

"암힝어사(暗行御史) 출도(出道)야."

웨난 소리 강산(江山)이 문어지고 쳔지(天地)가 뒤눕난 듯, 초목금
순(草木禽獸ㄴ)들 아니 쩔야.

남문(南門)의셔,

"출도(出道)야."

북문(北門)으셔,

"출도(出道)야."

동 셔문(東西門)셔 출도(出道) 소리 쳥쳔(靑天)으 진동(震動)ㅎ고,

"공형(公兄) 들나."

웨난 소리, 육방(六房)이 넉슬 이러,

"공형(公兄)이요."

등치[등책(藤策)]로 휘닥짝,

"이고 중다."

"공방(工房), 〃〃."

공방이 보젼[鋪陳] 들고 드러오며,

"안 할나던 공방를 하라던이, 져 불속으 엇지 들야."

등치로 휘닥짝,

"이고 박 터졋네."

좌수(座首) 별감(別監) 넉슬 일코, 이방(吏房) 호장(戶長) 실혼(失魂)호고, 삼식나졸(三色邏卒) 분주(奔走)하네.

모든 수령(守令) 도망(逃亡)할 졔 거동(擧動) 보소.

인궤(印櫃) 일코 과졀[과줄] 들고, 병부(兵符) 일코 송편[송병(松餠)]들고, 탕근[탕건(宕巾)] 일코 용수 쓰고, 갓 일코 소반(小盤) 쓰고, 칼집 쥐고 오좀 뉘기. 부셔진니 거문고요, 셰지나니 북 장고(杖鼓)라.

본관(本官)이 똥을 싸고, 명셕 궁기 시양쥐 눈 쓰듯 호고, 니아(內衙)로 드러가셔,

"어 추워라, 문(門) 드러온다, 바람 다더라. 물 마른다 목 듸려라."

관청식(官廳色)은 상(相)을 일코 문짝 니고 니다른니, 셔리(書吏) 역졸(驛卒) 달여드러 휘닥싹.

"이고, 나 죽네."

잇띠 수의사쏘(繡衣使道) 분부(分付)하되,

"이 골은 듸감(大監)이 좌졍(坐定)하시던 고리라[고을이라]. 헌와[훤화(喧譁)]을 금(禁)하고 직사(客舍)로 사쳐(徙處)하라."

좌졍(坐定) 후(後)에,

"본관(本官)은 봉고파직(封庫罷職)하라."

분부(分付)하나[니],

"본관은 봉고파직이요."

사듸문(四大門)의 방(榜) 붓치고, 옥형이[옥형리[(獄刑吏)] 불너 분부(分付)하되,

"네 골 옥수(獄囚)을 다 올이라."

호령[號令]하니, 죄인(罪人)을 올이거늘, 다 각″(各各) 문죄(問罪) 후(後)에, 무죄자(無罪者) 방송(放送)할싀,

"져 계집은 무어신다."

형이[刑吏] 엿자오디,

"기싱(妓生) 월미(月梅) 딸리온듸, 관졍(官庭)의 포악(暴惡)한 죄(罪)로 옥중(獄中)의 잇삽닉다."

"무삼 죈다."

형이[刑吏] 알외되,

"본관 사쏘(本官使道) 수청(守廳)으로 불너쩌니, 수절(守節)리 졍졀(貞節)리라, 수청(守廳) 안이 들야 ᄒ고 관견(官前)에 포악(暴惡)한 춘향(春香)이로소이다."

어사쏘 분부(分付)하되,

"너만 연이[너 같은 년이] 수절(守節)한다고 관졍(官庭) 포악(暴惡)하여쓰니 살기을 바릭소냐. 죽어 맛당하되 늬 수청(守廳)도 거역(拒逆)할가."

춘향이 긔(氣)가 믹켜,

"늬례[내려] 오난 관장(官長)마닥 기"(箇箇)이 명관(名官)이로고나. 수의사쏘(繡衣使道) 듯조시요. 칭암졀벽[층암절벽(層巖絶壁)] 놉푼 바우, 바람 분들 문어지며, 쳥송녹죽(靑松綠竹) 푸린 남기[푸른 나무], 눈이 온들 벤하릿가. 그른 분부(分付) 마옵시고 어셔 밥비 죡여주오."

ᄒ며,

"상단(香丹)아, 셔방(書房)임 어디 계신가 보와라. 어졔 밤에 옥 문간(獄門間)의 와 겨쓸 졔 쳔만당부(千萬當付) 하엿더니, 어딕를 가셧난지, 나 죽난 줄 모르난가."

어사쏘 분부(分付)하되,

"얼골 드러 나를 보라."

하시니

춘향이 고기 드러 딕상(臺上)을 살펴보니, 걸긱(乞客)으로 왓던 낭군(郎君), 어사쏘로 두려시 안져꾸나. 반 우슴 반 우름의,

"얼시구나 조을시고, 어사(御史) 낭군(郎君) 조을시고. 남원 읍뇌(南原邑內) 추졀(秋節) 드러 써러지게 되야쩌니, 긱사(客舍)의 봄이 드러 이화춘풍(李花春風) 날 살인다. 꿈이냐 싱시(生時)냐. 꿈을 쌜가 연여 [염려(念慮)]로다."

한참 이리 질길 젹의 춘향 모(母) 드러와셔, 갓업시[가없이] 질거하난 마를 엇지 다 셜화(說話)하랴. 춘향의 놉푼 졀기(節槪) 광치(光彩) 잇게 되야쓰니, 엇지 안이 조을손가.

정렬부인 춘향

어사쏘 남원(南原) 공사(公事) 닥근 후의 춘향 모여(母女)와 상단(香丹)이를 셔울노 치힝(治行)할 졔, 위의찰난[위의찬란(威儀燦爛)]ᄒ니, 셰상 사람덜리 뉘가 안이 칭찬(稱讚)하랴.

잇찌 춘향이 남원(南原)을 하직(下直)할시, 영귀(榮貴)하게 되야건만, 고힝(故鄕)을 이별(離別)하니 일히일비(一喜一悲)가 안니 되랴.

"놀고 자던 부용당(芙蓉堂)아, 네 부듸 잘 잇거라. 광한누(廣寒樓) 오작괴(烏鵲橋)며 영쥬각(瀛洲閣)도 잘 잇거라. 춘초(春草)는 연〃녹(年年綠)ᄒ되 ◗왕손(王孫)은 귀불귀(歸不歸)라. 날노 두고 이르미라."

다 각기(各其) 이별(離別)할 졔,

"만셰무량[만세무양(萬世無恙)]ᄒ옵소셔. 다시 보기 망년[망연(茫然)]이라."

잇찌 어사쏘는 좌우도(左右道) 순읍(巡邑)하야 민졍(民情)을 살핀 후(後)의, 셔울노 올나가 어젼(御前)의 숙비(肅拜)하니, 삼당상(三堂上) 입시(入侍)ᄒ사, 문부(文簿)를 사증(査證) 후(後)의, 상(上)이 디찬(大

384

讚)하시고, 직시[즉시(卽時)] 이조참의(吏曹參議) 디사셩(大司成)을 봉(封)하시고, 춘향으로 경열부인(貞烈夫人)을 봉(封)하시니, 사은숙비(謝恩肅拜)하고 물너나와 부모 젼(父母前)의 뵈온디, 셩은(聖恩)을 축사[축수(祝壽)]하시더라.

잇찌 이판(吏判), 호판(戶判), 좌우 영상(左右領相) 다 지니고, 퇴사(退仕) 후(後)의 경열부인(貞烈夫人)으로 더부려 빅연독낙[백년동락(百年同樂)] 할시, 경열부인으게 삼남 이녀(三男二女)을 두워시니, 기〃(箇箇)이 총명(聰明)ᄒ야, 그 부친을 압두(壓頭)하고, 계〃승〃(繼繼承承)하야 지거일품[직거일품(職居一品)]으로 만셰유젼(萬歲流傳)하더라.

| 원문 |

춘향가

春香歌 二百句, 押支韻[1)]

柳振漢

전사

廣寒樓前烏鵲橋, 吾是牽牛織女爾.
人間快事繡衣郞, 月老佳緣紅粉妓.
龍城客舍東大廳, 是日重逢無限喜.

그네 타는 춘향

南原冊房李都令, 初見春香絶代美.
三郞愛物比君誰? 二仙瑤池淑香是.

---

1) 押支韻: '지(支)'는 잘못이다. 이 시는 상성 지(紙) 운을 주로 사용하고 평성 지(支) 운을 혼용
했다.

吾年二八爾三五, 桃李芳心媚春晷.

晴莎南陌欲抽綠, 牧丹東籬方綻紫.

繁華物色帶方國, 是時尋春遊上巳.

紅羅繡裳草邊曳, 白紵輕衫花際披.

淸溪夕陽蹴波鴛, 碧桃陰中香步鞋.[2]

姑山處子惹香澤, 玉京仙娥鳴佩玘.

蘭膏粉汗洗浴態, 萬北寺前春水瀰.

玻璨小渚顧影笑, 雪膚花貌淸而頮.

慇懃腰下怕人見, 水面嬌態蓮花似.

香風一陣綠楊岸, 復上鞦韆誇妙技.

靑鸞飛動紫羅繡, 百尺長繩紅纏纏.

江妃踏波一身輕, 月娥乘雲雙足跂.

尖尖寶襪似茈子, 衝落枝邊高處蕋.

桃花團月掩羅裙, 萬目春城皆仰視.

紅樓十載所未見, 男子風情潛惹起.

색정

翩翩靑鳥乍去來, 整頓衣裳端正跽.

櫻桃花下捲簾家, 女曰無遁男曰唯.

鶯嗔鷰猜路如絲, 步踏溪邊靑白芷.

窓開紅杏碧梧庭, 屏畵靑山綠水沚.

靑帷紅燭洞房中, 鏡臺粧奩何櫛枇!

2) 鞋: 저본에는 '와(蛙)'로 되어 있으나, 문맥상 잘못이므로 바로잡는다.

看陳蔚鰝爛登盤, 酒熟壺春新上筵.

琉璃畫盞琥珀臺, 勸勸薑椒香蜜餌.

花牋書出不忘記, 好約丁寧娘拜跪.

人間今夕問何夕, 大禹塗山辛壬癸.

鴛衾栢枕次第鋪, 繡帶花帷雜絲枲.

三更釵股撲灯火, 楚臺香雲浮夢裡.

吾心蝴蝶繞春花, 爾意鴛鴦逢綠水.

童年風度闊手段, 欲表深情何物以?

菱花玉鏡打撥金, 竹節銀釵倭舘市.

烏銅鐵柄統營刀, 紫紬雲頭平壤履.

投之贈之少無惜, 復恨金錢無億梯.

男兒口情娶前妾, 內衙時時誇伯娣.

長長情緒絡兩身, 笑說喬林縈葛藟.

이별
_____

春瓜苦滿北歸期, 此日遽然離別禩.[3]

紅樽綠酒不成歡, 一曲悲歌騰羽徵.

長城忍忘葛姬眼, 濟州將留裵將齒.

郎言別恨割肝腸, 女道深恩銘骨髓.

離筵相慰復相勉, 爾言琅琅吾側耳.

今歸洛陽好讀書, 立身明廷終出仕.

玆州太守或不能, 此道監司猶可擬.

_____

3) 禩: 저본에 '선(襈)'의 글자로 보이지만, 압운으로 볼 때 '사(禩)'가 옳다.

分明他日好風吹, 復墾陳田春草薙.
臨分更有惜別意, 戱談層生南俗俚.
方壺大海涸生塵, 白頭高山平似砥.
屛風畵鷄拍翼鳴, 公子歸船門外艤.
花樓春日上馬遲, 回首蛟龍山磈礧.
征鞭不促北去路, 歎息斜陽踰瑟峙.
惘然歸坐洛中宅, 注目南天窓每闢.
音容黯黯斗峙雲, 書信茫茫漢江鯉.

이도령의 암행어사 제수, 춘향의 수난

紅閨後約恐或晩, 每日長安開墨壘.
風騷句裡問宋玉, 史記篇中談李悝.
春塘二月謁聖科, 身作龍門九級鮪.
東坡文體右軍筆, 一天先場呈試紙.
文臣及第壯元郞, 御酒恩花榮莫比.
香名藉藉翰林召, 敎坊群娥歌學士.
芸臺華職拜正字, 玉署淸班登校理.
平生所願輒如意, 特除湖南新御史.
延英殿下肅拜歸, 敦化門前啓行李.
征騶躍出罷漏頭, 此去南州幾百里?
陽城稷山短長亭, 草浦恩津深淺涘.
完山客舍一宵枕, 念外靑蛾幾羅綺?
公中得私此行色, 地漸南時人漸邇.
呼船⁴⁾急渡五院溪, 喚酒忙過樊樹坻.

潛行弊衣等范叔, 陸路無車山着檋.
官門消息問來人, 有一田翁閑負耟.[5)]
新官城主太狂妄, 其也佳人蟄萬死.
貞心守節以爲罪, 一月官庭三次箠.
緣誰將作獄中鬼? 可憎當年總角氏.
推之一事可知十, 闔境之民同有庫.

걸인 행색 이도령과 옥중 춘향

輪囷我膽[6)]强自制, 睍視月梅心暗訾.
花間柳邊路已慣, 先訪粧閨舊基址.
紗窓粉壁若簡邊, 喚出阿娘老阿孆.
棲遑蹤跡使人侮, 老婦尖脣如鳥觜.
公然愛女納圓扉, 到此無人供灔灑.
簫[7)]條數口不自糊, 或向隣家掃糠粃.
奇祥泣說虺蛇夢, 至情難堪牛犢舐.
聞來不覺鼻孔酸, 是誰之愆吾所使.
無情有情獄門外, 相面今宵第往矣.
鶉衣鶚冠一乞人, 局束長腰行骪骸.
徘徊門隙喚春香, 對立黃昏摻玉指.

4) 船: 앞에 이 글자를 이미 사용하여 여기서는 '동(艟)' 등의 글자가 옳을 듯하지만, 『만화집』
을 그대로 따른다.
5) 耟: 『만화집』에 '거(秬)'로, 상성 어(語)운에 속하므로 압운법에 어긋난다. 상성 지(紙)운의
'사(耟)'로 바로잡았다.
6) 膽: 『만화집』에 '첨(瞻)'으로 되어 있으나 문맥에 따라 고쳤다.
7) 簫: '소(蕭)'와 같다. 『만화집』을 따른다.

원문 춘향가 | 393

凄涼身世爾何故? 落魄行裝吾亦恥.
娉娉弱質只存殼, 玉膚花貌如彼毀.
千悲萬恨臆先塞, 夫復何言時運否?
搖搖病體依三木, 泣說中間事終始.
郎君去後小妾願, 富貴南還日夜俟.
紅氈明月宰相門, 食肉終身吾亦恃.
前生作何至重罪? 百殃纏身無一祉.
如君才器此世界, 弊袍南來實不揣.
華冠麗服倘無分, 百結鶉衫半泥滓.
誰令無罪致死地? 卽今官司只貪鄙.
刳民俱被剝膚患, 廉恥渾忘飾簠簋.
張湯後身木强人, 鍛鍊規模等鑪錘.
人情全沒對獄時, 殘忍其心若豺兕.
居然生慾有夫女, 白日風稜肆姦宄.
嚴威莫奪匹婦節, 憤氣撑腸雙掌抵.
如霜號令乳虎吼, 彷彿盲人足踐屎.
蜂飛邏卒祖裼來, 無數中庭雁鶩峙.
三稜棍朴積如山, 檢杖聲中魂已褫.
柔皮軟骨暫時碎, 滿脛瘡痕皆黑痞.
梅樽日醉五斗酒, 輒曰加刑不知止.
羅裳染盡杖頭血, 署月虫蛆生股髀.
生於娼妓賤微地, 非昧褰裳涉溱洧.
方知烈女不更二, 許身當初以死矢.
投身湯鑊尙且丹, 本性難回柳與杞.
村盲昨訊夜來夢, 天命無常云顧諟.
粧臺鏡破豈無聲? 庭樹花飛應結子.

朝鮮通寶擲錢占, 伏乞神明昭示俾.
重天乾卦動靑龍, 貴人相逢云可企.
浮雲千里遠外郞, 不意今來逢尺咫.
身今溘死更何恨? 如服良劑痊宿痞.
間關行路得無飢? 且留吾家歸莫駛.
輕花寶裙置諸篋, 蘇合香囊藏在甀.
呼吾老母向市賣, 一飯宜炊廚下錡.
明朝本府壽宴開, 醉後狂心應不□.
如將瘡上復加杖, 此身分明塵土委.
須從拏路護我械, 一番生前頭角掎.
初終斂襲以郞手, 埋骨荒原爲作誄.
剛腸自以丈夫許, 聽此不覺膏如煨.
心中切齒黑倅罪, 封庫來朝可擠彼.
娘家是夜伴燈宿, 蕭瑟虫聲壁間蟢.

남원 부사 잔치와 걸인 이도령

天明府庭果開宴, 紅紬黃衫萬舞比.
腥鱗白膾蓼川魚, 珍果紅登燕谷柿.[8]
賤花簇簇八蓮開, 水卵團團枾子纍.
盃樽餘瀝醉飽心, 逐臭諸人等舐痔.
欄頭任實縣監憑, 楹角淳昌郡守倚.
安知竈突火暗燃, 鬵賀中堂歡未已.

---

8) 柿:『만화집』에 '시(市)'로 되어 있으나, 문맥상 '시(柿)'의 잘못이다.

公門以外乞食客, 襤褸衣巾來自堆.
綿絲一紇亂結冠, 草履雙綦半掛趾.
低面末席故躲頤, 意中秋鷹將獵雉.
平原門下笑躄姬, 復見樽前傳酒婢.
殘盃冷炙草待接, 彷彿村氓浮鬼庋.
躬逢勝餞豈不謝? 一聯新詩藏奧旨.
千人有淚燭燃蠟, 萬姓無膏樽泛蟻.
雲峰營將獨有眼, 見水能知沙岸圯.

암행어사 출또

長風一陣自釘來, 意外玄門馬牌捶.
靑坡驛卒大叫入, 暗行使道臨於此.
晴天無乃霹靂動? 四座蒼黃風下靡.
爭投窓隙倒着冠, 或蹴盃樽忙失匕.
風威高動執斧虎, 主官翻同牢下豕.
群鷄叢裡降仙鶴, 高踞中軒一交椅.
三盃藥酒進次第, 八帖銀屛列逶迤.
綿裘竹纓去無痕, 獜帶烏紗俄忽侈.
瀛洲十閣坐仙官, 栢府威儀冠以豸.
軍牢使令走如飛, 卽地風威生倍蓰.
官員奔竄左右徑, 妓女俯伏東西阤.
倉羊邑犬亦戰股, 疑是昆陽雨下滂.
便宜南邑處置事, 先屆封章呈玉几.
張綱直聲動洛陽, 伏波神威震交趾.

396 |

烹阿舊律本官罪, 無異秦嬰繫頸軹.

이도령과 춘향의 재회

如何無罪久滯囚? 當刻圜墻其禁弛.
圜墻玉娘忽官階, 小庭花陰未假徙.
桁楊接摺使齒決, 衆妓尖脣穿似蟣.
如痴如夢喜不勝, 未覺中階迎倒屣.
千般好官別星我, 九死餘生佳妓儷.
雙龍畫帖半月梳, 十二雲鬟催櫛縰.
誰知昨暮丐乞行, 飛上公堂官爵粊?
京師去時一總丱, 白皙疎眉玉色玼.
東軒資婢極可嗤, 兩班書房其樂只.
粧樓光彩一時生, 卽日歡聲動南紀.
油然笑齶淺深情, 請量東溟波瀰瀰.
從今妓籍割汝名, 百年吾家歸奉匜.
禾花寶紬裂爲帶, 卽羽輕紗縫作被.
珠欄玉簾所居室, 復欲西郊營好畤.
官廳支廳六時饍, 跪進珍羞烹野麂.
淸醥樽上泛葡萄, 甘蜜盃中和薏苡.
絲絲細切鎭安草, 分付官奴其貢底.
三門外街沸如羹, 六房陰囊撑似枳.

정렬부인 가자

如天驛路路文飛, 有女同車歸竝軌.
雙轎靑帳半空擧, 兩耳生風駈綠駬.
吹鑼六騎響前後, 淸道雙旗影旖旎.
監官色吏設供帳, 座首軍校執鞭弭.
長覊短轡夾路馳, 使客之行鄕相儗.
花容之女玉貌郞, 望若神仙同渡泚.
傾城傾國月梅女, 百譽喧喧無一譭.
夫人貞烈好加資, 敎旨踏下金泥璽.
床琹並和室家慶, 拜謁廟堂祖考妣.
銀臺玉堂貴閥女, 同姓同門作妯娌.
門楣亦高老媼家, 孝誠堪稱同虎蜼.[9)]
纖葱玉手坐無事, 不使春田勞採芑.
盈盈玉粒共案食, 分命家奴田器庤.
金屛內室貯紅玉, 門對終南石磈硊.
能文又是等薛濤, 尤物元非似妹嬉.
春花秋月合歡酒, 玉壺金甁釀黑秠.
泉源淇水不盡思, 時望南湖頻陟屺.[10)]
嬌姿爾有笑中香, 貴格吾誇眉上痏.
蛾眉好砂誥軸峰, 人賀先山山峛崺.

9) 蜼: 『만화집』에 '유(帷)'로 되어 있으나, 문맥상 바로잡는다.
10) 屺: 『만화집』에는 '비(圮)'로 되어 있으나, 문맥에 따라 바로잡는다.

결사

宜春進士女僧歌, 佳約何年逢杜濮?
狂心好色世或譏, 度外讒言同伯嚭.
當來好爵領議政, 不羨區區楚司烜.
星山玉春緫無色, 嘗得櫻屑甘似酏.
淸霄東閣樂鍾鼓, 遲日南園採芣苢.
朝雲可愛還相隨, 孟光甘心共耘耔.
醫娥棉婢愧欲死, 檀屑氷床輕步躧.
先稱絳桃花不發, 更詠周詩江有汜.
奇談秖可詠於歌, 異蹟堪將繡之梓.
騷翁爲作打鈴辭, 好事相傳後千祀.

『춘향전』의 언어 숲, 지도를 보며 거닐다

『춘향전』의 이본과 번역본

이 책은 『춘향전』의 대표 이본인 완판 84장본 『열여춘향슈졀가』와 한시로 작성된 만화본 『춘향가』를 함께 역주한 책이다.

『춘향전』은 이야기 소설 혹은 판소리 창사에서 기원한다. 최초의 창작자는 알려진 바 없으며 남원 기생의 일화, 박색 추녀 설화, 염정 설화, 암행어사 설화, 관탈 민녀 설화 등이 합쳐지고 나서 이몽룡과 춘향을 주인공으로 삼아 암행어사 설화와 열녀 설화가 서사의 축으로 부상했을 것으로 짐작된다. 문헌으로는 18세기 말에 처음 쓰였으리라 추정되고, 1860년대 이후 목판본이 나왔으리라 추정되며, 필사본, 목판본, 활자본 등 이본 100여 종이 보고되어 있다. 제목은 '춘향전' '열녀춘향수절가' '남원고사' 등 다양하다.

『춘향전』의 목판본으로는 완판^{完板} 30장본/ 33장본/ 84장본, 경판^{京板} 35장본/ 30장본/ 17장본, 안성판^{安城板} 20장본의 3종이 있다. 완산판 『별춘향전』을 포함하면 목판본은 모두 4종이다. 필사본 가운데 파리 동양어학교^{東洋語學校} 소장 『남원고사』 5권 5책은 1864년^{고종 1}에서 1869년 사이에 기록되었는데, 완판본·경판본의 저본을 기초로 사설을 확장시킨 것으로 추정된다.

완판 84장본 『열여춘향슈졀가』는 1870년^{고종 10} 무렵 전라도 전주 서계서포^{西溪書鋪}에서 상하 2권의 목판으로 간행된 책으로, 글자 수는 24,877자에 이른다. 이하 현대 표기에 따라 『열녀춘향수절가』로 부르기로 한다. 『열녀춘향수절가』에서 춘향이는 업음질을 하면서 이도령이 '규장각 각신'이 되기를 기원한다. 이는 정조 이후 시대상을 반영한 결과다. 판소리 창사에 기초한 3·4조 혹은 4·4조의 가사체를 활용했으며, 한자어와 우리말을 잘 구성해 미학성을 살린 부분이 많다.

경판 『춘향전』은 산문계 소설로, 1850년에서 1860년 사이에 처음 간행된 것으로 추정된다. 경판에서는 이도령이 백년가약을 맺자고 하자 춘향이 "후일 상고차로 불망기하여주소서"라며 불망기^{不忘記}를 요구하는 것처럼 문서를 중시했다. 완판본은 숙종조 시대를 배경으로 하나, 경판본은 인조조로 설정했다. 완판본에서 춘향의 신분은 성참판의 서녀로 속신한 여염 처녀지만, 경판본에서 춘향은 '기생 춘향' '기생 딸 춘향' '창가 여자'로 나온다.

한편 유진한의 문집 『만화집』에 칠언고시 200구 2800자로 번역한 『춘향가』가 전한다. 유진한이 호남을 여행하며 판소리 〈춘향가〉를 듣고 이 한시를 지었다고 하여, 『춘향가』는 1754년^{영조 30} 즈음에 쓰였으리라 간주된다. 하지만 함께 한역된 「배비장전」의 성립 시기를 올려 잡을 수 없고 한시 속에 나오는 여러 소재가 후대의 것이라는 주장도 있다.[1] 『만화집』은 지은이의 후손인 유제한^{柳濟漢, 1908~1998}이 보관해오던 사본, 서울대학교 규장각에 소장된 사본의 두 종류가 있다. 앞의 사본은 1989년 청주^{淸州} 청절서원^{淸節書院}에서 석인본으로 간행되었는데, 이가원^{李家源}

---

1) 이윤석, 「고소설의 작자와 독자」, 『열상고전연구』 43, 열상고전연구회, 2015, 138~139쪽.

이 서문을 작성했다. 원래 제목은 '가사 춘향가 이백구'다. 시의 마지막 구에서 유진한은 이 시의 양식을 '타령사打鈴辭'라 했다. 전체적으로 상성上聲 지紙 운을 주로 사용하고 평성 지支 운을 혼용했으나, 서울대본에는 '압지운押支韻'이라고 잘못 적어두었다. 만화본『춘향가』에는「십장가」를 제외한「사랑가」·「이별가」·「자탄가」의 내용을 일부 한역한 곳이 있고,「이별가」 부분에서는 잡가「황계사黃鷄詞」를 저본으로 삼았다. 만화본 춘향가는『춘향전』의 여러 세부 화소가 세밀하게 언급되어 있어 창사의 필사본을 저본으로 삼았을 가능성이 높다.

20세기 들어『춘향전』은 활자본 20여 종이 간행되었다. 이 가운데 『현토한문춘향전懸吐漢文春香傳』(저자 및 발행 유철진兪喆鎭)이 1917년에 간행되고 1923년에 개정되어 나왔다.『수산水山 광한루기廣寒樓記』는 심춘尋春, 탐향探香, 응정凝情, 석별惜別, 거령拒令, 수절守節, 봉명奉命, 천약踐約의 8회로 나누었다.

『춘향전』은 해학적 언어 표현 방식이 많고,[2] 가요의 삽입과 사설의 짜임이 독특하다.[3] 완판본이든 경판본이든 언어 표현에 와전이 많으므로 여러 연구자가 교주를 시도했다. 1957년 이가원李家源과 조윤제趙潤齊의 완판 교주본, 1958년 구자균具滋均의 경판 주석이 대표적인 선행 업적이다. 북한에서는 조령출趙靈出이『열녀춘향수절가』를 윤색한『춘향전』을 1980년 문예출판사에서 간행하고, 이후 두 차례에 걸쳐 개정판을 출간했다.

『춘향전』은 19세기 말에 외국어로 번역됐다. 1882년에 나카라이 도스이半井桃水는 번역본『계림정화춘향전鷄林情話春香傳』을 출판했다.[4] 1889년

---

2) 박갑수,「春香傳의 諧謔的 表現─곁말을 중심한 異本의 表現攷(上·下)」,『亞細亞女性硏究』18·20, 숙명여대 아세아여성문제연구소, 1979/ 1981.

3) 전경욱,『春香傳의 辭說形成原理』, 고려대학교 민족문화연구소, 1990.

4) 니시오카 겐지(西岡健治),「일본에서의『춘향전』 번역의 초기양상─桃水野史譯『鷄林情話春

에 미국 선교사 알렌[H. N. Allen]은 『대죠션[Korean Tales]』에 『흥부전』『춘향전』 『심청전』『홍길동전』 등과 민담들을 영역해 실었다.[5] 1892년에는 프랑스 소설가 로니[J. H. Rosny]가 『춘향전』을 프랑스어로 번역했다.[6] 이후 러시아어 번역본도 나왔다.[7] 중국어 번역본 『춘향전』은 중국과 대만에서 5종이 간행되고,[8] 북한에서 1종이 간행되었다. 중국과 대만에서 출판한 번역본 5종은 모두 완판 84장본을 저본으로 했고, 1991년 북한 평양 외문[外文]출판사에서 간행한 중국어판 『춘향전』은 1980년 조령출 번안 『춘향전』을 저본으로 삼았다. 『춘향전』은 판소리 다섯 마당 중 하나로 공연되고, 창극으로 편성되며, 오페라나 뮤지컬 등으로 재탄생하기도 했다.

『춘향전』의 주제 및 줄거리

『춘향전』은 신분을 초월한 순수한 연애 및 당시 서민들의 꿈과 정서를 보여주는 작품으로, 조선 소설의 걸작으로 평가되어왔다. 『춘향전』의 주제 및 줄거리는 다음과 같다.

기생의 딸 성춘향과 양반 자제 이몽룡이 신분의 차이를 극복해 사랑하고, 성춘향이 정렬부인에 봉해져 둘이 정식으로 부부가 된다. 백성을 탄압하던 남원 수령 변학도는 암행어사 이몽룡에게 응징된다.

香傳』 대상으로」, 『어문론총』 제41호, 2004.
5) 오윤선, 『韓國 古小說 英譯의 樣相과 意義』, 고려대학교 박사논문, 2004, 11쪽.
6) 전상욱, 「프랑스판 춘향전의 개작양상과 후대적 변모」, 『열상고전연구』 32, 2010.
7) 엄순천, 「러시아어로 번역된 한국문학 개별 작품의 수용 사례 분석」, 『한국시베리아연구』 6, 배재대학교 한국-시베리아센터, 2006.
8) 5종류 중역본은 원작의 골계와 해학을 제대로 살리지 못했고, 춘향과 이몽룡의 관계를 과도하게 해석했으며, 원작의 음악적인 성격을 제대로 표현해내지 못했다. 왕페이옌, 『『春香傳』의 中國語 飜譯 및 變容의 樣相』, 고려대학교 박사학위논문, 2014.

숙종대왕 즉위 초에 퇴기 월매는 성참판과 살면서 자식이 없었는데 지리산에서 기도하여 딸 춘향을 낳는다. 춘향은 어릴 때부터 용모가 아름답고 시서와 그림에 능하여 칭송을 받았다.

어느 봄날^{단오절} 남원부사 자제 이몽룡이 광한루로 봄 구경을 나갔다가 그곳에서 그네 타는 춘향을 보고 반하여 방자를 시켜 춘향을 데려오게 한다. 하지만 춘향은 이몽룡에게 마음을 열지 않는다. 이몽룡은 그날 저녁 춘향의 집에 찾아가 월매에게 춘향을 끝까지 보살피겠다고 맹세하고 춘향과 가연을 맺는다.

그런데 부친이 동부승지가 되어 한양으로 가게 되자, 이몽룡은 과거 급제 후 관직을 얻어 춘향을 데려가겠다 약속하고서 서울로 떠난다. 남원 부사로 부임한 변학도는 변덕스럽고 탐학한 자인데, 기생 점고를 하다가 이름을 익히 들어온 춘향이 모습을 보이지 않자 화를 낸다. 변학도는 춘향을 끌고 오게 하여, 춘향이 기생의 딸이므로 기생 신분을 벗어날 수 없다면서 수청을 강요한다. 춘향은 "한 지아비만 일생 섬기겠다" 하면서 수청을 거부하다가 관장^{官長}을 능욕한 죄명으로 옥에 갇힌다.

한양으로 간 이몽룡은 장원급제를 하고 암행어사에 임명되어 남원에 내려온다. 도중에 이몽룡은 춘향의 서찰을 지닌 노비, 인근 농부들, 빨래터 여인들을 통해 변학도의 횡포와 춘향의 고초를 알게 되고 걸인 행색으로 월매의 집을 찾아가 월매와 함께 옥중의 춘향을 만난다. 월매는 서운해하며 이몽룡에게 핀잔을 주지만, 춘향은 변치 않는 사랑으로 월매에게 이몽룡을 극진히 대접해라주라고 부탁한다.

변학도의 생일잔치 날, 걸인 행색을 한 이몽룡이 시 한 수를 적어 탐관오리가 백성을 착취한 사실을 풍자한다. 운봉 영장은 그 시를 보고 이몽룡이 암행어사임을 직감하지만, 변학도는 이몽룡의 정체를 알아차리지 못한 채 춘향을 불러내 형문하려 한다. 이때 암행어사가 출두해 변학도를 봉고파직한다.

이몽룡은 춘향의 마음을 떠보려고 수청을 들라 하지만, 춘향은 거절한다. 이몽룡은 정체를 밝힌다. 이후 춘향은 향단과 함께 먼저 서울로 올라가고, 이몽룡은 직무를 수행하고서 뒤따라 올라간다. 춘향은 정렬부인에 봉해져 이몽룡의 정처로 인정받는다.

▨ 『춘향전』의 서술 방식

『춘향전』은 지배 계층을 향한 신랄한 비판과 해학적 서술이 두드러진다. 후자의 한 예로 이도령이 춘향을 그리워해 책방에서 글을 읽으며 엉뚱한 상상을 하는 부분에서 탁월한 언어유희의 수법이 나타난다.

이도령은 『주역』의 "건乾은 원元코 형亨코 이利코 정貞하다"의 현토를 "원元은 형亨코 정貞코"로 읽다가, 거기서 '춘향이 코'를 연상하고 "딱 댄 코 좋고 하니라" 하고는 "이 글도 못 읽겠구나"라며 때려치운다. 건괘의 덕을 원, 형, 이, 정의 덕목 네 가지로 나누어 보느냐 원형과 이정의 둘로 나누어 보느냐 하는 것은 『주역』을 해석하는 데 있어 중요하다. 이도령이 읽는 현토는 주자의 설에 따라 그 넷을 각각의 독립된 덕으로 보았는데, 선조 때 교정청 언해본이 나오고 나서는 각 덕목의 뒤에 '-하고'를 줄여 '-코'로 읽어왔다. 다만 이야기 구성자가 『주역』의 심오한 이론을 염두에 둔 것 같지는 않다. '건은 원코' 운운해야 할 것을 '원은 형코' 운운으로 바꾸고 '이利코'는 빼버렸다. 『주역』의 원문을 정확히 읽을 필요 없이 '코'라는 현토에만 주목해 '춘향이 코'를 연상하기만 하면 되었다.

이도령이 광한루에서 춘향을 만나보고 헤어진 후 부친이 공무를 마치고 하급직들에게 물러가도 좋다는 퇴령 놓기만을 기다리면서 책방에서 글을 읽는 부분은 폭소를 자아낸다. 이도령은 『천자문』 풀이 끝에

"군자의 좋은 짝이 바로 이 아니냐. 춘향 입에 내 입을 한데다 대고 쪽쪽 빠니 법 가운데 여^呂 자가 이 아니냐. 애고애고, 보고 지고"라고 소리지른다. 마침 사또가 저녁식사를 하고 식곤증이 나서 평상에 누워 잠들어 있다가 "애고 애고 보고 지고" 소리에 깜짝 놀란다. 사또는 통인에게 "책방에서 누가 생침을 맞느냐. 아픈 다리를 주물렀느냐? 알아보아 보고해라"고 한다. 이 대목에서 당시에 생침을 맞아 심하게 고통을 겪는 사람이 많았다는 사실, 탈것이 발달하지 않아 늘 걸어야 하고 노새나 말을 타더라도 근육을 너무 많이 사용해 다리가 아프게 되는 일이 많았다는 사실을 엿볼 수 있다. 통인은 책방에 가서 이도령에게 "도련님 웬 목통입니까? 고함소리에 사또께서 놀라셔서 몰래 살피라 하시니 어찌하면 되겠습니까?" 힐문하고는 이도령의 안색을 살핀다. 『열녀춘향수절가』에서는 "딱한 일이로다. 남의 집 늙은이는 이롱증도 있으리라만, 귀 너무 밝은 것도 예삿일이 아니로구나"라는 대사가 이어진다. 작가가 개입해 이도령의 낭패감을 슬쩍 드러낸 것이다. 그러고는 "그러한다 하지만 귀 밝은 것을 탓할 리가 무어 있을까!"라며 교묘하게 그 말을 거둬들인다. 판소리 광대의 사설을 옮기지 않고서는 이렇게 작중인물의 심리를 파악해 속내를 드러내 비판하고 거둬들일 수 없다.

이도령의 부친은 아들의 재능을 확신한다는 점에서 과거 아버지들의 일반적인 특성을 그대로 지닌다. 이도령은 부친에게 사실이 밝혀질까 두려워 통인에게 자기 말을 그대로 전하게 한다. "이대로 말씀드려라. 내가 『논어』를 읽다가 '아아, 내가 늙은 지 오래되었구나! 아마도 꿈속에서 주공을 뵙지 못할 것이다'라는 대문을 보다가, 나도 주공을 뵈면 어떠할까 해서 흥에 겨워 소리가 높아졌습니다, 라는 식으로 말씀드려라." 통인이 들어가 그대로 여쭈자, 사또는 자기 아들에게 '성인도 이겨보려 하는 성질'이 있음을 알고 크게 기꺼워한다. 사또는 자식에 대한 사랑에 눈멀어 자식의 실체를 알지 못하는 어리석은 사람이다. 『논어』「술이述而」에는 공자가 "심하여라, 내가 쇠한 것이! 오래되었도다, 내가 꿈속에서 다시 주공을 뵙지 못하는 것이!"라고 탄식한 말이 수록되어 있다. 이도령은 이 원문을 문자 그대로 외우지 않고 뜻만 가져다 썼다. 하지만 과거 시험을 치러야 하는 책방 도령으로서 『논어』의 어구를 제대로 외우지 못한다는 것은 공부를 제대로 하지 않았음을 드러낸다. 그의 부친은 한림학사 출신이면서도 이를 깨닫지 못한다. 『열녀춘향수절가』의 작가군은 이 대목에서 이도령과 이도령 부친의 허위를 실컷 조롱하고 있다.

　『열녀춘향수절가』 중반 이후 이도령의 부친은 목소리가 들리지 않는다. 이도령의 모친도 이야기 중반 이후에 목소리가 들리지 않고 얼굴도 드러내지 않는다. 이에 비해 월매는 춘향에게 지극한 모성을 발휘한다. 딸이 기생 신분에서 벗어나게 하려 애쓰고, 이도령과 춘향의 결연에 대비하며, 이도령의 갑작스러운 이별을 원통해한다. 그리고 암행어사지만 걸인 몰골로 나타난 이도령을 "서방인지 남방인지 걸인이 하나 내려왔다"며 박대한다. 그런데 이야기 구조에서 부친의 역할이 급격히 줄어든 이유는 무엇일까? 『열녀춘향수절가』에 가족 구조에서 아버지의 역할이 공허하다는 사실을 반영한 건 아닐까? 저녁을 먹고 나서 식곤증이 난 중년 남성을 생생하게 묘사했듯이, 가족 간 유대에 부친의 역할이 그리 중요하지 않은 현실을 반영한 듯하다.

　춘향이 기생인가 아닌가 하는 문제는 『열녀춘향수절가』 첫머리에서 월매의 입을 통해 춘향이 성참판의 딸이란 사실이 밝혀지면서 해결되는 듯하지만, 춘향의 어머니는 퇴기였다. 이도령의 모친은 "양반의 자식이 부형을 따라 지방 고을로 내려왔다가 기생을 첩으로 삼아 데려간단 말이 앞길에도 해롭고, 조정에 들어가면 벼슬도 못 한다"라고 이도령을 꾸중한다. 현실에서는 서녀가 양반 사대부의 정처가 될 수 없었다. 『열녀춘향수절가』는 이야기 끝부분에서 춘향을 정렬부인으로 환골시킨다.

여기에는 서민의 신분 상승 욕구가 담겨 있다. 그런데 신분을 초월한 사랑이 실제로 가능한지에 대한 의문은 여전히 남아 있다.

『춘향전』의 서사 구조

서사시·소설·희곡의 갈등 구조는 현실을 형상화하고 주제와 사상을 구현하는 방식으로 되어 있다. 『열녀춘향수절가』를 포함한 『춘향전』의 갈등 구조는 춘향이 주체로 등장하며 춘향·이도령·변학도의 삼각형의 갈등 구조를 이룬다. 이 갈등 구조에는 춘향, 이도령, 변학도의 인물 형상과 상호 관련성에 의해 역사성이 부여된다. 이본에 따른 변형이 있지만, 보통 춘향은 기생, 이도령은 책방도령^{±ㅅ}, 변학도는 수령으로 나온다.

삼각형의 갈등 구조는 성주풀이에서 황우양씨 부부와 소진랑이 갈등하는 구조와 유사하다. 하지만 『춘향전』에서는 성주풀이에 없는 신분 문제가 중요한 의미를 지닌다.[9] 삼각형의 갈등 구조는 관탈민녀형^{官奪民女型} 설화에도 있다. 특히 민담 「우렁이색시」는 『춘향전』의 근원설화 가운데 하나로 알려져 있다.[10] 하지만 이 설화에서는 한 평민 여성을 사이에 두고 대결하는 두 남성의 신분이 관장^{官長}과 촌민^{村民}으로 설정되어 있다. 관탈민녀형 설화는 『춘향전』을 낳은 근원설화지만, 역사적 현실을 반영하는 방식이 『춘향전』과 다르다.[11]

---

9) 서대석, 「성주풀이와 춘향가의 비교연구」, 판소리학회, 1989, 19쪽.
10) 최래옥, 「官奪民女型 說話의 硏究」, 『韓國古典散文硏究』, 同化文化社, 1981.
11) 김종철은 「春香傳의 根源說話」(『韓國文學史의 爭點』, 集文堂, 1986)에서 『춘향전』 근원설화의 필수 조건으로 춘향이 주체일 것, 설화의 갈등은 춘향의 애정이 그의 신분으로 인해 좌절되는데 기초할 것, 춘향-이도령-변학도의 삼각형 갈등 구조일 것, 다른 설화들을 종속적 위치에 배열시키는 중심설화일 것 등을 제시했다. 이에 비해 서대석은 「성주풀이와 춘향가의 비교연구」에서, 김종철이 제시한 조건은 『춘향전』 이본군이 갖춰야 할 조건이고 근원설화의 조건으로는 지나치게 구체적이라고 비판하고, 춘향전의 근원 소재가 되려면 여성의 시각에서 작품이

이도령과 춘향과의 결연담은 같은 시기 중국소설과 희곡의 남녀결연담과 유사한 면이 있다. 특히 장생張生과 최앵앵崔鶯鶯 사이의 결연과 최앵앵의 가련한 종말을 다룬 원진元稹의 『앵앵전鶯鶯傳』, 『앵앵전』에서 파생된 원곡元曲인 조덕린趙德麟의 「상조접련화고자사商調蝶戀花鼓子詞」, 동해원董解元의 「서상기제궁조西廂記諸宮調」, 왕실보王實甫의 「서상기西廂記」 등이 『춘향전』과 비교할 만한 작품이다. 송만재宋晩載는 「관우희觀優戲」 제9수에서 『춘향전』이 『회진기會眞記』를 연상시킨다고 지적한 바 있다. 『회진기』는 장생이 선녀 최앵앵과 결연하는 이야기다.

금슬우지琴瑟友之 남녀 관계 번화함은 「회진기」를 생각하게 하니
남원 광한루에 수의어사繡衣御史가 이르렀구나.
정에 깊은 낭군은 이름난 아름다운 절개를 저버리지 않고서
감옥 속의 그윽한 향기를 가만히 봄기운으로 돌렸네.

『춘향전』이 남녀 결연담을 통해 역사 현실과 인간 성격을 형상화한 방식은 『회진기』, 즉 『앵앵전』과 전혀 다르다. 이도령의 장원급제로 남녀가 단원을 이루게 된다는 결말은 원·명 재자가인극才子佳人劇이나 명나라의 가경嘉慶·만력萬曆 연간의 재자가인소설과 유사하다. 재자가인극이나 재자가인소설의 주인공은 사환가仕宦家나 서향가書香家의 독서인과 미모의 규합 소저가 상대방의 주의를 끌어 화전월하花前月下에서 기약을 하고 시사詩詞를 주고받아 맹세를 한 뒤에 파란을 겪지만 남주인공이 과거에 급제하면서 결연을 맺는다. 이 작품들은 『춘향전』과 유사한 면이 있

으나, 그렇다고 『춘향전』에 직접적으로 영향을 주었다고는 할 수 없다.

기녀妓女와 사인士人의 연애담은 조선 후기의 야담, 한문단편, 소설의 소재로 널리 이용되었다. 번안물인 『왕경룡전王慶龍傳』에 이어 『청년회심곡』『부용의상사곡』『채봉감별곡』『옥단춘전』『이진사전』『옥루몽』 등은 '기녀 신분갈등형 애정소설' 유형으로 분류되는데, 『춘향전』과 공시성을 지닌 소설은 아니다. 『왕경룡전』은 명대 단편소설 「오당춘낙난봉부玉堂春落難逢夫」를 번안한 소설이다. 『청년회심곡』『부용의상사곡』『채봉감별곡』은 1900년대 신작구소설이며, 『옥단춘전』『이진사전』도 신작구소설인 듯하다. 『옥루몽』은 남녀 결연담과 무용담, 여성 쟁총담이 합쳐진 소설로, 여주인공 강남홍이 남주인공 양창곡과 기약을 맺고 소주자사 황공의 핍박을 받는 것으로 나오지만, 이야기 전체적으로 여성의 영웅적 면모를 중시하고 있어 기녀 신분갈등형 애정소설에 들지 않는다.

『춘향전』은 남주인공의 유흥 때문에 발생할 부자 갈등을 아예 문제삼지 않았다. 부친이 알면 어떠냐며 이도령은 호언한다. 기녀·사인 결합과 관련해 부자 갈등이나 신분 문제를 전면에서 다루지 않겠다는 작가·작가군의 의식이 개입된 것이다. 춘향과 이도령의 결합에서 제기될 춘향의 신분 문제는 『왕경룡전』에서와 마찬가지로 애매하게 처리되어 있다. 만화본 『춘향가』를 보면, 춘향은 이도령의 암행어사 출또 이후에야 기적妓籍에서 이름이 완전히 빠지고 정렬부인에 가자加資되어 사당의 조고비祖考妣를 배알하고, 은대 옥당의 벌열 여인들과 동성동문의 올케 동서가 되었다[12]. 기녀 출신 여성이 정렬부인이 되고 양반의 정실이 되는 일은 현실에서 불가능했다. 『춘향전』의 작가·작가군은 기생이면서 기생이기를 거부한 춘향이 기존 질서에 맞서 승리했으면 하는 바람을 소설

---

12) 김동욱은 「異本攷(晚華本)」(『增補春香傳研究』, 연세대출판부, 1976) 191쪽에서 이 구절을 두고 "가문의 경사로서 정실을 맞이했다"고 풀이하고 "李道슈 貴閣女에 장가"들었다고도 하여, 이도령이 춘향 말고 정실을 따로 맞은 듯이 설명했다. 그러나 이것은 잘못이다.

에 가탁했다.

『춘향전』에서 춘향은 애정 실현을 통해 인간 주체성을 온전히 획득하려 하지만, 남원부사 변학도는 춘향의 성취를 방해한다. 주主-노奴의 신분 대립은 더욱 심각하다.『춘향전』은 주-노 대립을 전면적으로 다루어 기녀·사인의 결합에서 발생할 신분 문제와 부자 갈등 문제는 소홀히 취급하거나 고의로 누락시켰다. 이 삼각 갈등 구조는『왕경룡전』의 구조와 큰 차이가 있다.『왕경룡전』은 탕아 사인과 부친 사이의 부자 갈등을 심각하게 부각시키면서, 기녀-사인-상인 사이의 삼각관계는 부분적이고 삽화적으로 다루었다. 반면『춘향전』은 기녀-사인-수령(혹은 아전)의 삼각관계를 깊이 있게 다루었다. 이 점은 기녀 신분갈등형 애정소설에 나타나는 특징이다. 번안물『왕경룡전』을 제외하고 조선 후기 기녀 신분갈등형 애정소설은 탐학한 수령을 악역으로 내세우고 그들의 권력이 남녀의 애정을 방해하지만 결국 애정 앞에서 무력하게 된다는 이야기를 이끌어나간다. 이 갈등 구조는 기녀·사인 연애담을 다룬 중국 재자가인극이 상인商人을 적대자로 설정한 것과 대조된다.

근세 중국문학자 정진탁鄭振鐸은 원대 잡극 가운데 상인·사인·기녀의 삼각관계를 다룬 작품을 검토해 그 역사적 의의를 논했다.[13]『춘향전』과 조선후기 기녀 신분갈등형 애정소설은 핵심 내용이 원대 기녀·사인 연애극의 제2단락과 완전히 다르다. 원대 기녀·사인 연애극의 제2단락은 다음과 같은 내용을 담고 있다. 기생어미 즉 포주인 보모鴇母가 사인과 기녀를 박대하던 참에 차상茶商·염상鹽商·노주潞紬판매상·면화상인 등의 형상인 표객嫖客이 등장하고, 기생어미는 사인과 기녀 사이를 이간하

---

13) 정진탁,「論元人所寫商人·士子·妓女間的三角戀愛劇」,『鄭振鐸文集』第5卷, 人民文學出版社, 1988.

거나 계략을 써서 사인을 쫓아내고는 기녀를 속여 표객에게 데려간다. 결미에서는 사인과 기녀가 해후하고, 사인이 과거급제나 임관任官을 통해 권력을 등에 업게 되자 경제적 부를 지닌 상인을 패배시킨다. 이것은 사인 신분의 작가들이 상인에게 수모를 겪고 있었던 현실의 불만을 해소하고자 자기들 꿈을 작품에 가탁한 환상성이라 할 수 있다. 명대 주빈왕周賓王의 「선평항유급금아부낙창宣平巷劉給金兒復落娼」에 잘 나타나 있듯이, 빈궁한 생활에 지쳐 있던 기녀들은 부유한 상인과 유복하게 살기를 바랐으나, 원잡극 작가들은 상인들을 폭압적인 인물로 그려내고 기녀들을 정녀貞女·절부節婦의 수준으로 격상시켜 기녀·사인의 단원몽團圓夢을 꿈꾸었다.

『춘향전』을 포함한 조선 후기 기녀 신분 갈등형 애정소설에는 탐관오리의 횡포에 대한 하층민의 저항 의식이 담겼기에 악역으로 수령이나 아전이 등장한다. 『춘향전』은 춘향과 변학도의 대립을 노奴와 관장官長의 대립으로 설정해 저항 의식을 더욱 첨예화한다. 춘향 모 월매는 춘향의 생모로, 이 점은 「대옥소」를 포함한 원·명 기녀·사인 연애극에서 기생어미가 철저히 금전 논리에 따라 기녀를 '요전수搖錢樹'(『이왜전李娃傳』)로서만 취급하는 것과 완전히 다르다. 월매는 딸이 유력 양반의 첩이 되어 호강이나 해보려는 바람을 지닌다. 신재효본申在孝本에서 월매는 인정 있고 눈물 많은 첩장모妾丈母로 그려지지만, 이고본李古本에서는 '음흉하고 능꾼이요 독살스럽고 몰인정한 기생어멈의 본색'을 드러내기도 한다.[14] 하지만 월매는 춘향의 진정한 행복을 바란다. 월매는 봉건적 신분제도하에서 기생살이에 대한 설움과 울분에 북받쳐 걸인 이도령을 미워하지만 여주인공의 애정 성취와 자아실현을 방해하는 기생 어미가 아니다. 월매는 천민이면서 모성애를 지닌 평범한 어머니다. 춘향과 월매는

---

14) 김동욱, 『增補 春香傳研究』, 116쪽.

변학도로 형상화된 광포한 수령에게 함께 저항한다. 『춘향전』의 삼각 갈등 구조에서 절대 악은 민중의 울분이 집중되는 지방 수령이다.

한편 『열녀춘향수절가』에서는 아전을 비판하는 의식이 없다. 조선 후기에는 지방 수령과 아전의 대립이 심각했다. 다음 기록은 그 사실을 잘 보여준다.

영덕현盈德縣은 본래 아전들이 드센 것이 고질적인 폐단이었다. 현령 홍정보洪鼎輔가 부임한 뒤로 엄하게 이들을 단속하려 하자, 아전들이 현령을 축출할 목적으로 반란을 일으켰다. 하룻밤 사이에 호장戶長, 이방吏房부터 사령使令, 관노官奴까지 일제히 관아를 빠져나와 읍성 밖을 에워싸고 점거하여 도로 출입을 통제하고 향소鄕所를 협박하여 가담하게 하는 등 갖은 짓을 다 했는데, 며칠 뒤에 감영의 노복이 곧장 감영에 보고하여 알려졌으며 주모자는 효시되었다. (『승정원일기』, 영조 즉위년 9월 29일자)

『춘향전』은 이도령을 포함한 양반 계층과 아전배를 풍자하고 있다. 하지만 지방 수령이 악역을 떠맡고 있다는 사실에 주목해야 한다. 조선 후기 향촌 사회에서는 수령과 향리층이 성장하면서 재지사족이 위기감을 느끼고 내부 분열을 일으키는 한편, 기층민이 변혁의 주체로 등장하기 시작했다. 향촌은 재지사족으로부터 유리되어 사회구조 재편을 요구했으나, 중앙 권력의 통제력을 상징하는 수령은 이 요구를 받아들이지 못하고 신분제나 공동체 규제를 강화해 기존 체제를 유지하고자 했다. 일부 수령들은 향촌 사회에서 개인적 탐욕까지 채웠다. 『춘향전』의 작가·작가군은 바로 이러한 수령의 전형적인 모습을 보여주고, 향촌 인민이 수령에게 지닌 비판 의식을 집결시켰다. 이러한 점에서 재지사족이나 기층민이 『춘향전』에 공감할 수 있었다.

『춘향전』은 여러 계층의 익명의 작가가 개입해 창사와 서술이 구성되어 서술 방식이나 주제 면에서 모순을 드러내기도 한다. 다만 법률에 관한 이야기가 적지 않게 나온다는 점에 주목하면, 향리층이 구조화에 개입했을 가능성이 있다.

ⓐ 이몽룡이 광한루에서 그네 타는 춘향이를 만나보고 책방에 돌아와서 읽은 천자문 풀이 중에 다음 내용이 있다.

"조강지처는 내쫓을 수 없는 법, 아내 박대 못 하는 법이니 『대전통편』법 가운데 율律."

ⓑ 변학도는 춘향이 수청을 거부하자 크게 노하여 다음과 같이 말했다.

"이년 들어라. 모반 대역하는 죄는 능지처참하고, 관장을 조롱하는 죄는 제서유위율을 적용한다고 쓰여 있으며, 관장을 거역한 죄는 엄형에 처하고 정배 보내게 되어 있느니라. 죽는다고 설워 마라."

ⓐ는 후한 송홍宋弘의 고사에서 기원하는 '고난을 함께한 아내는 내쳐선 안 된다糟糠之妻不下堂'라는 교훈이 민간 부부생활을 엄중히 단속하는 법률과 같은 역할을 한다는 것을 강조하려고 『대전통편』을 언급했다. 이것은 정조 재위 5년인 1781년부터 찬집청纂輯廳에서 편찬하기 시작하여 1785년에 편찬을 끝내고 왕의 교지로 '대전통편'이라고 명명한 6권 5책의 법전이다. 다만 창사에서는 '대동통편'이라 했는데, 창으로 불려지면서 와전된 게 분명하다.

ⓑ에서 변학도는 모반대역죄, 관장 조롱죄, 관장 거역죄를 언급하면서 모반대역죄는 능지처참형, 관장 조롱제는 제서유위율 적용, 관장 거역죄는 엄형에 처하고 정배를 보낸다고 들었다. 판소리 창사에서 기원한 『열녀춘향수절가』의 본문에서는 '제서유위율'의 뜻을 몰라 '겨셔율의율'로 표기해두었다. 제서유위율은 『대명률大明律』「이율吏律 공식公式」의 조항으로 황제의 명령인 제서를 어긴 데 대한 형률이다. 조선시대에도

국왕의 명령이나 세자의 영을 어긴 자에게 이에 준하는 율을 적용했다.

북한에서는 창극과 가극과 소설에서 봉건적 신분제도 타파를 전면에 내세우고 춘향, 월매, 방자의 서민성 성격을 강조하며 합리성과 개연성을 강화하고 변학도와 백성의 대립을 극대화시켰다.[15] 조령출[16]은 월북 이전인 1942년에 이미 가요극『춘향전』을 창작하고, 월북 이후 1953년에 창극『춘향전』을 창작했으며, 1988년에는 피바다식 가극대본『춘향전』을 평양예술단 공연작품으로 제작했다. 조령출은 완판본『열녀춘향수절가』를 기초로『춘향전』을 윤색하여 1980년, 1985년 1991년 세 종류의 북한 판본을 냈다.[17] 조령출은 봉건사회 신분제도와 부패한 관료를 비판하고 인민의 고난을 강조하는 방향으로 월매와 춘향의 기생 신분의 한계를 벗겨주었다. 그렇지만『춘향전』의 계급적 한계성을 확인하는 것을 잊지 않았다. 1985년 판본과 1991년본의 첫머리에는 김하명의 「고전소설『춘향전』에 대하여」가 있다. 김하명은 "리몽룡의 형상은 이렇듯 긍정적인 자질을 적지 않게 지니고 있으나 봉건 관료 제도에 대한

---

15) 김용환·이영미·전정임 공저, 『남북한 음악극『춘향전』 비교 연구』, 한국예술종합학교 한국예술연구소, 1997, 218~232쪽.

16) 조령출(趙靈出, 1913~1993)은 조중연, 조명암, 조령출이라는 이름을 사용했다. 충청남도 아산에서 출생하고, 9세 때 아버지 별세 후 어머니와 함께 함경남도 석왕사에 의탁했다. 금강산 건봉사로 출가했으며 안변 석왕사보통학교를 졸업했다. 건봉사 장학생으로 보성고보와 와세다대학교를 졸업했다. 1934년 동아일보 신춘문예에 시「동방의 태양을 쏘라」와 대중가요 〈서울노래〉가 동시에 입상했다. 이후 시 150여 편과 대중가요 550여 곡을 발표했다. 1948년 말 월북하여 교육문화성 부상, 예술총동맹중앙위원회 부위원장 등을 역임하며 북한의 혁명가극 창안에 참여했다. 1988년 월북예술가 해금조치에 따라 작품들이 해금되었다.『조영출 전집』 2, 정우택·주경환 편, 소명출판, 2013.

17) 1980년본은 북한 문예출판사에서 출판한 것으로, 서울대학교 중앙도서관 특수 자료실에 소장되어 있다. 1991년본은 평양 문예출판사에서 출판한『춘향전』(『조선고전문학선집』 41) 인데, 1995년 한국문화사에서 영인본으로 다시 출판했다. 2007년 보리출판사에서 1985년본을 기초로 재편본을 간행했다. 1980년본과 1991년본에는 보이지 않는 첫날밤 사설을 비롯한 성적 묘사와 춘향의 앵두꽃이 떨어지는 꿈, 그리고 허봉사의 해몽 등의 내용이 들어 있다.

구체적인 개혁안을 가진 시대의 선각자는 아니다"[18]라고 지적했다.

▨ 『춘향전』의 사설 짜임

정노식의 『조선창극사朝鮮唱劇史』(조선일보사출판부, 1941, 234쪽) '여류女流 광대의 비조鼻祖 채선彩仙 「동편東便」'에 보면, 채선은 전북 고창군高敞郡 출신으로 대원군의 총애를 받았고 〈춘향가〉와 〈심청가〉를 잘 불렀다고 한다. 그 더늠으로 춘향가 중 기생 점고하는 장면이 유명했다. 『춘향가』의 사설 가운데 일부는 독립적으로 공연되었다.

『춘향전』의 사설 짜임은 중국이나 일본의 강창講唱과 비교해보면 고유한 역사적·미학적 성격이 더욱 부각된다.[19] 『춘향전』은 판소리 창사를 그대로 옮겼다고 볼 수는 없지만, 판소리의 창사를 기조로 하면서 여러 민요나 사설을 도입하여 이루어졌으리란 것은 부정할 수 없다. 『춘향전』을 포함한 판소리사설·판소리계 소설들은 상투적 표현 체계와 동일 통사 구조 및 운율의 반복 체계로 이루어져 구연을 편리하게 하고 독특한 분위기를 형성한다. 특히 치레·사설·타령같이 130여 종에 달하는 사설군은 창사의 중요한 부분으로, 민요에서 차용된 것과 창작된 가요의 두 가지가 있다.[20]

『춘향전』 사설군의 일부는 구전공식구口傳公式句를 활용했다. 사물의 이름을 나열해 사물의 모습을 상세히 묘사하거나 과장하는 방식으로 청

---

18) 김하명, 「고전소설 『춘향전』에 대하여」, 조령출 윤색, 『춘향전』, 한국문화사, 1995, 1~15쪽.

19) 성현자, 「판소리와 中國講唱文學의 對比研究」, 『진단학보』 53~54, 진단학회, 1982.

20) 김동욱, 「판소리 揷入歌謠 研究」, 『韓國歌謠의 研究』, 을유문화사, 1961; 田耕旭, 『春香傳의 辭說形成原理』, 고려대학교 민족문화연구소, 1990.

자로 하여금 극적 장면에 동참하는 감동을 주고, 동일한 통사구조나 율격 조직의 구절을 반복해 청자의 감동을 고조시키는 음악적 효과를 증폭하기도 했다. 『열녀춘향수절가』의 주효^{酒肴}·기명^{器皿} 사설이나 집사설·세간사설은 「성조가^{成造歌}」 계통의 무가에서 기원한다고 볼 수 있다.[21] 춘향·이도령·방자·신관·신연하인 등의 복색사설과 신관·어사의 노정기는 무가에서 무신의 모습·복색·유래·노정 등을 자세히 서술하는 방식과 유사하다.[22] 『열녀춘향수절가』에서 춘향 방 세간사설은 같은 음수율의 물명^{物名}들을 음악적으로 나열하지 않아 중층적이고 서술적이다.

『춘향전』의 극적 전개방식이나 명명법·표현방식은 중국 재자가인극에서 영향을 받았다는 설이 있다.[23] 『춘향전』의 기생점고·십장가·천자뒤풀이가 특히 「환혼기^{還魂記}」의 명판일착^{冥判一齣}에서 화신^{花神}과 지옥판관^{地獄判官}이 주고받는 대창^{對唱}과 유사하다고 한다. 「환혼기」에는 『천자문』을 이용한 열거조 언어유희가 있지만, 이것이 『열녀춘향수절가』의 천자뒤풀이에 영향을 준 것[24]은 아니다. 『열녀춘향수절가』의 천자문뒤풀이는 한 글자 한 글자 풀이로 되어 있으며 '천지현황^{天地玄黃}'의 천^天부터 순서대로 나가 '율려조양^{律呂調陽}'의 여^呂에서 끝나나, 「환혼기」는 4자 1구의 성구^{成句}를 그대로 이용하되 원전의 순서를 뒤섞으면서 『천자문』 전체를 끌어다 이용했다.

『춘향전』의 구성 및 공식구적 사설군은 일본의 중세문학인 모노가타리와도 유사한 면이 있다. 특히 『조루리모노가타리^{淨瑠璃物語}』는 『춘향전』

---

21) 김동욱, 「春香傳의 比較的 研究」, 『增補 春香傳研究』, 연세대학교출판부, 1976.
22) 김병국, 「口碑敍事詩로서 본 판소리 辭說의 構成方式」, 『韓國學報』 27, 一志社, 1982; 박경신, 「巫歌의 作詩原理에 대한 現場論的 研究」, 서울대학교 국문학과 박사학위논문, 1991.
23) 민영국, 「春香傳 五則」, 『回歸』 4집, 汎洋社, 1988. 원래의 논고는 1942년에 집필되었으며, 『강화학 최후의 광경』(又半, 1995)에 재수록되었다.
24) 이가원, 「『春香歌』가 明曲에서 받은 影響—주로 『三元記』·『還魂記』에서」, 『국어국문학』 34/35호, 국어국문학회, 1967.

과 마찬가지로 청춘 남녀의 만남·결연·이별·재회라는 구성으로 되어 있고, 상투적 표현과 유형적 표현 방식을 활용하고 있어 상호 대비가 된다.[25] 하지만 구연 예술에 뿌리를 둔 문학작품들은 구전공식구와 열거법을 많이 사용하는 양식적인 공통성이 있을 수 있다.

▨『춘향전』의 수사법

『열녀춘향전수절가』에는 하나의 어휘를 다른 의미를 암시하는 말로 사용하거나 동음이의어를 해학적으로 사용하는 언어유희가 많다. 기지가 풍부하고 어조가 날카롭다. 이를테면 이도령은 "너와 나와 유정有情하니 정情 자로 놀아보자"라며 그 방법을 "음이 같은 말을 이용해서 정 자로 노래나 불러보자"라고 한다. 그리고 동음이의어를 이용해 情 자만이 아니라 亭, 庭, 淨, 定, 廷, 정(걱정) 자의 어휘도 나열한다. 궁宮 자 노래도 이어진다. 춘향은 이도령과 헤어지게 되자 "이보시오 도련님, 이제 가시면 언제 오시려오" 하고는 절絶 자 타령을 한다. 이도령이 걸인 차림으로 와서 월매가 그를 데리고 옥에 갇힌 춘향을 찾아가 나누는 대화에서도 언어유희가 두드러진다. '서방書房'을 동음이의어 '서방西方'과 연계시키고서 유사어 '남방南方'과 다시 연계시켰다. 또한 이부二夫와 이부李夫를 동음이의 관계로 병렬했다. 이는 한자의 동음을 이용한 예다.「십장가」에서는 한자어 수량사를 이용한 언어유희가 나온다.

『열녀춘향전수절가』에는 우리말 동음을 이용한 반복 리듬의 구성도 있다. 이도령은 자기 어머니에게 울면서 춘향의 일을 말했으나 호된 꾸

25) 변은전, 「판소리『春香傳』과『淨瑠璃物語』」, 『제3차 조선국제학술토론회 론문요지』, 일본 大阪, 1990.8 ; 邊恩田, 『語り物の比較研究:「物揃え」と「趣向」をめぐる日・韓・中の比較論』, 日本同 志社大学 博士論文, 1999.

중만 들었다. 춘향의 집으로 향하자니 설움이 밀려와 기가 막히지만 길거리에서 울 수도 없어 꾹 참고서 집에서 나와 거리를 나서는데 간장이 끊어지는 듯하다. 춘향의 집 문 앞에 당도할 때쯤에 "눈물이 통째, 건더기째, 보째 왈칵" 쏟아져나온다.

『열녀춘향전수절가』는 속담, 무축, 산통점, 해몽 등 민간 지식을 이용한 서술이 두드러진다. 민속 속담을 인용한 예를 열거하면 다음과 같다.

ⓐ 월매가 차려낸 음식을 나열하는 사설에서 "'봄 꿩이 제 울음에 죽는다^{춘치자명, 春雉自鳴}'의 산꿩 다리"라는 표현이 있다.

ⓑ 춘향이 이몽룡과 이별하고 고독한 처지를 자탄하면서 하는 말 가운데 "'태백산 까마귀 게 발 물어 던지듯이' 혈혈단신 이내 몸이 누구를 믿고 산단 말입니까!"라는 표현이 있다.

ⓒ 회계 나리가 춘향을 비난하는 말이 있다. "'하루살이가 일생 천하를 작게 여기는 것'과 꼭 같구나. 네가 여러 번 사양할 게 무엇이냐?"

ⓓ 춘향이 옥중으로 찾아온 사람이 이몽룡인지 몰라 되뇔 때 "꿈에 와 보이는 임은 신^信이 없다"라고 한다.

ⓔ 이몽룡이 걸인 행색을 하고 옥중으로 춘향을 찾아가자, 춘향이 자기 신세를 한탄한다. 이몽룡이 춘향을 다독이면서 "울지 마라. 하늘이 무너져도 솟아날 구멍이 있느니라. 네가 나를 어찌 알고 이렇듯이 서러워하느냐?"라고 한다.

ⓕ 어사또 이몽룡이 걸인 행색으로 변학도 생일잔치에 참석하니, 운봉 영장은 "저 걸인의 의관은 남루하지만 양반의 후예인 듯하므로 말석에 앉히고 술이나 먹여 보냄이 어떻겠습니까?" 했으나, 변학도는 "운봉의 소견대로 하겠지마는"이라고 매섭게 말했다. 이몽룡은 속으로 '도적질은 내가 하마, 오라는 네가 져라'고 했다.

ⓐ '춘치자명'은 남이 모르는 죄를 스스로 드러내 남이 알게 한다는 뜻을 나타낸다. '춘산치이명사春山雉以鳴死' 혹은 '애피춘치자명이사哀彼春雉自鳴以死'라고도 한다. 정약용의 「이담속찬耳談續纂 동언東諺」에 예시되어 있다. ⓒ는 '정저지와井底之蛙'의 뜻과 유사하되 속담에 근거해서 '부의浮蟻 일생一生 소천하小天下'의 7언 1구로 만들어 표현했다. ⓕ의 '도적질은 내가 하마, 오라는 네가 져라'는 한문본에서 '포승부여捕繩負汝 도적위아盜賊爲我'로 옮겼다. 본래 좋은 것은 자기가 갖고 나쁜 것은 남에게 돌리겠다는 뜻의 우리말 속담이다.

『열녀춘향전수절가』는 무축, 해몽 등 민중의 일상생활에서 지도적 기능을 담당하는 술수를 중시하기도 한다.

ⓐ 월매는 정화수 한 동이를 단 아래 바쳐놓고 땅에 엎디어 이도령의 급제를 기원한다.

"하늘 신, 땅 신이여, 해님, 달님, 별님이여! 개와 같이 하나의 마음으로 되어주소서. 하나뿐인 딸 춘향을 금쪽같이 길러내어 외손봉사를 바랐으나, 무죄한 매를 맞고 옥중에 갇혔으니 살릴 길이 없습니다. 하늘 신, 땅 신은 감응하시어 한양성 이몽룡을 청운에 높이 올려 내 딸 춘향을 살려주시옵소서."

ⓑ 춘향은 옥에 갇혀 있으면서 '심향을 살라 조왕신에게 빌었다'.

ⓒ 춘향은 옥중에서 황릉묘에 오르는 꿈을 꾸고는 "엄 급급 여율령 사바하"라고 진언을 왼다.

ⓓ 춘향과 월매는 옥 밖으로 지나가는 봉사를 불러와 춘향의 꿈을 해몽해달라고 부탁한다.

ⓐ는 정화수를 떠놓고 올리는 무축을 묘사한다. ⓑ는 '설심조군爇心竈君' 즉 사명조군司命竈君에게 비는 행위다. ⓒ의 진언은 '엄, 급급하게 율령을

거행하듯이 하라, 사바하'라는 뜻이다. '엄'은 진언의 발어사다. '사바하'는 원만한 성취를 바란다는 뜻이다. ⓓ는 이른바 '봉사점'의 실상을 알려준다. 고축告祝의 문장도 보여준다.

■ 『춘향전』과 한시

『열녀춘향수절가』에는 한시 어구를 그대로 옮긴 부분, 한시 어구를 축약해 사용한 부분, 묘사와 서술의 어구를 한시의 7언 1구로 표현한 부분, 한시를 인용한 부분, 작가의 창작 한시 어구를 삽입한 부분 등이 있다. 그 형식을 검토하면 『춘향전』의 작가·작가군이 어떤 계층의 인물인지 짐작할 수 있다.

한시를 인용한 중요한 부분으로 이몽룡이 변학도의 생일잔치에 걸인의 모습으로 나타나 호운呼韻에 맞춰 제시한 칠언절구가 있다.

금준미주金樽美酒는 천인혈千人血이요
옥반가효玉盤佳肴는 만성고萬姓膏라.
촉루락시燭淚落時에 민루락民淚落이요
가성고처歌聲高處에 원성고怨聲高라.

위 내용은 작중 이몽룡이 읊은 시조가 아니라 명나라 초 구준丘濬이 작성한 명곡明曲 『오륜전비기』의 시가 일부를 읊은 것이다. 『오륜전비기』 16단의 정장시定場詩 함련과 경련을 칠언 4행으로 이용한 것이다.[25] 『오륜전비기』의 저본인 구준의 『신편권화풍속남북아곡오륜전비기』[26]를 보면 제16단에서 주인공 오륜비伍倫備가 등장해 다음과 같이 백白, 대사을 한다.

수다한 여러 공경대부 비단 도포 걸치고는
백성 병폐는 반푼 터럭만큼도 알지 못하고
자주 따르는 아름다운 술은 천인의 피요
잘게 자른 살진 양고기는 백성의 기름이네.
초 눈물 떨어질 때 사람의 눈물 떨어지고
환락 소리 높은 곳에는 원망 소리 높아라.
관리로 있으면서 백성의 고통을 모른다면
헛되이 조정에서 작록을 외람되이 받는 것일 뿐.

『오륜전비기』는 중종 연간 때 두루 읽혔고 이후 사역원 한학 교재로 더욱 많이 읽혀 언해되었기에 그 정장시가 널리 회자되다가 『춘향전』에 삽입되었을 것이다. 『춘향전』에서 이 시구의 차용은 민중의 저항 의식을 드러내는 역할을 한다.

『열녀춘향수절가』는 4자 한자어를 많이 사용해 4자어 대우를 구성하기도 하여 4자의 음수율을 맞추는 데도 기여했다. 방자의 말에서도 4자 한자어를 사용했다.

ⓐ 방자가 이몽룡에게 춘향의 집을 가리키는 대목이 나온다.
"'물고기 노닐고 맑은 바람 일어나는養魚生風' 가운데 선계의 화초 같은 '기이하고 아름다운 화초琪花瑤草'가 흐드러지게 피어" 운운.
ⓑ 방자가 이몽룡에게 여쭈었다.
"'해가 함지에 떨어진다日落咸池'는 옛말 그대로 해는 함지에 떨어져 황

26) 민영규, 「春香傳 五則」, 『回歸』 제4집, 汎洋出版部, 1988.7, 63~67쪽.
27) 구준, 『新編勸化風俗南北雅曲五倫全備記』 제3권, 국립중앙도서관 소장.

혼이 되고, '달은 동쪽 산마루에서 나온다^{月出東嶺}'는 옛말 그대로 달은 동쪽 산마루에서 솟아났습니다."

ⓑ의 '월출동영^{月出東嶺}'은 석釋 영이^{永頤}의 시 「추관^{秋館}」에서 "초승달은 동쪽 산마루에서 나오고, 푸른 구름은 먼 천궁에서 흩어진다^{微月出東嶺, 碧雲散遙穹}"라고 한 것과 유사하다.

『열녀춘향수절가』에는 한시의 시구를 그대로 인용하거나 변형해 이용한 부분, 하나의 대화문이나 사설에 복수 시구를 이용한 부분 등이 있다. 기생 점고에서 창언도입구^{唱言導入句}는 한시 시구나 그 형태를 많이 사용했다.[28] 나아가 『열녀춘향수절가』에는 하나의 대화문이나 사설, 하나의 대목에 복수의 시구를 이용한 예도 적지 않다. 이몽룡이 광한루에 얼른 올라가 사방을 살피며 독백한 부분에서는 2개의 연구^{聯句} 및 1개의 구를 이용했는데, 모두 왕발^{王勃}의 가행시^{歌行詩} 「임고대^{臨高臺}」편과 관련이 있다.

왕발의 「임고대」는 안민영의 시조 「기정백대^{旗旋百隊}」[29]의 저본이 된 시로, 조선 후기에 한시와 시가 문학에 깊은 영향을 끼쳤다. 또한 『열녀춘향수절가』에는 작가·작가군이 한시 구를 의식해 7언 1구 단구, 6언 2구 연구, 6언 4언 변려체로 구성한 표현이 많다.

---

28) 출전을 알 수 없는 예도 있다. ◑ "'청정한 연은 절개를 바꾸지 않는다'라는 연꽃에게 묻노라. 저 연화 같이 어여쁘고 고은 태도, 꽃 중의 군자 연심이.": 원문 '청정지연불개절(淸淨之蓮不改節)'은 칠언구를 이루었으나, 기존 시의 구절은 아닌 듯하다. ◑ "'팔월의 부용은 군자의 모습이니' '못에 가득한 가을물(滿塘秋水) 홍연이.": 원문은 '팔월부용군자용(八月芙蓉君子容)'이다. 중국의 한시에서는 찾을 수 없다. 『심청전』 가운데 「화초가花草歌」에 "팔월의 부용은 군자의 모습이요, 못에 가득한 가을 물에는 붉은 연꽃이로구나(八月芙蓉君子容, 滿塘秋水紅蓮花)"라고 했다.
29) '旗旋百隊'는 '旗亭百隊'의 잘못이다. 시조는 이러하다. "旗亭百隊(기정백대) 開新市(개신시)오 甲第千甍(갑제천맹) 分戚里(분척리)라/ 구타야 山林(산림)이랴 여기 숨어 關係(관계)하리/ 平生(평생)에 不移其心(불이기심)하니 市隱號(시은호)를 가져더라."

424 |

『열녀춘향수절가』에는 작가·작가군이 자작한 시가 이몽룡과 성춘향의 시 4편으로 나온다.

ⓐ 이몽룡이 오작교를 두고 지은 두 구.
고명 오작션顧昭烏鵲仙이요 광한 옥계누廣寒玉界樓라 ◗
차문 천상 수직여借問天上誰織女요 지흥 금일 아거누只應今日我牽牛라.◗

높고 밝은 배 같은 오작교요, 넓고 찬 광한전의 옥계 누대로다.
묻나니 하늘 위의 직녀는 누구인가, 다만 응당 오늘은 내가 견우로구나.

ⓑ 춘향이 일편단심으로 한 남편만 섬기려고 지은 한 수.
대운춘풍죽帶韻春風竹이요 분향야독서焚香夜讀書라.

운치를 띤 것은 봄바람의 대나무요, 향을 불사른 것은 밤에 읽는 책 때문이로네.

ⓒ 봉사가 춘향의 꿈을 해몽한 시
화락花落하니 능성실能成實이요 파경破鏡하니 기무성豈無聲가.
문상門上에 현우인懸偶人하니 만인萬人이 개앙시皆仰視라.
해갈海渴하니 용안견龍顔見이요 산붕山崩하니 지택평池澤平이라.

능히 열매가 열려야 꽃이 떨어지고, 거울이 깨질 때 소리가 없을 수 있는가?
문 위에 허수아비 달렸으면 사람마다 우러러볼 것이오.
바다가 마르면 용의 얼굴을 능히 볼 것이요, 산이 무너지면 평지가 될 것이라.

ⓓ 춘향이 편지 끝에 부친 시.

◑거세하시 군별첩去歲何時君別妾고 ◑작기동절 우동추昨己冬節又動秋라.
◑광풍반야 우여설狂風半夜雨如雪하니 ◑하위남원 옥중수何爲南原獄中囚라.

지난해 어느 때 낭군이 나를 이별했던가, 엊그제가 겨울이더니 또 가을이 지나가려 하네.

미친바람 불어 한밤에 비와 눈이 내리니, 어이하여 남원의 옥중 죄수가 되었단 말인가.

ⓐ는 5언 2구와 7언 2구를 연결해두었다. 운자로 하평성 제11 尤(우)운에 속하는 '樓'와 '牛'를 사용했다. 압운은 했으나 근체시의 완전한 형식을 이루지 못하고 5언구와 7언구를 이었다. ⓑ는 5언 2구의 연구일 뿐 시 한 편을 이루지 못했다. ⓒ에서 제1연 마지막의 聲과 제3연 마지막의 平은 하평성 제8 庚(경)운에 속한다. 하지만 이 역시 5언 6구이지 완전한 시가 아니다. ⓓ에서 제4구는 원문에 '하위남원옥중퇴何爲南原獄中退'로 되어 있으나, 퇴退는 문맥에도 맞지 않고 압운에도 맞지 않는다. 마지막 글자가 수囚여야 옳다. 제2구의 秋와 제4구의 囚는 하평성 제11 尤(우)운에 속한다. 단, 제1구의 마지막 글자는 妾으로 답락踏落이다. 더구나 제1구의 '거세하시군별첩'은 이백의 「변방에 간 낭군을 생각하며思邊」 첫 구를 그대로 쓴 것이다.

『열녀춘향수절가』에서 운봉 영장이 차운을 권하면서 높을 고高, 기름 고膏 두 글자를 운자로 내자, 걸인 행색의 어사또는 어렸을 때『추구권推句卷』을 읽었다면서 차운을 한다. 여기서 어사또가『추구권』을 읽었다는 것에 주목해야 한다.『추구권』은 기존의 시 가운데 좋은 구절을 뽑아 엮은 책이다. 대개 5언 2구 1련씩 모아두었다. 현재 전하는『추구推句』는 작자 미상의 작품으로, 유명한 시인과 명사들이 애송한 오언절구 중 좋은 대구對句들만 발췌해 엮어두었다.

『열녀춘향수절가』의 작가·작가군은 과거제도에 깊은 관심을 두었다. 이몽룡의 아버지가 회계를 맡아봐주는 생원에게 자기 아들이 시문과 전고를 사용한 것이 제법이라고 자랑하면서 "의정부의 당당한 명사가 될 것이요, '눈을 남쪽으로 돌리고 북쪽을 돌아보며 춘추 한 수를 읊겠지'그려"라고 했다. 이 부분의 원문은 "남명이북고南眄而北顧하고 부춘추어일수賦春秋於一首허엿셰"인데, 이가원 선생은 이를 조선시대 과부科賦의 2구로 보아 "눈을 남으로 달리고 또한 북을 돌아다보며 『춘추』의 한 수를 부賦하도다"라고 풀이했다.

『열녀춘향수절가』에서 숙종대왕은 대제학을 고시관으로 선발해 어제를 내리자, 도승지가 어제를 모셔내어 붉은 휘장 위에 걸어놓는다. 어제에는 "춘당 춘색 고금동春塘 春色 古今同"이라 되어 있었다. 과거 시험의 시문 형식은 지정하지 않았다. 이 어제에서 춘당대는 창경궁을 대유代喩하며 궁궐 안, 온 나라 안을 뜻하는데, 이는 태평성대를 예찬하라고 요구한 시제인 셈이다. 어제의 한자들을 보면 소리의 배열이 '평평평측측평평'의 순서로 되어 있다. 두번째 네번째 여섯번째 글자는 '평-측-평'으로, 근체시의 규칙을 충실하게 지켰다. 마지막 글자인 '동同'은 평성동東의 운에 속한다. 이 시제는 한시의 평측과 압운 규칙을 알고 있던 사람이 삽입해둔 것이다. 다만 그가 한시를 정말 잘 지었다면 두번째 세번째 네번째 구도 지어, 이도령이 이런 시를 지어 장원급제했다고 했을 것이다. 하지만 『춘향전』에는 이도령의 답안이 제시되어 있지 않다.[30]

30) 이가원은 『조선문학사』 중책(태학사, 1997) 제17장 921~922쪽에서 과부(科賦)의 형식을 설명한 부분에 신사찬(申思贊)의 「춘당추색고금동春塘秋色古今同」 부를 소개하고 있다. 이 과부의 부제(賦題)는 『열녀춘향수절가』에서 이도령이 장원급제했을 때 출제되었다고 하는 「춘당춘색고금동春塘春色古今同」과 관련이 있다. 신사찬의 과부는 1768년(영조 44)에 김상철(金尙

『열녀춘향수절가』는 과장科場에 대해서나 이몽룡이 급제하고 나서 어떤 과정으로 벼슬살이를 시작했는지는 서술하지 않았다. 만화본 『춘향가』에서 유진한은 이몽룡이 과거 준비를 위해 장안에서 백전白戰을 했고, 『시경』『이소』『사기』 등을 익혔으며, 춘당대 이월의 알성과에서 소동파蘇軾 문체와 왕우군王羲之 글씨로 일천一天의 선장先場으로 시지를 바쳐 장원급제했다고 서술했다. 춘당대시와 알성과는 별개인데, 이 점을 혼동했다. 하지만 특별 시험인 별시에서는 답안지를 빨리 내야 유리하다는 사실은 잘 알고 있었기에, 이도령이 첫번째로 답안지를 냈다고 했다. 그리고 이도령이 장원을 했기에 한림권翰林圈에 이름이 오르고 교서관 정자, 홍문관 교리의 직을 받고 나서 특명으로 전라도 암행어사에 제수되었다고 설정했다.

조선시대에는 상민과 천민도 과거에 응시할 수 있었다. 『대전회통』권5 형전刑典 「추단推斷」에는 "상천 출신이 중죄를 범하면 평문하되 자백을 하지 아니하면 형조에서 임금에게 품의하여 형장으로 추문한다(지방의 과거 급제자는 상천이나 사족을 막론하고 관찰사가 곧바로 형추刑推한다)"라고 규정해두었다. 상천 출신은 상민과 천민으로 무과에 급제한 자를 말한다. 상민과 천민이 문과에 응시하지 말라는 규정은 없었다. 서얼 가운데 신유한처럼 문과에 장원급제한 사람도 있다. 하지만 양반 이외의 계층은 문과에 급제해도 청요직淸要職에 임명될 수 없었다. 정조 연간에 이덕무도 문과 시험에 응시했다가 중간에 포기하고 규장각 검서관으로 활동했다. 하물며 향리나 서민들은 과거 응시를 위해 운어韻語를 익히는 시간을 내기가 사실상 어려웠다. 『열녀춘향수절가』의 작가·작가군은 『추구권』도 익혔으나 운어를 제대로 구사하지는 못했다.

品)의 방(榜)에서 삼하(三下)의 성적을 얻은 것이다.

■『춘향전』과 지방 문화

『열녀춘향수절가』는 전라도 남원을 배경으로 삼고 있다. 남원의 공간적 특징을 알면 작품 흐름을 이해하는 데 도움이 된다. 현재 남원시에서 운봉읍, 산내면, 산동면, 아영면은 본래 운봉현에 속했다. 본래는 남원시, 장수군 산서면, 번암면, 임실군 삼계면, 지사면 일부, 오수면 일부, 구례군 산동면, 광의면, 용방면 일부, 곡성군 고달면이 남원도호부에 속했다.[31] 남원도호부 구 지도인『용성지龍城誌』를 보면, 읍치는 현재의 남원 시내 동충동 일대에 해당한다. 읍치 앞에 강이 흐르는데, 곧 요천蓼川이다. 읍치에는 읍성이 있었고, 그 앞에 광한루가 있다. 현재 보물 281호로 지정된 곳이다. 읍성에는 객사를 표시했는데, 읍성 안에 관왕묘가 있다. 군현지도에서는 대개 행정구역명으로 '면面'을 사용하지만『용성지』에서는 '방坊'을 사용하고 있다. 방은 읍성 바깥만이 아니라 읍성 안에도 표시되어 있다. 읍치 동남쪽에는 지리산국립공원이 있다. 지도 오른쪽 산줄기는 백두대간이다. 오른쪽 아래에는 남악사南岳祠가 있다. 읍치 북쪽의 교룡산성蛟龍山城은 남원 시내와 대산면의 경계에 위치한 교룡산에 세워져 있다. 지도 북쪽에는 오수역獒樹驛과 원院이 함께 표시되어 있다. 오수역은 임실군 오수면 오수리에 있었으며,「주인을 살리고 죽은 개」이야기로 유명하다.

『춘향전』이 한국문학사에서 중요한 위치를 차지한다는 점에 이의를 제기하는 사람은 거의 없다. 하지만 시대 상황에 따라 이 작품을 바라보는 시각은 달라질 수 있다. 북한에서는 윤색을 하기도 했다. 1980년 조령출 윤색본은 당시 북한 정권과 사회가 원하는 주제를 부각하려는 목

---

31) 이현군 해제,『지승(奎 15423) 남원부 부분』, 서울대학교 규장각한국학연구원.

적으로『춘향전』을 재해석한 작품이다. 전라도 방언을 사용한『열녀춘
향수절가』와 서울 방언을 사용한 경판본『춘향전』은 언어 사용과 표현
면에서 상이하다. 저본에 따라 문체적 특성, 더 나아가 음악적 특성이
다르다.

　이 역주본에서는 3·4조나 4·4조 가사체가 현대 독자에게 폭넓게 공
감을 얻지 못한다는 생각에 가사체를 살리지는 않았다. 한자 어휘, 연
구, 한시도 가능한 한 의미를 쉽게 전달하고자 원작의 긴축미를 되살리
지 않았다. 이 점을 여기에 밝혀둔다.

【 참고문헌 】

1. 춘향전 역주

『열여춘향슈절가』, 일본 동경대학 오구라문고 소장 완판본.
『현토한문춘향전』, 1917년 동창서관(저작 겸 발행자 유철진), 1923년 개정판, 국립중
앙도서관 소장.

김사엽, 『烈女春香守節歌』, 대양출판사, 1952.
김사엽, 『(校註解題) 春香傳: 열여춘향슈절가』, 대양출판사, 1962.
김사엽, 『(校註·解題) 春香傳: 烈女春香守節歌』, 학원사, 1962.
김사엽 주, 『춘향전』, 김사엽전집 13, 김사엽전집간행위원회, 2004.
김사엽 주. 『金思燁全集 13 春香傳 校主, 解說』, 박이정, 2004.

이가원, 『春香傳』, 정음사, 1957.
이가원 주역, 『春香傳』, 정음사, 1958.
이가원, 『春香傳』, 정음사, 1962.
이가원, 『改稿春香傳註釋』, 정음사, 1986.
이가원, 『개정 춘향전』, 정음사, 1986.
이가원 전집, 경연회 편집, 『李家源全集 17』, 정음사, 1986.
이가원 『춘향전』, 태학사, 1994.
이가원, 『春香傳』, 태학사, 1995.

이가원,『春香傳』, 태학사, 1997.

구자균 주,『춘향전』, 한국고전문학대계 10, 민중서관, 1970.
구자균 주,『춘향전』, 한국고전문학전집 제2권, 보성문화사, 1978.
구자균,『春香傳』, 교문사, 1984.

이창배 편,『韓國歌唱大系』, 홍인문화사, 1976.
민제,『對校春香傳』, 동화출판공사, 1976.
조윤제 주,『춘향전』, 을유문화사, 1979.
김동욱·김태준·설성경 공저,『春香傳 比較硏究』, 삼영사, 1979.

조령출 윤색,『춘향전』, 문예출판사, 1980; 조령출 역,『춘향전』, 한구문화사, 1995.
(북한 문예출판사가 1991년에 출판한 조령출 윤색본의 영인본)
조령출 고쳐 씀,「열녀춘향수절가」, 겨레고전문학선집 24, 보리, 2007.
조령출,『조영출전집』2, 정우택·주경환 편, 소명출판, 2013.
조령출,『조영출전집』3, 박명진·주경환 편, 소명출판, 2013.

김수환,『拾六春香傳』, 명문당, 1992.
김진영·김현주 편.『춘향가 명창 장자백 창본』, 고전명작원전강독총서 1, 1996.
설성경 역주,『춘향전』, 연강학술도서 한국고전문학전집 12, 고려대학교 민족문화
연구소, 1995.
허호규·강재철 역주,『譯注春香新說 · 懸吐漢文春香傳』, 華鏡古典文學硏究會叢書
V, 以會文化社, 1998.
윤주필 주,『남호거사 성춘향가』, 한국학연구소 학술총서 1, 태학사, 1999.
구인환,『춘향전』, 신원문화사, 2002.
한국고전편집위원회,『춘향전』장락, 2002.
정하영 편,『춘향전의 탐구』, 집문당, 2003. (부록:「만화본 춘향가」「광한루악부」「춘향
신설」「유철진본 한문현토춘향전」「수산 광한루기」「여규형본 한문춘향전」「춘몽연」등 한
문본 춘향전 7편 원문)

성기수 역음.『춘향전』(원문 영인 및 주석), 完西溪書鋪 본, 글솟대. 2005.

성기수,『춘향전』(원문 영인 및 주석), 글솟대, 2008.

이윤석,『남원고사: 19세기 베스트셀러, 서울의 춘향전』, 서해문집, 2008.

이석래,『춘향전-경판 춘향전 완판 열녀춘향수절가』, 범우, 2009.

송하준 옮김,『국역 만화집』, 학자원, 2013.

김광순 역주,『춘향전』, 박이정, 2017.

2. 참고 자료

국립국어연구원 편,『표준국어대사전』, 두산동아, 1999.

김민수·최호철,『우리말 어원사전』, 태학사, 1997.

김병제,『방언사전』, 한국문화사, 1995.

김철안,『관상 · 색상 · 수상』, 삼하출판사 , 2005.

김현룡,『한국문헌설화 7』, 건국대학교출판부, 2000.

남원문화원 편,『향토문화 전승과 보존의 발자취』, 남원문화원, 1999.

민길자,『전통 옷감』, 대원사, 1997.

민족문화추진회 역,『신증동국여지승람』, 솔, 1996.

민족문화추진회 영인,『청구도』, 민족문화추진회, 1976.

박주현,『알기 쉬운 음양오행』, 동학사, 1997.

배만실,『한국 木家具의 전통양식』, 이화여자대학교출판부, 1988.

서울대학교규장각 영인,『해동지도』, 서울대학교규장각, 1995.

송재선 편,『우리말 속담 큰사전』, 서문당, 1986.

권광욱,『육례이야기』, 해돋이, 1994.

이기갑 외,『전남 방언사전』, 태학사, 1998.

조희웅·조재연,『한국 고전소설 등장인물 사전 주석집』 1~3, 지식을만드는지식, 2012.

조희웅,『한국 고전소설사 큰사전』 1~74, 지식을만드는지식, 2017.

중문대사전편찬위원회 편,『中文大辭典』, 臺北: 中華學術院 中國文化研究所, 1973.

한국문화유산답사회, 『가야산과 덕유산』, 돌베개, 2000.

한국민속사전편찬위원회, 『(한국)민속대사전; 한국학 대사전』, 민중서관, 1998.

한국정신문화연구원 엮음, 『한국고전소설 독해사전』, 태학사, 1999.

한국정신문화연구원 편, 『17세기 국어사전』, 태학사, 1995.

한글학회 편, 『우리 토박이말 사전』, 어문각, 2002.

허웅, 『우리 토박이말 사전』, 어문각, 2002.

『17세기 국어사전』, 국립국어연구원, 태학사, 1995.

『교학 고어사전』, 교학사, 1997.

『우리 시대의 한국문학-가면극과 판소리』, 계몽사, 1996.

『우리 시대의 한국문학 보유편; 고전 소설』, 계몽사, 1996.

『한국민족문화대백과사전』, 한국정신문화연구원, 1991.

3. 관련 논저

김대행·김병국·김진영·정병헌, 『춘향전 어떻게 읽을 것인가』, 서광학술자료사, 1994.

김용환·이영미·전정임 공저, 『남북한 음악극 『춘향전』 비교 연구』, 한국예술종합학교 연극예술연구소, 1997.

김태준, 「춘향전의 민중적 크로노토프와 윤리적 보편성의 문제-춘향전의 특징과 현대문학적 보편성을 중심으로」, 한국외국어대학교 외국문학연구소 2004 가을 국제학술대회 주제: 세계문학과 문화상호주의, 2004.

김태준(천태산인), 『춘향전의 현대적 해석』, 판소리학회, 2020.

김흥규, 「신재효 개작 춘향가의 판소리 사적 위치」, 『한국학보』 25, 일지사, 1976.

니시오카 겐지(西岡健治), 「일본에서의 『춘향전』 번역의 초기 양상-桃水野史譯 『鷄林情話春香傳』 대상으로」, 『어문논총』 41, 2004.

명현, 「'아이어르는 소리'의 음악적 특징 연구」, 『민속학술자료 총서 민요』 8, 도서출판 우리마당터, 2004.

민영규, 『강화학 최후의 광경』, 우반, 1995.

민영규, 「춘향전 5칙」, 『회귀』 4, 범양사, 1988.

변은전, 「판소리『春香傳』과『淨瑠璃物語』」, 『제3차 조선국제학술토론회 논문요지』, 日本 大阪, 1990.

변은전, 『語り物の比較硏究: 「物揃え」と「趣向」をめぐる日・韓・中の比較論』, 日本 同志社大学博士論文, 1999.

서대석, 「성주풀이와 춘향가의 비교연구」, 『판소리연구』 1, 판소리학회, 1989.

서연호·이강렬 공저, 『북한의 공연예술』 I, 고려원, 1989.

심경호, 「『춘향전』의 사설짜임과 갈등 구조에 대한 비교문학적 일고찰」, 『고전문학연구』 6집, 한국고전문학회, 1991, 144~167쪽.

심경호, 「『춘향전』의 삽입가요와 갈등구조」, 『국문학연구와 문헌학』, 태학사, 2002, 123~147쪽.

왕페이옌(王飛燕), 『중국어논총』 50, 고려대학교 중국학연구소, 2015, 73-108쪽.

왕페이옌(王飛燕), 『춘향전의 중국어 번역 및 변용의 양상』, 보고사, 2018.

이가원, 「『춘향가』가 명곡에서 받은 영향 - 주로『삼원기』·『환혼기』에서」, 『국어국문학』 34·35, 국어국문학회, 1967.

이상희, 『꽃으로 보는 한국문화 3』, 넥서스, 1998.

이영미 외, 『남북한 공연예술의 대화』, 한국예술종합학교 한국예술연구소, 2003.

이윤석, 「고소설의 작자와 독자」, 『열상고전연구』 43, 열상고전연구회, 2015.2, 115~147쪽.

이윤석, 『남원고사 원전 비평』, 보고사, 2009.

이윤석, 『조선시대 상업출판: 서민의 독서, 지식과 오락의 대중화』, 민속원, 2016.

이윤석, 『향목동 세책 춘향전 연구』, 경인문화사, 2011.

전경욱, 『춘향전의 사설 형성 원리』, 고려대학교 민족문화연구소, 1990.

전영선, 「『춘향전』에 대한 북한의 인식과 접근 태도」, 『민족학연구』 4, 한국민족학회, 2000.

전영선, 『고전소설의 역사적 전개와 남북한의『춘향전』』, 문학마을사, 2003.

정하영, 「〈춘향전〉 생성과 전승에 있어서 한문본의 역할」, 『어문연구』 37권 4호, 한국어문교육연구회, 2009, 187~209쪽.

정홍교, 「고전소설『춘향전』의 주제사상평가에서 제기되는 문제」, 『조선어문』 77, 1990년 제1호.

조윤제, 『도남조윤제전집』 6, 도남학회, 1989.

4. 전자 문헌
민족문화대백과사전
두산세계대백과사전
한말연구학회
민족문화추진회
국립국어연구원 표준국어대사전
국가문화유산종합정보서비스
서울六百年史
해주최씨 사이버족보
판소리다섯마당

우리가 고전에 눈을 돌리는 것은 고전으로 회귀하기 위해서가 아니다. 한국의 고전은 고전으로서 계승된 역사가 극히 짧고 지금 이 순간에도 발견되고 있으며 심지어 어떤 작품은 저 구석에서 후대의 눈길을 간절하게 기다리고 있기도 하다. 우리의 목표는 바로 이런 한국의 고전을 귀환시키는 것이다. 그러니까 고전 안에 숨죽이며 웅크리고 있는 진리내용들을 다시 불러들이고 그것으로 이 불투명한 시대의 이정표를 삼는 것, 이것이 우리의 궁극적인 목적이다.

문학동네 한국고전문학전집은 몇몇 전문가의 연구실에 갇혀 있던 우리의 위대한 유산을 널리 공유하는 것은 물론, 우리 고전의 비판적·창조적 계승을 통해 세계문학사를 또 한번 진화시키고자 하는 강한 열망 속에서 탄생하였다. 그래서 문학동네 한국고전문학전집은 이미 익숙한 불멸의 고전은 말할 것도 없고 각 시대가 새롭게 찾아내어 힘겨운 논의 끝에 고전으로 끌어올린 작품까지를 두루 포함시켰다. 뿐만 아니라 한국 고전의 위대함을 같이 느끼기 위해 자구 하나, 단어 하나에도 세밀한 정성을 들였다. 여러 이본들을 철저히 비교하는 과정을 거쳐 정본을 확정했고, 이제까지의 모든 연구를 포괄한 각주를 달았으며, 각 작품의 품격과 분위기를 충분히 살려 현대어 텍스트를 완성했다. 이 모두가 우리의 고전을 재발명하는 것이야말로 세계문학의 인식론적 지도를 바꾸는 일이라는 소명감 덕분에 가능했음은 물론이다. 부디 한국의 고전 중 그 정수들을 한자리에 모은 문학동네 한국고전문학전집이 그간 한국의 고전을 멀리했던 독자들에게 널리 읽히고 창조적으로 계승되어 세계문학의 진화를 불러오는 우리의, 더 나아가 세계 전체의 소중한 자산으로 자리하기를 기대해본다.

문학동네 한국고전문학전집 편집위원
심경호, 장효현, 정병설, 류보선

옮긴이 **심경호**

현 고려대학교 명예교수. 1955년 충북에서 태어났다. 서울대학교 국어국문학과와 동 대학원 석사과
정을 졸업하고, 일본 교토대학 문학박사 학위를 받았다. 고려대학교 문과대학 한문학과 교수 및 고려
대학교 한자한문연구소장을 역임했다. 저서로『한학입문』『김시습 평전』『안평』『김삿갓 한시』『내면
기행』『산문기행』『한국의 석비문과 비지문』『호, 주인옹의 이름』30여 종이 있다. 역서로『주역철학
사』『서포만필』(상·하)『심경호 교수의 동양 고전 강의: 논어』(1~3) 30여 종이 있다.

한국고전문학전집 032

춘향전 · 춘향가

©심경호 2022

초판 인쇄 | 2022년 11월 24일
초판 발행 | 2022년 12월 7일

옮긴이 심경호

책임편집 유지연 | **편집** 황수진 허강
디자인 윤종윤 이주영 | **마케팅** 정민호 이숙재 박치우 한민아 이민경 안남영 김수현 정경주 김혜원
브랜딩 함유지 함근아 김희숙 고보미 박민재 박진희 정승민
제작 강신은 김동욱 임현식 | **제작처** 영신사

펴낸곳 (주)문학동네 | **펴낸이** 김소영
출판등록 1993년 10월 22일 제2003-000045호
주소 10881 경기도 파주시 회동길 210
전자우편 editor@munhak.com | **대표전화** 031)955-8888 | **팩스** 031)955-8855
문의전화 031)955-2689(마케팅), 031)955-2690(편집)
인스타그램 @munhakdongne | **트위터** @munhakdongne
문학동네카페 http://cafe.naver.com/mhdn
북클럽문학동네 http://bookclubmunhak.com

ISBN 978-89-546-8888-8 04810
      978-89-546-0888-6 04810 (세트)

www.munhak.com